Robert Corvus
Ruinen der Macht



PIPER

Zu diesem Buch

Es ist die Liebe, deren unwiderstehliche Kraft die Menschen auf dem Berg der Macht ins Unglück stößt:
Die Liebe der Gräfin Semire zu dem in einem Steinkörper gefangenen Brotan lässt sie Tausende Leben zerstören, um ihm einen menschlichen Leib zu beschaffen.
Die Liebe des Malers Quilûn zur Kunst führt ihn immer weiter in einen Rausch, in dem er seine eigene Seele aus dem Blick verliert.
Die Liebe der Magierin Kyrin zum Traum von Freiheit zwingt sie, sich Kräfte zu Feinden zu machen, die das Begreifen der Sterblichen übersteigen.
Und die Ahnen der Adelsfamilien in der Tiefe des Berges ... Sind sie noch fähig, zu lieben, oder sind ihre Herzen so hart geworden wie der Granit, in dem sie ihre Sterblichkeit abgestreift haben?

*Robert Corvus,* 1972 geboren, lebt in Köln. Der Diplom-Wirtschaftsinformatiker war in verschiedenen internationalen Konzernen als Strategieberater und Projektleiter tätig. Corvus ist Metalhead, Kinofan und Tänzer. Er veröffentlichte zahlreiche Romane in den Reihen »Das schwarze Auge« und »Battletech« sowie einen apokalyptischen Vampirthriller. Mit der Trilogie »Die Schattenherren« und dem Einzelroman »Schattenkult« etablierte er sich auf der dunklen Seite der Fantasy. Zuletzt erschienen sein Science-Fiction-Roman »Das Imago-Projekt« sowie sein High-Fantasy-Epos »Ströme der Macht«.

Robert Corvus

# RUINEN DER MACHT

Roman

PIPER

Von Robert Corvus liegen im Piper Verlag vor:
Drachenmahr
Die Schwertfeuer-Saga (Serie)
Feuer der Leere
Das Imago-Projekt
Berg der Macht
Ströme der Macht
Ruinen der Macht

MIX
Papier aus verantwortungsvollen Quellen
FSC® C083411
FSC www.fsc.org

Originalausgabe
ISBN 978-3-492-28219-2
Februar 2020

Umschlaggestaltung: Guter Punkt, München
Umschlagabbildung: Guter Punkt, Julia Jonas
unter Verwendung von Motiven von Getty Images
Satz: Tobias Wantzen, Bremen
Gesetzt aus der Caslon
Druck und Bindung: CPI books GmbH, Leck
Printed in the EU

# EINS
## *Trümmer*

Quilûn ließ sich von Merûenn durch die Trümmer des Palasts der Schneegrunds führen. Erst aus der Nähe wurde deutlich, wie viel Stein nötig gewesen war, um den Kartenturm zu bauen. Er hatte so schlank gewirkt, so luftig. Jetzt lag der Schutt auf einer haushohen Halde.

An einem Rundbrunnen, auf dessen Spitzdach ein Blech in Form eines Pferdes die Windrichtung anzeigte, versicherte sich Merûenn mit einem Blick zurück, dass ihnen niemand folgte.

»Heller wird es heute wohl nicht mehr«, sagte Quilûn, um das Schweigen zu brechen. Die Mittagsstunde war beinahe erreicht, aber die Sonne verbarg sich hinter Wolken und zusätzlich trieben Rauch und Steinstaub in der Luft.

»Ich bin froh, wenn uns niemand entdeckt.« Merûenn ging voran in die Abzweigung, die bis vorgestern noch zur Zuckerbäckerei geführt hatte. Nachdem die Zauber, die den Gebäuden Stabilität gegeben hatten, erloschen waren, war der Weg nur noch zu erahnen. Kleinere Bruchstücke knirschten unter den Füßen von Quilûn und Merûenn, den größeren wichen sie aus, was sie zwang, in Schlangenlinien zu gehen.

Merûenns Bewegungen waren ohne Eleganz, verrieten aber die Kraft, die ein arbeitsreiches Leben verlieh. Ihr graues Kleid mit dem hellblauen Stoffgürtel kennzeichnete sie als Magd, die im Palast der Schneegrunds Dienst tat. Diese Frauen arbeiteten oft von Sonnenauf- bis -untergang in der Küche, am Waschzuber, in den Stallungen, an den Speisetafeln und in den Schlafzimmern von Gästen und Herrschaften. Festtagen sahen sie mit gemischten Gefühlen entgegen. Die Feiern der Adligen bedeuteten zusätzliche Arbeit und Fehler konnten schlimme Folgen haben. Aber sie boten auch immer etwas zu sehen und die übrig gebliebenen Speisen kamen der Dienerschaft zugute.

Wobei es nun keine Festsäle mehr gab, machte sich Quilûn klar. Kaum ein Gebäude auf dem Palastgelände stand noch. Weil die an vielen Stellen eingebrochene Umfassungsmauer ihren Zweck nicht mehr erfüllte, errichteten die Schneegrunds unter Derrek Eichfrosts Führung einen kleineren, befestigten Bereich. Zwar hatten dort in der Nacht Adlige ebenso wie Krieger und Diener Zuflucht gefunden, aber wie ihr Zusammenleben künftig aussehen würde, vermochte noch niemand zu sagen.

Merûenn war jedoch nicht die ergebene Dienerin, als die sie die meisten kannten. Mit einem Handzeichen – den Zeige- und den kleinen Finger aus der Faust gespreizt – hatte sie sich Quilûn als Revolutionärin zu erkennen gegeben. Sie träumte den Traum des verstorbenen Grafen Golar von einer Welt, in der niemand mehr unterdrückt wurde. Wie viele solcher Träumer es gab, wusste Quilûn nicht, obwohl er als Golars Erbe zum Anführer seiner Bewegung geworden war. Sie waren in Zellen organisiert, die wenig voneinander wussten, damit sie einander nicht verraten konnten. Jede dieser Zellen wählte eine *Stimme,* die für sie sprach. Merûenn hatte Quilûn verdeutlicht, dass eine solche Stimme ihn treffen wollte.

Sie stellte sich ebenfalls als Magd heraus, ihre Kleidung mit der Haube ähnelte jener von Merûenn. Das Grau ihres Kleides war jedoch etwas dunkler und das Gewand war anders gewebt, die Struktur der Fäden trat deutlicher hervor. Die Frau, deren linke Gesichtshälfte schlecht verheilte Brandnarben entstellten, erwartete sie an einer einzelnen Birke, die sich trotzig zwischen den Trümmern erhob.

»Das ist Halenn«, stellte Merûenn die deutlich ältere Frau vor. »Und das ist Graf Quilûn von Schneegrund.«

Die Stimme stand auf und knickste, was Quilûn mit einem Nicken beantwortete. Das schien sie zu verärgern, sie runzelte die Stirn.

»Was hast du?«

»Ich sollte nicht …« Halenn schüttelte den Kopf und schob das Kinn vor. Für einen Moment sah es so aus, als wollte die Haut auf ihrer linken Wange aufreißen, durch die Brandnarben wirkte sie hauchdünn, eine Ader schlängelte sich hindurch wie ein Wurm. »Wenn wir alle gleich sind, ist es nicht recht, wenn ich einen Knicks vor dir mache.«

Quilûns Brauen zuckten. Den Großteil seines Lebens war er ein Bürgerlicher gewesen. Dennoch empfand er die vertrauliche Anrede der Magd als unverschämt. Er wunderte sich über sich selbst.

»Hat deine Zelle Probleme?«, fragte er.

Sie lachte auf. »Auf dem Berg bleibt kein Stein auf dem anderen.« Mit beiden Händen deutete sie auf die Trümmer in der Umgebung. »Wer hat keine Probleme? Selbst jene, die nie welche kannten … Meine junge Herrin, Temalla Kalthorn, eitert aus den Augen. Sie hat sich Steinkügelchen in die Lider einsetzen lassen, um ihrem Blick Glanz zu verleihen.«

»Und jetzt sind sie bloße Fremdkörper, die nach außen drängen«, vermutete Quilûn.

»So ist es.« Halenn setzte sich.

Auch Quilûn und Merûenn nahmen auf den Brocken Platz.

»Ich bekomme viele Fragen«, berichtete Halenn. »Unter den Mägden herrscht Uneinigkeit. Manche meinen, wir sollten unsere Herren vergiften. Einige haben auch die Mittel dazu. Aber wenn ich sie verteile … Ich meine, es ist Mord, einem Nichtsahnenden Immerschlaf in den Wein zu mischen. Dazu wird nicht jede von uns fähig sein. Auch wenn natürlich allen klar ist, dass wir entschlossen handeln müssen, bevor das Heer auf den Berg zurückkehrt, die Gravilier vertreibt und die alte Ungerechtigkeit wiederherstellt. Aber wenn wir uns darauf beschränken, Brände zu legen, wenigstens für den Anfang … Dafür könnte ich mehr Mägde gewinnen.«

»Brände treffen immer auch Unschuldige«, gab Quilûn zu bedenken. »Vor allem, wenn sie auf Nachbarhäuser übergreifen.«

»Ja, darüber haben wir gesprochen. Wir müssen dafür sorgen, dass sie genau zum rechten Zeitpunkt bemerkt werden. Sodass man sich noch retten, aber nicht mehr löschen kann.« Halenn sprach hastig. Auf Quilûn wirkte sie wie jemand, der sich die Argumente immer wieder selbst vorgelegt hatte und nun froh war, sie anbringen zu können. »Nur: Was sollen wir in Brand stecken? Welche Ziele sollen wir angehen? Alle gleichzeitig oder in einer bestimmten Reihenfolge oder je nach Gelegenheit? Könnt Ihr uns mit … ich meine: Kannst *du* uns mit Lampenöl versorgen? Wir brauchen viele Fässer davon.«

»Ich habe noch keine vollständige Liste unserer Vorräte.« Quilûn fühlte sich unwohl unter dem Blick, aus dem einerseits das Verlangen nach Anerkennung, andererseits aber auch der Wunsch nach Führung sprach.

»Wie gehst du in Haus Schneegrund vor? Es gibt Gerüchte, dass …« Sie wich seinem Blick aus.

»Was für Gerüchte?«

»Dass Ihr die Macht auf dem Berg an Euch reißen wollt«, half Merûenn. »Dass Ihr das alles nur tut, um Haus Schneegrund als einziges Tiefes Haus zu etablieren.«

»Aber wie sollte ich das geplant haben?«, rief Quilûn. »Mich hat es ebenso überrascht wie jeden anderen, als mich Graf Golar zu seinem Erben ernannt hat.«

Halenn nickte, sah ihn aber noch immer nicht an.

Ein unangenehmes Schweigen breitete sich aus.

»Warum hast du Kyrin nicht mitgebracht?«, fragte Halenn. »Sie war von Anfang an dabei. Es wäre gut, sich mit ihr zu beraten.«

»Kyrin schläft«, sagte Merûenn.

»Ein Heilschlaf«, erklärte Quilûn. »Die Clerroniten lassen sie nicht aufwachen. So erholt sie sich am besten von ihren Verletzungen, sagen sie.«

»Hat sie gekämpft?« Wegen der Brandnarben wirkte auch die Überraschung auf Halenns Gesicht bedrohlich. Man konnte sich leicht vorstellen, wie sie das Kommando unter den Mägden führte. »Ich dachte, die Magier hätten ihre Macht verloren und wären in einer Schlacht nutzlos.«

»Sie war im Berg«, sagte Merûenn. »Man hat sie aus dem Almahn gezogen, bewusstlos. Beinahe wäre sie ertrunken.«

»Ich würde sie gern sprechen. Kann man sie kurz wecken?«

Bestimmt wollte Halenn Kyrins Einschätzung hören, ob man weiter Quilûn folgen sollte. Einen entschlossenen Anführer gab er derzeit nicht ab.

»Der Clerronit ist sehr entschieden, wenn es um …« Quilûn unterbrach sich, weil vom Schutthügel zur Linken ein Poltern erklang.

Ein Imagolem stapfte über die Kuppe. Es war derjenige, der die Stützpfeiler unter dem großen Metallschild mit dem Wappen der Schneegrunds eingerannt hatte. Das hatte den Steinkrieger den linken Arm gekostet. In seinem kugelförmigen Körper fehlten zudem einige Stücke, wie bei einem Kürbis, über den Maden hergefallen waren.

»Schneegrund!«, rief die Kreatur mit tiefer Stimme. »Was habt ihr mir angetan?« Der Imagolem schien zu stürzen, aber in Wirklichkeit neigte er sich nur so weit zur Seite, dass er mit seinem kurzen Arm einen Brocken von der Schutthalde auflesen konnte. Diesen schleuderte er auf die Sitzenden.

Quilûn ließ sich nach hinten fallen. Das rettete ihm das Leben. Das Wurfgeschoss verfehlte ihn um Haaresbreite und krachte in den Boden. Steinsplitter trafen die beiden kreischenden Mägde und Quilûn.

Er sprang auf, während der Imagolem einen Rutsch in der Trümmerhalde auslöste, indem er sie herunterstieg.

»Schneegrund!«, grollte der Koloss aus grauem Granit. »Ich werde dich strafen!«

»Rettet euch!«, forderte Quilûn die beiden Frauen auf. »Er will mich!«

Damit warf er sich herum und rannte los. Der Imagolem wog mindestens fünfmal so viel wie ein Mann. Es wäre Wahnsinn gewesen, sich ihm zu stellen.

Quilûn schlug mit dem rechten Schienbein gegen einen kantigen Brocken. Es fühlte sich an, als vibrierte der Knochen. Bei jedem Auftreten protestierte er mit Schmerz.

Quilûn zwang sich, nicht in ein Humpeln zu verfallen, sondern stattdessen so schnell wie möglich weiterzulaufen. Imagolems waren weit weniger behäbig, als sie aussahen. Auch die Schritte seines Verfolgers hörte er in raschem Takt hinter sich auf das Geröll stampfen.

Die Mägde schrien, aber es waren Laute der Angst, nicht der Pein. Also waren sie unverletzt. Quilûns Annahme, dass der Steinmann es auf ihn abgesehen hatte, bestätigte sich. Allerdings konnte er sich darüber nicht freuen, die Laufgeräusche hinter ihm wurden lauter.

Zudem arbeitete die Zeit für den Imagolem. Er war ausdauernder als jeder Mensch. Die Steinkrieger marschierten Tage und Nächte durch, wenn es sein musste.

Quilûns Gegner schrie unartikuliert. Leider war nicht zu hoffen, dass er in Schwierigkeiten wäre. Es war ein zorniges Grollen, in dem auch etwas Triumphierendes lag. Stand er kurz davor, den Fliehenden einzuholen?

Quilûn sprang auf ein schräg stehendes Trümmerstück, stieß sich mit den Füßen daran ab und schlug so einen Haken nach links. Dort fiel der Hang ab. Quilûn barg den Kopf zwischen den Armen, um ihn vor aufstiebenden Steinchen zu schützen, während er das Geröll hinunterschlitterte.

Der Imagolem krachte gegen den Block, von dem sich Quilûn abgestoßen hatte. Vielleicht erlitt er dabei Schaden, aber vor allem zersprang das Hindernis in unterschiedlich große Splitter. Die bevorzugte Kampfweise dieses Steinkriegers schien darin zu bestehen, seine Gegner niederzurennen. Auf diese Art hatte er auch die stützenden Säulen unter dem Wappen der Schneegrunds zerstört und so hätte er Quilûn ebenfalls zermalmt.

Quilûn konnte sich nicht länger auf den Beinen halten, das letzte Stück rutschte er hinab. Staub reizte Quilûns Kehle. Hustend stemmte er sich hoch.

Der Imagolem brauchte einige Schritte, um zum Halten zu

kommen, aber das verschaffte Quilûn nur einen Vorsprung von ein paar Atemzügen.

Hektisch sah er sich um. Eine der Mägde – ob es sich um Halenn oder um Merûenn handelte, war auf die Schnelle nicht zu erkennen – verschwand hinter einer Schutthalde.

Quilûn brauchte eine Waffe! Am besten einen großen Hammer. Woher sollte er den bekommen? Und würde er damit gegen den Steinkrieger bestehen können? Zwar war dieser einarmig, aber in ihm steckte die Seele eines Gladiators. Zweikämpfe waren die Spezialität seines Gegners.

Sollte Quilûn vielleicht besser nach brüchigem Grund suchen? Ideal wäre eine leichte Brücke, über die der Koloss ihn nicht verfolgen könnte. Aber so etwas gab es in der Umgebung nicht.

Quilûns Blick blieb an dem Brunnen hängen, über dem die Wetterfahne angebracht war. Das schien seine beste Möglichkeit zu sein. Er rannte los.

»Ich werde dich strafen, Schneegrund!« Der Imagolem kam die Halde herunter, Schutt rauschte vor ihm abwärts. »Ich werde deine Glieder zerstampfen, eines nach dem anderen. Damit du genug Zeit hast, über deine Schuld nachzudenken, während du stirbst.«

Der Schmerz in Quilûns rechtem Schienbein blieb, zog sich aber in den Hintergrund seiner Wahrnehmung zurück. Wie ein Ton, den man immerzu hörte und ignorieren konnte.

Hinter ihm grollte der Imagolem. Kurz darauf schlug ein Stein neben Quilûn auf, prallte vom Boden ab und schmetterte gegen die runde Brunneneinfassung.

Quilûn rannte noch schneller … Es war nicht mehr weit … acht Schritte, vier, zwei …

Statt zu verlangsamen, sprang Quilûn über die Einfassung und griff die an einem Kurbelholz befestigte Eimerkette. Er quetschte sich einen Finger, packte aber dennoch fest zu. Durch sein Gewicht rollte die Kette vier Schritt weit ab, dann war ihre Länge ausgereizt. Mit einem Ruck kam die Kurbel zum Stillstand. Beinahe hätte Quilûn den Halt verloren.

Über ihm brach die Faust des Imagolems durch die Ummauerung des Brunnens. Steine polterten den Schacht herab.

Quilûn schützte den Kopf so gut wie möglich zwischen seinen Oberarmen. Er wurde oberhalb der Hüfte getroffen, pendelte aber an der Kette zur Seite, was einen Großteil der Wucht nahm.

Der Schacht verstärkte das Schreien des Imagolems und erzeugte Echos. Hinzu kamen das metallische Klacken der Kettenglieder und das Platschen des Wassers, das die herabfallenden Steine aufgewühlt hatten.

Quilûn war froh, dass sein Gegner schrie, statt weitere Steine herunterzuwerfen. Vielleicht gelang es ihm, den Imagolem am Reden zu halten. »Wieso hasst du mich?«, rief er, während er sich Hand über Hand abließ. »Ich habe dir nichts getan!«

Ein tiefes Heulen antwortete ihm. »Versklavt habt ihr mich unter dem Zeichen des Schneekristalls!«

»Das ist lange her! Damals war ich mit Sicherheit noch kein Graf. Noch nicht einmal ein Adliger.«

Nach unten hin ging der Brunnenschacht in eine Höhle mit unregelmäßigen Wänden über. Der Hohlraum weitete sich. Wenn Quilûn eine Nische fände, in der er sich verbergen könnte, wäre er gegen senkrecht herabfallende Steine geschützt. Die Hoffnung gab ihm frische Kraft.

»Ich weiß nicht, wie viel Zeit ihr mir gestohlen habt«, hallte die dunkle Stimme den Schacht herunter. »Waren es Jahrzehnte? Ein Jahrhundert? Meine Erinnerung liegt in einem Nebel …«

»Es können nur einige Jahre sein«, erklärte Quilûn. »Dass du dich jetzt erinnerst, bedeutet, dass du ein Geschöpf Kyrins sein musst.«

»Die Zauberin hat mich nicht geschaffen!« Donnernd brach der Imagolem ein weiteres Stück aus der Einfassung.

Wieder hatte Quilûn Glück. In seiner Pendelbewegung befand er sich weit genug entfernt, als die Trümmer niedergingen.

»Was wesentlich an mir ist, hat in einem menschlichen Körper gelebt«, stellte der Imagolem klar. »Es ist nicht das Werk eurer Anmaßung und eures Größenwahns. Ihr habt meine Seele gestohlen und in diesen unförmigen Körper gezwängt.«

Wenn Quilûn aus dem Bereich hinausschwang, in den das ohnehin spärliche Licht hinabfiel, sah er nichts mehr. Er hielt sich nur noch mit einer Hand fest und streckte die andere vor, um nach etwas zu tasten, an dem er sich festhalten konnte.

»Du wärest so oder so gestorben – in der Arena!«, rief Quilûn, um seinen Gegner am Reden zu halten. »Dein Leben wäre zu Ende gewesen, aber Kyrin hat es verlängert.«

»Als Knecht!«, zürnte der Imagolem. »Ich war ein Niemand, ohne eigenen Willen, gehorsam jeder eurer Launen.«

»Aber das ist vorüber«, erinnerte Quilûn. »Dein Gedächtnis kehrt zurück, dein Wesen, du kannst wieder für dich entscheiden.«

»Und meine erste Entscheidung ist, dich zu zermalmen!«, verkündete er.

»Du triffst den Falschen.«

»Das mag ich hinterher bereuen, aber zuerst gönne ich mir die Genugtuung, einem Schneegrund das Leben aus dem Leib zu quetschen.«

Endlich bekam Quilûn einen Felsvorsprung zu fassen. Er war nass und rutschig und von Moos bedeckt, aber Quilûn benutzte zusätzlich die Beine, um sich festzuklammern. Vollständig traute er dem unsicheren Halt jedoch nicht, er umfasste weiterhin die Kette.

Der Imagolem begriff nun wohl, dass er dem Menschen nicht in den Abgrund folgen konnte und dass dieser auch nicht freiwillig wieder heraufkäme. Er zerlegte die Einfassungsmauer Stück für Stück und schleuderte die Steine den Schacht herab. Ungefährlich fielen sie an Quilûn vorbei und platschten ins Wasser.

Dennoch pochte Quilûns Herz angsterfüllt in seiner Brust. Früher oder später würde auch die Kurbel der Wut des Imagolem zum Opfer fallen und mit ihr würde die Kette in die Tiefe stürzen. Zwar könnte Quilûn sie jederzeit loslassen, aber wie sollte er es dann wieder an die Oberfläche schaffen?

Er sah auf die Lichtreflexe, die unter ihm tanzten. Wie tief mochte das Wasser sein? Wie lange könnte er darin schwimmen, bis er unterginge, wenn er seinen rutschigen Halt verlor?

Die Schläge hörten auf.

Vorsichtig spähte Quilûn nach oben, so gut es ging, aber von seiner Position aus konnte er nur einen Teil des Schachts einsehen. Die Öffnung und erst recht der Imagolem waren seinem Blick entzogen.

Er hielt den Atem an und lauschte. Das Schlagen der sich langsam beruhigenden Wellen unter ihm empfand er als ärgerlich laut. Er unterdrückte einen Hustenreiz, noch immer kratzte Staub in seiner Kehle.

Ein Grummeln drang zu ihm herab, aber er verstand keine Worte. Die Schläge gegen den Brunnen blieben aus und schließlich verstummten auch die anderen Laute, die auf den Gegner hindeuteten. War er fort?

Quilûn überlegte, ob er seinen Halt aufgeben und an der Kette in die Mitte des Schachts zurückschwingen sollte, um nach oben schauen zu können. Aber er traute dem Steinkrieger eine List zu. Vielleicht wollte dieser sein Opfer aus der Sicherheit locken, dorthin, wo er es mit einem Wurfgeschoss treffen könnte.

Also blieb Quilûn vorerst, wo er war. »Hilfe!«, rief er. »Hier unten bin ich! Im Brunnen!«

Oben regte sich etwas.

»Graf Quilûn?«

Er erkannte die Stimme nicht, aber sie gehörte eindeutig einem Menschen.

»Ja! Hier bin ich! Ist er weg?«

»Für den Moment ist hier oben alles sicher. Mit Asmodel wollte sich der fette Kerl nicht anlegen.«

Quilûn lachte erleichtert. Er fasste die Kette mit beiden Händen und pendelte zurück in den Schacht. »Zieht mich hoch. Schnell. Bitte.«

»Wie Ihr wünscht, Graf.«

Die Kurbel drehte sich, die Kette wickelte sich um das Holz und Quilûn wurde nach oben befördert.

Asmodel, der menschenähnliche Imagolem mit dem faustgroßen Loch in der Stirn, bediente die Kurbel. Neben ihm standen Derrek Eichfrost, der mit gezogenem Degen aufmerksam die Umgebung musterte, und Merûenn.

»Hast du die Hilfe geholt?«, fragte Quilûn die Magd, während er sich auf sicheren Grund schwang. Seine Hände zitterten, als er ihren Griff löste.

»Ja, Herr Graf.« Sie war nun wieder ganz die scheue Dienerin, die sich nicht traute, die Adligen anzusehen.

»Das hast du sehr gut gemacht.«

Sie knickste.

Der Schatten seines breitkrempigen Hutes verdunkelte Derreks Gesicht, sodass seine Miene schwer zu deuten war. »Es ist gefährlich, allein außerhalb unseres Schutzbereichs unterwegs zu sein.«

»O ja«, stimmte Quilûn zu. »Das habe ich gemerkt.«

Im Vergleich zu der riesigen Eiche wirkte der steinerne Mann, der unermüdlich auf sie einschlug, klein. Dabei überragte er Semire von Schneegrund, die alle hier nur *die Rose* nannten, sicher um einen vollen Schritt. Aber es hätte ein halbes Dutzend Männer gebraucht, um den Stamm mit ausgestreckten Armen zu umfassen. Er war nur zum Teil gewachsen, an vielen Stellen bestand er aus Stein statt aus Holz. Die gemeißelten Zauber hatten dieselbe raue Oberfläche wie die Borke. Seit Jahrhunderten unterstützten sie den Wuchs dieses Stolzes von Haus Eichfrost und schützten die Eiche vor Blitzen und anderen Unbilden. Sie hatten dem Stamm wohl auch Stabilität verliehen. Jeder der wuchtigen Hiebe des Imagolems hätte eine Hauswand erschüttert, aber aus dem Holz flogen nur Splitter.

»Ich bin froh, dass er sich daran auslässt.« Ronnbar schwenkte die Weinflasche in seiner Hand. »Wir konnten ihn gerade noch rechtzeitig aus dem Keller vertreiben, sonst wäre dieser köstliche Saft in einem Scherbenfeld versickert.«

Der gut Fünfzigjährige war das Oberhaupt des gefallenen Hauses Schwingenpracht. Gemeinsam mit den etwa zweihundert Männern, die ihm folgten, feierte er in der Ruine des Palasts von Haus Eichfrost. Inmitten der Trümmer loderte ein Lagerfeuer, genährt von zerlegten Schränken, Tischen und Betten. Kleinere Feuer brannten in der Umgebung. Viele beschienen gelbe Stoffbahnen, die das geflügelte Ross zeigten, das ein stolzes Wappen gewesen war. Bis etwa zu der Zeit, in der die Eichfrosts ihren prachtvollen Baum auf den Berg geholt hatten.

Ronnbar lehnte sich zu Semire herüber. »Der Steinmann wird eine Weile brauchen, Rose. Aber wenn er fertig ist, fällt uns eine schöne Beute in den Schoß.« Bedeutungsschwanger blickte er hinauf zur Krone der Eiche. Einige Äste waren mit Silber überzogen. Abends glitzerten sie dadurch, als wären sie mit frischem Schnee bedeckt. Jetzt, bei Nacht, war es schwer auszumachen.

»Der Baum ist ohnehin zum Sterben verurteilt«, meinte Semire. »So, wie die gesamte alte Ordnung. Der Stein, der seinen Stamm durchsetzt, hat ihn bis gestern geschützt. Nachdem die Magie nun erloschen ist, wird er ihm zu schaffen machen wie ein schwerer Parasitenbefall.«

Ronnbar sah sie an und rülpste. Wenn die Annalen des Tiefen Hauses Schneegrund zutrafen, hatten Semires Vorfahren den seinen die Zähne ausgebrochen. Das lag Generationen zurück, aber Ronnbars Mund war ebenfalls keine Zier. Das hinderte ihn nicht daran, ihn offen stehen zu lassen, sodass Semire die Lücke sah, wo zwei Schneidezähne im Unterkiefer fehlten. Nach seinem Atem zu urteilen, war er auf gutem Wege, jede Weinsorte aus dem Keller der Eichfrosts in dieser einen Nacht zu verkosten.

Viele seiner Gefolgsleute taten es ihm gleich, aber er hatte auch dafür gesorgt, dass Posten sie vor unliebsamen Überraschungen bewahrten. Sie saßen auf dem Dach eines der wenigen Häuser, die noch nicht eingestürzt waren, auf einer Schutthalde und am Brunnen auf dem Böttcherplatz, wo sich die großen Straßen trafen. Im Westen fiel das Gelände in einem schroffen, unbebauten Hang ab, aber selbst dort standen Wachen. Sie behielten die tiefer gelegenen Bereiche der Stadt im Blick. Überall brannten Feuer, und wenn das Grölen der siegreichen Schwingenprachts für einen Moment zur Ruhe kam, hörte Semire in der Ferne das unverwechselbare Stahlklirren von Waffengängen.

Der Imagolem umkreiste den Baumstamm, auf den er unermüdlich einschlug. Auf der linken Seite hatte er eine unübersehbare Kerbe geschaffen, was Semire beruhigte, weil das bedeutete, dass der Baumriese nicht auf sie zufallen würde. Stattdessen würde er das zerschmettern, was vom Gesindehaus noch stand.

»Er benutzt nur den rechten Arm«, stellte sie fest.

»Ja«, bestätigte Ronnbar. »Für einen Steinmann ist er ziemlich schlau.«

Der linke Unterarm hatte in den Kämpfen gelitten. An der dünnsten Stelle war er kaum breiter als ein Finger. Dass der Imagolem dennoch seine Hand bewegen konnte, zeigte, dass er keine Muskeln und Sehnen brauchte wie ein Mensch. Aber wenn er mit der linken Faust Schläge gegen ein hartes Ziel ausgeteilt hätte, wäre sie sicher abgebrochen. Das hätte Imagolems, wie Semire sie kannte, nicht davon abgehalten, beide Hände einzusetzen, wenn man ihnen befohlen hätte, den Baum zu Fall zu bringen. Das reflektierte Vorgehen bewies, dass auch in diesem Steinkörper die schlafende Persönlichkeit erwacht war. Kyrin musste ihn gemeißelt haben. Er gehörte sicher zu denen, die Haus Schneegrund im Laufe der Jahre an andere Adelshäuser verschenkt hatte.

Ronnbar suchte in den nur noch halb gefüllten Flaschen, die er um sich herum zwischen den Trümmern des Palastes aufgestellt hatte. Dabei erhob er sich nicht von dem Mauerrest, auf dem er neben Semire saß. Er entschied sich für eine schlanke Flasche, brummte zufrieden und brachte zu Semires Überraschung einen filigranen Kristallkelch zum Vorschein, in den eine Katze geritzt war. Allerdings machte er sich nicht die Mühe, ihn auszuwischen. Deswegen trieb heller Steinstaub auf dem Wein, den er hineingoss.

Er reichte Semire den Kelch. »Der wird dir munden, Mädchen. Mir ist er zu süß.«

Sie nahm den angebotenen Trunk entgegen.

Gespannt sah Ronnbar zu, wie sie ihn hinter den Schleier aus halb durchsichtigem, blauem Stoff hob.

»Du gönnst wohl niemandem einen Blick auf deine Lippen, Rose.«

»Ich bin eben schüchtern.«

Lachend schlug er sich aufs Knie. »Die Herrin über das beste Hurenhaus der Stadt – schüchtern?«

Sie zuckte mit den Achseln.

Neben ihr nippte Buhm an seiner Weinflasche. Er brachte ihr nicht nur auf dem Fechtboden Umsicht bei, er praktizierte sie auch selbst. Hier, inmitten der von Sieg und Alkohol Berauschten, war Vorsicht angebracht. Bei ihrem Eintreffen hatten einige Kämpfer der Schwingenprachts versucht, den bulligen Mann zum Mitfeiern zu bewegen. Der Umstand, dass er keine Zunge mehr besaß und ihre Prahlereien deswegen nicht mit beifälligen Bemerkungen würdigen konnte, machte ihn aber wohl uninteressant, sodass man ihn ungestört neben Semire auf zusammengeschobenem Schutt sitzen ließ.

Stattdessen bezog man Jasir in die Siegesfeier ein. Den Bettlerfürsten kannten die Schwingenprachts ohnehin besser, er hatte sie mit Armbrüsten und Schwertern aus Semires Bestand beliefert. Sicher hatte er darauf geachtet, die Geschäftsbeziehung durch gemeinsame Gelage zu stärken. Auch jetzt entblödete er sich nicht, sich bis auf die Sandalen entkleidet mit ebenfalls nackten Kriegern einen Wettstreit zu liefern, wer über das größte Feuer springen könne. Zwischen den Durchgängen, wenn Holz nachgelegt wurde, bedachten sie sich mit überschwänglichem Lobpreis auf die gezeigte Tapferkeit, die für Semire pure Dummheit war. Zudem sprachen sie dem Wein reichlich zu.

Ronnbar folgte Semires Blick zu ihrem Mittelsmann. »Jasir hat uns gute Ware geliefert.« Er nahm ein Langschwert auf, das zwischen den Weinflaschen an einem Bruchstein lehnte, und zog es mit bedeutungsschwangerer Miene aus der Scheide. »Das hat heute seinen Dienst geleistet.« Er hielt ihr die Klinge vors Gesicht, sodass sie die Scharten sah. »Ein paar Eichfrosts haben sich gewehrt. Wollten einfach nicht sterben.«

Semire verbarg ihre Missbilligung hinter einem Schluck aus dem Kristallkelch. Offenbar verstand Ronnbar nicht allzu viel von Waffenstahl, sonst hätte er sich darüber beschwert, dass die Klinge bereits nach einem einzigen Einsatz ein Dutzend Scharten aufwies. Zudem stand zu vermuten, dass er die Waffe wie ein Hackmesser benutzte, statt zu fechten. Ein geübter Schwertkämpfer schlug den gegnerischen Stahl mit den flachen Seiten der Klinge aus dem Weg, nicht mit der Schneide.

Darüber, dass dermaßen stümperhafte Krieger den Palast von Haus Eichfrost eingenommen hatten, dachte Semire nur widerwillig nach. Schließlich war sie – was hier außer Buhm niemand wusste – die Gräfin von Haus Schneegrund, dem auch Eichfrost die Treue schuldete. Sie tröstete sich damit, dass die fähigen Kämpfer entweder jenseits des Berges mit General Esgur gegen die Gravilier standen oder in der Stadt gekämpft hatten, statt den Palast zu verteidigen.

»Dieser Stahl hat heute Blut geschmeckt.« Ronnbar grinste genüsslich. Auch ein wenig spöttisch, weil er sich wohl vorstellte, dass einer Frau solch ein Gedanke unangenehm sein müsste. »Ich habe damit einen Hals zerschnitten.« Er lachte höhnisch. »Das Blut ist zwischen den blauen Zähnen hervorgesprudelt. Diese Adligen haben sich auf die Steinzauber verlassen, die ihre Schwerter hart und scharf halten sollten. Aber damit ist jetzt Schluss! In unserer neuen Welt bricht Stein leichter als Stahl.«

Diese Überlegung war auf gewisse Weise beruhigend. Semire, Kyrin und Quilûn hatten niemanden eingeweiht, dass sich die Ströme der Macht wenden und die Magie in den Berg zurückkehren würde. Die Verteidiger waren wohl doch nicht vollkommen unfähig gewesen, sondern hatten sich lediglich auf die Waffen verlassen, die generationenlang gute Dienste geleistet hatten. Nun waren sie einfachen Schmiedearbeiten unterlegen.

»Und das wird auch den Schneegrunds so gehen!«, röhrte Ronnbar. »Sie haben uns sicher schon vergessen. Aber sie werden sich an uns erinnern, wenn ich erst der Graf von Schwingenpracht sein werde.«

Vergessen hatte man die Schwingenprachts im Palast der

Schneegrunds nie. Oder vielleicht doch, jedenfalls die gegenwärtigen, die als bedeutungslose Bürgerliche lebten. Die Geschichte um den Sieg über ihre Vorfahren aber hatte Semire häufig gehört, in verschiedenen Varianten. In den Annalen konnte man über diesen Triumph lesen, Gedichte wurden dazu rezitiert, Barden sangen davon. Sogar Semires Kindermädchen hatte erzählt, wie man ihnen die Zähne ausgebrochen hatte, um der sechsjährigen Grafentochter, die mal wieder ihr Kleid verdreckt hatte, zu verdeutlichen, was mit denjenigen geschah, die sich ungehörig benahmen.

Semire rieb sich die Augen. Überall in der Stadt trieb Rauch. Inzwischen roch sie ihn nicht mehr, aber an den Tränendrüsen sammelte sich Ruß. »Die Schneegrunds sind nicht die Eichfrosts«, sagte sie. »Wenn du dich mit einem Tiefen Haus anlegen willst, musst du zuerst deine eigene Macht ausbauen.«

»Das werde ich. Und zugleich werde ich zusehen, wie sich die Adligen gegenseitig abschlachten.« Lachend zeigte Ronnbar auf die Stadt hinaus. »Drei Viertel der Paläste brennen bereits. In den übrigen fragt man sich, wieso man so wenig Beachtung erhält.«

»Es wäre klug, die Unruhe zu nutzen, solange noch unklar ist, wo die Fronten verlaufen.« Semire hütete sich, den großen Feldherrn Palion zu zitieren. Das hätte nicht zu ihrer Rolle als Rose des *Lustgartens* gepasst. »Du solltest die Kornspeicher von Haus Adlerhoch in deine Gewalt bringen.«

»Korn?«, rief Ronnbar. »Bald haben wir so viel Silber, dass wir kein Korn mehr brauchen. Dann schlemmen wir jeden Tag Braten, und wenn der uns noch nicht satt macht, nehmen wir Kuchen dazu. Das dort«, er zeigte auf die mit Edelmetall überzogenen Äste der Eiche, »ist nur ein bescheidener Anfang. Aber er reicht, um weitere Waffen zu ordern. Ich hoffe, du kannst geschwind liefern. Und zu einem vernünftigen Preis. Gegenwärtig sterben die Adligen so schnell, dass es fast schon anstrengend wird, sich ständig zu bücken, um den Leichen die Schwerter aus den Händen zu nehmen.«

»Schwerter mit Steinzaubern, die keine Kraft mehr haben?«, fragte Semire.

Er lachte. »Auf den Mund gefallen bist du nicht. Aber du weißt so gut wie ich, dass der Preis fällt, wenn so viele Waffen auf den Straßen liegen.«

»Ich habe gehört, es gibt auch eine Menge, die sich trotz der Mühe bücken, um die Schwerter aufzuheben. Und die Gravilier sind nur zu einem kleinen Teil auf dem Berg angekommen. Hunderttausende sollen noch auf dem Weg sein.«

Er schnaubte. »Wer glaubt schon diese Märchen?«

»Die Tiefen Häuser offenbar. Oder wo vermutest du ihre Heere? Was machst du, wenn sie zurückkehren? Die Schneegrunds werden wenig Freude an dieser Ruine haben.«

»Die Schneegrunds sollen nur kommen!«

»Bevor sie gegen dich vorgehen, kannst du Haus Adlerhochs Kornspeicher einnehmen.«

Lachend schüttelte er den Kopf. »Jeder weiß, dass zu viel Denken Frauen hässlich macht. Ist das dein Laster? Musst du dir wirklich den Bart rasieren? Man sagt, dass du den Schleier trägst, um die Stoppeln zu verbergen.«

»Ein bisschen Kitzeln stört mich nicht!«, grölte ein Mann hinter Semire. Er packte ihre Schulter und griff mit der anderen Pranke ihre linke Brust, um sie schmerzhaft zu drücken.

Sie umfasste seinen kleinen Finger und bog ihn zurück, während sie mit einer Drehung aufstand. Den Kristallkelch ließ sie fallen, er zersprang mit hellem Klirren.

Schreiend riss der Mann seine Hand frei. Er starrte Semire aus einem faltigen Gesicht an, das jedoch nicht alt wirkte. Er hatte wohl viel in der Sonne gearbeitet. Auf der linken Wange saß eine braune Warze.

Ronnbar lachte. »Sieh dich vor, Urlik! Diese Rose hat Dornen.«

Der Rüpel knetete seinen Finger. »Das lasse ich mir von keinem Weib gefallen!« Er griff nach ihr.

Semire entzog sich mit einem schnellen Schritt rückwärts.

Buhm sprang auf und rammte dem nachdrängenden Urlik eine Faust unter das Kinn.

Der Getroffene taumelte zurück. Er hatte sich auf die Lippe

gebissen. Nachdem er mit der Hand über den Mund wischte, war Blut an den Fingern.

Ronnbar lachte nicht mehr. Er stellte seine Weinflasche ab und wog das schartige Schwert bedächtig. »Ich kann nicht dulden, dass jemand einen meiner Männer angreift.«

»Buhm hat mich lediglich verteidigt.«

»Was soll er denn verteidigen? Die Ehre einer Hure?« Ronnbar schnaubte. »Na gut, dann soll dieser Bulle sich schlagen.« Er stand auf. »Ossip!«, rief er zum Imagolem hinüber.

Der Steinmann hielt damit inne, den Baum zu traktieren, und wandte ihnen das Gesicht zu.

»Hast du noch Lust zu raufen?«, rief Ronnbar. »Hier muss jemand Respekt lernen.«

Semire stockte der Atem. Die Wut über Urliks Übergriffigkeit wich der kühlen Erkenntnis, dass sich Buhm in echter Gefahr befand. Er war ein hervorragender Fechter und hatte dem Wein kaum zugesprochen, womit er jedem Krieger im Haufen der Schwingenprachts überlegen sein sollte. Aber vom Granit des Imagolems würde jede Klinge abprallen und ein einziger Treffer der Steinfäuste könnte Buhms Schädel brechen.

»Ich streite nicht mehr für die Ehre«, grollte die Stimme des Imagolems herüber. »Und ich kämpfe nur noch gegen die Angehörigen der Tiefen Häuser.«

Während der Steinmann seine Schläge gegen die Eiche wieder aufnahm, unterdrückte Semire ein erleichtertes Seufzen. Wenn dieser Imagolem Adlige töten wollte, konnte sie nur froh sein, dass niemand ahnte, dass sie die Gräfin eines der mächtigsten Häuser auf dem Berg war.

»Ich erledige ihn selbst!« Urliks Ankündigung war etwas schwer zu verstehen, der Hieb hatte seinem Kiefer wohl nicht gutgetan. »Dem Kerl schlitze ich den Wanst auf.«

»Also Messer?«, versicherte sich Ronnbar.

Urlik nickte grimmig.

Ronnbar stellte sich auf den Mauerrest, auf dem er zuvor gesessen hatte, und schwenkte sein Schwert. »Kommt alle her! Hier gibt es etwas zu sehen!«

Neugierig kamen seine Männer näher und bildeten einen Kreis. Auch Turiel war dabei, Ronnbars Sohn. Semire kannte ihn aus dem *Lustgarten*. Seit Aliére zu ihren Blumen zählte, kam er häufig.

Semire trat zu Buhm. »Traust du dir zu, ihm eine Lektion zu erteilen?«, flüsterte sie. »Für mich sieht er eher nach einem Tagelöhner aus als nach einem Krieger. Aber bevor die Klingen singen, kann man es nie mit Gewissheit wissen. Willst du gegen ihn antreten? Ich könnte deinen Sieg vielleicht nutzen ...«

Er nickte knapp.

Semire drehte sich zu Ronnbar um, der nun mit einigen begeisterten Männern schwatzte. »Bis zum ersten Blut?«, versicherte sie sich.

»Hegst du Sorge um deinen edlen Streiter, Mädchen?«

»Wir sind doch alle Freunde«, mischte sich Jasir ein.

Dass er nackt war und sein Bauch unvorteilhaft schwabbelte, machte ihn zu einer erbärmlichen Erscheinung. Aber Ronnbar hörte ihm zu.

»Seht euch doch um.« Jasir zeigte auf die Feuer in der Stadt. »Es ist der falsche Zeitpunkt, um Kämpfer zu verlieren.«

»Das hätte sich der Kerl vorher überlegen sollen«, meinte Urlik. Er prüfte zwei gebogene Dolche.

»Ich könnte mich überzeugen lassen.« Ronnbar grinste. »Wenn ich die Rose entblättern dürfte in dem Fall, dass unser Mann gewinnt ...«

»Das ist noch niemandem vergönnt gewesen!«, rief Jasir.

»Mein Sohn erzählte mir von einem gravilischen Barbaren, dem sie ihre Gunst geschenkt hat«, widersprach Ronnbar.

Turiel errötete. Obwohl Semire ihn etwas schmächtig fand, wäre er kein unansehnlicher Mann gewesen, wenn ihm nicht als Kind ein glühender Eisensplitter von einem Ofen ins linke Auge geflogen wäre. Der Metallspan steckte noch immer darin und ein weißer Fleck trübte die Pupille, wie Semire von Aliére wusste. Meist trug er eine Augenklappe darüber.

Semire verbarg die rechte Hand in den Falten ihres Kleides, bevor sie sie zur Faust ballte. Ja, sie hatte Brotan ihre Liebe geschenkt, mit ihrem Herzen und auch mit ihrem Körper. Jetzt, da er ein Imagolem war, bereute sie kaum etwas stärker, als dass sie nicht mehr Zeit mit ihm verbracht hatte. Sie vermisste seine fordernde, aber doch zärtliche Berührung, den Geschmack seiner Lippen, die Kraft, mit der er sie gefordert hatte. Aber sie durfte sich nicht von ihrer Sehnsucht ablenken lassen.

»Ich bin hier, um Geschäfte zu machen«, stellte sie klar. »Wenn dein Mann gewinnt, bekommst du für zehn Schwerter eines umsonst.«

»Und für zehn Armbrüste?«

»Ebenso. Aber wenn Buhm gewinnt ... Ihr habt doch nicht alle Eichfrosts getötet, oder? Es gibt Gefangene?«

Ronnbar zuckte mit den Achseln. »Ein gutes Dutzend. Ich weiß noch nicht, wie viel Lösegeld sie bringen.«

»Nicht viel, wenn keine Adligen darunter sind«, sagte Semire. »Wenn du Pech hast, gibst du mehr dafür aus, sie am Leben zu halten, als sie dir einbringen. Während der Kämpfe kann es lange dauern, bis der Baron oder gar der Graf sich mit ihnen befasst.«

»Was willst du dann mit ihnen?«

»Wenn Buhm gewinnt, lass sie frei.«

Ronnbar lachte auf. »Was soll das? Regt sich Mitleid in deinem Weiberherz?«

Sie zuckte mit den Achseln. Sollte er denken, was er wollte. Als Gräfin des Tiefen Hauses Schneegrund verspürte sie eine Verpflichtung auch für das Gefolge der verbundenen Häuser. »Gilt der Handel?«

Ronnbar zögerte.

»Es würde die Sache interessanter gestalten«, lockte Semire.

Urlik und Buhm zogen Jacken und Hemden aus.

»Ich mache ihn fertig«, versprach Urlik. »Erstes Blut oder nicht, das ist mir gleich. Ich brauche nur einen Stoß.«

»Sollten wir ein ebeneres Gelände suchen?«, fragte Semire. »Wir wollen doch, dass Fähigkeit und Entschlossenheit entscheiden. Nicht ein Stolperer.«

Ronnbar sah sich um. »Wie meinst du das?«

»Hier in den Trümmern ...« Semire zeigte unbestimmt.

»Die gesamte Stadt liegt in Trümmern«, sagte Ronnbar herablassend.

»Wir könnten wenigstens einen Platz frei räumen.«

»Ich finde, einer schönen Frau sollte man keinen Wunsch abschlagen«, meldete sich Turiel zu Wort. Ronnbars Sohn begann sofort, einige Brocken aus dem Bereich zwischen den Bruchsteinen, die als Sitze gedient hatten, und dem Feuer herauszubefördern.

»Vornehme Sitten!«, rief Ronnbar. »Das gefällt mir! Schließlich sind wir von Adel.«

Semire hoffte, dass Ossip diese Bemerkung überhörte. Der Imagolem traktierte ohne Unterbrechung die Eiche.

Während Ronnbars Männer seltsamerweise Spaß daran fanden, das Geröll wegzuräumen, schwang Buhm mit ernster Miene die Arme um den Oberkörper. Er hatte Semire beigebracht, jeden Gegner zu respektieren. Wenn man einen Kämpfer unterschätzte, gab man ihm einen Vorteil an die Hand.

Semire versuchte, Buhm einen Vorteil zu verschaffen. Zwar traute sie ihm zu, mit jedem Gelände klarzukommen, aber er kämpfte häufig mit ihr auf dem Fechtboden. Auf ebenem Untergrund konnte er auch seine komplizierteren Schrittfolgen wie gewohnt setzen.

Ronnbar reichte ihr einen neuen Kristallkelch.

Sie nahm ihn lächelnd. »Denke an die Kornspeicher«, raunte sie ihm zu.

»Danke für den Rat«, erwiderte er spöttisch. »Aber ich wundere mich über deine Grübeleien. Ich würde noch verstehen, wenn eine Frau deiner Profession an Silber denken würde. Aber überlasse es den Männern, wie sie dieses Silber beschaffen. Du bekommst es für gut geschliffenen Waffenstahl. Oder für eine Einladung in dein Bett.« Er grinste anzüglich. »Jetzt, da dein Siegel offenbar gebrochen ist …«

Dieser Mann widerte Semire an. Sie verbarg es hinter einem Schluck vom Wein der Eichfrosts. Er war das Angenehmste an diesem Abend.

Die Kämpfer stellten sich einander gegenüber auf. Urlik

wirkte wie ein Hund an der Leine, obwohl ihn keine Fessel band. Er stand vorgebeugt, das Gewicht hauptsächlich auf dem rechten Fuß. Den Dolch hielt er in der rechten Faust, die gebogene Klinge kam an der Kleinfingerseite hervor. Bei einem ungeübten Messerkämpfer hätte das darauf hingedeutet, dass er einen Stoß von oben nach unten führen wollte, aber Semire ermahnte sich, keine voreiligen Schlüsse zu ziehen.

Buhm war ein Bild der Ruhe. Seine Augenlider hatte er halb gesenkt, damit er nicht blinzeln musste, die Knie waren leicht gebeugt, sodass er sich in jede Richtung bewegen konnte. Auch er hielt die Waffe rechts, aber bei ihm befand sich die Klinge an der Daumenseite. So weit das bei der Länge von kaum mehr als einer Handspanne und der starken Krümmung möglich war, beabsichtigte er wohl, damit zu fechten.

Semires Muskeln spannten sich. In Gedanken erwog sie, welche Taktik sie bei diesem Kampf anwenden würde. Es reizte sie, zu Buhm zu gehen, ihm den Dolch abzunehmen und ihre Ehre gegenüber dem Lüstling selbst zu verteidigen. Eine weibliche Gegnerin würde Urlik gewiss unterschätzen. Und diese Zeit des Umsturzes mochte auch die richtige sein, um offener als bisher nach der Macht zu greifen …

Aber gegenwärtig trug sie die Verantwortung für ein weiteres Leben. Sie legte eine Hand auf ihren Bauch. Unter dem Herzen wuchs das Kind, das sie von Brotan erwartete. Damit durfte sie nicht spielen. Ein tiefer Stich mit Urliks Klinge …

Turiel stellte sich neben Semire. Wegen der Augenklappe musste er den Kopf weit wenden, um sie anzusehen. »Das hier ist mir sehr unangenehm«, raunte er ihr zu.

»Dich trifft keine Schuld«, gab sie zurück.

»Ich hoffe, Buhm gewinnt. Er handelte recht, als er dich verteidigt hat.«

»Also!« Ronnbar klatschte in die Hände. »Will die Dame, deren Ehre wegen jetzt Blut vergossen wird, das Zeichen zum Beginn geben?«

Alle Blicke außer Buhms, der weiterhin seinen Gegner musterte, richteten sich auf Semire.

Sie streckte den Arm aus und ließ den Kelch fallen.

Zwei Herzschläge vergingen, nachdem er zersprungen war, dann stapfte Urlik auf Buhm zu. Den Dolch hob er hoch über den Kopf. Er wollte wohl ausnutzen, dass er zwei Handspannen größer war, um einen wuchtigen Stoß zu führen.

Buhm wich zur Seite aus und versuchte, einen waagerechten Schnitt über den Bauch anzusetzen.

Beinahe hätte er Urlik erwischt, aber dieser beherrschte das Messer doch besser, als es zunächst den Anschein gehabt hatte. Blitzschnell brachte er die gebogene Klinge herunter, während er auf dem Standbein herumdrehte. Er fing Buhms Dolch mit der Innenseite der Krümmung.

Das Metall klirrte hell.

Buhms Klinge brach ab und flog Semire vor die Füße.

Die Klasse ihres Fechtlehrers zeigte sich darin, dass er sich sofort auf die neue Situation einstellte. Urlik stach nach ihm, aber Buhm fing den Angriff am Handgelenk ab.

Wütend schrie Urlik auf. Er legte die Linke um Buhms Hals.

Statt sich der Kraft seines Gegners entgegenzustemmen, ließ sich Buhm fallen und zog Urlik mit sich. Dabei blockierte er Urliks vorderes Schienbein mit dem Fuß, sodass der andere auf ihn fiel.

Semire konnte nicht genau erkennen, was bei den beiden Männern vorging, die sich über den Boden wälzten. Die Menge johlte. Urlik schrie, Buhm blieb gespenstisch still.

Schließlich löste er sich von Ronnbars Mann, indem er ihn in den Unterarm biss, rollte von ihm fort und stand auf. Er streckte Semire und Ronnbar die linke Hand entgegen. Sie war blutverschmiert.

»Das sieht so aus«, rief der Anführer erfreut, »als bekäme ich meine Schwerter billig!«

»Ich fürchte, das stimmt nicht«, widersprach Semire. »Das ist nicht Buhms Blut.«

An Urliks linker Seite, unter der kurzen Rippe, klaffte ein Schnitt, aus dem auf der vollen Länge von zwei Handspannen hellrote Flüssigkeit austrat. Sein Messer war ihm entfallen.

Brüllend stürzte er sich auf Buhm, der jedoch unter seinem Griff wegtauchte und ihm einen Faustschlag auf die Wunde verpasste. Urlik brach in die Knie und krümmte sich zusammen.

Unbeeindruckt von den begeisterten Rufen der Menge verließ Buhm ruhigen Schrittes das Kampffeld und legte sein Hemd wieder an.

Semire hockte sich hin und nahm Buhms Klinge auf. Sie war vollkommen gerade gebrochen, exakt am Übergang zur Flachangel, mit der das Metall im Holzgriff befestigt gewesen war. »Ich frage mich, ob ich Spuren von einer Feile finden würde, wenn ich ans Lagerfeuer treten und das Messer ins Licht halten würde.«

»Ich schätze schon.« Ronnbar grinste. »Dein Mann ist ein guter Kämpfer, aber wenn er so dumm ist, dass er ungeprüft die Waffe akzeptiert, die sein Gegner ihm gibt, hätte er eigentlich die Niederlage verdient.«

Semire betrachtete sein Gesicht. Der Weingestank, der ihr entgegenwehte, erinnerte sie an zermatschte Trauben. In Momenten wie diesen wurde ihr deutlich, wie unterschiedlich die beiden Welten waren, in denen sie lebte. Hier, fern vom Adel, galt Ehre nichts. Sie war versucht, Ronnbar zu erklären, dass er noch viel lernen müsste, wenn er sein Haus wirklich wieder in die edlen Kreise führen wollte, hielt sich aber zurück.

»Jedenfalls hat Buhm gewonnen«, stellte sie fest.

Mit missbilligend verzogenem Mund sah Ronnbar zu Urlik hinüber. Buhm musste große Wucht in seinen Hieb gelegt haben, der Mann übergab sich. Semire tat es leid um den guten Wein, der in dieser Nacht so verschwendet wurde.

Ronnbar nickte seinem Sohn zu. »Gib dem Weib die Gefangenen«, murrte er.

Sie warteten, bis sich Buhm wieder angekleidet und sein Schwert aufgenommen hatte. Hätten sie mit langen Klingen gekämpft, hätte Ulrik nicht überlebt.

Während sie Turiel zum Abhang folgten, kamen mehrere Krieger zu ihnen, um dem Sieger die Hand zu drücken oder ihm auf die Schultern zu klopfen. Buhm nahm es hin. Er machte sich nichts aus der Anerkennung von Menschen, die er nicht kannte.

»Ich weiß nicht, wie das geschehen konnte.« Turiel ging links von Semire, so fiel es dem Einäugigen leichter, sie anzusehen. »Die Messer waren so schnell im Spiel … Ich bin froh, dass es so ausgegangen ist.«

»Du trägst keine Schuld an diesem Vorkommnis«, beruhigte Semire ihn. »Es ist ja auch nichts Schlimmes passiert. Wir werden weiterhin Geschäfte machen. Dein Vater bekommt die Waffen – zum vollen Preis …«, sie zwinkerte ihm zu, »… und du bist weiterhin ein willkommener Gast im *Lustgarten*.«

Das erleichterte Turiel sichtlich. Er hing wirklich an Aliére. Eigentlich hätte er mehr Erfahrung haben müssen. Er war schon zu alt für die erste Liebe, Semire schätzte ihn auf dreißig. Andererseits war sie selbst genauso alt und hatte auch erst jetzt einen Mann gefunden, mit dem sie das Lager teilen wollte. Wieder ballte sie die Rechte zur Faust. Einen Mann, der nun in einem Körper aus Granit lebte.

Sie erreichten den Hang. Die Gefangenen waren mit den Händen an Stangen gefesselt, die wiederum an Seilen angepflockt waren. Sie baumelten zwar nicht in der Luft, aber der Grund war so abschüssig, dass sie unweigerlich in die Tiefe gerutscht wären, wenn sich die Aufhängung gelöst hätte.

»Zieht sie hoch«, befahl Turiel den vier Wachen. So herrisch hatte Semire ihn noch nie erlebt.

Sie nestelte Aliéres Brief, den sie mit Bedacht über dem Busen getragen hatte, aus ihrem Ausschnitt und gab ihn mit verschwörerischem Blick an Turiel weiter. »Du weißt, von wem er kommt. Die Nachricht war ihr sehr wichtig. Ich musste ihr schwören, dass ich sie dir gebe, wenn du ihn unbeobachtet lesen kannst.«

»Danke, Rose«, stammelte er. Seine Miene, als er sich mit dem Brief Luft ins Gesicht fächelte, verriet, dass er Aliéres Duftwasser erkannte. Er sah sich mit raschen Blicken um.

»Das hier wird ein bisschen dauern«, sagte Semire. »Du kannst ihn schnell lesen, und wenn du willst, dass ich eine Antwort überbringe, kannst du sie mir mitgeben.«

Mit einem dankbaren Nicken zog er sich zu dem kleinen

Feuer zurück, das die Wachen, die nun die Gefangenen hochzogen, verlassen hatten. Schon auf dem Weg brach er das Siegel und faltete das Schreiben auf.

Hier war Semire keine Grafentochter. Sie konnte sich dazu herablassen, Buhm zu helfen, die Gefangenen loszuschneiden, sobald die Stangen hochgezogen waren. Sie kannte keinen von ihnen, nach der Kleidung zu urteilen versahen sie alle niedere Dienste. Zwei von ihnen waren in erbärmlichem Zustand, mit schlecht versorgten Wunden, aber bei den anderen elf musste nur der Blutfluss in den Armen wieder in Gang kommen. Die Wachen beäugten sie allerdings misstrauisch und mit gezogenen Schwertern. Auch diese Klingen kamen aus Semires Bestand.

Turiel sah nachdenklich, aber auch ungeduldig aus, als er zurückkam.

»Kannst du euren Leuten sagen, dass die Eichfrosts gehen dürfen?«, bat Semire.

Er schüttelte kurz den Kopf, aber wohl nur, um die Gedanken zu ordnen. »Ja, das hat mein Vater so bestimmt.«

»Und wieso haben wir uns dann die ganze Zeit ihr Gejammer angehört?«, murrte ein Krieger mit verkrustetem Blut im langen Haar. Er steckte jedoch seine Waffe weg.

Die Gefangenen konnten ihr Glück kaum fassen. Überschwänglich bedankten sie sich und küssten Semires Hände. Sie achtete darauf, dabei nicht die üblichen Gesten zu verwenden, die einer Hochadligen anstanden.

»Geht zum Palast der Schneegrunds«, riet sie. »Dort wird man sich eurer annehmen.«

Sie blickten den Freigelassenen nach.

Turiel räusperte sich. »Die Antwort, die du überbringen könntest …«, sagte er. »Könnten wir … auf ein Wort?«

»Natürlich.« Sie zogen sich in den Schatten einer eingefallenen Mauer zurück. Mit einem schnellen Blick überzeugte sich Semire, dass sie weit genug von der Eiche entfernt standen, damit sie der Baum nicht träfe, wenn er stürzte. Lange konnte das nicht mehr dauern, Ossips Zerstörungswerk schritt gut voran.

»Sie … Aliére schreibt, sie sei schwanger.«

Semire lächelte, obwohl Turiel es im Schatten und hinter dem Schleier wohl kaum sah. »Ich weiß.« Sie hatte Aliére das Schreiben diktiert.

»Aber wie … Ich meine, bei dem, was sie tut …«

»Die Schwämme sind nicht immer zuverlässig.«

»Darum geht es mir nicht. Aber Aliére ist sehr schön …« Turiel räusperte sich. »Bestimmt hat sie noch viele andere Verehrer.«

Er war also kein vollkommener Trottel. Aber nach Semires Erfahrung glaubten die meisten Menschen alles, was sie glauben wollten. Man musste ihnen nur einen Vorwand dafür liefern. »Eine Frau spürt, wessen Kind sie unter dem Herzen trägt.«

Unwillkürlich legte sie die Hand auf den eigenen Bauch. Im Gegensatz zu Aliére konnte sie wirklich sicher sein. Sie hatte nie mit einem anderen Mann als Brotan das Bett geteilt.

»Und der Vater weiß es auch«, flüsterte sie verschwörerisch. »Spätestens, wenn du dem Neugeborenen in die Augen siehst, wirst du Gewissheit haben.«

»Wann wird es so weit sein?«, fragte er.

Sie legte eine Hand auf seine Brust. »Geduld. Es braucht seine Zeit. Ein halbes Jahr noch, wenigstens. Aliére ist sehr ängstlich, dass du wütend sein könntest.«

»Warum das?« Er lachte abwehrend.

»Ich habe versucht, sie zu beruhigen. Aber eine Frau in ihren Umständen macht sich viele Gedanken. Ich musste ihr gut zureden, damit sie den Brief schreibt.«

»Ich würde gern mit dir kommen«, beteuerte Turiel. »Aber mein Vater würde es nicht erlauben.«

»Ich weiß. Und dein Vater braucht dich jetzt.«

Wenn sie seine Miene in der Dunkelheit richtig deutete, runzelte er die Stirn.

»Die Kornspeicher der Adlerhochs«, erklärte Semire. »Ich habe mit ihm darüber gesprochen, wie wichtig sie sind. Vielleicht liegt es am Wein, dass er es nicht einsieht, aber bald wird die ganze Stadt hungern. Er wäre klug, sich in den Besitz des Getreides zu bringen. Ich könnte den besten Zeitpunkt dafür herausfinden. Aber du musst deinen Vater überzeugen, dass es Haus Schwingenpracht nützen wird, die Kontrolle zu gewinnen.«

»Warum ist dir daran gelegen?«

»Dein Vater meint, ich habe das weiche Herz eines Weibes, weil ich um die Freilassung der Gefangenen gebeten habe.« Sie seufzte auf eine Weise, die jede Frau als übertrieben erkannt hätte. »Und Aliére … ich mag die Vorstellung, dass sie sich mit dem Erben eines Tiefen Hauses verbinden könnte, das Macht und Einfluss gewinnt. Das ist sicher ein naiver Traum, aber so sind wir Frauen.«

Krachend stürzte der Baum und donnerte auf den Boden.

»Ich … ich muss …«, setzte Turiel an. »Mein Vater hat mir befohlen, dafür zu sorgen, dass niemand sich am Silber auf den Ästen zu schaffen macht.«

»Natürlich«, sagte Semire verständnisvoll. »Gib gut darauf acht. Schließlich will ich für meine Waffen bezahlt werden. Aber denke an die Kornspeicher von Haus Adlerhoch.«

»Ich werde gleich morgen mit Vater darüber sprechen«, versicherte er. »Wenn er wieder nüchtern ist.«

»Ich danke dir.« Sie knickste. »Und nun empfehle ich mich. Darf ich Aliére etwas von dir ausrichten?«

»Ich weiß nicht, was man bei einer solchen Gelegenheit sagt.«

Semire war sicher, dass keine Frau, die ihrem Geliebten mitteilte, dass sie schwanger war, einen sehnlicheren Wunsch hegte, als dass ihr Mann zu ihr eilte, ungeachtet aller Hindernisse. Aber erstens war Turiel nützlicher, wenn er auf seinen Vater einwirkte, und zweitens war Aliére nicht schwanger. Notfalls würde man in ein paar Monden eine Fehlgeburt inszenieren müssen, mit dem Blut eines Huhns. Aber so schnell, wie sich die Dinge derzeit auf dem Berg änderten, glaubte Semire nicht daran, dass dieses lächerliche Haus Schwingenpracht dann noch eine Rolle spielen würde. Es sollte nur die Getreidespeicher sichern, und zwar unabhängig von Haus Schneegrund. Das gäbe Semire sowohl die Option, sie mit besseren Truppen zu übernehmen, wenn sie welche fände, als auch, sie mit dem zurückkehrenden Heer von

Haus Schneegrund einzunehmen und möglicherweise Haus Adlerhoch zurückzugeben, falls dieses dann ein sinnvoller Verbündeter wäre. Für den Moment wollte sie Graf Subehn jedoch leiden sehen. Schließlich war er Haus Schneegrund in der kurzen, aber heftigen Fehde mit Haus Schwertgrat nicht zu Hilfe gekommen.

»Wenn ich dir etwas raten darf: Lass mich Aliére ausrichten, dass du sie liebst«, sagte sie. »Nur das, nicht mehr. Zu viele Worte verwässern die Botschaft.«

»Ja! Tu das.« Der Gedanke, dass eine wunderschöne Frau ihn zum Vater machen könnte, arbeitete in Turiel. Er schien glücklich zu sein. Vielleicht steckte das sogar Ronnbar als vermeintlichen Großvater an.

»Die Liebe ist die stärkste Kraft in der Welt«, versicherte Semire und überlegte, dass dies, wenn es schon für geheuchelte Gefühle galt, umso mehr auf echte zutreffen musste. Lächelnd strich sie über ihren Bauch.

Quilûn erschrak über den Anblick, den Alita Blitzdorn bot. Wenn er bisher an diese Frau gedacht hatte, dann so wie an einen jener Pinsel, mit denen er die feinsten Linien auftrug. Ihre schlanke Figur, die Züge ihres Gesichts, ihre Finger, aber auch ihre Gesten und die Art, wie sie sprach, zeichneten sich durch eine selten zu findende Zartheit aus.

Jetzt, da sie am Fuß der Schutthalde saß, zu der man die eingestürzte Westmauer des Festsaals zusammengeschoben hatte, musste Quilûn genau hinsehen, um noch etwas davon zu finden. Das lag weniger am spärlichen Licht der Laterne, die neben ihr stand, als an dem Schmutz, der ihre eigentlich helle Haut verdunkelte. Die Lippen hatten jedoch noch diesen Hauch von Rosa und die dünnen Brauen hatten ihren spielerischen Schwung behalten. Das schwarze Kleid war mehrfach eingerissen und an einer Stelle mit einem weißen Faden in groben Stichen genäht, die den Faltenwurf vollends verdarben. Den Gürtel mit der Silberschnalle, an den sich Quilûn vom vorgestrigen Morgen erinnerte, trug sie nicht mehr.

Vor allem aber fehlte das Schmuckband, das die steinerne Rose vor ihrer Kehle gehalten hatte. Nein, korrigierte sich Quilûn in Gedanken. Es war kein Schmuckband gewesen, sondern ein als Zierde getarnter Liebeszauber, der Alita an ihren Gemahl, den Magier Anthurel, gekettet hatte. Die Vorstellung machte Quilûn so wütend, dass er die Zähne aufeinanderpresste. Dennoch wirkte Alitas Schwanenhals ohne dieses Band nackt. Bis vorgestern hatte er ihren Hals niemals unbedeckt gesehen.

»Danke, wir kommen zurecht«, sagte Quilûn zu dem Krieger, der Alita bewachte. »Inmitten meines Palastes brauche ich keinen Schutz.«

Der Blick des Mannes, dessen linker Arm am Ellbogen in einem Holzstumpf endete, zeigte verständlichen Zweifel. Das Palastgelände lag in Trümmern, die Umfassungsmauer war größtenteils eingestürzt und die meisten der ehemals prachtvollen Gebäude waren Schutthalden. Weil sich hier allerlei Gesindel einschleichen und verbergen konnte, war der Krieger schließlich mit dem Kameraden, der Quilûn geholt hatte, Streife gegangen. Während ihrer Wachrunde hatten sie Alita aufgegriffen und glücklicherweise erkannt, weswegen Quilûn sofort hierher geeilt war.

Der Wunsch seines Grafen war jedoch unmissverständlich, ihn zu hinterfragen wäre sogar für einen Adligen, erst recht aber für einen einfachen Mann ungehörig gewesen. Selbst angesichts des Angriffs durch den Imagolem, der Quilûn in den Brunnen getrieben hatte.

Der Krieger verbeugte sich und entfernte sich gemeinsam mit seinem Kameraden. Seine Laterne ließ er neben Alita stehen.

Quilûn trat einige Schritte näher an die Frau heran, die auf den staubigen Boden im Lichtkegel starrte. »Geht es Euch gut?«

Alita streckte ihren schmalen Rücken durch, und diese kleine Geste reichte, um ihr eine Art von Schönheit zu geben, die Quilûn vorher nicht bemerkt hatte. Zu ihrer Zartheit gesellte sich in widersprüchlicher Weise eine Unbeugsamkeit. Ein Stolz, wie ihn eine Blume ausstrahlte, die ungeschützt vor der Witterung allein stehend auf einer Wiese wuchs.

»Sechs Jahre war ich gefangen«, sagte sie halblaut. »Wenn die Sonne aufgeht, beginnt mein dritter Tag in Freiheit.«

Quilûn blickte zum Himmel auf. Während seiner Reise in den Süden hatte er gelernt, die Zeit anhand der Wanderung der Sterne abzuschätzen. »Das wird keine Stunde mehr dauern.« Er setzte sich neben sie. »Seid Ihr verletzt? Soll ich nach einem Heiler schicken?«

»Nein.« Sie seufzte. »Aber ich habe Hunger.«

Am Rand des Lichtscheins stand der Sack, den sie wohl im Vorratskeller gefüllt hatte. Dabei hatten die Wachen sie erwischt. Der Eingang zum Gewölbe befand sich innerhalb des von einer behelfsmäßigen Mauer umgebenen Bereichs, in den sich die Bewohner des Palasts zurückgezogen hatten. Dieses Gebiet hatte Alita natürlich nicht betreten, sie hatte unentdeckt bleiben wollen. Also hatte sie sich durch eine Lücke gezwängt, die der Einsturz des darüberstehenden Wirtschaftsgebäudes in die gegenüberliegende Wand gerissen hatte.

Quilûn zog den Sack herüber. Er nahm einen Laib Brot heraus. Seit dem Wechsel der Ströme der Macht wurde nur noch wenig gebacken, meist auf heißen Steinen an offenen Feuern. Auch dieses Brot fühlte sich hart an. Quilûn riss dennoch ein Stück ab und bot es Alita an.

Sie schlang die Arme um den Oberkörper. »Ich hätte nicht stehlen sollen.«

»Das stimmt. Ihr hättet mich fragen sollen. Ich hätte Euch bewirtet.«

Leise seufzend nahm sie das Brot und biss ab.

Quilûn fischte eine Flasche Apfelmost aus dem Sack und entkorkte sie. »Becher habt Ihr nicht mitgenommen?«

Sie schüttelte den Kopf. »In zwei Tagen auf der Straße habe ich die Achtsamkeit für Tischsitten verloren.«

»Früher habe ich oft aus der Flasche getrunken.« Achselzuckend nahm Quilûn einen Schluck und reichte den Most an Alita weiter.

Sie kaute, schluckte, trank und gab die Flasche zurück.

Er hob die Laterne auf und leuchtete in den Sack. »Wurst oder Käse?«

»Die Hartwurst. Ich möchte meinen Zähnen etwas zu tun geben.«

Quilûns Messer war zwar hübsch mit den im Griff eingearbeiteten Brillanten, aber nicht besonders scharf. Er musste viel Kraft aufwenden, um einen Streifen von der Wurst zu lösen.

Schweigend aßen sie. Zu seiner Verwunderung schmeckte das karge Mahl Quilûn besser als die mehrgängigen Speisefolgen an der gräflichen Tafel, die er in den Wochen vor dem Krieg kennengelernt hatte. Seine Tante Bûna hätte darüber sicherlich verwundert den Kopf geschüttelt. Sie trauerte dem vornehmen Leben bereits jetzt nach. Gestern hatte sie den halben Tag versucht, etwas von der Spülung aufzutreiben, mit der die Adligen ihre Zähne blau färbten.

Quilûn benutzte einen abgebrochenen Stock, der zu den Streben in der Rückenlehne eines Stuhls gehört haben mochte, um vor sich im Staub zu malen. Da Alita das verschlungene Muster, in dem sich Blätter formten, interessiert beobachtete, suchte er ihr ebenfalls einen Stock aus der Trümmerhalde.

Auch sie zog Linien in den Staub. Bei ihr wurde es eine Blume.

»Ist das eine Rose?«, fragte Quilûn.

Sie schien die charakteristische Blütenform erst jetzt zu erkennen. Alita runzelte die Stirn, verwischte ihre Zeichnung mit dem Fuß und legte ihren Stock beiseite.

»Glaubt Ihr an die wahre Liebe, Graf Quilûn?« Sie sah in die Dunkelheit hinaus. Zwischen den aufragenden Trümmern war ein wenig von der Stadt zu sehen, in der noch immer offene Feuer brannten. »Eine, der keine andere gleichkommt, ganz gleich, wie lange man lebt?«

»Ich habe das Glück, eine solche Liebe gefunden zu haben.«

Sie wandte sich zu ihm um. Fragend sahen ihre blauen Augen ihn an.

»Meinen Sohn«, sagte er. »Erlyk. Ich kann ihm stundenlang dabei zusehen, wie er sich um seine Blumen kümmert. Auch jetzt gilt seine vordringlichste Sorge dem Blaumond, der an unserem Haus gestanden hat. Es ist beinahe so, als würde Erlyk über seine Finger mit den Pflanzen sprechen. Er gräbt damit die Erde um ihre Wurzeln auf. Nicht mit den Eisenkrallen, die Tante Bûna ihm besorgt hat. Er meint, mit dem Werkzeug würde er nicht spüren, wenn alles gut ist.« Schmunzelnd schüttelte Quilûn den Kopf. »Oder wenn er lächelt. Leider macht Erlyk das selten. Aber wenn er es tut und sich seine Backen dabei auswölben … Wie bei einem Hamster.« Quilûn blies die Wangen auf.

Alita lachte und bedeckte ihren Mund mit der Hand. Ihren Fächer hatte sie wohl irgendwo in der Stadt verloren.

»Seine Mutter ist schon vor langer Zeit gestorben, nicht wahr?«, fragte sie sanft.

»Im Kindbett«, bestätigte er. »Die Zahnlücke hat er von ihr.«

Alita nickte. Sie blickte wieder zu Boden. Vor Quilûn befand sich eine vollständige Zeichnung im Staub, so etwas wie eine Hecke in vollem Laub, mit zwei Schmetterlingen, die darüberflogen. Bei Alita dagegen gab es nur die verwischten Überreste der Rosenblüte.

Quilûn verspürte den Drang, einen Arm um ihre Schultern zu legen, aber er hielt sich zurück. Er merkte, dass sie in ihrem Innern einen Kampf ausfocht.

»Mein Vater meint, mit einundzwanzig sei man zu alt, um sein Herz an eine Katze zu hängen«, flüsterte sie. »Das sei kindisch und ich wäre inzwischen eine Dame, hat er damals gesagt. Er war zufrieden damit, wie ich leichte Konversation trieb. Aber dass ich bei Purrli bleiben wollte, als sie aufgehört hatte zu essen, hat er mir nicht verziehen. Meine Mutter meinte, ich sei zu verheult, um zum Ball von Haus Sturmruf zu gehen. Zur Abschiedsfeier von Graf Jasster, bevor er in die Tiefen Kavernen ging, um ein Unsterblicher zu werden.«

Der Streifenweg führte die Krieger wieder zu ihnen. Schweigend warteten Quilûn und Alita, bis die beiden sie passiert hatten und außer Hörweite für ihr leises Gespräch waren.

»Purrli ist gestorben, während meine Eltern bei den Sturmrufs getanzt haben. Ich hätte mir nie verziehen, wenn ich sie allein gelassen hätte. Meine Mutter versuchte, mich damit zu trösten, dass Purrli für eine Katze sehr alt war. Aber das änderte nichts daran, dass sie nie wieder nach der Kordel meines Fächers haschen oder um meine Beine streichen würde.«

»Trauer braucht ihre Zeit.« Quilûn erinnerte sich an den Tod seiner Eltern und an den seiner Frau.

»Sie braucht auch einen Ort«, sagte Alita. »Man muss irgendwo hingehen können, um zu trauern.«

»Ich habe den Weg zum Wald der Erinnerung oft gemacht«, flüsterte Quilûn. »Die grauen Wimpel an den Masten ... Es sieht wirklich so aus, als ob sie der Asche hinterherwinken würden.«

»Katzen werden nicht verbrannt«, sagte Alita. »Man gräbt sie in die Erde ein, damit sie den Boden düngen. Eigentlich ein schöner Gedanke, dass sie Bäumen und Blumen Kraft geben.«

»Das würde Erlyk auch gefallen.«

»Luhk hat mich gesehen, als ich durch unseren Garten geirrt bin, um eine geeignete Stelle zu finden.«

»Ihr habt mir erzählt, dass er ein einfacher Fuhrknecht war?«

Alita nickte. »Gemeinsam mit seinem Vater hat er Brennholz angeliefert. Sie waren gerade fertig. Er hat gesehen, wie traurig ich war. Und er hat erkannt, dass ein Grab für Purrli an unserem Palast aufgefallen wäre. Meine Eltern hätten den Gärtner beauftragt, es einzuebnen. Luhk hat seinen Vater dazu überredet, mich auf dem leeren Karren der beiden mitzunehmen. Das Maultier, das ihn gezogen hat, war der ganze Stolz der Familie. Sie hatten es gerade erst gekauft. Ein gutes Tier, es hat mir die Karotten aus der Hand gefressen.« Alita lächelte.

»Ihr durftet Euch einfach so von zu Hause entfernen? Allein? Ohne um Erlaubnis zu bitten?«

»Meine Eltern sind eigentlich nicht streng«, sagte sie. »Sie wollten zwar, dass ich meinen Platz in der Gesellschaft finde, aber sie haben mir auch vertraut, dass ich keinen Unsinn anstelle. Sie hielten mich für gut erzogen.«

Quilûn nickte. Selbst mit dem Schmutz im Gesicht und dem zerrissenen Kleid besaß Alita mehr Würde als die meisten Adligen.

»Luhk und ich haben einen guten Platz gefunden, an einem Fliederbusch. Er stand auf einem Hang, sodass niemand über den Boden trampelte, in dem ich Purrli begraben habe. Ich war gestern wieder dort. Der Flieder blüht wunderschön, und er duftet so stark, dass er den Geruch nach Rauch vertreibt, der über der ganzen Stadt liegt.«

Quilûn roch den Qualm schon gar nicht mehr.

»Damals haben Luhk und ich uns oft dort getroffen. Ich habe mich immer gefreut, dorthin zu gehen. Seinetwegen. Am Anfang standen wir jedes Mal ein paar Augenblicke still und haben die violetten Blüten bewundert. Dann haben wir geredet. Er hat von seinem Leben als Fuhrknecht erzählt. Manche Auftraggeber waren sehr streng und zahlten weniger, wenn die bestellte Ware zu spät kam. Egal, ob die Fuhrknechte daran Schuld trugen oder nicht. Auch, wenn es daran lag, dass die Seile an einem der Flaschenzüge gerissen waren und die Säcke deswegen gar nicht rechtzeitig in die Stadt hatten gelangen können. Ein Brauer hat Luhk sogar mit dem Stock geschlagen. Am nächsten Tag habe ich Heilsalbe von den Clerroniten besorgt und seinen Rücken damit eingerieben.«

Quilûn stellte sich vor, wie eine Adlige einem Bürgerlichen, sogar einem Tagelöhner, einen solchen Dienst erwies. Wenn sich die beiden nicht sehr gut verborgen hatten, musste es Gerede gegeben haben.

»Luhk hat mich auch zu sich nach Hause eingeladen. Seine Familie war scheu, aber als ich darauf bestand, beim Tischdecken zu helfen, wurde es besser. Seine Großmutter hat mich sogar umarmt und mir zugeflüstert, dass Luhk fröhlich sei, seit wir uns trafen.«

»Und Eure Eltern haben das alles geduldet?«

»Sie hatten viel zu tun. Vater hat unseren Steinbruch neu organisiert und Mutter hat ihn in den Landpalast begleitet.«

Erst vor Kurzem war Quilûn ebenfalls dort gewesen. Er fragte sich, ob das Gebäude noch an der Felswand klebte oder ohne die Kraft der Zauber abgestürzt war. Die brückenartigen Ausleger, die sich in langsamem Tanz hoch über dem Boden bewegt hatten, konnten den Rückzug der Magie keineswegs überstanden haben.

»Ich habe Luhks Familie Besteck mitgebracht, das in unserer Küche niemand vermisst hat.«

»Ihr habt gestohlen?«, staunte Quilûn.

»Ja.« Freudlos sah Alita auf den Sack mit den Speisen aus dem Gewölbe. »In mir hat wohl schon immer eine Diebin gesteckt.«

»Na ja, ich denke, Ihr habt niemandem wirklich geschadet«, beschwichtigte Quilûn. »Letztlich habt Ihr Euch nur vorzeitig an Eurer Mitgift bedient.«

Versonnen blickte Alita auf die verwischte Rose. »Wenn Luhk und sein Vater viele Aufträge hatten, haben wir uns nicht gesehen. Eine ganze Woche musste er von morgens bis abends schuften. Ich habe ihn so sehr vermisst, dass ich ständig zitterte. Da habe ich gemerkt, dass ich nicht ohne ihn sein kann. Als er dann wieder vor mir stand, konnte ich nicht anders: Ich habe Luhk geküsst. Wirklich nur ein Kuss, mehr nicht. Aber eines unserer Zimmermädchen hat uns gesehen und getratscht.«

»Eure Eltern waren sicher nicht erfreut.«

»Für meinen Vater war ich ab diesem Tag Luft. Meine Mutter schloss mich in mein Zimmer ein und schimpfte mich durch die Tür hindurch aus. Stundenlang. An mehreren Tagen. Von ihr erfuhr ich, dass unser Gesinde auch gern mit den Bediensteten in anderen Häusern über die Herrschaften lästerte. Meine Liebelei mit einem Tagelöhner machte meiner Mutter auf jedem Ball, bei jedem Treffen der Gesellschaft Schande. Sie warf mir vor, dass sie bei den Arenaspielen nicht mehr in die Loge der Sturmrufs geladen wurde. Dabei war das auch vorher nur selten geschehen.«

»Wut ist selten gerecht«, meinte Quilûn.

»Das Schlimmste war, dass ich Luhk nicht mehr sah. Ich habe versucht, aus dem Fenster zu entkommen, mit zusammengeknoteten Laken als Kletterseil. Aber ich wurde erwischt und in eine Lagerkammer ohne Tageslicht gesperrt. Ich habe ihn so vermisst! Ich habe nichts mehr zu essen bekommen und sah mich schon ebenso verhungern wie Purrli. Meine Mutter weigerte sich, über ›den frechen Nichtsnutz‹ zu sprechen, der mir den Kopf verdreht habe. Sie hoffte nur, dass ich nicht schwanger sei. Aber mehr als den Kuss habe ich ja nie von Luhk bekommen.«

Alita betastete ihre Lippen, als könnte sie das Geschenk ihres Geliebten noch spüren.

»Meine Mutter erwartete, dass ich mich wieder in die Gesellschaft einfügen sollte. Aber ich bestand darauf, dass allein Luhk mich aus meinem Gefängnis führen durfte. Ohne ihn würde ich sterben, das wusste ich.«

Quilûn wartete darauf, dass sie weitersprach. »Offensichtlich habt Ihr überlebt«, sagte er schließlich vorsichtig.

»Anthurel«, quetschte sie hervor. »Ist er noch hier?«

»Er ist in den Palast Eurer Familie zurückgekehrt«, sagte Quilûn.

»Die Blitzdorns sind nicht mehr meine Familie«, stellte Alita klar. »Ich verachte diesen Namen. Meine Eltern haben mich an Anthurel verschachert. Er hatte die Windspiele an unserem Palast wohl schon seit einigen Wochen mit seinen Zaubern verschönert. Ich hatte ihn nicht bemerkt, er mich aber sehr wohl. Er kam mit dem Halsband zu mir …«

»Dem Liebeszauber«, begriff Quilûn.

Alita nickte traurig. »Ich wusste, was es war, sobald ich es umlegte. Diese plötzlichen Gefühle für den Mann, der mir vollkommen fremd war … Aber es war mir gleichgültig. Meine Liebe zu Luhk war mir mit einem Mal peinlich. So, wie meine Mutter es gesagt hatte. Ich wollte nicht einmal mehr an ihn denken. Stattdessen hatte ich nur noch Augen für Anthurel, und das war viel besser als der Schmerz.«

»Also habt Ihr diesen Luhk nie wiedergesehen?«

Stumm schüttelte Alita den Kopf. »Nie.« Ihre Augen füllten sich mit Tränen. »Er war meine große Liebe. Damals. Und vielleicht wäre er das für ein ganzes Leben geblieben. Das durfte ich nicht herausfinden.« Sie sah zur Stadt hinüber. »Die Welt ist so riesig und Luhk ist irgendwo dort draußen.«

»Ihr werdet ihn finden«, versprach Quilûn. »Wenn Ihr keine

Dummheit begeht und in einer dunklen Gasse endet. Ich werde Euch helfen, wenn Ihr meine Hilfe annehmt.«

»Wie?«, fragte sie.

»Ihr solltet mir mehr zutrauen!«, rief er mit gespielter Entrüstung. »Ich bin immerhin der Graf eines Tiefen Hauses. Ich kann Erkundigungen einziehen und ich kann Euch Krieger zu Eurem Schutz mitgeben. Aber das gelingt nur, wenn Ihr nicht wieder davonlauft.«

»Ich kann nicht säumen«, sagte sie ernst. »Ich habe schon zu viel Zeit verloren. Sechs Jahre.«

»Dann kommt es auf eine halbe Stunde auch nicht mehr an, um ein Bad zu nehmen, damit Luhk Euch auch wiedererkennt.«

Sie lachte. »Dagegen kann ich nichts sagen.«

Er stimmte in ihr Lachen ein.

Derrek Eichfrost näherte sich mit einer Laterne. Er sah meistens wütend aus, aber augenblicklich hatte er einen echten Grund dazu. Das, was nach dem Erlöschen der Zauber vom Palast seiner Familie übrig geblieben war, hatte eine Horde Freischärler geplündert und verbrannt. Sogar die Eiche, den Stolz seines Hauses, hatte sie umgestürzt.

Der Baron verbeugte sich mit der Hand am Degen. Seine kriegerische Neigung hatte Quilûn zu schätzen gelernt, als Derrek die Gravilier erschlagen hatte, die Erlyk nicht hatten freigeben wollen. »Eure Gemahlin ist zurück«, meldete er. »Sie und ihr Imagolem sind gerade gekommen.«

»Ich werde sie noch einige Tage schlafen lassen«, kündigte der Clerronit an, unter dessen grauer Kutte ein hölzerner Fuß zu erkennen war.

Semire von Schneegrund musste ihm widerwillig zugutehalten, dass er ihr nicht vorwarf, ihn zu so früher Stunde aus dem Bett geholt zu haben. Hinter dem Hang des Ianapat begann der Himmel gerade, sich hell zu färben. Das war gut zu erkennen, die Krankenlager waren lediglich von einer Zeltbahn überdacht, die man zwischen den Birken gespannt hatte. Auf Mauern hatte man verzichtet, was wohl ebenso an den begrenzten Möglichkeiten in der neuen Befestigung innerhalb des ursprünglichen Palastgeländes lag wie an der Überzeugung der Heiler, dass frische Luft die Gebrechlichkeit fortwehte.

Aber Semire missfiel, dass der mittelalte Mann, dessen Bart nicht über ein paar Stoppeln auf den ausgezehrten Wangen hinauskam, so störrisch an seiner Vorstellung festhielt, wie die Magierin zu behandeln sei. Er hörte der Gräfin zwar zu, während sie erzählte, sie suche dringenden Rat in zauberischen Fragen, aber wann immer sie Luft holte, verwies er wieder darauf, dass seine Patientin unbedingt der Ruhe bedürfte.

Im Streulicht der Laterne, die der Clerronit hielt, war Brotan ein heller Schemen. Sein Granitkörper war so groß, dass sie ihn nur bis zur Brust sehen konnte, darüber verdeckte ihn die Zeltbahn. Deswegen stand er auch unter offenem Himmel, sie wollte nicht, dass er gebückt ausharren musste. Außerdem hielt sie es für möglich, dass Kyrin ihr Dinge offenbaren würde, die ihn beunruhigen konnten. Im Grunde wusste Semire nur wenig von ihm. Er war ein hervorragender Kämpfer, sie hatte ihn in der Arena gesehen. Aber viele Krieger hatten eine Vorstellung von Ehre, die sie daran hinderte, schattigen Pfaden zu folgen, selbst wenn diese die einzigen waren, die ans Ziel führten. So etwas konnte Semire nicht ausschließen, wenn es darum ging, ihrem Geliebten wieder zu einem Körper aus Fleisch und Blut zu verhelfen.

Kyrin lag auf einem echten Bett, das den Zusammenbruch der Palastgebäude überstanden hatte. Geschnitzte Sterne verzierten das Kopfende. Für Semire wäre das Gestell etwas kurz gewesen, aber für die klein gewachsene Magierin war es gerade richtig.

Semire hatte Kyrin in den vergangenen Monden meist erschöpft erlebt, mit dunkel umrandeten Augen. Jetzt wirkte sie entspannt. Im trügerischen Licht der Laterne schien es, als würde sie spitzbübisch lächeln, weil sie ihre Verpflichtungen für eine Weile ruhen lassen konnte. Es war auch nicht zu bestreiten, dass diese Frau Großes geleistet hatte. Sie hatte die Welt verändert, indem sie allein in die Tiefen des Berges gestiegen war und dort die Ströme der Magie umgekehrt hatte. Deswegen versagten nun alle Zauber. Gebäude, die nicht den primitivsten Anforderungen der Statik genügten, stürzten ein. Ungeziefer, vorher von gemeißelten Spinnen und Vögeln ferngehalten, fiel über die Stadt her. Der Almahn floss bergab, wodurch Seen austrockneten und sich andere bildeten. Waffen wurden stumpf, Rüstungen brüchig, Leuchtsteine blieben dunkel. Nur die Imagolems hielten an dem Leben fest, das die steinernen Statuen erfüllte, und die Weinenden Männer litten noch immer auf dem Platz der Reue. In beiden Fällen lag das wohl an den gefangenen Seelen.

In gewisser Weise wirkte auch Kyrin wie eine Gefangene in ihrem schlafenden Körper. Was war der Schlaf anderes als ein Zwischenreich an der Grenze zwischen Leben und Tod?

Ein Verband aus weißem Leinen war in glatten Schlaufen um Kyrins Kopf gewickelt, oberhalb der Brauen bedeckte er ihn vollständig. Beinahe wie ein Helm. Auch die Bettdecke lag ordentlich, Kyrin konnte sich in der Nacht nicht bewegt haben. Vom Heiler wusste Semire, dass sie am gesamten Körper blaue Flecken hatte, der Sturz den Wasserfall hinunter ihre rechte Seite aber besonders hart getroffen hatte. Dort waren der Oberarm und eine Rippe gebrochen.

»Muss sie nichts essen?«

»Dafür hole ich sie an den Rand des Erwachens«, versicherte der Clerronit. »Jeden Mittag. Sie ist dann im Halbschlaf, sodass sie trinken kann. Ich gebe ihr eine kräftige Brühe.«

»Wirst du sie heute so weit bringen, dass ich mit ihr sprechen kann?«

»Das könnte ich, aber ich werde es nicht tun.« Er sagte es so beiläufig, dass Semire überlegte, ob sie es als unverschämt empfinden sollte. Offensichtlich sah er keinerlei Veranlassung, seine Entscheidung vor der Gräfin eines Tiefen Hauses zu rechtfertigen.

Allerdings lagen die Tiefen Häuser derzeit in Trümmern. Auch hier, innerhalb des Palastgeländes, trieben kalter Qualm und feiner Staub in der Luft.

Wieder wanderte Semires Blick zu Brotan. Kyrin hatte seinen Körper gemeißelt. Nur die von ihr geschaffenen Imagolems waren nicht ihres Gedächtnisses beraubt worden. Stattdessen hatte es geschlafen. Wodurch es erwacht war, hatte Semire nicht verstanden, aber dass dies gelungen war, bezeugte Kyrins Meisterschaft. Sie wusste, was sie tat. Sie war diejenige, die einen Weg finden könnte, die Seele, die sie von einem menschlichen in einen Steinkörper übertragen hatte, auch den umgekehrten Weg gehen zu lassen.

»Ich muss mit ihr sprechen«, sagte Semire.

»Wie lange?«, fragte der Clerronit. »Ist Euch geholfen, wenn sie nach drei Herzschlägen stirbt?«

Semire versuchte, in seinen dunklen Augen zu erkennen, ob ihm seine Bedenken ernst waren oder ob er lediglich halsstarrig auf dem Plan beharrte, den er für die Behandlung gefasst hatte.

Der dürre Mann erwiderte ihren Blick gleichmütig.

Mit dem Sonnenaufgang erwachte auch die Gemeinschaft, die den mit einer notdürftigen Mauer geschützten Bereich bewohnte. Die Geräusche nahmen zu, die ersten Gespräche begannen. Ein Offizier sammelte eine Schar Krieger für den Wachwechsel.

Semire entdeckte Quilûn. An Brotan vorbei trat er unter das Zeltdach. Er trug eine bauchige Vase, die mit einem Tuch und einem Strick verschlossen war.

»Wir hatten keine Urne«, entschuldigte er sich statt einer Begrüßung. »Aber ich habe darauf geachtet, dass Kemars Asche nicht mit der von anderen vermischt wurde.«

Die Heftigkeit ihres Erschreckens überraschte Semire. »Er ist tot?« Als Heranwachsende hatte sie ständig gegen den Leibwächter aufbegehrt, der oftmals als Aufpasser agiert hatte. In den letzten Jahren hatte das Alter seinen Tribut von ihm gefordert, im vergangenen Winter hatte er sich so schwer erkältet, dass sein Keuchen die Schlafenden in den Nebenzimmern geweckt hatte. Aber er war immer in Semires Leben gewesen, so lange sie zurückdenken konnte.

»Ich vergaß …« Verlegen wich Quilûn ihrem Blick aus. »Es war an der Zauberwerkstatt … Ich war bei ihm.«

Nickend nahm sie die Vase. »Es ist gut, dass er nicht allein war.« Dafür, dass es alles enthielt, was von einem langen Leben geblieben war, fand Semire das Gefäß beunruhigend leicht.

Der Clerronit schien der Meinung zu sein, ihr nun, da ihr Gemahl eingetroffen war, nicht länger Rede und Antwort stehen zu müssen. Er widmete sich den anderen Verletzten, von denen einige vor Schmerzen stöhnten. Sie belegten einfache Liegen, zum Teil Hängematten, die an denselben Ästen festgemacht waren, die auch das Zeltdach hielten.

Quilûn war abgemagert, aber er wirkte nicht schwach und machte einen wachen Eindruck. Bei ihm lag es am Dampf der Quadra, von dem er abhängig war. Er trug einen ledernen Zylinder, der bestimmt ein getränktes Tuch enthielt, wie einen Degen an einem Gehänge. Auf der anderen Seite funkelten die Brillantsplitter im Griff eines elegant gefertigten Dolches.

»Wir müssen uns mit Haus Adlerhoch treffen«, teilte Semire ihm so leise mit, dass nur er es verstand.

»Wann?«

»Du musst noch um das Treffen ersuchen«, erklärte sie. »Von Graf zu Graf, natürlich mit repräsentativem Gefolge. Am Palast der Adlerhochs.«

»Der wird genauso eine Ruine sein wie alle anderen.«

Semire zuckte mit den Achseln. »Dann ist er auch kein schlechterer Ort als alle anderen.«

»Wenn wir um das Treffen bitten, sollten wir vielleicht auch eine geeignete Umgebung dafür vorbereiten«, überlegte er.

Semire schüttelte den Kopf. »Sie sollen ihre Krieger sammeln, um für Sicherheit zu sorgen. Es muss rasch geschehen, am besten heute Abend. Bevor die Truppen, die in der Ebene mit den Graviliern beschäftigt sind, zurück auf den Berg kommen.«

»Sie sind doch unsere Verbündeten. Das hört sich so an, als wolltest du gegen sie vorgehen.«

Ihr missfiel, dass er die vertrauliche Anrede für sie benutzte. Aber da sie geheiratet hatten, konnte sie ihn wohl schlecht dafür zurechtweisen, obwohl er gerade wieder bewies, dass er von den Sitten des Adels nicht die geringste Ahnung hatte.

»Als Haus Schwertgrat uns angegriffen hat, haben die Adlerhochs abgewartet, um sich dann auf die Seite des Siegers zu stellen«, sagte sie. »Wir sind ihnen nicht die geringste Loyalität …«

Der Boden bebte so plötzlich und so heftig, dass Semire die Vase entfiel. Das Gefäß zersprang, Kemars Asche stob auf. Instinktiv verbreiterte Semire ihren Stand. Sie hielt sich an Kyrins Bett fest.

Der Berg grollte, Fels brach knackend, die provisorische Schutzmauer bröckelte, das Zeltdach flatterte an den schwankenden Ästen. Menschen stürzten und riefen erschrocken durcheinander. Das Zittern schwächte ab, bis ein weiterer kräftiger Schlag folgte, dann noch ein dritter.

Quilûn hockte sich nieder, um nicht zu fallen. So wartete er ab, bis sich der Boden beruhigte.

Nun war jeder wach. Verletzte schrien um Hilfe, Frauen und Männer in Nachtgewändern irrten umher. Dazu gehörte auch Tarima Eichfrost, die Semire sofort an ihrem Silberohr erkannte. Obwohl das Zittern zu einer kaum noch spürbaren Vibration verklungen war, schwankte sie noch immer. So näherte sie sich Brotan in ihrem gelblichen Untergewand und mit einer Frisur wie ein struppiger Straßenköter.

»Du …«, grollte sie mit einer viel tieferen Stimme, als ihre schlanke Gestalt hätte erwarten lassen. Sie zog den Rotz in ihrer Nase hoch und spie den Steinmann an. »Du Mörder!«

Mit geballten Fäusten stapfte Semire auf sie zu.

Quilûn hielt sie zurück. »Tarima ist betrunken. Seit Tagen schon.«

Das war unverkennbar. Der stierende Blick, das Wanken, die heruntergekommene Erscheinung … Semire ermahnte sich, dass diese Erniedrigung genau das war, was sie für die Frau gewünscht hatte, deren Intrige Schuld an Brotans Lage trug. Die Menge in der Arena hätte sicher nicht seinen Tod gefordert, wenn Tarima den Pöbel nicht bestochen hätte.

Brotan war kein gleichmütiger Diener mehr, der jede Beleidigung ignorierte. Er drehte sich zur Baroness.

Semire hielt den Atem an. Sie hätte gern das steinerne Antlitz gesehen. Im Vergleich zu einem menschlichen Gesicht war es unbeweglich, aber inzwischen erkannte sie manchmal eine Regung darauf. Doch das Zeltdach verwehrte ihr den Blick auf den Kopf des drei Schritt großen Hünen. Mit einem einzigen Schlag könnte er den Schädel der Frau zerschmettern, doch in ihrem Trotz machte sie keine Anstalten, zurückzuweichen.

»Du tust mir leid«, sagte er mit der grollenden Stimme aus seiner steinernen Brust.

»Ich will dir nicht …« Tarima lachte irre. »Du! Du bist der, der ein elendes Leben hat! Ein Nichts bist du, ein Diener. Los, auf die Knie! In den Staub mit dir.«

»Mein Wille ist wieder frei«, sagte er.

»Deine Rache erfüllt sich nicht!«, rief Semire ihr zu. »Dieser Mann ist deinem Zugriff entzogen. Du stehst viel zu tief unter ihm, um ihm schaden zu können.«

Wütend starrte Tarima sie an.

Derrek eilte zu seiner Tante. »Was machst du hier? In diesem Aufzug …«

Tarima sah an sich hinunter und zupfte am Leinen des wadenlangen Hemdes. »Das ist doch egal. Aber dass unser schöner Wein verloren ist … So viele gute Flaschen …« Betrübt schüttelte sie den Kopf.

»Zieh dir etwas Angemessenes an«, forderte Derrek.

Widerstandslos drehte sich Tarima um und ging.

Quilûn ließ Semire los.

»Ich entschuldige mich für ihr Auftreten«, sagte Derrek. »Sie ist nicht sie selbst. Aber was die Zerstörung unseres Palasts angeht …« Dass die Narbe auf seiner Wange weiß anschwoll, verriet seine Wut. »Das ist nicht hinzunehmen. Ich muss die Freischärler finden, die dafür verantwortlich sind. Sie haben sogar unseren Ehrenbaum umgestürzt!«

»Ich hörte davon«, sagte Semire ruhig. »Ihr werdet Eure Genugtuung bekommen. Aber das braucht noch Zeit.«

»Das Blut der Meinen kocht vor Zorn!«, behauptete Derrek. »Diese Schmach muss sofort getilgt werden. Man lacht über uns!«

Semire zeigte in Richtung der Stadt. »Auf dem Berg toben die härtesten Kämpfe seit Menschengedenken. Die Tiefen Häuser stehen gegeneinander, die Bürgerlichen begehren auf, die Gravilier haben die Zauberwerkstatt eingenommen. Dies ist nicht die Zeit für kopfloses Vorgehen. Jetzt müssen die Besonnenen leiten.«

»Ich weiß nicht, wie lange ich meine Krieger zurückhalten kann.«

»Ich erwarte, dass Ihr beweist, dass Ihr der richtige Baron seid, um Haus Eichfrost zu führen!«, versetzte Semire scharf. »Ihr müsst Euer Haus im Griff haben.«

Derrek presste die Kiefer aufeinander, schwieg aber. Er war wie ein heißblütiges Pferd, das man immer wieder zwingen musste, den Kommandos zu folgen. Wie bei einem Schlachtross durfte man seinen Willen nicht vollständig brechen, sonst konnte man seine Wildheit nicht mehr nutzen. Und die bräuchte Semire schon bald. Derrek und seine Schläger wären nützlich, um Haus Adlerhoch die Speicher abzunehmen. Jene Raufbolde, mit denen er Semires Macht in den Schatten etabliert und erhalten hatte, mit denen er Banden auf ihren Platz verwiesen und Wirte gefügig gemacht hatte. Nicht die ehrenhaften Krieger. Aber die waren ohnehin größtenteils bei General Esgur und schämten sich nun wohl dafür, dass die Gravilier sie überlistet und ihre Streitmacht auf den Berg gebracht hatten.

Semire wandte sich an Quilûn. »Kümmere dich um das Treffen mit Haus Adlerhoch. In der Zwischenzeit sorge ich dafür, dass du keinen Mangel an dem leidest, was dich glücklich macht.« Semire tippte gegen den Lederzylinder an seinem Gürtel.

Sie hob ihr Kleid an und machte einen weiten Schritt über die Scherben der Vase. »Jemand soll Kemars Asche zusammenfegen. Wenn wir Zeit dafür haben, streuen wir sie in den Wind.«

Quilûn tarnte die Lieferung des Lampenöls an die Mägde als mildtätige Geste, wie schon Graf Golar sie etabliert hatte, sodass man sie als üblich für das Tiefe Haus Schneegrund ansah. Die Übergabe fand im Viertel der Tagelöhner statt, weil es hier besonders leichtfiel, ein paar starke Hände für den Weitertransport der Fässer anzuwerben. Die Bediensteten der Schneegrunds luden sie vom Karren ab und stapelten sie neben einem Gatter, hinter dem Ziegen meckerten.

Die Bewaffneten sahen wachsam zu ihrem Grafen herüber. Er hatte ihnen gesagt, dass sie beim Wagen bleiben sollten, um die Empfängerinnen seiner milden Gabe nicht zu verschrecken.

Nur machten die Mägde einen alles anderen als schüchternen Eindruck. Quilûn hatte sich verspätet, was das gute Dutzend Frauen zum Anlass genommen hatte, sich gemeinsam mit ein paar Raufbolden einem schamlosen Gelage hinzugeben. Sie quiekten und kicherten, während sie sich auf dem offenen Platz bei helllichtem Tage bis auf die Unterwäsche entblößten, um verschiedene herrschaftliche Kleider anzuprobieren. Die Fülle einer Frau mit einem dunklen Damenbart auf der Oberlippe sprengte dabei die Nähte eines Oberteils auf, was sie zu gackerndem Lachen und die Männer zu beifälligen Rufen veranlasste.

»Was sind das für Kerle?«, fragte Quilûn.

Halenn war die Einzige, die nicht betrunken war. Auch sie trug ein herrschaftliches Gewand mit Rüschen und Schleifen, aber von ihrer Kappe hatte sie sich nicht getrennt. Vielleicht legte sie Wert auf den Schutz, den die vorgezogenen Seitenteile vor Blicken auf die Brandnarben gewährten, die ihre linke Gesichtshälfte entstellten.

»Sie kamen in der Nacht und boten an, uns zu helfen.«

»Wobei zu helfen?«, hakte Quilûn nach.

Unbestimmt zeigte Halenn auf die offen stehenden Kleidertruhen, deren Inhalt sich immer weiter über den Platz verteilte. »An die schönen Sachen zu kommen.«

»Und wohl auch, die Vorräte zu vertilgen«, meinte Quilûn.

Die Männer schlugen sich den Wanst mit Schweinekeulen voll. Ein Zauselbart warf einem Kerl mit Holzbein eine Wurst zu. Als dieser sie nicht fing und sie auf den Boden fiel, verlangte er nach einer weiteren, statt sich die Mühe zu machen, sie aufzuheben.

»Sie verderben ohnehin«, sagte die Magd. »Die Zauber in den Vorratskammern, die sie vor Fliegen und Schimmel geschützt haben, wirken nicht länger. Schon jetzt ist man gut beraten, scharf zu würzen.«

Kopfschüttelnd betrachtete Quilûn das Treiben. Eine der Mägde übergab sich, setzte aber sofort darauf wieder eine Weinflasche an.

»Wir dürfen den Sinn der Revolution nicht aus den Augen verlieren«, mahnte Quilûn. »Den Grund, aus dem wir all das machen.«

Halenn sah zu den Ölfässern hinüber. »Wir haben uns überlegt, welche herrschaftlichen Häuser wir niederbrennen wollen. Ich kann mich der Überlegung nicht verschließen, dass es sinnvoll ist, vorher alles herauszuholen, was zu schade wäre, um in Flammen aufzugehen.«

»Du klingst nicht überzeugt.« Überhaupt sah Halenn so aus, als ob sie das vornehme Kleid gern wieder gegen ihr einfaches Gewand eingetauscht hätte.

»Und wenn ich zweifeln würde?«, fragte sie. »*Keine Herrschaft mehr*, das ist unsere Losung. Wenn die anderen sich einig sind – wer bin ich, sie abzuhalten?«

»Menschen bedürfen der Inspiration durch solche, die die Dinge weiter gedacht haben als sie selbst.«

Halenns Blick bohrte sich in Quilûns Augen. »Das klingt nach einer Ausrede dafür, doch wieder eine Herrschaft zu errichten.«

Der Mann mit dem Holzbein nahm nun doch die Wurst auf, die zu Boden gefallen war. Damit humpelte er auf Quilûn und Halenn zu. Sein vornehmer Hut rutschte ihm ins Gesicht, er schob ihn wieder hoch. Das Grün der Kopfbedeckung passte nicht zum Rot des Mantels, der mit seinem Pelzbesatz viel zu warm für diesen Tag aussah. Wohl deswegen ließ der Mann ihn offen.

Quilûn wich seinem Blick aus.

»He, du!«, rief der Mann. »Ich habe deinen Hochmut gesehen! Dir gefällt nicht, dass ich diese Wurst nicht essen mag, nachdem sie im Dreck gelegen hat. Wenn du nicht willst, dass sie verkommt: Friss sie doch selbst!«

Quilûns Leibwache wurde unruhig. Die fünf Bewaffneten tauschten Blicke. Hinter der nächsten Straßenecke warteten weitere drei Dutzend.

Halbherzig stellte sich Halenn dem Holzbein in den Weg. »Was soll das, Matz?«

Matz! Dieser Mann hieß so wie Quilûns Vater.

»Was glotzt der so blöd?«, rief Matz. »Hat er jetzt Hunger auf diese Wurst oder nicht?«

Quilûn winkte ab und machte einen Schritt rückwärts. Seiner Leibwache bedeutete er mit einer Geste, sich zurückzuhalten.

Matz schob Halenn beiseite und wedelte mit der Wurst, während er auf Quilûn zukam. »Ich habe genug schlechtes Zeug gefressen, mein Leben lang! Jetzt bist du dran, Barönchen.«

»Das ist Graf Quilûn von Schneegrund«, flüsterte Halenn mit Nachdruck.

»Tatsächlich?« Matz richtete sich steif auf, um sich danach in einer misslungenen Parodie höfischer Etikette zu verbeugen. »Na, so etwas! Ein echter Graf. Nun, lass dir gesagt sein, Graf: So gut wie heute habe ich noch nie gespeist. Und weißt du, was ich auch noch nie gemacht habe? Einem Grafen einen Satz blaue Augen verpasst!«

Trotz der Drohung machte Matz keine Anstalten, ihn anzugreifen. Er starrte Quilûn an, blieb aber in seinem schwankenden Stand.

Halenn fummelte an seiner Brust herum und flüsterte ihm etwas zu, das Quilûn nicht verstand.

Es schien Matz nicht zu gefallen. Unwillig runzelte sich die Stirn im Schatten der Hutkrempe.

Zwei Wachen kamen von den Ölfässern herüber und stellten

sich hinter Quilûn. Es schmerzte beinahe, zu sehen, wie deutlich sie aus einer anderen Welt kamen als Matz. Zwar zeigte ihre Bekleidung mit Lederharnischen und robusten Stiefeln, dass sie nicht dem Adel angehörten, aber die Kleider waren geschmackvoll abgestimmt. Zudem strahlten die Gardisten aus, dass sie wussten, was sie taten. Einer von ihnen – Zorwin, wenn sich Quilûn richtig an den Namen erinnerte – verschränkte selbstbewusst die Arme. Der andere, ein kräftiger Mann mit kapitalem Bauch, lockerte den Degen in der Scheide.

»Ich will kein Blut«, raunte Quilûn ihnen zu.

Matz betrachtete die verdreckte Wurst, bevor er wieder Quilûn anblickte. »Ich will, dass er sie frisst.«

Quilûn überlegte, ob sein Vater eine solche Speise wohl geschätzt hätte. Er war zwar nicht arm gewesen, aber manchmal waren die Aufträge für den Lichtknecht spärlich ausgefallen. Quilûn war beim Tod seiner Eltern zu jung gewesen, um eine deutliche Erinnerung an die Zeit mit ihnen zu haben, aber Tante Bûna erzählte ab und zu davon. Vor allem, um zu betonen, wie viel schöner das Leben im Palast war.

»Gib sie mir.« Quilûn machte einige Schritte auf Matz zu und streckte ihm die Hand entgegen.

Der Holzbeinige legte die Wurst hinein.

Quilûn gab sie an Zorwin weiter. »Steck sie ein.«

»Was soll das?«, rief Matz. »Du sollst sie fressen, nicht dein Schoßhund.«

»Das werde ich«, versicherte Quilûn. »Ich werde sie nachher braten und essen.«

»Bist dir wohl zu fein, so zu essen wie wir! Schau dich um: Wir haben auch keinen Ofen.« Er wandte sich zu seinen Kumpanen um, die das Geschehen mäßig interessiert beobachteten. Die meisten fanden die Frauen und ihr Plündergut spannender.

Mit geballten Fäusten drehte sich Matz wieder zu Quilûn. »Du hast die Wahl, Gräflein: Entweder du schlingst die Wurst hinunter, jetzt und hier, kalt und dreckig, wie sie ist. Oder du kannst sie dir nachher in deinem Palast auftafeln lassen, aber dann isst du sie ohne Zähne.«

Quilûn zog sich zurück, aber Matz folgte ihm. Sein Holzbein klackte auf dem Pflaster.

Zorwin machte einen Ausfallschritt an Quilûn vorbei und rammte Matz die Faust in den Magen.

Der Mann krümmte sich und fiel hin.

»Nein!« Für einen kurzen Moment hatte Quilûn den Eindruck, dass Matz seinem Vater ähnlich sah. »Hör auf!«

»Kein Blut, habt Ihr befohlen«, erinnerte Zorwin betreten. »Er blutet nicht.«

Matz hielt sich den Bauch und übergab sich. Er tat Quilûn leid.

»Hilf ihm auf«, befahl er, entfernte sich aber, um einem weiteren Zwischenfall aus dem Weg zu gehen.

Halenn kam mit Quilûn, der dicke Leibwächter folgte ihnen mit etwas Abstand.

Quilûn sah in den Himmel. Wenn man sich die Rauchwolken wegdachte, war es ein schöner Tag. »Begreifst du denn nicht? Ihr müsst selbst etwas erschaffen. Etwas Neues aufbauen.«

»Und was soll das sein?«, fragte sie. »Das hat uns Graf Golar nie gesagt. Er hat von Gerechtigkeit gesprochen, von Freiheit. Diese Worte haben einen angenehmen Klang, aber ich muss meinen Frauen etwas geben, das sie anfassen können. Sie müssen etwas in der Hand haben, das sie glauben lässt, dass sie in dieser Angelegenheit die Gewinnerinnen sein können.«

Quilûn unterdrückte ein Seufzen. »Vielleicht hast du recht.« Aber er bezweifelte, dass diese Völlerei ein Weg war, der sie dem Traum des verstorbenen Grafen näherbrachte. Denn wenn die Mägde die Gewinnerinnen sein mussten – wer würden dann die Verlierer sein?

Alita Blitzdorn an diesem Ort anzutreffen kam für Semire von Schneegrund unerwartet. Unwillkürlich hob sie die Hand an die Kapuze und vergewisserte sich, dass der schwarze Gesichtsschleier nicht verrutscht war und keine Haarsträhne hervorlugte.

Alita sah sie an, schien sie aber nicht zu erkennen. Die Baroness wirkte apathisch, aber auf andere Art als die in Drogenträumen Dahintreibenden, die das Labyrinth aus orangefarbenen Zeltbahnen bevölkerten, das der Tempel der Freude am Ufer des Almahn bezogen hatte. Die zahlreichen Beben und Brände hatten die vorherige Unterkunft wohl zerstört. Tomalion hatte einen Tag gebraucht, um den neuen Standort ausfindig zu machen.

Alita trug ein grünes Kleid, bei dem Semires geübtes Auge auf den ersten Blick sah, dass es nicht für sie geschneidert war. Die Falten an den Ellbogen waren kein Ausdruck einer Mode, die Ärmel waren schlicht zu lang, und auch der Saum hatte mehr Schmutz angenommen, als man hätte erwarten dürfen. Noch ungewohnter war aber, dass sie kein Schmuckband um ihren Hals trug.

Sie hatte sich wohl mit der Frau unterhalten, deretwegen Semire in den Tempel der Freude gekommen war. Durch die Zeltbahnen waren die Geräusche des Gesprächs gedrungen, ohne dass Semire auf die Worte geachtete hätte. Paradoxerweise gab es hier zwar keine gemauerten oder gezimmerten Wände, aber die Tür, hinter der sich bei Semires Besuch im alten Tempel ein Webstuhl befunden hatte – die mit der hineingeschnitzten Viper –, hatte man samt ihrem Rahmen hierher gebracht.

Die etwa fünfundzwanzig Jahre alte Frau, die sie als Weberin kennengelernt hatte, sah weder sie noch Alita an. Ihre ganze Aufmerksamkeit galt der blauschwarzen Schlange, die sie unmittelbar hinter dem Kopf gefasst hielt. Die gebogenen Zähne des Reptils steckten in einer Lederhaut, die straff über einen Tonbecher gespannt war. »Schön weitermachen«, sagte die Frau in zärtlichem Tonfall. »Spritz dein ganzes Gift hinein. Jeder Tropfen davon ist mir kostbar.«

Semire schloss die Tür.

Alita sah auf ihre gefalteten Hände.

Die Schlange wand sich erst träge, zuckte dann jedoch so heftig, dass ihr Leib in das Gesicht der Frau peitschte, die sie hielt.

Eine stärkere Reaktion als ein zur Seite Neigen des Kopfes war das der blonden Frau nicht wert. »Ja … gib mir deine Wut …«, sagte sie ruhig. »So ist es gut. Alles schön in den Becher.«

Es dauerte noch eine Weile, bis sie die Schlangenzähne aus dem Leder zog und das Tier in einen runden Korb legte, den sie rasch mit einem Holzdeckel verschloss. Erst dann stellte sie den Tonbecher ab, strich ihr hellgraues Kleid glatt und wandte sich Semire zu. »Ihr habt nicht geklopft.«

»Ich bitte um Verzeihung. Mir wurde gesagt, dass Ihr mich erwartet.«

Sie nickte zu Alita. »Wir sprechen gleich weiter.«

»Nach sechs Jahren kommt es nicht auf noch einen Moment an«, bestätigte die Baroness, obwohl sie ungeduldig wirkte.

Einladend deutete die Tempelherrin auf eine Zeltbahn zu ihrer Linken und blickte Semire an. »Ich habe, was Ihr wünscht.«

Erst bei genauem Hinsehen war zu erkennen, dass das bezeichnete Tuch anders als jene daneben nicht am Boden festgemacht war. Semire schob es zur Seite und betrat einen weiteren aus orangefarbenem Stoff gebildeten Raum mit asymmetrischem Grundriss. Er war nur zur Hälfte von einer Plane überdacht, im freien Bereich sah man ein Stück des Berghangs, der zur Stadt hinaufführte, und die hellen Wolken, sie sich unter dem Gipfel des Uranier sammelten. Vor einer der Zeltbahnen stand eine unpassend wirkende Kommode aus schwarzem Holz. Die verschnörkelten Schnitzereien machten es schwierig, die Schubladen zu erkennen.

Die Weberin zog eine davon auf und entnahm einen ledernen Zylinder. »Leider erschweren die Kämpfe in der Stadt die Beschaffung«, sagte sie. »Der Preis für den Dampf der Quadra ist auf acht Silberräder gestiegen.«

»Acht *Räder?*«, staunte Semire. »So viel habe ich nicht bei mir.«

»Das ist schade.« Die Weberin legte den Zylinder zurück und schloss die Schublade. »Aber ich werde andere Kunden finden.«

»So meine ich das nicht. Ich werde Tomalion mit der verlangten Summe schicken.«

»Mir scheint, dass Euch der neue Preis betrübt.«

»Er ist kein Quell der Freude, aber dennoch kein Grund für mich, mein Leben gering zu schätzen«, betonte Semire.

Die Weberin nickte. »Ich hoffe, es wird Euch gefallen, dass ich die Ware bis zum nächsten Sonnenaufgang für Euch zurückhalten kann.«

»Nur so kurz?«, rief Semire. »Einen Tag und eine Nacht?«

Mit ihrem gleichmütigen Blick wirkte die Frau im grauen Kleid wie eine Dienerin in leicht gehobener Stellung. Die Vorsteherin einer Palastküche vielleicht. Aber Semire wusste es besser. Sie war die Herrin über eine seltsame Gemeinschaft, die sich verschworen hatte, wirklich alles zu besorgen und zu erledigen, wenn der Preis stimmte – *und wenn es jemanden glücklich machte.*

»Tomalion wird das Silber rechtzeitig bringen«, versprach sie.

»Die nächste Lieferung wird noch schwieriger zu bekommen sein«, kündigte die Weberin an. »Die Gravilier haben den Süden überrannt und sie halten auch die Flaschenzüge und die Treppen, über die unsere Waren in die Stadt gelangen. Wir werden eine Weile brauchen, um neue Wege und neue Freunde zu finden. Bis dahin müsst Ihr Euch auf zehn Silberräder einstellen.«

Semire verzichtete auf einen Protest. Stattdessen nickte sie so deutlich, dass ihr Gegenüber es trotz der Kapuze unmissverständlich wahrnahm.

»Mir scheint«, die Weberin zeigte auf die Zeltbahn, die in den Raum mit der Schlange führte, »für den Moment sind wir fertig.«

Semire ging zurück. Es war wohl klug, sich nicht länger als nötig in der Gesellschaft von Auftragsmördern aufzuhalten. Also ging sie entschlossen zur Tür.

»Semire von Schneegrund?«, fragte Alita.

Semire erstarrte mit der Klinke in der Hand.

»Was macht Ihr an einem solchen Ort, Gräfin?«

Schweiß trat auf Semires Stirn. Wenn man sie hier überhaupt kannte, dann als die Rose des *Lustgartens*. Der Tempel der Freude gehörte zu ihrem Schattenleben. Im Adel durfte man nichts davon erfahren, sonst würden sich die anderen Tiefen Häuser von

Schneegrund abwenden und auch die edlen Geschlechter, die ihm Treue geschworen hatten, bekämen einen Vorwand, sich ehrenhaft loszusagen. Gegenwärtig waren die Unruhen auf dem Berg so stark wie nie zuvor. So mancher mochte versucht sein, die Fahne zu wechseln.

Und sie stand hier reglos wie eine Statue! Das bestätigte Alitas Erkenntnis. Semire hätte sie einfach ignorieren und den Raum verlassen sollen.

Jetzt war es zu spät dafür. Sie drehte sich wieder um.

Die Weberin betrachtete sie interessiert.

Alita stand auf und knickste. Auch hierbei fiel auf, wie schlecht das Kleid saß. »Ich nehme an, glücklich ist der Mensch, der erkennt, welcher Wunsch ihm so wichtig ist, dass seine Erfüllung das Leben verändern wird.« Offenbar versuchte die Baroness, die Situation zu entschärfen, indem sie ihre eigene Frage mit einer philosophischen Bemerkung beantwortete. »Warum sollte das nicht auch für eine Gräfin gelten?«

»Ihr seid tatsächlich die Herrin des Tiefen Hauses Schneegrund?«, fragte die Weberin.

Semire schluckte. Sie hätte leugnen können, aber war es klug, eine Mörderin zu belügen? Vor allem eine solche, die einem seltsamen Ehrverständnis anhing und eine Unehrlichkeit womöglich als unverzeihlich ansah?

Aber ihre Maske fallen zu lassen mochte ein unumkehrbarer Akt sein … Semire musste Zeit gewinnen.

»Was führt Euch hierher?«, fragte sie Alita.

»Auch ich suche mein Glück«, gestand die Baroness. »Luhk.«

»Einen Lustknaben?«

»Luhk ist ein Tagelöhner.« Unvermittelt brach Alita in Tränen aus. »Meine wahre Liebe. Ich verlor ihn vor Jahren, weil meine Eltern nicht verstehen konnten, dass ich … Nein, er ist kein Lustknabe.«

Vielleicht weil die Offenheit der Baroness in so deutlichem Gegensatz zu ihrer eigenen Verhüllung stand, rührte sie Semire tief. Alita hielt nichts zurück. Sie wischte noch nicht einmal die Tränen von ihren Wangen, sondern stand einfach nur vor dem großen Kissen, auf dem sie zuvor gesessen hatte, und weinte. Dabei zitterte sie am gesamten Körper. Sie wrang die gefalteten Hände.

Der Anblick schmerzte Semire. Eine verlorene Liebe … Drohte ihr das nicht ebenfalls? War es nicht sogar schon Wirklichkeit? Brotan lebte, aber seine Seele war in einem Körper aus Granit gefangen. Selbst wenn sie über seine Brust streichelte, blieb er unerreichbar. Zwar spürte er ihre Berührung, aber er nahm sie nur zur Kenntnis. Genießen konnte er sie in seinem Steinkörper nicht. Und zu erwidern vermochte der auf Kampf und Robustheit hin gemeißelte Leib ihre Zärtlichkeit erst recht nicht. In der vergangenen Nacht hatte sich Semire so einsam gefühlt, dass sie Atemnot bekommen hatte.

Ob es Alita ebenso erging? Von einem Geliebten, den die Baroness seit Jahren vermisste, hatte Semire nichts gewusst, obwohl sie auf derartige Gerüchte unter den Hofdamen achtete. Nicht, weil es sie interessierte, wessen Herz voll Glück war und wer gerade zum Sklaven seines Triebes wurde, sondern weil solche Informationen hinter den Fächern nützlich waren. Sie waren die Meißel, mit denen sich Bündnisse formen und sprengen ließen. Über Alita kursierte jedoch nichts in dieser Richtung. Im Gegenteil, sie galt ihrem herzlosen Gemahl, dem Magier Anthurel, über jedes nachvollziehbare Maß hinaus ergeben. Manche lästerten, sie hätte dennoch eine Liebelei mit Quilûn, aber Semire glaubte, dass sich die einzige Leidenschaft, die sie teilten, auf die Kunst der Malerei bezog.

Wenn Brotan in seinem Steinkörper gefangen bliebe – erwartete Semire dann eine ebensolche Verzweiflung, wie Alita sie so unverblümt zeigte?

Sie konnte nicht anders, als die Baroness in die Arme zu schließen. Semire spürte das Zittern der etwas kleineren Frau. »Wieso sucht Ihr diesen Luhk ausgerechnet hier?«

»Tomalion hat mir versprochen, dass man meinen Wunsch, ihn wiederzusehen, hier erfüllen könnte.«

Tomalion Eichfrost! Dieser Mann war gefährlich anfällig für die Wünsche schöner Frauen. Und Alita war unbezweifelbar schön. Dass sie sich in solcher Herzensnot befand, mochte an eine fehlgeleitete Ritterlichkeit in dem eigentlich rüpelhaften Mann appellieren. Semire hatte ihn in den Tempel der Freude bestellt, auch wenn sie nicht gemeinsam gekommen waren. Sie wollte jemanden in der Nähe wissen, falls es zu unvorhergesehenen Schwierigkeiten kam.

Sie löste sich von Alita. »Hat Tomalion Euch von mir erzählt?«

Obwohl ihre blauen Augen eigentlich nicht besonders dunkel waren, wirkten sie so, als Alita sie verblüfft aufriss. Es lag wohl an der hellen Haut. »Nein. Ich bin überrascht, Euch hier zu treffen. Wobei es mir natürlich nicht zusteht, Euer Verhalten zu bewerten, Gräfin.«

Semire sah an sich hinunter. Sie trug kein Kleid, das sie im Palast angelegt hätte, der Umhang verhüllte das meiste von ihrer Gestalt, der undurchsichtige Schleier saß fest und keine Strähne ihres roten Haars hatte sich hervorgestohlen.

»Euer Gang«, erklärte Alita ein wenig verlegen. »Ihr setzt feste Schritte. Und dann Eure Gestalt. Für eine Frau seid Ihr ungewöhnlich groß.«

Semire versuchte, in Alitas Augen zu erkennen, ob sie aus ihrer Entdeckung Profit schlagen wollte. Sie hatte die Baroness nie als aktive Intrigantin wahrgenommen. Das mochte jedoch auch bedeuten, dass sie besonders geschickt agierte. Schließlich war auch Semires zweite Identität lange Zeit nur jenen bekannt gewesen, denen sie ihr Schattenleben offenbart hatte.

Zumindest hatte sie das gedacht. Aber die Geister des Berges hatten eine Rose in das Steinplättchen über Quilûns Herz geritzt, als er sie zur Gemahlin genommen hatte. Das konnte nur ein Hinweis darauf sein, dass die Unsterblichen von ihren eigensinnigen Aktivitäten wussten.

Wenn Alita nichts mit der Welt der Gerüchte und Geheimnisse zu tun hatte, ging keine Gefahr von ihr aus. Wenn sie aber darin aktiv war, würde sie ihren Vorteil suchen. Es müsste ihr dann vorteilhafter erscheinen, Semire gegenüber loyal zu bleiben, als sie zu verraten.

»Ich kenne Menschen an vielen Orten«, sagte Semire. »Und diese Menschen kennen wiederum andere. Es mag sein, dass sie auch einen Tagelöhner ausfindig machen können. Ihr hättet zu mir kommen sollen.«

Hoffnung trat in Alitas Blick.

Wenn es Semire jetzt noch gelang, ein wenig Angst hinzuzugeben … Eine lockende und eine drohende Hand …

»Ich nehme an, Tomalion hat Euch verraten, dass hier jeder Wunsch erfüllt wird?«, fragte Semire eindringlich. »Kein Wunsch wird abgelehnt.« Sie wandte sich der Weberin zu. »So ist es doch?«

»Wenn es Euch glücklich macht und Euer Silber uns glücklich macht … Wir urteilen nicht über Sehnsüchte. Wir erfüllen sie.«

»Ich bin mir nicht sicher, ob ich verstehe, was Ihr meint«, sagte Alita.

»Menschen sind gestorben, weil das andere glücklich gemacht hat.« Semire löste ihren Schleier. »Ich bin Semire von Schneegrund«, erklärte sie. »Und ich bin die Rose des *Lustgartens.*«

»Interessant«, meinte ihre Gastgeberin.

»Ich bin zwei Frauen. Beider Leben hängt davon ab, dass sie getrennt voneinander bleiben. Doch es muss einen Verräter geben. Jemanden, der mein Geheimnis dorthin trägt, wo ich es nicht offenbaren will. Auch die Geister des Berges haben auf diese Weise davon erfahren.«

»Das macht Euch unglücklich«, stellte die Weberin fest.

»Ich will, dass stirbt, wer mein Schattenleben ins Licht zerrt oder jenen, die mich nur als Rose kennen, mitteilt, dass ich auf dem Thron der Gräfin des Tiefen Hauses Schneegrund sitze.«

Aus dem Augenwinkel sah sie, dass sich Alita versteifte. Sie verstand also, dass dieser Auftrag auch sie umfasste, falls sie versuchte, aus ihrem Wissen Gewinn zu schlagen.

Die Weberin nickte bestätigend. »Ich werde kein Silber dafür verlangen.«

»Nicht?«, fragte Semire überrascht. Bisher hatte sie keinen Anlass gesehen, an der Geschäftstüchtigkeit des Tempels zu zweifeln.

»Wir erweisen einer Gräfin einen Gefallen und dafür wird uns diese Gräfin später ebenfalls behilflich sein.« Die Weberin streckte ihr die Hand hin. »Das ist mehr wert als glänzendes Metall.«

»Aber wenn Ihr keinen Verräter findet … Geht Ihr dann leer aus?«

Sie zuckte die Achseln. »Wenn wir nicht zu Eurem Glück beitragen können, werden wir auch keine Gegenleistung erbitten.«

»Es missfällt mir, dass ich die Höhe des Preises, den ich zu zahlen hätte, nicht kenne.«

»Er wird angemessen sein«, versprach die Weberin.

Dieses Geschacher war schlecht. Es mochte Alita an Semires Entschlossenheit zweifeln lassen.

Es wäre wohl klüger gewesen, Alita mit einem schnellen Schnitt durch den Hals zum Schweigen zu bringen. Eine endgültige und sichere Lösung, die Semire selbst herbeiführen könnte. Oder auch einer ihrer Untergebenen in den Schatten. Dafür bräuchte sie sich nicht auf einen ungewissen Handel mit dem Tempel einzulassen.

Doch Alita rührte sie. Zwar hatte Semire schon Menschen getötet, aber das war auf dem Schlachtfeld geschehen. Auch ihre Intrigen hatten Leben gekostet, doch niemals von jemandem, den sie so gut kannte wie Alita. Ihr Gemahl war ein Zögling von Semires Vater, der Anthurel gemeinsam mit seiner Schwester Kyrin aus der Gosse geholt hatte. Deswegen war Alita zu einem häufigen Gast im Palast der Schneegrunds geworden.

Zudem hätte Semire noch immer das Problem gehabt, dass sie vermutlich jemand an die Geister verriet. Um diese Angelegenheit konnte sie sich bei den vielen Anforderungen, die der Krieg auf dem Berg stellte, nicht selbst kümmern. In wenigen Stunden erwartete man sie bereits im Palast der Adlerhochs.

Sie schlug ein.

Weder Semire noch die Weberin löste den Griff. »Befriedigt meine Neugier: Was geschieht, falls ich mich weigern sollte, meinen Teil unseres Handels einzuhalten?«

»Ihr seid nicht so dumm, mir den Gefallen zu verwehren, wenn ich ihn einfordere.« Hinter der Weberin raschelte die Schlange im Korb. »Das würde mich unglücklich machen.«

»Viele Magier sind verschwunden«, sagte Subehn von Adlerhoch. »Auch Irmarr. Er ist eine Braunschürze, unser größter Verlust.«

Der fünfzehnjährige Graf des Tiefen Hauses presste die Zähne zusammen, seine Kieferwinkel traten hervor. Der Blick aus seinen farblosen Augen, mit dem er die auf Tellern und Platten präsentierten Speisen musterte, hatte etwas Starres, wie bei einem Raubvogel.

»Ich schätze, in den Kämpfen haben sie sich zu sehr auf ihre Schutzzauber verlassen«, meinte Quilûn. »Das Erlöschen der Magie wird sie noch mehr überrascht haben als alle anderen.«

Die Wände der Festhalle des Hauses Falkenkrall waren aus rötlichen Baumstämmen zusammengesetzt, eine Wölbung ging in die nächste über. Möglicherweise stand das Gebäude noch, weil es aus Holz gebaut war, nicht aus Stein. Bis vor einer Woche war das eine Geste der Bescheidenheit gewesen, trotz der Raubvogelfüße, die überall mit Blattgold aufgetragen waren. Doch dieser Bau kam ohne Stützzauber aus und auch den Erdstößen hielt er stand. Deswegen lud Subehn von Adlerhoch in den Festsaal des untergebenen Hauses. Sein eigener, atemberaubend an die Hänge platzierter Palast erinnerte an die Überreste von Schwalbennestern, nachdem man sie mit einem Besen zerstört hatte, damit der Vogeldreck die Wand und den Boden darunter nicht verschmutzte.

Auf der langen Tafel an der Westwand waren die Speisen aufgebaut. In Scheiben geschnittene Braten von Wildschwein und Rind dampften neben Bohnen in heller Soße und gestampften Möhren, Wein und Fruchtsäfte halfen gegen den Durst. An hohen Rundtischen standen Gruppen von einer Handvoll, höchstens zehn Gästen, die sich austauschten, während andere zu den Klängen einer Kapelle aus drei Fidlern, einem Trommler und einer Flötistin tanzten. Semire sprach mit einigen Adligen, die Quilûn nicht kannte. Zwei Schritt hinter ihr stand Brotan an der Wand. Obwohl er reglos blieb wie eine Statue, reichte die muskulöse Erscheinung des Riesen aus, um Respekt einzufordern.

»Wie steht es um Eure Magier?«, erkundigte sich Subehn.

Quilûn nahm nur eine einzelne Bratenscheibe und eine halbe Kelle von Erbsen und Möhren. Er war nicht hungrig, vor dem Aufbruch hatte er einen tiefen Zug von der Quadra genommen. Auch, weil Semire ihm nachdrücklich geraten hatte, den Zylinder mit dem dampfgetränkten Tuch zu Hause zu lassen. Das Behältnis war so ungewöhnlich, dass die anderen Gäste zweifellos darüber spekuliert hätten. Gerüchte zu kontrollieren kostete Aufmerksamkeit, die sie auf anderes verwenden wollten.

Quilûn war zuversichtlich, dass die Dosis, die er eingeatmet hatte, für vier oder fünf Stunden reichen würde. Lange genug, um ein verräterisches Zittern oder das ständige Wischen über den trocken erscheinenden Mund für die Dauer des Festes zu vermeiden. Quilûn fühlte sich gut. Zwar wusste er, dass er in Adelskreisen noch ein Neuling war, vielfach unerfahrener als Subehn, aber dennoch erschien ihm an diesem Abend alles leicht.

»Haus Schneegrund gebietet noch immer über vier Magier«, sagte er stolz. »Die Beste ist natürlich Kyrin. Sie wird bald aus ihrem Heilschlaf erwachen.«

»Ich würde mich freuen, wenn Ihr mir zwei dieser Zauberer überlassen könntet.« Subehn benutzte eine Zange, um Amselbrüstchen auf seinen Teller zu legen. »Schließlich sind unsere Tiefen Häuser gute Verbündete. Wir sollten einander stärken, das wird uns beiden zum Vorteil gereichen.«

Quilûn lachte auf, vielleicht ein wenig zu laut für die vornehme Gesellschaft. »Ihr seid zu fähig, um alle Magier Eures Hauses eingebüßt zu haben.«

»Zwei haben wir eingekerkert, bevor sie auch noch verschwinden«, gab Subehn zu.

»Weshalb? Was nützen sie Euch, nun, da die Magie ihre Macht verloren hat?«

Subehn trat verschwörerisch nah an Quilûn heran. Der Fünfzehnjährige trug Schuhe mit Sohlen, deren Dicke von einer halben Spanne seine jugendliche Körpergröße ausglich, aber verhinderte, dass er weite Schritte machte. »Nicht alle Zauberer sind tot, man hat nur wenige Leichen gefunden. Es geht das Gerücht, dass der Steinmeister die Seinen sammelt, und dafür wird er Gründe haben. In den Imagolems wirkt die Magie noch, und angeblich soll es auch eine Möglichkeit geben, andere Zauber zu aktivieren.«

»Wie?«, fragte Quilûn.

»Manche wollen wissen, dass es das Leben in den Imagolems ist, das die magische Kraft in ihnen hält. Wenn man einen Zauber im Körper trägt, könnte dasselbe gelingen. Für die großen Figuren ist das unmöglich, aber so ein Hellsichtzauber …«, er zeigte die Ausdehnung an, indem er Daumen und Mittelfinger der Rechten auseinanderspreizte, »… den könnte man mit etwas Geschick in einen Körper applizieren.«

»Was ist mit den Steinohren für Schwerhörige?« Quilûn erinnerte sich an Abuliar. »Zeigen sie noch Wirkung?«

»Das sollten wir überprüfen«, gestand Subehn zu. »Aber die befinden sich nur am Körper, nicht darin. Sie sind nicht von lebendigem Fleisch umgeben.«

»Ich habe gehört, dass die kleinen Zauber, mit denen die Damen den Glanz ihrer Augen erhöht haben, nun herauseitern.«

»Die mögen sich nicht tief genug im Körper befinden«, gab Subehn zu bedenken. »Vielleicht muss ein Zauber ganz von Leben umgeben sein, im Innern des Fleisches stecken. Wer weiß schon, wo die Seele, die die Magie erhält, ihren Sitz hat?« Er lachte unsicher, als sei ihm das Thema selbst unheimlich. »Wenn Ihr mir zwei Magier ausleiht und ich den meinen verspreche, sie aus dem Kerker zu entlassen, wenn sie mir ihre Treue beweisen, indem sie dieses Geheimnis ergründen …«

Quilûn trat zur Seite, um Jolin Falkenkrall an die Fasanenzungen heranzulassen.

»Zu freundlich«, sagte der Sohn des Gastgebers. Der Mitte dreißigjährige Mann trug enge rote Kleidung, über die er eine locker fallende weiße Weste gezogen hatte, die mit Silbernieten verziert war.

»Keine Ursache«, versicherte Quilûn. »Schließlich sind wir zu Gast in Eurem Hause.«

Stumm nickend häufte Jolin die Vogelzungen auf seinen Teller und drapierte heiße Beeren daneben. »Ich wollte Euch nicht stören, aber mein Appetit ließ mir keine Ruhe.«

»Ein knurrender Magen hätte sicher für mehr Unbill gesorgt«, gestand Quilûn jovial zu.

Jolin zog sich an einen der Stehtische zurück.

Leise lachend schüttelte Subehn den Kopf.

»Was erheitert Euch?«, erkundigte sich Quilûn.

»Ich bewundere Euer diplomatisches Geschick. Ihr lasst Euch nichts anmerken.«

Fragend sah Quilûn in die farblosen Augen seines Gegenübers. Ihm fiel auf, wie schwierig sie zu malen wären. Wollte man Subehn porträtieren, dürften sie keinesfalls wässrig geraten, das widerspräche der Härte des Blicks.

»Ich meine, es ist doch bekannt …«, setzte Subehn an. »Haus Falkenkrall wollte seine Stellung verbessern. Eure Gemahlin war lange Zeit die lohnendste Partie auf dem Berg.«

Quilûn sah zu Semire hinüber. Sie benutzte ihren Fächer, um ihre Lippen zu verbergen, während sie mit einer Dame sprach, deren Haar zu einem Kegel frisiert war. »Offenbar hat sie ihn nicht erhört.«

»Nun …« Subehn kicherte. »Das Angebot war auch etwas speziell: Da Jolin bereits vermählt ist, sollte sein jüngerer Bruder den Bund schließen. Dieser wusste die Eigenheiten des weiblichen Geschlechts jedoch nicht zu würdigen. Deswegen wäre es Jolin zugefallen, für einen Thronfolger zu sorgen. Eine Pflicht, die er sich sehr angenehm ausmalte.«

Quilûn runzelte die Stirn.

»Man schloss Wetten darauf ab«, berichtete Subehn, »wie oft der Deckhengst die Zuchtstute bespringen müsste, um zum Ziel zu kommen.«

Knallend stellte Quilûn seinen Teller zurück auf die Tafel. Mit drei Schritten war er bei Jolin und riss ihn an der Schulter herum. Er rammte die Faust gegen seine Brust.

Die Rippen waren härter als erwartet und Quilûns Schlag kam unglücklich auf. Schmerzhaft knickte er im Handgelenk um. Seine Wut ließ ihn schnauben. Er benutzte die andere Hand für einen Schlag in Jolins überraschtes Gesicht, aber darin lag kaum Wucht.

Sein Gegner wich zurück.

»Lümmel!« Quilûn schlug gegen Jolins abwehrend erhobene Arme. »Wagst es, respektlos von meiner Gemahlin zu sprechen!« Er verlegte sich auf einen Tritt, der zwar den Oberschenkel traf, aber keine sichtbare Wirkung hatte.

Jolin stieß ihn zurück.

Grollend griff Quilûn erneut an. Sein linkes Handgelenk schmerzte, er nahm den Arm hinter den Rücken und schlug mehrfach mit rechts zu.

Jolin machte es kaum Mühe, ihn abzuwehren. Der Baronet fasste an seinen Dolch, löste die Hand aber wieder. Er fühlte sich wohl nicht ernsthaft bedroht.

Bei Quilûns dutzendstem Schlag war Semire neben ihm. Sie fing seinen Unterarm ab und hielt ihn mit erstaunlicher Kraft fest, während sie ihn anfunkelte.

»Dieser Flegel hat dich beleidigt!« Quilûns Stimme kippte. »Ich fordere Genugtuung.«

Die Festgesellschaft strömte zusammen. Das Wort »Duell« flog durch die Menge.

Semire hielt seinen Blick gefangen und drückte seinen Arm nach unten. Offenbar missbilligte sie seinen Vorstoß. Ob sie glaubte, dass er in einem Kampf mit Klingen unterliegen würde? Aber er fühlte sich stark, trotz des schmerzenden Handgelenks. Er würde gnadenlos sein!

»Kein Duell.« Semire sprach so laut, dass alle sie verstanden. »Die Form ist nicht gewahrt. Für eine Duellforderung müsste ein Handschuh ins Gesicht geschlagen und vom Kontrahenten aufgenommen werden.«

»Ich trage keine Handschuhe«, sagte Quilûn.

»Richtig«, stellte Semire fest. »Daher kann es auch kein Duell geben. Es wäre ja auch vollkommen blödsinnig. Gerade in diesen Zeiten wird niemand den Bund zwischen den Tiefen Häusern Schneegrund und Adlerhoch schwächen.«

Sie funkelte ihn an. Angesichts ihrer harten Miene kam sich Quilûn so vor, als hätte er eine Riesendummheit begangen. Dabei konnte man doch von keinem Mann erwarten, dass er eine solche Schmähung seiner Gemahlin duldete.

Oder?

Sie waren in den Festsaal gekommen, um eine Abstimmung mit den Adlerhochs zu suchen. Oder für etwas anderes, das Semire vorhatte. Quilûn hatte es nicht verstanden, weil sie sich nicht die Zeit genommen hatte, ihn in die Einzelheiten ihres Vorhabens einzuweihen. Er wusste lediglich, dass es die Position von Haus Schneegrund stärken sollte. Wobei er unsicher war, ob das wirklich ihren Interessen entsprach. Schließlich wollten sie Graf Golars Traum verwirklichen: eine Gesellschaft ohne Herrschende und dadurch auch ohne Unterdrückte. Dafür müssten alle Tiefen Häuser fallen, auch Schneegrund. Kyrin könnte ihm helfen, Ordnung in das Chaos zu bringen. Doch Golars Vertraute schlief noch. Quilûn wagte nicht, dem Heiler zu befehlen, sie zu wecken, bevor dieser es für unschädlich hielt.

In seiner Verwirrung verwehte Quilûns Zorn. Er gab den Widerstand gegen Semires Griff auf und blickte zu Boden.

»In der Tat würde es niemand wagen, den Bund unserer Häuser zu schwächen!« Für seine Jugend klang Graf Subehns Stimme erstaunlich befehlsgewohnt. Ob seine Erzieher mit ihm daran arbeiteten?

»Wir alle sind Freunde.« Semire ließ Quilûn los und blickte Jolin an, der augenscheinlich noch unentschlossen war, ob er die Sache auf sich beruhen lassen sollte.

Semire öffnete ihren Fächer und wedelte sich Luft zu. »Ich möchte mich ein wenig abkühlen. Könnt Ihr mich zu den Getreidespeichern führen, Jolin? Ich habe viel Interessantes darüber gehört, sie aber noch nie gesehen.«

»Die Getreidespeicher?«, versicherte er sich.

»Sie befinden sich doch hier in der Nähe?« Jetzt klang Semire wie ein Mädchen, das einen Onkel bat, ihm die Welt zu erklären.

»Ein kluger Gedanke«, meinte Subehn. »Etwas frische Luft wird auch Euch guttun, Jolin.« Er ließ keinen Zweifel daran, dass er keine Bitte aussprach, sondern einen Befehl erteilte.

Ein Rest seines Stolzes ließ Quilûn seine Hände zu Fäusten ballen, als sich Jolin und Semire entfernten.

»Die Speicher sind wirklich sehenswert«, meinte Subehn. »Mein Urgroßvater hat sie von Haus Finstertann übernommen.«

»Man hat sie Euch nicht freiwillig gegeben, nehme ich an.«

Subehn zuckte mit den Achseln. »Wir haben sie uns verdient.«

Ein Diener eilte mit ihrem Umhang zu Semire. Derrek Eichfrost holte einen Degen aus der Waffenhalterung neben dem Eingang. Er nickte Quilûn zu, der die Geste erwiderte. Es beruhigte ihn, den erfahrenen Kämpfer bei Semire zu wissen. Außerdem würde Brotan sie begleiten, also konnte ihr nichts zustoßen.

»Meine Gemahlin hat ein mildes Herz«, behauptete Quilûn. »Sie sorgt sich um die Ernährung des einfachen Volkes, gerade in so schweren Zeiten.«

Subehn fasste ihn am Oberarm und drehte ihn sanft, aber bestimmt herum, um mit ihm zur Tafel zurückzukehren. Wegen der hohen Schuhe machte er nur kleine Schritte. »Weizen und Gerste halten die Gemeinen am Leben, aber wir wollen beim Braten bleiben.« Er nahm sich einen neuen Teller. Offenbar legte er Wert darauf, dass seine Speise nicht abkühlte.

»Stimmt es, dass keine Lieferung mehr in die Stadt kommt?«, fragte Quilûn.

Subehn leckte seinen Daumen ab, an den ein wenig Soße gekommen war. »Nur einzelne Kundschafter schlüpfen durch«, bestätigte er. »Die Gravilier halten sämtliche Treppen und alle Flaschenzüge. Und natürlich die Magierwerkstatt. Wisst Ihr, was sie in den Trümmern suchen?«

Quilûn war klar, dass es unklug gewesen wäre, von seiner Begegnung mit Zauberpriesterin Emala zu berichten. Das hätte nur Nachfragen herausgefordert und Quilûn hätte sich verraten können. Semire, Kyrin und er hatten die Gravilier mit Informationen dazu versorgt, das Heer des Berges zu umgehen und die Befestigungen zu erobern. Also schüttelte er nur den Kopf.

»Wir überlegen, die Vorräte der Bürgerlichen einzuziehen«, fuhr Subehn fort. »Aber wenn wir die Einzigen sind, die das tun, werden sie sich uns entziehen, indem sie in andere Stadtteile davonlaufen, und damit unsere Gegner stärken. Die Tiefen Häuser sollten zusammenstehen, wenigstens, bis die Gravilier vertrieben sind. Alle sieben Grafen sollten sich treffen.«

»Sellemar von Saphirtrutz steht mit seinen Truppen im Feld.«

»Dann muss sein Stellvertreter kommen.« Subehn hielt den gefüllten Teller in beiden Händen, machte aber keine Anstalten, einen Tisch aufzusuchen. Dass sie abseits der anderen standen, kam ihm wohl gelegen. »Die Arena wäre der ideale Treffpunkt.«

»Sie soll in Trümmern liegen.«

»Was macht das schon?«, fragte Subehn. »Sie ist noch immer neutraler Boden, auf dem niemand wagen wird, eine Falle zu stellen oder gar mit offener Gewalt vorzugehen.«

»Das mag sein«, sagte Quilûn vorsichtig. Er kannte sich nicht genügend mit den Sitten der Tiefen Häuser aus, um zu wissen, ob die Tradition der friedfertigen Begegnung für das Bauwerk oder für den Ort galt. Das Gebäude gab es nicht mehr, nur noch eine Schutthalde, aus der ein paar Mauerreste ragten. Aber wenn im Wortsinne der Boden, auf dem vorher der Prachtbau gestanden hatte, den neutralen Bereich ausmachte, dann galt die Konvention noch immer.

»Würdet Ihr einer Einladung dorthin folgen?«, fragte Subehn.

Quilûn überlegte, sah aber nicht, was er zu verlieren hatte. »Ja, sicher. Warum nicht?«

Grinsend tätschelte Subehn Quilûns Oberarm. »Wir stehen zusammen. Das macht uns stark.«

»Wenn Ihr einmal erfahren wollt, wie es ist, von einem Stier aus edler Zucht bestiegen zu werden …« Im Licht des Vollmonds war Jolin Falkenkralls Grinsen deutlich zu sehen.

»Quilûn ist in der Tat zurückhaltend wie ein Knabe, der noch nie erlebt hat, wie sich ein prall gefüllter Weinschlauch anfühlt«, sagte Semire von Schneegrund.

Helle Steine schotterten das Gelände zwischen den Speichergebäuden, deren Form übergroßen Bienenkörben ähnelte. Ihre knirschenden Schritte würden ihre Worte für Derrek Eichfrost unverständlich machen, der ihnen mit einigem Abstand folgte. Nicht aber für Brotan, der neben ihm herstapfte. Die Sinne des Imagolems waren erheblich schärfer als jene eines Menschen.

Sie erreichten eine Wassermühle, deren Rad sich haushoch aus einem Bach erhob. Derzeit stand es still, eine Weiche leitete das Wasser in einem Seitenarm vorbei. Semire sah die leichte Biegung in den Brettern, die am Rad angebracht waren.

»Musstet Ihr diese Flossen wenden, als sich die Flussrichtung des Almahn verändert hat?«, fragte sie.

Das Mondlicht zeigte die Überraschung auf Jolins Gesicht. »In der Tat, die Wölbung der Schaufeln nahm die Kraft des Wassers nicht mehr auf. Wir haben das komplette Rad abgenommen, gewendet und wieder angebracht. Dabei ist die Aufhängung gebrochen. Es war eine große Plackerei, zumal die meisten Männer an den Waffen gebraucht wurden. Da haben die Frauen die angenehmeren Pflichten.«

Er ließ den rechten Arm an der Seite hängen. Die lockere Geste täuschte. Trotz des sternklaren Himmels fühlte er sich in der Dunkelheit sicher genug, um ihr an den Hintern zu greifen.

Semire löste sich mit einem Schritt an das steingefasste Ufer des Bachs. »Ihr versprecht mir das, was ich brauche«, raunte sie. »Aber hier bietet sich keine Gelegenheit, die Flammen lodern zu lassen, die Ihr in mir entzündet.«

»Die Schreibstube des Verwalters steht nachts leer.«

Über die Schulter sah sie ihn an, wobei sie die Brust vordrückte, um ein verheißungsvolles Profil zu zeigen.

Wenn man sich die in seinen Umhang eingenähten Polster wegdachte, war er keine besonders imposante Erscheinung. Er war nur ein paar Jahre älter als Semire, das erklärte den Kugelbauch nicht. Er war einer allzu gemütlichen Lebensweise geschuldet. Das platte Gesicht dagegen hatte er wohl von Geburt an.

»Derrek!«, rief sie. »Ihr versteht mehr von Verteidigungsanlagen als wir. Seht Euch die Palisade an und erstattet uns hinterher Bericht.«

Der Baron verbeugte sich und schritt in die Nacht davon.

»Was ist mit dem Steinmann?«, fragte Jolin.

Das Sternenlicht gab Brotans hellem Granitkörper etwas Nebelhaftes. Zugleich verwischte die Dunkelheit die Konturen gerade genug, um seiner Größe etwas Unbestimmtes zu geben. Als stünde hinter seiner offensichtlichen Kraft noch mehr … ein Versprechen für seine Freunde, eine Drohung an seine Feinde. Das gefiel Semire.

»Der Imagolem muss mitkommen. Entweder er oder die Leibwache, die Derrek mitgenommen hat. Sonst würde man mir Leichtsinn vorwerfen.«

Lachend griff er nochmals ihr Gesäß. »Eine gewisse Lust an der Gefahr könnt Ihr schlecht leugnen. Möglich, dass Quilûn ein Kuckuckskind in seinem Palast aufziehen wird.«

»So weit sind wir noch nicht.«

»Ich gebe mich nicht mit Kostproben zufrieden.« Er fasste schmerzhaft fest zu.

Sie schrie spitz und entwand sich ihm.

»Du weißt, wie du einen Mann geil machst.« Er griff ihre Hand und zog sie mit sich. »Ich werde dich in der Mitte auseinanderreißen! Morgen wirst du nur noch kleine Schritte machen können.« Er lachte triumphierend.

Mehr als seine anzügliche Rede störte Semire, dass er zur vertraulichen Anrede wechselte. Sie hasste es, wie eine Untergebene behandelt zu werden.

Sie nahmen eine schmale Brücke über den Bach. Brotans Gewicht hätte sie nicht getragen, er watete durch das Wasser, das ihm kaum über die Knie reichte.

»Ich bin gespannt, ob du bluten wirst.« Jolin führte sie in ein zweistöckiges Haus.

Das Erdgeschoss diente als Lagerraum. Nachdem Jolin eine

Kerze entzündet hatte, sah Semire Handkarren, zwei abgeschirrte Wagen, mehrere Rollen Seil und Werkzeug, das in Halterungen an den Wänden hing.

»Oben ist es gemütlicher«, versprach Jolin. An der rechten Seite führte eine Treppe aufwärts.

Gebückt trat Brotan in den Lagerraum. Er musste hier unten warten, die Stufen hätten der Belastung nicht standgehalten. Jolin nahm zwei von ihnen mit jedem Schritt, während er Semire hinter sich herzog. Hastig raffte sie ihr Kleid, um nicht auf den Saum zu treten.

Auch das Obergeschoss bestand aus einem einzigen Raum, der aber wegen der Dachschräge weniger Platz bot als der darunter. Hier lagerten Schriftrollen und Bücher, Jolins Kerze holte einige Truhen aus dem Dunkel. Er stellte das Licht neben einem Tisch ab, von dem er ungeduldig das Schreibzeug, ein Lineal, einen Rechenschieber und einen Stoß Pergamente wischte. Stattdessen breitete er seinen Mantel darauf aus. »Du sollst ja nicht voller blauer Flecken sein.« Er schnallte den Degen ab und lehnte ihn an einen Stützpfosten.

»Ihr müsst mir ein wenig Zeit lassen.« Sie neckte ihn mit einem Augenaufschlag und nestelte an der Fibel, die ihren Umhang zusammenhielt. »Ich bin noch nicht bereit.«

»Ich bin nicht so zahm wie dein Gemahl!« Rüde griff er an ihre Brust. »Das bist du wohl nicht gewohnt?«

Tatsächlich diente die Ehe mit Quilûn ausschließlich der Sicherung der Macht und hatte nichts mit erotischer Anziehung zu tun. Auch wenn Quilûn Frauen zugeneigt war – an den Gerüchten um eine Affäre mit Zimila Eisklamm schien etwas dran zu sein –, hatte er Semire niemals vertraulich berührt. Geschweige denn so fordernd, wie Jolin es jetzt tat.

Sie musste einige Kraft aufwenden, um seine Hand fortzuschieben. »Nicht so schnell«, bat sie.

»Sollen wir sanfter beginnen?«

Zu Semires Überraschung streichelte Jolin nun zärtlich über ihren Hals. Er benutzte nur den Daumen. Sie spürte, wie sich die Härchen an ihren Armen aufstellten.

Als Brotan ihr gezeigt hatte, wie Mann und Frau einander Freude bereiten konnten, war ihr Trieb erwacht. Drei Jahrzehnte hatte sie niemanden an ihren Körper gelassen, aber nun, da sie Lust erfahren hatte, vermisste sie die Vereinigung. Sie sehnte sich so sehr nach Brotans Nähe!

Aber zu ihrem Erschrecken reagierte ihr Körper auch auf Jolin. Das wollte sie nicht! Sie fühlte sich von ihren eigenen Empfindungen verraten, aber sie begriff auch, dass dieser Mann sie *wollte*. Wenn es ihr gelänge, ihn zu benutzen … Wenn sie die Oberhand behielte und Jolins Kraft bändigte, um sie zu lenken wie ein feuriges Ross … Die Vorstellung, ihn zu unterwerfen, reizte sie gegen alle Vernunft.

Sie fürchtete sich vor Abgründen, ihr wurde leicht schwindelig. Aber wenn sie nah an die Kante einer Schlucht herantrat, fühlte sie sich danach stark. Die Gefahr herauszufordern und ihr zu trotzen …

Jetzt war es ebenso. Jolin fasste ihren Nacken, zog sie zu sich und drückte seine Lippen auf ihre. Sie hätte seiner Zunge wohl den Einlass verweigern können, aber das wollte sie gar nicht. Semire schloss die Augen und gönnte sich einen Moment, in dem sie sich vorstellte, er sei Brotan.

Doch das war er nicht. Brotan stand unter ihnen im Erdgeschoss, und seine empfindlichen Ohren hörten sicher ganz genau, was hier vorging. Wie sollte sie ihm erklären, dass sie einen anderen Mann küsste, weil sie Brotans Nähe vermisste?

Sie drückte Jolin von sich. »Lasst mir Atem.«

»Später«, knurrte er. »Jetzt will ich, dass du den Verstand verlierst.«

»Ihr müsst mir schon die Zeit geben, mich zu entkleiden.«

Jolin lachte auf. »Wenn es das ist …« Er zeigte ihr seine gespreizten Hände. »Die hier haben schon manch feinen Stoff zerrissen.«

»Soll ich denn halb nackt zu meinem Gemahl zurückkehren?«, tadelte sie.

Ein Rest von Verstand sagte ihm wohl, dass so etwas zu Fragen führen würde, die auch ihm unangenehm werden könnten.

Semire war keine verzweifelte Baroness eines unwichtigen Hauses oder gar eine Bürgerliche, sondern eine Gräfin.

Sie genoss seine Unsicherheit ebenso wie seine Begierde zuvor. Lächelnd entfernte sie sich von ihm, öffnete den Umhang, faltete ihn sorgfältig zusammen und legte ihn auf eine Truhe. Statt sich weiter auszuziehen, ging sie an den Regalen entlang. Die Buchrücken waren nur mit Zahlen beschriftet. »Aufzeichnungen zu den Getreidelieferungen?«

»Ja, aber wen interessiert denn das jetzt?«

Sie bedachte ihn mit einem koketten Blick. »Ich hatte darauf gehofft, dass sich hier ein Band mit romantischen Versen fände, die Ihr mir vortragen könntet.«

Er schnaubte empört.

»Oder kennt Ihr gar ein Gedicht auswendig, mit dem Ihr das Herz einer Dame zu öffnen vermögt?«

»Ich will nicht in dein Herz, ich will zwischen deine Schenkel.«

»Gemach, gemach.« Semire lachte.

Inzwischen fand sie seinen Trieb belustigend. Er schwitzte, und seine begonnene, aber nicht abgeschlossene Entkleidung hatte dazu geführt, dass er nun wirkte wie ein Junge, der die Ärmel in seiner Tunika nicht gefunden hatte.

»Habt Ihr Wein?«, fragte sie. »Der wärmt das Blut.«

»Unter meinen Händen wird dir warm genug«, versprach er.

»Ich bin keine Hure«, erinnerte sie. »Ihr müsst ein wenig um mich werben. Welchen Wert hat eine Beute, die man geschenkt bekommt?«

Er verzog den Mund, aber ihre Frage schien in ihm zu arbeiten. Die Anziehung, die er gerade noch auf sie ausgeübt hatte, erschien Semire nun seltsam. Sie erkannte, dass er ebenso ein Spielzeug war wie die meisten Freier, die in den *Lustgarten* kamen. Diese Männer mochten sich stark fühlen, und die Kunst der Blumen bestand darin, diese Selbsttäuschung zu fördern. So wurden sie willig und achteten nicht mehr darauf, dass doppelt so viel Silber ihre Börsen verließ, wie sie sich beim Betreten von Semires Reich vorgenommen hatten.

Auch Jolin erwies sich als folgsam. Er nahm die Kerze auf und suchte nach einer Flasche Wein. Es dauerte eine ganze Weile, bis er eine auf den mit seinem Umhang bedeckten Tisch stellte. Er zog den Korken heraus und roch daran in dem vergeblichen Versuch, sich als feinsinniger Genießer zu geben. Ob es an dem Abstand von ein paar Schritt lag, dass sie nichts Verführerisches mehr an Jolin fand?

Ihre Gedanken wanderten zurück zu Brotan, wie er früher gewesen war. An den metallischen Geschmack, wenn sie den bronzenen Kinnwinkel geküsst hatte. Daran, wie sie die Rippen mit ihren Fingerkuppen nachgefahren war. An den Herzschlag des Schlafenden, auf den sie mit dem Kopf auf seiner Brust gelauscht hatte. Es waren schmerzhaft schöne Erinnerungen.

»Willst du jetzt Wein oder nicht?«, fragte Jolin barsch. »Gläser suche ich nicht auch noch.«

Draußen läutete eine Glocke. Semire wartete, bis es auch Jolin auffiel.

»Alarm …«, sagte er ungläubig.

Semire bemühte sich um eine erschrockene Miene. »Ein Angriff?«

»Das wäre möglich.« Er nahm seinen Degen auf und eilte zur Treppe.

Semire griff ihren Mantel und folgte ihm. Als sie unten ankam, war er bereits aus der Tür hinaus.

Auch Brotan und Semire traten ins Freie. »Das kommt vom Haupttor«, behauptete sie.

»Nein, die Glocke steht an der Mühle.«

»Der Lärm, meine ich. Am Haupttor ist Unruhe.«

Jolin sah in die angegebene Richtung. »Ja, da ist etwas …«, bestätigte er zögernd. »Aber wir dürfen nicht außer Acht lassen, dass unsere Befestigung einen Schwachpunkt hat: Wo der Bach durch die Palisade kommt, haben wir nur ein schwaches Gitter. Besser, ich sehe dort einmal nach.«

Das konnte Semire nicht zulassen. »Brotan!«

Sein rasch ausgeführter Tritt offenbarte die Agilität des Steinmanns. Er traf Jolin in den Rücken.

Die Wirbelsäule knackte. Der Baronet zappelte mit den Armen, aber in den Beinen war keine Kraft mehr, als er stürzte. Er röchelte.

Brotan stellte sich auf Jolins Degen.

Semire ging ein paar Schritte zur Seite und lauschte. Es gab tatsächlich Rufe am Haupttor und auch in der Dunkelheit der Anlage regten sich Menschen.

Brotan blickte entgegen der Fließrichtung den Bach entlang. »Derrek kommt«, grollte er.

Semire sah ihn erst einen Moment später. Blut verdunkelte seine gezogene Klinge.

»Es ist getan«, meldete Derrek. »Das Gatter ist offen, die ersten Krieger von Haus Schwingenpracht sind eingedrungen.«

»Dann machen wir uns besser auf den Weg. Sie fühlen keine Liebe für Haus Schneegrund.«

Brotan sah hinüber zu den Getreidespeichern, die Semire von Schneegrund aus dieser Entfernung nur mit Mühe als Schattenrisse vor den Sternen ausmachte. »Die Angreifer haben gewonnen.« Für seine Verhältnisse sprach der Imagolem leise. Es klang, als stünde er vor einem Wutausbruch, aber Semire wusste inzwischen, dass dieser Eindruck täuschte. Er war für den Kampf gemeißelt, er konnte nur grollen oder brüllen.

»Ich glaube, die Kampfgeräusche nehmen ab«, stellte sie fest.

Derrek Eichfrost saß auf dem Rand eines Brunnens. Mit der hohlen Hand schöpfte er Wasser aus dem heraufgekurbelten Eimer, nahm den Hut ab und goss das erfrischende Nass in sein Haar. »Denkt Ihr, sie werden die Gefangenen hinrichten?«

»Nicht, wenn sie auf den klugen Rat einer Frau hören«, entgegnete Semire. »Bei ihren einstigen Herren haben die Krieger der Falkenkralls nichts Gutes mehr zu erwarten. Ihr Baron und auch Graf Subehn werden sie dafür büßen lassen, dass sie die Speicher verloren haben. Also wäre es gut, sie unterschiedlichen Einheiten zuzuteilen und in die eigene Streitmacht zu integrieren.«

»Streitmacht?«, fragte Derrek spöttisch. »Haus Schwingenpracht befiehlt über gerade mal zweihundert Klingen.«

»Das können rasch mehr werden, wenn man es versteht, einen Sieg klug zu nutzen und daran zu wachsen.«

»Schreibt das Palion?«

Semire lachte auf. »Ihr kennt mich zu lange. Ganz recht, das habe ich bei Palion gelesen.«

Er nickte und erquickte sich mit einer weiteren Handvoll kühlen Wassers.

Vor ihnen stöhnte Jolin Falkenkrall auf dem Boden. Er konnte die Beine nicht bewegen und auch in den Armen fehlte ihm wohl die Kraft. Dennoch hielt sich Semire außerhalb seiner Reichweite.

»Trotzdem …«, meinte Derrek. »Das Erobern ist eine Sache, aber wenn Adlerhoch von dieser Schmach erfährt – wie soll ein solcher Haufen die Speicher halten?«

»Mit Angst.«

»Ihr glaubt, Subehn fürchtet diese Raufbolde?«

Es war seltsam, die Bezeichnung, mit der man auch Derrek selbst mit Fug und Recht hätte bedenken können, aus seinem Mund zu hören. Semire versuchte, in seinem Gesicht zu lesen, ob er das Wort abfällig oder ironisch meinte. Es war zu dunkel, um das zu erkennen.

»Er wird fürchten, die Speicher zu verlieren«, sagte sie.

»Das hat er doch schon.«

»Aber nicht unbedingt für immer«, erklärte Semire. »Die Schwingenprachts werden Lampenöl an den Gebäuden deponieren. Wenn es so aussieht, als könnten die Adlerhochs sie vertreiben, werden sie alles abfackeln.«

Derrek pfiff anerkennend.

»In der Mühle und in mindestens einem Lagerhaus gibt es nicht nur Korn, sondern sogar Mehl. Das brennt beinahe so gut wie Öl.«

»Vor allem, wenn man es in der Luft verstäubt«, stimmte Derrek zu. Manchmal überraschte er Semire mir seinen Kenntnissen.

»… Heiler …«, röchelte Jolin verzweifelt.

Kopfschüttelnd sah Semire auf den Verkrüppelten hinab. »Ihr werdet die Sonne nicht mehr aufgehen sehen. Dafür habt Ihr den falschen Mann eifersüchtig gemacht.«

Brotan grollte zustimmend.

»Mir … ist kalt.« Jolins Zähne klapperten.

»Das liegt am Blutverlust«, stellte sie fest.

Die dunkle Flüssigkeit besudelte Brotan, der den Baronet bis zum Brunnen getragen hatte. Vorher hatte er ihn nur abgelegt, um die Palisade an einer schwachen Stelle einzureißen und ihnen so das Entkommen zu ermöglichen.

»Barn war um vieles edler als Ihr.« Bei der Erinnerung daran, wie Jolins jüngerer Bruder das Kommando des Sturmtrupps übernommen hatte, um auf der Sonnenbrücke zu kämpfen, schüttelte Semire anerkennend den Kopf. Auch Barn hatte sich an den Intrigen der Adligen beteiligt, auch er hatte die Ehe mit Semire angestrebt und keine Skrupel bei der Vorstellung gezeigt, Jolin die Zeugung der Nachkommen zu überlassen. Aber er hatte sich ihr gegenüber niemals respektlos verhalten.

Sie sah zu den Sternen auf. »Eigentlich ist es eine schöne Nacht. Aber ich schätze, das macht das Sterben nicht angenehmer.«

Jolins Röcheln war unverständlich.

»Ich habe überlegt, Euch in den Fluss zu werfen. Mit seiner neuen Strömungsrichtung hätte Euch der Almahn die Klippen hinabbefördert. Aber als toter Held seid Ihr nützlicher. Ich werde Eurem Vater sagen, dass Ihr mich gerettet und mit letzter Kraft meine Flucht ermöglicht habt. Leider ist es deswegen unmöglich, Euch mit einem Degenstich zu erlösen. Ein Bolzen in den Rücken wäre glaubwürdig, aber unglücklicherweise haben wir keine Armbrust zur Hand.«

»Der Schlag, der ihm die Wirbelsäule zerschmettert hat, wird sehr nach einem Imagolem aussehen«, gab Derrek zu bedenken.

»Das macht nichts.« Semire winkte ab. »Die Schwingenprachts haben ebenfalls einen Steinkrieger. Der soll es gewesen sein.«

»Ihr erwägt jede Kleinigkeit.« Derrek setzte seinen Hut wieder auf. »Ich sollte diesen Palion auch einmal lesen.«

»Ich hoffe, von Euren Leuten ist niemand zu Schaden gekommen.«

Er zuckte mit den Achseln. »Ich habe ihnen eingeschärft, dass sie das Haupttor aus der Ferne beschießen und sich zurückziehen sollen, wenn der Spaß richtig losgeht. Falls sich jemand nicht daran gehalten hat, trägt er selbst die Schuld.«

Semire stand auf. »Helft mir, meinen Umhang und mein Kleid zu zerreißen.«

»Mögt Ihr es nicht mehr?«

»Ich fürchte, auch Eure Tunika wird leiden müssen. Es soll schließlich so aussehen, als ob wir nur mit knapper Not entkommen wären.«

»Würden ein paar Schnitte das noch glaubwürdiger wirken lassen?«

»Wir wollen nicht übertreiben«, entschied Semire.

Während sie sich zurichteten, begann Jolin, nach Luft zu schnappen. Sein Atem wurde zu einem Hecheln. Er versuchte, sich vom Boden hochzudrücken, aber seinen Armen fehlte die Kraft. Schließlich erschlaffte er.

»Kannst du seine Leiche tragen, Brotan?«, bat Semire. »Wir müssen den gefallenen Helden zu seinem Vater bringen.«

»Ich schicke einen Mann in das Haus gegenüber«, kündigte Derrek Eichfrost an. »Er soll die Straße im Auge behalten.«

»Verfahrt, wie Ihr es für richtig erachtet, Baron«, bestätigte Quilûn.

Die Passanten in der gepflasterten Gasse musterten sie aus den Winkeln der oftmals gelbstichigen Augen. Jene, die der allgegenwärtige Rauch und der Hunger schwächten, wurden die leichtesten Opfer der Krankheiten, die durch die Stadt strichen wie Raubtiere.

Auch Derrek wirkte heute ungewöhnlich träge, aber Quilûn glaubte nicht, dass er krank war. Die Nacht, in der er Semire begleitet hatte, steckte ihm wohl noch in den Knochen.

Quilûn war das recht. Dadurch stellte der ohnehin schweigsame Derrek noch weniger Fragen. Er sorgte nur dafür, die Straße und vor allem den Eingang zu sichern, durch den Quilûn die Schenke betrat, in der die Stühle noch umgedreht auf den Tischen standen und der Boden feucht glänzte, weil man ihn gerade gewischt hatte. Derrek konnte nur vermuten, dass sich sein Herr hier mit einem anderen Grafen oder zumindest wichtigen Baronen traf, ohne dass jemand Kenntnis davon erhalten sollte.

Was die Geheimhaltung anging, läge er damit richtig. Erst in der Schankstube zog Quilûn das duftgetränkte Tuch vom Gesicht. Dieser Tage trugen viele einen solchen Schutz für die Atemwege.

Der Wirtsjunge, ein dürrer Bursche, verschloss die Tür mit einem Riegel. »Sie sind schon unten.«

Quilûn ging zur Bodenluke und stieg die Leiter hinab.

Im Laternenschein erwartete ihn ein Dutzend grobschlächtiger Männer. Eine Zelle, deren Kern mehrere Jagdtreiber bildeten, die den Schwertgrats dienstbar waren. Bei den Ausflügen in die Wälder mussten sie den Adligen das Wild zuführen. Dass dadurch die Arbeit auf den Feldern und in den Werkstätten für eine Woche liegen blieb, störte ihre Herren nicht. Manche der hier Versammelten hatten Kunden verloren und konnten ihren Familien nur noch dünne Suppen auf den Tisch stellen. Der Fasan oder das Karnickel, das die Adligen großzügig von der Jagdbeute abgaben, glichen das bei Weitem nicht aus. Graf Golar hatte sie für seinen Traum gewonnen, als einer von ihnen im Wald gehängt worden war, nachdem er die Eier aus dem Nest einer Wachtel genommen hatte. Derart feine Speise, hatte der Graf von Haus Schwertgrat verkündet, stand nur dem Adel zu.

»Wer ist Moriam?«, fragte Quilûn.

»Er.« Ein kräftiger Mann, der sein blondes Haar zu Zöpfen geflochten trug, zeigte auf einen Kranken, der unter mehreren Lagen Decken so sehr zitterte, dass seine Zähne klapperten. Das Gesicht glänzte schweißnass.

»Was ist mit ihm passiert?«, fragte Quilûn.

»Moriam hat sich auf die Waffen verlassen, die wir von Euch

erhalten haben«, erklärte der Mann mit den Zöpfen. »Solche wie diese hier.« Er hob einen Dolch, bevor er ihn gegen Moriams Kehle drückte und in einer schneidenden Bewegung durchzog.

»Was tust du?«, rief Quilûn.

Moriam hustete, aber sein Hals war unverletzt.

Der Mann hielt Quilûn das Messer hin. »Steinklinge«, erklärte er. »Stumpf wie ein Stück Holz. Als wir sie bekommen haben, waren sie scharf und hart. Aber jetzt, als es gegen die Leute des Barons ging, sind sie an den Harnischen zerbrochen.« Er warf den Dolch auf den Boden. »Spielzeuge, mehr nicht.«

»Das tut mir leid.« Quilûn räusperte sich. »Das waren gute Waffen, bis die Magie sich in den Berg zurückzog.«

»Und es konnte wohl niemand ahnen, dass das passieren würde?«, rief der Wortführer. »Oder ist es wieder einmal so, dass man uns in die Schwerter laufen lässt, weil wir einfache Leute sind? Weil es auf uns nicht ankommt?«

»Nein, so …« Quilûn wollte nicht lügen. Er setzte neu an. »Es war mein Fehler. Ich habe mir zu spät einen Überblick verschafft, welche Zellen es gibt und was sie vorhaben, sobald die Revolution ausbricht. Ehrlich gesagt weiß ich noch immer nicht, wer alles für die Sache einsteht und wo in der Stadt man unseren Kampf ausficht.«

Sein Gegenüber lachte auf. »Und wieso sollen wir Euch vertrauen?«

Quilûn wusste es nicht. Und dabei war diese Zelle noch eine, zu der er wenigstens Kontakt herstellen konnte. Für diejenigen, die jenseits des Berges, im weiten Land, verteilt waren, galt das nicht. Jede von ihnen war vollkommen auf sich gestellt.

Er sah auf den zitternden Mann. »Ich mache es wieder gut.«

»Wie denn?«, klagte der mit den Zöpfen. »Acht von uns sind schon tot. Zehn weitere haben uns verlassen, sie wollen sich nicht abschlachten lassen. Da stellt sich die Frage: Was machen wir mit ihnen? Sie wissen, wer wir sind und wo wir uns treffen. Wenn auch nur einer von ihnen uns an die Schwertgrats verrät …«

Entsetzt starrte Quilûn in das verbitterte Gesicht vor sich. »Du kannst unmöglich vorschlagen, sie zu ermorden.«

»Aber uns selbst der Gefahr auszusetzen, ermordet zu werden – das darf ich vorschlagen?«

Quilûn benutzte seine Zungenspitze, um die Lippen zu befeuchten. Vor einer Stunde noch hatte er die Quadra eingeatmet, aber es war zu wenig Dampf gewesen. Sein Mund war schon wieder schrecklich trocken.

»Ihr kommt zu uns«, schlug er vor. »Zu den Schneegrunds. Da findet euch keiner.«

»Einen Herren gegen einen anderen tauschen?« Der Mann lachte auf und auch die anderen sahen Quilûn böse an.

»Nein, ich meine ... Ihr zieht in eines der Viertel, die Haus Schneegrund kontrolliert. Dort lasst ihr euch nieder.«

»Und was ist mit meinem Haus?«, rief ein dicker Mann aus dem Halbschatten. »Mit meiner Werkstatt? Wie soll ich die mitnehmen?«

»Wir brauchen Silber«, sagte der mit den Zöpfen eindringlich. »Und Waffen, die etwas taugen. Sonst sind wir nichts als Bettler und Schafe.«

»Silber und Waffen.« Quilûn nickte. »Und Heiler für diejenigen, die es so schlimm erwischt hat wie Moriam.« Er legte eine Hand auf die Schulter des zitternden Mannes, der vermutlich nichts von dem mitbekam, was hier gesprochen wurde.

Quilûn fragte sich, ob Silber in einer Woche noch etwas wert wäre, wenn die Kämpfe die Stadt weiterhin in Trümmer legten. Ein intaktes Haus war inzwischen schwer zu finden, geschweige denn unbeschädigte Werkstätten. Wer ein Schwert schwang, war im Schutz einer der großen Einheiten unter dem Banner der Häuser noch immer sicherer, als wenn er allein unterwegs war. Oder als jemand, der nur Handwerker um sich herum wusste. Offiziere studierten jahrelang bewährte Taktiken. Einheiten unter kundiger Führung waren jeder Meute überlegen.

Diese Männer hatten noch nicht einmal im Ansatz begriffen, dass die Welt, die sie kannten, bereits als Rauch im Wind trieb.

Auf einem Schemel stehend versuchte Semire von Schneegrund, die Öllampe so auf den schalenförmig zusammengelegten Händen der weißen Marmorstatue zu positionieren, dass sie stabil stand. Sie schob sie hin und her, aber es gelang ihr nicht. Die nutzlos gewordene Steinflamme, die aus den Handtellern hervorkam, nahm zu viel Raum ein. Entweder, die Lampe drohte herunterzufallen, oder sie stand so schräg, dass das Öl auslief.

»Doch besser noch eine hiervon?« Alita Blitzdorn reichte eine Kerze zu Semire herauf.

Semire fragte sich, wieso die Baroness das Schattenleben mit ihr zu teilen beabsichtigte. Sicher, mit ihrer Familie hatte sie gebrochen, aber als Blume wollte sie sich offenbar nicht betätigen. Gab es ihr einfach Halt, eine bekannte Person in der Nähe zu haben?

Jedenfalls schien es die Weberin zu erfreuen, wenn sich Semire ihrer annahm. Also tat sie es. Es war immer gut, Gefallen einfordern zu können.

Sie nahm die Kerze entgegen und entzündete sie an der Öllampe. Ein wenig Wachs ließ sie auf die Marmorfinger laufen, dann drückte sie die Kerze hinein. Sie hoffte, dass nicht zu viel davon heruntertropfte und die Statue besudelte, die eine menschengroße Fee mit Schmetterlingsflügeln darstellte. Auch auf dem weißen Boden machte sich das gelbe Wachs nicht gut. Leider hatte sie keine roten Kerzen mehr, exquisite Ware war schwer zu bekommen.

Der Schankraum des *Lustgartens* wirkte wie eine düstere Kaschemme. Das war das Gegenteil von dem, was Semire wollte und von dem sie glaubte, dass es ihren Erfolg ausmachte. Ihr Haus stand im Ruf, den Lüsten auf gehobene Weise zu frönen, statt nur hastig und verschämt Triebe zu befriedigen. Bei diesem Licht kamen die Möbel, deren Rot zuvor an Rosenblüten erinnert hatte, ebenso wenig zur Geltung wie das Schneeweiß des Steins. Sie müssten noch viel mehr Kerzen und Lampen aufstellen, um das Erlöschen der Leuchtsteine auszugleichen.

Semire stieg vom Schemel. »Es tut mir leid, dass du den *Lustgarten* nicht in seiner früheren Pracht siehst.«

Alita blickte zur Empore hinauf, über die man zu den Zimmern kam. Das Stöhnen und die spitzen Schreie dann und wann verrieten, dass die Blumen fleißig waren. »Das Wichtigste scheinen Eure Kunden noch immer zu bekommen.«

»Wie ein Braten ohne Gewürze.«

Semire tastete an ihren Schleier. Er saß fest.

Buhm übernahm heute den Thekendienst. Er wusch Gläser aus und trocknete sie ab. Schon diese einfache Tätigkeit verriet, dass man sich besser nicht von seiner bulligen Gestalt täuschen ließ. Geschickt gingen seine Finger mit dem zerbrechlichen Gut um, er arbeitete schnell und effizient.

Nur wenige Freier hielten sich im Schankraum auf. Sie saßen in zwei Gruppen und würfelten. Das Klackern ging Semire auf die Nerven. So laute Beschäftigungen duldete sie für gewöhnlich nicht, aber derzeit fehlte ihr die Kraft, sich auch noch darum zu kümmern. Jasir gewann, der Bettlerfürst lachte ständig.

An diesem Abend hatte Graf Ronnbar von Schwingenpracht, wie er sich nach dem Sieg an den Getreidespeichern nannte, den *Lustgarten* ausschließlich für seine verdientesten Männer gemietet. Ein von Brandflecken verunziertes Banner der Falkenkralls diente als Fußabtreter vor der geschwungenen Treppe. Die Statue des Mannes, der von nackten Schönheiten bewundert aus dem Brunnen stieg, hielt die gelbe Standarte mit dem geflügelten Ross in der erhobenen Hand.

Sie wurde nicht nass, denn der Springbrunnen war zu einem unbewegten Wasserbecken geworden. Auch für das fröhlich plätschernde Spiel der sich kreuzenden Strahlen war Magie nötig gewesen.

»Morgen müssen wir uns um das Dach kümmern«, kündigte Semire an. Der einzige Vorteil der schummrigen Beleuchtung lag darin, dass sie die Wasserflecken an der Decke verbarg.

Alita nahm den Korb auf, in dem sie die Kerzen verwahrte.

Seufzend ging Semire zu dem Vogel mit den abgespreizten Flügeln, von dessen langem Schnabel das Geflecht von Flug und

Fall hing. Die Fäden waren noch immer filigran, aber ohne die Lichter, die daran entlangwanderten, wirkten sie tot. Das waren sie ja auch. Dieses Spiel brauchte Magie, um die Glasplättchen nach einem Zug hoch- oder wegklappen zu lassen, und erst recht für die Spezialwirkungen der eingeknüpften Steinfigürchen. Jetzt waren die winzigen Brücken, Tunnel und Torbögen nur noch als Kinderspielzeug zu gebrauchen.

Zu Beginn des Abends hatte Semire dem *Vögelnest* einen Besuch abgestattet. Caliga hielt es gut in Schuss. Das Versiegen der Magie hatte das eher durchschnittliche Freudenhaus kaum beeinflusst. Vielleicht musste man sich daran gewöhnen, dass es solch dezente Schönheit, wie der *Lustgarten* sie früher geboten hatte, nie wieder geben würde.

Es galt, Abschied von der Vergangenheit zu nehmen und dabei in die Gegenwart zu retten, was noch von Nutzen war. »Die Kristalle könnten das Licht verteilen.« Semire tippte gegen einen Rosenquarz, der ebenfalls in das Geflecht geknüpft war. Sie hob ihre Lampe auf die Höhe des halb durchsichtigen Steins. Er warf Lichtreflexe zurück, aber sie erschienen Semire kraftlos.

Ronnbar stapfte breitbeinig die Treppe herab. Er zupfte an einer der Stoffbahnen, die von der Decke genau so weit herabhingen, dass sie die Stufen nur beinahe berührten. »O Rose, es ist mir ein Rätsel, wie du es vollbracht hast, aber deine Freunde waren zuverlässig. Wir haben das Flussgatter offen vorgefunden, und die Falkenkralls waren so sehr am Haupttor beschäftigt, dass sie uns erst bemerkt haben, als wir alle innerhalb der Befestigung waren.«

Semire knickste. »Das freut mich zu hören.«

Die unterste Stoffbahn wehte ein Stück über das Geländer hinaus und in eine Kerzenflamme hinein. Glücklicherweise pendelte sie zurück, bevor sie sich entzündet hätte, aber es wäre leichtsinnig gewesen, diese Gefahr zu ignorieren.

Alita schien dieselbe Überlegung zu haben. Sofort ging sie zur Kerze und stellte sie zwei Schritt weiter auf den Tisch. Das machte die Treppe zwar noch dunkler, aber Semire nickte zustimmend.

Aliére und Turiel kamen über die Empore und schritten die

Stufen herab. Es mochte an der dürftigen Beleuchtung liegen, dass sie auf Semire wie ein adliges Paar wirkten. Die schlanke Frau mit dem langen blonden Haar hatte sich bei Turiel eingehakt, er hielt seinen Ellbogen mit Eleganz. Ihr hellblaues Kleid bildete einen gefälligen Kontrast zu seiner schwarzen Tunika, die in Umkehrung der Wappenfarben ein gelbes Schwingenross über dem Herzen zierte. Sogar die Klappe über dem linken Auge ergänzte harmonisch seine Erscheinung.

»Mein Sohn hat mich über die neueste Entwicklung ins Bild gesetzt!«, berichtete Ronnbar beschwingt. »Wie es aussieht, werde ich Großvater.«

Semire runzelte die Stirn. Diese Offenheit kam unerwartet. Sie hatte gehofft, das Wissen um Aliéres vermeintliche Schwangerschaft als Druckmittel einsetzen zu können. Vielleicht sogar als Keil, den sie bei Bedarf zwischen Vater und Sohn hätte treiben können.

»Das ist eine frohe Kunde«, beteuerte sie dennoch.

Die Blume spielte die Schwangere gut. Die flache Hand legte sie auf ihren Bauch.

»Aliére ist von Adel«, sagte Ronnbar. »Das weißt du natürlich, Rose. Sie wird bald wieder ihre Zähne färben. So wie alle Angehörigen meines Hauses.« Bei ihm selbst kippte die Unterlippe in der Mitte nach hinten, wie bei einem Grübchen, weil ihm zwei Schneidezähne fehlten.

»Dann willst du sie zu euch nehmen?«

»Wie man es nimmt.« Er begrüßte das Paar am Fuß der Treppe, indem er Aliéres Arm tätschelte.

Sie sah ihn aus großen Augen an, wie eine treue Schwiegertochter.

»Mein Enkel wird kein Bastard sein«, kündigte Ronnbar an. »Er wird Schwingenpracht heißen. Aliére ist selbst von Adel, kam auf den Berg und durchschritt die Härte einer einfachen Existenz, und nun steigt sie wieder in ein Dasein auf, das ihrem Stand angemessen ist. Damit vollzieht sie in ihrem jungen Leben, was unser Haus über Generationen durchgemacht hat. Was könnte passender sein?«

Semire beherrschte sich, um ihm nicht an den Kopf zu werfen, dass die anderen Adelshäuser niemals eine Hure in ihren Kreisen dulden würden. Schließlich hielt Schwingenpracht nun die Getreidespeicher, deren Wert nach Semires Überzeugung unweigerlich steigen musste. Die Lebensmittel in der Stadt wären bald aufgebraucht, schon ging der Hunger in den Straßen mancher Viertel um.

»Aber von hier fort führen werde ich Aliére nicht.« Ronnbars Grinsen offenbarte seine Zahnlücke. »Sie ist schließlich mit dem *Lustgarten* vertraut.«

»Ihr wollt sie doch nicht …« Fragend sah Semire Turiel an. »Sie soll doch nicht weiter als Blume arbeiten?«

»Selbstverständlich nicht«, versetzte Turiel. »Meine Frau ist mir zu Gefallen, und mir allein.«

Semire war sich sicher, dass ihr etwas in diesem Gespräch entging. Aliére sah zufrieden aus. Was brachten die Pläne der Schwingenprachts ihr ein? Unmöglich konnte sie darauf hoffen, mit ihrer vorgetäuschten Schwangerschaft auf eine einflussreiche Position vorzurücken. Zumal die Schwingenprachts, ungeachtet des momentanen Siegestaumels, viel mehr mit einer Räuberbande als mit einem Adelshaus gemein hatten.

Also musste Aliére einen vorteilhaften Handel geschlossen haben, der nicht sofort offensichtlich war. Vielleicht war Turiel so dumm, dass er ihr zur Verlobung wertvollen Schmuck geschenkt hatte, mit dem sie das Weite suchen wollte.

In diesem Fall durfte Semire wenigstens nicht leer ausgehen. »Du weißt sicher, dass ich Kosten für das Wohlergehen meiner Blumen aufwende«, sagte sie vorsichtig. »Natürlich muss ich diese erstattet bekommen, bevor ich Aliére freigeben kann. Essen, Kleidung, Unterkunft …«

»Wo du von der Unterkunft sprichst …« Ronnbar kratzte seinen Hinterkopf. »In der Stadt ist alles ein wenig unübersichtlich. Prunkvolle Paläste sind in sich zusammengefallen, es gibt wenig, worauf man sich noch verlassen kann. Ich habe mir überlegt, dass Haus Schwingenpracht den *Lustgarten* zu seinem Sitz machen wird.«

»Wie meinst du das?«

Er lachte leise. »Das ist doch eigentlich leicht zu verstehen: Wir übernehmen den *Lustgarten*. Er bietet Unterkunft, Lagermöglichkeiten, ist günstig gelegen und verschafft Einkommen.«

»Das ist mir bekannt«, versetzte Semire. »Ich habe ihn schließlich aufgebaut.«

»Und dafür danke ich dir.« Ronnbar seufzte mit schlecht gespieltem Bedauern. »Aber du weißt ja: Wo einer gewinnt, verliert jemand anderes.«

Turiel hob die Hand seiner Angebeteten an die Lippen und hauchte einen Kuss darauf. Wo er sie auch immer erlernt hatte – seine Manieren waren nicht unedel. »Aliére wird die Führung des *Lustgartens* übernehmen.«

»Da sie sich hier auskennt«, sagte Ronnbar, »brauchst du ihr noch nicht einmal zu zeigen, wie der Laden läuft.«

Semire starrte Aliére an. Sie hatte sie gemeinsam mit Caligas *Vögelnest* übernommen. Jede Blume bezeugte, dass es ihr jetzt besser ging als damals. Caliga wiederum hatte Aliére Obdach auf dem Berg geboten, wo das von einem Adelsgut irgendwo auf dem Land stammende Mädchen niemanden gekannt und nichts besessen hatte. »Dankbarkeit ist wohl zu viel verlangt.«

Aliére hob lächelnd die Nase. »Man muss den richtigen Zeitpunkt erkennen, um eine wünschenswerte Veränderung herbeizuführen.«

»Um deine Frage zu beantworten, Rose«, ergriff Turiel wieder das Wort: »Nein, Aliére wird keine Blume mehr sein, die jeder Dahergelaufene pflücken darf. Wir werden eine echte Familie gründen.«

»Eine Dynastie«, bekräftigte Ronnbar zufrieden.

»Ohne Kind wird euch das schlecht gelingen«, versetzte Semire bissig. »Aliére ist genauso wenig schwanger wie dieser Vogel.« Sie klopfte auf die Statue, die das Geflecht von Flug und Fall hielt.

Wenn Aliére etwas meisterlich beherrschte, war es ihr Lachen. Diesmal klang es zwar mädchenhaft leicht, beinhaltete aber dennoch vorgeblich gerechte Entrüstung. »Was für eine verzweifelte Lüge.«

»Du enttäuschst mich, Rose«, stellte Turiel fest. »Eine solche Niedertracht habe ich dir nicht zugetraut. Deswegen habe ich mich dafür eingesetzt, dich mit so viel Besitz ziehen zu lassen, wie du tragen kannst. Nun bereue ich meine Großmut.«

»Es ist nicht zu spät, sich zu korrigieren.« Jasir schlenderte vom Würfeltisch herüber. »Wenn man eine Dummheit erkennt, muss man sie nicht mehr begehen. Es wäre eine Schande, die Rose einfach so ziehen zu lassen.«

Alita trat ihm aus dem Weg. Sie war sichtlich verängstigt, während Jasir ein schadenfrohes Grinsen zur Schau stellte. Durch das Fett, mit dem er seinem Haar Glanz verlieh, sah er besonders schmierig aus.

»Die Rose hat viele Freunde. Eine Menge von denen würden sicher viel Silber dafür geben, sie wohlbehalten dieses Haus verlassen zu sehen. Und noch mehr könnten dafür zahlen, den Schleier von ihrem Gesicht zu ziehen.« Er streckte die Hand nach dem Stoff vor ihrem Antlitz aus.

Semire entzog sich mit einem Schritt rückwärts.

Das gab Buhm freies Schussfeld. Ihr Fechtlehrer riss eine Armbrust unter dem Tresen hervor, legte an und betätigte den Abzug.

Dumpf schlug der Bolzen seitlich in Jasirs Brustkorb. Der Bettlerfürst riss den Mund auf, aber statt eines Schreis fand nur ein Röcheln hinaus. Seine Beine gaben nach, er fiel auf die Knie.

Semire trat in sein Gesicht und setzte über ihn hinweg. Sie packte Alitas Arm und zog sie mit sich, während sie zum Durchgang neben der Theke rannte.

Jetzt kam Leben in die Schwingenprachts. Das knappe Dutzend Männer, das sich mit den Würfeln beschäftigt hatte, sprang auf. Einige liefen zur Haustür, obwohl diese gar nicht Semires Ziel war. »Haltet die Metze!«, rief Ronnbar. »Die werde ich lehren, wie man …«

Buhm warf Semire ein Schwert zu, das ebenfalls unter der Theke verborgen gewesen war. Sie fing es am Griff, wirbelte herum und stieß damit nach dem Verfolger, der ihr am nächsten war.

Eine Handspanne tief drang der Stahl in Turiels Bauch. In seinem Gesicht stand eher Verblüffung als Schmerz. Er fasste nach der Klinge.

Das war eine Dummheit. Als Semire sie freiriss, schnitt er sich in die Hände. Er konnte froh sein, keinen Daumen zu verlieren.

Semire setzte ihre Flucht fort. Sie schlug den Vorhang im Durchgang beiseite und zog Alita hindurch. Die Bodenklappe zum Weinkeller stand offen. »Da runter!«, forderte Semire die Baroness auf.

Buhm erschien im Zimmer, erstarrte jedoch. Semire musste blinzeln, um zu erkennen, dass ihm eine Eisenspitze aus dem Mund ragte. Als er umfiel, sah sie den Griff eines Wurfmessers an seinem Hinterkopf.

Der Fechtmeister war einer von Semires treuesten Gefährten gewesen und zudem einer der wenigen, bei denen sie sich nicht gescheut hatte, beide Identitäten offenzulegen. Er hatte so manchen Freier auf die Straße befördert, der sich im *Lustgarten* ungebührlich benommen hatte, und auch die Einhaltung der Regeln bei Flug und Fall überwacht. Anfangs, bevor Derreks Schläger stark genug geworden waren, hatte er in dunklen Gassen den Widerstand gegen die neue Spielerin in den Schatten gebrochen. Niemandem hatte sie mehr vertraut als Buhm.

Jetzt war er tot. Sie konnte nichts mehr für ihn tun. Jedenfalls nicht, wenn man davon ausging, dass die Priesterschaft lediglich vorschob, dass es wichtig war, für eine gute Bestattung zu sorgen, bei der man die Asche in den Wind streute. Semire glaubte nicht an die Seelen, die in der Luft trieben. Nach dem Tod ihrer Mutter hatte sie einige Wochen intensiv gebetet, ohne Antworten zu erhalten.

Also musste ihre Sorge nun den Lebenden gelten, vor allem sich selbst. Sie folgte Alita die Treppe hinunter und zog die Klappe über sich zu. Zwar würde das ihren Fluchtweg nicht verbergen, mochte ihnen aber ein wenig Zeit verschaffen. Die Verfolger mussten fürchten, dass Semires Schwert den Ersten durchbohren würde, der die Klappe wieder öffnete.

Hier unten war es vollkommen finster.

»Alita!«

»Hier!«, meldete sich die Baroness.

Ihre Hände fanden sich.

Semire tastete sich an den Fässern entlang zu der Tür, die den Keller mit der Kanalisation verband. Sie hatte vorausgesehen, dass ihr möglicherweise die Zeit fehlen würde, einen Schlüssel zu holen, wenn sie entkommen müsste. Auf der Innenseite gab es daher nur einen Riegel, der sich mühelos zur Seite ziehen ließ.

»Es wird jetzt ziemlich stinken«, warnte Semire.

»Geht voran. Ich folge Euch.«

## ZWEI
# *Verbündete*

»Soll ich dich töten?« Mit angehaltenem Atem sah Kyrin den Weinenden Mann an, zu dem der große Magier Abuliar geworden war. Schmerz pochte durch ihren Kopf, es fühlte sich an, als wäre ihr Verband zu eng.

Die Statue aus beinahe schwarzem Basalt stand gerader, als Kyrin es bei dem Greis jemals beobachtet hatte. Das lag daran, dass sie selbst seinen Oberkörper aus der seitlichen Neigung gedrückt hatte, während er sich zu porösem Stein gewandelt hatte. Aufrecht erhob er sich dennoch nicht, im Alter war die Wirbelsäule zu sehr verwachsen, der Buckel blieb. Der Kopf befand sich weit vorn. Bei anderen Versteinerten liefen die beiden Wasserströme, die aus den Brauen über die ständig geöffneten Augen flossen, über Hals und Brust, um dann die Beine entlang zum Rost im Boden zu finden. Stattdessen sammelte sich bei Abuliar die Flüssigkeit in den Falten, die Nase und Mundwinkel verbanden, bis die Vertiefungen überliefen und ein Rinnsal vom Kinn herabfiel. Ein kurzer Schwall, der rasch wieder versiegte. Danach sammelte sich das Wasser von Neuem. Dadurch wirkte Abuliar noch mehr wie ein Weinender als die Versteinerten, die um ihn herum standen.

Schonungslos offenbarte die Nacktheit den Verfall, den das Alter bewirkt hatte. Die Beine waren krumm, die Gelenke geschwollen, das Haar schütter, der Hodensack hing tiefer als das eingeschrumpelt wirkende Glied. Es schien, als würde der Greis seine letzten Kräfte aufbieten, um mit beiden Händen das Schild aus weißem Holz vor seiner Brust zu halten. *Beleidigung der Tiefe* lautete die Beschreibung seines Verbrechens, hineingebrannt vom Eisen des Steinmeisters.

»Blicke nach links, wenn du sterben willst.« Um kein Missverständnis darüber entstehen zu lassen, ob die Richtung von ihm oder von Kyrin aus betrachtet anzuzeigen sei, deutete sie mit der linken Hand zur Seite. Ihr Äffchen Kallin verstand das wohl als Hinweis darauf, wo die Nüsse zu finden seien, um die es schon seit Kyrins Erwachen bettelte. Es huschte über das Pflaster, hielt dann jedoch inne und blickte sich misstrauisch um.

Erst jetzt fiel Kyrin auf, dass sie den meisterlichen Magier, der die Würde einer Schwarzschürze erworben hatte, vertraulich anredete. Eigentlich eine Ungeheuerlichkeit, er stand zwei Ränge über ihr. Seine erniedrigende Bestrafung machte es schwer, ihm mit dem Respekt zu begegnen, den sie für ihn empfand. Ihr Mitleid tötete die Achtung, obwohl sich Kyrin dafür schämte.

Wie bei allen Weinenden Männern waren auch bei Abuliar die Augen das Einzige, was verriet, dass er noch lebte. Trotz des ständig über sie fließenden Wassers waren sie gerötet, aber gesünder als vor seiner Versteinerung. Er war nicht länger blind. Das erste Mal hatte er Kyrin gesehen, als der Zauber sein Fleisch in Basalt gewandelt hatte. Danach hatte Agohn den aus Sandstein gemeißelten Zauber abgebrochen, der das linke Ohr nachgebildet hatte. Die Asymmetrie ließ Abuliars Haupt noch elender wirken, zumal es nur noch einzelne Haarsträhnen besaß, sodass nichts das Fehlen der Ohrmuschel verbarg.

Kyrin überlegte, ob er sie überhaupt verstand. Er hatte ihr häufig das steinerne Ohr zugewandt, damit hatte er wohl besser gehört. Sie wollte jedoch auch nicht schreien, hier, auf den Überresten des Platzes der Reue. In dem nassen Nebel, der vom Wasserfall des Almahn aufstieg, waren Hunderte von Kriegern und Dutzende Imagolems unterwegs, um die Grafen zu schützen, die sich in den Trümmern der Arena trafen.

Abuliar blickte nach rechts. Er wollte leben.

Bislang hatte Kyrin flach geatmet, jetzt stieß sie die Luft erleichtert aus. Sie wandte sich an Asmodel, den Imagolem mit dem faustgroßen Loch in der Stirn, wo der Kristall gesteckt hatte, der die Verständigung mit dem Gravioner Buldagohm ermöglicht hatte. »Leg bitte den Hammer weg.«

Mit einem metallisch hellen Klacken stellte er den Eisenkopf des Werkzeugs ab, das Kyrin auch gesund lediglich mit beiden Händen und nur mit Mühe hätte heben können. Jetzt, mit einer gebrochenen Rippe und dem rechten Arm in einer Schlinge, war daran gar nicht zu denken.

Durch die Erschütterung breiteten sich rings um den Hammer kleine Wellen in den Pfützen aus, die sich zwischen den Pflastersteinen bildeten. Der Bodenbelag hatte sich verschoben, als die Gezeiten der Macht sich gewendet hatten, die Magie in den Berg zurückgeströmt war und die Stützzauber, die das Plateau vor der Arena nach Süden hin verlängert hatten, eingebrochen waren. Zudem stob dichter Nebel vom Fall des Almahn auf, der nun aus der Bergflanke fiel und unmittelbar neben dem Platz der Reue in die Tiefe donnerte, anstatt bergaufzuspringen. Die Luft was nass wie in einer Waschküche, aber die Feuchtigkeit war kalt. Kyrin war froh um die Lederschürze, die zumindest ihre Vorderseite von der Brust abwärts trocken hielt, aber zurück im Palast würde sie als Erstes die vollgesogene Wolle ablegen. Auch die Zauber, die früher eine Lungenentzündung kuriert hatten, waren inzwischen wirkungslos.

Die unzähligen Wassertröpfchen in der Luft verschleierten die Sicht. Böen wehten sie zu Schwaden zusammen und lockerten sie auf, wodurch sie Muster schufen. An der Westwand der Ruine, die einmal die wuchtige Arena gewesen war, wallten sie wie die Flammen eines gierigen Feuers.

»Ich kann nicht versprechen, dass ich Erfolg haben werde«, sagte Kyrin. »Aber ich werde versuchen, Eure Versteinerung rückgängig zu machen. Wenn Ihr einverstanden seid, schaut dorthin«, sie zeigte nach rechts, »und ich werde Euch mit mir nehmen.«

Abuliar bewegte die geröteten Augen im erstarrten Gesicht nach rechts.

Kyrin blickte zu Asmodel auf. Der Steinmann überragte sie um mehr als einen Schritt. »Bitte nimm ihn vorsichtig auf und binde ihn fest, damit er nicht umfällt.«

Die Kraft in Asmodels Steinhänden hätte ausgereicht, um einen Schädel wie eine Tomate zu zerdrücken. Vorsichtig legte er die Hände seitlich an die basaltene Brust des Weinenden Mannes und hob ihn an. Wenn ihm die Last Mühe machte, war es ihm nicht anzusehen.

»Komm her!«, befahl Kyrin dem anderen Imagolem, der sie auf dem Platz der Reue begleitete.

Eines seiner hinteren Beine verursachte ein Scharren, weil es über den Boden schleifte. Es konnte kaum noch einen Beitrag dazu leisten, den Unterkörper in der Waagerechten zu halten. Die Verbindung zum senkrecht stehenden Oberkörper war gekerbt wie bei einem Insekt. Zwei von den vier Armen des Imagolems waren wie die Scheren eines Krebses geformt. Der Stachel, der sich aus dem Hinterleib bog, konnte als Halt für die Seile dienen, die Abuliar fixieren sollten.

Kallin war diese Erscheinung unheimlich. Das Äffchen wich dem vierbeinigen Steinkrieger aus.

Asmodel zögerte, den Weinenden Mann auf dem Rücken des anderen Imagolems abzusetzen. »Hat er einen Namen?«

Kyrin runzelte die Stirn. Darüber hatte sie sich nie Gedanken gemacht. »Ich habe ihn nicht gemeißelt …«, sagte sie zögernd.

»Aber er ist doch beseelt?«

Kerben in der Brust des Vierbeinigen zeugten von den Kämpfen, in denen er für das Tiefe Haus Schneegrund gestanden hatte. Kyrin hatte ihn zuletzt beim Angriff auf das Kastell der Schwertgrats gelenkt. Sie erinnerte sich an den Schwarm von Armbrustbolzen, der ihn getroffen hatte. Jetzt stand er starr, er wartete auf den nächsten Befehl. Wenn dieser nicht käme, würde er als reglose Statue auf dem Platz der Reue ausharren. Wochen-, monde-, jahrelang.

»Der Magier, der ihn geschaffen hat, wird ihm einen Namen gegeben haben«, vermutete Kyrin. »Aber ich kenne ihn nicht.«

»Kannst du ihn nicht nach seinem Namen fragen?«

»Er kann nicht sprechen.«

»Wieso kann ich sprechen?«

»Ich habe dich so modelliert.«

Noch immer hielt Asmodel den Weinenden Mann. Abuliars Tränen troffen auf den nassen Boden. »Aber er versteht uns?«

»Er kann Befehle befolgen. Zu viel mehr reicht sein Verstand nicht.«

»Ich … erinnere mich«, sagte Asmodel. »Da waren viele verschüttete Wege, die meine Gedanken nicht betreten konnten, bis …«

Der Anblick des Steinmanns schmerzte Kyrin. Seine Miene blieb unbewegt und seine Körperhaltung war der Tatsache geschuldet, dass er Abuliar einen Schritt über dem Boden in der Luft hielt. Dennoch bildete sie sich ein, ihm den Kampf um die Erkenntnis seiner Selbst anzusehen, den er in seinem Inneren ausfocht.

»Ich habe deinen Verstand verborgen, aber tief in dir bewahrt«, erklärte sie. »Unverletzt. Und nun ist er geweckt.«

»Kannst du für ihn dasselbe tun?«

Sie schüttelte den Kopf. »Seine Seele wurde verkrüppelt, als sie in den Stein gewandert ist.«

Mit Abuliar in den Händen wandte sich Asmodel um und sah zur Arena hinüber. Im Westen, von wo der Nebel des Wasserfalls heranwehte, war die ovale Umfassungsmauer nahezu unbeschädigt, aber nach Süden hin, an der Seite, die zu ihnen zeigte, war sie ein Trümmerhaufen. Hier hatten fünf der sieben steinernen Giganten gestanden, die sie gestützt hatten. Jetzt waren die zwanzig Schritt hohen Statuen spurlos verschwunden. Da niemand inmitten der Kämpfe die Muße gefunden haben konnte, so gewichtige Kunstwerke wegzuschaffen, stand zu vermuten, dass sie ebenso belebt waren wie die Imagolems. Die Frage war lediglich, ob sie aus eigenem Entschluss gegangen waren oder einem Meister dienten.

»War er ein Gladiator wie ich?«, fragte Asmodel.

Kyrin sah den kleinen Kopf des geduldig wartenden Imagolems an. Die kantigen Flächen schufen nur im weitesten Sinne eine menschliche Anmutung. »Das ist wahrscheinlich.«

»Ich würde gern seinen Namen kennen«, sagte Asmodel.

»Ich werde versuchen, ihn herauszufinden.«

»Vielleicht gibt es Aufzeichnungen zu den Ruhmestaten, die er in der Arena vollbracht hat.«

»Vielleicht.« Kyrin versprach nicht, danach zu suchen. Durch den Nebel sah sie Lichter in der Stadt sowohl an den Hängen als auch in den tiefer gelegenen Bereichen, die nicht von Lampen, sondern von offenen Feuern rührten. Die Truppen der Tiefen Häuser, die eingefallenen Gravilier, Menschen, die einfach nur etwas zu essen wollten, und andere, die die Stunde gekommen wähnten, sich Reichtümer zu verschaffen … Überall wurde gekämpft.

»Er hatte ein Leben, bevor er ein Diener wurde«, sagte Asmodel.

»Du bist kein Diener mehr«, erinnerte Kyrin ihn vorsichtig. »Du kannst uns verlassen, wenn du willst.«

»Wohin soll ich denn gehen?« Er drehte sich wieder herum und stellte Abuliar auf der ebenen Fläche ab, die der Rücken des vierbeinigen Imagolems bildete. »Wäre er damit einverstanden, als Lasttier zu dienen?«

»Er kennt weder Wünsche noch Abneigungen.«

Asmodels regloses Steingesicht wandte sich ihr mit leicht geöffnetem Mund zu. »Woher weißt du das?«

»War es bei dir nicht auch so?«

»Ich erinnere mich nicht. Meine Gedanken aus dieser Zeit sind mir fremd. Als wäre ich zwischen Schlafen und Wachen gefangen gewesen und hätte meine Glieder von jemand anderem führen lassen.«

Kyrin wandte sich an den Namenlosen. »Wenn du etwas dagegen hast, Abuliar zu tragen, hebe einen deiner Arme.«

Er verharrte reglos.

Auffordernd sah Kyrin zu Asmodel auf. »Bitte binde ihn fest. Wir dürfen nicht zu lange verweilen. Graf Quilûn verlässt sich darauf, dass wir den Bereich um die Arena sichern.«

Asmodel ging in die Hocke, nahm einige Taue auf und begann, sie geschickt um Abuliar und den Imagolem zu winden.

Kallin kletterte an Kyrin hoch und kuschelte sich in den Winkel, den der verletzte Arm in der Schlinge bildete. Das Tierchen war zu leicht, um sie zu belasten.

Die Magierin sah zum Almahn hinüber. Das Rauschen seines Wassers übertönte das Klirren der Schwertklingen, das sonst überall in der Stadt zu hören war. Dass er nun abwärts fiel, war der sichtbarste Beweis dafür, dass sich die Gezeiten der Macht gewandelt hatten. Die Zauber im Flussbett waren nun kraftlos.

Zugleich gab dieser Fall ein Rätsel auf. Eine Woche war Kyrin bewusstlos gewesen und so lange stürzte er den Berghang bereits hinab. Wieso versiegte er nicht? Woher kam das Wasser? Die Seen weiter oben am Berg brauchten eine Weile, um sich zu leeren, aber sieben Tage, in denen es kaum geregnet hatte, waren eine lange Zeit.

Mit jeder Stunde, die das Wasser fiel, bezeugte es stärker, dass die Magie nicht verschwunden war. Sie hatte sich lediglich in den Berg zurückgezogen oder war vielleicht noch dabei. In seinem Innern, im Fels, in den tiefen Kavernen, sammelte sich eine Macht, die kein Sterblicher jemals gekannt hatte.

»Ich bin fertig«, meldete Asmodel.

Abuliar war sicher verschnürt, und zugleich liefen die Seile so, dass sie Arme und Beine des Trägers nicht behinderten. Eine Lösung, die mehr Kreativität erforderte, als man einem Imagolem gemeinhin zutraute. Asmodel hatte eine erwachte Seele, er war mehr als ein Werkzeug.

Kyrin berührte den porösen Stein, zu dem Abuliars Arm geworden war. Sie hatte ihn oft am Ellbogen gefasst, um den Blinden zu führen, als er noch ein Mensch aus Fleisch und Knochen gewesen war. »Ich werde versuchen, Euch zurückzuholen, Meister«, versprach sie. »Ich hoffe, dass es mir gelingt.« Der kleine Hammer, den sie in einem Eisenring an ihrem Gürtel trug, schlug gegen das Futteral mit den Meißeln. Aber mit der Magie schwand auch die Macht der Zauberer aus der Welt.

»Die Dienerschaft ist aufsässig«, klagte Graf Subehn von Adlerhoch. »Vor allem die Mägde. Sie verspäten sich ständig, erledigen ihre Aufgaben schlampig und senken den Blick nicht, sondern starren trotzig die Adligen an.«

Jorrmon von Sturmruf lachte auf. »Legt sie übers Knie und lasst sie die Rute spüren. Ich habe meine Mägde sturzbetrunken vorgefunden und bin so mit ihnen verfahren. Niedere Menschen brauchen so etwas, damit sie ihre Stellung in Erinnerung behalten.«

An den Resten der Westmauer erkannte Quilûn die ovale Form der Arena noch gut. Den Sprühnebel, der vom Fall des Almahn herüberwehte, hielten diese Überreste jedoch nicht ab. Er durchnässte die sechs Grafen und den Lichtmeister des Tiefen Hauses Saphirtrutz, dessen Herr sich nicht auf dem Berg, sondern bei den Truppen aufhielt. Bei Subehn führte das zu einem lächerlichen Anblick, weil sein Gewand mit Adlerfedern versehen war. Unter anderen Umständen waren sie bestimmt eine Zierde, imposant, wenn eine Bö sie aufwirbelte. Aber jetzt sah der Fünfzehnjährige aus wie ein Küken, das in einen Suppentopf gefallen und mit Mühe wieder herausgeklettert war. Der starrende Blick aus seinen farblosen Augen war Quilûn jedoch Warnung genug, um nicht in den Spott einzustimmen, den Jorrmon von Sturmruf trieb.

Auch dieser schien kein Interesse zu haben, den Jüngeren weiter bloßzustellen. Er spreizte die Arme ab und drehte sich, sodass er alle Versammelten ansehen konnte. Jorrmon trug eine Jacke und eine Hose aus rotbraunem Leder. Die Degenscheide an seiner Seite war leer. Sie alle hatten die langen Klingen vor dem Tor zurückgelassen, das in das Trümmerfeld führte, zu dem die Arena geworden war. »Die Dienenden werden ihre Stellung beibehalten. Es widerspricht ihrer Natur, Entscheidungen zu treffen. Sie bedürfen der Anleitung, sonst sinken sie zu Tieren herab, die nur noch fressen und sich im Dreck vermehren. Aber wir haben ein offensichtliches Problem, dem wir uns gemeinsam stellen müssen: die Gravilier. Wenn wir sie nicht vom Berg jagen, werden unsere Diener bald vor ihnen knien anstatt vor uns.«

»Was wir noch an Truppen auf dem Berg haben, brauchen wir zum Schutz unserer Paläste«, sagte Turg von Finstertann. Wie alle Grafen war auch er kein alter Mann, die Herrscher der Tiefen Häuser entsagten der Welt der Sterblichen meist vor dem vierzigsten Geburtstag und gingen in den Berg, wobei sie ihre Würde an ihre Erben übergaben. Dennoch war Graf Turgs Haar bereits schlohweiß, eine Eigenart, die sich in seiner Familie oft zeigte. »Wir können unseren wertvollsten Besitz nicht vom Schutz entblößen«, stellte er fest. »Stattdessen müssen wir uns darauf beschränken, zu verhindern, dass sich die Gravilier weiter ausdehnen. Wenn unser Heer auf den Berg zurückkehrt, nehmen wir sie in die Zange.« Er ballte die Linke zur Faust und schlug sie in die rechte Hand.

»Das wird nur gelingen, wenn wir das Heer zurück in die Stadt bekommen«, mahnte Jorrmon. »Die Gravilier halten die Treppen ebenso wie die Flaschenzüge.«

»Das ist bedeutungslos«, befand Turg. »Wenn unser Heer anrückt, haben sie nur zwei Möglichkeiten. Entweder, sie geben den Weg auf den Berg frei – dann bekämpfen wir sie in der Stadt. Oder sie versuchen, Treppen und Flaschenzüge zu halten. Dann müssen sie den Großteil ihrer Streitmacht unten aufstellen und wir können den Rest hier oben angehen. In beiden Fällen sind sie in der Zange.« Wieder schlug er die Faust in die Hand.

»Aber auch die Gravilier haben doch die Mehrzahl ihrer Truppen noch in den Ebenen«, gab Quilûn zu bedenken. »Es könnte eine Million sein.«

»Menschen«, sagte Jorrmon verächtlich. »Eine Million Menschen, keine Krieger. Sie laufen davon wie verängstigte Schafe, sobald sie unsere Imagolems sehen. Die meisten von ihnen sind Elende, halb verhungert …«

»Das wird auch für uns bald ein Problem werden!« In Subehn von Adlerhochs Augen stand noch immer Trotz. »Aufrührer haben unsere Kornspeicher geraubt und jetzt …«

»… wollt Ihr, dass wir Euer Problem für Euch lösen?«, fuhr

Jorrmon ihm über den Mund. »Reichen Eure eigenen Truppen noch nicht einmal aus, um mit einer Bande von Gossenschlägern fertig zu werden?«

»Wir könnten diese Aufrührer sehr wohl zur Strecke bringen«, schnappte Subehn. »Aber dadurch würden wir die Speicher nicht zurückgewinnen. Sie drohen, Mehl und Getreide zu verbrennen.«

Quilûn hegte den Verdacht, dass Semire etwas mit dem Besitzerwechsel der Speicher zu tun hatte, obwohl sie ihm das nicht deutlich gesagt hatte. Bei der morgendlichen Besprechung mit Kyrin hatte sie jedoch geraten, der Angelegenheit keine Beachtung zu schenken, und dabei selbstgefällig gelächelt.

»Es mag gut sein, wenn das Brot knapp wird«, meinte Burim von Schwertgrat. Eine rote Wunde klaffte über seinem rechten Auge, wo eigentlich eine Braue hätte sein sollen. Dort hatte er einen stählernen Schmuck eingepflanzt, den sein Fleisch nach dem Erlöschen der Magie wohl abgestoßen hatte. Andere hätten die Entstellung sicher unter einem Verband verborgen, aber die Schwertgrats sahen Verletzungen als Ehrenzeichen. »Wenn das Volk eine Weile hungert, wird es umso dankbarer sein, wenn wir es wieder füttern.«

»Bis dahin werden die Schwächsten sterben«, wandte Quilûn ein. »Die sehr Jungen, die Alten, die Kranken und Verletzten.«

»Um unsere Krieger werden wir uns kümmern.« Burim senkte die Stirn, wodurch die Wunde noch deutlicher zu sehen war. »Ihnen wird es an nichts mangeln.«

»Das glaube ich Euch gern«, versicherte Quilûn. »Dennoch werden Tausende sterben, wenn es noch einen Mond dauert, bis wir die Speicher wieder öffnen können.«

»Einen Mond?« Subehn sah sich um, als erwartete er von den anderen eine Bestätigung, dass er sich verhört hätte. »Eine Woche, dann ist das Heer zurück. Höchstens. Vielleicht auch nur wenige Tage.«

Die Grafen sahen sich an. Eigentlich hätte das Heer schon lange wieder da sein sollen. Regenfälle in der Ebene verlangsamten es und die Gravilier hatten wohl entscheidende Brücken zerstört. Vor allem aber hatte Sellemar von Saphirtrutz, als Graf der ranghöchste Adlige beim Heer, befohlen, dass der Rückeroberung einiger kleinerer Städte Priorität einzuräumen war. Eine Ansicht, die hier auf dem Berg niemand teilte.

»Und wie lange wird es Eurer Meinung nach dauern, bis die Schlacht gegen die Gravilier entschieden ist?«, fragte Quilûn.

»Das wird sich zeigen«, meinte Jorrmon. »Es könnte viel rascher gelingen, als es derzeit scheint. Möglich, dass sie sich mit einem freien Abzug zufriedengeben, wenn sie ihre Lage begreifen.«

Quilûn lachte auf, was ihm einen bösen Blick von Jorrmon einbrachte.

»Wurde Euch nicht berichtet, was sie unentwegt rufen?«, fragte Quilûn. »Wann immer einer von ihnen schreit: ›Heim auf den Berg wollten wir!‹, antworten ihm alle Umstehenden mit: ›Heim auf dem Berg sind wir!‹ Die Sehnsucht dieses Volkes hat sich erfüllt. Sie werden sich nicht zurückziehen.«

»In jedem Volk«, belehrte Jorrmon ihn mühsam beherrscht, »gibt es Begeisterte und Träge, Loyale und Schwankende, Opferbereite und Jammerlappen. Im Sieg ist es leicht, euphorisch zu sein. Doch wenn der Hammer trifft, wanken die meisten. Und wir sind durchaus in der Lage, einen festen Hammerschlag zu führen.«

»So ist es«, pflichtete ihm Burim bei.

Subehn presste die Kiefer aufeinander, nickte dann aber. »Wir haben ein weiteres Problem.«

Jorrmon wandte sich von ihm ab, sodass sein abfälliges Grinsen Subehn entging.

»Die Magier«, erklärte der junge Graf von Adlerhoch. »Wir wissen inzwischen, dass Agohn sie am Dunkelsee sammelt.«

Quilûn runzelte die Stirn. »Will der Steinmeister seine Kräfte abseits der Stadt in Sicherheit bringen, um sie vor dem Sturm zu bewahren?«

»Ich weiß nicht, was er vorhat.« Subehn zuckte die Achseln. Auch das wirkte durch die nassen Federn schlapp. »Er beantwortet unsere Anfragen nichtssagend, aber unsere Boten haben gesehen, dass die Giganten bei ihm sind, die diese Arena gehalten haben.« Seine Geste umfasste das Trümmerfeld. »Weiß jemand von Euch mehr?«

»Wir kümmern uns nicht länger um die Magier«, sagte Glorion von Saphirtrutz, der Graf Sellemar vertrat. Da er selbst jedoch nicht in diesen Kreis gehörte, stand er in einem Torbogen statt bei den anderen. Dabei war seine Lebenserfahrung sicher nützlich, mit sechzig Jahren war er doppelt so alt wie die meisten Grafen. »Die Macht der Zauberei ist erloschen.«

»Für den Moment«, gab Subehn zu bedenken. »Möglich, dass sich das wieder ändert.«

Jorrmon spie aus. »In dem Fall wäre …«

Eine Vibration im Boden kündigte ein Beben an. Sie wurde zu einem Zittern.

Wie die anderen Grafen suchte Quilûn in den Trümmern eine Stelle, an der weder etwas auf ihn herunterfallen konnte noch der Grund unter ihm ins Rutschen geraten würde. Dort setzte er sich auf einen Steinblock, damit er nicht stürzte.

Das Beben gewann an Stärke. Jorrmon von Sturmgrund schwankte, während er zu Quilûn kam.

Von den Resten der Außenmauer bröckelten Steine und polterten in die Tiefe. Wo sie aufschlugen, spritzten Wasser und Schlamm auf.

Glorion rettete sich unter dem Torbogen hervor, als er den Riss bemerkte, der sich über ihm bildete. Der Keilstein löste sich aus dem Scheitelpunkt und stürzte herab. Dadurch verloren auch die seitlichen Blöcke den Halt und gaben nach.

Burim von Schwertgrats Eisenharnisch bewährte sich. Ein Stein, der dagegenprallte, hinterließ nur eine Schramme.

Das Beben ließ nach, wurde wieder zu einem Zittern, schwoll dann aber erneut an.

Jorrmon zog Quilûn weiter hinein in die Trümmer, unter den offenen Himmel. Statt zu gehen, bewegten sie sich auf allen vieren.

»Denkt Ihr, hier sind wir sicherer?«, fragte Quilûn.

»Nein, aber hier hören uns die anderen nicht.«

Interessiert sah Quilûn ihn an. »Ihr habt etwas zu besprechen, das nicht an ihre Ohren dringen soll?«

»Und ich will dabei in Eure Augen sehen.« Jorrmons Blick war ernst. »Als die Gravilier den Berg gestürmt haben, gab es verschiedene Stellen, an denen wir den Durchbruch befürchteten. Die Treppe, die von der Burg des Tiefen Hauses Saphirtrutz geschützt wird, gehörte nicht dazu. Sie galt als uneinnehmbar.«

»Ich nehme an, das Versiegen der Magie hat die Regeln des Schlachtfeldes geändert«, meinte Quilûn.

»Das ist unbezweifelbar«, gestand Jorrmon zu. »Aber einige Krieger von Haus Saphirtrutz, die sich aus den Kämpfen davongestohlen haben, berichten, dass einige Angreifer das Wappen Eures Hauses getragen haben: den Schneekristall.«

»Das ist ungeheuerlich«, sagte Quilûn. »Jemand will uns die Schuld zuschieben und unsere Ehre beflecken.«

Jorrmon nickte nachdenklich. »Möglich … Aber die Überlebenden sagen auch, dass sie eine Kriegerin gesehen haben. Eine Frau mit langem, rotem Haar.«

Dabei musste es sich um Semire handeln, durchzuckte es Quilûn. Er wusste, dass sie diesen Angriff befehligt hatte.

»Wieso kommen diese Überlebenden damit zu Euch statt zu ihrem eigenen Haus?«

Freudlos lächelnd zuckte Jorrmon die Achseln. »Sie haben das Gefecht entgegen ihrer Befehle verlassen. Strenge Gemüter könnten das als Fahnenflucht auslegen. Sie hoffen, dass ich sie mit mehr Milde aufnehme als ihre rechtmäßigen Herren.«

»Und haben sie recht damit?«

»Das hängt davon ab, ob sie die Wahrheit sagen. Immerhin geloben sie, tapfer für mich zu kämpfen.«

»Tapferkeit hat sie bislang wohl nicht ausgezeichnet.« Quilûn hoffte, dass er verächtlich klang.

»Das stimmt, aber ich werde ihnen beibringen, dass es ein dummer Gedanke ist, sich meinen Befehlen zu widersetzen. Oft ist Angst ebenso nützlich wie Mut. Deswegen werden sie diesmal jeden Angriff ausführen, den ich ihnen zuweise. Zum Beispiel auf die Gravilier, wie wir es gerade besprochen haben.«

»Mir scheint, Ihr habt Euch noch nicht entschieden.«

»Auch das ist wahr. Verrätern sollte man nicht mit Milde begegnen, so etwas lässt Wankelmütige schädliche Hoffnung schöpfen. Außerdem … was ist das Zeugnis von Verrätern wert?«

»Ich freue mich, dass wir das gleich beurteilen«, meinte Quilûn.

»Ich freue mich sehr über die Gebiete, die Ihr von den Schwertgrats erobert habt und die nun unter unserer Verwaltung stehen. Nur leider mindert sich der Ertrag meines Hauses dadurch, dass nun dieser lästige Krieg gegen die Gravilier dazwischenkommt.«

Quilûn erinnerte sich, dass genau dieser Krieg der Grund war, aus dem die Unsterblichen die eroberten Viertel überhaupt den Sturmrufs zugesprochen hatten. Die Ahnen hatten die Fehde zwischen Schneegrund und Schwertgrat beilegen wollen, damit die Stadt gemeinsam verteidigt würde.

Aber hier ging es nicht um Tatsachen, sondern um Interessen. »Ich werde mich dafür einsetzen, dass Eure Verwaltung um einige Monde verlängert wird.«

Jorrmon hob eine Braue.

»Ein halbes Jahr«, legte Quilûn nach.

»Das ist ein kluger Gedanke«, befand Jorrmon. »Alle sollten sich Zeit nehmen. Wir für die Verwaltung der Viertel, Ihr, um eine gute Erklärung dafür zu finden, was meine Gefangenen erzählen.«

»Gefangene?«, fragte Quilûn. »Nicht mehr Flüchtlinge vom Schlachtfeld?«

»Der Unterschied ist mir nicht klar.« Jorrmon grinste kalt.

»Wieso hört Ihr ihnen überhaupt zu?«

»Oh, nur zu meiner Unterhaltung«, beteuerte Jorrmon. »Aber möglicherweise sind sie nicht die Einzigen, die entkommen sind.«

Nickend stand Quilûn auf. Das Beben hatte aufgehört.

Jorrmon zog seine knirschende Lederweste in Form. »Im Zweifel rächt es sich immer, wenn man die falschen Leute am Leben lässt.«

Quilûn fragte sich, ob zu diesen Falschen auch die betrunkenen Mägde gehörten, von denen Jorrmon erzählt hatte, sie übers Knie gelegt zu haben. Halenn war nun gut mit Öl versorgt. Vielleicht würde Jorrmon rauchende Ruinen vorfinden, wenn er von dieser Besprechung zu seinem Palast zurückkehrte.

Semire von Schneegrund achtete auf ihre aufrechte Körperhaltung und einen festen Schritt, während sie mit Brotan und Alita Blitzdorn durch das gravilische Lager ging. Sie hoffte, dass die Krieger ihr die Unsicherheit nicht ansahen. Mehrfach hatte sie hautnah miterlebt, wie feindliche Klingen einen Körper zurichten konnten, und nun war sie von Tausenden davon umgeben.

Brotan trug eine Friedensstandarte. Auf der Spitze der vier Schritt langen Stange steckte eine Blüte aus Stein. Vor dem Erlöschen der Magie hatte dieses Zeichen der Unterhändler in Gelb, Rot und Blau geschillert, die Blätter hatten sich sanft bewegt. Jetzt waren sie erstarrt und ihre Farbe war ein stumpfes Grau.

Die von den Graviliern besetzten Stadtteile reichten von den Flaschenzügen und Treppen auf der einen Seite bis zu den Trümmern, unter denen die zentralen Zauberwerkstätten begraben lagen. Mit einhunderttausend Kriegern waren sie angerückt. Selbst, wenn jeder Zehnte oder sogar jeder Fünfte gefallen war, handelte es sich noch immer um die mit Abstand größte Streitmacht auf dem Berg, solange das Heer, das die Tiefen Häuser ausgeschickt hatten, noch nicht zurück war. Regenfälle in der Ebene, zerstörte Brücken und kluge Hindernisse, die die Gravilier gelegt hatten, waren Ausreden für die Verzögerung. Inzwischen sprach man Graf Sellemars Namen wie einen Fluch aus.

Alita Blitzdorn zeigte sich inmitten der Männer, die unter Sonnensegeln ihre Klingen schärften, mit Armbrüsten auf Zielscheiben schossen oder Verbände wechselten, bewundernswert gelassen. Der Geruch nach Schweiß und Blut, nach Steinstaub und Ruß schien sie nicht zu erreichen. Natürlich konnte auch sie auf dem aufgesprungenen Pflaster der Wege nicht so vornehm schreiten wie auf Parkett. Aber sie strahlte aus, dass es sie nicht störte, immer wieder das schwarze Kleid zu raffen, um über ein Trümmerstück zu klettern oder über einen Abwassergraben zu steigen, den die Gravilier quer durch eine Straße gezogen hatten. Möglich, dass sie sich sehr gut im Griff hatte. Semire vermutete jedoch, dass die Unbilden ihrer Umgebung die Baroness tatsächlich nicht erreichten. In ihrem Kopf war eine Bühne, auf der ein anderes Theaterstück gegeben wurde, wieder und wieder, und die tragische Hauptfigur darin war der Fuhrknecht Luhk, der verschwunden war und Alitas Herz mit sich genommen hatte.

Brotan blieb stehen und stellte die Blumenstandarte auf den Boden.

Semire folgte seiner Blickrichtung. Die Art, wie die Gravilier ihr Lager angelegt hatten, beeindruckte sie. Das ging weit darüber hinaus, Schießscheiben so aufzustellen, dass zu weit fliegende Geschosse niemanden verletzten, oder darauf zu achten, dass Waffen nirgendwo unbewacht herumlagen. Mauerreste eingestürzter Häuser waren klug verstärkt und dienten nun als Deckung, aus der man jeden bekämpfen konnte, der die Straßen benutzte. Zugleich gab es freie Wege innerhalb des Lagers, über die Offiziere Verstärkung an neuralgische Punkte heranführen konnten. Die Krieger wirkten diszipliniert, bislang hatte Semire keinen einzigen Volltrunkenen gesehen. Sie entdeckte jedoch nichts, was rechtfertigte, dass Brotan stehen blieb. Das mochte daran liegen, dass er einen Schritt größer war und entsprechend weiter sehen konnte.

»Ist dort irgendwo das Banner der Zauberpriesterin?«, fragte Semire. »Oder etwas anderes, das uns verrät, wo wir Emala finden?«

»Dieser Bengel wird alles finden, was wir suchen«, antwortete Brotan mit lauter Stimme.

Der Jüngling, der unter dem Spott seiner Kameraden mit einem Spieß übte, hatte ihn wohl gehört. Er machte einen verwirrten Eindruck. Offenbar versuchte er sich an Bewegungen, mit denen man einen Angriff blocken konnte. Obwohl Semire nicht mit Stangenwaffen vertraut war, sah sie sofort, dass er Gefahr lief, seine Daumen zu verlieren. Ein abgefangenes Schwert würde am Schaft entlangrutschen, die Schneide würde ihn verkrüppeln. Nun, da er sein mit Sommersprossen übersätes Gesicht Brotan, Semire und Alita zuwandte, zeigte seine Miene Ratlosigkeit. Er atmete schnell und tief nach der Anstrengung seiner Übung. Der Spieß geriet zwischen seine Unterschenkel. Wenn er einen falschen Schritt täte, würde er straucheln.

»Aus dir ist etwas geworden.« Brotan ging auf ihn zu. »Ein Leutnant …«

Der Jüngling, dessen Haar ein helleres Rot hatte als das von Semire, sah an seinem Wildlederhemd hinunter. Ein Blatt und ein Schwert waren über dem Herzen aufgemalt, vielleicht Rangabzeichen.

»Es freut mich, dich lebend zu sehen, Listam.« Brotan wandte sein steinernes Haupt, um die Frauen in seiner Begleitung anzusehen. »Es ist seltsam. Es gibt begnadete Fechter, die ihre Ausrüstung sorgfältig pflegen und jede Schnalle an ihrer Rüstung dreimal prüfen, bevor sie in den Kampf ziehen. Dennoch kann sie schon der erste Pfeil niederstrecken. Aber Listam … Man hat Sorge, ihm eine Waffe in die Hand zu drücken, weil er eher sich selbst als einen Feind damit verletzen würde. Trotzdem kommt er immer durch.«

Die Stimme des Imagolems blieb tief und grollend wie gewohnt. Dennoch glaubte Semire, seine Belustigung zu hören. Und nicht nur das: Er freute sich, den jungen Mann zu treffen, der ihn mit Unverständnis im Blick ansah. Angst zeigte der Rotschopf jedoch nicht. Er hatte die Augen eines wissbegierigen Menschen.

»Ich bin Brotan«, sagte der drei Schritt große Steinkrieger. »Dein Hauptmann, Listam.«

Der Jüngling blinzelte, was Alita zu einem Kichern veranlasste, das sie rasch hinter ihrem Fächer verbarg.

»Es stimmt«, bestätigte Semire. »In jedem Imagolem wohnt eine menschliche Seele.«

Listam besah sich den Körper aus hellgrauem Granit, als

suchte er nach einer Ähnlichkeit zu dem hünenhaften Krieger, unter dem er gedient hatte. »Brotan? Wirklich?«

»Wieso habt ihr mich zurückgelassen?«, fragte der Imagolem.

Listam wich seinem Blick aus. Semire begriff, dass ihn mehr mit Brotan verband als die Zugehörigkeit zum gravilischen Heer. Die Beziehung zwischen den beiden war eng gewesen. Von diesem Jüngling könnte sie viel darüber erfahren, wie der Mann, den sie liebte, früher gelebt hatte.

Listam war sichtlich unwohl. »Der imperiale Graf war gefallen …«

Semire erstarrte. Sprach er von ihrem Vater?

Von wem sonst?

»Eile war geboten«, fuhr Listam fort. »Der Feind würde diesen Schlag nicht hinnehmen, da waren die Offiziere sich einig. Emala drängte zum Aufbruch. Man sagte, wenn du noch am Leben wärest, würdest du uns einholen.«

»Aber am Fluss habt ihr nicht auf mich gewartet«, stellte Brotan fest.

»Wir haben Feuer gesehen, als wir an den Booten standen. Emala hat vor den Kampfzaubern der Imperialen gewarnt.«

Semire merkte, dass das unverhoffte Zusammentreffen die beiden Kameraden überforderte. Es mochte sein, dass sie in Streit gerieten. Ihre Erzieherinnen hatten ihr – mit Blick auf höfische Feiern – beigebracht, dass man in solchen Fällen am besten zunächst das Thema wechselte. Wenn man die Anstrengungen gemeinsam auf eine neue Aufgabe richtete, gab man dem Konflikt Zeit, abzukühlen.

»Wo ist die Zauberpriesterin jetzt?«, fragte Semire deshalb.

»In der Tiefe«, antwortete Listam. »Ich sollte sie erkunden. Eine Wendeltreppe führt weit hinab und dort unten lebt der Stein.« Er schüttelte den Kopf. »Es ist verwirrend. Ich habe mich rasch zurückgezogen, aber Emala verbringt mehr Zeit dort unten als hier bei uns.«

»Kannst du uns hinbringen?«, bat Semire freundlich. Sie zeigte hinauf zu der steinernen Blüte auf der Stange, die Brotan hielt. »Wir wollen wichtige Dinge mit ihr besprechen.«

»Reden ist besser als kämpfen«, ergänzte Alita.

Semire fragte sich, ob dies gegenüber einem Krieger ein kluger Einwurf war. Aber Listam war alles andere als ein vierschrötiger Veteran. Die Arme wirkten irgendwie zu lang, als fehlte noch ein Wachstumsschub im dürren Rumpf. Dazu kam die ungeschickte Art, wie er den Spieß hielt.

Listam wandte sich an seine Kameraden, die das Zusammentreffen mäßig interessiert beobachteten. Einer von ihnen erzählte wohl gerade von einer Schönheit mit eindeutigen Vorzügen, wie Semire aus den Gesten schloss, die er mit zu Halbkugeln gewölbten Händen vor seiner Brust vollführte. »Ich bin gleich wieder da«, kündigte Listam den anderen Kriegern an.

Er ging voran. Sie passierten eine Schmiede, die zwar kein Dach mehr hatte, deren Esse aber noch funktionierte. Drei kräftige Männer hämmerten unterarmlange Bolzen mit Dreikantspitze zurecht. Semire hatte die schweren Armbrüste gesehen, die gravilische Fernkämpfer mithilfe von Geschirren trugen, die das Gewicht auf den Oberkörper verteilten. Gerade wenn Magie kein Faktor mehr auf einem Schlachtfeld war, konnten diese Geschosse den Ausschlag geben. Drei oder vier gute Treffer damit vermochten einen Imagolem wie Brotan zu verkrüppeln.

Listam bog in einen abschüssigen Weg ein.

»Erinnerst du dich an die seltsame Flechte in dem Wald, in dem wir gegen die Imperialen gekämpft haben?«, fragte Brotan. »Die mit den roten und blauen Strängen. Die Farben haben in den Augen wehgetan, wo sie aufeinandergetroffen sind.«

»Sicher«, antwortete Listam. »Dort sind die Bäume so seltsam gewachsen. Und erst die verunstalteten Tiere, wie das Reh mit den Knochendornen, die entlang der Wirbelsäule aus dem Fell gebrochen sind.«

»Sie heißt Quadra«, sagte Brotan. »Ihr Dampf ist ein Rauschmittel.«

»Das wundert mich nicht«, meinte Listam.

»Dieser Dampf besitzt einigen Wert«, übernahm Semire. »Wir würden gut dafür zahlen.« Aber natürlich weniger als bei der Weberin.

»Wollt ihr die Zauberpriesterin danach fragen?«

»Auch«, gestand Brotan. »Aber ich glaube eigentlich kaum, dass sie sich für Genussmittel interessiert. Vielleicht kennst du jemanden hier im Lager, der Quadra-Vorräte dabeihat?«

»Meist tränkt man ein Tuch mit dem Dampf, um ihn zu transportieren«, erklärte Semire.

»Ist das das Zeug, das Quilûn nimmt?«, fragte Alita.

Semire brachte die Baroness mit einem warnenden Blick zum Schweigen. Je weniger von der Sucht des Grafen erfuhren, desto besser.

»Die Offiziere führen ein hartes Regiment«, berichtete Listam. »Rauschgifte werden ungern gesehen. Gestern hat man mehrere Kameraden deswegen ausgepeitscht.«

»Wenn ihr keine Verwendung dafür habt, sollte es doch umso leichter sein, sich handelseinig zu werden«, ermunterte Semire ihn.

»Ich weiß nicht, ob diese Quadra im Spiel war«, wich Listam aus.

»Vielleicht kannst du dich danach erkundigen«, meinte Brotan. »Es wäre wirklich hilfreich.«

Listam nickte.

Semire fragte sich, ob er mit Brotan befreundet gewesen war. Ihr Umgang wirkte vertraut, obwohl Listam Brotan in einem völlig fremden Körper wiederbegegnete. Offensichtlich teilten sie gemeinsame Erinnerungen. Andererseits war Listam etwa zehn Jahre jünger, die beiden konnten also nicht zusammen aufgewachsen sein.

Sie durchschritten die Überreste eines der Tore, die es in der Umfassungsmauer der Zauberwerkstätten gegeben hatte. Dahinter begegneten sich zwei Gruppen von Bewaffneten, Semire vermutete eine Wachablösung.

»Heim auf den Berg wollten wir!«, rief ein Lanzenträger mit einem so buschigen Schnurrbart, dass seine Lippen darunter verschwanden.

»Heim auf dem Berg sind wir!«, antworteten die anderen Krieger und reckten ihre Waffen dem bewölkten Himmel entgegen.

Fragend sah Semire Alita an, um zu erfahren, ob sie mit dieser seltsamen Formel etwas anfangen konnte. Die Baroness sah jedoch hinüber zu einer dicken Rauchfahne, die über dem Trümmerfeld stand. Semire glaubte nicht, dass dort ein Gebäude brannte. Naheliegender war die Annahme, dass es sich um Leichenfeuer handelte.

Alita blieb stehen und Semire wartete bei ihr, während Brotan weiter Listam folgte. Alita war eine Frau, die wohl jeder mochte. Das lag an ihrem sanften Wesen, verbunden mit ihrer zierlichen Erscheinung, die sogar in Semire den Drang weckte, sie zu beschützen. Beinahe wie bei einem Kind.

Ob sich Alita fragte, ob Luhk in einem solchen Feuer verbrannt war? Ein Fuhrknecht, um dessen Bestattung man sicher kein großes Aufheben gemacht hatte.

»Es muss schwer für Euch sein«, sagte Semire mitfühlend.

»Für Euch nicht minder.« Sie setzten den Weg fort. »Brotan ist immer in Sicht, aber durch seinen neuen Körper bleibt er Euch unnahbar.«

Überrascht sah Semire die Baroness an. »Man könnte Euch vorwerfen, eine kecke Rede zu führen.«

»Wer zurückhaltend ist, den trifft das Schicksal nicht minder hart.« Alita rieb über ihren Hals.

Es tat weh, diese Frau anzuschauen, die ein Liebeszauber um ein halbes Jahrzehnt betrogen hatte. Vor allem, da Semire wusste, dass es nicht wenige Adlige gab, die dies als gerechte Strafe dafür angesehen hätten, dass sich Alita gegen den Willen ihrer Eltern gestellt hatte.

»Weder in Eurem noch in meinem Spiel ist der letzte Zug getan«, raunte Semire. Es war anders als bei Flug und Fall, wo das Abebben der Magie tatsächlich jedes weitere Spiel und damit auch jeden weiteren Zug unmöglich machte. Solange Alita und sie atmeten, konnten sie agieren. Dass man ihnen wenig zutraute, weil sie Frauen waren, konnten sie zu ihrem Vorteil nutzen. Darin hatte Semire reichlich Erfahrung.

Sie holten Brotan und Listam bei einem achteckigen Zelt ein, das in einer Mulde stand, die man inmitten des Schutts freigeräumt hatte. In den Trümmern entdeckte Semire die Überreste von Statuen: Arme, ein bärtiges Haupt, in dessen linker Seite ein faustgroßes Stück fehlte, eine Hand, die ein Stundenglas hielt. Schaudernd erkannte sie auch die Kieferklauen, ein rundes Auge und den in drei Teile zerbrochenen Körper der Riesenspinne, die den Abstieg ins Sanktuarium bewacht hatte.

Vor dem Zelt stand eine Handvoll Gardisten in glänzenden Harnischen und kurzen Umhängen, die Rabenschwingen ähnelten, wenn der Wind an ihnen zupfte. Der vorderste von ihnen, ein Mann mit schwieligen Händen, stellte einen Fuß auf ein Bruchstück, das aus der Brust einer Statue stammen mochte. »Noch einmal!«, schnauzte er. »Emala ist nicht zu sprechen. Da hilft euch auch dieses Zeichen der Unterhändler nichts.« Mit einer abfälligen Geste wischte er zur Steinblüte hinauf. »Die Zauberpriesterin hat Wichtigeres zu tun.«

»Was sollte das wohl sein?«, grollte Brotan.

Semire glaubte, dass der Gardist klug genug war, um vor dem hünenhaften Steinkrieger Respekt zu empfinden. Aber es wäre wohl mit seiner Ehre unvereinbar gewesen, das einzugestehen. Er lehnte sich auf das Knie des aufgestellten Beines und sah trotzig in Brotans gemeißeltes Gesicht. »Was die Zauberpriesterin tut, geht dich nichts an.«

»Aber sie wird sich bestimmt dafür interessieren, was wir ihr anzubieten haben«, meinte Semire sanft. In Wirklichkeit ging es neben der Quadra nur darum, zu klären, wie man sich auf dem Berg nicht sofort an die Gurgel ging. Die anderen Tiefen Häuser waren ungeduldig und keines von ihnen wollte die Gravilier tolerieren. Semire war noch unentschieden. Es galt, zu erkunden, ob sie ihr nützlich sein könnten. Immerhin verstand sich Emala auf die Zauberei. Vielleicht wusste sie einen Weg, Brotan in einen fleischlichen Körper zurückzuversetzen.

Auf Semire reagierte der Gardist sanfter als auf den Imagolem. »Die Zauberpriesterin hat Anweisung gegeben, sie nicht zu stören, während sie mit den Geistern des Berges spricht. Dort unten«, seine Geste deutete vage in den Boden, »liegt die wahre Macht. Emala wird sie für uns sichern.«

Nachdenklich betrachtete Semire das Zelt. Wegen der umfassenden Zerstörung ringsum waren die Gebäude der Zauberwerkstatt nicht wiederzuerkennen, aber es mochte sein, dass sich hier der Beginn der Wendeltreppe befand, die zum Sanktuarium hinabführte.

»Es ist auch zu eurem Schutz, wenn wir euch fernhalten«, sagte der Gardist verschwörerisch. »Wenn man der wahren Macht allzu nahe kommt, kann man leicht Schaden nehmen.«

Die wahre Macht … Je älter und härter der Stein war, desto stärkere Magie enthielt er. Das wusste jedes Kind. Sicher galt diese Regel noch immer, womöglich gar noch mehr als zuvor. Wenn sich die zauberische Kraft in den Berg zurückgezogen hatte, mochte sie dort noch mächtiger sein als zuvor. Und in der Tiefe lebten die Geister.

Lächelnd legte Semire eine Hand auf ihren Bauch, wo das Kind wuchs, das sie von Brotan erwartete. Wenn sie es geboren hätte, wollte sie es auf seine Brust legen, damit es den Herzschlag seines Vaters hörte. Dazu müsste Brotan wieder einen menschlichen Körper haben. Sicher etwas, das große Magie erforderte. Und der Gardist hatte recht: Die wahrhaft große Magie war dort zu finden, wo Emala sie suchte. Bei den Geistern.

Es brauchte Mut, den Weg zu gehen, der den größten Erfolg versprach. Daran gebrach es Emala nicht. Und Semire ebenso wenig.

Den Anblick von Trümmern war Kyrin inzwischen gewohnt, seit ihrem Erwachen aus dem Heilschlaf hatte sie kaum noch ein intaktes Gebäude gesehen. Dagegen, was die Stadt gerade durchmachte, war ihr eigener zerschlagener Körper mit der angeknacksten Rippe und dem gebrochenen Arm geradezu taufrisch.

Aber was aus Abuliars Palast geworden war, überraschte sie. Der würfelförmige Bau war zusammengestürzt, doch statt einer Schutthalde sah sie eine Art Wald aus Kristall vor sich. Zwischen den Bruchstücken stachen halb durchsichtige bläuliche und gelbliche Dornen empor, die größten von ihnen ragten so hoch auf wie Baumstämme. Ihre Form mit Windungen und Auswölbungen erinnerte an Eiszapfen oder an die Stalagmiten in den Kavernen. Das Sonnenlicht brach sich in ihnen, und an manchen Stellen bündelten sie es so stark, dass es in Kyrins Augen schmerzte.

Asmodel hob den versteinerten Abuliar vom vierbeinigen Imagolem, dessen Namen Kyrin noch immer nicht in Erfahrung gebracht hatte, und stellte ihn auf den Boden. Die von nicht endenden Wasserströmen aus den Brauen befeuchteten Augen des Magiers huschten hin und her, während er betrachtete, was aus seinem Heim geworden war. Ein grob zurechtgeschneidertes Gewand aus schwarzem Leinen bedeckte seine Nacktheit. Wegen seines ausgeprägten Buckels war es schwierig anzupassen gewesen. Merûenn, eine Magd, hatte unter den Achseln, an der Taille und an einigen weiteren Stellen Bänder eingenäht, mittels derer man den Stoff so raffen konnte, dass er weniger wie ein Sack aussah. Das Schild, auf dem Abuliars Verbrechen geschrieben stand, hatte Kyrin aus seinen Händen entfernt. Jetzt sahen sie so aus, als wollten sie etwas greifen, das sich vor der Brust des alten Mannes befand.

»Vielleicht finden wir etwas, das uns bei Eurer Rückverwandlung helfen könnte.« Kyrin bemühte sich, munter zu klingen. »Die Kristalldornen beweisen doch, dass die Magie an diesem Ort nicht vollständig erloschen ist. Also könnte sich in den Trümmern ein Artefakt verbergen, das noch Macht besitzt.«

Abuliars Augen bewegten sich nach rechts, was *Nein* bedeutete.

»Ihr glaubt nicht, dass wir hier noch aktive Magie finden? Nun, ich schätze, wir sollten zumindest nachschauen.«

Kyrin kletterte über die Trümmer zwischen den Kristalldornen. Wahrscheinlich waren Abuliars Zweifel berechtigt. Sein Palast war ein Meisterwerk magischen Handwerks gewesen. Die Wege in seinem Innern hatten sich von den Gesetzen der Geometrie gelöst, und er hatte deutlich mehr Raum geboten, als er von außen betrachtet eingenommen hatte. Es war möglich, dass nicht Magie die Kristalle hatte emporschießen lassen, sondern das genaue Gegenteil: das Erlöschen zauberischer Kraft. Diese Dornen mochten ihre natürliche Gestalt sein und zuvor waren sie durch Magie in miniaturisierte Form gezwungen worden. Kyrin verstand wenig von den Gesetzmäßigkeiten der Kristalle, aber sie erinnerte sich dunkel, dass solche Manipulationen die ihnen innewohnenden Kräfte freisetzen und umleiten konnten. Was Kristalle anging, war Abuliar ein unbestrittener Fachmann gewesen, noch nicht einmal Steinmeister Agohn verstand so viel davon wie er.

Vorsichtig stieg Kyrin über die Trümmer. Wenn sie tief einatmete, schmerzte die angebrochene Rippe, deswegen wollte sie sich nicht zu sehr anstrengen. Sie lehnte sich gegen einen der Dornen und blickte daran hoch. Er wirkte trotzig, wie er in den Himmel stach.

Kyrins Äffchen tollten zwischen den Bruchstücken umher. Unbesorgt jagten sie einander über gesplitterte Steinblöcke, kletterten an den Kristallen empor und vollführten waghalsige Sprünge, wobei sie lautstark keckerten. Kell und Lepp balgten auf einem steinernen Auge, das sicher einen Zauber enthalten hatte. Ebenso wie der basaltene Vogel, die Hand aus Granit, die Flamme aus Sandstein und Dutzende weitere Statuetten, die zwischen den Trümmern lagen. Einige spezielle Stücke, wie den Pfau, der ein Rad schlug, würde Kyrin mitnehmen. Abuliars Versteinerung umzukehren konnte langwierige Forschungen erfordern, er würde sicher noch Monde in der Erstarrung verbleiben müssen. Wenn er so in den Überresten des Palasts der Schneegrunds stand, wollte sie vertraute Dinge in sein Sichtfeld stellen, die ihm in seiner Einsamkeit Trost spenden mochten.

Aber wertvoller wäre natürlich ein Artefakt, das tatsächlich noch Macht besaß. Unmöglich war das nicht, wie die Imagolems bewiesen.

Kyrin sah zurück zu Abuliar und den beiden Steinkriegern, die neben ihm standen. Der vierbeinige mit den Krebsscheren regte sich nicht, aber Asmodel, der menschenähnliche mit dem Loch in der Stirn, umrundete die Trümmer. Kyrin fragte sich, was in seinem Kopf vorging. Was wollte er jetzt, da seine Erinnerung erwacht war, mit seinem Leben anfangen? Einem Leben, das dank der Dauerhaftigkeit des Steinkörpers Jahrhunderte währen mochte?

Kyrin stieg wieder hinab zu Abuliar. »Erinnert Ihr Euch an Aufzeichnungen, die mir helfen könnten, Eure Versteinerung aufzuheben?«

Er blickte nach rechts. *Nein.*

»Nehmt Euch Zeit. Alles, was mit Versteinerungen zu tun hat, könnte mir helfen. Vielleicht habt Ihr Aufzeichnungen auf Pergament gemacht? Oder es gibt eine Vorrichtung, mit der man Kristalle auslesen kann, wie in den Studienseminaren der Zauberwerkstatt?«

Kyrin runzelte die Stirn. Jetzt, da sie den Gedanken aussprach, kam er ihr naheliegend vor: In den Studienseminaren lagerte das Wissen der Magier, eingeschrieben in Tausende von Kristallen. Man legte sie einer speziellen Statue vor, einer Leserin. Das führte dazu, dass die Rohlinge im entsprechenden Seminar konkrete Gestalt annahmen. Sie wurden zu lebenden Statuen, die lehrten, was in den Kristallen aufgezeichnet war, indem sie sprachen und zeigten und vorführten.

»Wie werden die Studienseminare hergestellt?« Kyrins Herz pochte. »Sind sie beseelt? Wie Imagolems?«

Wieder verneinte Abuliar mit einem Blick nach rechts.

Aber so rasch wollte Kyrin nicht aufgeben. »Vielleicht sind sie dennoch aktiv. Wenn das der Fall ist, kann ich in ihnen auch die Kristalle auslesen, die Ihr in Eurem Palast angefertigt habt. Und Ihr habt doch Dinge erforscht, die Ihr mit niemandem geteilt habt!«

Abuliar blickte nach links. *Ja.*

»Zu Versteinerungen vielleicht. Und zu den Gravionern! Das könnte uns helfen, herauszufinden, was Steinmeister Agohn am Dunkelsee will. Welche Möglichkeiten er hat, wenn er sich der Steinköpfe bemächtigt.«

Abuliars Augen zitterten, entschieden sich dann aber für ein Ja.

Diese Art der Verständigung war mühselig, doch Kyrin traute sich nicht, den einzigen anderen Weg vorzuschlagen, der ihr einfiel, solange Abuliar ein Weinender Mann war. Wie bei dem Gravioner, den sie vom Grund des Sees geborgen hatte, hätte sie Asmodel einen Kristall in die Stirn einsetzen können, um ihn über einen Transferzauber mit einem weiteren Kristall in Abuliars Stirn zu verbinden. Selbst wenn dieser Zauber, der eigentlich dafür gedacht war, die Seele aus einer Leiche in einen werdenden Imagolem zu ziehen, noch Wirkung entfaltete, müsste sie Abuliar ebenfalls einen Kristall in die Stirn einsetzen. Die Wunde, die sie ihm dabei zufügte, würde ihn mit hoher Wahrscheinlichkeit töten, wenn sein Körper sich in Fleisch und Knochen zurückverwandelte. Zumindest würde ein solcher Umkehrzauber erheblich erschwert. Diesen Preis wollte Kyrin nicht zahlen.

Also blieb ihr nur die Kommunikation über die Augen. »Komm her«, forderte sie den vierbeinigen Imagolem auf. »Stell dich so, dass du Abuliars Gesicht sehen kannst.«

Eines der Beine des Steinkriegers schleifte über den Boden, weil es angebrochen war.

»Wenn Abuliar nach rechts blickt, hebst du deinen rechten Arm. Den oberen meine ich, den menschlichen, nicht die Krebsschere. Blickt er nach links, den linken.«

Geduldig verharrte der Imagolem an der ihm zugewiesenen Stelle.

»Können wir es einmal probieren?«, bat Kyrin Abuliar.

Die Gesten waren so deutlich, dass Kyrin sie auch aus der Entfernung erkennen würde, wenn sie auf den Überresten des Palasts herumkletterte. »Ihr müsst mich leiten«, sagte sie. »Zeigt mir, wo ich Eure Aufzeichnungen finde.«

»Hier ist jemand!«, rief Asmodel von der anderen Seite der Trümmer. »Mehrere Männer, die sich im Buschwerk verstecken!«

»Tu ihnen nichts zuleide!«, rief Kyrin. »Ich komme.«

Mit schnellen Schritten umrundete sie den Wald aus Kristalldornen. Hier standen nur wenige Ruinen, man hatte die Nähe zu Abuliars Palast gemieden.

Vor Asmodel kam eine Handvoll Männer zwischen Büschen hervor. Sie waren einfach gekleidet, in Braun und Grau. Zwei von ihnen trugen Degen, die anderen Messer, einer hatte ein Brecheisen dabei.

»Mortym«, sprach Kyrin denjenigen an, den sie erkannte. »Wir wollten uns doch erst zur Abenddämmerung treffen. Du bist zwei Stunden zu früh.«

»Du ebenfalls.« Auf der linken Seite von Mortyms Gesicht wölbten sich blaue Pusteln, die er bei ihren früheren Treffen nicht gehabt hatte. Die größten davon hätte Kyrin mit ihrem Daumen gerade noch abdecken können, die meisten waren kleiner als Erbsen.

»Wir hatten doch verabredet, dass du allein kommst«, erinnerte Kyrin. So war es unter den Revolutionären seit jeher üblich. Mortym war die Stimme einer Zelle, in der sich vorwiegend Handwerker sammelten. Die meisten von ihnen waren Dachdecker und Schreiner. Unter ihnen genoss er Ansehen, weil er bei den adligen Auftraggebern eine bessere Entlohnung durchgesetzt hatte. Dadurch war auch Graf Golar damals auf ihn aufmerksam geworden.

»Du bist auch nicht allein.« Feindselig sah Mortym Asmodel an.

Kyrin kannte ihn nicht als aggressiven Mann. Sein Auftreten besorgte sie. »Reden wir«, schlug sie vor und deutete einladend zum Jungfernfall, der in ein paar Dutzend Schritt Entfernung in die Tiefe stürzte. Das hatte er immer schon getan, anders als beim Almahn hatten die Magier in seinem Flussbett niemals Zauber versenkt, die das Wasser in die Höhe schickten.

Missmutig löste Mortym den Blick vom Imagolem und ging voraus.

Kyrin bedeutete Asmodel, bei den anderen Männern zurückzubleiben.

»Bist du krank?« Kyrin zeigte auf die linke Seite ihres Gesichts, wo bei Mortym die Pusteln wucherten.

»Gallmücken«, knurrte er. »In unserem Viertel sind sie überall.«

»Die Zauber, mit denen wir die Insekten fortgehalten haben, werden erloschen sein.«

Mortym schnaubte. »Was du nicht sagst. Ihre Bisse brennen wie starke Seife. Bei mir ist das nur lästig. Aber die Kranken, die Alten, die Verletzten, die Kinder …« Er schüttelte den Kopf und blinzelte.

»Hast du nicht auch Kinder?«

»Zwei Töchter. Bis gestern.«

»Das tut mir leid.«

»Davon werden sie nicht wieder lebendig.«

»Sind sie an den Stichen gestorben?«, fragte Kyrin vorsichtig.

»Daran. Und am Hunger. Es fällt schwer, jeden Tag Essen auf den Tisch zu stellen, wenn man der Einzige ist, der für eine bessere Welt kämpft.«

»Wie meinst du das?«

»Wir haben Brücken zum Einsturz gebracht, wie es verabredet war. Auch eine Mühle. Halenn hat uns Öl beschafft, mit dem wir Feuer legen konnten. Dafür jagen uns die Sturmrufs, das ist nicht anders zu erwarten. Aber dass uns niemand hilft … Ich hatte mit Beistand gerechnet.«

»Ich war außer Gefecht.« Kyrin zeigte auf den geschienten rechten Arm, den sie in einer Schlinge trug.

»Und was ist mit Quilûn?«, klagte Mortym. »Er sollte uns führen! Wir wollten in einem Unterschlupf Zuflucht suchen, aber der Keller war eingestürzt. Also hätten wir der Hilfe einer anderen Zelle bedurft, aber da kam nichts. Halenns Mägde haben zu viele eigene Probleme, Graf Jorrmon züchtigt sie.«

»Haus Schneegrund war ebenfalls in Bedrängnis.«

Mortym lachte auf. »Ihr habt euren Herrschaftsbereich erweitert, oder nicht?«

»Derrek Eichfrost geht aggressiv vor, weil er seine Ehre wiederherstellen will«, erklärte Kyrin. »Er hat seinen Palast verloren. Jetzt führt er die rauflustigsten Krieger der Schneegrunds und sie haben etwas Grund erobert. Aber das ist nur unwichtiges Gebiet, das die anderen Häuser nicht ernsthaft verteidigt haben. Trümmerfelder …«

»Wieso geht es eigentlich noch immer um die Tiefen Häuser?«, rief Mortym.

Sie blieben am Rand des Falls stehen. An genau dieser Stelle war eine Baroness in den Abgrund gesprungen. Kyrin überlegte, wie alt sie selbst damals gewesen war. Vier Jahre … oder doch schon fünf? Die Adlige hatte ihr eine Stoffpuppe geschenkt, wohl ein Überbleibsel aus sorglosen Kindertagen.

»Wollten wir nicht die Herrschaft hinwegfegen?«, fragte Mortym. »Was ist mit diesem Versprechen? Bislang haben wir nur das wenige verloren, das wir hatten, und für unseren Einsatz Hunger und Vertreibung bekommen.«

»Wir wussten, dass der Übergang hart werden würde.«

»Nicht gleich hart für alle«, setzte Mortym nach. »Ihr wohnt noch immer in einem Palast.«

»In den Trümmern eines Palasts«, korrigierte Kyrin. »Auch bei den Schneegrunds ist keine Mauer unbeschädigt geblieben.«

»Wenn wir dasselbe Schicksal teilen – wieso haben die Gallmücken dann mein Gesicht zerbissen und nicht deines?«

»Das könnte an der Höhe liegen«, vermutete Kyrin. »In den Niederungen werden sie sich leichter vermehren.«

»Dann sollten wir tauschen!«, schlug Mortym vor. »Ihr zieht in unser Viertel und wir nehmen mit dem Palast vorlieb.«

»So einfach ist das nicht.«

»Und weshalb nicht?« Mortyms Hand umfasste seinen Degen. »Weil es dem Adel nicht gefällt?«

»Wir können nicht ignorieren, wo die Macht liegt.«

»Barone bluten genauso wie Bürgerliche.« Mortym zog die Klinge und richtete sie auf Kyrin. »Ich wette, bei einer Magierin ist das nicht anders. Wenn man alle Täuschungen hinter sich lässt, erkennt man, dass wahre Macht in Stahl geschmiedet ist.«

Kyrin zeigte ihm die offene Linke. »Ich bin unbewaffnet und verletzt.« Sie fragte sich, wie viel Widerstand ihre Lederschürze der Klinge entgegensetzen könnte. Sie war neu, das Blau leuchtete geradezu. Vielleicht hätte sie sich in der alten, die beim Herz des Berges zurückgeblieben war, sicherer gefühlt. Die war ihr vertrauter gewesen. Die neue hatte noch nicht einmal die Silberintarsien, die Kyrins Verdienste angezeigt hatten.

»Stimmt es, dass dich der Almahn aus dem Berg gespült hat, als du die Ströme der Macht umgekehrt hast?«, fragte Mortym.

»Das ist wahr und ich habe nur knapp überlebt.«

Mortym lachte auf. »Wie fühlt es sich an, ohne zauberische Kraft zu sein? So, wie wir unser gesamtes Leben gelebt haben?«

Asmodel rannte zu ihnen. Er hatte hervorragende Sinne, sicher hatte er alles gehört, was sie geredet hatten. Auch ohne dies wäre der Anblick des auf Kyrin gerichteten Degens eindeutig gewesen.

»Pfeife deinen Imagolem zurück!«, forderte Mortym.

»Ich kann ihm nicht mehr befehlen. Wie du schon sagtest: Meine Macht ist gewichen.« Kyrins Stimme zitterte. Am liebsten wäre sie davongerannt, aber Flucht war keine Möglichkeit. Mit einem Arm in der Schlinge und einer angebrochenen Rippe, die ihr das Luftholen erschwerte, konnte sie nicht schnell laufen.

»Bleib stehen!«, rief Mortym Asmodel entgegen. »Wenn du näher kommst, steche ich sie ab!«

Tatsächlich hielt der Imagolem inne. Die begrenzte Mimik des steinernen Gesichts erlaubte keine Rückschlüsse auf seine Gedanken. Hinter ihm folgten die anderen Handwerker, wahrten aber Abstand und fächerten in einen Halbkreis auf.

»Wir wollen endlich Antworten«, sagte Mortym. »Habt ihr uns getäuscht? Ging es euch immer bloß darum, Haus Schneegrund zu stärken?«

»Wieso hätten wir euch dann mit Waffen und Zaubern versorgen sollen?«

»Zaubern, die sofort ihre Wirkkraft verloren, als die Revolution losbrach!«, klagte Mortym. »Außerdem war das, als Graf Golar noch lebte. Mit Quilûn habe ich nie gesprochen. Aber er wird mich anhören, wenn wir dich in unserer Gewalt haben. Du wirst mit uns kommen.«

Asmodel bewegte sich blitzschnell. Er wirbelte herum, tat zwei Schritte und hieb seine Steinfaust auf die Schulter des nächststehenden Handwerkers, eines Mannes mit einem wuchernden Vollbart.

Schreiend ließ dieser sein Brecheisen fallen und knickte in den Knien ein. Die Schulter war gebrochen, er sackte zusammen.

»Er soll aufhören!«, kreischte Mortym.

»Ich kann ihm nicht mehr befehlen«, erinnerte Kyrin.

Asmodel beachtete den schreienden Verletzten nicht mehr, sondern wandte sich dem nächsten Gegner zu.

Kyrin wusste nicht, ob man es Feigheit nennen konnte, dass sich der Mann zur Flucht wandte. Gegen einen Krieger mit einem Körper aus Granit hätte sein Degen nichts ausgerichtet. Er warf sich herum und rannte und seine Kameraden schlossen sich ihm an. Zurück blieben nur der Verletzte, Mortym, Kyrin und Asmodel, der sich gemächlich umdrehte.

»Ich kann dich töten!«, rief Mortym panisch. »Begreift er das nicht?«

»Du bist derjenige, der nicht begreift«, grollte Asmodel. »Dass Kyrin lebt, ist der einzige Grund, aus dem ich dich noch nicht zermalmt habe. Solltest du sie verletzen … Sieh zu, wie leicht es geht.« Er legte beide Pranken seitlich an den Kopf des Mannes, dem er die Schulter gebrochen hatte.

Der Verletzte riss die Augen weit auf und schrie unartikuliert.

»Nicht!«, rief Kyrin. »Er versteht es! Mortym versteht es!«

»Tut er das?« Mühelos übertönte die Stimme des Imagolems den Schreienden.

Hektisch sah sich Mortym um. Von seinen Gefährten war nichts mehr zu sehen.

Kyrin trat vorsichtig einen Schritt entlang des Abgrunds zurück. Sie wusste, dass sie in großer Gefahr schwebte. Die blanke Panik mochte ihr Gegenüber verleiten, zuzustoßen. Sie musste Mortym dazu bringen, die Situation mit kühler Überlegung zu betrachten.

»Niemand muss weiter zu Schaden kommen«, sagte sie. »Vergessen wir diese unglückliche Entwicklung. Wir stehen auf derselben Seite, wir alle wollen eine neue Ordnung. Auch Asmodel. Nicht wahr, Asmodel?«

»Ich vertraue dir«, sagte der Imagolem.

»Wir alle sollten einander vertrauen«, beschwor Kyrin den Handwerker. »Du bist aufgewühlt, weil deine Töchter gestorben sind. Das trage ich dir nicht nach. Jeder von uns hat Fehler gemacht.«

Mortym senkte den Degen eine Handbreit und schielte zu dem mächtigen Imagolem. »Vielleicht sollten wir uns etwas Zeit zum Nachdenken geben.« Schweiß stand auf seiner Stirn.

»Ja, das ist ein kluger Gedanke. Jetzt ist nicht die Zeit, um überstürzt zu handeln. Wir trennen uns, beraten mit den Unsrigen, und wenn wir uns das nächste Mal treffen, werden wir herausfinden, wie wir unsere Sache voranbringen können.« Sie machte einen weiteren Schritt zurück.

Asmodel fand wohl, dass sie damit ausreichend weit vom Degen entfernt stand. Er riss den Verletzten am Kopf nach oben und schleuderte den Mann, der sicher doppelt so viel wog wie Kyrin, auf Mortym.

Die unbeholfene Abwehrbewegung, die dieser mit dem Degen versuchte, half ihm nicht. Sein bärtiger Freund riss ihn um, gemeinsam stürzten sie in den Abgrund.

Kyrin dachte an die Frauen, die an diesem Wasserfall aus eigenem Entschluss aus dem Leben geschieden waren. Soweit sie sich erinnerte, waren die Damen tapferer gewesen. Sie hatten nicht geschrien. Die beiden Handwerker dagegen brüllten wie Schweine, die abgestochen wurden, bis das Tosen des Wassers in der Tiefe sie übertönte und der aufwallende Sprühnebel sie verschluckte.

»Ich hatte gehofft, sie wieder auf unsere Seite zu ziehen«, sagte sie.

»Er war unzuverlässig«, befand Asmodel. »Ihm war nicht zu trauen.«

»Aber dies sind die Menschen, für die wir kämpfen. Die einfachen Bürger, die von ihrer Hände Arbeit leben.«

Der Imagolem betrachtete seine Pranken. »Kämpft auch jemand für uns?«

Quilûn malte seinen Sohn, aber er tat es auf jene Weise, die sich aus den Fesseln realer Formen löste. Der Dampf der Quadra wirkte in ihm, obwohl die Gewohnheit mittlerweile dazu führte, dass er sich nicht berauscht fühlte. Er setzte der Verschiebung der Wirklichkeit keinen Widerstand mehr entgegen. Quilûn versuchte nicht mehr zu analysieren, ob sich das hölzerne Dach, das die Koppel zur Hälfte überspannte, durch die Böen tatsächlich wölbte wie eine Zeltbahn. Es war unwichtig, ob seine Sinne genarrt wurden oder ob sie seinem Verstand zuverlässige Botschaften überbrachten. Letztlich war die Wahrnehmung für einen Künstler das Entscheidende. Ein Glas Wein schmeckte anders, wenn man es hastig hinunterstürzte, als wenn man es in Gesellschaft einer schönen Frau genoss. Diesen Genuss zu vermitteln, das war Kunst. Lediglich die Form des Glases und die Farbe des Getränks auf der Leinwand nachzuahmen war kümmerlicher Sklavendienst in den Ketten der Realität.

Quilûn kicherte, weil er Pinsel benutzte. Mit den Fingern hätte er die Farbe direkter, roher, urgewaltiger auftragen können. Es belustigte ihn, sich der vornehmen Instrumente zu bedienen. Der Scherz gewann dadurch, dass nur er selbst ihn verstand.

Auch Alita Blitzdorn entging er. Dennoch genoss Quilûn ihre Gesellschaft. Heute malte sie nicht selbst, sondern begnügte sich damit, neben ihm zu stehen und zu beobachten, wie das Weiß der Leinwand schwand. Deswegen brauchte sie auch keine Schürze, die ihr schwarzes Kleid vor Klecksen geschützt hätte. Das Schmuckband trug sie natürlich nicht mehr, aber der Kragen schloss sich eng um den Hals, bis hinauf zum Kinn. Ihre Hände umfassten den zusammengelegten Fächer.

Obwohl die Kombination von Schönheit und Feinsinn, die Alita ausstrahlte, Quilûn verlockte, wandte er seine Aufmerksamkeit wieder seinem Motiv zu. Disziplin war für einen Künstler ebenso unverzichtbar wie Talent.

Erlyk ritt auf einer sandfarbenen Stute, in deren Fell sich graues Haar mischte. Ein gutmütiges Tier, das dem Ende seines

Lebens entgegenging, trug den sanften Jungen, der die Beine auf dem breiten Rücken weit spreizen musste. Er saß schlaff im Sattel, an dem er sich mit beiden Händen festhielt. Das Tier lief an einer Leine im Kreis, die ein Pferdeknecht hielt, der außerdem eine lange Peitsche führte. Damit knallte er ab und zu, berührte die Stute aber nicht.

Ob Erlyk Freude am Geschehen hatte, war schwer zu sehen. Er mochte Pflanzen lieber als Tiere, aber das alte Pferd streichelte er gern und fütterte es mit Karottenschalen, die in der Küche übrig blieben. Er zeigte auch keine Angst davor, herunterzufallen. Stoisch sah er auf den Boden vor den Hufen.

Quilûn spürte das daumennagelgroße Steinplättchen über seinem Herzen. Das Jucken hatte nach einem Tag aufgehört, aber der sanfte Druck war eine ständige Erinnerung daran, dass er nun vermählt war. Um den Fremdkörper herum rötete sich das Fleisch. Er hoffte, dass es sich nicht entzündete, so, wie andere Zauber aus den Körpern ihrer Träger herauseiterten.

In dem Bild, das Quilûn malte, dominierte das Ocker. Die Stute war das Zentrum der Aufmerksamkeit, ihre Bewegung bestimmte, worauf sich der Pferdeknecht – der im Gemälde zu einem diffusen braunen Fleck am rechten Rand wurde – und Erlyk konzentrierten. Quilûn malte kein Pferd, sondern eine sandfarbene Welle. Die Bewegung, nicht das Tier. Darüber würde er ein helles Violett, Türkis und ein kräftiges Gelb aufbringen, die Buntheit sollte seinen Sohn darstellen. Aber wie konnte der Pinselstrich Erlyks Nachdenklichkeit ausdrücken?

Quilûn steckte sein Werkzeug in die Halterung an der Staffelei. Er öffnete den Lederzylinder, den er wie einen Degen an der Hüfte trug, zog das getränkte Tuch heraus, drückte es an seine Nase und nahm einen Zug vom Dampf der Quadra. Er roch ihn nicht mehr, hatte aber das Gefühl, dass sich der Raum in seinem Kopf erweiterte. Zufrieden drehte er das Tuch zusammen und verstaute es wieder.

»Der Preis für diese Bilder ist zu hoch«, sagte Alita.

»Von Euch hätte ich einen solchen Einwand als Letzte erwartet!« Wütend starrte Quilûn die Baroness an. »Ihr solltet mich mehr als alle anderen verstehen. Schließlich wisst Ihr, was es bedeutet, ein Gemälde zu schaffen. Farbe, Stoff, ein Holzrahmen … das wird zu etwas von Bedeutung. Es drückt den Geist aus, das Gefühl. Und Ihr werdet nicht zu leugnen wagen, dass ich mit diesen Bildern etwas kreiere, das vorher noch niemandem gelungen ist. Ich überwinde die Grenzen der Wirklichkeit. Vorzeichnungen, das Schielen auf den Geschmack des Mäzens, das Klammern an das, was profane Augen sehen …« Mit einer wegwerfenden Geste verdeutlichte er, wie angewidert er war, bevor er auf das entstehende Gemälde zeigte. »Diese Kunst ist unsterblich!«

»Ihr seid es nicht«, versetzte Alita sanft. »Und Euer Sohn auch nicht. Es gibt Dinge, die nicht zurückkehren.«

Die offene Rede überraschte Quilûn. Seit der Eheschließung begegnete ihm jedermann mit Respekt. Fürst Doryam war in den Berg gegangen, damit gab es niemanden mehr, der eine Opposition innerhalb des Hauses Schneegrund angeführt hätte. Die Kämpfe in der Stadt schmiedeten zusätzlich zusammen. Nicht wenige Adlige hätten eine Bestrafung für Alitas Respektlosigkeit gefordert. Da sowohl ihr Habitus als auch ihr Tonfall jedoch die Milde ausstrahlten, die Quilûn an ihr liebte, konnte er ihr nicht zürnen.

»Und was sind das für wertvolle Dinge, die nicht zurückkehren?«, fragte er.

»Jeder einzelne Tag.« Ernst sah sie ihm in die Augen. »Jede einzelne Stunde.«

»Ich nehme an, dies ist nicht die Art von Unsterblichkeit, die Ihr wünscht«, spottete Semire von Schneegrund.

Sie genoss es, dass Emala zu ihnen kommen musste, nachdem die Gardisten der uralten Zauberpriesterin sie so unverschämt abgewiesen hatten. Man sah der gebeugten Frau, die sich mit einer dürren Hand an ihrem Stab festhielt, an, wie unwohl sie sich auf dem Platz der Reue fühlte. Der Blick aus den tief in den faltigen Höhlen liegenden Augen huschte über die Weinenden Männer, die ungerührt von den Kämpfen in der Stadt die Schilder präsentierten, die ihre Untaten verkündeten.

»Was ich wünsche, ist ohne Belang.« Das Krächzen der Alten übertönte kaum das Donnern des Almahn, der neben dem Platz in die Tiefe stürzte.

»Sind es nicht die Wünsche der Mächtigen, die die Welt formen?«, fragte Quilûn.

Semire war froh, dass der Sprühnebel, der vom Wasserfall herüberwehte, den Schweiß auf seiner Stirn überdeckte. Die Schwaden durchnässten sie alle und schlugen sich auf den Gesichtern von Emala und ihren beiden Begleitern ebenso nieder wie auf denen von Semire und Quilûn. Nur bei Brotan sah es anders aus. Die Feuchtigkeit dunkelte den Granit ab, aber er wirkte nicht nass. Wieder trug er die Stange mit der imposanten Steinblume, die sie als Unterhändler kenntlich machte. Einer von Emalas Gardisten, ein stämmiger Mann mit dicken Ohrringen, die nicht zu dem spitzen Helm passen wollten, trug ein ebensolches Zeichen, aber aus Kupfer getrieben und gerade mal kopfgroß.

Zu sechst standen sie zwischen den Versteinerten. Hundertmal so viele Krieger warteten am Rande des Platzes, durch die Schwaden aus Wassertröpfchen erkannte Semire sie nur schemenhaft. Auch die eingebrochene Umfassungsmauer der Arena sah sie lediglich verschwommen, sodass sie mit etwas Vorstellungskraft wie ein Gebirge wirkte.

»Macht«, sagte Emala, »ist ein Kind von Stahl und Zauberei. Mal hat sie mehr vom einen, mal mehr vom anderen Elternteil. Nachdem sich die Magie in den Berg zurückgezogen hat, müssen wir uns stärker um die Schwerter und die Armbrustbolzen kümmern. Womit wir bei Eurem Heer wären, das sich vor den Aufzügen und den Treppen sammelt. Wenn ich es recht verstehe, habt Ihr mich gerufen, weil Ihr mich davon überzeugen wollt, dass es klug wäre, fünfzigtausend Krieger passieren zu lassen.«

Semire registrierte, dass die Zauberpriesterin die Stärke der Armee, die der Berg ausgeschickt hatte, um etwa zehntausend Helme überschätzte. Ihre Achtung vor der alten Frau sank. Sich zuverlässige Informationen über den Feind zu besorgen gehörte zu den vordringlichsten Aufgaben der Heerführung.

»Ich denke, Ihr werdet einsehen, dass es unklug wäre, sich gegen das Heer aufzureiben«, sagte Semire.

»Wir haben uns die Schwächen gemerkt, die uns erlaubt haben, auf den Berg zu kommen«, versicherte Emala. »Wir werden nicht die Fehler begehen, die Euch bei der Verteidigung unterlaufen sind. Außerdem sind gute Waffen in Eurem Heer knapp. Solche, die ohne Steinzauber hart und scharf sind.«

Inzwischen wusste man, dass ein Teil der Erklärung, wieso das Heer so lange für die Rückkehr benötigt hatte, in seiner Neubewaffnung lag. Jeder Dorfschmied in Reichweite hatte in den vergangenen Wochen Klingen gehämmert. Die Knappheit, die Emala behauptete, traf nicht mehr zu.

»Wollt Ihr wirklich unsere Zeit mit einem so albernen Gespräch verschwenden?«, fragte Semire. »Ihr wisst, dass die Imagolems die Kastelle am Fuß der Treppen und unten an den Flaschenzügen überrennen werden.«

»Damit sind sie aber noch nicht auf dem Berg«, versetzte Emala. »Wir können die Treppen einreißen und die Seilzüge kappen.«

»Womit Ihr Euch des Zugangs zum Flachland berauben würdet. Der Großteil Eures Volkes wäre ebenso ausgeschlossen wie die Ernte, die es hoffentlich im eroberten Gebiet eingebracht hat.«

»Ach ja, die Nahrung.« Die Falten in Emalas Gesicht verzogen sich zu einem Lächeln, als hätte jemand Haken in die schlaffe Haut geschlagen und zöge diese nun Richtung Ohren. »Aus den Speichern bekommt Haus Schneegrund nichts, habe ich gehört. Dieses Haus Schwingenpracht, das kaum jemand kennt, scheint einen Groll gegen Euch zu hegen.«

Diese Entwicklung war ein Ärgernis. Semire hatte zu sehr darauf vertraut, Ronnbar über seinen Sohn lenken zu können. Widerwillig zollte sie Aliére Anerkennung dafür, dass sie den günstigen Zeitpunkt erkannt hatte, den *Lustgarten* unter ihre Kontrolle zu bringen. Damit hatte Semire einen Großteil dessen verloren, was sie in ihrem Schattenleben aufgebaut hatte. Aber noch war der Moment nicht gekommen, Schwingenpracht dafür zu strafen. Wenn sie diese Räuber zu hart träfe, würden sie die Kornspeicher an eines der Tiefen Häuser verlieren, und das wäre schlecht für das Gleichgewicht der Macht. Selbst, wenn Schneegrund sie erobert hätte, wären die Folgen unkalkulierbar. Die anderen Adligen mochten sich in diesem Fall gegen sie zusammenschließen. Also wartete Semire auf eine gute Gelegenheit.

»Es wäre weise von Euch, dafür zu sorgen, dass wir uns nicht damit beschäftigen müssen, Brot und Wurst für die Unsrigen zu besorgen«, sagte Semire. »Sonst triumphiert am Ende unser gemeinsamer Feind.«

»Gegen welches Haus soll es nach Eurem Willen denn gehen?«

»Lasst uns diesen Tanz unnützen Geredes beenden.« Semire lächelte herablassend. »Ihr haltet die Zauberwerkstätten nicht grundlos besetzt. Ihr wisst, dass man der Magie niemals den Rücken kehren darf. Und ebenso wenig den Magiern. Der Steinmeister sammelt seine Kräfte am Dunkelsee. Jeder weiß, dass wir gegen ihn vorgehen müssen. Wenn Ihr das ermöglicht, wird das zu einer Duldung der Gravilier auf dem Berg führen.«

»Wie lange?«, fragte Emala.

»Tut nicht so«, grollte Brotan, »als wäret Ihr daran interessiert, was in einem Jahr geschieht oder auch nur in sechs Monden. Ich weiß um die Besessenheit, die Euch im Griff hält. Ihr giert nach der Unsterblichkeit und das Stundenglas ist dabei Euer ärgster Feind. Niemand hat geglaubt, dass Ihr es auf den Berg schafft, aber dass Euch das gelungen ist, bedeutet nicht, dass Ihr lange genug leben werdet, um die Unsterblichkeit zu erlangen. Jeder Morgen, an dem Ihr erwacht, ist ein kleines Wunder.«

Mit sichtlichem Unwillen blickte die Alte hinauf in Brotans Gesicht. »Es ist seltsam, wie lange manche überleben. Ich hätte nicht damit gerechnet, Euch nochmals zu begegnen, Ritter.«

»Wollt Ihr davon ablenken«, fragte Brotan, »dass es Euch offensichtlich nicht gelungen ist, die Geister des Berges davon zu überzeugen, Euch in ihren Kreis aufzunehmen? Die Magie, wie sie auf dem Berg ausgeübt wird, mag Euch fremd sein. Aber wir haben die Fähigste aller Magierinnen.«

»Ihr sprecht von dieser Kyrin, die es gewagt hat, die Ströme der Magie zu wenden?«

»Von ebender«, bestätigte Brotan. »Sie hat Wege beschritten, von denen niemand anderes etwas ahnte. Für eine gute Verbündete könnte sie das ebenfalls tun.«

Emala schnaubte, aber ihre Miene verriet Semire, dass sie dennoch abwog. »Wir können mit den Geistern sprechen.«

»Das kann ich auch«, schnappte Emala.

»Aber wieso sollten sie Euch anhören?«, fragte Semire. »Sind Eure Ahnen unter ihnen, Zauberpriesterin? So wie die meinen? Verbunden durch das Blut von Generationen? Sie fühlen sich dem Wappen mit dem Schneekristall verpflichtet.« Sie zog den Ausschnitt ihres Kleides zur Seite, bis das Steinplättchen zu sehen war, das die Geister ihr bei ihrer Eheschließung eingesetzt hatten.

Brotan blickte hinüber zur Arena. Er machte sogar einen Schritt auf die Ruine zu.

»Was ist dort?« Semire wusste, dass die Sinne des Imagolems vielfach schärfer waren als die eines Menschen. Ihn mochten die Dunstschleier weniger behindern als sie.

»Da wird gekämpft«, antwortete Brotan. »Einer der Krieger führt eine Lurchlanze.«

»Ein paar Gladiatoren messen sich mit meinen Gardisten«, sagte Emala verächtlich. »Beachtet diese kindischen Spiele nicht. Manche Männer können noch nicht einmal einen einzigen Tag ohne Rauferei auskommen.«

Quilûn wischte mit zitternder Hand über seinen Mund. Als Graf wurde von ihm erwartet, dass er an einem solchen Treffen teilnahm, doch Semire war froh, dass er so wenig sagte und dass Emala bereit war, mit ihr zu reden. Er konnte den neuen Vorrat an Quadra noch nicht verbraucht haben, aber die Anzeichen, dass er allzu lange keinen Zug mehr davon genommen hatte, waren überdeutlich. Er hatte auch keinen Lederzylinder dabei.

»Also – wie verbleiben wir?«, fragte Emala. »Ihr schickt mir diese Magierin und ich lasse das Heer auf den Berg?«

»Ich werde Euch gemeinsam mit Kyrin besuchen«, präzisierte Semire. »Möglich, dass die Ahnen mir Gehör schenken.« Sie tippte auf das Steinplättchen. »Ihr reibt Euch nicht sinnlos gegen das Heer auf und erweist uns einige Freundlichkeiten.«

»Der Proviant«, riet Emala.

»Unter anderem. Haben Eure Untergebenen Euch ausgerichtet, dass wir Verwendung für den Dampf der Quadra haben?«

Quilûn setzte an, etwas zu sagen, hielt sich aber zurück. Das mochte an dem verächtlichen Blick liegen, mit dem Emala ihn musterte.

»Ich kann nicht glauben, dass ich mich mit solchen Kleinigkeiten beschäftigen soll«, sagte die Zauberpriesterin.

»Es könnte die Angelegenheit beschleunigen, wenn Ihr der Sache Nachdruck verleihen würdet.«

Emala seufzte. »Ich erwarte Euren Besuch in den Zauberwerkstätten. Als höfliche Gastgeberin werde ich ein Geschenk für Euch haben.« Damit drehte sie sich um und verschwand mit ihren Gardisten im Dunst.

Brotan sah noch immer zur Arena hinüber. »Kellzar und Narc kämpfen dort«, grollte er. »Sie stammen aus Gravilien. Sicher war es ihre Idee, sich Emala anzuschließen. Aber auch Elaimon ist dabei.«

»Ich weiß, dass er dich in der Arena erstochen hat«, sagte Semire vorsichtig.

»Das scheinen Narc und Kellzar ihm nicht nachzutragen.«

»Aber du tust es.«

Er ballte die linke Steinhand zur Faust. »Für mich war er ein Kamerad. Er hat mich verraten.«

»Das verdient Strafe«, sagte Semire ernst. »Aber Rache ist nur dann perfekt, wenn sie mit kühlem Kopf ausgeführt wird. Wenn man sie überhastet, verdirbt man sie.«

»Sagst du das auch Derrek Eichfrost?«

Eindringlich sah Semire Brotan an und deutete mit den Augen auf Quilûn, der zwar unbeteiligt wirkte, aber jedes Wort mithörte. »Auch Derrek wird zum rechten Zeitpunkt Genugtuung dafür einfordern können, dass sein Elternhaus niedergebrannt wurde.« Das war der Teil, den man auch in der Welt der Gräfin wissen durfte. Der *Lustgarten* dagegen sollte unerwähnt bleiben.

»Können wir heimgehen in den Palast?«, fragte Quilûn. »Ich habe Erlyk versprochen, mit ihm Rechnen zu üben.«

Kyrin blieb auf der Wendeltreppe stehen und hob den faustgroßen Bergkristall an, den sie in der linken Hand hielt. Er war in Granit gefasst, drei Steinfinger umklammerten ihn. Sie gingen von einer flachen Basis aus, sodass man den Kristall abstellen konnte. In seinem Innern tanzte ein grünhäutiger Zwerg mit einem gelben Gewand. Zu Beginn des Abstiegs hatte er geschlafen, wie die ganze Zeit, seit Kyrin ihn aus den Trümmern von Abuliars Palast geborgen hatte.

Emala verharrte auf der Stufe hinter ihr. Die Alte schob ihren ohnehin stets vorgereckten Kopf noch weiter nach vorn, sodass sie über Kyrins Schulter sehen konnte. »Ist das ein Geist?«

»Nur ein Bild«, erklärte Kyrin. »Es tanzt, wenn Magie in der Nähe ist.« Abuliar hatte eine Ewigkeit gebraucht, um ihr das zu erklären. Die Verständigung über Augenbewegungen war mühselig. Dennoch hatte Kyrin es genossen, den Abend mit dem Versteinerten zu verbringen, der ein Mentor für sie war.

Semire von Schneegrund sah zu ihnen herauf. Sie war beinahe schon hinter der Windung der Wendeltreppe verschwunden. »Was bedeutet das?« Sie hob ihre Laterne, obwohl der Kristall bereits leuchtete, seit der Tänzer sich bewegte.

»Hier unten ist die Magie noch aktiv«, erklärte Kyrin.

»Das hätte ich Euch auch sagen können«, stellte Emala fest.

Das Licht der Laterne beleuchtete auch das getrocknete Blut auf den Stufen. Kyrin fragte nicht, woher es stammte.

Zwei Windungen tiefer endete die Treppe. Auf beiden Seiten neben dem Eingang zum Sanktuarium der Hilfe und des Rates lagen Granittrümmer. Kyrin erkannte die Bruchstücke von Imagolems, die man mit Vorschlaghämmern oder ähnlichem Werkzeug zerschlagen hatte. Sie erinnerte sich an die beiden Wächter, die Imagolems, die hier statuengleich ausgeharrt hatten. Einem ordnete sie ein gebogenes Stück zu, das zu seinen sichelförmigen Schwertarmen passte.

»Da ist jemand gründlich gewesen«, meinte Semire.

»Drei Dutzend Gardisten haben mich die beiden gekostet«, berichtete Emala ohne Bedauern in der Stimme. »Und es waren nicht meine schlechtesten Krieger.« Auf Boden und Wänden gab es getrocknete Blutflecken unterschiedlicher Größe.

»Mich wundert, dass es nicht noch mehr waren«, sagte Kyrin.

»Hier unten wirken auch Waffenzauber«, gab Emala zu bedenken.

Der Lichtschein von Semires Laterne holte ein Bruchstück aus dem Dunkel, das an einer Seite geschmolzen und wieder erstarrt aussah.

»Ihr habt Steinbrenner eingesetzt«, erkannte Kyrin.

»Sehr nützlich. Leider sind wir erst spät auf den Gedanken verfallen.«

Semire zeigte auf den Durchgang, aus dem roter Lichtschein fiel. »Habt Ihr dort drinnen auch so gewütet?«

»Nur unwesentlich«, antwortete die Zauberpriesterin. »Ich glaube, wir wurden nicht angegriffen. Ein paar meiner Männer waren jedoch übermäßig nervös.« Die Geste mit ihrem Stab, den ein dreieckiger Jadestein krönte, strich über die Blutflecken. »Sie haben auf die Reliefs eingeschlagen, die sich in den Wänden bewegten.«

»Das war nicht sehr klug«, urteilte Semire.

»Bei meinen späteren Besuchen bin ich allein gekommen«, verteidigte sich Emala. »Ich glaube, ich war sehr geduldig.«

»Wart Ihr in den Logen?«, wollte Semire wissen.

»Man sagte mir, das Sanktuarium sei ein wahres Labyrinth. Ich habe aber nur einen einzigen Raum gefunden, obwohl ich die Wände abgetastet habe. Logen gibt es dort nicht.«

»O doch«, korrigierte Semire. »Aber das Sanktuarium verändert sich ständig. Durchgänge schließen sich und Gänge nehmen einen neuen Verlauf. Offensichtlich tragen Euch die Geister Euer rüdes Vordringen nach.«

Emala verzog den Mund.

»Wenn wir Erfolg haben wollen, müssen wir auf Eitelkeiten verzichten«, stellte Semire klar. »Wir sind gut beraten, die Herren des Berges nicht zu reizen. Ihr helft uns am meisten, wenn Ihr hier zurückbleibt, Zauberpriesterin, und uns zunächst allein mit ihnen sprechen lasst.«

Obwohl Kyrin es kaum für möglich gehalten hatte, bildeten sich weitere Runzeln auf Emalas Stirn.

»Wir können Euch holen, sobald wir eine Übereinkunft erzielt haben«, schlug die junge Magierin vor.

»Das gefällt mir nicht«, murrte Emala.

»Wollt Ihr tun, was Euch gefällt, und weiter dahinsiechen?«, fragte Semire. »Auf Eure Art kommt Ihr seit Wochen nicht zum Ziel. Also schlage ich vor, wir machen es jetzt auf meine Art.«

Emalas schwarze Äuglein funkelten sie an. Sie öffnete den nahezu lippenlosen Mund, bewegte den vorgereckten Kopf dann aber auf und nieder. Ein Nicken.

Semire gab ihr die Laterne. »Die werden wir da drin nicht brauchen.«

Emala nahm sie. Ihr Stab klackte auf dem Stein, als sie sich zwei Stufen zurückzog.

»Gehen wir«, forderte Semire Kyrin auf.

Sie betraten einen halbrunden Raum. Rotes Licht schien gleichmäßig aus dem Boden, die Decke bestand aus grauem Fels. Reliefs flossen in Bändern an den Wänden, ohne erkennbare Bilder zu formen. Kyrin hörte ein Knirschen wie von Kies. Aber diese sich wandelnden Muster waren nicht so fremd, nicht so seltsam wie die Reliefs, die sie tiefer im Innern des Sanktuariums gesehen hatte, als sie mit Quilûn und Abuliar gekommen war. Eine einsame Statue, die einen gehörnten Jüngling zeigte, stand auf einem Sockel.

Das Licht dieses Raums färbte Semires eigentlich blaues Kleid violett. »Uns begegnet man aufgeschlossener als der Zauberpriesterin.« Die Gräfin deutete mit ihrem Fächer auf eine flammenförmige Öffnung, hinter der ein weiterführender Gang zu sehen war.

Kyrin ging zu der Statue und hielt den Kristall so nah davor, dass er den Stein beinahe berührte. Der grüne Zwerg tanzte wie zuvor, sie erkannte keine Veränderung.

»Ist sie belebt?«, fragte Semire.

»Ich glaube nicht«, antwortete Kyrin zögernd. »Aber sicher kann ich nicht sein. Hier ist überall Magie aktiv.«

Semire stellte sich vor das Reliefband, klappte ihren Fächer auf und vollführte ein paar elegante Schläge damit. »Hört mich jemand?«, rief sie. »Ich bin Semire, Gräfin des Tiefen Hauses Schneegrund, und bitte um eine Audienz bei meinen Ahnen!«

Unverändert knirschte das Relief und auch der gehörnte Jüngling bewegte sich nicht. Kyrin zog den Bergkristall zurück, stellte ihn vorsichtig auf dem Unterarm ab, den sie in einer Schlinge trug, lockerte ihre linke Hand und griff ihn erneut. Der grüne Zwerg tanzte unermüdlich im Stein hin und her.

»Vielleicht erwartet man uns weiter im Inneren.« Das Zittern in Semires Stimme war kaum zu hören, aber Kyrin entging es ebenso wenig wie die betont festen Schritte in den Gang.

Seltsamerweise gab Kyrin die Nähe zu Semire dennoch Sicherheit. Ob das daran lag, dass sie die Entschlossenheit dieser Frau auf dem Schlachtfeld gesehen hatte, mit dem Schwert in der Hand? Jedenfalls beeilte sich Kyrin, ihr zu folgen.

In der Decke des Ganges öffneten und schlossen sich Steinaugen, deren Blicke ihnen folgten. Die Windungen erschienen Kyrin eher organisch denn als Werk eines Baumeisters. Als würden sie sich durch eine Ader bewegen. Dazu passte auch das Fließen in den Reliefs, die sich waagerecht über beide Wände zogen. Wäre das Knirschen nicht gewesen, hätte man vergessen können, dass man sich inmitten von Stein befand.

Ein kurzer Abzweig auf der linken Seite endete an einer schwarzen Tür mit einer gebogenen Spitze. Weder Klinke noch Schloss waren zu erkennen, aber auf Brusthöhe prangte ein bronzener Aufsatz in Form eines Schneekristalls.

»Ich …« Semire warf einen unsicheren Blick auf Kyrin. »Wir erbitten Einlass in die Loge.« Sie legte ihre Rechte flach auf das schwarze Material der Tür.

Semire lehnte sich vor, drückte mit ihrem Körpergewicht.

Nichts tat sich.

Die Augen in der Decke starrten auf die beiden Frauen herab.

Kyrin schluckte. »Vielleicht hätten sie mit Quilûn gesprochen.«

Semire presste die Lippen aufeinander, bevor sie seufzte. »Das mag sein. Üblicherweise öffnen die Grafen die Loge ihres Tiefen Hauses mit ihrem Siegelring.«

Es wäre nicht nur überflüssig, sondern sogar ungehörig gewesen, zu fragen, wieso Semire diesen Ring nicht mitgenommen hatte. Niemand nahm einem lebenden Grafen den Ring ab, mit dem er den Willen des Hauses siegelte.

»Quilûn wäre uns hier keine Hilfe«, murmelte Semire. »Er ist in brütender Stimmung. Weißt du, weshalb er sich weigert, die Quadra zu nehmen?«

»Er hat mit Alita gesprochen«, sagte Kyrin.

Semire löste die Hand von der Tür, fächelte sich Luft zu und schüttelte sachte den Kopf. »Die Baroness übt starken Einfluss auf ihn aus.«

»Das stimmt, aber ich denke, es ist ein guter Einfluss.«

»Wirkt er auf dich, als ginge es ihm gut?«

»Nicht im Moment«, gestand Kyrin zu. »Aber wenn es ihm gelingt, sich von der Quadra zu befreien … Eine Abhängigkeit steht dem Oberhaupt eines Hauses schlecht zu Gesicht. Denkt nur an Yurin Kalthorns Trunksucht.«

Semire trat zurück in den Hauptgang.

»Wenn wir ihm weiter folgen, laufen wir Gefahr, uns zu verirren«, warnte Kyrin. »Oder der Gang könnte sich hinter uns schließen und uns so den Rückweg verwehren.«

Semire sah in die Richtung, aus der sie gekommen waren, dann aber wieder voraus. »Wenn wir unverrichteter Dinge umkehren, sind wir gescheitert. Das ist nicht meine Gewohnheit.«

»Aber wir sind doch an der richtigen Stelle.« Mit dem Kristall in der Hand zeigte Kyrin auf das Wappen der Schneegrunds, das sich aus der Tür hob. »Wenn die Geister mit uns sprechen wollten, würden sie es hier tun. Und wenn sie es nicht wollen, können wir sie nicht zwingen.«

Semires Fächer flatterte schnell.

»Wen man nicht zwingen kann«, flüsterte Semire tonlos, »den muss man bitten.«

Sie ließ sich mit raschelndem Kleid auf die Knie nieder, klappte den Fächer zusammen und legte ihn ab. »Ich bin Graf Golars Tochter und Graf Quilûns Gemahlin.« Zu Kyrins Erschrecken schnürte Semire ihr Gewand auf und streifte es von den Schultern. Sie befreite ihre Arme und drückte den Stoff bis zu ihrer Hüfte hinab, sodass sie mit nacktem Oberkörper unter dem Blick der starrenden Steinaugen kniete. »Dieses Zeichen«, sie tippte auf das daumengroße Steinplättchen über ihrem Herzen, in das ein Schneekristall geritzt war, »habt Ihr mir selbst verliehen, o Herren des Berges. Bedeutet es Euch nichts? Stehe ich etwa nicht unter Eurem Schutz? Oder mein Tiefes Haus? Ist es Euch gleichgültig geworden? Ist der Name Schneegrund etwa ohne Bedeutung? Der Ehre verlustig gegangen, die Ihr über Generationen erworben habt? Das will ich nicht glauben!«

Kyrin wich zurück, weil sich in dem Relief neben Semire ein klar umrissenes Antlitz herausbildete. Es hatte schräg stehende Augen, gebogene Hörner und spitze Zähne. »Was wollt ihr, Sterbliche?« Knacken wie von brechendem Stein unterbrach die Silben.

Trotz ihrer Schutzlosigkeit grinste Semire zufrieden. »Zauberpriesterin Emala von den Graviliern begehrt die Unsterblichkeit.«

»Ihr macht euch zu Boten dieser Frevlerin?«

Während Kyrin der Atem stockte, brachte Semire sogar ein leises Lachen zustande. »Ich will nur nicht lügen, wenn ich ihr sage, dass ich ihr Anliegen vorgebracht habe. Soll sie verwelken, ich werde sie nicht vermissen.«

»Immerhin gewährt sie uns Zugang zum Sanktuarium«, brachte Kyrin vorsichtig vor. »Wenn ein Nachfolger an ihre Stelle tritt, müssen wir neu verhandeln.«

»Zugestanden«, meinte Semire knapp. »Aber uns geht es

um etwas anderes. Wir wissen, dass Eure magische Kraft alles übersteigt, was unseren sterblichen Magiern jemals möglich war. Zweifellos vermögt Ihr auch, ihre hilflosen Zauber rückgängig zu machen.«

Verwirrt blinzelte Kyrin. Diese Wendung überraschte sie.

Semire jedoch fuhr mit fester Stimme fort. »Wir haben zwei Seelen, die in steinernen Körpern gefangen sind. Brotan heißt der eine, den anderen werdet Ihr besser kennen: Abuliar, der Magier, der eine schwarze Schürze trug.«

Das gehörnte Gesicht ruckte zu Kyrin.

Sie fühlte sich aufgefordert, etwas zu sagen. »Abuliar ist zu einem Weinenden Mann geworden. Brotans Seele habe ich selbst in eine Statue gebannt, sodass er nun ein Imagolem ist.«

»Beide Zauber sind auf die Ewigkeit angelegt«, sagte der Gehörnte.

»Eure Macht wird doch davor nicht kapitulieren.« Trotz ihres selbstsicheren Lächelns war wieder ein leichtes Zittern in Semires Stimme. »Sicher verfügt Ihr über die Kraft, diese Zauber zu brechen und den beiden ihre fleischlichen Körper zurückzugeben.«

»Möglicherweise … Wenn wir lebende Körper hätten, die ihre Seelen aufnähmen.«

Es war bloß ein kurzes Ausatmen, das Kyrin vielleicht nur bemerkte, weil Semires Oberkörper nackt war. So sah sie jedoch die Erleichterung und fand auch Anzeichen davon im Antlitz der sonst so beherrschten Gräfin.

»Aber weshalb sollten wir das tun?«, fragte das Steingesicht.

Kyrins Gedanken rasten. Brotans ursprünglicher Körper war verbrannt, von ihm war nur noch der bronzene Winkel übrig, der ihm ein Stück des Kinns ersetzt hatte. Abuliar dagegen war versteinert. Bislang hatte die Magierin gehofft, diesen Prozess umkehren zu können. Es müsste natürlich schnell gehen. Wenn etwa zunächst nur der Kopf zurückverwandelt würde, während der Rest Basalt bliebe, dann fehlte ihm der Blutstrom, den ein lebendes Herz pumpen musste. Es gab viele Probleme, und Kyrin hatte noch nicht einmal einen Ansatz, wie sie zu lösen wären.

Zudem entbehrte sie andere Magier, mit denen sie sich beraten könnte. Mehrfach hatte sie überlegt, ihren Bruder aufzusuchen. Aber dann hätte sie mit ihm wohl auch über Alita sprechen müssen, und außerdem war es beim gegenwärtigen Unfrieden in der Stadt gefährlich, in das Gebiet der Sturmrufs zu gehen. Also hatte sie auf die Studienseminare mit ihren Kristallen gehofft. Wenn aber die Geister des Berges sie lehren würden ... Das eröffnete ganz neue Möglichkeiten. Durfte Kyrin darauf hoffen?

»Wir Sterblichen haben den Geistern des Berges immer Dienste erweisen können, die ihnen nützlich waren«, sagte Semire. »Ihr könnt darauf vertrauen, dass sowohl Kyrin als auch ich alles in unserer Macht Stehende tun werden, wenn Ihr diesen beiden Männern ihre ursprüngliche Gestalt zurückgebt.«

Zu ihrer Verwunderung erkannte Kyrin, dass Semire die Wahrheit sprach. Sie musste bemerkt haben, wie wichtig es Kyrin war, ihren Mentor von seinem schrecklichen Schicksal zu erlösen. Bewegungslos und doch wach ... Ein Beobachter des Lebens von anderen, selbst zur Tatenlosigkeit verdammt ...

»Abuliar ist ein Greis«, gab der Gehörnte zu bedenken. »Wenn er in seinen alten Zustand zurückversetzt wird, hat er nicht viel mehr als ein Jahr.«

»Dann müsst Ihr ihn verjüngen«, sagte Kyrin schnell.

»Wir müssen gar nichts«, stellte der Geist klar. »Und dies ist auch nicht die Art Unsterblichkeit, die der Berg gewährt.«

Kyrins Puls hämmerte in ihrem Hals. Durfte sie es wagen, vorzuschlagen, Abuliar zu einem Unsterblichen zu machen? Er war ein verdienter Magier, aber kein Adliger, er gehörte keinem der Tiefen Häuser an, denen sich die Ahnen verpflichtet fühlten. Zudem lagen seine Verdienste lange zurück. Die vergangenen Jahrzehnte hatte er einsam gelebt, blind, seit der Begegnung mit Tarisonn im Rausch von Traumblüten.

»Vielleicht sind Euch unsere Dienste gerade jetzt besonders wertvoll«, lockte Semire. »Möglicherweise ist es für Euch anstrengend, auf der Oberfläche zu agieren, nun, da sich die Magie in den Berg zurückgezogen hat.«

Unwillkürlich machte Kyrin einen weiteren Schritt rückwärts.

Mit einem Mal war ihr eiskalt. Befand sich etwa eine unsichtbare Präsenz in der Nähe und drohte sie zu umfangen? Oder lag das nur an ihrer Angst, dass die Unsterblichen davon wissen könnten, dass sie es gewesen war, die das Kristallherz befreit und die Gezeiten der Macht umgekehrt hatte? Schließlich hatten einige Geister sie gesehen, und obendrein hatte sie bei ihrer Flucht ihre Schürze zurücklassen müssen.

Sie ballte die Hand an ihrem gebrochenen Arm. Der Schmerz half ihr, äußerlich die Ruhe zu bewahren, sich nicht herumzuwerfen und davonzurennen. Über die Jahrhunderte waren viele Menschen in den Berg gegangen und zu Geistern geworden. Tausende. Die Wahrscheinlichkeit, dass einer von ihnen unter jenen gewesen war, die sie vom Kristallherz vertrieben hatten, als alles vollbracht gewesen war, konnte nur verschwindend gering sein. Aus Stein hatte keiner von ihnen bestanden, anders als das Gesicht in der Wand. Es waren rote Leuchterscheinungen gewesen.

Aber vermochten die Geister etwa nicht in Statuen einzufahren, die ansonsten unbelebt waren? Dann mochte derselbe Geist, der jetzt das Steingesicht beseelte, in der Kaverne mit dem Kristallherzen gewesen sein …

Kyrin konzentrierte sich darauf, ruhig weiterzuatmen.

»Wünscht Ihr einen Bericht zur Lage auf dem Berg?«, schlug Semire vor. »Zu den Graviliern? Oder dazu, was Steinmeister Agohn am Dunkelsee treibt?«

»Das ist unwichtig«, befand der Gehörnte. »Worauf es ankommt, sind Quilûns Bilder.«

Kyrin zweifelte an ihrem Gehör.

»Wir brauchen mehr von den Gemälden, die das Wesen der Dinge zeigen, ohne die Dinge selbst abzubilden«, forderte der Geist. »Viel mehr. Bringt sie uns und wir werden die Erfüllung Eurer Wünsche in Erwägung ziehen.«

Draußen herrschte helllichter Tag, aber in dem Raum, in dem General Esgur Bericht über den Feldzug erstattete, war davon nichts zu bemerken. Je repräsentativer die Gebäude im Palast der Schneegrunds gewesen waren, desto mehr Zauber hatte man in ihnen verbaut. Dadurch waren sämtliche Räume, die für eine Audienz beim Grafen und der Gräfin angemessen gewesen wären, eingestürzt oder zumindest baufällig. Also empfingen Quilûn und Semire von Schneegrund den Befehlshaber der Truppen, die gerade über die Aufzüge und die Treppen in die Stadt zurückkehrten, in einem Kellergewölbe. In gewisser Weise war es sogar angemessen für die Erörterung von Angelegenheiten der Kriegskunst, denn in den Fässern und Truhen an den Wänden lagerten Steinbrenner, mit schärfenden Steinen versehene Schwerter und andere Kampfzauber. Derzeit waren sie zwar nutzlos, aber sie wegzuwerfen wäre leichtsinnig gewesen. Wer wusste schon, wann die Magie erneut aus dem Berg herausfließen würde?

»Die Gravilier haben sich also nie zu einem entscheidenden Kampf gestellt«, fasste Esgur seinen Bericht zusammen. »Die eigentliche Streitmacht hat uns umgangen, um auf den Berg zu gelangen. Wir lieferten uns endlose Scharmützel mit den nachdrängenden Massen. Graf Sellemar bestand darauf, dass wir zwei Städte befreiten und eine Ebene voller Weizenfelder schützten, bis sie abgeerntet waren. Sonst wären wir rascher zurück gewesen.«

»Wir haben gedacht, Sellemar suche in seiner Eitelkeit den Ruhm des Schlachtfeldes«, knirschte Semire.

Quilûn fragte sich, wem ihr Zorn galt – dem Grafen, der so klug agiert hatte, oder sich selbst, weil es ihr nicht gelungen war, ihn zu durchschauen? In diesem kleinen Kreis zeigte sie ihre Wut unverblümt. Neben Esgur und Quilûn waren nur Erlyk und Bûna anwesend. Erlyk, weil Semire geraten hatte, ihn so früh wie möglich an die Kunst der Herrschaft heranzuführen, und Bûna, um auf den Elfjährigen achtzugeben, wenn die anderen zu sehr mit ihren Planungen beschäftigt waren. Der Junge und seine Großtante saßen nicht am Tisch, sondern auf zwei einzeln stehenden Stühlen vor den Fässern. Für Erlyk war diese Sitzgelegenheit zu hoch, seine Füße standen auf einer länglichen Kiste, weil sie den Boden nicht erreichten.

»Ich nehme an, beide Städte und auch die Felder gehören Haus Saphirtrutz?«, vermutete Semire.

»Eine der Städte schon. Die zweite zahlt ihren Tribut an das Tiefe Haus Dämmerkalt, doch die Einnahme war strategisch klug. Es gibt dort viele Schmieden, die Klingen und Rüstungen für unsere Krieger gefertigt haben. Die Erträge der Felder gehen an Haus Adlerhoch.«

»Wenn sie das Getreide in die Stadt bringen wollen, fehlen ihnen die Speicher dafür«, warf Quilûn ein. »Haus Schwingenpracht hat sie besetzt.«

»Das habe ich in den Botschaften gelesen«, sagte Esgur. Da die Leuchtzauber keine Kraft mehr hatten, standen zwei Laternen auf dem Tisch, die das Gewölbe zusätzlich zu den am Rand verteilten Kerzen erhellten. Ihre Flammen schufen einen roten Glanz auf der aus Silber gefertigten, vollbusigen Schönheit, die Esgurs Augenklappe zierte. »Haus Schwingenpracht ist also zurück? Nach Jahrhunderten?«

»Das bilden sie sich ein.« Semire lächelte abfällig. »Sie können sich nur halten, weil sie drohen, die Speicher niederzubrennen, wenn man sie angreift. So verkaufen sie das Getreide für horrende Mengen Silber, aber allmählich begreifen sie, dass Edelmetall nichts wert ist, wenn man nichts dafür kaufen kann. Im Gegensatz zu Waffenstahl. Darum sind wir froh, dass Ihr zurück seid.«

»Das sind die Heere der anderen Häuser auch«, mahnte Esgur. »Wer von ihnen ist unser Verbündeter, und wer steht gegen uns? Wie steht es um die Fehde mit Haus Schwertgrat?«

»Sie haben ihre Demütigung nicht vergessen«, sagte Semire. »Aber im Moment ist vieles im Fluss. Wir müssen nach allen Seiten wachsam sein.«

Esgur nahm die Information mit einem knappen Nicken auf. Sie schien den Feldherrn nicht zu überraschen.

Mit einem fragenden Blick bedachte er jedoch die zehn Krüge, die Quilûn vor sich aufgebaut hatte. Sechs davon hatte er bereits geleert, jetzt begann er den siebten. »Ich trinke nur Wasser«, sagte er.

Semire warf ihm einen missbilligenden Blick zu. Sie hatte ihm eingeschärft, dass sich ein Graf niemals vor Untergebenen rechtfertigte. Das weckte in ihnen den gefährlichen Eindruck, Gleichgestellte zu sein.

Seit Quilûn die Quadra nicht mehr atmete, hatte er das Gefühl, ständig zu schwitzen. Seine Stirn blieb jedoch trocken, und zumindest in diesem Treffen gelang es ihm, nicht andauernd darüberzuwischen. Aber die Flüssigkeit, die er aufnahm, fand den Weg durch seinen Körper. »Entschuldigt mich«, bat er nun zum dritten Mal, schob den Stuhl zurück, stand auf und verließ den Keller.

In einer Kammer wenige Schritt den Gang hinunter stand ein großer, aber inzwischen zur Hälfte gefüllter Nachttopf. Quilûn achtete darauf, trotz der zitternden Finger seine hellblaue Hose nicht zu beflecken, als er das Wasser abschlug. Er reinigte die Hände sorgfältig an einem mit Duftwasser getränkten Tuch und ertappte sich dabei, wie er den Veilchengeruch tief einsog. Er roch ganz anders als die Quadra, was ihn zugleich enttäuschte und erleichterte.

Er kehrte zur Besprechung zurück. Esgur und Semire erhoben sich und nahmen erst wieder Platz, als auch Quilûn sich niederließ. Bûna sah ihn besorgt an. Sie würde immer die Tante bleiben, der die Gesundheit des Sohnes ihrer Schwester am Herzen lag.

»Es gibt eine weitere Sache, die ich berichten muss«, sagte Esgur ernst. »Nach Wochen im Feld, mit Siegen und in ständiger Todesgefahr …« Er räusperte sich. »Viele der Männer verbinden den Umstand, dass sie noch leben, mit meiner Person. Sie haben mich auf dem Schlachtfeld gesehen, ihre Befehle kamen von mir, und ich denke, ich habe einige glückliche Entscheidungen getroffen. Wir konnten beide Städte zurückerobern, ohne ähnliche Verluste zu erleiden wie Haus Finstertann oder Haus Dämmerkalt.«

»Dafür bin ich Euch verbunden«, versicherte Quilûn.

»Ich glaube«, meinte Semire, »der General will uns sagen, dass sich auch die Krieger ihm verbunden fühlen. Vielleicht mehr, als es einem Untertanen von Haus Schneegrund geziemt.«

»Das trifft zu«, sagte Esgur. »Es gab einen Vorstoß von einer Handvoll jüngerer Offiziere.«

Fragend sah Quilûn Semire an.

»Ich nehme an, sie wollten Euch zum Herrn über Haus Schneegrund machen, General?«, vermutete Semire.

Esgur nickte knapp. »Ich habe sie auspeitschen und in Ketten legen lassen. Ein solcher Verrat kann nur mit der Todesstrafe beantwortet werden, aber ich denke, es wird den Grafenthron stärken, wenn das Urteil von dort kommt.«

»Was sind das für Männer?«, fragte Quilûn. »Haben sie tapfer gekämpft?«

»Das tut nichts zur Sache«, sagte Semire schnell. »Es geht nicht darum, wer sie sind, sondern darum, als was sie gesehen werden. Männer, die dich herausgefordert haben. Du musst allen zeigen, was mit Aufrührern geschieht. Gerade jetzt, in diesen unsicheren Zeiten.«

Quilûn sah auf seine sachte zitternden Finger. Es erschien ihm falsch, jemanden zum Tode zu verurteilen, ohne ihn selbst anzuhören. Schließlich betraf eine Hinrichtung niemanden so sehr wie denjenigen, der dabei sein Leben ließ.

»Ich stimme der Gräfin zu«, sagte Esgur. »Milde ist hier nicht angezeigt.«

Quilûn sah zu Erlyk hinüber. Sein Sohn saß mit rundem Rücken auf seinem Stuhl. Ob er verstand, was hier vorging?

»Wir danken für Eure Offenheit und Eure Loyalität«, versicherte Semire dem General. »Euer Verhalten wird nicht ohne Lohn bleiben.«

»Es wäre gut, wenn wir auch die Truppe ein wenig für ihre Mühen belohnen könnten«, sagte Esgur.

»Wollt Ihr jemanden für eine Auszeichnung vorschlagen?«

»Das auch. Aber vor allem müssen die Männer denjenigen sehen, für den sie gekämpft haben.« Esgur blickte Quilûn in die Augen. »Es wäre gut, wenn Ihr eine Parade abnehmen könntet.«

»Das werde ich gern tun.«

»Erlyk und ich werden auch dabei sein«, sagte Semire. »Das sollte ihnen die Zuversicht geben, dass Haus Schneegrund eine Zukunft hat. Die nächste Generation wächst heran.«

»Danach sollten wir sie zu ihren Familien lassen«, meinte Esgur.

Semire runzelte die Stirn. »Ist das klug? Führen wir sie dadurch nicht in Versuchung, sich von der Truppe abzusetzen?«

»Das stimmt«, sagte Esgur ernst. »Aber hier, in der Stadt, können wir das ohnehin kaum verhindern. Zudem macht es die Versorgung der fünftausend Krieger leichter, wenn wir sie verteilen. Die Hälfte sollte den Palast bewachen, die andere schicken wir zu den Ihren. Nach zwei Tagen wechseln wir, nach vier Tagen entscheiden wir erneut, je nachdem, wie die Lage in der Stadt ist.«

»Ich sehe Euch an, dass Euch noch etwas besorgt«, sagte Semire.

»Wenn man im Feld ist, wird die Heimat zu einem sehr schönen Ort. Die Männer werden entsetzt sein, wenn sie die zerstörte Stadt sehen, und dann erst den Palast. Ich verstehe, dass Ihr Euch erst um Wichtigeres kümmern musstet, aber wenn sie dieses Trümmerfeld betreten, könnten sie glauben, unsere Sache sei verloren.«

»Die anderen hat es doch ebenso hart getroffen«, wandte Quilûn ein.

»Wir werden große Banner aufziehen«, versprach Semire.

»Stolz ist wichtig«, stimmte Esgur zu. »Wir müssen tun, was wir können, um ihn zu wecken und zu erhalten. Ein sauberer Platz für die Parade, eine öffentliche Bestrafung der Aufrührer, eine ebenso öffentliche Belohnung derjenigen, die sich hervorgetan haben. Aber die Verwüstung bleibt unübersehbar. Wer sie sieht, wird daran zweifeln, dass er den Berg noch einmal so erblicken wird, wie er ihn verlassen hat. Umso wichtiger ist es, dass die Männer ihr kleines Glück erleben. Ihre Familien. Das wird sie daran erinnern, weshalb sie sich in die Schlachtreihe stellen.«

Semire nickte. »Ihr habt mich überzeugt. Mein Gemahl und ich werden die Einzelheiten besprechen, während Ihr die Rückkehr des Heeres überwacht.«

»Wie Ihr wünscht.« Esgur verließ den Keller zusammen mit Erlyk und Bûna, die vorsichtig die Tür schloss.

»Wir müssen die Krieger beschäftigt halten.« Semire schlug die Beine übereinander und fächerte sich Luft zu. »Sie dürfen nicht zu viel Zeit zum Nachdenken haben. Grübeleien brüten rebellische Gedanken aus. Vier Tage könnten schon zu viel sein. Am besten wäre ein schneller Angriff auf den Dunkelsee. Subehn von Adlerhoch spricht ständig davon, die Magier lassen ihm keine Ruhe.«

»Wissen wir denn, was sie vorhaben?« Quilûn nahm einen Schluck Wasser, aber sein Mund fühlte sich sofort wieder trocken an.

»Jedenfalls nichts, das uns gefallen könnte, sonst würden sie unsere Nachrichten beantworten.«

»Macht das Steinmeister Agohn zu unserem Feind?«, fragte Quilûn.

»Natürlich.« Semire sah ihn an, als wäre er ein unverständiger Junge. »Vor allem macht uns ein solcher Angriff zum Teil eines Bündnisses. Auf jeden Fall mit Adlerhoch und Sturmruf, vielleicht sogar mit allen Tiefen Häusern.«

»Aber wollen wir den Berg denn nicht gespalten halten?«, gab Quilûn zu bedenken. »Es geht doch um die neue Ordnung, die sich dein Vater ersehnt hat.«

Mit dem Fächer winkte Semire ab, was einen willkommenen Schwall kühler Luft über den Tisch zu Quilûn wehte. »Später. Jetzt müssen wir vor allem dafür sorgen, dass unsere Macht nicht zerfällt, sonst können wir nichts mehr bewirken. Und nach dem, was Esgur über die Loyalität der Krieger berichtet hat … Sie müssen unbedingt sehen, für wen sie kämpfen. Auf dem Schlachtfeld, in der Gefahr.«

»Ich bin kein Krieger«, sagte Quilûn kleinlaut.

»Ich werde sie anführen«, beschloss Semire. »Deine Aufgabe ist eine andere: Du musst Bilder malen.«

Quilûn schluckte trocken. Semire hatte ihm bereits gesagt, dass die Gemälde der neuen Art eine unbedingte Forderung der Geister im Berg waren. »Ich bin nicht mehr ich selbst. Ich verliere mein Leben an die Quadra.«

»Und ich mag auf dem Schlachtfeld sterben«, erwiderte Semire scharf. »Wir alle müssen uns in die Gefahr begeben.«

»Wofür?«, fragte Quilûn schwach. »Wofür kämpfen wir? Ich verstehe es nicht mehr. Wir verlieren den Kontakt zu immer mehr von den Zellen, die dein Vater über Jahre aufgebaut hat. Halenns Mägde wurden verprügelt. Öffentlich, Rutenschläge auf den nackten Hintern. Sie glauben nicht mehr an uns, und eine andere Stimme klagt uns an, weil Kyrins Imagolem ihren Vorgänger umgebracht hat.«

Semire machte eine wegwerfende Handbewegung. »In einer Schlacht muss nicht jeder einzelne Krieger siegreich sein, damit das Heer triumphiert. Wer in einen Krieg zieht, weiß, dass es Untreue und Verluste geben wird.«

»Was ist mit den Revolutionären jenseits des Bergs? Esgur hat sie noch nicht einmal erwähnt. Sie können keinen Erfolg haben.«

Semire zuckte mit den Achseln. »Wer den Berg beherrscht, der beherrscht die Welt. Um alles in den Niederungen kümmern wir uns später.«

»Die Menschen hungern.« Wieder musste Quilûn trinken. »Die Stadt liegt in Trümmern. Wir wissen noch nicht einmal, wie die Menschen leben sollen, wenn die alte Herrschaft beseitigt ist.«

Semire stützte sich mit beiden Händen auf den Tisch und sah Quilûn in die Augen. »Mein Vater hatte einen Traum, aber er ist tot. Wenn Kyrin und du diesen Traum weiterträumen wollt … bitte.«

»Du sagst doch, du gehörst zu uns.«

Semire lachte auf. »Ohne mich würdest du jetzt nicht hier sitzen, sondern mittellos unter einer Brücke liegen, und das auch nur, wenn dir noch niemand den Bauch aufgeschlitzt hätte. Also sage mir nicht, ich hätte zu wenig getan. Wofür du lebst und wofür du kämpfst – das musst du selbst entscheiden. Doch was es auch ist: Zweifel werden dir nicht helfen. Zweifel sind wie Wunden. Wenn sie zu tief gehen, können sie töten. Sieger zweifeln nicht, und sie handeln, wo andere zögern. Sieger scheuen keine Gefahr. Ich bin bereit, mein Schwert zu gürten und in die Schlacht zu ziehen. Wenn dir etwas Besseres einfällt, um deinen Traum zu verwirklichen: Raus damit! Aber wenn nicht, schlage ich vor, dass du den Dampf der Quadra atmest, bevor du den Pinsel schwingst. Ein Kampf am Dunkelsee wird uns Zeit verschaffen, doch die Macht auf dem Berg muss ein neues Gleichgewicht finden. Wenn uns gefallen soll, was dabei herauskommt, müssen wir es mitgestalten. Und dazu wäre es mehr als gut, die Geister auf unserer Seite zu haben.«

Grußlos stapfte sie aus dem Keller.

Quilûn blickte auf die Tür, durch die sie gegangen war. »Dein Vater wollte kein neues Gleichgewicht der Macht«, flüsterte er. »Er wollte die Macht abschaffen. Freiheit für jedermann.«

Doch es gab eine Stimme in ihm, die ihn verlockte, Semires Vorschlägen zu folgen. Nicht wegen der Macht, die er als Graf von Haus Schneegrund erlangen mochte. Schon der Gedanke an die Quadra reichte aus, damit er die Nasenflügel weitete und tief einatmete.

In Alita Blitzdorns Nähe fühlte sich Kyrin merkwürdig. Sie mochte die zierliche Frau, die heute ein hochgeschlossenes schwarzes Kleid trug. Auch in den Trümmern der Magierwerkstätten bewegte sich die Baroness so vornehm wie in edler Gesellschaft. Die Zartheit war Teil ihrer Natur, die sich auch in noch so rauer Umgebung nicht verbog.

Die Magierwerkstätten hatte der Wandel der Gezeiten besonders hart getroffen. Die Gebäude waren nicht nur in sich zusammengestürzt. Hier hatten Zauber gewirkt, die eine Veränderung von Volumen und Grundflächen erzwungen hatten. Jetzt waren Steine, Pfeiler und Balken zu den Abmessungen zurückgekehrt, die ihnen ursprünglich eigen gewesen waren. Dadurch schoben die Trümmer eines Turms, der von außen gar nicht zu sehen gewesen war, die Überreste eines Speisesaals und eines Bettenhauses zur Seite.

Dazu kamen die Zelte und die zusammengezimmerten Unterkünfte, die das Heer der Gravilier nutzte. Da sich Emalas Krieger von den Aufgängen zurückgezogen hatten, lagerten sie nun entsprechend dichter auf dem Gelände der Zauberwerkstatt. Verschiedene Truppenteile kamen sich ins Gehege, wütende Worte flogen hin und her, an einigen Stellen wurde gerauft, bis die Offiziere einschritten oder die Garde, die man an den kurzen schwarzen Umhängen erkannte, dazwischenschlug.

Das alles berührte Alita nicht. Geduldig folgte sie Kyrin auf ihrer Suche nach den Studienseminaren. Ab und zu kitzelte sie den Bauch eines der drei Äffchen, die zwischen den beiden Frauen hin- und herwechselten, sich aber die meiste Zeit tragen ließen, statt selbst zu laufen. Alitas Blick war höflich interessiert, doch die Magierin wusste nicht, was die Baroness hier wollte.

Sie fanden ihr Ziel einhundert Schritt vom Abstieg in das Sanktuarium entfernt. Die Nachmittagssonne brach sich in einer Vielzahl von bunten Kristallen, die in den Regalen an einem gewölbten Mauerrest lagerten. Zwei Gebilde, die Kyrin zuvor für Bruchstücke gehalten hatte, stellten sich als Rohlinge heraus.

»Sie erwachen zum Leben, wenn man der Leserin einen Kristall vorlegt«, erklärte Kyrin. »Die Leserin ist eine spezielle Figur, sie leitet die anderen an.«

Alita nickte höflich. »Ich habe davon gehört. Die Statuen vermitteln das Wissen nicht nur mit Worten, sondern auch, indem sie Handgriffe vormachen.«

»Nur so lernt man die Kunst, den Stein richtig zu schlagen«, bestätigte die Magierin.

Auch zwischen den Trümmern am Boden sah sie jetzt Kristalle. Hinter der gewölbten Mauer schlossen sich weitere Studienseminare an. In Kyrins Kopf entstand der Komplex, wie er bis vor ein paar Wochen ausgesehen hatte. Sie dachte sich die spitzen Zelte der Gravilier weg und stellte sich die hohen Fenster, die mal kleineren, mal größeren Räume vor. »In manchen Studienseminaren stand ein Dutzend Figuren, in anderen waren es nur drei«, sagte sie. »Zu einigen Seminaren war der Zutritt beschränkt, aber die meisten konnte jeder Magier besuchen.«

»Woher wusste man, wo welches Wissen aufbewahrt wurde?«

»Es gab ein Verzeichnis auf Papier. Eine Reihe von Folianten, angekettet, damit sie niemand entwendet. Ungefähr …« Im Geiste ging Kyrin die Anordnung der Räume durch und suchte in dem Grundriss, der sich in den Trümmern erahnen ließ, nach einer Übereinstimmung mit der Eingangshalle. »In etwa dort.« Sie zeigte.

»Dann sollten wir dort mit unserer Suche beginnen?« Alita pflückte Kell von ihrer Schulter, weil der Affe Strähnen aus ihrer Frisur zupfte. Sie setzte ihn auf den Boden, störte sich aber nicht daran, dass er sofort wieder an ihrem Kleid heraufkletterte und sich in ihre linke Ellbogenbeuge hockte.

»Ja, suchen wir das Verzeichnis.« Kyrin ging voraus.

»Ist das ein Diamant?« Alita zeigte auf zwei Krieger, die sich im Kreis ihrer anfeuernden Kameraden im Armdrücken übten. Neben ihnen lag ein kopfgroßer Kristall, farblos und facettenreich.

»Nein«, erklärte Kyrin. »Solche Steine hat man in speziellen Kavernen unter der Zauberwerkstatt gezüchtet.« Sie runzelte die Stirn. »Aber wenn die Gravilier glaubten, wertvolle Juwelen gefunden zu haben, würden sie die Steine, die das Wissen der Magier bergen, in alle Himmelsrichtungen davontragen.«

Das Wissen von Jahrhunderten drohte verloren zu gehen. Doch hier besaß Kyrin keine Autorität. Wenn sie zu den Kriegern ginge, um ihnen ihre Beute abzunehmen, würde sie nur ausgelacht. Sie musste sich auf das konzentrieren, was ihr möglich war.

»Wie hat man die Aufzeichnungen eigentlich in die Kristalle bekommen?«, fragte Alita.

»Dafür gab es besonders ausgebildete Schreiber. Die haben das meistens erledigt.«

»Meistens?«

Alita wirkte nach wie vor höflich interessiert. Ob sie nur Konversation treiben wollte?

»Es gibt auch Kristalle, die von sich aus aufzeichnen, was in ihrer Nähe geschieht.« Kyrin hob einen durchsichtigen Stein auf, der nur in grobe Facetten geschliffen war. Er hatte die Form eines lang gezogenen Hühnereis. »In der Regel nutzten die Schreiber sie zur Unterstützung. In einem Lehrkristall wird das Wissen verdichtet abgelegt. Überflüssige Bewegungen und Unterbrechungen werden weggelassen. Aber das kann ein solcher Kristall nicht von sich aus erkennen.«

Mit einem Mal sah Alita nachdenklich aus. »Darf ich diesen behalten?«

Kyrin gab ihr den Kristall, den sie in eine Tasche ihres Kleides steckte. Kell wollte ebenfalls hineinkriechen, er vermutete wohl ein großes Stück Zucker. Alita hinderte das Äffchen sanft, aber bestimmt daran.

Der Schrank, in dem die Kataloge aufbewahrt worden waren, erwies sich erstaunlicherweise als unbeschädigt. Das mochte an dem Hartholz liegen, aus dem er geschnitzt war. Die Stange im Inneren, an der man die Bücher angekettet hatte, war jedoch herausgebrochen. Kyrin seufzte tief.

»Vielleicht weiß jemand, wohin sie geschafft wurden«, tröstete Alita.

Kyrin kraulte Lepps goldene Mähne, was Kallin dazu brachte, sich dazwischenzudrängen und keckernd dieselbe Aufmerksamkeit einzufordern.

Alita lachte leise.

Kyrin war klar, dass etwas Unausgesprochenes zwischen ihr und ihrer Schwägerin stand, so groß wie ein Imagolem. Je länger sie es ignorierten, desto peinlicher wurde es. Sie zupfte an der Schlinge, die ihren gebrochenen Arm hielt, während sie sich ihre Worte zurechtlegte.

»Was mein Bruder dir angetan hat, tut mir leid«, sagte Kyrin ernst. »Ich hatte keinen Anteil daran.«

»Das hattest du nicht.« Das Sonnenlicht fiel in Alitas blaue

Augen und ließ sie besonders klar erscheinen. »Du hast sogar versucht, mich aus meiner Abhängigkeit zu wecken. Mehrfach.«

»Darauf, dass dich ein Liebeszauber binden könnte, bin ich nicht gekommen«, entschuldigte sich Kyrin.

Alita tastete an ihrem schlanken Hals, den der Kragen des Kleides vollständig bedeckte. Sie lächelte verlegen.

»Mein Bruder hat ein schreckliches Verbrechen begangen, als er deine Gefühle in Fesseln zwang«, sagte Kyrin. »Das ist unverzeihlich. Für solche Zauber hat die Zunft Magier verstoßen.« Allerdings – der jahrhundertealten Ordnung auf dem Berg gemäß – nur, wenn die Tat an Adligen verübt worden war, fügte Kyrin in Gedanken hinzu. Einer Baroness wie Alita hätte man Genugtuung verschafft. Bei bürgerlichen Opfern dagegen hatten, den Aufzeichnungen zufolge, immer ein paar Arbeitsstunden gereicht.

»Auch Quilûn lebt in Fesseln«, sagte Alita zu Kyrins Überraschung.

»Der Stand eines Grafen bringt Verpflichtungen mit sich.«

»Wieso macht ihr ihn mit der Quadra gefügig?«, fragte Alita unverhohlen.

»So ist es nicht«, wehrte Kyrin ab. Sie konnte den Blick nicht von den blauen Augen wenden.

»Er will sich davon lösen.« Ohne hinzusehen, kraulte Alita Kells Mähne. »Er hat gesagt, ihr besteht darauf, dass er den Dampf einatmet. Dass ihr ihn bedrängt, macht es ihm noch schwerer, davon loszukommen.«

»Wir brauchen diese besonderen Bilder.«

»Wozu? Ich verehre die Kunst, aber so hoch wie das Leben schätze ich sie nicht. Quilûns Sohn braucht ihn.«

Kyrin war froh, dass Unruhe in die Krieger in der Nähe kam, sodass sie einen Vorwand hatte, das Gespräch zu unterbrechen.

»Heim auf den Berg wollten wir!«, rief einer.

»Heim auf dem Berg sind wir!«, antworteten die anderen donnernd.

Das wiederholte sich einige Male. Die Männer bildeten eine Gasse, durch die sich Emala mit einer Handvoll Gardisten im Gefolge näherte.

Die Zauberpriesterin ließ die Bewaffneten zurück und ging die letzten zehn Schritt allein. »Kommt Ihr voran, Magierin?« Die Alte trug ein helles Gewand, beinahe weiß, mit nur leichtem Ockerstich. Es sah schwer aus, was nicht nur an den Stickereien mit Goldfaden und den aufgenähten Steinen lag. Auch Emalas gebeugte Körperhaltung trug zu diesem Eindruck bei.

Vielsagend deutete Kyrin auf die umgebenden Trümmer. »Die Studienseminare sind nicht in bestem Zustand.«

»Damit habt Ihr sicher auch nicht gerechnet.«

»Es gibt einen Unterschied zwischen ›beschädigt‹ und ›zerstört‹.«

»Also seid Ihr vergeblich gekommen?«

Kyrin überlegte. »Es wäre gut, wenn Ihr die Kristalle, die hier gelagert wurden, sammeln ließet. Sie sollten nicht verloren gehen.«

»Kann ich sonst noch etwas für Euch tun?«, fragte die Greisin ironisch. »Ich gebiete nur über ein Volk von einer Million Menschen. Da habe ich reichlich Zeit, Euch zu Gefallen zu sein.«

Kyrin beschloss, nicht auf die Provokation einzugehen. »In der Tat wäre es gut, wenn wir eine unbeschädigte Leserin und einige Rohlinge finden würden. Am besten eine komplette Gruppe. Da die Magie nur noch im Sanktuarium wirkt, müssten wir sie hinunterschaffen, um die Kristalle auslesen zu können.«

»Mit ›wir‹ meint Ihr sicherlich mich?«

»Eure Untergebenen«, präzisierte Kyrin. »Sicher finden sich unter der einen Million einige Fähige, denen Ihr diese Angelegenheit anvertrauen könnt.«

»Ich könnte darüber nachdenken.« Im Lächeln des faltigen Gesichts lag keine Freundlichkeit. »Wenn Gräfin Semire und Ihr mir meinen Wunsch erfüllt.«

»Wir haben mit den Ahnen darüber gesprochen«, sagte Kyrin.

»Reden und Tun sind unterschiedliche Dinge. Das hier …«, sie zog einen Lederzylinder aus den Falten ihres voluminösen Gewands, »… ist eine Tat guten Willens. Nun seid Ihr an der Reihe. Ich lasse mich nicht ausnutzen.«

Unter Alitas missbilligendem Blick nahm Kyrin das Behältnis entgegen, in dem sie ein mit dem Dampf der Quadra getränktes Tuch vermutete.

Semire von Schneegrund stellte sich in den Steigbügeln auf. Ihr weißer Hengst ging im Schritt um eine Biegung, nun konnte sie in die Senke hinabsehen. Sie lag im Schatten des Berges, aber überall flackerten Feuer. Katapulte verschossen Öl, gefolgt von Schwärmen von Brandpfeilen, die es am Ziel in ein brennendes Inferno verwandelten. Kämpfer in den hinteren Reihen trugen Fackeln, in den vorderen führten viele Lanzen, an deren Spitzen getränktes Werg brannte. Auch die Feldzeichen loderten, denn mit gewöhnlichen Flaggen hätte man die Einheiten nicht lenken können. Es hätte auch nichts genützt, auf eine andere Tageszeit zu warten. Es war Mittag, aber der Dunkelsee lag immer im Schatten.

Brotan schritt neben Semires Schimmel her. Sicher erkannte er mehr als sie. Sein Steinkörper verriet wenig über die Regungen in seinem Innern, doch Semire bemerkte, wie er die Hände zu Fäusten ballte. Er hatte den Geist eines Kriegers, der ihn in den einhundert Schritt unter ihnen tobenden Kampf rief. Der Lärm aus dem Gebrüll der Männer, dem Klirren des Stahls und dem Brechen der östlichen Burgmauer drang herauf.

Semires Fäuste krampften sich um die Zügel. Sie wunderte sich darüber, wie stark der Impuls war, mit dem Schwert in das Gefecht einzugreifen. Dort unten kämpften drei Tausendschaften von Schneegrunds gemeinsam mit etwa gleich vielen Kriegern der Häuser Adlerhoch und Saphirtrutz gegen die Truppen von Finstertann und Schwertgrat, die sich überraschend auf die Seite der Magier geschlagen hatten. Tarin Kalthorn war ebenso bei den Kämpfern unter dem Schneekristall wie Derrek Eichfrost und General Esgur. Dämmerkalt hatte nur ein paar Hundertschaften geschickt. Der Graf dieses Hauses sagte, er traute den Graviliern nicht, und wollte die Stadt ungern unbewacht zurücklassen. Für Sturmruf war die Zeit noch nicht gekommen. Graf Jorrmon ritt dicht hinter Semire auf einem Braunen.

Wie die Späher berichtet hatten, war das Wasser aus dem Dunkelsee abgeflossen, ein Kanal leitete es durch die Ebene und dann den Nordhang hinunter. Zurückgeblieben war eine schlammige Senke mit Hunderten von schwarzen Steinköpfen, die zwischen einem und zwei Schritt durchmaßen und wie eine Mischung aus Menschen und Kröten aussahen. Einem Drittel von ihnen steckten melonengroße Kristalle in den Stirnen. Von hier oben sahen die Lichter, die durch diese Steine wanderten, wie Glühwürmchen aus. Zwischen ihnen hackte Stahl durch Fleisch und Knochen, Männer verbluteten, oft entschied der Zufall über Leben und Tod. Semire erinnerte sich genau an den Schrecken des Krieges. Und dennoch vernahm sie diesen Ruf in sich, beinahe schon eine Anklage: Sie sollte dort unten sein, bei ihren Kämpfern. An ihrer Spitze. Ihnen voranstürmen, sie gegen die Burgmauern führen.

Sie drückte eine Hand auf den Eisenharnisch über ihrem Bauch. Sie trug die Verantwortung für ein wehrloses Leben, das in ihr wuchs. Und sie wollte eine Zukunft mit Brotan, ein Leben mit ihm und dem Kind. Verletzungen waren nun eine sehr viel ernstere Sache, da es keine Magie mehr gab, die eine Heilung unterstützte.

Also lenkte sie ihr Pferd zu den Kohlebecken, die am Rand eines vorragenden Plateaus aufgestellt waren. Sie beleuchteten Semire und den Schimmel ebenso wie Jorrmon auf seinem Pferd und den Bannerträger neben ihm. Das graue Feldzeichen der Sturmrufs lief in mehreren Dutzend Streifen aus, die wild flatterten, wenn der Wind hineinfuhr. In der momentanen Flaute hingen sie schlaff herab.

»Wie viele Imagolems führt Ihr ins Feld?«, fragte Jorrmon.

»Fünfzig.«

»Nur?«

»Wir hatten Verluste in den Ebenen.« Semire verschwieg, dass diese nur zum Teil dem Kampf gegen die Gravilier geschuldet waren. Zwei Dutzend Imagolems hatten den Schneegrunds nach dem Erwachen ihrer Erinnerungen den Rücken gekehrt. Sie durchstreiften die Welt nun mit ihren eigenen Zielen, die niemand kannte.

»Wie haben die Magier nur so viele Menschen aufgewiegelt?«, lenkte Semire ab.

Neben den Truppen der Schwertgrats und der Finstertanns verteidigten auch Bürgerliche die Burg. Selbst diese Bezeichnung war oft noch geprahlt, Massen von Elenden hatten sich hier gesammelt.

»Prediger«, erklärte Jorrmon. »Sie sind durch die Straßen gezogen und haben dem Volk versprochen, dass nur die Magier die Ordnung der Welt wiederherstellen könnten.«

Semire dachte darüber nach, dass gerade jene, die ihr Vater hatte befreien wollen, in solchen Massen dafür eintraten, das Gefüge des Berges zu erhalten. Den Spähern zufolge waren es fünftausend, die sich im Dunkel dort unten mit Forken und Knüppeln gegen gerüstete Krieger stellten. War das ein Beweis dafür, dass Quilûn und Kyrin einen sinnlosen Kampf fochten?

Für Semire selbst ging es ohnehin um anderes. Sie sah zu Brotan. Nun, da sie im Sattel saß und er auf dem Boden stand, befanden sie sich etwa auf Augenhöhe.

Jorrmon setzte einen steinernen Helm auf. Das Visier hatte keine Sichtschlitze, stattdessen waren Augen hineingemeißelt.

»Funktioniert er?«, fragte Semire. Solche Helme waren dazu gedacht, im Dunkeln zu sehen.

Kopfschüttelnd nahm Jorrmon ihn ab und gab ihn einem seiner Begleiter. »Die Magie ist tot. Auch hier.«

»Ich kann nicht sagen, dass ich das bedauere. Wenn die Magier ihre Zauber nutzen könnten, stünde es schlecht um uns.«

Statt zu antworten, sah Jorrmon mit ernster Miene in die Senke hinunter. Das bräunlich blonde Haar glänzte, er hatte etwas hineingerieben, damit die zurückgekämmten Strähnen ihre Form behielten. Mit dreißig Jahren war er ebenso alt wie Semire, sie kannte ihn seit Kindertagen.

»Hättet Ihr mein Angebot angenommen, wenn ich Euch hätte heiraten wollen?«, fragte Jorrmon, ohne sie anzusehen.

»Es wäre jedenfalls eines gewesen, das ich nur schwer hätte ablehnen können«, antwortete sie diplomatisch.

»Und eines, das ich nie unterbreiten könnte. Der Erbe eines Tiefen Hauses, der die Erbin eines anderen Tiefen Hauses ehelicht ...« Er schüttete den Kopf. »Undenkbar, dass eine solche Machtfülle akzeptiert worden wäre. Ihr hättet einen Bruder haben müssen, auf den der Grafentitel übergegangen wäre.«

»Mir ist neu, dass Ihr an mir interessiert wart.« Vor fünf Jahren hatte Jorrmon eine Baroness aus einem Haus geheiratet, das den Schwertgrats Treue schuldete. Spät für einen angehenden Grafen.

»Ich habe viel über die Privilegien nachgedacht, die unser Stand mit sich bringt«, sagte er. »Und auch über die Fesseln. Dinge, die wir nicht tun können. Andere, zu denen wir gezwungen sind, um die Ehre unseres Hauses für die nächste Generation zu erhalten.«

»Ihr wirkt schwermütig.«

»Am Rande eines Schlachtfeldes erscheint mir das angemessen.«

Semire fragte sich, wie viele der Rufe, die zu ihnen heraufdrangen, Todesschreie waren. Wie viele kamen aus den Kehlen von Männern, die den Schneekristall auf dem Harnisch trugen?

Sie sah an den Rand des Halbkreises aus Kohlebecken. Dort warteten die zwei Dutzend Krieger ihrer Leibwache. Ob sie jetzt lieber bei ihren Kameraden gewesen wären?

Für die gravilischen Gardisten galt das sicher nicht. Von ihnen kämpfte niemand dort unten, sie waren nur Beobachter. Auch eine Handvoll ehemaliger Gladiatoren war bei ihnen. Semire nahm an, dass Brotan sie bemerkt hatte, aber er ignorierte sie.

Man bildete eine Gasse für einen Meldeläufer. Der Schweiß lief dem kahlköpfigen Mann von der Stirn, was gut zu erkennen war, weil er keinen Helm trug. Auch auf einen Harnisch hatte er verzichtet, nur eine Tunika mit dem Wappen der Schneegrunds bedeckte seinen Oberkörper. Er gehörte nicht zu denen, die zwischen den Steinköpfen kämpften, sondern war der Letzte in einer Kette von Läufern, die Botschaften aneinander weitergaben.

»Die Imagolems der Magier …« Er rang nach Luft. »Sie werden gelenkt. Sie gehen koordiniert vor.«

Semire und Jorrmon tauschten überraschte Blicke.

»Unsere Leitfiguren versagen«, sagte der Graf.

»Bei uns ist es ebenso. Nicht, dass wir noch viele Zauberer hätten, die damit umgehen könnten. Aber ich dachte, der Grund dafür sei der Rückzug der Magie.«

»Reiche mir noch einmal den Helm!«, forderte Jorrmon den Mann auf, dem er das Artefakt gegeben hatte.

Er setzte es erneut auf, nahm es aber sofort wieder ab. »Keine Veränderung.«

»Dann müssen die Magier einen anderen Weg gefunden haben, ihre Imagolems zu lenken.«

»Damit werden wir fertig«, meinte Jorrmon. »Die Giganten machen mir größere Sorgen.«

Er sprach von den sieben riesigen Figuren, die die Außenmauer der Arena gestützt hatten. Bisher fehlte jede Spur von ihnen. Semire hoffte, dass es dabei blieb.

Jorrmon sah hinüber zu den Graviliern. »Ich hatte gehofft, dass Ihr mich ins Vertrauen zieht«, sagte er zu Semire. »Spätestens, nachdem ich mit Eurem Gemahl gesprochen habe. In den Trümmern der Arena erschien er mir zugänglich. Wir hätten über die Gravilier reden können, darüber, welchen Einfluss Ihr auf sie ausübt. Es wäre schön gewesen, wenn Ihr eine Unterredung gesucht hättet. Aber auf so etwas darf man nicht zu lange warten, sonst verstreichen andere Möglichkeiten.«

Sein Tonfall alarmierte Semire. Bedauern klang darin mit, Enttäuschung, aber da war noch etwas anderes. Unterdrückter Zorn?

Sie wandte sich an den Botenläufer. »Gibt es Nachricht über Kämpfe westlich der Burg?«

Der verschwitzte Mann kam allmählich wieder zu Atem. »Davon hat man mir nichts gesagt, Herrin.«

Erneut stellte sich Semire in den Steigbügeln auf. Sie spähte in die Dunkelheit, konnte aber nicht erkennen, ob sich hinter der Festung eine Anhöhe erhob, die ihr den Blick versperrte, oder ob bloß Leere gähnte. Jedenfalls war es ein unverkennbarer Gegensatz zu dem Gewimmel kleiner und größerer Feuer in der Senke östlich des Bollwerks.

»Wie weit sind Eure Truppen?«, fragte Semire Jorrmon.

Etwas Bitteres lag in seinem Lächeln. Er tätschelte den Hals seines Pferdes.

»Wann werden sie die unbewachte Seite der Burg angreifen?«, hakte Semire nach.

»Wieso sollten sie etwas so Dummes tun?«

»Das ist doch der entscheidende Punkt in unserem Schlachtplan!«

»In Eurem«, stellte er klar. »Nicht in meinem.«

Mit weit aufgerissenen Augen sah sie ihn an. »Ihr habt uns verraten!«

Jorrmons Lächeln blieb bitter. »Was für ein unfreundliches Wort. Ihr wisst doch, dass ein Graf eine gute Gelegenheit nutzen muss, wenn sie sich ihm bietet. In diesem Fall brauche ich noch nicht einmal meine Krieger ins Gefecht zu schicken. Die Stadtviertel, die Ihr den Schwertgrats abgenommen habt, darf ich auch so behalten.«

Abwehrend lachte Semire auf. »Schwertgrat? Wirklich? Auf diese Verbündeten setzt Ihr?«

»Und auf Finstertann. Und auf die Magier. Dämmerkalt … Ich bin zuversichtlich. Sie warten seit jeher gern ab, welche Waagschale sich neigt, um dann ihr Gewicht einzubringen.« Er nickte hinab in die Senke. »Seht.«

Semire versuchte zu erkennen, was dort unten vor sich ging. Sie sah, dass sich Lücken zwischen den Feuern der Angreifer bildeten.

»Die Giganten.« Brotan trat an den Rand des Plateaus. »Sie brechen aus dem Schlamm. Drei … nein, vier von ihnen. Sie müssen sich eingegraben haben.«

»Sie sind alle zur Stelle«, sagte Jorrmon. »Alle sieben, die so lange treu die Arena gestützt haben. Auch er.«

Im Feuerschein erhob sich ein Albtraum von den Mauern der Burg. Rotes Licht flackerte über den weißen Marmor einer Schimäre aus Fledermaus und Mensch, mit säbelartigen Krallen an den Füßen und Zähnen wie Schwertklingen. Die flatternden Schwingen spannten sich hundert Schritt weit. Ein Schlag damit würde menschliche Krieger zu Dutzenden zermalmen.

»Er fliegt!«, rief Semire. »Er kann fliegen!« Dabei bestand er aus massivem Marmor. Sie erinnerte sich daran, wie dieser einzige nicht menschliche Gigant an der Mauer der Arena gestanden hatte, ebenso reglos wie die anderen sechs, die als kräftige Männer ausgeformt waren. Zwanzig Schritt hoch, schwer wie ein Haus … und dennoch flog er. Wie war das möglich?

Semires Aufregung übertrug sich auf den Schimmel. Das Pferd tänzelte.

Jorrmon griff herüber und fasste ihre Zügel. »Ein Anführer zeichnet sich dadurch aus, dass er seine Möglichkeiten erkennt. Und auch dadurch, dass er begreift, wenn er keine mehr hat. Überwindet Euren Stolz, Semire. Mein Palast ist nicht mehr, was er war, aber für Euch werde ich ein angemessenes Gemach herrichten lassen.«

»Ich soll Eure Gefangene sein?«

»Das wird Euren Gemahl sicher davon überzeugen, unsere Sicht darauf zu teilen, wie die Macht auf dem Berg zu verteilen ist.« Jorrmon grinste, aber selbst darin lag Melancholie.

Brotan tauchte unter dem Hals von Semires Schimmel hindurch und packte den Kopf von Jorrmons Pferd. Das Tier wieherte nur kurz, dann war es nicht mehr dazu fähig, weil die steinerne Hand den Schädel zerdrückte. Seine Beine gaben nach, Jorrmon sprang aus dem Sattel.

Die Krieger seiner Leibgarde setzten über das tote Tier hinweg. Zwei Kämpfer griffen Brotan mit Hämmern an, die an der Schlagfläche keilförmig zuliefen. Entsetzt beobachtete Semire, wie sich ein Splitter aus dem Bauch des Imagolems löste.

Sie fasste über ihre rechte Schulter, um nach ihrem Schwert zu tasten. Ihr Harnisch schränkte ihre Beweglichkeit ein, und niemand hatte erwartet, dass sie ihre Waffe einsetzen müsste.

Sie war dekorativ angebracht, der Griff ragte zu hoch auf, die Scheide war zu stark und in ungünstigem Winkel fixiert. Sie bekam die Klinge nur zwei Handbreiten heraus. Zudem musste sie den nervös tänzelnden Hengst unter Kontrolle halten.

Blitzschnell machte Brotan einen Schritt vor Semire und breitete die Arme aus. Das Knallen der Einschläge auf seiner Brust verriet, dass er sie mit seinem Körper vor Armbrustbolzen abschirmte. Aus dem Augenwinkel sah Semire schnelle Bewegungen, vermutlich Geschosse, die sowohl den Imagolem als auch sie verfehlten. Der Schimmel schien jedoch etwas abbekommen zu haben, er stieg wiehernd.

Vergeblich versuchte Semire, sich im Sattel zu halten. Sie rutschte ab.

Immerhin verletzte sie sich bei dem Sturz nicht, auch wenn sie seitlich aufkam. Scheppernd prallte der Harnisch auf den felsigen Boden. Von den Kämpfen auf dem Fechtboden wusste Semire, dass sie die Luft nicht anhalten durfte. So kam sie heil auf, rollte sich über die Längsseite, zog ein Knie unter den Körper und stand auf.

Eine Leiche mit eingedrücktem Brustpanzer fiel neben sie. Geistesgegenwärtig nahm sie das Schwert des Toten auf. Es war kürzer als ihr Zweihänder, aber den bekam sie ohnehin nicht frei. Kurz überlegte sie, ob sie auch den Helm an sich nehmen sollte. Da die Krieger in der Senke sie hatten erkennen sollen, um aus ihrem Anblick Mut zu schöpfen, trug sie ihr Haar offen. Eine doppelte Eselei, da ihr nicht nur der Schutz fehlte, sondern ihr zusätzlich die Strähnen in die Augen wehten. Aber es würde zu lange dauern, den Kinnriemen des Toten zu öffnen.

Sie parierte einen Lanzenstoß. Gegen eine Stangenwaffe musste man so schnell wie möglich den Abstand verkürzen. Je näher man am Gegner war, desto weniger konnte dieser mit der Lanze anfangen. Also machte Semire entschlossene Schritte vorwärts.

Oder sie wollte es, aber Jorrmons totes Pferd lag im Weg. Sie packte den Schaft der Lanze und zog sich daran nach vorn, während sie sich über den Kadaver rollte. Etwas traf sie im Rücken, aber der Harnisch schützte sie.

Sie nutzte den Schwung, mit dem sie auf die Füße kam, um blind zuzuschlagen. Ihr Schwert traf die Schulter eines Hammerschwingers. Singend prallte es ab, aber in der Panzerung ihres Gegners blieb eine Delle zurück, die ihn hoffentlich schmerzte und behinderte.

Brotan wütete gnadenlos. Seine Fäuste schlugen eine Schneise in die Krieger der Sturmrufs. Semire sah ihn nur von hinten. Sie hoffte, dass keine weiteren Verletzungen an Brust und Bauch hinzugekommen waren. Die Sorge um den drei Schritt großen Steinkrieger spülte wie eine kalte Welle durch sie hindurch. Unartikuliert schreiend eilte sie ihm nach und hackte mit dem Schwert auf die Gegner ein.

Endlich schlossen auch ihre Leibwächter zu ihr auf. Ein Hauptmann rief Befehle, die sie nicht beachtete. Die Krieger versuchten, einen Kreis um ihre Gräfin zu bilden.

Dass die Gegner auf der rechten Seite zurückwichen, machte Semire misstrauisch. »Vorsicht!«, rief sie.

Eine Salve Armbrustbolzen streckte fünf ihrer Krieger nieder. Einem Veteranen mit grauem Bart ragte ein Bolzen aus dem Ansatz des Harnischs, knapp unter dem Hals war er eingedrungen. Der Mann war nicht tot und es kam auch kein Blut aus der Wunde, die das Geschoss offenbar vollständig verschloss. Aber er riss den Mund weit auf und seine Augen quollen hervor, während er am Boden liegend nach dem Bolzen griff.

Darum konnte sich Semire jetzt nicht kümmern. Ihre Feinde stampften über die Gefallenen hinweg und drangen auf sie ein.

Sie kämpfte um ihr Leben. Für Überlegungen war kaum Zeit. Sie schlug Klingen und Spieße zur Seite, stieß das Schwert vor, nutzte die freie Hand, um einen Gegner aus dem Gleichgewicht zu ziehen und so vor sich zu bringen, dass sein Körper einen Lanzenstoß abfing. Semire achtete nicht darauf, wie viele Gegner sie tötete oder verwundete. Sie führte Hiebe und parierte, so schnell sie konnte. Ihr durchdachtester Zug bestand darin, eines der Kohlebecken aus der Halterung zu schlagen, sodass die Glut in ihre Gegner flog. Dass sie auch einen ihrer eigenen Krieger traf, konnte sie nicht verhindern. Er zappelte, um die heißen Kohlestücke von sich herunterzubekommen, und hatte Glück, dass keiner der Feinde diese Möglichkeit nutzte, um ihn abzustechen.

Erleichtert sah Semire, dass Brotan nur einige kleine Schrammen abbekommen hatte. Der Granit des Steinkörpers war bester Güte. Seine Faust zermalmte einen Helm und den Schädel darin.

Semire unternahm einen weiteren Versuch, sich zu ihm durchzuschlagen, traf aber auf entschlossenen Widerstand von drei Schwertkämpfern. Ihre hohe Wehr fing zwei Klingen ab, die dritte kreischte über ihren Harnisch, ohne durchzudringen. Sie musste sich hinter das tote Pferd zurückziehen.

Auch hier traf sie auf Krieger. Schreiend holte sie zu einem Spalthieb aus.

»Haltet ein!« Statt der Waffe streckte der Mann vor Semire ihr die leere Hand entgegen. »Wir stehen auf Eurer Seite.«

An dem schwarzen Umhang, der hinter seinem Rücken flatterte, erkannte sie den gravilischen Gardisten. Sie schlug nicht zu, hielt ihr Schwert aber bereit. Besser zu misstrauisch als tot.

Die Kameraden des Gardisten eilten an ihm vorbei und fingen die Sturmrufs ab. Selten hatte Semire Krieger so geschickt mit gerade einmal halbschrittlangen Klingen kämpfen sehen.

Aber sie traute dem augenblicklichen Erfolg nicht. Wer wusste, wie viele Kämpfer die Sturmrufs noch aufbieten mochten?

»Brotan!«, rief sie. »Komm zurück!«

Die Ohren des Imagolems hörten sie auch über den Kampflärm hinweg. Brotan wandte sich um und schleuderte dabei einen Gegner in einem flachen Bogen, der ihn über das Plateau hinaustrug. Schreiend fiel er in die Tiefe.

»Komm zu mir!«, rief Semire. »Wir ziehen uns …«

Beinahe hätte ein Lanzenstoß ihren Kopf getroffen. Sie versuchte auszuweichen, aber das hätte nicht gereicht, wenn nicht ein Hüne mit blonder Mähne seinen riesigen Schild benutzt hätte, um die Waffe aus der Bahn zu stoßen.

Semire stolperte über eine Leiche und fiel.

Der Hüne stieß ein gebogenes Schwert von unten in den

Bauch des Lanzenträgers. Etwas knirschte, der Gegner erbrach Blut.

Brotan stellte sich vor Semire, während diese sich aufrappelte. »Ich danke dir, Kellzar«, sagte er mit tiefer Stimme.

Der Hüne erlaubte sich einen Blick hinauf in das steinerne Antlitz. »Dann stimmt es also. Du bist es, Hauptmann.«

Brotan nickte. »Wir können später darüber sprechen. Jetzt bringen wir Semire zu ihrem Pferd.«

Der unbewaffnete und ungerüstete Meldeläufer wagte sich nicht in den Kampf. Er hatte den Schimmel eingefangen und bemühte sich, das Tier am Steigen zu hindern.

»Sammeln!«, rief Semire. »Wir ziehen uns zurück!«

Atemlos stürzte Quilûn in die Wäscherei und hielt sich an dem hüfthohen Geländer fest, das die schmale Empore vom zweieinhalb Schritt tiefer gelegenen Arbeitsbereich trennte. »Was geschieht hier?«, rief er.

Durch den Raum waren Leinen gespannt, an denen normalerweise die Wäsche abtropfte, bevor man sie in den Hof brachte, wo Wind und Sonne sie trockneten. Sie waren jetzt ungenutzt, ebenso wie die meisten Bottiche und Kessel, die auf dem grauen Steinboden standen, in den das seit Jahrzehnten ablaufende Wasser Wellen gespült hatte.

Nur die Kohlegrube um einen einzigen Kupferkessel war gefüllt. Die Luft um das zwei Schritt durchmessende Gefäß flimmerte in der aufsteigenden Hitze. Das enthaltene Wasser kochte noch nicht, war aber dennoch in Bewegung, weil ein nackter Mann darin zappelte.

Quilûn erkannte Yurin Kalthorn auf den ersten Blick. Als er den Baron gemalt hatte, war er mit vornehmer Kleidung angetan gewesen – jetzt lagen eine Weste, eine Hose, ein Hemd und eine Schärpe, die zu seiner Körperfülle passten, in der Wäscherei verteilt. Sie waren zerrissen. Auch die Frisur hatte sich gelöst. Aber die stets gerötete Nase des Sechzigjährigen war unverkennbar.

Yurin jammerte und quiekte wie ein Ferkel. Er fasste an den Rand des Metallkessels, der aber sehr heiß sein musste. Aufschreiend ließ er los, griff jedoch sofort erneut zu. Wie sollte er auch sonst aus dem dampfenden Wasser kommen?

Lachend schlug ein dürrer Bursche mit verpickeltem Gesicht eine Rute auf seine Finger. »Schön drinbleiben!«

Ein Dutzend Kerle, die Westen und Schnallenschuhe, teilweise auch Hüte der gehobenen Dienerschaft trugen, standen um den Kessel herum auf einem Gerüst, das eigentlich für die Wäscher gedacht war, die von dort aus die Wäsche mit Holzstangen umrührten. Die meisten hielten solche Stangen, manche dünnere Ruten. Von diesen Männern kannte Quilûn nur Potor, den Kutscher. Er war die Stimme einer Zelle von Revolutionären, die Quilûn nun wohl vor sich sah.

»Mein Graf!«, rief Yurin schrill und hüpfte im schwappenden Wasser in die Mitte des Kessels. »Rettet mich, mein Graf! Es reut mich, dass ich meine Truppen nicht zum Dunkelsee begleitet habe. Ich war unpässlich.«

»Sturzbesoffen warst du fettes Schwein!« Der verpickelte Jüngling zog ihm die Rute über den Schädel.

Die anderen lachten.

»Hast dich noch nicht einmal ausgezogen, bevor du ins Bett gekippt bist!«

Quilûn hastete zu der kurzen Treppe, die von der Empore in den tiefer gelegenen Bereich führte. Plötzlich löste sich seine Welt in Farben auf, die sich in Spiralen drehten. Er spürte, wie er die Stufen hinunterstürzte, aber er sah nur die Vision, ausgelöst durch sein Sehnen nach der Quadra. Ein Schrei aus der Verlassenheit, nicht in Tönen wie Yurins Jaulen, sondern in Farben, aber viel lauter, unüberhörbar. Seine Kunst rief nach ihm. Die Kunst, die nur er schaffen konnte, nur Quilûn im Verbund mit der Quadra. Die ungemalten Bilder. Quilûn verkrampfte sich in stummer Pein.

Als sich seine Sicht klärte und die Gedanken zu seiner Umgebung zurückfanden, war er zurück auf der Empore. Er saß auf einem Schemel und lehnte an der Wand.

Vor ihm stand Potor, der ihm mit einem dreieckigen Hut Luft zufächelte, wobei er die buschigen Augenbrauen besorgt zusammenzog. Quilûn wusste nicht, ob der Kutscher schwitzte oder ob sich die Nässe, die vom Kessel aufstieg, auf seinem Gesicht niedergeschlagen hatte.

Quilûn stand auf. Er stützte sich an der Wand ab, bis das Schwindelgefühl nachließ. Dann ging er vor bis an das Geländer.

Er schämte sich dafür, dass er Yurin als ein perfektes Motiv sah: Verzweiflung, inmitten derer sich ein Unglücklicher an einen Rest Hoffnung klammerte. Quilûn wusste, dass sich ihm dieser Eindruck einprägte. Wie eine neue Farbe hatte er ihn nun zur Verfügung für seine Bilder.

Yurin litt. In seinem schwer verständlichen Geschrei glaubte Quilûn immer wieder das Wort »Graf« zu hören. Wenn Yurin sich dem Rand des Kessels näherte, stießen ihn die Männer mit den Stangen zurück. Er hielt die Arme über dem Wasser, auf dessen Oberfläche nun Blasen zerplatzten. Es reichte ihm bis zu den Brustwarzen.

»Hört auf damit«, forderte Quilûn. »Das ist unmenschlich.«

Potor umfasste das Geländer neben ihm. »Wollt Ihr das befehlen? Ich dachte, der Traum wäre, dass es keine Edlen mehr gibt, denen man gehorchen muss.«

»Graf Quilûn!« Yurin streckte ihm über dem dampfenden Wasser einen Arm entgegen. »Erbarmt Euch meiner!«

Ein so harter Stockhieb traf Yurin, dass Quilûn befürchtete, dass er ihm die Hand brach. Vielleicht schrie Yurin deswegen, vielleicht auch, weil der Schlag seine Hand in das heiße Wasser tauchte. Wahrscheinlich wegen beidem.

»Er ruft Euren Namen«, stellte Potor fest. »Er kennt Euch. Glaubt Ihr, es wäre klug, ihn laufen zu lassen? Was würde er wohl erzählen? Dass Ihr mit denjenigen im Bunde steht, die ihn in seinem Schlafzimmer von der Mätresse gerissen und hierher geschleppt haben?« Potor lachte auf. »Das könnt Ihr nicht wollen.«

In der Tat würde das die Geheimhaltung gefährden, die für die Revolution so wichtig war. Man würde Quilûn mit den Aufrührern in Verbindung bringen … und dann wohl auch schnell Semire. Einzig Kyrin entginge vielleicht dem Verdacht.

Grelle Spiralen drehten sich in Quilûns Blickfeld hinein, aber er drängte sie zurück. »Diese Quälerei ist unnötig!«

»Sein Geiz war es auch«, versetzte Potor kalt. Ihn schien die Qual des Barons zwar nicht so zu belustigen wie die anderen Männer, schließlich beteiligte er sich nicht mit einem Stock daran. Aber er genoss sie auf kalte, mitleidlose Art. »Ständig musste ich sein Erbrochenes aus der Kutsche wischen. Wenn ich ihn zu einem Ball gefahren hatte, versuchte ich, es unauffällig zu tun. Möglichst, wenn es schon dunkel war. Aber nicht immer konnte ich so lange warten. Damen, die an mir vorübergingen, wenn ich an der Kutsche wartete, rümpften wegen des Gestanks die Nase. Sie tuschelten hinter den Fächern. Mein Herr hat mich zum Gespött gemacht.«

Yurin fasste sich ein Herz. Er packte entschlossen den heißen Rand des Kessels und versuchte, sich herauszudrücken.

Gleich drei Männer hieben gnadenlos auf ihn ein. Eine Wunde platzte an seinem Kopf auf, aber Yurin kämpfte. Erst ein heftiger Stoß gegen seine Brust ließ ihn zurück ins Wasser fallen. Flüssigkeit schwappte heraus und zischte auf den Kohlen.

»Uns hat er schlecht bezahlt. Meine Frau musste Metzger und Bäcker suchen, die es hinnehmen, wenn das Silber für ihre Einkäufe eine Woche später kommt. Und dann meine Kleidung!« Potor öffnete seine Jacke. An der Innenseite war das Futter gerissen und eine Naht war mit viel zu hellem Faden ausgeführt. »Vor den Dienstboten der anderen Häuser habe ich mich geschämt. Nur für seinen Wein hatte der Herr Baron immer genug Silber.«

Der verpickelte Jüngling streckte sich, um Yurin auch dann noch mit seiner Rute zu erwischen, als dieser auf die andere Seite des Kessels floh. »Na, magst du das? Juckt dich das Haar? Tauch doch einmal unter, das ersäuft die Flöhe!«

»Was hat er dir getan?«, rief Quilûn hinüber.

Der Jüngling hielt inne. Er kaute auf der Unterlippe, bevor er antwortete. »Mir? Gar nichts. Ich sehe ihn heute das erste Mal. Ich freue mich nur an der neuen Ordnung der Welt.« Spöttisch ahmte er eine höfische Verbeugung nach. »Meinen herzlichen Dank dafür, Herr Graf! Ich finde mich ganz hervorragend darin zurecht.«

Yurin schrie jetzt in einem fort und hüpfte dabei auf und nieder. Der Boden des Kessels war wohl endgültig zu heiß, um darauf zu stehen.

»Sind nun wir es, die entscheiden, was geschieht?«, raunte Potor ihm zu. »Die einfachen Leute? Oder wollt Ihr doch wieder Befehle erteilen, Herr Graf?«

Quilûn floh in den Lärm der Straße, der Yurins Schreie übertönte.

»Ich bedauere, dass Euch der *Lustgarten* abhandengekommen ist«, sagte Elaimon Ohne-Namen. »Flug und Fall gab den Abenden in Eurem Hause stets eine besondere Würze.«

»Ohne Magie fehlt auch diesem Spiel der Zauber«, entgegnete Semire von Schneegrund.

Der Innenhof des *Vögelnests* war ein Refugium vor der Gewalt und der Zerstörung, die die Stadt würgten. Semire hatte das Haus als Dreingabe bekommen, als sie Caliga unter ihre Herrschaft gezwungen hatte. Die drei hohen Stockwerke deuteten darauf hin, dass dieses Gebäude einmal einer Adelsfamilie gehört hatte, vielleicht sogar einem Baron. Aber das musste Generationen zurücklegen. Die Zauber, die vorkragende Erker und zwei kühne, einander kreuzende Brücken über den quadratischen Innenhof gestützt hatten, waren seit langer Zeit entfernt. Man konnte nur noch ahnen, wo sich diese gewagteren Elemente der Architektur befunden hatten, weil robustere Konstruktionen sie ersetzten, die nicht immer mit dem Gesamtgefüge harmonierten. Überhaupt fehlte diesem Haus die Eleganz des *Lustgartens*. Deswegen ging ihm aber durch das Versiegen der Magie auch nichts abhanden. Seine Mauern standen fest, mannshohe Fackeln erhellten den Innenhof. Die Leuchtsteine in den Zimmern durch Öllampen zu ersetzen stellte kein Problem dar.

Elaimon stützte sich mit ausgestrecktem Arm an die Wand hinter Semire, womit er ihre Bewegungsfreiheit einschränkte. Sie konnte keinen Schritt mehr nach rechts machen.

Semire benutzte den Fächer, um ihre Verärgerung über dieses respektlose Verhalten zu verbergen und Elaimon zugleich auf Abstand zu halten.

Im Hof standen mehrere kleine Tische, an denen Krieger der Gravilier den lauen Abend genossen. Auch Kellzar, der Gladiator, der Semire zu Hilfe gekommen war, befand sich unter ihnen. Statt auf gepolsterten Möbeln saßen die Männer auf Bretterstühlen, und die Frauen, die ihre körperlichen Vorzüge versilbern wollten, saßen auf ihren Schenkeln. Eine derbe Art der Werbung.

Elaimon ließ keinen Zweifel daran, wen er in die Laken drücken wollte. Frech grinste er Semire an. »Einer Katze mag man das Wollknäuel nehmen, aber niemals die Lust am Spiel. Wagt Ihr es, mit mir zu würfeln?«

»Dieses Spiel werdet Ihr mir erklären müssen.«

»Ich werde Euch eine Menge zeigen.« Seine Hand fuhr über seinen Schritt.

War Elaimons Benehmen auch grob, konnte man seiner Erscheinung nicht dasselbe vorwerfen. Der dichte und sorgfältig auf eine Fingerbreite gestutzte Bart verbarg etwas von seiner Jugend. Semire wusste, dass er um die achtzehn Jahre sein musste, doch der Blick aus den blauen Augen zeigte mehr Erfahrung als für dieses Alter üblich. In der Arena hatte er dem Tod oft ins Angesicht geblickt. Seine Kleidung dagegen verriet seine Herkunft aus einem der edelsten Häuser auf dem Berg: eine dunkelblaue Tunika, darüber eine Weste aus weißem Stoff, bestickt mit Silberfaden, eine schwarze Hose und Schuhe, die für den Tanzboden, aber nicht für das Schlachtfeld geeignet waren.

»Gehen wir hinein.« Semire tastete an ihrem Schleier, er saß fest. »Da können wir uns in Ruhe unterhalten.«

Bilder von verschiedenen Vögeln zierten die Türen, die vom Innenhof abgingen. An jener, zu der Semire Elaimon führte, war es ein Eichelhäher. Die schwarz und blau gestreiften Federn an seinen Flügeln schillerten wunderschön. Der Teppich im Zimmer nahm diese Farben auf, aber hier wirkten sie stumpf. Es mochte an der spärlichen Beleuchtung durch zwei Öllampen liegen.

Elaimon schloss die Tür und legte den Riegel vor.

Semire entzündete zwei weitere Lampen und stellte die erste auf ein rundes Tischchen vor eine bereits geöffnete Weinflasche. Die zweite platzierte sie in einer Wandnische neben dem breiten Bett, das mit einer weißen Decke bezogen war. Der Tür gegenüber verhängte ein schwarzer Vorhang den Durchgang in einen Nebenraum mit einem Badezuber und allerlei Hilfsmitteln, die eine Frau benutzte, um sich schön und wohlriechend zu machen.

Das Ungewöhnlichste an der Einrichtung dieses Zimmers war der Vorhang für das Fenster neben der Tür. Er bestand aus vielen bunten Flicken, die an das Gefieder eines Vogels erinnerten. Semire sah hinaus in den Innenhof, während sie ihn zuzog.

Alita Blitzdorn unterhielt sich zurückgezogen in einer Ecke bei zwei Glas Wein mit Caliga. Die ehemalige Herrin des *Vögelnests* war zu alt, um noch von Freiern angesprochen zu werden. Die Baroness ließen die Männer wohl wegen ihrer Ausstrahlung in Ruhe. Sie war nicht abweisend, aber unpassend für ein solches Haus. Möglicherweise lag das am hochgeschlossenen, an Hals und Händen mit Spitze besetzten Kleid, das jedem verdeutlichte, dass sie nicht hierher gehörte. Aber das glaubte Semire nicht. Es war etwas in Alitas Wesen.

Sie wandte sich zu Elaimon um. »Habt Ihr Würfel dabei?«

»Wer will schon würfeln?« Grinsend kam er zu ihr.

Er war jung, doch unattraktiv war er nicht. Seine Muskeln hielten keinem Vergleich mit denen Brotans stand, aber Semire zweifelte nicht daran, dass er sie mühelos aufs Bett werfen könnte. Sicher hatte er auch eine gute Ausdauer, sie erinnerte sich an seine langen Kämpfe in der Arena. Wie fühlte sich wohl der Bart an? Weich oder kratzig?

Elaimon schlang einen Arm um ihre Taille, zog sie eng an sich und drückte ihr Gesäß.

Semire beugte sich weit zurück und griff sein Ohrläppchen. Sie quetschte es zwischen Daumen und Zeigefinger, während sie daran zog. Man unterschätzte leicht, wie schmerzhaft so etwas sein konnte, weil man es mit kleinen Kindern in Verbindung brachte.

Elaimon schrie auf und ließ sie los.

Mit einem herausfordernden Lächeln machte sie einen Schritt rückwärts und gab das Ohr frei. »Ihr müsst zahlen.« Sie ließ ihren Fächer aufschnappen.

Er verzog den Mund, während er die schmerzende Stelle rieb. Offenbar überlegte er, ob er der Schönen zürnen sollte. Die Vorfreude darauf, sie endlich ohne Schleier – und auch ohne sonstige Kleidung – zu sehen, siegte. Er zog ein Beutelchen aus der Hose und schüttelte klimpernde Münzen in die hohle Hand, um sie Semire entgegenzustrecken. »Nimm dir, was du wert bist.«

Der Anblick des Silbers erinnerte Semire an Buhm. Ihr stummer Fechtlehrer hatte ihr stets erspart, sich um die Niederungen des Geschäftlichen zu kümmern. Als Leibwächter hatte er sie geschützt, so gut er konnte. Sie fühlte den Schmerz, der in seinem Tod lag, und erneuerte in Gedanken den Schwur, dass Haus Schwingenpracht dafür bezahlen würde.

Sie nahm alle Münzen aus Elaimons Hand.

»Oho!« Er lachte. »Dafür erwarte ich, dass alle meine Wünsche erfüllt werden. Ohne Widerrede.«

Es lag Semire auf der Zunge, ihn darauf hinzuweisen, dass die schönsten Wünsche stets die unerfüllten waren. Stattdessen ordnete sie die Münzen zu zwei Stapeln und stellte sie auf das runde Tischchen zwischen die Lampe und die Weinflasche. Versonnen betrachtete sie den Tanz des Flämmchens auf dem Silber.

»In dieser Stadt gibt es nun viele, die sich nicht mehr aussuchen können, welchen Herren sie dienen und welche Dienste sie leisten.« Elaimon sagte das überraschend sanft. Er flüsterte beinahe.

Semire zwang sich zu einem geduldigen Lächeln, um nicht die Augen zu verdrehen. Ein selbstbestimmtes Leben war der großen Mehrzahl der Menschen auf dem Berg – und erst recht jenseits davon – schon immer verwehrt gewesen. Auch die Adligen hatten stets einem Ranghöheren zu Gefallen sein müssen und selbst die Grafen waren Knechte der Unsterblichen. Dass Elaimon erst jetzt wahrnahm, dass *viele* zu Dienern wurden, zeugte von seiner Ignoranz.

Er trat hinter sie, schob die Hände unter ihren Achseln hindurch und legte sie auf ihre Brüste. Auch das tat er unerwartet zärtlich. »Hiervon träume ich schon lange.« Sein Bart kitzelte an ihrem Ohr. »Du weißt, wie du dich in den Verstand eines Mannes schleichst.«

Sie legte ihre Hände auf seine und versuchte sich vorzustellen, dass Brotan sie jetzt berührte. Es fiel ihr leicht, sobald sie die Augen schloss. Sie vermisste ihren Geliebten so sehr!

Brotan beherrschte ihre Gedanken dermaßen, dass Semire sich nicht länger auf die kühle Überlegung verlassen konnte, die sie stets ausgezeichnet hatte. Die Sehnsucht zog ihre Aufmerksamkeit davon, sie machte Fehler. Den Verrat von Haus Schwingenpracht hatte sie nicht kommen sehen, das hatte sie den *Lustgarten* gekostet. Die Intrigen zwischen den Tiefen Häusern hatte sie falsch eingeschätzt, dadurch hatte Haus Schneegrund bei der Schlacht am Dunkelsee auf der Seite der Verlierer gestanden. Überstürzt hatten sie sich zurückziehen müssen, nur einem Zwist zwischen Sturmruf und Schwertgrat war es zu verdanken, dass der Palast noch nicht belagert wurde. Die meisten Stadtviertel hatten sie dennoch aufgeben müssen.

Semire ließ zu, dass Elaimon ihre Brüste knetete. Wenn dies Brotans Hände wären … Sie legte den Kopf in den Nacken und seufzte.

Er drückte seine Lippen auf ihren Hals.

Der Bart verdarb alles. Durch die kitzelnden Haare fühlte sich der Kuss ganz anders an als die Zärtlichkeit, an die sich Semire von Brotan erinnerte.

Sie zog seine Hände von ihrem Körper und drehte sich aus der Umarmung.

Sein Blick war eine Mischung aus Frage und Herausforderung.

Semire nahm die Weinflasche und schenkte zwei Gläser ein. Dasjenige, das sie Elaimon reichte, war ein blauer Trichter, der auf einem Stiel aus drei einander umwindenden Spiralen saß. Ihres dagegen war kleiner und gelb, Bienen waren hineinziseliert.

Sie blickte ihm tief in die Augen, als sie anstießen. Wie sie es all die Jahre getan hatte, führte sie das Glas hinter dem Schleier zum Mund.

»An diesem Abend steht mir der Sinn nicht nach Zurückhaltung.« Elaimon leerte sein Trinkgefäß in tiefen Zügen.

»Dazu besteht auch kein Anlass«, befand Semire, obwohl sie selbst nur nippte. Sie schenkte ihm nach.

Lachend stellte er das Glas ab. »Später. Ich will dich bei klarem Verstand genießen.«

Sie entzog sich seinem Griff nach ihrem Schleier. »Das Beste zuletzt«, schnurrte Semire. »Beginnen wir mit Euch.«

Sie löste die Verschnürung seiner Tunika, noch bevor sie seine Weste abstreifte. Anfangs machte er noch Versuche, sie ebenfalls zu entkleiden, aber bald überließ er sich ganz ihrer Führung. Sie tastete über seine Haut, als er nackt auf dem Bett lag. Das Gladiatorenleben hatte ihm Narben geschenkt, aber frische Verletzungen fand Semire nicht. In den Kämpfen seit der Umkehr der Ströme der Macht hatte er sich wohl zurückgehalten oder er hatte Glück gehabt.

»Wieso bin ich so müde?«, nuschelte er. Es fiel ihm schwer, die Augen offen zu halten.

»Wehrt Euch nicht, Elaimon«, flüsterte Semire. »Auch Ihr gehört nun zu jenen in dieser Stadt, die sich nicht länger aussuchen können, welchem Herrn sie dienen und welchen Dienst sie leisten.«

Elaimons Lider flatterten, aber schließlich fielen sie zu.

Brotan zog den Vorhang zur Seite und trat aus dem Nebenraum. »Mir gefällt nicht, wie vertraulich du mit ihm geworden bist«, grollte er.

»Glaubst du, mir hat das gefallen?« Semire versuchte, in der steinernen Miene zu lesen. »Es war eine Notwendigkeit. Er musste sich sicher fühlen. Das Schlafmittel, mit dem ich sein Glas bestrichen habe, ist nicht geschmacklos.«

Semire schlang die Arme um Brotans Granitkörper und

schmiegte sich an ihn. Es fühlte sich an, als ob sie einen Pfeiler umarmte. Er war etwas kälter als sie und vollkommen unnachgiebig, hatte weder Atem noch Herzschlag. »Ich vermisse dich so sehr.« Der Schmerz in ihrer Brust überraschte Semire. Sie wimmerte.

»Ich vermisse dich auch.« Brotans Pranke drückte auf ihren Hinterkopf, dann auf ihren Rücken. Er tat es sehr vorsichtig, aber harter Stein blieb harter Stein.

»Wir müssen überlegen, wie wir es machen.« Semire versuchte, ihre Gedanken zur Ordnung zu zwingen. »Elaimon Ohne-Namen ist kein Unbekannter. Du musst dich über seine Familie kundig machen. Es mag sein, dass Haus Schwertgrat an ihn herantreten will, nun, da sich die Dinge so sehr verändern und es keine Arenakämpfe mehr gibt. Du darfst dich nicht verraten, wenn deine Seele in seiner Gestalt unterwegs ist.«

Sie löste ihre Umarmung, da sich der Imagolem bewegte.

Brotan trat an das Bett und betrachtete den Schlafenden. »Gefällt er dir?«

»Du weißt, dass ich dir am liebsten deinen alten Körper zurückgeben würde«, antwortete Semire. »Aber ich werde mich an einen anderen gewöhnen. Das werden wir beide tun müssen.«

Brotan schwieg.

Nochmals versuchte Semire, sich an seinen Steinkörper zu schmiegen. »Was hast du?«

»Ich überlege, wie es in seinem Körper sein wird. Wenn meine Seele darin wohnt und ich in einen Spiegel sehe … werde ich dann wirklich denken: ›Das bin ich‹?«

Semire erstarrte.

»Ich weiß, ich wollte, dass wir Elaimon nehmen«, sagte er. »Es wäre gerecht. Er hat mich getötet, und nun bezahlt er mit seinem Leben dafür. Und es ist ein attraktiver Körper. Nicht hässlich. Jung, mit vielen Jahren vor sich.«

Semire hatte das Gefühl, ihm widersprechen zu müssen. Sie sollte ihm sagen, dass es sein Körper, sein *wirklicher* Körper war, den sie vermisste. Aber würde das sein Zögern nicht noch verstärken? Und durften sie zaudern? Die Geister waren ihr zugänglich erschienen … Ihre zauberische Kraft im Tausch gegen Quilûns erschreckende Gemälde. Wie lange wären sie dazu bereit? Wenn sich eine neue Ordnung auf dem Berg fände … Oder wenn selbst die Ahnen an Macht verlören …

»Wir dürfen nicht säumen.« Die Worte kratzten in Semires Kehle.

Brotan beugte sich über Elaimon. »Wenn ich in sein Gesicht schaue, sehe ich einen Verräter. Einen Mann ohne Ehre.«

Semire ließ die Arme sinken. Sie wusste, dass es nicht gelingen würde. Nicht so. Es wäre ihr unerträglich, wenn Brotan ihr in dem Leben, das vor ihrer Familie lag, vorwerfen würde, ihn im falschen Körper eingesperrt zu haben. Diesen Vorwurf würde sie in jedem seiner Blicke vermuten, den sie nicht sogleich zu deuten wüsste.

»Dann mach mit diesem Verräter, was du willst«, sagte sie. »Aber wir brauchen einen Körper für dich und wir dürfen damit nicht zu lange warten.«

Brotan richtete sich auf. Nur noch eine Handbreit blieb zwischen seinem Kopf und der Decke Platz. »Einen Unbekannten. Jemanden, den ich nicht kenne. Der für mich keine Geschichte hat. Das wäre am besten.«

Semire straffte ihre Schultern und atmete durch. Sie war eine Kämpferin. Sie wusste, dass nur selten der erste Schlag den Sieg brachte. Aber sie gestand sich auch ein, dass sie sich von Brotan verraten fühlte. Es war ihr gemeinsamer Plan gewesen, Elaimons Körper zu nehmen. Dafür hatte Semire sich erniedrigt, sich von einem Mann begrapschen lassen, den sie nicht liebte, sich sogar einzureden versucht, dass sie es genießen könnte. Und jetzt lehnte Brotan einfach ab!

Sie ging zur Tür, prüfte, dass ihr Schleier saß, öffnete und trat hinaus in den Innenhof.

Hier hatte sich nichts verändert. Caliga saß noch immer mit Alita zusammen. Semire winkte der älteren Frau und zog sich in den schattigen Winkel neben dem Brunnen zurück, bei dem Wasser aus dem runden Mund einer Frau mit Lockenhaar in das Becken plätscherte.

Caliga kam zu ihr.

»Hast du geweint?«, fragte Semire barscher, als sie beabsichtigt hatte.

Die kleine Frau wischte über ihr puppenhaftes Gesicht. »Alitas Geschichte hat mich gerührt. Sie und dieser Luhk …«

»Das interessiert mich nicht.« Semire ließ ihren Fächer aufschnappen und verdeckte ihre Lippen damit. »Ich will, dass du alle Blumen danach befragst, welcher ihrer Freier den schönsten Körper hat. Welcher am besten gebaut ist und wer am gesündesten und kräftigsten ist.«

Über eine angelehnte Leiter hatte Erlyk in unermüdlicher Arbeit genug Erdreich auf den Rest, der vom ersten Stockwerk des Turms geblieben war, heraufgeschleppt, um ein Blumenbeet anzulegen. Die Baumeister der Schneegrunds glaubten, dass dieses Gebäude nicht weiter einstürzen würde. Ohnehin gab es oberhalb ihres Standorts nur noch einen halbrunden Mauerrest, der aber noch ein Stück einer Zwischendecke hielt, das dadurch zu einer Art Empore wurde. Der Blaumond, den Quilûn am Tag ihres Todes gemeinsam mit seiner Mutter entdeckt hatte, stand dicht an der Mauer. Die Pflanze, deren Blüte aus einer Kugel haarähnlicher blauer Blätter bestand, mochte den Halbschatten.

Quilûn stand mit seiner Staffelei an der Abbruchkante und malte seinen Sohn, wie dieser völlig in sich versunken auf dem Boden hockte und die Erde mit gespreizten Fingern lockerte. Ab und zu nahm Erlyk ein paar Würmer aus dem Körbchen, das neben ihm stand, und setzte sie aus. Der Friede in dieser Szenerie gab dem Künstler Ruhe, er milderte die schreckliche Erinnerung an Baron Yurin, den die Revolutionäre im Kupferkessel zu Tode gekocht hatten.

Die Arbeit am Gemälde dagegen vermochte ihn nicht zu beruhigen. Die Beschäftigung mit der Leinwand verschaffte keine Befriedigung, sondern offenbarte die eigene Stümperhaftigkeit. Unentschlossen gab Quilûn dem Grau der Wand im Hintergrund mit einem rauen Pinsel Struktur. Noch war die Farbe feucht genug dafür. Sie war heller als der wirkliche Stein, aber das war nicht, was den Maler störte.

Vorsichtig, um nicht in die Tiefe zu stürzen, machte er einen Schritt von der Leinwand fort und betrachtete das Bild. Er seufzte. »Es ist unvollkommen.«

Alita Blitzdorn stand drei Schritt entfernt und beobachtete ihn, wie sie es schon so oft getan hatte. Mit einem schwarzen Schirm schützte sie ihre bleiche Haut vor der Sonne. »Ich finde es schön«, sagte sie.

Quilûn sah sie an, während er aus der bereitgestellten Karaffe trank. Er hatte sich angewöhnt, das Wasser eine Weile im Mund zu behalten. Sobald er schluckte, war sein Mund wieder trocken.

Alita trug ein weißes Kleid, was für sie eine ungewöhnliche und unter den gegebenen Umständen keine besonders glückliche Wahl war. Der viele Staub in der Luft und der Dreck überall im Palast befleckten es. Das fein geschnittene Gesicht der Dame erreichte der Schmutz jedoch nicht. Es war seltsam. Ein lohnendes Motiv. Das war Alita immer.

Erlyk, der sich um die Blumen kümmerte, war ebenfalls ein Bild mit Aussage. Der Betrachter mochte die Ruhe spüren, die von dem Jungen ausging. Er mochte auch angeregt werden, über die Sorgfalt in kleinen Dingen nachzudenken. Oder über Zärtlichkeit für etwas so Empfindliches wie die Blumen. Andererseits konnte er das Gemälde auch als Darstellung des Niedergangs deuten, weil die zerfallene Mauer den Hintergrund beherrschte und das Erdreich im Schatten so dunkel war wie ein Abgrund.

Was der Betrachter in diesem Bild sah, hing davon ab, in welcher Stimmung er sich befand und welche Erfahrungen sein Leben geprägt hatten. Eine Ruine, ein Junge, Blumen … verschiedene Menschen begegneten diesen Dingen mit unterschiedlichen Empfindungen. Der Zufall bestimmte, was das Gemälde in ihnen bewegte.

Hilflos hob Quilûn den Pinsel und ließ ihn wieder sinken. »Es ist primitiv.«

Alita sagte nichts darauf, aber das Mitleid in ihrem Blick war schwer zu ertragen.

Quilûn sah über das Palastgelände. Die Untertanen der Schneegrunds drängten sich auf den Wegen zwischen den Schutthalden und unter Sonnensegeln. Daran, sie alle innerhalb der neu errichteten Mauer unterzubringen, war nicht zu denken. Entsprechend gering war der Schutz, den Quilûns Krieger ihnen bieten könnten, falls ihre Feinde gegen den Palast vorrückten. Derzeit hatten die Sturmrufs, die Finstertanns und die Schwertgrats aber wohl genug damit zu tun, die eroberten Stadtviertel unter sich aufzuteilen und sie auszuplündern.

»Eure Tante hilft unermüdlich dabei, Brot zu verteilen«, sagte Alita. »Die Clerroniten nennen sie *Bûna die Gütige*. Sie gibt vielen Hoffnung.«

»Wollt Ihr nicht auch helfen?« Quilûn nahm einen weiteren Schluck Wasser.

»Nicht nur einfache Menschen bedürfen der Hilfe«, sagte Alita. »Manchmal ist ein Graf einsamer als ein Bettler.«

Ihr Mitleid half Quilûn nicht, es schmerzte ihn. Er erinnerte sich daran, wie sie ihn bewundert hatte. Bevor er Herr über Haus Schneegrund geworden war.

Er steckte den Pinsel in die Halterung, die neben der Staffelei stand. »Semire meint, es sei notwendig, dass ich auf die neue Art male. Bilder, die die Wahrheit zeigen, nicht nur die Wirklichkeit nachäffen.«

Quilûn wusste, dass Alita klar war, dass er dafür den Dampf der Quadra einatmen müsste. Dann würden ihm viele Dinge wieder unwichtig erscheinen. Wesentliche Dinge. Letzte Nacht vor dem Einschlafen hatte sich Erlyk an ihn gekuschelt und ihm gesagt, wie froh er war, dass sein Vater zurück bei ihm war. Quilûn hatte geweint. Ob vor Erleichterung, vor Ratlosigkeit oder aus Reue, weil er sein Kind so lange vernachlässigt hatte, wusste er nicht zu sagen.

»Ihr gehört niemand anderem«, sagte Alita. »Auch nicht Eurer Gemahlin. Ihr trefft Eure eigenen Entscheidungen.«

Wieder blickte Quilûn über das Gewimmel auf dem Palastgelände. Als Graf und Landvogt hörten Tausende auf sein Wort. Aber kluge Befehle waren weit mehr als launiges Gebrabbel. Sie erforderten gründliche Überlegung und diese wiederum setzte Erfahrung und Kenntnis der Lage voraus. Nichts davon hatte Quilûn zu bieten und seine Ratgeber waren uneins. Semire vertraute auf die Ahnen, die sie mit den Bildern für sich gewinnen wollte. Kyrin glaubte daran, in den Kristallen der Magier etwas zu finden, das die Mächtigen auf dem Berg endgültig stürzen und das Volk befreien würde. General Esgur beriet mit seinen Offizieren Strategien für einen Krieg, der ohne Magie geführt wurde. Derrek Eichfrost drängte auf rasche und brutale Schläge, ohne Rücksicht auf eigene Verluste, um die Gegner zu beeindrucken. Tarin Kalthorn empfahl Vorstöße von kleinen Gruppen, die einen feindlichen Grafen gefangen nehmen sollten.

An Frieden glaubte niemand. Es schien Quilûn sogar, dass es jedermann schwerfiel, sich überhaupt ein Ende der Kämpfe vorzustellen. Selbst Kyrin konnte ihm nicht sagen, wie die Menschen in der Gerechtigkeit leben würden, die dem Sturz der Tiefen Häuser folgen sollte. Ihre Erklärung, dass jemand, der immer unter der alten Ungerechtigkeit gelebt hatte, von vornherein ungeeignet sei, eine neue Ordnung aufzubauen, wirkte auf Quilûn lahm, beinahe wie eine Ausrede. Und doch sah er den Beweis dafür, wann immer er eine der revolutionären Zellen besuchte. Manche kämpften, manche zögerten. Bei keiner erhaschte er einen noch so flüchtigen Blick auf eine bessere Welt.

»Ich weiß nicht, auf wen ich hören soll«, gestand Quilûn.

»Semire ist nicht offen mit Euch. Sie hütet ein Geheimnis.« Betreten sah Alita zur Seite. »Verzeiht, ich sollte nicht so über Eure Gemahlin sprechen.«

»Macht Euch keine Gedanken.« Quilûn wischte über seine Stirn. Sie war trocken. »Semire und ich arbeiten beide für den Traum ihres Vaters. Graf Golar war ein großer Mann. Ein Visionär mit Ausdauer. Er wusste, dass man Geduld braucht, um die Macht des Berges zu stürzen und der Welt die Freiheit zurückzugeben. Ob er auch dieses Leid gesehen hat«, er zeigte über die Trümmer und fragte sich, wie viele Menschen in diesem Moment irgendwo in der Stadt ebenso gequält wurden, wie es Yurin geschehen war, »vermag ich nicht zu sagen. Jede Geburt bringt Schmerzen, sagt man. Wie sollte es anders sein, wenn die Tiefen Häuser stürzen? Semire hat viel von ihrem Vater. Sie ist geschickt darin, alle gegeneinander aufzubringen. Natürlich kann auch sie nicht immer Erfolg haben, aber am Ende ist es gleichgültig, welches der Häuser hier oder dort einen Sieg erringt. Solange sie sich gegenseitig an den Kehlen bleiben …«

Er verstummte, weil er Alitas fragenden Blick sah.

Sie klappte ihren Fächer auf und flatterte damit vor der unteren Hälfte ihres Gesichts.

»Das … wusstet Ihr nicht?«, fragte Quilûn stirnrunzelnd. »Das ist nicht das Geheimnis, das Semire Euch anvertraut hat?«

»Es ging mir darum, welche Verbindungen Semire unter Leuten hat, die auch die meisten Bürgerlichen als unter ihrer Würde ansehen.«

Verständnislos schüttelte Quilûn den Kopf. »Von was für Menschen sprecht Ihr?«

»Frauen, die sich für Geld hingeben. Mörder. Schläger. Was habt Ihr geglaubt, woher sie die Quadra bekommt?«

»Von den Graviliern.«

»Ja, das auch. Inzwischen. Aber vorher, bevor die auf dem Berg waren …« Alita war sichtlich unwohl. »Ich sollte wirklich nicht davon sprechen. Aber nach dem, was Ihr gesagt habt … Mir scheint, diesen Pinselstrich habe ich noch gebraucht, um Semire vollständig zu erkennen.«

Sie wirkte traurig, nicht verlegen. Auch wenn ihm die Quadra fehlte, vertraute Quilûn seinem Blick. Ein Maler musste die Dinge sehen, wie sie waren, nicht, wie er sie erwartete.

Alita verwirrte ihn. Sie war so sanft und doch so stark. So freundlich und so unnahbar. Er fühlte sich wohl, wenn sie bei ihm war, und zugleich misstraute er sich selbst. Als er versucht hatte, sich ihr vertraulich zu nähern, war sie zurückgeschreckt. Damals hatte sie unter dem Einfluss von Anthurels Liebeszauber gestanden, aber auch seit sie das Schmuckband um ihren Hals abgelegt hatte, war von ihr keine Ermutigung erfolgt. Also wahrte Quilûn Abstand. Er wusste nicht genau, was er für sie fühlte. Sicher erwartete Semire keine eheliche Treue von ihm, das war von Anfang an klar gewesen. Aber Alita … Sie suchte ihre Liebe, den Fuhrknecht namens Luhk. Einen Mann, der sich ihr nicht mehr beweisen musste.

Quilûn betrachtete Erlyk. Die Aufmerksamkeit des Jungen war noch immer vollständig bei den Blumen. Sicher hatte er von dem Gespräch nichts mitbekommen. Wenn man ihn später fragte, würde er wohl noch nicht einmal wissen, dass Alita überhaupt hier gewesen war.

Quilûn wählte einen Pinsel, den er aus der Halterung zog. Seine Hand zitterte.

»Wann werde ich unsterblich?«, fragte Zauberpriesterin Emala.

»Heute noch nicht«, antwortete Semire von Schneegrund.

Auf Kyrin wirkte die Gräfin so kalt wie nie zuvor. Sie war schon immer eine Frau gewesen, die ihre Ziele entschlossen verfolgte, aber jetzt schien sie außer diesen Zielen gar nichts mehr zu sehen und auch keinen Umweg mehr zu akzeptieren. Die Kunst der Diplomatie interessierte sie offenbar nicht länger.

Emala nahm die schroffe Abfuhr hin. Sie stand vor einem der zertrümmerten Imagolems, die neben dem Eingang zum Sanktuarium gewacht hatten, und beobachtete, wie ihre Gardisten herauskamen. Nur ihre Leibwache aus drei Kriegern blieb, das übrige Dutzend stieg die Wendeltreppe hinauf.

Semire wartete mit verschränkten Armen. Sie hatte ihr Haar auffrisiert wie das Rad eines Pfaus. Es sah aus, als würde sich eine Sonne hinter ihrem Kopf über den Horizont erheben. Diamanten waren so eingeflochten, dass sie sechsstrahlige Sternchen bildeten. Wenn sich Licht in ihnen brach, ähnelten sie Schneekristallen.

»Waren das alle?«, fragte Semire, als kein Krieger mehr kam.

Emala nickte auf diese merkwürdige Art, die sich aus ihrem Buckel und ihrem vorgestreckten Hals ergab. Der Kopf bewegte sich im Ganzen nach unten und wieder nach oben, wie bei einer Schildkröte. Kyrin wusste, dass viele Gravilier die Greisin hinter vorgehaltener Hand mit diesem Tier verglichen.

»Wartet hier«, wies Semire die Zauberpriesterin an.

Kyrin folgte der Gräfin ins Sanktuarium. Im Raum hinter dem Eingang leuchtete noch immer gleichmäßig rotes Licht aus dem Boden, aber sein Grundriss hatte sich verändert. Er war nur noch grob ein Halbkreis, wie Trichter öffneten sich sechs Gänge.

Im Zentrum stand eine Truhe aus dunklem Holz, zwei Schritt lang und jeweils einen halben breit und hoch. Ihre Lackierung führte dazu, dass sie das rote Licht in Schimmern zurückwarf. Es veränderte auch die Farbe der bronzenen Griffe, die aussahen, als würden sie glühen.

Neben diesem Behältnis ragte Brotan auf. Der Imagolem hatte die Fäuste geballt. Aus der Schlacht am Dunkelsee hatte er Kerben in der Brust und vor allem am Bauch davongetragen. Kyrin wagte nicht, vorzuschlagen, sie auszubessern. Das hätte bedeutet, weiteres Material abzutragen, was Semire wohl als Sakrileg empfunden hätte. Danach hätte sie der Magierin die Leitfigur aushändigen müssen, die Brotan beherrschte. Dort wäre das abgenommene Material eingefügt worden, in genau jenen Bereichen, an denen sich die Beschädigungen zeigten. Über die magische Verbindung wäre dann auch der Imagolem geheilt worden – vorausgesetzt, man befand sich an einem Ort, wo Zauberei noch wirkte, wie etwa dem Sanktuarium. Ein Fehlschlag hätte erst recht Semires Zorn geweckt.

Auf dem Boden, gegen die Wand gelehnt, stand ein halbes Dutzend Bilder. Kyrin sah sofort, dass Quilûn sie gemalt haben musste, niemand sonst brachte so etwas zustande. Die Gemälde zeigten keine konkreten Motive, sondern zerbrochen wirkende Formen. Farbflächen stießen so hart gegeneinander, dass sie vor den Augen flimmerten. Keile zerrissen Kreise, geschwungene Linien legten sich wie Schleier über die Abbildungen, als sollten sie dem Betrachter den Zugang erschweren. Kyrin fand das Bild, das Erlyks Schmerz zeigte. Den Jungen hätte jemand, der mit der Entstehung des Gemäldes nicht vertraut war, wohl nicht erkannt. Vielleicht hätte so jemand noch nicht einmal gesehen, dass ein Kind die Vorlage geliefert hatte. Aber der Schmerz war unverkennbar. Der aufgerissene Mund, der anders aussah als jeder wirkliche Mund, die rote Zunge … oder waren es zwei, die sich zwischen den spitzen Zähnen herauswanden? Vielleicht doch eher eine, aber gleichzeitig von vorn und von der Seite gesehen.

»Es ist schrecklich.« Kyrin fröstelte.

Semire ignorierte sie. »Wir sind hier!«, rief sie.

Kyrin blickte zurück durch den Eingang. Im Lichtschein, der aus dem Sanktuarium fiel und der von den Laternen kam, die Emalas Leibwache dabeihatte, sah sie die Stufen der Wendeltreppe. Die draußen Wartenden sah sie nicht, sie wagten wohl nicht, sich so zu stellen, dass sie die Vorgänge hier drin beobachten konnten.

»Müssen wir nicht Emalas Wunsch erfüllen?«, flüsterte Kyrin Semire zu. Die Holzstreben, die ihren rechten Arm schienten, knarzten ein wenig. Eine Schlinge benutzte sie nicht mehr.

»Später«, befand die Gräfin knapp. »Jetzt gibt es Wichtigeres zu tun. Du willst doch Abuliar zurückholen?«

»Natürlich.«

»Stell dir vor, wie es ist, unbeweglich zu stehen wie er. Man sagt, die Weinenden Männer verlieren jeden Tag ein Stück von ihrem Verstand.«

Kyrin unterhielt sich mit ihrem Mentor, so oft es ihr möglich war, wobei er mit seinen Augen sprach. »Er erscheint mir stabil.«

Brotan wandte sich einem der mittleren Gänge zu. Erst einige Herzschläge später hörte Kyrin Schrittgeräusche von dort. Seit Jahrzehnten arbeitete sie mit Imagolems, und so war ihr sofort klar, dass dort steinerne Wesen nahten.

Mit den Kriegern, die sie schuf, hatten sie jedoch wenig gemein. Sie bestanden aus geädertem Marmor und sie bildeten keine muskulösen Kämpfer nach, sondern vielfältige Gestalten. Eine Schimäre war dabei, bei der auf dem Körper eines Affen ein Katzenkopf saß. Eine unnatürlich schlanke Frau, deren Taille kaum dicker war als eine Weinflasche, trug ein Kleid aus Quarz, das so weit auseinanderfiel, dass der Saum den Gang ausfüllte. Die meisten der zehn belebten Statuen stellten wohlproportionierte Männer dar. Bei manchen waren die vornehmen Gewänder aus anderem Stein geschlagen als der Körper, was sie farblich absetzte. Alle waren poliert, das Licht glitt über die Oberflächen, als suchte es vergeblich nach Halt.

Die Statue eines Mannes, dessen linke Hand in Krallen auslief, trat vor die Besucher. Er wandte den lockigen Kopf, um den Blick über die Bilder schweifen zu lassen. »Sie sind brauchbar«, befand er.

Semire knickste, Kyrin schloss sich an. Brotan stand unbewegt.

Die Statuen nahmen die Gemälde auf und trugen sie in den Gang, aus dem sie gekommen waren. Auch der gelockte Mann drehte sich um.

Semire ging ihm nach. »Wir haben Euch gebracht, was Ihr wünschtet. Nun ist es an Euch, den Handel einzuhalten.«

»Ich weiß von keinem Handel«, sagte der Gelockte, ohne seinen Schritt zu verlangsamen. Seine Stimme klang melodischer, als Kyrin sie von steinernen Körpern kannte. Weich. Er hätte ein Sänger sein können.

Kyrin beeilte sich, Semire zu folgen. Hinter ihr nahm Brotan die Truhe auf, die für einen Menschen zu sperrig und wohl auch zu schwer gewesen wäre, und schloss sich ihnen an.

Der gewundene Gang führte sie in einen Saal, in dem Blumen direkt aus Löchern im Steinboden wuchsen. Erdreich oder gar Gras gab es nicht. Kyrin sah Rosen, Nelken und Lilien mit Blüten in Blautönen in der gesamten Spanne vom beinahe weißen Gefieder einer Taube bis zum dunklen Violett eines Abendhimmels. Aber es waren gewöhnliche Blumen, nicht die exotischen Gewächse, die man aus aller Welt für die Tiefen Gärten der Unsterblichen heranschaffte.

Die belebten Statuen verschwanden in Nischen, die sich knirschend hinter ihnen schlossen.

»Helft uns!«, rief Semire.

Der Gelockte, der sich als Einziger noch im Saal aufhielt, blieb stehen.

»Helft uns«, wiederholte Semire gefasster. »Wir haben getan, was Ihr von uns verlangt habt.«

Der marmorne Mann drehte sich um. »Ist es nicht die Pflicht der Sterblichen, alles zu tun, was die Ahnen von ihnen verlangen? Wieso erdreistest du dich, eine Belohnung dafür zu erwarten?«

Stolz hob Semire das Kinn, eine Bewegung, die durch die schildartige Frisur verstärkt wurde. »Wir helfen uns gegenseitig. Ihr wisst nicht, was auf der Oberfläche vor sich geht, aber wir können …« Sie verstummte, weil ihr Gegenüber lachte.

»Du erkennst mich nicht«, stellte er fest. »Wie solltest du auch? Deine kümmerlichen Sinne reichen dafür nicht aus. Auch die deiner Magierin nicht. Oder des Knechts, der dein Gepäck schleppt.«

Sichtlich um ihre Beherrschung bemüht presste Semire die Kiefer aufeinander.

»Du kannst mich Doryam nennen.«

»Ihr seid Fürst Doryam?«, rief Semire.

»Ebender, auch wenn dir das nicht passt. Ich weiß, dass du mir die Unsterblichkeit nur widerwillig überlassen hast, Weib. Nun überrascht es viele, wie rasch ich mich in der Welt des Steins zurechtfinde.« Er streckte die Linke aus und bewegte die Finger. Die Krallen waren aus Marmor modelliert, aber so dünn ausgeformt, als wären sie aus Stahl geschmiedet.

Semire knickste tief und verbeugte sich zusätzlich. Kyrin ahnte, wie schwer es ihr fallen musste, diesem Mann Respekt zu erweisen. Als sterblicher Fürst hatte er nach der Eroberung des Kastells der Schwertgrats eine Reihe Frauen unter seine Gewalt gezwungen, ein Anblick, der Semire entsetzt hatte. Dass Kyrin sie getröstet hatte, prägte das Verhältnis der beiden Frauen zueinander bis heute.

Auch Kyrin knickste und hielt die Position, bis sich die Gräfin wieder aufrichtete.

»Legt Eure Kleider ab«, verlangte Doryam.

»Warum?«, fragte Semire.

»Weil es mir beliebt!«, versetzte Doryam scharf.

Auch im Stein blieb er ein Adliger, der es gewohnt war, der Welt seinen Willen aufzuzwingen. Und ein Lüstling blieb er ebenso.

Semire blickte Kyrin mit stoischer Ruhe an. »Kannst du mir behilflich sein? Mein Kleid ist am Rücken verschnürt.«

»Die Magierschlampe soll sich auch ausziehen!«, forderte Doryam.

»Bei mir wird es einfacher gehen«, versprach Kyrin, obwohl sie die Armschiene ablegen müsste.

Sie löste die Verschnürung von Semires Kleid, ein Dutzend sorgfältig geknüpfte Schleifen. Für solche leichten Arbeiten konnte sie auch ihre rechte Hand schon wieder gebrauchen.

Es stieß Kyrin ab, als Semire ihren Körper entblößte. Das war etwas, das nicht geschehen sollte. Sie dachte an ein Kaninchen, dem man das Fell abzog.

Kyrin drehte sich weg und klappte die Schnallen auf, die ihre Armschiene fixierten. Sie zog sie ab, dann öffnete sie die Schürze, die noch immer neu aussah. Danach löste sie den Gürtel, an dem sie Hammer und Meißel trug, zog das graue Kleid, das sie darunter trug, über den Kopf, am Schluss ihr Untergewand.

Semire verwehrte Doryam die Genugtuung, wie ein schüchternes Mädchen ihre Blöße zu bedecken. Ihre Arme hingen locker an der Seite ihres Körpers herab.

Das Marmorgesicht blieb undeutbar, während es Semire betrachtete. Kyrin wurde nicht beachtet.

Semire nahm die Schultern zurück, was auch das daumengroße Steinplättchen über ihrem Herzen betonte. »Können wir nun beginnen oder treiben Euch weitere wichtige Dinge um?«

Doryam kam auf sie zu, wobei er eine Lilie zertrat. Nach einem Schritt hielt er jedoch inne und sah zur Decke, über die sich ein gewundenes Zierband zog, aus dem eine Vielzahl steinerner Augen herabsah. Doryam legte den Kopf in den Nacken und blickte zu ihnen hinauf. Die Locken aus schwarzem Marmor scharrten über seinen Rücken.

Nach einer Weile wandte sich Doryam wieder Semire zu. »Hast du einen brauchbaren Körper mitgebracht?« Er klang resigniert.

Semire nickte Brotan zu, der daraufhin die Truhe aufklappte. Sie war mit weißem Samt gepolstert.

Ein nackter Mann lag darin, wegen seiner Proportionen augenscheinlich ein Kämpfer, aber durch lederne Fesseln hilflos gemacht. Seine Arme waren an die Seiten der Kiste gebunden, eine Schlinge zwang seinen Hals auf den Boden, ein breites Band hielt seine Hüfte zurück, über den Knien und den Fußgelenken war er ebenfalls fixiert. Ein Knebel steckte in seinem Mund. Er riss die Augen weit auf, blinzelte aber sofort mit flatternden Lidern.

Kyrin stieg über ihre abgelegte Kleidung, um zu ihm zu gelangen. »Wer ist das?«

»Irgendjemand«, wiegelte Semire ab. »Je weniger wir über ihn wissen, desto besser. Wichtig ist nicht, wer er ist, sondern wer er sein wird.« Sie sah hinauf in Brotans Gesicht.

»Bringt ihn hierher«, forderte Doryam sie auf. Neben ihm wuchs etwas aus dem Stein des Bodens.

Mühelos hob Brotan die offene Truhe an und stellte sie an die Stelle, die Doryam ihm bezeichnete. Währenddessen nahm das zwei Schritt lange Gebilde Gestalt an. Es bestand vorwiegend aus rotem Sandstein und hatte die Form einer geschwungenen Rampe. Darauf stand ein Dutzend Bergkristalle, wie Reisende auf dem Weg die Schräge hinauf. Zwischen ihnen waren handgroße Basaltscheiben in die Rampe eingelassen.

Die Kiste stand dort, wo die Schräge in den Boden abfiel. Auf der gegenüberliegenden Seite bildete sich ein rundes Relief im Boden. Es zeigte einen Wasserfall.

»Der Imagolem soll sich daraufstellen«, wies Doryam an und Brotan folgte.

Weitere Einzelheiten formten sich aus. In den Seiten der Rampe erschienen gehörnte Fratzen. Zwischen den Granitscheiben kerbten sich Stufen, weniger als eine halbe Fingerdicke hoch.

»Schau hin!«, flüsterte Semire der Magierin drängend zu. »Du kannst verstehen, was geschieht.«

»Habt Ihr mich deswegen mitgenommen?«, fragte Kyrin. »Ist das die Rolle, die Ihr mir in Eurem Intrigenspiel zuweist? Mein Wissen über die Magie in Euren Dienst zu stellen, während Ihr alle Entscheidungen einsam trefft?«

»Jetzt ist der falsche Moment für Zwist.«

Kyrin gestand sich ein, dass der Zauber sie faszinierte. In seiner Grundstruktur ähnelte er den Brücken, die sie so oft benutzt hatte, um die Seele aus einem Toten in einen vorbereiteten Steinkörper wandern zu lassen. Die Funktion der Bergkristalle war ihr jedoch unklar. Sollten sie einen Sog entfalten? Generell konnte man Magie mithilfe von Kristallen verstärken, aber auch ihren Wirkungsbereich lenken.

Doryam stellte sich neben Brotan und griff zu dessen Schulter hinauf, um die krallenbewehrte Hand darauf abzulegen.

Der nackte Mann in der Kiste wand sich, so weit die Fesseln es zuließen, und schrie gegen den Knebel an.

»Wirkt es?«, flüsterte Semire.

Ein milchiges Leuchten dämmerte im obersten Bergkristall, der Brotan am nächsten stand. Kyrin hockte sich neben die Rampe.

Als der oberste Kristall so hell war wie eine Öllampe hinter stumpfem Glas, begann auch der zweite aufzuscheinen. Beide wurden gleichmäßig heller. Die Basaltscheibe zwischen ihnen klappte langsam hoch, wie eine Feder bei einem Vogel, der sich aufplusterte. Gern hätte Kyrin sie berührt, um den Zauber besser zu begreifen, aber das hätte die Magie stören können.

»Es ist wie ein Fluss«, vermutete sie. »Lebenskraft fließt aus Brotan heraus und hinüber zu Eurem Gefangenen.«

Das bedeutete auch, dass dieser Zauber bei Abuliar nutzlos wäre. Die Seele des Versteinerten musste nicht in einen anderen Körper wandern, die Versteinerung des existierenden Körpers sollte aufgehoben werden. Das musste möglichst schnell vor sich gehen, damit alle Körperfunktionen gleichzeitig wieder einsetzen konnten. Es nützte nichts, wenn sich die Luftröhre wieder öffnete, aber die Lunge noch versteinert war und keinen Atem holen konnte.

Andererseits … Falls das unmöglich wäre, bot die Möglichkeit, die Semire für Brotan eröffnete, vielleicht eine Alternative. Sie müssten dann auch für Abuliar einen neuen Körper finden.

Kyrin betrachtete den zappelnden Mann. »Hat er ein Verbrechen begangen oder ist er unschuldig?«

»Nicht mehr und nicht weniger unschuldig als Brotan. Es gibt keinen Grund, aus dem es nicht ihn anstelle von Brotan treffen sollte.«

Nur hatte der Unglückliche keine so mächtigen Freunde wie die Gräfin eines Tiefen Hauses, dachte Kyrin bitter. Eigentlich waren es Menschen wie er, für deren Freiheit sie kämpfen wollte.

Aber vielleicht war er ja ein schlechter Mensch, versuchte sie sich zu trösten. Es gelang nicht recht. Sie sah nur einen Hilflosen, der nun sein Leben verlieren würde.

Der dritte Kristall hellte auf. Ein metallischer Knall ertönte aus den Wänden. Kyrin erkannte darin das Geräusch, mit dem ein Hammer auf einen Meißel traf, begleitet vom Knacken nachgebenden Gesteins. Aber es war so laut, dass der Meißel so groß wie Brotan sein müsste. Bevor das Geräusch vollständig verklang, knallte der nächste Schlag, diesmal aus einer anderen Richtung.

Das Basaltstück zwischen dem ersten und dem zweiten Kristall stand nun senkrecht auf der Rampe, die beiden nächsten richteten sich auf. Der oberste Kristall leuchtete hell wie eine Kerze, bis hinab zum fünften war ein Glimmen zu erkennen.

Der dritte Meißelschlag erklang. Kyrin sah hinauf zu Brotan. Er stand reglos. Doryam bewegte die Hand auf seiner Schulter, die Krallen aus Marmor klackten auf den Körper aus Granit.

Beim nächsten Meißelschlag stand Kyrin auf. Sie hörte den tiefen Ton nicht nur, sie spürte auch, wie der Boden unter ihren nackten Fußsohlen vibrierte.

Der Gefangene kämpfte nicht länger gegen seine Fesseln an. Kyrin ging zu ihm, wobei sie ihren von der Schiene entblößten Arm mit der Hand umfasste, um ihn wenigstens ein bisschen ruhigzustellen. Aus der Nähe betrachtet erschien der Gefesselte blass, die dunklen Brauen hoben sich stark vom Gesicht ab. Er versuchte nicht mehr, gegen den Knebel anzuschreien, und die Lider waren geschlossen.

Kyrin bückte sich und fasste eine seiner Hände. »Eiskalt.« Sie sah Semire an. »Ein Clerronit hat mir einmal erzählt, dass die Hände und die Füße zuerst die Wärme verlieren, wenn jemand stirbt.«

Semire hockte sich neben die Truhe und legte eine Hand auf den linken Fuß des Gefangenen. »Der ist auch kalt. Muss das so sein?«

Fragend sah die Magierin Doryam an. In dem Marmorgesicht erkannte sie nichts, aber Brotans Antlitz verzerrte sich, so weit die Physis eines Imagolems es zuließ. Kyrin erkannte darin ein Bild des Schmerzes.

Alarmiert richtete sie sich auf. »Was geschieht hier?«

»Niemand hat gesagt, dass es angenehm werden würde«, meinte Doryam. »Oder auch nur, dass es gelingen könnte. Wir haben lediglich versprochen, es zu versuchen.«

Semire sprang auf. »Brotan, hörst du mich? Kannst du mit mir sprechen?«

»Er ... ist kein Gefäß für das Leben mehr«, stöhnte der Imagolem. »Ich finde nur noch ... kalt ... Sein Herz ist ertrunken.«

Semire starrte Kyrin an. »Tu etwas!«

Die Magierin eilte zum Zauber. Sie vermutete, dass die Kristalle die Seele aus Brotan herauszogen, festhielten und weitergaben. Das war ein Vorgang, der gegen die Natur des Lebens angehen musste, das niemals freiwillig einen intakten Körper verließ. Die Basaltscheiben mochten dazu dienen, den Rückweg der Lebenskraft zu blockieren.

Der nächste Meißelschlag knallte. Von Mal zu Mal wurden sie lauter.

Kyrin hatte keine Zeit, gründlich abzuwägen. Sie griff die oberste Basaltscheibe und riss sie aus der Verankerung in der Rampe.

Ihr schien, dass alle Kristalle ab dem zweiten ein wenig an Helligkeit verloren. Das ermutigte die Magierin, sie riss weitere

Basaltscheiben ab. Sie saßen etwas fester als diejenige, die sich bereits vollständig aufgerichtet hatte. Aber der Erfolg stellte sich ein: Die unteren Kristalle verdunkelten und auch der obere erlosch noch vor dem nächsten Meißelschlag.

»Wollt ihr es doch nicht wagen?«, fragte Doryam spöttisch.

Brotan taumelte mit schweren Schritten von dem Relief mit dem Wasserfall.

»Es ist misslungen«, stellte Semire fest. »Und jetzt ist er tot.« Sie zeigte auf den Gefangenen. »Wir können keinen weiteren Versuch unternehmen.«

Doryam legte den Kopf schief. »Nicht mit ihm. Aber wenn ihr weitere Bilder und einen stärkeren Körper bringt, versuchen wir es erneut.«

»Ich hatte erwartet, dass mein Wunsch für Euch leicht zu erfüllen wäre!«, klagte Semire.

»Erwartungen und Wünsche von Sterblichen sind oft töricht«, versetzte Doryam.

Kyrin ging zu Brotan und betastete seinen Granitkörper. Sie entdeckte keine neuen Beschädigungen.

»Bringt weitere von diesen außerordentlichen Gemälden«, verlangte Doryam. »Sie erweisen sich bereits als nützlich.«

»Wofür braucht Ihr diese Bilder?«

»Du hast zu gehorchen, nicht zu fragen, Weib«, stellte Doryam klar. Er verschwand in einem lichtlosen Gang und ließ den erkaltenden Toten, die beiden nackten Frauen und den Imagolem, der die Meißel der Unsterblichen nur knapp überlebt hatte, zurück.

Quilûn zupfte am blauen Samt, der die Lehnen seines Sessels bedeckte. Er hatte die Sitzgelegenheit auf die Tür des Bleikellers hin ausgerichtet. Die gelbrote Flamme der Öllampe vermochte seine kalte Wut nicht aufzuwärmen. Sie hatten ihn hintergangen, glaubten wohl, dass er alles hinnehmen würde. Weshalb war ihm zuvor nicht aufgefallen, dass sie ihn wie eine Holzpuppe benutzten, an deren Fäden sie ziehen konnten? Der Dampf der Quadra gab ihm das Gefühl, die Welt klarer zu sehen. Aber am Ende war er ein Nebel, der sich im Kopf sammelte.

Grimmig sah er die drei ledernen Zylinder an, die in einem Regal zu seiner Linken lagerten. Er vermisste ihren Inhalt, doch gegen diese Sehnsucht würde er ankämpfen. Er beugte sich vor, nahm den Krug von dem niedrigen Tisch neben seinem Sessel, trank einen kleinen Schluck und stellte ihn wieder ab.

Wie oft war Graf Golar wohl hier gewesen? Die massive, mit Blei verkleidete Tür isolierte alles, was hier geschah, von der Außenwelt. Das hineingeprägte Motiv konnte man mit Golars Traum in Verbindung bringen: eine Sonne, unter deren Strahlen der Schnee von den Zweigen eines Baumes taute. Das Eis der starren Ordnung, die die Tiefen Häuser dem Berg aufzwangen, musste tauen. Darunter wartete das Leben, das frische Triebe hervorbringen würde. Quilûn hätte sie gern gesehen. Die Hoffnung auf etwas Schönes, das es irgendwo unter der Asche des Alten geben musste.

Aber wie sollte ihr Vorhaben gelingen, wenn selbst im engsten Kern der Revolutionäre Misstrauen und Verrat herrschten? Zur Bleikammer hatten nur drei Menschen Zutritt. Hier hatte Quilûn seine größten Schätze in Sicherheit geglaubt.

Ein Schlüssel klackte im Schloss, konnte sich aber nicht weit drehen. Es war bereits aufgeschlossen.

Die Klinke senkte sich, die Tür wurde aufgeschoben. Kyrin kam herein. Die Öllampe konnte sie schon wieder in der Rechten halten, der Arm war mit einem Gerüst aus sechs Streben geschient. Das Licht ließ sie größer erscheinen, als sie war, weil es ihr Gesicht von unten beschien. Ihr schwarzes Haar stand in wirren Strähnen ab, wie meistens. Aber auch das Kleid, das sie unter der blauen Schürze trug, war heute unordentlich, an den Ärmeln zerknittert, auch unter der Schiene, sodass es rechts nur den halben Unterarm bedeckte. Sie schloss die Tür, lehnte sich dagegen und sah Quilûn an.

»Hast du sie gestohlen oder ist Semire die Diebin?«, fragte er beherrscht.

»Du sprichst von deinen Bildern.« Ihr Blick wanderte zum Bett, auf dem die Gemälde gelegen hatten, und zu Quilûn zurück.

»Sie sind nicht zu ersetzen. Ich kann sie nicht noch einmal malen.« Quilûn fühlte die Weite in den Stirnhöhlen, die sich einstellte, wenn er einen Zug von der Quadra nahm. Solche körperlichen Erinnerungen überkamen ihn immer wieder. Er trank einen weiteren kleinen Schluck. »Wohin habt ihr sie gebracht?«

Es war nur eine Vermutung, aber er glaubte, dass die Frauen gemeinsam gehandelt hatten. Semire war diejenige, die am komplexesten intrigierte. Ihre Pläne glichen einem Spinnennetz. Viel eher als Kyrin war ihr zuzutrauen, dass sie sich einen Gewinn davon versprach, die Gemälde jemand anderem zu geben.

Kyrin schwieg, aber ihre Augen sprachen. Sie öffnete sie ein Stück weiter, als es ihre Gewohnheit war. Das war Quilûn schon aufgefallen, als sie den Raum betreten hatte, und es blieb nach jedem Blinzeln so. Etwas musste die Magierin verstört haben, und zwar schon, bevor er sie angesprochen hatte.

Quilûns Wut schmolz wie der Schnee auf dem Bild aus Blei. Er hatte sich zurechtgelegt, was er der Diebin seiner Gemälde an den Kopf werfen wollte. Auf Trotz hatte er sich eingestellt, ebenso auf Belehrungen. Aber nicht auf die tiefe Sorge, die er in Kyrins Miene sah.

»Was ist geschehen?«, fragte er vorsichtig.

Kyrin schüttelte den Kopf. Es war keine Geste der Verneinung, sie musste sich sammeln. »Semire … Ich verstehe, dass sie Brotan vermisst. Aber sie wird wahnsinnig. Sie kennt keine Grenzen mehr.«

»Also hat sie meine Bilder genommen?«

In Kyrins Augen sah er, dass sich ihr Verstand mit etwas Vergangenem beschäftigte. Sie musste sich zwingen, ihre Aufmerksamkeit auf die Gegenwart und auf Quilûns Frage zu lenken. »Deine Gemälde, ja. Die Ahnen verlangen danach. Nur nach denen, die du auf diese schreckliche Art gemalt hast. Aber nicht nur die hat Semire geopfert. Auch einen Mann. Er war gefesselt, wehrlos …«

Quilûn versuchte, zu verstehen. »Sie hat den Geistern ein Menschenopfer dargebracht?«

»Nicht den Geistern«, verneinte Kyrin. »Ihrer Liebe. Dieser wahnsinnigen Liebe. Ein Mann musste dafür sterben.«

Quilûn begriff noch immer nicht, was sich abgespielt hatte, aber der Tod eines Einzelnen erschien ihm angesichts des Grauens, das die Stadt in ihren Klauen hielt, kaum erwähnenswert. »Tausende sind am Dunkelsee gestorben.« Er stand auf und ging um den Sessel herum zum Schreibtisch, auf dem mehrere Stöße Papier lagen. »Dies alles entgleitet. Haus Finstertann hat Haus Adlerhoch angegriffen. Wir sollten unseren Verbündeten helfen, aber wenn wir das tun, überrennt uns Haus Sturmruf. Das neuerdings aber vielleicht selbst Haus Adlerhoch zu Hilfe kommt, weil Finstertann ihm zu stark wird.« Er blätterte, las einige Zeilen, nahm eine andere Notiz zur Hand. »Die Gravilier scheinen für den Moment vergessen, und jeder hofft, dass die Magier den Angriff auf den Dunkelsee ebenfalls vergessen. Alle fürchten ihre Giganten, vor allem den fliegenden. Und morgen kann alles schon wieder anders sein. Ich verstehe nicht, wer aus welchem Grund gegen wen kämpft. Mir scheint, das weiß niemand mehr. Der Krieg ist zum Selbstzweck geworden. Nur durch die ständige Bedrohung halten die Grafen ihr Gefolge zusammen. Und Graf Golars Traum?« Quilûn lachte auf. »Ein Witz! Die Zellen verlieren immer mehr Mitglieder. Sie laufen zu jenen über, die sie gestern noch stürzen wollten. Der Preis für ihre Loyalität ist ein Laib Brot. Und diejenigen, die noch kämpfen, sind grausamer als jene, gegen die sie aufbegehren.«

Kyrin pustete ihre Lampe aus und stellte sie neben Quilûns Krug auf das Tischchen. Obwohl sie dadurch weniger im Licht stand, nahm das der Magierin etwas von der bedrohlichen Erscheinung.

»Wer etwas verändern will, braucht Macht«, flüsterte sie, als wollte sie ihm ein gut gehütetes Geheimnis mitteilen. »Wenn es um eine jahrhundertealte Ordnung geht, braucht man *immense* Macht. Wenn man die nicht hat, ist bedeutungslos, was man erreichen will.«

»So spricht normalerweise Semire …«

»Sie hat mir die Augen geöffnet«, sagte Kyrin. »Semire kennt keine Zweifel. Das erlaubt sie sich selbst nicht. Sie gewinnt oder sie stirbt. Das ist ihr Leben.«

»Aber dieses Gemetzel …« Quilûn klopfte auf einen Blätterstapel. »Es sind lapidare Zeilen, aber sie künden von Tausenden Toten, Verkrüppelten, Verwundeten. Und hinter jedem davon stehen Menschen, die ihn lieben. Wir brauchen nur diesen Keller zu verlassen und durch die Ruinen unseres Palastes zu gehen, dann sehen wir, wer hinter diesen Tintenstrichen steht. Die Menschen leiden und daran haben wir keinen geringen Anteil. Es kann doch nicht richtig sein, dass wir den Traum davon töten, dass alle in Frieden und gerechtem Wohlstand leben. Dass wir ihn mit Schwertern zerhacken und von Imagolems zerschmettern lassen. So können wir ihn doch nie zum Leben erwecken.«

Kyrin rieb mit der Linken über ihr Gesicht und seufzte. »Ich habe keine simple Antwort. Aber heute habe ich verstanden, wie diejenigen denken, die die Macht haben, die Welt zu gestalten. Sicher denken sie so, weil sie in ihren Stand hineingeboren wurden. Aber es mag auch sein, dass dieses Denken dazu führt, dass man Macht erlangt.«

»Wie Semire.«

»Erstaunlich, nicht wahr?« Kyrin gestikulierte ziellos. »Als Frau … Eigentlich würde niemand von ihr etwas anderes akzeptieren, als dass sie vorteilhaft heiratet und vielleicht ein bisschen spioniert, Gerüchte streut. Aber sie hat sich mit dem Schwert in der Faust an die Spitze der Truppen gestellt und man folgt ihr.«

»Sie ist außergewöhnlich«, gestand Quilûn zu.

Kyrin atmete tief ein und seufzte. »Und du hast einen Blick für die Dinge wie niemand von uns. Unseren Traum töten … Nein, das dürfen wir nicht. Aber vielleicht müssen wir ihn ruhen lassen. Kann es sein, dass wir den zweiten Schritt vor dem ersten zu setzen versuchten? Wir brauchen die Macht, unbedingt und von niemandem bestritten.« Der geschiente Arm hing kraftlos an ihrer Seite, aber die Linke hob sie und ballte sie zur Faust. »Wenn wir bestimmen, was geschieht, können wir unseren Traum wieder wecken. Wenn keiner mehr da ist, der ihn zerstören kann.«

»Du klingst wirklich wie Semire.«

Kyrin verzog den Mund. »Denke an deinen Sohn. Erlyk sucht erst den besten Platz für eine Blume, er legt ein Beet an und schützt es, bevor er die Pflanze einsetzt.«

»Das tut er tatsächlich.«

»Semires Art, die Dinge anzugehen, kann unseren Traum nicht Wirklichkeit werden lassen. Aber sie mag der erste Abschnitt auf dem Weg dorthin sein. Semire hat immer gewusst, wo die Macht liegt. Sie hat ein Gespür dafür. Im Innern des Berges braut sich etwas zusammen, wie ein Gewitter. Die Geister müssen auf unserer Seite stehen oder wir müssen sie kaltstellen.«

»Dafür, dass sie ihre Macht abgeben, werden wir sie kaum gewinnen«, zweifelte Quilûn.

»Aber wir müssen verstehen, was im Berg vorgeht. Ansonsten ist alles bedeutungslos, was hier auf der Oberfläche geschieht.«

»Die Beben haben abgenommen«, gab Quilûn zu bedenken.

»Weil etwas Wichtigeres als wir die Geister beschäftigt. Ich weiß nicht, was das ist, aber sie brauchen deine Gemälde dafür. Sie verlangen danach. So sehr, dass sie sich dazu drängen lassen, zu tun, was Semire von ihnen will.«

Verwirrt schüttelte Quilûn den Kopf. »Das verstehe ich nicht.«

»Ich auch nicht«, gestand Kyrin. »Aber wir müssen mit den Ahnen in Kontakt bleiben, um mehr darüber zu lernen. Sie müssen glauben, dass wir enge Verbündete für sie sind.«

»Dabei sind wir ihre ärgsten Feinde.«

Kyrin nahm einen der Zylinder aus dem Regal und hielt ihn Quilûn hin. »Wir müssen die Macht im Berg brechen. Dafür brauchen wir deine Gemälde.«

Er leckte seine rissigen Lippen und sah den Krug an, aus dem er zuvor getrunken hatte. Sein Mund war trocken wie Sand in der Sonne. Aber er wollte nicht trinken. »Ich verliere mich selbst«, flüsterte er. »Wenn ich die Quadra atme, kann ich erschaffen, was keinem Menschen gelingt. Etwas, das größer ist als ich. Aber sollte ein Mann so etwas tun? Ist das nicht ebenso vermessen wie die Unsterblichkeit, die sich die Ahnen nehmen? Sollte ich nicht für meinen Sohn da sein? Ich weiß, wie es ist, ohne Eltern aufzuwachsen.«

»Auch Anthurel und ich sind als Waisen großgeworden«, sagte Kyrin. »Erlyk wird seinen Weg gehen.«

»Ich bin sein Vater. Ist es nicht meine edelste Aufgabe, für ihn da zu sein?«

»Es gibt viele Väter und viele Söhne.« Ihr Flüstern machte Kyrins Stimme weich und der Zylinder lockte. Quilûn bildete sich ein, den Dampf der Quadra zu riechen. »Aber es gibt nur einen Maler wie dich. Das ist dein Schicksal.«

»Und wenn es mich zerstört?«

Kyrin legte den Zylinder auf dem Schreibtisch ab. »Ich passe auf dich auf«, versprach sie. Und dann überraschte sie Quilûn damit, dass sie den linken Arm um seinen Hals schlang und ihn küsste.

Quilûn erschrak. Sein erster Impuls war, sich zurückzuziehen, aber wegen des Tisches konnte er sich nur ein wenig nach hinten lehnen, und auch das gelang nicht recht, weil Kyrin ihn festhielt.

Er hatte die Magierin nie als Frau wahrgenommen. Anfangs war sie ihm unheimlich gewesen, später zu einer Ratgeberin geworden, zu einer Vertrauten. Aber sie *war* eine Frau. Er spürte das Verlangen in ihren Küssen, die Verzweiflung darin, auch die Begierde. Und er merkte, wie sein eigener Körper darauf reagierte.

Quilûn wehrte sich nicht länger.

# DREI
## *Geister*

»Ist dies Zweifel?«

Die Stimme des Feuerwesens sank zu einem indifferenten Prasseln herab. Quilûn fragte sich, ob es zögerte. Er vermutete, dass die Wesenheit sein Gemälde betrachtete, obwohl er keine Augen entdeckte. Der Körper bestand aus sieben hüfthohen Steinsäulen, die drei sich um einen gemeinsamen Mittelpunkt drehende Ringe stützten. Innerhalb dieser Ringe waberte ein Klumpen gelben Feuers. Nur selten züngelte eine Flamme heraus. Die Luft flimmerte in der Umgebung des Wesens und auf den Stirnen von Kyrin und Semire von Schneegrund stand Schweiß, also war dieses Feuer wohl heiß. Quilûn spürte es jedoch nicht. Er hatte keinerlei Empfindung für die Temperatur. Das lag sicher an der Quadra. Nach seiner Abstinenz hatte er so viel von ihrem Dampf geatmet wie nie zuvor, beinahe ein gesamtes Tuch auf einmal. Dabei hatte er sein neuestes Gemälde geschaffen.

Das Prasseln wurde lauter, bevor erneut verständliche Wörter aus dem Feuer drangen. »Nein … kein Zweifel, denn Zweifel setzt voraus, dass eine Entscheidung getroffen wurde, die angezweifelt wird. Dieses Bild zeigt den Moment vor der Entscheidung. Offenheit … Gefahr … Verheißung …«

Besser hätte Quilûn es nicht beschreiben können. Das zwei Schritt breite und nicht ganz so hohe Bild stand an einer Wand des Sanktuariums, unter einem Reliefband, durch das der Stein floss wie geschmolzenes Wachs. Rotes Licht fiel aus der Decke, aber unmittelbar vor dem Gemälde bestand der Boden aus einem Streifen Bergkristall, durch den weiße Helligkeit strahlte, die blendete, wenn man direkt hineinsah. Brotans Schatten lag mit so klar definierten Konturen auf der Wand hinter ihm, als hätte jemand den Umriss aus schwarzem Stoff geschnitten und an den Stein gehängt. Zu diesem Eindruck trug auch bei, dass der Granitmann sich nicht rührte, seit sie diesen ovalen Raum am Ende eines gewundenen Ganges erreicht hatten.

»Mein Bild zeigt Ungewissheit und Entschlossenheit. Beides.« Schon während er es aussprach, erkannte Quilûn die Unvollkommenheit seiner Beschreibung. Es kam ihm vor, als entweihte er sein eigenes Kunstwerk, indem er es auf stümperhafte Worte reduzierte, die möglichen Interpretationen einengte. Jeder Betrachter konnte – und sollte – andere Elemente als dominant empfinden: die Fächer in Hellblau und Grau. Das weiße Strahlen ein Stück rechts und oben vom Mittelpunkt, in dem ein Blitz eine Spirale überdeckte. Die Schritte in den verwischten, beinartigen Formen. Sprache ordnete die Komponenten zwangsläufig: Die Silben, die Worte folgten nacheinander, wodurch sie eine Reihenfolge vorgaben. Im Bild dagegen sah man alles gleichzeitig. Quilûn fühlte sich schuldig, wie ein Verräter, weil er mit seiner Beschreibung eine Deutung nahelegte. Fraglos maß man der Interpretation des Schöpfers ein besonderes Gewicht bei, die sie nicht haben sollte. Die Kunst war größer als der Künstler. Quilûn war bloß ein Werkzeug. Aber um das zu begreifen, musste man selbst ein Künstler sein. Alita Blitzdorn könnte diesen Gedanken erfassen, aber sie war nicht hier. Kyrin, Brotan und Semire traute Quilûn es nicht zu und das Feuerwesen konnte er nicht einschätzen.

Er nahm sich vor, nur noch zu solchen Menschen von seinen Bildern zu sprechen, bei denen er sicher war, dass ihr Denken reif für seine Kunst war. Quilûn presste die Lippen aufeinander und straffte sich.

»Es ist verstörend«, urteilte die Feuerkreatur. »Das ist gut. Wir brauchen mehr davon.«

»Kunst sollte nicht besessen werden.« Der Gedanke war plötzlich in Quilûns Kopf. Auch das lag an der Quadra, sie provozierte Ideen jenseits der Schranke gegenwärtiger Umstände. »Was geschieht mit meinen Bildern, wenn Ihr sie in den Berg bringt?«

Das Wesen bewegte knarrend die Steinsäulen, die ihm als Beine dienten. Sie hatten weder Knie noch Füße, aber an den Ringen waren die Gelenke so flexibel, dass die Kreatur auf eine schwankende Art gehen konnte, die immer am Rande des Fallens zu sein schien. Jeder Schritt knallte auf dem Boden.

»Gefühle und Erfahrungen faszinieren die Tiefen Meister, so war es immer. Sie sind so weit in den Fels gesunken, dass die sonnenbeschienene Welt ihnen eine unerreichbare Sehnsucht geworden ist.«

»Ihr sprecht nicht von den Ahnen der Tiefen Häuser«, vermutete Kyrin. »Diese Tiefen Meister – das ist jemand anderes.«

Das Feuerwesen ging nicht darauf ein. Vielleicht hielt es eine einfache Magierin für keiner Antwort wert. »Die Schönheit von Pflanzen und Bildern fasziniert sie, beschäftigt sie. Aber nur so lange, bis sie sich an einen Anblick gewöhnen. Bei deinen Gemälden geschieht das später, Quilûn. Sie wirken stärker und länger. Das brauchen wir dringend. Die Rückkehr der Magie in den Ianapat hat etwas geweckt.«

Quilûn fand diese Erklärung merkwürdig, auch ihm als Grafen gegenüber. »Das klingt wie eine Rechtfertigung.«

»Du sollst verstehen, wie wichtig deine Arbeit ist.«

»Ich begreife, dass Ihr die Tiefen Meister damit unter Kontrolle haltet.«

»Nein«, korrigierte das Wesen. »Das vermag niemand.«

»Aber Ihr haltet sie damit beschäftigt«, lenkte Semire ein. »Wozu? Weshalb soll die Aufmerksamkeit der Tiefen Meister bei Gemälden und Blumen bleiben? Worauf würde sie sich sonst richten?«

»Das geht keine Sterbliche etwas an«, wies die Feuerkreatur sie zurecht. »Ihr habt verstanden, worin eure Aufgabe besteht. Und es ist nicht eure einzige. Die Magier am Dunkelsee … sie freveln. Steinmeister Agohn rührt an Dingen, die er nicht begreift. Wenn ihr ihm nicht Einhalt gebietet, wird sein Handeln den Berg in den Untergang reißen.«

Quilûn dachte an die dunklen Rauchwolken, die auch an diesem Tag wieder über der Stadt trieben. Überall wurde gekämpft. Flüchtlinge strömten in ebenso großer Zahl fort vom Berg, wie sie aus den vom Krieg verwüsteten Ländereien herbeikamen. Wenn das noch nicht der Untergang war – wie sollte er dann aussehen?

»Verrat hat die Allianz, die wir gegen die Magier geschmiedet haben, gesprengt«, berichtete Semire. »Sturmruf, Finstertann und Schwertgrat stehen auf der Seite des Steinmeisters.«

»Sturmruf nur noch zum Schein«, korrigierte das Feuerwesen.

»Dennoch wäre ein Angriff kaum auszuführen«, insistierte Semire. »Unsere Truppen sind geschwächt, Schwertgrat hat mit einem Überfall die Ernsthaftigkeit auf die Probe gestellt, mit der wir unseren Palast verteidigen.«

»Ein Palast kann wiederaufgebaut werden«, erwiderte das Wesen. »Doch nur, wenn der Berg nicht verloren geht. Es ist eure Pflicht, den Dunkelsee zu nehmen. Ihr müsst sie erfüllen.«

Semire hob das Kinn. »Werdet Ihr dann auch zu Eurem Wort stehen?«

Kyrin sog die Luft ein, was wegen ihrer verletzten Rippe schmerzen musste, und hielt den Atem an.

Quilûn stellte sich neben sie. Er wollte ihre Hand nehmen, noch lieber einen Arm um sie legen, den Körper spüren und schützen, der ihm in der vergangenen Nacht so viel Freude geschenkt hatte. Er verstand nicht, wieso er so lange gebraucht hatte, um Kyrin als Frau wahrzunehmen.

Er beherrschte sich. Schließlich hatten ihn die Geister mit Semire vermählt. Womöglich missbilligten sie es, wenn Quilûn Zärtlichkeiten mit einer Bürgerlichen tauschte.

»Wieso ist es nicht gelungen, Brotan einen neuen Körper zu geben?«, fragte Semire. »Was war falsch an diesem Körper? Welche Eigenschaften muss er haben, damit es gelingt?«

»Wir brauchen einen gesunden Körper, der sich nicht wehrt.«

Semire lachte auf. »Wie soll das gehen? Welche Seele lässt sich willig aus ihrem Heim vertreiben?«

»Diese Sorge mag ein Weiberherz bewegen«, sagte das Feuerwesen, »aber uns kann sie nicht interessieren, solange Wichtigeres zu tun ist. Wir müssen uns auf die Gemälde konzentrieren und auf Agohn. Ihr kennt nun eure Aufgaben.«

Semire presste die Kiefer aufeinander.

Plötzlich packte sie das Gemälde, hob es mit ihrer erstaunlichen Kraft an und stieß eine Ecke zwischen die sich drehenden Reife in das Feuer der Kreatur. Sofort ging die Leinwand in Flammen auf.

»Was tust du?«, rief Quilûn.

Kyrin ächzte.

Das Feuerwesen machte einige knallende Schritte zurück.

Semire ließ das lodernde Bild fallen. Der Rahmen brach, die Leinwand brannte weiter.

Der Anblick schmerzte in Quilûns Brust. »Dieses Werk ist unersetzlich! Ich kann es nie wieder erschaffen!«

Er wollte zu dem brennenden Bild eilen, doch Kyrin stellte sich in seinen Weg. Ihre Armschiene knirschte, sie legte beide Hände an seine Brust. Es war eine sanfte Berührung, aber sie stoppte ihn. Er blickte in Kyrins braune Augen.

Ächzend holte er Luft. Das Bild … seine Zerstörung war eine Grausamkeit. Ein Verbrechen!

Kyrin sah tief in Quilûns Augen. Nicht nur in ihrem Meißel lag Magie. Ihr Blick war Bitte, Verheißung und Trost zugleich.

»Wir sind keine dummen Untertanen«, sagte Semire. »Wir sind Eure Verbündeten. Bündnisse müssen von beiden Seiten geehrt werden. Ihr müsst Euren Teil erfüllen, sonst endet es hier.«

Überraschend schnell lief das Feuerwesen auf sie zu. Es hätte sie wohl umgerannt, wenn sich Brotan nicht dazwischengeworfen hätte. Krachend trafen die Steinsäulen auf den Imagolem aus Granit.

Mit seiner Größe von drei Schritt, den breiten Schultern und den ausmodellierten Muskeln war Brotan eine beeindruckende Erscheinung. Die Kerben auf Bauch und Brust, die von den

Kämpfen zurückgeblieben waren, machten ihn noch eindrucksvoller. Aber unter diesem Ansturm fiel er und donnerte so laut auf den Boden, dass sich Quilûn wunderte, weil kein Stück von seinem Körper abbrach.

Das Feuerwesen presste zwei seiner Säulenbeine auf den Imagolem, um ihn unten zu halten.

Brotan drückte sich mit all seiner Kraft hoch, die Wesenheit konnte ihn nicht niederhalten. Sie taumelte zurück und fand in einen Stand mit abgespreizten Beinen, der Quilûn an eine sprungbereite Spinne erinnerte.

»Verletzt einen von uns, und ich werde nie wieder malen!« Quilûn löste sanft Kyrins Hände. »Die Zeiten sind schwer, unsere Entscheidungen hart. Worte wurden schnell gesprochen und Semire hat unbedacht gehandelt.«

»Ich weiß genau, was ich …«, setzte Semire an.

»Aber wir dürfen nicht vergessen«, unterbrach Quilûn sie, »dass wir Verbündete sind. Unsere Feinde werden triumphieren, wenn wir einander nicht helfen.«

Das Feuerwesen knisterte. Es stellte seine Beine enger zusammen, was nicht mehr ganz so aggressiv wirkte.

Brotan stellte sich vor Semire.

Die Flammen verzehrten den letzten Rest des Bildes. Nur ein verkohlter Rahmen blieb zurück.

»Kümmert euch um Agohn«, forderte das Wesen. »Und malt. Viel.«

»Das werden wir«, versprach Quilûn. »Wir ziehen uns nun zurück.« Die ersten Schritte ging er rückwärts. Er warf Semire einen eindringlichen Blick zu. In ihrer Miene kämpfte ihr gekränkter Stolz mit der kühlen Abwägung, die sie von der Wiege an gelernt hatte.

Schließlich brachte sie sogar einen Knicks fertig und schloss sich Quilûn und Kyrin an. Brotan folgte ihnen in den gleich einer Schlange gewundenen Gang, in dessen Decke sich Augen aus Stein öffneten.

»Wir und die Ahnen sollen einander helfen …«, flüsterte Kyrin. »Manch einer wird deine Worte vermessen finden.«

»Aber du bewunderst mich dafür«, sagte er selbstsicher.

Sie lächelte mit rot überhauchten Wangen.

»Wenn wir und die Ahnen Verbündete sind«, murmelte Semire, »wer sind dann die Feinde? Die Schwertgrats und die anderen Tiefen Häuser, die uns zu schaffen machen? Die Magier? Diese Tiefen Meister, von denen ich nun das erste Mal gehört habe?«

Kyrin warf ihr einen warnenden Blick zu. »Alle Mächtigen, die nicht auf unserer Seite stehen, sind gegen uns.« Quilûn verstand, dass sie damit *alle* Mächtigen meinte. Kyrin träumte Graf Golars Traum von einer Welt, in der alle Menschen frei waren, am längsten und am intensivsten, und sie klammerte sich trotz aller Rückschläge daran fest. Aber die Radikalität dieses Vorhabens durfte man hier, im Sanktuarium, nicht aussprechen.

Zauberpriesterin Emala erwartete sie mit einer Laterne am Fuß der Treppe. »Wie steht es um meine Unsterblichkeit?«, blaffte sie ohne Umschweife. »Ich will mich nicht länger hinhalten lassen.«

Semire trat der Greisin entgegen. »Was seid Ihr bereit, dafür zu geben?«

Emalas Rechte umschloss den Stab, den eine Pyramide aus grünem Jade krönte, so fest, dass ihre Knöchel weiß hervortraten. Das heraufscheinende Licht ihrer Lampe schuf tiefe Schatten in ihrem faltigen Gesicht. »Was verlangen die Ahnen?«

Quilûn runzelte die Stirn. Über die Zauberpriesterin hatten sie kein Wort gesprochen.

»Viel«, behauptete Semire dennoch. »Sehr viel. Es könnte sein, dass Ihr den größten Teil Eures Volkes opfern müsst.«

»Unsterblichkeit«, erwiderte Emala kühl, »ist nur wenigen bestimmt.«

Obwohl er ein Fremder war, bedauerte Kyrin den Weinenden Mann, der umgestürzt vor ihr auf dem Boden lag. Seine Körperhaltung mit den angewinkelten Armen hatte sich dadurch nicht verändert. Kallin, Lepp und Kell tollten keckernd auf den basaltenen Gliedern herum. Die goldenen Mähnen der Äffchen klebten an den Köpfen, der Sprühnebel des Almahn, der über den Platz der Reue wehte, durchnässte auch sie.

»Kannst du ihn wieder aufrichten?«, bat Kyrin Asmodel.

Der Imagolem mit dem Loch in der Stirn ging in die Hocke und schob die Hände unter den versteinerten Leib.

Alita Blitzdorn sah ungerührt zu. Gegen die Nässe trug sie einen Wollmantel, unter dem ihr sicher warm war. Selbst dieses grobe Kleidungsstück verbarg nicht, wie zierlich die Baroness gebaut war. Oder war es die Erinnerung, die Kyrins Wahrnehmung prägte? Alitas schmales Gesicht war noch immer fein geschnitten, aber sie hatte sich verändert. Auf schwer zu bestimmende Art wirkte sie härter, abweisender. Ob das nur an der bevorstehenden Begegnung mit ihrem Ehemann lag?

Als Asmodel den Weinenden Mann anhob, um ihn auf die Füße zu kippen, sprangen die Äffchen auf die Schultern des Imagolems. Er nahm es gleichmütig hin, bei seiner Arbeit ließ er sich nicht stören.

»Es ist ein Akt der Barmherzigkeit«, erklärte Kyrin.

Ihr fiel auf, dass Alita diese Aussage nicht nur auf den Weinenden Mann, sondern auch auf das Treffen mit Anthurel beziehen könnte. Kyrins Bruder hatte verlangt, mit seiner Gemahlin zu sprechen, bevor er Semires neuerlichen Angriff auf den Dunkelsee unterstützte. Es war Kyrin zugefallen, die Begegnung am Rande der Verhandlungen zwischen den Grafen, die wieder in den Trümmern der Arena stattfand, zu organisieren.

»Wenn er auf der Seite liegt, läuft das Wasser aus den Brauen nicht mehr über seine Augen.« Kyrin tippte an ihre eigene Wange. »Sie entzünden sich.«

Tatsächlich waren die Augen des Weinenden Mannes gerötet.

»Hat er Milde verdient?«, fragte Alita. »Ist er etwa kein Verbrecher?«

Kyrins Geste umfasste die Dutzenden von Weinenden Männern, die auf dem Platz der Reue standen und lagen. Noch immer benutzte sie bei solchen Gelegenheiten nur den linken Arm.

»Wer hat sie verurteilt? Was wissen wir über die Beweggründe ihrer Richter?«

Die umgestürzten Weinenden Männer waren nicht nur durch Beben aus dem Gleichgewicht geraten. Viele hatte der Übermut von Halbstarken zu Fall gebracht. Auch jetzt feixten einige Sturmrufs herüber, junge Männer, die ihre Degen mit Stolz trugen. Sie hatten wohl beobachtet, dass Kyrin den Basaltmann hatte wieder aufstellen lassen, und stemmten sich nun gegen einen anderen. Die sechs rangelten sogar miteinander, damit jeder einen Platz für seine Hände auf dem Basalt fand. Gleichzeitig feuerten sie sich an, bis sich der Weinende Mann neigte, kippte und auf das Pflaster krachte. Sie bedachten ihren eigenen Erfolg mit beifälligem Grölen. Einer von ihnen, der Eisenkrallen an seinen Handschuh genäht hatte, schüttelte ihnen die Faust entgegen. Dass ihr Graf sich mit Quilûn sowie den Anführern der Tiefen Häuser Saphirtrutz und Adlerhoch traf, bedeutete keineswegs, dass sich der Hass der vergangenen Tage in Zuneigung gewandelt hätte.

»Ihr habt etwas vor.« Alita zog den Mantel enger um ihre schmalen Schultern. Vermutlich brachte das wenig, die Wolle war bereits durchnässt. »Quilûn hat es angedeutet, aber ich nehme an, es wäre nicht gut, wenn ich zu viel davon wüsste. Wollt ihr sie alle von ihrer Strafe erlösen?«

»Das ist eine gute Frage«, gestand Kyrin. Sie hatte sich nie Gedanken darüber gemacht, ob die Freiheit für alle Menschen auch eine Amnestie für alle Verurteilen bedeuten würde. »Auf Tarisonns Schild stand, dass man ihn für das Meißeln verbotener Zauber versteinert hätte, aber das stimmt nicht.«

Nachdenklich betrachtete sie den von Asmodel aufgerichteten Weinenden Mann. Das Wasser aus den Brauen floss jetzt wieder über seine Augen und von dort aus an einer rundlichen Nase entlang über einen wutverzerrten Mund. Diese Miene wirkte bedrohlich, aber auch ein unschuldiger Mann mochte wütend werden, wenn man ihn zu Unrecht verurteilte. Man durfte sich nicht von dem einen Augenblick täuschen lassen, in dem der Versteinerungszauber seine Wirkung entfaltet hatte. Zumal dieser hundert Jahre und länger zurückliegen konnte. Das Schild, das sein Vergehen verzeichnete, war längst verwittert.

»Tarisonn hat keine verbotenen Zauber gemeißelt, sondern nach der Wahrheit gesucht«, erklärte Kyrin. »Nach unserem Ursprung, unserer Vergangenheit.«

Alita sah sich um. Schwaden von Sprühnebel trieben über den Platz. Gruppen von Bewaffneten, vereinzelt begleitet von Imagolems, gingen zwischen den Weinenden Männern Streife. »Welcher ist Tarisonn?«

»Er stand am Rand.« Kyrin zeigte über die Bruchkante hinaus, jenseits derer der Platz der Reue seine Stabilität verloren hatte. »Er ist hinabgestürzt und irgendwo in den unteren Stadtvierteln verloren.«

»Hast du ihn gesucht?«

Mit ein wenig Schuldbewusstsein schüttelte Kyrin den Kopf. Sie hätte es wohl tun sollen. Immerhin hatte Tarisonn sie auf die Spur der Gezeiten der Macht gebracht. Aber darüber wollte sie nicht mit Alita sprechen. Dass sich Quilûn gegenüber der Baroness verplappert hatte, war nicht gut. Besser, sie erfuhr nicht noch mehr über die Revolution, die sich ohnehin ganz anders entwickelte, als Kyrin gehofft hatte. Die Erhebung des einfachen Volkes blieb aus. Dass hier und dort Knechte und Tagelöhner, Schöngeister und Handwerker aufbegehrten, ging in dem Gemetzel unter, das die Tiefen Häuser untereinander veranstalteten.

Alita sah in die Augen des aufgerichteten Versteinerten, der sie seinerseits musterte. »Wie viele von ihnen sind Mörder und Schänder?«, fragte die Baroness. »Nicht nur Unschuldige wurden verurteilt, da bin ich sicher.«

Kyrin stimmte ihr zu. Dennoch blieb es ungerecht: Andere Mörder und Schänder wurden geehrt statt bestraft. Fürst Doryam hatte sogar die Unsterblichkeit des Berges erhalten.

»Welches Verbrechen rechtfertigt eine solche Strafe?«, fragte Kyrin. »Sie beobachten jahrhundertelang das Leben, ohne Teil davon zu sein. In den Zauberwerkstätten haben wir gelehrte Dispute darüber geführt, wie lange es wohl dauert, bis sie den Verstand verlieren. Manche von uns glaubten, das sei eine Gnade.«

»Was für eine andere Strafe hieltest du für angemessen?« Alita öffnete den Mantel ein wenig, damit Lepp darunter Schutz finden konnte.

Das Äffchen griff einen Zipfel und wickelte sich darin ein, bevor es sich auf das Pflaster setzte.

»Würdest du sie stattdessen töten?«, fragte Alita. »Mit deinem Meißel in kleine Stücke schlagen?«

Nachdenklich schüttelte Alita den Kopf. »Ich weiß es nicht. Vielleicht würde ich sie zurück in ein normales Leben lassen, wenn ich es könnte.«

»Und das fändest du gerecht?«

»Nicht in jedem Fall. Aber mir wäre lieber, zu milde mit einem Schuldigen umgegangen zu sein als zu streng mit einem Unschuldigen.« Kyrin dachte über ihre eigenen Worte nach und wunderte sich über ihre Widersprüchlichkeit. Sie hatte eine Revolution auslösen wollen, aus der ein Bürgerkrieg geworden war, der Zehntausende Unschuldige getötet und verkrüppelt hatte. Das war nicht ihr Wunsch gewesen, aber das Ergebnis ihres Traums von Freiheit und Gerechtigkeit. Sie konnte nur hoffen, dass nach dieser Dunkelheit ein Morgen anbrechen würde, der für alles Leid entschädigte.

»Welches Verbrechen habe ich begangen?«, fragte Asmodel.

Kyrin sah hinauf in das Granitgesicht des Imagolems. »Du?«

»Man hat einen Käfig um mein Herz gelegt und mich in die Arena geschickt, um dort zu töten.« Er zeigte auf die Trümmer des großen Bauwerks. »Und ich habe dort getötet, andere Männer wie mich. Das allein kann nicht falsch gewesen sein. Ich wäre selbst erschlagen worden, wenn ich das nicht getan hätte. Aber ich habe es genossen. Das Leid meiner Gegner und den Jubel des Pöbels. Dafür büße ich. So verstehe ich es.«

»Du siehst dein Leben als Buße?«, versicherte sich Kyrin. »Wärest du lieber tot?«

»Ich wäre gern etwas anderes als ein Diener.« Hilflos breitete Asmodel die steinernen Pranken aus.

Anthurel kam allein durch die nassen Schwaden. Kyrins Zwillingsbruder trug für seine Verhältnisse einfache Kleidung: eine blaue Magierschürze und darunter eine etwas dunklere Tunika mit einer bescheidenen Stickerei aus schwarzem Faden als Verzierung. Auf einen Mantel hatte er verzichtet, eine Stoffkappe schützte sein Haar.

Stumm sah Alita ihm entgegen, aber sie ballte ihre Hände zu Fäusten.

»Wie geht es deinem Arm?«, fragte Anthurel seine Schwester.

Kyrin strich über die Streben ihrer Schiene. »Jeden Tag besser.«

Anthurel nickte, bevor er sich an Alita wandte. »Deine Eltern leiden sehr darunter, dass du ihnen fernbleibst«, sagte er mit rauer Stimme. »Ich bin gekommen, um dich um Vergebung zu bitten.«

»Wieso sollte ich dir vergeben?« Alita fragte das, als würde sie sich nach einer Belanglosigkeit wie der Essenszeit erkundigen.

»Weil ich meine Schuld bereue.«

»Nein, du bereust, dass deine Schurkerei ans Licht gekommen ist«, versetzte sie. »Du wolltest mich immer nur besitzen, geliebt hast du mich niemals. Noch nicht einmal begehrt.« Sie legte ihren Kopf ein wenig in den Nacken, sodass der Schatten ihrer Kapuze das Blinzeln beinahe verdeckte.

»Ich habe niemals deine Schönheit infrage gestellt.«

Alita wandte sich dem Weinenden Mann zu. Sie griff eine seiner leeren Hände, verschränkte ihre weißen Finger mit denen aus Basalt. Die Augen des Verurteilten sahen sie an.

Lepp kletterte an ihrem Mantel hoch und wechselte über ihren Arm auf den Versteinerten, setzte sich auf den Kopf und schüttelte sich. Wassertropfen flogen aus seinem Fell.

Die beiden anderen Äffchen vermuteten wohl, dass dort oben etwas Interessantes vorging, und kamen zu ihm herauf. Zu dritt wurde es jedoch eng. Kreischend stritten sie um den besten Platz auf dem Steinkopf.

Die Menschen beachteten sie nicht.

»Ich weiß, was du getan hast«, flüsterte Alita. »Jahrelang trug ich die Kette, die du für mich gemeißelt hast. Ich war den Gefühlen ausgeliefert, die du mir zugedacht hast. Mein Herz hast du betäubt und die verlorenen Jahre kann mir niemand zurückgeben. Ich werde dir nicht vergeben.«

»Ich könnte dir helfen, ihn zu finden.«

»Luhk? O nein! Du wirst nichts tun, das dazu führt, dass ich dir Dank schulden könnte. Ich verachte dich, Anthurel. So wird es bleiben.«

Ohne ihn anzusehen, schritt sie davon, vorbei an den Sturmrufs, die wohl spürten, dass sie die Frau besser nicht ansprachen. Erst als Alita sie passiert hatte, nahmen sie ihre derb geführte Unterhaltung wieder auf.

»Geh ihr nach«, bat Kyrin Asmodel. »Pass auf sie auf.« Auf dem Platz der Reue waren viele Bewaffnete unterwegs, da mochte eine Klinge locker sitzen.

Der Imagolem folgte der Baroness in den Dunst.

»Verachtest du mich auch?«, flüsterte Anthurel.

»Ich bin entsetzt darüber, was du ihr angetan hast«, antwortete Kyrin. »Aber du bist mehr als diese eine Tat. Du bleibst mein Bruder. Ohne dich hätte ich das Leben auf der Straße nicht durchgestanden. Wir haben einander immer geholfen.«

Eine Weile schwiegen sie. Kyrin bezweifelte, dass ihr Bruder Alita noch im Dunst ausmachen konnte, aber vielleicht hoffte er, dass ein Windstoß die Schwaden auseinandertreiben würde. Oder dass sie umkehrte.

»Wirst du mit uns kämpfen?«, fragte Kyrin.

»Den Steinmeister dort angreifen, wo er am stärksten ist? Wo er sich seit Wochen vorbereiten konnte?« Freudlos lachte Anthurel auf. »Sicher. Es gibt nicht viel, wozu Menschen wie ich taugen. Aber wenn ich schon nicht anständig gelebt habe, gelingt es mir vielleicht, mit Anstand zu sterben.«

Durch die vorspringende Nase ähnelte Lastonn dem Reiher, der auf der Wand hinter ihm abgebildet war. Nur war der Vogel schöner, er blickte entschlossen, während er zwischen den Schilfrohren nach Beute Ausschau hielt. Der Magier dagegen wirkte wie ein trotziges Kind, weil seine Stirn ständig in Falten lag, als hätte er vergessen, worauf er wütend war.

»Eine Adlige hätte ich im *Vögelnest* nicht erwartet.« Er meinte nicht Semire von Schneegrund, die ihre blauen Zähne hinter einem Schleier verbarg, sondern Alita Blitzdorn, von der er ein Glas Wein entgegennahm. »Wie viel kostest du?«

»Dein Leben, wenn du mich ungebührlich berührst«, antwortete Alita mit einer Entschiedenheit, die Semire beeindruckte.

Lastonn lachte auf und nahm einen Schluck. Er saß in einem Polstersessel mit breiter Sitzfläche, die es gestattete, dass ein Mann die Beine spreizte, damit sich eine Frau zwischen seine Schenkel knien konnte. Derartige Betätigungen hatte er jedoch an diesem Abend bereits hinter sich. Er war wieder sittsam gekleidet, mit einer grauen Tunika und einer schwarzen Hose. Die vom Hausdiener geputzten Stiefel standen neben der Tür, er war barfuß. Auf seine Magierschürze hatte er verzichtet, auf dem Weg durch die Stadt wollte er wohl unerkannt bleiben. Widerwillig zollte Semire ihm Respekt dafür, dass er sich allein durch ein Gebiet traute, in dem immer wieder Kämpfe aufflammten.

Zischend zog Lastonn die Luft durch die Zähne, während er Alita ansah. »Dann gehört dir dieser Laden? Nicht unserer Rose hier?«

»Das ist doch jetzt unwichtig«, wiegelte Semire ab. »Wir haben anderes zu besprechen.«

»Erlaube mir noch, dich meines Bedauerns zu versichern. Der Verlust des *Lustgartens* muss dich schmerzen.«

Semire lächelte über ihren Ärger hinweg. Als sie noch Besitzerin des vornehmsten Bordells in der Stadt gewesen war, hatte der Magier sie geihrzt. »Dieselbe Blume, an der Ihr Euch gestochen habt, bereitet mir nun ebenfalls Kummer.«

»Die blonde Schlampe?« Lastonn schnippte mit den Fingern. »Wie heißt sie noch gleich?«

»Aliére. Sie glaubt, sie vermag den *Lustgarten* besser zu führen als ich.«

»Und die anderen Huren folgen ihr?«

»Ja, das ist bedauerlich«, meinte Semire. »Aber es sind einfache Mädchen, schnell einzuschüchtern. Sie besitzen nichts und müssen jeder Hand gefügig sein, die ihnen Silber gibt.«

Lastonn sah seine eigene Hand an. »Diese Aliére würde ich auch gern gefügig machen … Ich habe sie zu sanft eingeritten. Diesen Fehler will ich korrigieren.«

Semire nickte. »Das wird sich einrichten lassen.«

»Ich dachte, sie arbeitet nicht mehr für dich?«

»Sagen wir: Ihre Unabhängigkeit ist nur vorübergehend.« Es kränkte Semire, dass sie noch immer nicht dazu gekommen war, sich den *Lustgarten* zurückzuholen. Aber damit, Haus Schneegrund im Bürgerkrieg zu behaupten, den Dunkelsee anzugreifen und Brotan einen menschlichen Körper zu beschaffen, hatte sie genug zu tun. Sie durfte sich nicht verzetteln.

»Du würdest mir die Schlampe, die mir ein Brett ins Gesicht geschlagen hat, für eine Nacht überlassen?«, versicherte sich Lastonn.

»Nur zu gern.«

»Und niemand würde uns stören?«

»Ich werde euch ein ruhiges Zimmer geben.« Vielleicht eines im Keller, überlegte Semire. Sie würde sich bei Caliga nach etwas Geeignetem erkundigen. »Aber dafür brauche ich etwas von Euch.«

Lastonn lachte auf. »Die Verfahrensakten der Zauberwerkstatt werden es diesmal wohl nicht sein.«

»Ich höre, die Magier haben sich am Dunkelsee eine neue Werkstatt aufgebaut.«

Er schnaubte. »Nichts, was mit der früheren Pracht vergleichbar wäre. Nasse Höhlen tief im Fels.«

Semire nickte und verbarg sorgfältig ihre Erregung. Lastonn sprach von Höhlen, nicht von der Burg. Kyrin hatte vermutet, dass die Magier irgendwo hocken mussten, wo die magische Kraft des Berges noch aktiv war. Nur so konnten sie die Leitfiguren benutzen, mit denen sie ihre Imagolems lenkten. Anders war das koordinierte Vorgehen der Steinkrieger in der Schlacht nicht zu erklären.

»Ich stelle mir vor«, sie heuchelte Mitgefühl, »in einer solchen Umgebung hat man wenig Verwendung für Schreiber.«

»So ist es!«, klagte Lastonn. »Wir müssen Spiegel, Bündelzauber und Kristalle an den waghalsigsten Stellen anbringen. Viele von uns sind schon in Felsspalten gestürzt oder ganz einfach im Dunkel verloren gegangen. Und dann diese Adern, die nicht Stein sind und nicht Metall!«

»Was für Adern sind das?«, fragte Semire.

»Weshalb willst du das wissen?« Misstrauisch sah er sie an.

»Ihr müsst verstehen, dass ich mich nach neuen Quellen umschauen muss, um an Silber zu kommen«, schnurrte Semire.

»Ja, dein Flug und Fall wird auch nicht mehr funktionieren.«

Semire zuckte die Achseln, obwohl die Tatsache, dass sie ihre Geistesschärfe nicht mehr im magischen Spiel beweisen konnte, sie ärgerte. »Viele in der Stadt sind neugierig, was am Dunkelsee vor sich geht. Neuigkeiten von dort erzielen einen guten Preis.«

Die Falten auf seiner Stirn wurden noch tiefer, entspannten sich dann aber wieder. »Was sollen ein paar Huren und ihre Freier schon mit solchem Wissen anfangen? Die Adern sehen aus wie stumpfes Glas, fühlen sich aber an wie warmes Blei, und überall finden sich natürlich Kristalle.«

»Weshalb ist das natürlich?«, fragte Alita.

»Das würdet ihr nicht verstehen«, sagte er herablassend. »Dazu muss man ein Magier sein. Kristalle können wie Augen sein, und wie Boten.«

»Boten für wen?«, wollte Semire wissen.

»Daraus macht der Steinmeister ein Geheimnis. Die Geister des Berges, die Ahnen …« Brütend starrte er auf den Boden vor sich.

»Ist das nicht dasselbe – die Geister und die Ahnen?«

»Alle Ahnen sind Geister«, murmelte Lastonn, »doch nicht alle Geister sind Ahnen. Es gibt niedere, aber es gibt auch sehr alte und sehr … fremde.« Bei dem Thema war ihm sichtlich unwohl.

Alita schenkte ihm nach.

Er trank.

»Wo befinden sich diese Höhlen?«, fragte Semire.

»An wen willst du solche Information verkaufen?« Er musterte Alitas Gürtelschnalle. »Ist das ein Blitz? Haus Blitzdorn? Also interessiert sich das Tiefe Haus Sturmruf für diese Dinge?«

»Ihr werdet mir verzeihen, dass ich manche Geheimnisse wahren muss«, bat Semire.

»Und du wirst begreifen, dass ich dir keine Rechenschaft schuldig bin. Wenn mich der Steinmeister das nächste Mal in die Stadt schickt, in zwei Wochen vielleicht, lege mir Aliére ins Bett. Wenn ich mit ihr fertig bin, mag ich in Plauderlaune sein.«

Es klopfte.

»Herein!«, rief Semire.

Caliga öffnete die Tür. »Entschuldigt. Ich habe gehört, dass Alita hier ist. Könnte ich vielleicht mit ihr sprechen, wenn Ihr fertig seid?«

»Ich brauche sie nicht mehr«, beschied Semire. »Wenn Ihr mögt, könnt Ihr Euch zurückziehen.«

Alita knickste eifrig. Etwas verband sie mit der ehemaligen Eigentümerin des *Vögelnests,* von dem Semire nichts wusste. Das war schlecht, aber ihr fehlte die Zeit, sich in allem auf dem Laufenden zu halten.

»Schickt Tomalion herein!«, rief Semire den Frauen nach, als diese die Tür schlossen.

Lastonn spülte einen Schluck Wein im Mund hin und her, bevor er schluckte. »Du überraschst mich wieder einmal.«

»Warum?«

»Du kommandierst eine Baroness herum. Ich hätte vermutet, dass sie hier das Sagen hat. Was kann eine Hure gegen sie in der Hand haben, sodass sie kuscht wie ein Hund?« Lastonn stellte das Glas ab. »Wie dem auch sei – ich werde zurückerwartet. Es wird Zeit, dass ich aufbreche.«

»Ich fürchte, das *Vögelnest* kann Euch noch nicht entbehren.«

Er stand auf. »Das ist bedauerlich für diese Absteige, aber ich gehe jetzt.«

Tomalion Eichfrost kam herein. Er trug halbwegs elegante Lederkleidung und einen der breitkrempigen Hüte, die er so sehr liebte. An der linken Hüfte hing ein Degen, an der rechten ein Beil. In den vergangenen Kämpfen hatte er diese Waffe schätzen gelernt. An der Art, wie er die Schritte setzte, erkannte Semire, dass die Verletzungen in seinen Oberschenkeln noch nicht vollständig verheilt waren.

»Wenn Ihr mich ruft, habt Ihr Verwendung für eine handfeste Sprache.« Tomalion grinste.

»Noch ein Adliger!«, rief Lastonn verwirrt. »Was ist denn hier los?«

Semire hatte seinen herablassenden Blick satt. »Die Dinge sind nicht immer, wie sie scheinen.« Sie löste ihren Schleier und lächelte ihn an, damit er ihre blauen Zähne sah.

Er blinzelte. »Du auch?«

»Du solltest deine Anrede überdenken«, riet Semire eisig.

»Aber du bist doch … Ich meine …« Er kniff die Lider zu Schlitzen zusammen. »Eine Adlige? Du?«

Lächelnd stellte sich Tomalion vor ihn, um ihm unvermittelt eine Faust in die Magengrube zu rammen.

Stöhnend krümmte sich Lastonn und fiel zurück in den Sessel.

»Es ist eine kluge Entscheidung, wieder Platz zu nehmen«, fand Semire. »Du wirst noch eine Weile brauchen. Ich lasse nach Pergament und Tinte schicken, damit du uns aufmalen kannst, wo wir die Einstiege zu diesen Höhlen finden.«

»Bin ich etwa Euer Gefangener?«, würgte Lastonn hervor.

»Das liegt an dir. Wenn ich das Gefühl habe, dass du uns etwas verschweigst, könntest du bald an deinen Daumen von der Decke hängen. Aber falls ich Interessantes von dir lerne, werden meine Blumen den Aufenthalt hier zur angenehmsten Zeit deines Lebens machen. Und Aliére bekommst du nach unserem Sieg. Sollten wir allerdings in eine Niederlage ziehen, wird Tomalion dafür sorgen, dass du unseren Kummer teilst.«

Ängstlich sah Lastonn zu dem neben ihm stehenden Mann hoch, der den Griff seines Degens umfasst hielt und ihn auf alles andere als beruhigende Weise anlächelte.

Quilûns Einladung zur Gemäldeausstellung war ein Zeichen der Stärke. Die Truppen des Tiefen Hauses Schneegrund waren nach der Schlacht am Dunkelsee kaum noch handlungsfähig, aber das volle Ausmaß des Desasters kannten nur ein halbes Dutzend Offiziere. Alle anderen hofften, dass es die übrige Streitmacht weniger vernichtend getroffen hatte als ihre eigene Einheit.

Diese Hoffnung sollte der Umstand nähren, dass sich der Graf offenbar stark genug fühlte, um jedem, der ein selbst gefertigtes Gemälde vorweisen konnte, freies Geleit zum Palast der Schneegrunds zu gewähren. Semire war so von der Wirkung dieser Geste überzeugt, dass sie sogar Haus Adlerhoch dafür gewonnen hatte, mit seinen Truppen die Sicherung der Anreisewege zu unterstützen. Zweifellos hatte sie einen diplomatischen Preis bezahlt.

Auf den Wegen zwischen den Schutthalden standen die Gemälde in langen Reihen in der Sonne. Manche Maler hatten Staffeleien mitgebracht, um ihre Bilder darauf abzustellen, andere präsentierten sie auf Mauerresten. Quilûns Regeln gaben vor, dass jeder Maler so viele Werke ausstellen durfte, wie er selbst tragen konnte. Die meisten hatten deswegen ein oder zwei Bilder dabei, seltener drei. An den von einem Pferd gekrönten Resten des Rundbrunnens, in den sich Quilûn kurz nach seiner Rückkehr auf den Berg vor dem kugelförmigen Imagolem geflüchtet hatte, stellte einer der wenigen aus, die ein ganzes Dutzend kleiner Bilder mitgebracht hatten. Sie maßen höchstens zwei Handspannen an der Längsseite.

»Malst du immer den Himmel?«, fragte Quilûn.

»Er ist mein liebstes Motiv, Herr.« Die stark behaarten Hände des Mannes kneteten seine Mütze. Aus dem Kragen seines Hemdes, sogar aus seinen Ohren wucherten Haare.

Die meisten seiner Bilder zeigten Sterne. Oft bildeten als schwarze Flächen ausgeführte Schattenrisse von Baumkronen die Ränder, als läge man in einem Hain auf dem Rücken und betrachtete den Nachthimmel. Der Mond war auf zweien abgebildet, aber auch bei diesen hatte der Künstler die Möglichkeit ungenutzt gelassen, das silbrige Licht für interessante Schattenspiele an den Bäumen zu nutzen.

Quilûn versuchte, seine Enttäuschung zu verbergen. Er wollte ein Maler unter Malern sein. Jetzt musste er einsehen, dass er kein Maler wie die anderen mehr war. Der Dampf der Quadra hob ihn auf eine andere Ebene. Auch jetzt arbeitete er in seinem Verstand, in seiner Wahrnehmung. An diesem Morgen gelang es Quilûn, damit zu spielen: Er konnte die lange Reihe der Bilder anschauen und zulassen, dass sie sich in Linien verdichtete und in Spiralen drehte, und dann konnte er zwinkern und alles wieder so sehen wie jeder andere Mensch auch. Das vertrieb die Langeweile.

Denn die Bilder langweilten Quilûn. Es fehlte das Neue, das Überraschende, das, was die Kunst von der Wirklichkeit unterschied.

Oder machte ihn die Quadra überheblich und er übersah den Wert dieser Gemälde?

Er schlenderte weiter und achtete darauf, jedes Bild zumindest mit einem Blick zu würdigen. Quilûn erkannte durchaus die handwerkliche Qualität der Pinselstriche, der Farbmischung, der Anordnung der Komponenten eines Bildes. Nicht nur Stümper waren seiner Einladung gefolgt. Die Grundlagen waren oftmals vorhanden, aber die Ausführung wirkte jedes Mal zu schüchtern. Am liebsten hätte Quilûn selbst zum Pinsel gegriffen und einige gewagte Linien im Stillleben von einer Weide mit Schafherde oder einem Bussard auf einem Ast ergänzt. Etwas, das die Figürlichkeit durchbrochen und damit das Bild von seinen Fesseln befreit hätte. Aber er wusste, dass jeder Maler das als Beleidigung empfunden hätte. Und natürlich war ihm auch klar, dass niemand ihn mehr als Maler wahrnahm.

Die zweite Hoffnung, die Quilûn mit dieser Ausstellung verband, galt den Bürgerlichen, den einfachen Menschen. Es war ein Unglück, dass die Festhalle eingestürzt war, aber das bot auch die Möglichkeit, die Kunst im Freien zu präsentieren statt in Räumlichkeiten, zu denen nur der Adel Zutritt hatte. Nun konnte jedermann die Gemälde genießen, die Gedanken vom Trott der täglichen Last und der Trübnis des Krieges lösen.

Doch die Aufmerksamkeit der einfachen Menschen galt nicht den Bildern, für die sie nur flüchtige Blicke hatten. Allenfalls die derbsten Darstellungen – ein prall gefülltes Mieder, ein Berg von Silbermünzen, ein selig schauender Säufer mit infantilem Grinsen im Gesicht – fanden Beachtung. Vor allem wollte man den Grafen des Tiefen Hauses Schneegrund sehen, Quilûn, dieses Kuriosum, das über Nacht vom Bürgerlichen zu einem der bedeutendsten Adligen des Berges aufgestiegen war.

Die meisten folgten ihm in gebührlichem Abstand. Wenn die Begeisterung jemanden so nah herankommen ließ, dass Derrek Eichfrost ihn als Gefahr ansah, stießen die Büttel des Barons ihn zurück.

Auch Derrek hatte keinen Sinn für Kunst. Er wirkte gelangweilt. So, wie Quilûn ihn kennengelernt hatte, hoffte er wohl darauf, dass der Pöbel ausfällig würde, um einen Vorwand für eine handfeste Rauferei zu bekommen. Das könnte den Tag für Derrek retten.

Da Quilûn als Graf und Gastgeber die Bilder als Erster begutachtete und alle anderen ihm folgten, fühlte er sich, als führte er eine Prozession an. Innerlich seufzte er. Es war ein Jammer, dass Alita nicht hier war. Man hatte sie in die Stadt gehen sehen, Quilûn wusste nicht, welche Verpflichtungen sie dorthin zogen. Es musste wichtig sein. Sicher hätte sie sich gern mit ihm über die Kunstwerke ausgetauscht. Das wäre eine anregende Konversation geworden. Selbst Unzulänglichkeiten in einem Gemälde versprachen geistigen Gewinn und sogar Inspiration, wenn man sich mit Alita darüber unterhielt.

Quilûn trat an ein Bild heran, das den großen Wasserfall des Almahn darstellte. Die meisten Maler hätten bei diesem Motiv auch die Arena und den Platz der Reue dargestellt, zumindest andeutungsweise. Aber dieser Künstler hatte darauf verzichtet. Er hatte sich auf das Wasser konzentriert und dafür eine interessante Technik verwendet: Die Farben waren so getrocknet, dass einzelne Buckel und Fäden aus dem Bild herausstanden –

so weit, dass sie kleine Schatten warfen. Er hatte darauf geachtet, die Leinwand so auszurichten, dass sich beim momentanen Stand der Sonne ungewöhnliche Lichteffekte ergaben. Das fand Quilûn bemerkenswert aufmerksam.

Der Maler, der neben seinem Bild stand, verbeugte sich tief, als Quilûn ihn ansah. Er hielt einen dreieckigen Hut in der linken Hand. Die rechte musste er kürzlich verloren haben, ein frischer, sauberer Verband umhüllte den Stumpf. Seine Kleidung war so gut, wie man sie einem Bürgerlichen gerade noch zugestand: eine lange Jacke, so geschnitten, dass sie nicht schloss und den Blick auf das weiße Hemd und die weinrote Weste freigab. Die Bronzeknöpfe waren reine Zierde. Die enge Hose war von etwas hellerem Rot als die Weste. Weiße Strümpfe, die ein wenig unter dem Staub des Weges gelitten hatten, bildeten den Übergang zu Schnallenschuhen, die der Maler offensichtlich nach seiner Ankunft noch einmal poliert hatte. Was Quilûn sofort ins Auge fiel, war aber die silberne Blüte, die an der Brust steckte. Diesen Schmuck durfte nur ein Maler tragen, unter dessen Gemälden sich wenigstens eines befand, das man in die Tiefen Gärten der Unsterblichen geschickt hatte. Quilûn erinnerte sich, wie stolz er gewesen war, als er selbst diese Auszeichnung empfangen hatte.

»Dein Gesicht kommt mir bekannt vor«, sagte er. »Sind wir uns bereits begegnet?«

»Ich heiße Zirklaus, Herr.« Nochmals verbeugte sich der etwa vierzigjährige Mann. »Es ehrt mich, dass Ihr Euch unserer Begegnung entsinnt. Sie liegt fünf Jahre zurück.«

Quilûn war peinlich berührt. Weniger, weil er sich nicht an die Einzelheiten der Begegnung erinnerte. Maler trafen sich oft nur flüchtig. Unangenehmer war ihm, dass er Zirklaus nicht an seinem Malstil erkannt hatte. Er galt als Vorbild, was natürliche Darstellungen anging. Quilûns Lapsus mochte daran liegen, dass Zirklaus besonders für Tierbilder bekannt war. Der Wasserfall war für ihn ein ungewöhnliches Motiv.

»Dieses Bild ist eine erstaunliche Leistung«, überspielte Quilûn seine Verunsicherung. »Du hast es mit links gemalt?«

Zirklaus hob den Stumpf. »Als ich daran gearbeitet habe, erfreute ich mich noch einer gesunden Rechten.«

Quilûn hätte sich selbst ohrfeigen können. Der Verband war doch offensichtlich frisch. »Was ist Euch widerfahren?«

»*Er* ist mir widerfahren.« Zirklaus zeigte mit seinem Hut auf einen Maler, der Quilûns Besuch schräg gegenüber auf der anderen Seite des Weges erwartete.

Der Mann hatte schwarzes, öliges Haar. Sein Schnurrbart dagegen war drahtig. Das spitze Gesicht ähnelte einem Wiesel. »Key, mein Name.« Er verbeugte sich hastig. So schnell, wie er sich wieder aufrichtete, vermutete man beinahe, er befürchte, seinem stechenden Blick könnte etwas entgehen, wenn er sich auch nur einen Wimpernschlag zu lange Zeit ließe.

Quilûn spürte den kalten Zorn zwischen den beiden Malern.

Schon auf die vier Schritt Entfernung, die ihn von Keys beiden Bildern trennten, erkannte Quilûn, dass sie von einer ganz anderen Klasse waren als Zirklaus' Bild. Ungleich schlechter. Sie zeigten ein Schiff und einen Palast. In beiden Fällen stimmten die Proportionen nicht, wofür ein Hauptgrund in den falschen Fluchtpunkten lag, die uneinheitliche Perspektiven erzeugten. Beim Dach des Palastes war sogar fraglich, ob Key überhaupt mit einem Fluchtpunkt gearbeitet hatte. Er schien bestrebt gewesen zu sein, die ihm besonders gefällig erscheinenden Erker prominent ins Bild zu rücken, was aber den Gesamteindruck verdarb.

»Ungelenk, nicht wahr?« Key spie ihm den Vorwurf geradezu entgegen.

Quilûn war verwirrt. »Wieso machst du dein eigenes Werk schlecht?«

»Weil jeder sieht, dass es schlecht ist«, klagte Key. »Etwas anderes zu behaupten wäre lächerlich. Es ist schlecht und es kann nur schlecht sein. Ich hatte keinen Baron, der mich gefördert hat. Das unterscheidet mich von ihm!«

Fragend sah Quilûn Zirklaus an.

Dieser hob anklagend den Stumpf. »Er hat mir die Hand genommen, mit der ich gemalt habe.«

»Du hast ihn verkrüppelt?«, wollte Quilûn von Key wissen.

Stattdessen antwortete Zirklaus. »Mit einem Hackmesser, wie Fleischer es benutzen! Seine Freunde haben mich festgehalten, ich konnte mich nicht wehren.«

»Ich habe für Gerechtigkeit gesorgt!« Key stellte sich auf die Fußballen, als wollte er sich größer machen, und stach seinen Zeigefinger auf Zirklaus zu. »Dass du jetzt mit links malen musst, gleicht die Vorteile aus, die du durch die Förderung erhalten hast, die mir vorenthalten wurde. Nun können Reiche wie der Graf entscheiden, ob sie mich fördern wollen oder dich. Jetzt stehen wir auf einer Ebene. Da kann sich zeigen, wer von uns das größere Potenzial hat!«

»Er«, sagte Quilûn, ohne zu zögern, und zeigte auf Zirklaus' Bild. »Er malt auf eine Weise, die über die Beachtung handwerklicher Regeln hinausgeht. Dieses Bild hat etwas Eigenes.«

»Das hätten meine Bilder auch, wenn ich gute Farben und gute Pinsel gehabt hätte und die Zeit, damit zu üben!«, klagte Key. »Stattdessen musste ich Kohlen schleppen, Unkraut jäten und Erbsen pulen, weil mir nicht jeden Tag drei Mahlzeiten auf den Tisch gestellt wurden. Ich hatte keinen reichen Gönner!«

Quilûn presste die Zähne aufeinander. Er sah auf seine eigene Rechte. Und ging weiter.

Entgegen seinem Vorsatz, jedes Gemälde wenigstens mit einem Blick zu würdigen, starrte er auf den Boden vor seinen Füßen, während er seine Schritte setzte.

»Soll ich den Kerl fertigmachen?«, raunte Derrek neben ihm. »Diesen Key? Wenn es niemand sieht?«

»Nein«, wehrte Quilûn flüsternd ab. »Ich habe jedem Maler freies Geleit zugesichert.«

»Niemand würde davon wissen«, lockte Derrek.

»Doch, ich«, widersprach Quilûn. »Man muss die eigenen Versprechen halten, sonst verliert man die Selbstachtung.«

Das Zweihandschwert steckte noch in der Scheide, aber Semire von Schneegrund trug es nicht mehr auf dem Rücken, sondern in der Hand. Sie folgte Listam, den Brotan als besten Späher der Gravilier pries. Eine halbe Meile hinter ihnen brandete das größte Heer, das Semire jemals gesehen hatte, durch die Senke der Steinköpfe, die einmal der Dunkelsee gewesen war, gegen die Burg der Magier an. Hier in den Hügeln war davon nur diffuser Feuerschein im Schatten des aufragenden Berges zu sehen, aber zu hören war wesentlich mehr. Stahl klirrte, Katapultgeschosse donnerten, Männer schrien. Auch Schneegrunds, ein letztes Aufgebot. Doch das war General Esgurs Aufgabe, nicht Semires.

Sie folgte weiter dem Späher, über Schotter, zwischen Felsen hindurch. Stumm zeigte Listam auf den Boden. Trotz der Dunkelheit, die einer fortgeschrittenen Abenddämmerung entsprach, sah er dort offenbar Spuren. Semire entgingen sie, doch das war unwichtig, solange Listam sie wirklich zu den Höhlen der Magier führte. Dass sie auf dem richtigen Weg waren, erkannte Semire, als sie eine schräge Steinplatte hinaufstiegen. Stufen waren hineingemeißelt, nicht gerade kunstfertig, aber doch so, dass die Füße Halt fanden.

Statt forsch die Kuppe zu überschreiten, wurde der schlaksige Jüngling langsamer, ging in die Knie, stützte sich auf den Händen ab und bewegte sich auf allen vieren vorwärts, bis er über den höchsten Punkt lugen konnte.

Semire tat es ihm gleich. Sie achtete darauf, dass ihr Eisenharnisch den Fels nicht berührte, sie wollte keinen Lärm verursachen. Seltsamerweise war ihr kalt, obwohl sie schwitzte. Ein ekliges Gefühl, vor allem unter dem Panzer.

Vorsichtig legte sie sich neben Listam ab. Sie sah unterschiedlich dunkle Schatten, die eine Landschaft aus Erhebungen schufen. Aus einer Höhle drang schwach ein fahlgelber Lichtschein.

Brotans mächtige Hände knirschten auf dem Untergrund, während er ebenfalls auf allen vieren zu ihnen kam. In Momenten wie diesen war sein drei Schritt großer Steinkörper Semire besonders fremd. Es sah falsch aus, wenn sich ein solcher Koloss so geschmeidig bewegte.

»Da sind sie«, flüsterte Listam. Er hatte ein gutes Gespür für die Lautstärke, seine Stimme war gerade noch zu vernehmen. »Die Gänse.«

Semire spähte angestrengt voraus. »Wo?«

»An beiden Seiten des Höhleneingangs«, grollte Brotan so laut, dass Semire erschrak.

Warnend sah sie ihn an.

Er nickte verstehend.

Tarin Kalthorn schob sich an Semires andere Seite. »Ich sehe sie auch nicht«, flüsterte er.

Semire gab es auf, die beiden Vögel erkennen zu wollen, die laut Listam und Brotan am Höhleneingang aus dem Stein geschlagen worden waren. Aufgrund der Beschreibung des Spähers waren Kyrin und Anthurel nach kurzer Beratung übereingekommen, dass es sich um Wachzauber handelte. Zwar hatten sie selbst noch nie Vergleichbares gemeißelt, aber die schreckhaften und lauten Vögel wurden an manchen Palästen eingesetzt, um mit ihrem Geschrei die Annäherung von Dieben zu melden.

Semire blickte zurück, was nur umständlich möglich war, weil der Harnisch ihren Oberkörper versteifte. Anthurel und Kyrin warteten einige Schritte hinter ihr auf der Schräge, kaum mehr als Schatten. Hätte Semire nicht gewusst, wer dort stand, hätte sie die beiden nicht erkannt. »Wie schnell werden sie anschlagen?«

Kyrin trat einen Schritt näher, antwortete aber nicht. Offenbar hatte sie die Frage nicht verstanden.

Semire flüsterte eindringlicher: »Ab wann schlagen sie Alarm?«

»Das ist nicht zu sagen«, antwortete die Magierin. »Falls wir Glück haben, erst, wenn wir zwischen ihnen sind. Aber es kann auch sein, dass sie schon schreien, wenn sie uns sehen.«

Semire zog die Scheide vom Schwert und legte sie neben sich ab. »Dann sind wir besser schnell.«

Sie musterte ihren kleinen Stoßtrupp. Tarin, der wagemutige Abenteurer. Anthurel und Kyrin, die Zauberer, die ihre Magie verloren hatten, aber hoffentlich in den Höhlen wiederfinden würden. Brotan, der kampfstärkste Imagolem, den sie kannte, wenn sie von den fünf Giganten absah, die die Arena gestützt hatten und nun unter den Angreifern in der Senke wüteten. Listam, der Jüngling, der jeden Weg fand, aber nach Brotans Einschätzung in einem Kampf eher sich selbst als einen Gegner verletzen würde. Und sie selbst, die Frau, die zu unterschätzen für viele Feinde der letzte Fehler gewesen war. Bis hierher hatte ihre geringe Zahl ihnen gute Dienste geleistet: Während an der Burg verbissen auf Leben und Tod gekämpft wurde, waren sie unentdeckt geblieben.

»Steht das bei Palion?« Vielleicht schwang in Tarins Stimme Ironie mit. Weil er flüsterte, war das schwer zu entscheiden. »Blindwütig auf ein Kampffeld zustürmen, das man nicht kennt? Als wäre man wahnsinnig?«

An diesem Tag war der Wahnsinn die Normalität, dachte Semire. So, wie es an diesem Ort wegen des Schattenfalls des Berges trotz der Mittagsstunde dunkel war. Emala opferte tatsächlich ihr Volk. Semire fragte sich, wie die Zauberpriesterin die Menschen aufgepeitscht hatte, aber lange konnte das nicht gut gehen. Jeder musste erkennen, dass die Gravilier zu Tausenden, zu Zehntausenden starben. Dass sie diejenigen waren, die ungeschützt in die Klingen von Haus Schwertgrat und Haus Finstertann liefen, dass die schrecklichen Giganten unter ihnen die gnadenloseste Ernte hielten. Die Truppen von Haus Schneegrund, Haus Sturmruf und Haus Saphirtrutz dagegen führten vergleichsweise begrenzte Angriffe auf sorgfältig ausgewählte Ziele. Bald würden die gravilischen Offiziere die Sinnlosigkeit ihres Sterbens einsehen und ihre Männer vom Schlachtfeld führen. Erst einzelne Gruppen, dann stärkere Einheiten. Wenn das geschähe, würde die Front brechen und die Aufmerksamkeit des Feindes mochte zu den Magierhöhlen zurückkehren, die gegenwärtig von jedem Schutz entblößt schienen. Schon ein einziger der zwanzig Schritt hohen Giganten wäre für Semires Stoßtrupp ein unüberwindbarer Gegner.

»Vorsicht ergibt keinen Sinn, wenn man den vollständigen Triumph braucht«, flüsterte sie. »Palion schrieb seine Werke in einer Zeit andauernder Fehden. Nach jeder Fehde war das große Bild so wie zuvor. Die Frage war nur, wie groß der Raum war, den das eigene Haus in diesem Bild einnahm.«

Tarin zog Rapier und Parierdolch aus den Scheiden. »Und das ist jetzt anders?«

»Das Bild brennt.« Semire dachte mit Befriedigung daran, was sie im Sanktuarium getan hatte. »Heute malen wir unser eigenes. Palion hat nie gestanden, wo wir jetzt stehen.«

»Das gefällt mir.« Tarin zog die Beine unter den Körper, machte sich bereit, aufzuspringen. »Ich liebe es, ins Unbekannte zu gehen.«

Semire verdrängte die Frage, ob Tarin Kalthorn in einer Welt zufrieden wäre, in der er kein Adliger mehr wäre, sondern nur ein Mensch wie jeder andere, ohne Privilegien. Das war der Traum, den Kyrin und Quilûn von Semires Vater geerbt hatten. Ob Semire ihn auch geträumt hätte, wenn er ihr mehr vertraut, wenn er sie selbst eingeweiht hätte?

»Schnelligkeit«, sagte sie. »Wir müssen sie überrumpeln, bevor sie verstehen, dass sie angegriffen werden.«

»Schnelligkeit«, bestätigte Tarin und klappte das Helmvisier herunter.

»Schnelligkeit«, grollte Brotan.

Semire schielte zu Listam hinüber. Wie er wohl dazu stehen würde, wenn er erführe, dass jenseits der Hügel sein Volk geopfert wurde? Er war mit Brotan befreundet, aber wog das für ihn schwerer als seine Loyalität zu den Menschen aus seiner Heimat?

Semire stand auf und lief über die Kuppe. Der harte, abschüssige Boden bot den Füßen nur wenig Halt. Sie geriet ins Schlittern, rannte dennoch weiter und erreichte den Höhleneingang. Nun sah auch sie die steinernen Gänse. Man hatte sie nur grob gearbeitet, einzelne Federn waren nicht zu erkennen, aber die Form mit dem langen Hals war eindeutig. Und sie erfüllten ihren Zweck: Ihr lautes Schnattern hallte in die Höhle hinein.

Hinter dem Eingang erwartete sie eine natürliche Formation. Der Boden war abschüssig und der Weg lediglich mit einem Seil gesichert, das durch in die Wand eingeschlagene Ringe lief. Das Licht kam aus einer Kaverne, auf die sie zuliefen.

Dort stellte sich ihnen ein halbes Dutzend Krieger entgegen. Sie gehörten zu Haus Finstertann, wie Semire an den schwarzen Strichen erkannte, die sie mit Ruß über ihre Wangen gezogen hatten. Das Kommando führte ein Mann mit einem Gabelbart, der mit einem Schwert und einem ovalen Schild bewaffnet war. Er brüllte Namen und Befehle.

Seine Klinge war kürzer als Semires, was ihr beim ersten Schlagabtausch einen Vorteil verschaffte. Sie nutzte ihn gut. In vollem Lauf ließ sie sich auf das rechte Knie fallen, rutschte über den Schotter und führte beidhändig einen waagerechten Hieb knapp über dem Boden.

Ihr Angriff unterlief die Verteidigung ihres Gegners. Das Schwert zertrennte das linke Bein eine Handbreite über dem Fußgelenk. Der Stahl schnitt durch Stiefelleder, Fleisch und Knochen. Die Spitze ritzte sogar noch durch das weiter hinten stehende Bein, aber darauf kam es nicht mehr an.

Der Gegner stürzte schreiend. Blut spritzte aus dem Stumpf und besudelte Brotan und Listam, während sie vorbeiliefen.

Der junge Späher hielt seinen Speer, als könnte er sich nicht entscheiden, ob er ihn schleudern oder damit zustoßen sollte. Ein Schwertkämpfer prellte ihm die Waffe aus den Händen und schlug die Klinge im Rückschwung gegen den Helm, der dadurch verrutschte.

Semire musste sich eines anderen Gegners erwehren, der sie daran hindern wollte, wieder auf die Beine zu kommen. Sein Schwerthieb krachte auf ihre hohe Wehr. Funken sprühten aus dem Stahl.

Halb kniend und halb stehend zog sich Semire zurück, während sie den Gegner mit waagerechten Hieben auf Distanz hielt. Ihr Schwert schlug ein paar Holzsplitter aus seinem Schild.

Er drängte nach.

Als sie beinahe wieder aufrecht stand, blieb ihre Ferse an einer

Unebenheit hängen. Sie konnte sich abfangen, seinem Hieb aber nicht mehr vollständig ausweichen. Gerade noch brachte sie ihren linken Arm aus der Bahn der Klinge, die hart gegen ihren Harnisch schlug. Der Angriff traf den oberen Verschluss. Semire merkte es sofort, der Druck der Panzerung auf das wattierte Untergewand ließ nach.

Schweiß brach ihr aus. Diese Rüstung schützte nicht nur sie, sondern auch das Kind in ihrem Bauch. Von einer Stichwunde mochte sie sich erholen, aber das Leben ihn ihr war so zart …

Erst jetzt, da sie dem brüllenden Gegner ins schwarz bemalte Gesicht starrte, begriff sie voll und ganz, dass ihr Leben kein Spiel mehr war. Es ging nicht darum, Steine auf einem Spielfeld zu bewegen und sie neu aufzustellen, wenn einem nicht gefiel, was dabei herauskam. Der höchste Preis für eine Niederlage war auch nicht mehr, einen Abend lang das Gespött auf einem Ball zu sein. Die größte Feindin einer Hofdame war die Langeweile, die Bedeutungslosigkeit in einer Existenz, in der sie einem Schmuckstück für ihren Gemahl glich.

Semire hatte sich schon als Jugendliche für einen anderen Weg entschieden. Für ein Leben, in dem sie die Entscheidungen traf. Eine dieser Entscheidungen, vielleicht die wichtigste, war das Leben mit Brotan und ihrem Kind. Sie war hier, um es sich mit dem Schwert in der Hand zu erobern.

Brüllend warf sie sich nach vorn.

Der Gegner stach nach ihr, aber zu schwach. Kreischend glitt seine Schwertspitze am Harnisch ab. Der Stahl hätte in die Lücke stoßen können, die infolge der Beschädigung klaffte, aber Semire hatte das Glück, dass die Klinge die verwundbare Stelle verfehlte.

Sie rannte mit voller Wucht gegen den Schild.

Der Mann taumelte zurück.

Sie setzte mit einem kräftigen Hieb nach, der zwar ebenfalls gegen den Schild prallte, aber einen weiteren Schritt erzwang.

Semire holte aus und trat gleichzeitig zu, um ihrem Gegner keine Möglichkeit zum Nachdenken zu geben. Direkt nach dem Tritt folgte ein Spalthieb.

Statt für eine Parade entschied er sich für einen weiteren Schritt rückwärts.

Hinein in eine Öffnung, die sich im Boden auftat. Ein Lichtstrahl aus der Decke fiel in dieses Loch. Zwei Leitern waren an der runden Wandung angebracht, aber die nützten dem Stürzenden nichts. Schreiend verschwand er in der Tiefe, ein metallisches Krachen kündete von seinem Aufschlag.

Semire trat fort vom Abgrund, bevor sie sich umsah. Der Kommandant mit dem abgetrennten Fuß mühte sich vergeblich, die Wunde abzudrücken. Er war keine Gefahr mehr. Brotan zerquetschte einen Gegner wie eine Fliege an der Wand. Listam wälzte sich mit einem weiteren am Boden. Tarin focht gegen einen letzten Gegner, einen Mann, dessen langes Blondhaar unter seinem Helm hervorkam und zwischen seine Schulterblätter fiel. Semire benutzte ihr Schwert wie eine Lanze und trieb es durch seinen Rücken. Die Spitze traf senkrecht auf, die Wucht war groß genug, um den Harnisch zu brechen. Der Krieger knickte mit einem Röcheln ein, die über ihm aufragende Semire war das Letzte, was seine verdrehten Augen sahen.

Brotan zermalmte mit einem Griff den Schädel von Listams Gegner. Danach sah der Jüngling aus, als hätte der das Gesicht in einen Trog mit Schweineblut getunkt.

Semire erlöste den Kommandanten.

Kyrin und Anthurel schlossen zu ihnen auf. Der Magier betrachtete die Helligkeit, die aus der Decke in den Schacht fiel. »Ist das Sonnenlicht?«

»Für mich sieht es so aus«, meinte Tarin.

Semire rief sich in Erinnerung, dass draußen Tag war. Wenn man das Licht hoch genug am Berg abfing, wo sich der Schattenfall der Flanke nicht auswirkte, konnte man es zu dieser Zeit herableiten. Sie überlegte, welches Tiefe Haus in dieser Gegend Lichtschächte besaß. Die Antwort fiel leicht. »Finstertann«, murmelte sie. Ob so das Bündnis mit den Magiern zustande gekommen war?

»Worauf warten wir?«, fragte Brotan.

Semire musterte die Leichen auf dem Boden. Sie waren wirklich alle tot und ihre eigenen Leute waren unverletzt. Nichts sprach dagegen, den Weg fortzusetzen. Außer …

»Die Leitern werden dein Gewicht nicht tragen.« Nur über den Schacht gelangte man tiefer in den Berg.

»Ich werde dich nicht alleinlassen«, grollte Brotan. »Aber ihr solltet zuerst gehen.«

Das ließ sich Tarin nicht zweimal sagen. Vielleicht fraß es an seinem Stolz, dass Semire ihm gegen seinen Kontrahenten geholfen hatte. Er steckte das Rapier in die Scheide, nahm den Dolch zwischen die Zähne und fasste eine der Leitern an den Holmen. Auch für die Füße benutzte er nicht die Streben, sondern zog sie nach hinten und drückte die Knie seitlich an die Holme. So rutschte er hinab.

Semire schluckte. Zum Zögern war keine Zeit, aber sie wagte den Abstieg nicht auf dieselbe Art wie Tarin. Das Schwert schob sie in ihren Gürtel, obwohl es dafür eigentlich zu lang war. Sie versuchte, an ihre besten Züge bei Flug und Fall zu denken und nicht nach unten zu sehen, während sie eine Sprosse nach der anderen nahm. Es kostete sie Überwindung, eine Hand und einen Fuß gleichzeitig zu lösen.

»Hier ist alles sicher!«, rief Tarin.

Das hätte Semire wohl beruhigen sollen, aber ihre Gedanken überschlugen sich in dem Versuch, abzuschätzen, wie tief unter ihr er sich befand.

Mit klopfendem Herzen erreichte sie den Boden und zog ihr Schwert. Der Lichtstrahl traf auf einen Spiegel, der ihn nahezu waagerecht in einen Tunnel schickte. Seine Helligkeit blendete.

»Hier unten müssen Zauber wirken«, sagte Kyrin, als sie über die andere Leiter den Boden erreichte. Auch sie war langsam, weil sie den geschienten Arm nur vorsichtig benutzte. »Eine so starke Bündelung …« Sie betastete einige Steine, die in den Rahmen des Spiegels eingelassen waren. »Ja. Sie halten das Licht fokussiert.«

Auch Listam, der sich notdürftig und ohne allzu großen Erfolg gesäubert hatte, und Anthurel kamen zu ihnen herab. Brotan verdunkelte das einfallende Licht, weil er sich mit gespreizten Gliedmaßen an der Schachtwand abstützte und sich so herabließ. Dabei lösten sich kleine Steine, die auf den Spiegel und den Boden prasselten.

Seine Nähe beruhigte Semire. Lächelnd strich sie über die Kerben in seinem Bauch. Inzwischen kannte sie jede Erhebung genau. Gern wäre sie jetzt allein mit ihm gewesen, aber sie hatte eine Pflicht zu erfüllen.

»Weiter!«, befahl sie.

Ihr Leben war kein Spiel.

Semire von Schneegrund übergab sich. Kyrin wusste ebenso wenig wie die anderen, woran es lag. Machten ihr die Abstiege durch die Schächte zu schaffen? Der Gräfin wurde leicht schwindelig. Oder wirkte sich ihre Schwangerschaft aus? Möglicherweise war es eine Kombination aus beidem.

Brotan, Tarin Eichfrost und Listam sicherten nach vorn. Wie alle Tunnel verlief auch dieser schnurgerade, das Licht lag darin wie eine umgekippte Säule, mit einem so großen Durchmesser, dass der Strahl Kyrin vollständig umfassen würde, wenn sie sich hineinstellte. Auf dem Weg war ein Dutzend weiterer Lichtstrahlen zu demjenigen gestoßen, den sie in der Höhle mit den Kriegern gefunden hatten. Exakt positionierte Spiegel vereinigten die Bahnen.

Die Magierin holte den Bergkristall aus dem Beutel, den sie über der linken Schulter trug. Der grüne Zwerg darin tanzte so hektisch, dass sie befürchtet hätte, er würde bald vor Erschöpfung zusammenbrechen, wenn er ein echtes Lebewesen und nicht nur ein Bildnis gewesen wäre.

»Die Magie ist hier noch stärker als im Sanktuarium unter den Zauberwerkstätten«, sagte sie zu ihrem Bruder.

Anthurel trug einen Degen, obwohl er nicht damit umgehen konnte. »Vielleicht ist die magische Kraft hier nur freier«, schlug er vor. »Im Sanktuarium ist sie in den Reliefs und den Statuen gebunden. Hier könnte sie ungezügelt auf deinen Kristall treffen.«

»Möglich«, gestand Kyrin zu.

Semire wischte ihren Mund ab und ging an die Spitze der Gruppe. Mit ihrem Harnisch stimmte etwas nicht, er saß zu locker, doch das schien sie nicht zu bekümmern. »Weiter.«

Immer tiefer ging es in den Berg hinein, aber wie viele Höhenschritt sie überwanden, konnte Kyrin schwer schätzen. Einhundert bestimmt, vielleicht auch eineinhalbmal so viele. Nach einem weiteren steilen Schacht bat sie die anderen, innezuhalten.

Sie trat an eine Wand und musterte sie im Streulicht des gleißenden Strahls. Glatte Adern zogen sich durch das Gestein. Sie sahen aus wie trübes Glas, fühlten sich aber an wie warmes Blei. »So etwas gibt es auch beim Kristallherzen«, murmelte sie.

»Und was sind das für …«, Semire suchte nach dem richtigen Wort, »… Stränge?«

»Ich glaube, dass die magische Kraft hindurchfließt. Aber das ist nur eine Vermutung, eigentlich weiß ich nichts darüber.«

Anthurel zog einen Meißel aus dem Futteral an seinem Gürtel und kratzte damit am Gestein der Gangwand. »Quarz. Und es gibt viele Kristalleinschlüsse.«

»Die könnten die magische Kraft leiten wie die Bündelungszauber und die Spiegel das Sonnenlicht«, überlegte Kyrin.

»Ist das gefährlich für uns?«, wollte Semire wissen.

»Nicht, solange niemand diese Kraft gegen uns richtet«, erklärte Kyrin.

»Dann lasst uns weitergehen. Wir sind schon lange auf dem Weg. Bei jedem Atemzug sterben draußen Kameraden.«

Der Tunnel machte eine Biegung und fächerte dann zu einem abfallenden Hang auf, in dem lange Stufen Halt gaben. Er führte hinab in eine Kaverne, deren Boden von Gras und Blumen bedeckt war. Der Lichtstrahl setzte seinen Weg nahe der Decke fort und traf auf einen Kristall von der Größe der Hütten, die Kyrin in ihrer Jugend bewohnt hatte. Etwas von der Helligkeit strahlte nach unten ab, in die Kaverne hinein, aber zwei massive Strahlen stachen auch schräg rechts und links in Tunnel, wo sie ihren Weg fortsetzten, vermutlich in noch größere Tiefen.

Farbiges Gestein in den Wänden der Kaverne bildete Wappen, die ein Dutzend Schritt hoch waren. Kyrin erkannte kaum eines davon, aber das schwarze Flügelross auf gelbem Grund war ihr ein Begriff: das gefallene Haus Schwingenpracht. Den Sieg über diesen Feind feierte Haus Schneegrund bis in die Gegenwart. Größer als alle anderen Wappen war die dunkle Tanne an der Wand, die dem Stoßtrupp gegenüberlag. Mit ihren verschiedenen Graustufen wirkte sie bedrohlich. Zu den Seiten hin verschwanden ihre Äste in der Struktur des Felses, was den Eindruck von Nebelschlieren erweckte.

Die zwei Dutzend Männer und Frauen in der Kaverne erkannte Kyrin an ihren Schürzen sofort als Magier. Niederrangige waren hier nicht vertreten, das Leder der Standeszeichen war öfter braun als blau. Eine imposante Ansammlung magischen Wissens.

Offenbar fiel es schwer, gewöhnliche Möbel in diese Tiefe zu bringen, aber das kompensierte man mit zauberischer Kraft. Tische und Bänke aus Stein waren aus dem Boden gewachsen. Mehr noch verblüfften Kyrin die vielen Kristalle. An mehreren Stellen zwischen den Wappen in den Wänden setzten sie sich zu facettenreichen ovalen Flächen zusammen, ähnlich Spiegeln. Sie dienten jedoch nicht dazu, Licht zu leiten oder das Abbild des Betrachters zurückzuwerfen. Stattdessen bewegten sich dort Bilder, die Kyrin auf die Entfernung nicht erkannte.

»Keine Zeit verlieren!« Semire schritt mit dem Schwert in der Hand voran.

Listam und Tarin eilten an ihre Seiten, Brotan überholte die drei mit weiten Schritten. Anthurel zog seinen Degen, blieb aber mit Kyrin etwas zurück. Ihre Aufgabe lag nicht im direkten Kampf.

»Ergebt euch!«, brüllte Brotan.

Erst jetzt bemerkten die Magier sie. Erschrockene Rufe erklangen. Die Hälfte reagierte jedoch nicht oder nur träge.

»Sie lenken die Imagolems, die draußen in der Schlacht kämpfen, über Leitfiguren«, erkannte Anthurel.

Kyrin nickte. Sie wusste aus eigener Erfahrung, dass man sich so sehr in diese Aufgabe versenken konnte, dass man die Umgebung kaum noch wahrnahm, weil man sich ganz auf die Sinne des Steinkriegers konzentrierte.

»Versammelt euch an dieser Wand!« Brotan zeigte nach links. »Hebt die Hände über den Kopf, dann verschonen wir euch.«

Die Magier waren in der Überzahl, aber keiner von ihnen wollte unter die Fäuste eines drei Schritt großen Imagolems geraten. Auch Listam war ein furchterregender Anblick. Man konnte meinen, er hätte sich im Blut seiner erschlagenen Gegner gewälzt. Tarin und Semire dagegen strahlten die Ruhe von Kriegern aus, die keinen Kampf fürchteten.

Die meisten ansprechbaren Zauberer folgten der Aufforderung, zwei rannten in den hinteren Teil der Kaverne, wo sich Gänge öffneten. Listam schleuderte ihnen seinen Speer hinterher, aber er flog viel zu kurz und landete in den Blumen.

Statt die zwei Magier zu verfolgen, kümmerten sie sich um diejenigen, die die Imagolems lenkten. Sie rissen ihnen die Leitfiguren aus den Händen, was zu einer Desorientierung führte, die man mit der Wirkung eines kräftigen Kinnhakens vergleichen konnte. Obwohl Kyrin nur den linken Arm benutzte und somit viel schwächer war als die Braunschürze, die sie am Kragen packte, konnte sie ihren Gegner zu den anderen ziehen, die sich ergeben hatten. Semire bewachte sie mit drohend erhobenem Schwert.

»Sieh dir das an«, forderte die Gräfin Kyrin auf und zeigte dabei auf eines der spiegelartigen Kristallovale. »Das ist die Schlacht um die Burg am Dunkelsee.«

Die Masse an Kriegern ähnelte einem Schwarm Ameisen. Ein indifferentes Gewimmel, das zwischen den Steinköpfen hindurchflutete. Ein Gigant mit einem Dreizack schritt umher und zermalmte mit jedem Schlag fünf Menschen.

»Es ist ungewöhnlich hell«, erkannte Kyrin. »Der Beobachtungszauber durchdringt die Dunkelheit.«

Die anderen Kristallflächen zeigten ähnliche Szenen. Kyrin erinnerte sich an die Spiegel, die sie bei ihrem Aufenthalt in der Burg gesehen hatte, als sie den Magier Erris getroffen hatte. Was sie sah, erhärtete ihre Vermutung, dass man durch diese Vorrichtungen beobachtet hatte, was am Grund des inzwischen trockengelegten Dunkelsees vor sich gegangen war.

»Bist du bereit zu kämpfen, Schwester?« Anthurel hielt in jeder Hand eine Leitfigur. Eine davon bot er Kyrin an.

Sie war nicht größer als die Statuetten, mit denen man gewöhnliche Imagolems lenkte, bestand jedoch aus weißem Marmor, durch den sich rosafarbene Äderchen zogen – demselben Material wie die Giganten. Kyrin nahm die Figur entgegen und betrachtete sie, während sie mit ihrem Bruder zu einer der Steinbänke ging.

Die Statuette bildete einen jugendlichen Mann in Pelzkleidung nach, der siegesgewiss lächelte. Er trug einen Hut, dessen Stoff an der rechten Seite herabhing. In die Stirn war eine kantige Rune gekerbt.

Anthurels Figur war ein Mann, der seinen Kugelbauch mit Stolz zeigte. Den Oberkörper bedeckte nur eine offene Weste.

Die Geschwister nickten sich zu und drückten die Daumen auf die Leitrunen. Kyrin schloss die Augen.

Die Sinne des Giganten schickten Botschaften an ihren Verstand. Er stand inmitten einer wirbelnden Menge. Die Menschen reichten bis zu seinen Knien, und das auch nur, weil der Gigant wegen seines Gewichts tief im Schlamm einsank. Die meisten versuchten zu fliehen, was aber wegen der nachdrängenden Masse schwierig war. Ein Offizier stand auf dem Steinkopf eines Gravioners, in dessen Stirn ein melonengroßer Kristall steckte. Durch die darin wandernden Lichtpunkte wechselten Schatten und Helligkeit im Gesicht des Kriegers, der ein zerfetztes Banner schwenkte und seinen Kameraden etwas zurief. Anscheinend dirigierte er zwei Trupps mit Ballisten. In die Waffen, die im Grunde übergroße Armbrüste auf Fahrgestellen waren, hatte man bereits eiserne Bolzen eingespannt. Diese Geschosse konnten nur eine kurze Strecke fliegen, würden aber eine gewaltige Durchschlagskraft entfalten.

Der Gigant setzte an, einen Bogen zu schlagen. Das brachte ihn aus der Schussbahn. Mit einem Dutzend Schritten konnte er bei den Ballisten sein und diese zertrümmern. Die kleinen

Menschlein, die mit Piken und Hämmern auf ihn eindrangen, fegte er mit den Schienbeinen beiseite.

Kyrin konzentrierte sich und zwang ihn unter ihren Willen. Es gelang leichter, als sie erwartet hatte. Der Gigant war wohl gewohnt, von einem Magier gelenkt zu werden.

Sie brachte ihn dazu, sich hinzuknien. Der Boden bebte, Schlamm spritzte, Menschen stürzten.

Kyrin suchte eine freie Stelle, auf die der Gigant seine Hände stützen konnte. Jetzt bildete er so etwas wie eine Bank, aber darum ging es der Magierin nicht. Sie brachte den Kopf vor die Ballisten, bot ein perfektes Ziel.

Die Geschützmannschaften bewährten sich. Kurz nacheinander lösten sie aus, beide Eisenbolzen schlugen in den Schädel des Giganten. Sein Bewusstsein erlosch, Kyrin öffnete die Augen.

Listam reichte ihr die nächste Figur, einen langhaarigen Mann in einem weiten Umhang. Dieses Kleidungsstück erwies sich als wirkungsvolle Waffe. Durch die Augen des Giganten sah Kyrin, wie sich dieser um die eigene Achse drehte und dabei den Mantel mit abgewinkelten Armen weitete. Dadurch strich der Saum auf Kopfhöhe eines Menschen über den Boden. Wer sich nicht geistesgegenwärtig niederwarf, dem drohte die marmorne Nachbildung eines Gewandes den Schädel zu zertrümmern. Doch wer sich flach auf die Erde legte, war ein leichtes Opfer für das Stampfen des zwanzig Schritt hohen Giganten.

Kyrin lenkte die Aggression des marmornen Mannes auf einen seiner Kameraden, einen Axtschwinger mit einem Dutzend Zöpfen, die ihm über den Rücken fielen. Er wirkte unnatürlich, weil das Haar den Bewegungen des Kopfes nur träge folgte. Letztlich setzte sich die Schwere des Marmors durch. Das galt jedoch auch für die Axt, die schreckliche Ernte hielt. Keine Rüstung vermochte ihrer Gewalt standzuhalten.

Kyrin ließ ihren Giganten gegen den Axtkämpfer anrennen. Sie hielt den Blick auf diesen Gegner fixiert. Ob sie in ihrem wilden Lauf Menschen zertrat, sah sie nicht.

Mit einem lauten Knall prallten die beiden Marmorstatuen aufeinander. Splitter flogen in die Dunkelheit davon.

Der Axtkämpfer wurde von keinem Magier gelenkt. Sein Verstand hatte Mühe, die neue Lage einzuschätzen. In seinem Denken war Kyrins Gigant ein Kamerad, kein Gegner. Das verschaffte ihr mehrere kräftige Schläge Zeit. Als der Axtschwinger begann, sich zu wehren, war sein Gesicht bereits zertrümmert. Das trübte seine Sinne, die Hiebe kamen ungezielt.

Es gelang Kyrin, den anderen Giganten umzureißen. Sie stampfte auf seinen Kopf, bis er sich nicht mehr regte.

Die weiteren Giganten befanden sich nicht in der Nähe. Deswegen lenkte sie den ihrigen, der ihr so gute Dienste geleistet hatte, zu einer Felsspalte. Sie wollte ihn hineinstürzen lassen, aber nun erwachte der Überlebensinstinkt der Kreatur. Der Gigant erstarrte, machte sogar einen Schritt zurück.

Kyrin presste die Zähne aufeinander. Sie konzentrierte sich ganz auf die Beine, befahl den rechten Fuß nach vorn.

Der Oberkörper des Giganten zappelte, sein Umhang wirbelte umher. Er krachte gegen einen gravionischen Kopf.

Kyrin zwang dem linken Bein einen Schritt auf. Das brachte den von der Magierin besessenen Imagolem an den Rand des Abgrunds. Die schwarze Spalte war auch für seine Sinne undurchdringlich, ein dunkles Nichts.

Er schlug um sich, seine Fäuste stießen in die Luft. Hammerschläge tapferer Krieger trafen seine Beine, richteten aber keinen nennenswerten Schaden an.

Kyrin drängte ihn in die Spalte. Er fiel ein paar Dutzend Schritt und blieb dann stecken, wobei das linke Bein abbrach. Die Magierin löste den Kontakt. Schweiß brannte in ihren Augen. Sie atmete heftig. Erst jetzt bemerkte sie ihre eigene Anstrengung.

Listam reichte ihr die Leitfigur für den ungewöhnlichsten Giganten: den Fledermausmann. Kyrin zögerte, sie zu nehmen. Obwohl die Statuette unbewegt war, schien ihr, dass sie die Magierin beißen wollte. Im halb geöffneten Maul waren die spitzen Zähne gut zu erkennen.

»Was ist?«, fragte Listam.

Kyrin ließ sich die Figur in die Hand legen. Der Gigant hatte kleinere Verletzungen erlitten, die sich in der Nachbildung ebenfalls zeigten. Kerben rauten die Flügel auf, die um den Körper lagen wie ein Umhang, in den man sich hüllte.

Die Magierin atmete mehrfach tief durch. Sie sah zu Anthurel hinüber. Auch er schwitzte heftig. Mit geschlossenen Augen hielt er eine marmorne Leitfigur im Schoß. Er tat seine Pflicht.

Kyrin drückte den Daumen auf die Rune in der Stirn des Fledermausmannes.

Und sog scharf die Luft ein. Sie flog!

Unter ihr zogen die Truppen dahin. Der Gigant schlug mit den Flügeln. Die Luftwirbel reichten aus, um die Krieger im Umkreis von den Beinen zu reißen. Mit vorgestreckten Füßen stürzte sich der Fledermausmann auf sie. Die Säbelkrallen an seinen Zehen zertrümmerten Schilde und zerschnitten Lederpanzer. Die Getroffenen krümmten sich, erbrachen Blut, schrien. Armbrustbolzen zerbrachen am marmornen Leib des Giganten. Mit schnellen Schwingenschlägen gewann er an Höhe, schraubte sich in den dunklen Himmel.

So etwas hatte Kyrin noch nie erlebt. Sie wusste, wie es sich anfühlte, acht Gliedmaßen zu haben oder als Schwertklingen ausgeformte Arme. Aber fliegen … Nur selten nahm sie ihren eigenen Körper deutlich wahr, wenn sie mit einem Imagolem verschmolz, aber jetzt spürte sie, wie ihr Herz raste.

Sie brachte den Giganten dazu, nach unten zu schauen. Über allem lag ein Blauschimmer, was an der Sicht des Fledermausmanns in der Dunkelheit des Schattenfalls liegen musste. Sie sah, wie winzig die Menschen unter ihr waren, und selbst zwei aus hellem Marmor bestehende Riesen, die aufeinander losgingen – vermutlich wurde einer von Anthurel gelenkt – erschienen klein wie Püppchen. Zu ihrer Überraschung bekam sie aber kein Gefühl für die große Höhe. Es war anders, als wenn sie auf einem Turm stand. Das Geschehen unter ihr war wie ein wimmelnder Teppich, in dem das Feuer von Brandgeschossen, die lodernden Feldzeichen und die leuchtenden Kristalle in den Stirnen der Gravioner wie eingewobene Edelsteine funkelten.

Kyrin überlegte, wo der Fledermausmann die stärkste Wirkung entfalten könnte. Sie hatte Imagolems in genügend Schlachten gelenkt, um ein grundsätzliches Verständnis der Kriegskunst zu erwerben. Das Herz der feindlichen Stellung war die Burg. Von dort aus lenkten Signalfeuer die Truppenbewegungen der Verteidiger, und von ihren Zinnen schleuderten Wurfmaschinen tödliche Geschosse. Dorthin befahl die Magierin den Giganten.

Obwohl sein Körper aus massivem Stein bestand, flog er so schnell wie ein Vogel. Diese Geschwindigkeit war ein guter Schutz, erkannte Kyrin. Trotz seiner Größe wäre es nicht leicht, ihn mit einem Bolzen zu treffen, zumal die Schwingen die Luft verwirbelten und dadurch Geschosse aus ihren Bahnen drängten.

Nur wenige der Krieger an den Zinnen brachten den Mut auf, sich dem Fledermausmann entgegenzustellen. Die meisten ergriffen die Flucht.

Kyrin konzentrierte sich auf die Katapulte. Sie riss sie um, zerbrach sie oder schleuderte sie von der Mauer. Sie stürzte die Becken mit heißem Öl um. Es lief die Treppen hinunter ins Innere der Burg. Chaos griff in den Reihen der Verteidiger um sich.

An der Nordmauer legten die Krieger von Haus Saphirtrutz Sturmleitern an. Kyrin half ihnen, indem sie den Fledermausmann mit seinen Schwingen in die Verteidiger schlagen ließ. Unter dem Gewicht, mit dem er landete, brachen Teile der Mauer ein.

Die Gegner hatten jedoch außergewöhnliche Offiziere, die ihre Männer dazu brachten, sich ungeordnet den Angreifern entgegenzuwerfen. Dadurch vermischten sich die Seiten so stark, dass Kyrin nicht mehr eingreifen konnte, ohne die eigenen Leute zu treffen.

Sie sah sich nach einem anderen Ziel um.

Und entdeckte Agohn. Mit seiner schneeweißen Schürze und dem langen blonden Haar war er unübersehbar.

Der Steinmeister stand auf einem Wehrgang vor einem beschädigten Turm und schrie auf ein Dutzend Krieger und Magier ein. Dabei fuchtelte er mit einem Stab herum, der aus verschiedenen Gesteinsarten zusammengesetzt war. An der Spitze sah er aus wie grünes Glas.

Obwohl Kyrin wusste, dass sie sich weit entfernt und tief in einer Kaverne befand, unerreichbar für den Steinmeister, machte dieser Mann ihr Angst. Sie kannte ihn als Magier nicht abschätzbarer Machtfülle. Er war sich seiner selbst so sicher, dass er oft ohne Leibwächter durch die Stadt gegangen war. Die Fingernägel hatte er durch Steinplättchen ersetzt, denen man die Kraft nachsagte, das Blut eines jeden, den sie berührten, in den Adern vertrocknen zu lassen. Andere glaubten, dass Agohn mit Gesten bewirken konnte, dass man ein Augenzwinkern so lang wie ein Jahr erlebte, in dem man eine Folge von Albträumen durchlitt.

Zwar war die Magie in den Berg zurückgekehrt, aber in den Imagolems wirkte sie fort. Kyrin vermochte nicht zu beantworten, ob derselbe Effekt Agohns Macht erhielt.

Sie rief sich ins Gedächtnis, dass er allenfalls dem Giganten schaden konnte, nicht Kyrin selbst. Eine bessere Gelegenheit, ihn anzugreifen, würde sich nicht ergeben. Sie befahl dem Fledermausmann, sich auf Agohn zu stürzen.

Er schlug mit den Schwingen und hob sich in die Luft. In einem Bogen näherte er sich dem weiß gekleideten Mann.

Doch bevor er ihn erreichte, erstarrte er. Der Gigant wurde bewegungslos wie eine unbeseelte Statue. So schoss er über den Steinmeister hinweg und krachte in den Turm hinter ihm. Er durchbrach die Mauer und stürzte im Innern ab.

Die Lähmung wich, aber das Gebäude beengte ihn. Kyrin brauchte lange, um ihn aus den Trümmern zu wühlen und ihn in den Resten des Turms, die ihr wie ein Brunnenschacht erschienen, nach oben klettern zu lassen.

Als sich der Gigant endlich wieder in die Luft erhob, war vom Steinmeister nichts mehr zu sehen. Kyrin fehlte auch die Muße, nach ihm zu suchen. Der Kampf tobte jetzt in der Burg, aber mit unverminderter Heftigkeit auch noch in der Senke. Sie suchte einen Bereich, in dem sich die Verteidiger ordneten, und befahl dem Fledermausmann den Angriff.

»Erst war er wütend«, berichtete Usella. »Jetzt ist er erschöpft.«

Die Blume war vierundzwanzig Jahre alt, aber wegen ihrer knabenhaften Figur mit den kaum vorhandenen Brüsten und den großen Augen, die sie gekonnt betonte, schätzten nur wenige Freier sie älter als sechzehn. Lastonn hatte sich länger mit ihr beschäftigt, als Semire erwartet hatte. Der Morgen graute bereits. Er hatte sich wohl herausgefordert gefühlt, seine Stärke zu beweisen, nachdem Semire ihn intensiv verhört hatte.

»Geh dich ausruhen«, wies sie Usella an. »Du bekommst zwei Silberstücke zusätzlich.«

Die Blume lächelte breit, knickste, und entfernte sich über die Empore, die sich an der Ostseite am Innenhof des *Vögelnests* entlangzog.

Semire von Schneegrund öffnete die Tür von Lastonns Zimmer und trat ein.

Lastonn lag nackt auf dem Bett und wandte ihr träge das Gesicht zu. Sein rechtes Auge war von einem violetten Fleck bedeckt. Während Semire am Dunkelsee gesiegt hatte, war Tomalion die Geduld mit dem Magier ausgegangen. Auch das mochte zur Redseligkeit beigetragen haben, die er nach Semires Rückkehr gezeigt hatte.

Brummelnd zog er die Decke über seine Hüfte. »Gibt es noch etwas zu besprechen?«

Semires Erkundigungen sprachen dafür, dass Lastonn die Wahrheit gesagt hatte. Insbesondere, was die Wappen betraf, die sie an den Wänden in der Kaverne am Dunkelsee gefunden hatte. Agohn und seine Magier hatten Kontakt zu Geistern hergestellt, aber nicht zu jenen, die man im Sanktuarium traf. Ihr Pakt bestand mit den Gefallenen, wie etwa Haus Schwingenpracht, aber auch anderen, die schon beinahe in Vergessenheit geraten waren. Diese Geister hatten sich tief in den Berg zurückgezogen und ihre sterblichen Nachfahren ihrem Schicksal überlassen. Lastonn hatte geschildert, wie die ersten Treffen abgelaufen waren, mit Beschwörungen und Büsten aus Granit, die jene

Geister beseelt hatten. Um alle Einzelheiten zu erfahren, müssten sie Agohn fangen, den seit Kyrins Angriff auf die Burg niemand mehr gesehen hatte. Aber für Semires gute Laune reichte aus, dass sie nun um eine machtvolle Fraktion wusste, die ihren Wünschen offener gegenüberstehen würde, als die Ahnen der Tiefen Häuser das taten.

»Ich will mich nur erkundigen, ob meine Blume dich angemessen befriedigt hat«, sagte Semire.

Stöhnend griff Lastonn nach einer umgestürzten Flasche, bemerkte, dass sie leer war, und stellte sie auf dem Nachttischchen ab. Dieses Möbelstück war das Geschmackvollste im Zimmer, fand Semire. Es war mit Finesse geschnitzt, im Gegensatz zum Bett, das offensichtlich so gezimmert war, dass es mit starken Belastungen fertig wurde. Es war breit genug, um es zu viert zu benutzen. Der Stuhl wurde nur durch das rote Sitzkissen erträglich, die Bilder von sich aufplusternden Vögeln empfand Semire als allzu direkte Anspielung auf das Imponiergehabe vieler Freier.

»Usella hat sich gut ins Zeug gelegt«, bescheinigte Lastonn der kindlichen Blume. »Aber Aliére ist sie nicht.«

»Warte nur ab«, bat Semire. »Aliére bekommst du noch.«

»Abwarten?« Er funkelte sie an. Wegen des angeschlagenen Auges erinnerte er sie an einen Straßenköter. An eine dieser unglücklichen Mischungen, die niemand haben wollte, weil sie so hässlich waren und ständig sabberten. »Dann bin ich noch immer Euer Gefangener?«

»O nein«, flötete Semire. »Du kannst dieses Haus verlassen, wann du willst. Auch wenn ich nicht weiß, wohin es dich zieht. Die Magier sind vom Dunkelsee vertrieben, die Werkstätten liegen schon lange in Trümmern und in der Stadt wird wieder stärker gekämpft. Die Gravilier haben sich aufgerieben. Das halten einige für eine gute Gelegenheit, verlorene Viertel zurückzuerobern.«

»Ich kann also einfach so hier hinausspazieren?« Er war wirklich kein schöner Mann. Schon allein diese Brust, die nach innen abfiel, als hätte ein Bauer seinen Pflug hindurchgezogen.

»Wenn du willst, darfst du jederzeit gehen«, bekräftigte Semire. »Du hast mir die Wahrheit gesagt, das spricht dafür, dass du ein Minimum an Klugheit besitzt. Diese Klugheit wird dir auch sagen«, sie legte eine deutliche, auch für Männer verständliche Drohung in ihr Lächeln, »dass sich bei dem allgemeinen Aufruhr in der Stadt niemand dafür interessieren wird, was du in diesem Haus erlebt und erfahren hast. Also schweigst du besser darüber.«

»Das werde ich«, versicherte er. »Ich habe mir sogar schon überlegt, wo ich stattdessen gewesen sein könnte: in den Pilzhöhlen.«

Semire lüpfte eine Augenbraue.

»Viele Magier gehen dorthin und kauen Pilze«, erläuterte Lastonn. »Das tröstet über den Verlust zauberischer Kraft hinweg.«

Semire nickte. »Aber statt dich wirklich dorthin zu begeben, wird es sich für dich lohnen, in ein paar Tagen zurückzukehren. Denk an Aliére.«

»Das tue ich«, versprach er mit einem grimmigen Grinsen.

»Vergiss nicht, dich vorher anzuziehen.« Sie zwinkerte ihm zu und verließ das Zimmer. Heute war sie beschwingter Laune und genoss es, andere glücklich zu machen. Selbst solch einen Kerl wie Lastonn.

Auf der Empore sah sie zu, wie der Himmel heller wurde. Sie spürte der angenehmen Schwere ihrer Glieder nach. Semire war lange wach, und sobald sie sich setzte, würde ein harter Kampf gegen die Müdigkeit beginnen. Für den Moment lehnte sie sich nur auf das Geländer und genoss die sanften Berührungen, mit denen der Schleier bei jedem Windhauch über ihr Kinn strich.

Aus der Stadt schollen Kampfgeräusche herüber, aber sie waren weit entfernt und Semire nahm sie nur wahr, wenn sie darüber nachdachte. Mit dem Schlachten am Dunkelsee waren sie nicht zu vergleichen.

Der Innenhof des *Vögelnests* war leer, bis ihn Caliga mit einer Öllampe betrat. Sie bat Alita Blitzdorn an einen Tisch.

Lächelnd ging Semire zu den beiden hinab. »Herzlich willkommen«, begrüßte sie die Baroness.

Alita knickste. »Darf ich Euch allein sprechen?«

Fragend sah Semire in das puppenhafte Gesicht von Caliga, aber die ältere Frau zuckte nur ratlos mit den Achseln.

»Entschuldige uns«, bat Semire.

Caliga wandte sich zum Gehen, aber Alita hob den zusammengelegten Fächer. »Können wir uns in ein Zimmer zurückziehen?«

»Ihr macht es geheimnisvoll«, stellte Semire fest. »Aber gut … welches ist frei?«

Caliga zeigte auf eine Tür, die ein gelber Vogel zierte.

Semire bedeutete Alita, voranzugehen. Auf sie wirkte die schlanke Frau wie immer. Ihr schwarzes, hochgeschlossenes Kleid war sauber und ordentlich und sie setzte ihre Schritte ohne Hast.

Semire nahm Caliga die Lampe ab und folgte Alita in das Zimmer. Sie schloss die Tür, stellte das Licht auf dem hüfthohen Tisch ab und musterte ihr Gegenüber.

»Heute ist ein freudiger Tag«, sagte Semire. »Ich hoffe, es gibt nichts, was Eure Stimmung ernsthaft trübt.«

Alita umfasste den Fächer mit beiden Händen. »Weshalb seid Ihr so fröhlich, Gräfin? Liegt es an der gewonnenen Schlacht?«

»Nein, es liegt an Euch! Ich freue mich für Euch.« Semire gluckste, was sich in ihren eigenen Ohren fremd anhörte. »Caliga hat Euch wirklich noch nichts verraten?«

Verständnislos schüttelte Alita den Kopf.

»Sie hat Euren Luhk gefunden!«, rief Semire. »Bei Eurem Gespräch hat sie sich an einen Fuhrknecht erinnert, der das *Vögelnest* manchmal beliefert hat. Eure Beschreibung passte auf ihn, nur war er nicht so unbeschwert, wie Ihr ihn geschildert habt. Ich schätze, er hat Euch ebenfalls vermisst, aber da man ihm mit dem Tod seiner Eltern gedroht hat, sollte er sich Euch nähern …«

Alita schwankte. Sie musste sich auf dem Tisch abstützen. »Luhk ist hier im *Vögelnest* bekannt?«

»Nur als Lieferant«, beruhigte Semire sie. »Mit den hiesigen Schönheiten hat er sich nie eingelassen.«

»Aber … Ich habe ihn überall gesucht. Wo hat Caliga ihn gefunden?«

»Eure Eltern haben seine Familie umgesiedelt. Aber das erzählt er Euch besser selbst.«

»Wo kann ich ihn finden?«

»In einem Zimmer im Nordflügel. Er ist hier.« Semire umarmte Alita.

Die Baroness war merkwürdig starr.

Nachdenklich gab Semire sie frei. »Ihr könnt es glauben. Er ist es wirklich.«

Alita weinte.

»Was haben diese Tränen zu bedeuten?«, fragte Semire vorsichtig. »Ich dachte, wir wären Schwestern im Herzen. Beide von unseren Liebsten getrennt … Ich dachte, ich könnte nachfühlen, was in Euch vorgehen muss. Freut Ihr Euch denn nicht? Seid Ihr nicht erleichtert?«

»Doch, aber …« In einer hilflosen Geste hob Alita den Fächer und senkte ihn wieder.

»Ja …?« Irgendetwas entging Semire, das war ihr klar.

Alita wirkte gehetzt, als würde sie bedrängt. Sie wich Semires Blick aus. Stattdessen sah sie auf den Fächer, den sie mit beiden Händen umfasste, und presste die Zähne aufeinander.

»Ihr habt Euch umentschieden«, vermutete Semire. »Ihr wollt Luhk nicht mehr.«

»Jeder Schlag meines Herzens ist ein Ruf nach ihm«, widersprach Alita.

»Aber dann ist doch alles gut.«

Der scharfe Blick, mit dem Alita ihr plötzlich in die Augen sah, wirkte so fremd, dass Semire unwillkürlich einen halben Schritt zurück machte, bis sie an das Bett stieß.

»Was … ist mit Euch?«, fragte Semire.

Wäre die Magie noch außerhalb des Berges wirksam gewesen, hätte die Härte in Alitas Gesicht Semire vermuten lassen, dass die Baroness unter einem Bannzauber stünde, der sie zu einer erbarmungslosen Kriegerin machte. Doch da das nicht sein konnte … Ein Rauschkraut vielleicht?

»Fühlt Ihr Euch unwohl?«, fragte Semire vorsichtig.

»Ich bin gekommen, um Euch zu töten.«

»Was?« Verständnislos starrte Semire ihr Gegenüber an.

Alita entfaltete den Fächer. An einer der mittleren Rippen war eine Klinge befestigt, kaum breiter als eine Stricknadel. Sie schimmerte bläulich.

»Das ist der Auftrag der Weberin aus dem Tempel der Freude, den ich erfüllen soll, damit sie mir Luhk bringt. Erst ging es nur darum, mich in Eurer Nähe aufzuhalten und herauszufinden, mit wem Ihr umgeht. Die Schwachstelle zu finden, den Spion, der dafür verantwortlich ist, dass das Geheimnis um Euer Doppelleben den Ahnen bekannt wurde. Ich fand heraus, dass Ihr selbst Euch verraten habt.«

Semire schüttelte den Kopf. »Was redet Ihr da?« Inzwischen war ihr dieses Geheimnis beinahe unwichtig, bei all den Ereignissen, die sich in der Stadt überschlugen.

»Die Kristalle«, erklärte Alita. »Ihr hattet sie überall im *Lustgarten* angebracht. Kyrin hat mir erklärt, dass Magier Kristalle benutzen, um Informationen aufzubewahren und manchmal auch, um sie zu erlangen. Also sagte ich der Weberin, dass ich vermute, dass die Kristalle im *Lustgarten* als Augen und Ohren für die Geister der Ahnen dienten.«

»Das könnte sein«, flüsterte Semire. Sie dachte an die vielen Kristalle, die sie am Dunkelsee gesehen hatte.

»Ihr hattet den Auftrag erteilt, die Verräterin zu töten«, erinnerte Alita. »Der Tempel der Freude erfüllt jeden Auftrag. Die Weberin sagte, sie würde nicht nur herausfinden, wo sich Luhk befindet, sondern ihn auch zu mir bringen, wenn ich Euch töte. Dafür sollte ich Euch vorher verstehen, jeden Aspekt Eures Lebens erkunden, lernen, so zu denken und zu fühlen, wie Ihr es tut.«

Semire trat am Bett vorbei zwei Schritte zurück. »Und ich dachte, wir wären so etwas wie Freundinnen.«

»Das sind wir auch«, schluchzte Alita. »Meine Gefühle sind echt. Ich weiß, wie sich falsche anfühlen.«

»Ja, nach dem Liebeszauber wisst Ihr das sicher besser als jede andere. Aber wie konntet Ihr zustimmen, mich umzubringen? Ist diese Klinge vergiftet?«

»Es wäre schmerzlos, sagt die Weberin«, erklärte Alita. »Ich hatte nicht das Gefühl, ablehnen zu dürfen.«

Vorsichtig ging Semire zur Tür, ohne einen Blick von Alita zu lassen. »Wie konntet Ihr hoffen, zu entkommen?«

»Das Gift soll sehr schnell wirken. Ich hätte dieses Zimmer allein verlassen, wäre sofort zum Tempel der Freude gegangen und hätte mich dort verborgen gehalten, bis Luhk gekommen wäre. Dann hätte die Weberin uns aus der Stadt gebracht.«

»Das kann ich auch«, sagte Semire. Sie versuchte, ihrer Enttäuschung keinen Raum zu geben. Ihr war klar gewesen, dass Luhk und Alita nicht auf dem Berg bleiben würden. Sie hatte mit einem Abschied gerechnet, aber gedacht, dadurch eine echte Freundin zu verlieren.

War es nun anders? Immerhin hätte Alita ihr nicht gestehen müssen, dass sie gekommen war, um Semire umzubringen. Sie hätte die Tat ausführen können, wie sie es beschrieben hatte. Die Weberin hätte ihr Luhk gebracht, alles wäre ihren Wünschen entsprechend geschehen. Jedenfalls mit ein wenig Glück.

Semire lachte auf. *Glück*. Das war die Spezialität des Tempels der Freude.

»Die Weberin muss dieses Haus beobachten«, überlegte Semire. »Sonst könnte sie keine Gewissheit darüber haben, wo sich Luhk befindet.«

»Er ist also wirklich hier?«, fragte Alita.

»Ich habe Euch nicht belogen.«

Die Baroness legte ihren Fächer auf den Tisch. »Ich will meine Liebe nicht durch einen feigen Mord erobern. Das kann nicht der Weg in ein glückliches Leben sein.«

Auch in Semire sträubte sich alles dagegen, diese Frau zu töten. Bedeutete das, dass sie doch Freundinnen waren?

Diese Frage vermochte Semire nicht zu beantworten. Nach einem Leben voller Hofintrigen und einem anderen, in dem sie sich hinter einem Schleier verborgen hatte, fehlte die Erfahrung mit Freundschaften.

Quilûn betrachtete Kyrins Rücken. Die kleine Frau war ein Schattenriss vor der Laterne, die sie trug, obwohl der Himmel hoch über ihnen strahlend blau war. Der Schattenfall des Bergs schuf ein Land der Dunkelheit.

Ihre Schritte knarzten auf den Brettern, die über den schlammigen Boden gelegt waren und so einen Pfad zwischen den Steinköpfen hindurch bildeten. Diese Häupter durchmaßen mehr als einen Schritt. Sie bestanden aus glattem, schwarzem Stein und waren manchmal von Moos bewachsen. Die Pflanzen brauchten wohl eigentlich Wasser um sich herum, diese Senke war der Grund eines Sees gewesen. Jetzt faulten sie. Ihr Gestank mischte sich in den des Schlammes und der verwesenden Körperteile, die von den Kämpfern nach der Schlacht zurückgeblieben waren. Krähen stritten sich schreiend um diese Überreste, obwohl so viel davon hier herumlag, dass sie sich hätten fettfressen können, bis sie zu schwer zum Fliegen geworden wären. Auch Ratten huschten durch die Dunkelheit.

Die Steinköpfe hatten nur grob menschliche Züge. Ihre Pupillen waren senkrecht stehende Schlitze, die Lippen wulstig, die Nasen gekräuselt und platt. Ohren gab es nicht. Die Wangen waren so voluminös und schlaff, dass sie seitlich auf dem Boden auflagen. Bei etwa der Hälfte war ein Kristall in die Stirn eingesetzt, in dem Lichtpunkte wanderten. Diese *Gravioner,* wie Kyrin sie nannte, konnten ihre Mienen viel stärker als ein Imagolem bewegen, als bestünden sie aus Haut und Fleisch. Die meisten von ihnen folgten Kyrin und Quilûn mit den Blicken.

Diese Umgebung war Inspiration für ein düsteres und zugleich erhabenes Kunstwerk, überlegte der Maler. Eine dunkle Drohung, ein Fanal der Vergänglichkeit und Empfindlichkeit menschlichen Lebens, aber auch ein Zeugnis für die Gewalt, die Menschen zu entfesseln vermochten. Quilûn hatte keine Angst vor dieser Stimmung, er nahm sie in sich auf. Das reichte aus, er benötigte keine Skizzen mehr. Während hier die Schlacht getobt hatte, war im Palast ein Bild von Kyrin entstanden. Quilûn hatte nicht die Frau selbst gemalt, sondern sein Gefühl. Wie er sie vermisst hatte und zugleich auch, wie bedeutungslos sie war. Weil alle Menschen bedeutungslos waren, austauschbar in ihrer riesigen Masse, rasch vergessen, wenn sie starben. An das Glück oder Leid von Quilûn und Kyrin würde sich spätestens in drei Generationen niemand mehr erinnern. Und doch hatte er sich nach ihr gesehnt, weil er glaubte, dass sie ihn auf eine Art verstand wie keine Frau zuvor. Sie berührte seine Seele an einer Stelle, die ihm selbst unbekannt war. Sie war nicht am Grafenthron interessiert, und seine Kunst nahm Kyrin als etwas hin, das sie faszinierte, aber nicht zu verstehen suchte. Kyrin sah etwas in ihm, das Quilûn erst noch werden musste.

Er war gespannt darauf, dieses Gemälde bei seiner Rückkehr zu betrachten. In der widersprüchlichen Vielfalt der Bedeutungen, die er darin abgebildet hatte, mochte es sein bestes Werk sein. Sehnsucht und Bedeutungslosigkeit standen darin nebeneinander, vermengten sich, ließen sich gelten. So wie Kyrins Entschlossenheit und ihre Verletzlichkeit, die der gebrochene, gerade erst wieder zusammenwachsende Arm dokumentierte. Der Dampf der Quadra erweiterte Quilûns Bewusstsein. Es war nicht länger ein bloßes Hinauswachsen über die übliche Art zu denken. Es war ein Doppeldenken, sogar ein Doppelfühlen. Überlegen lächelnd berührte er den Lederzylinder mit dem Quadra-Tuch, den er an der Hüfte trug.

Der Bretterweg endete. Kyrin stellte die Lampe ab und zog das Kleid, das sie unter der Schürze trug, so weit aus dem Gürtel, dass der Saum bis zur Hälfte ihrer Waden angehoben wurde. Für so leichte Tätigkeiten konnte sie inzwischen auch den rechten Arm wieder gebrauchen. »Ab jetzt wird es schlammig.«

Quilûn nickte. Er empfand es als unter seiner Würde, sich um die Sauberkeit seiner Kleidung zu kümmern. Stattdessen formten sich Bildkompositionen in seinem Kopf, zerrissen, verwirbelten, fanden neu zusammen. Ein abgeschlagener Arm lag am Rand des Lichtscheins. Wenn man nicht genau hinsah, konnte man vermuten, dass der Rest des Körpers sich nicht irgendwo anders befand, sondern nur im Dunkeln. Ein Speer, der in spitzem Winkel im Boden steckte. Eine abgerissene Standarte, bei der eine Bö nur einen Zipfel anhob, als sei sie ein verwundeter Vogel, zu schwach zum Fliegen. Und die Krähen, die Adligen dieser Schattenwelt. Aus dem, was Quilûn sah, wurden Eindrücke, Stimmungen, Emotionen … Wahrheiten, die er zu malen, aber nicht in Worte zu fassen vermochte.

»Hast du hier gekämpft?«, fragte er.

»Ich habe ihn gelenkt.« Kyrin nahm die Lampe auf und zeigte auf einen Giganten aus weißem Marmor, der auf Händen und Knien hockte. Quilûn erinnerte sich daran, dass die zwanzig Schritt hohen Statuen die Arena gestützt hatten. Auch diese hatte er gemalt. Sie trug voluminöse Pelzkleidung, bei der die Struktur des Fells geradezu liebevoll modelliert war. Der Kopf war zerbrochen, oberhalb des Halses war nur noch der Ansatz des zertrümmerten Unterkiefers zu sehen. Die riesige Statue stand schräg, ihr Gewicht ließ sie auf der linken Seite einsinken, wo der Schlamm wohl nachgiebiger war.

»Aber ich selbst war in Sicherheit.« Kyrin ging voran, ihre Schritte schmatzten. »Weit weg, tief unter dem Boden, in einer Kaverne, eine Leitfigur in der Hand.«

Tarin Kalthorn erzählte die Geschichte spektakulärer. Seinen eigenen Ruhm zu verbreiten war sein liebstes Laster. Ihm zufolge hatte sich der Stoßtrupp den Weg durch eine Übermacht hindurchkämpfen und danach waghalsige Gefälle überwinden müssen.

Sie näherten sich einem hellen Bereich, einer Insel in der Dunkelheit. Ein Gerüst aus Granitstangen umgab einen der Steinköpfe, in dessen Stirn ein Kristall eingesetzt war. Am Gerüst war ein Dutzend Laternen angebracht, geschliffene Kristalle baumelten daran. Manche waren klein wie Erbsen, andere groß wie ein Kinderkopf. Sie funkelten in allen Farben des Regenbogens. Ihr Licht hüllte den Gravioner ein und mehrere Strahlen stachen aus dem Gerüst heraus und trafen einen kahlen Kopf aus tiefgrauem Stein, der auf einem Sockel ruhte.

Den Weinenden Mann, der danebenstand, erkannte Quilûn sofort an der vorgebeugten Haltung: Abuliar. Das Wasser, das aus seinen Brauen über die Augen und Wangen lief, plätscherte in eine Pfütze zu seinen Füßen.

Ein dürrer Magier in einer grünen Schürze verbeugte sich tief vor Quilûn. »Ich bin Erris vom Orden der Mahner«, stellte er sich vor. »Ich danke Euch für meine Befreiung.«

Kyrin hatte berichtet, dass einige Zauberer in der Burg gefangen gehalten worden waren. Sie gehörten zu einer Gemeinschaft, die seit Generationen die Gravioner im Dunkelsee bewacht und studiert hatte. Niemand verstand so viel von ihnen wie dieser Orden. Erris hatte auch die Baupläne für das Gerüst vorgelegt, das die Kommunikation mit dem Steinkopf ermöglichen sollte.

Quilûn betrachtete den Gravioner, der ihn seinerseits mit seinen geschlitzten Augen musterte. Seine Wangen waren gekerbt. Bei einem Versteinerten hätte Quilûn vermutet, dass es sich um Pockennarben handelte, aber in diesem Fall mochten es Beschädigungen sein, die er sich in der langen Zeit unter Wasser zugezogen hatte.

»Weshalb dieser?«, fragte Quilûn.

»Odumar ist besonders zugänglich«, erklärte Erris eifrig. »Manche von ihnen wollen nicht mit uns reden.«

»Kann er uns schon verstehen?«

»Noch nicht.« Kyrin zog einen Meißel aus dem Futteral und den Hammer aus dem Eisenring an der anderen Seite. Quilûn fiel auf, dass sie den Meißel in der rechten Hand hielt, auf der Seite, wo der Arm geschient und die deswegen wohl schwächer war. »Erst, wenn ich den Zauber vollende.«

»Wenn jemand freimütig mit Informationen ist, kann es sein, dass er will, dass man glaubt, was er sagt«, gab Quilûn zu bedenken. »Das muss nicht die Wahrheit sein.«

»Wir haben die Möglichkeit, Dutzende zu befragen«, meinte Kyrin. »Wir können ihre Antworten miteinander vergleichen, aber sie haben keine Möglichkeit, sich untereinander abzusprechen, wenn sie lügen.«

Quilûn nickte. »Beginnen wir.«

Kyrin trat neben den Sockel, auf dem der kahle Steinkopf stand, bei dem sich die Lichtstrahlen aus dem Gerüst trafen.

Obwohl er niemanden abbildete, den Quilûn gekannt hätte, wirkte er im Vergleich zu dem Gravioner beruhigend vertraut, weil seine Proportionen menschlich waren. Der Blick der Magierin wechselte zwischen diesem Kopf und dem ungleich größeren Haupt des Gravioners, bevor sie noch einmal über die Schulter zurück zu Quilûn schaute.

Er nickte ihr zu.

Sie vollendete den auf dem Sockel stehenden Steinkopf, indem sie eine Unebenheit von seiner Stirn schlug. Er öffnete die Augen.

»Ich grüße Euch.« Quilûn verbeugte sich. »Ich bin Quilûn von Schneegrund«, der Name hörte sich noch immer wie der eines Fremden an, »Graf meines Tiefen Hauses.«

Der wulstige Mund des Gravioners bewegte sich, die Wangen aus schwarzem Marmor schwabbelten. Dunkle Vokale prägten die Sprache dieses Wesens. »Ich bin Odumar, Kundiger im Range eines Diamanten«, übersetzte der Steinkopf auf dem Sockel.

Der Edelstein im Schädel war kein Diamant, er sah aus wie ein Bergkristall. Die Bezeichnung des Ranges musste einen anderen Bezug haben.

»Eure Erscheinung ist für uns fremdartig«, sagte Quilûn. »Sie gibt uns Rätsel auf. Nach unseren Aufzeichnungen«, er deutete auf Erris, »waren die früheren Bewohner des Berges Menschen wie wir. Aber Ihr seht anders aus.«

»Jene, die Ihr hier seht, sind einen tiefen Weg gegangen«, erklärte Odumar. »Als Eure Ahnen unser Volk vertrieben, holten sie uns aus den Kavernen zurück an die Oberfläche. Ich war ein Mensch mit einem Körper wie dem Euren, doch mein Dienst erforderte diese Verwandlung. Sowohl von Denkern wie mir als auch von den Handelnden, die keinen Kristall im Schädel tragen.«

»Aber Eure Gestalt ist nicht durch eine simple Versteinerung zu erklären«, stellte Quilûn fest.

»Nein. Sie ist eine ehrerbietige Annäherung an die Macht unter dem Berg, der wir geschworen haben, zu dienen. Als Mittler zu unserem Volk, als Berater in Angelegenheiten der Außenwelt, als Gesellschafter in Einsamkeit und Dunkelheit. Dafür wollen wir der Herrin einen vertrauten Anblick bieten.«

Quilûn sah Kyrin an. In ihrer Miene stand Faszination. Was sie hier erfuhren, war auch für die Magierin neu.

»Ich bitte Euch«, fuhr Odumar fort. »Bringt uns zurück in die Tiefe. So lange, so unendlich lange haben wir unseren Dienst vernachlässigen müssen.«

Quilûn wunderte sich, dass der Gravioner noch bei klarem Verstand zu sein schien. Jahrhunderte auf dem Grund des Sees, gequält mit Bildern von der Vertreibung seines Volkes …

»Wer erwartet Euch in der Tiefe?«, wollte Quilûn wissen.

»Wisst Ihr denn nichts von der wahren Ordnung der Welt?«, fragte Odumar durch den Mund des Steinkopfes, der bereits zu zerfallen begann. »Von der Kristallschlange, die sich unter dem Berg regt?«

Eine Schlange … Wenn sich diese Gravioner einem Reptil angeglichen hatten, erklärte das die geschlitzten Pupillen. Waren sie auch in der Lage, in eine Starre zu verfallen, eine Art Winterschlaf? So mochten sie die lange Zeit der Einsamkeit überstanden haben.

»Wir sind willig, zu lernen«, versicherte Quilûn. »Lehrt uns über die Kristallschlange.«

»Sie war, als die Welt sich formte. Große Kräfte pressten den Granit des Berges und noch stärkere wirkten in der Tiefe. Sie schufen die Kristalle, drückten sie zusammen, vereinigten sie. So, wie das Feuer, das aus dem Himmel regnete, den Blitzvogel erweckte, nach dem sich die Schlange verzehrt und den wir überall auf der Welt suchten. Die Kristallschlange sendet ihre Kraft aus, um den Blitzvogel zu suchen, und ruft sie zurück, um sich berichten zu lassen, wo sie ihn finden könnte.«

»Die Gezeiten der Macht!«, rief Kyrin. »Das Ein- und Ausatmen der Magie!«

»Ist das eine Sage, die verbrämt, welche Kräfte in der Welt wirken?«, zweifelte Quilûn. Er fasste Kyrins Hand. »Glaubst du wirklich an eine Schlange, die unter dem Berg lebt und solche Macht lenkt?«

»O Ihr Kleingeistigen!«, klagte Odumar. »Wenn Ihr sie sehen könntet, wenn die Kristallschlange Euch empfangen würde – Ihr würdet vor Scham vergehen, weil Ihr an ihr gezweifelt habt. Unterwerft Euch. Dient ihr. Nur so wird Euer Leben Erfüllung finden.«

Kyrin und Quilûn tauschten einen entschlossenen Blick. Die Zeit der Unterwerfung war vorbei. Sie würden nicht die Herrschaft der Tiefen Häuser, die gerade in sich zusammenfiel, gegen eine andere eintauschen.

»Ich höre ihre Stimme«, verkündete Odumar zu Quilûns Überraschung. »Lange hat sie geschlafen, war erschöpft, hat ihre Kraft zu weit verströmt. Aber jetzt regt sie sich. Die Schlange erwacht.«

Die Lichter tanzten im Stirnkristall.

Semire von Schneegrund genoss die warme Sonne, die auf das hohe Ufergras schien. Sie strich mit geöffneten Händen über die Halme. Ein sanfter Wind wisperte in den Kronen der einzeln stehenden Bäume. Das Licht tanzte auf den webenden Wellen des Bachs, der sich durch das Tal oberhalb der Stadt schlängelte. Nur die Wolke, die im Süden über den Himmel zog, trübte die Harmonie. Zwar waren die Kämpfe heute wenig intensiv, aber ganz zum Erliegen kamen sie nie. Die bräunlich graue Farbe der Wolke verriet, dass sie aus Rauch bestand. Aus einer Erle, die schräg links voraus stand, stieg ein Schwarm schnatternder Vögel auf.

Semire fand die Weberin am Ufer stehend. Sie sah die Frau in dem grünen Kleid erst spät, weil sie reglos stand. Sie angelte.

Ruhig ging Semire auf sie zu.

Die Sonne glänzte auf dem blonden Haar der Weberin, das sie streng zurückgebunden trug, als sie sich ihrer Besucherin zuwandte. Ihr Gesicht blieb ausdruckslos, aber die Angelrute zuckte.

»Hast du eine andere erwartet als mich?«, fragte Semire. »Alita vielleicht?«

»Ich erwarte wenig. So werde ich selten enttäuscht.«

Semire sah den Bach hinauf und lauschte auf sein Plätschern. »Du hast dir einen ruhigen Ort ausgesucht.«

»Menschen strengen mich an. Ich ziehe mich gern zurück.«

»Du?« Semire schüttelte den Kopf. »Du stehst einem Tempel vor, den ständig Menschen aufsuchen. Bei unseren anderen Begegnungen hast du dich inmitten des Geschehens aufgehalten. Ich glaube, diese Einsamkeit entspricht nicht deiner Natur. Du versuchst, jemanden zu verstehen, der solch eine Umgebung schätzt. Damit diese schöne Empfindung nicht verloren geht, wenn du ihn umbringst.«

»Du kannst glauben, was immer dich glücklich macht.«

Semire legte die Unterarme übereinander, verschränkte sie aber nicht. Sie wollte ihre Bewegungsfreiheit erhalten.

»Du bist lange nicht mehr gekommen, um nach der Quadra zu fragen«, stellte die Weberin fest. »Ist derjenige, für den du sie besorgt hast, verstorben?«

»Du enttäuschst mich«, sagte Semire. »Es wäre nachlässig von dir, so etwas nicht zu wissen. Sicher hat Alita dir berichtet, dass Graf Quilûn nach wie vor den Dampf genießt. Falls du es nicht ohnehin von anderen weißt, schließlich ist der Graf eines Tiefen Hauses eine Berühmtheit. Glaubst du wirklich, mir die Ahnungslose vorspielen zu können?«

»Menschen glauben, was sie glauben wollen.« Die Weberin holte die Angelschnur ein. »Oft gelingt es den Klugen noch besser als den Einfallslosen, sich Erklärungen zurechtzulegen, die zu ihren Wünschen passen.«

Semire atmete durch. Dieses Geplänkel brachte sie nicht weiter.

»Ich rufe meinen Auftrag zurück«, sagte sie. »Ich will nicht mehr, dass du denjenigen töten lässt, der mich an die Ahnen verraten hat.«

»Du willst nur nicht sterben«, erwiderte die Weberin mitleidig. »Das habe ich geahnt. Ich wollte dein Bedauern mildern, indem es dich überraschend trifft. Schade, dass Alita keinen Erfolg hatte.«

»Ich bin froh darum. Sehr zufrieden. Direkt glücklich. Die Lage hat sich geändert, es besteht keine Notwendigkeit mehr, den Auftrag auszuführen.«

»Dann waren wir zu langsam.« Die Sonne blitzte auf dem Haken, als er aus dem Wasser kam. Ein fetter Wurm war daraufgespießt.

»Ich bin froh, dass ihr nicht schneller wart«, versicherte Semire. »Ich will meine Freude teilen. Mein Silber könnt ihr behalten. Alita werde ich zusammen mit ihrem Luhk aus der Stadt bringen. Sie werden unter anderen Namen auf einem unserer Landgüter leben. Im Norden, wo die Gravilier nicht gewütet haben.«

Die Weberin hob die Rute und fing das freie Stück Schnur ein. »Das klingt gut.«

Semires Herzschlag pochte in ihrem Hals. Das neutrale Gesicht ihres Gegenübers beunruhigte sie stärker, als wenn die Frau sie angeschrien hätte. Sie konnte die Weberin nicht einschätzen.

»Haben wir eine Abmachung?«, fragte Semire.

Die Weberin nickte. »Die haben wir.«

Semire wusste nicht, was sie noch sagen sollte. »Ein schöner Tag.«

»In der Tat.«

»Ich hoffe, du wirst ihn weiterhin genießen.«

»Möge er auch dir Freude bringen.«

Jede Geschäftsfrau sollte froh sein, wenn sie eine Bezahlung behalten durfte, ohne eine Leistung dafür erbringen zu müssen. Aber die Weberin erschien Semire nicht wie eine Geschäftsfrau. Am ehesten glich sie den Damen, die blind und ohne jedes Nachdenken von der Sache ihres Tiefen Hauses überzeugt waren. Die keine anderen Farben trugen als jene, aus denen sich ihre Wappen zusammensetzten. Die Angehörige anderer Häuser ausschließlich in dem Grade und nur so lange schätzten, wie sie Verbündete waren. Die ihrem Grafen an den Lippen hingen, ihren eigenen Gemahl verachteten, wenn ein Höhergestellter ihn rügte, und vor Stolz platzten, wenn er gelobt wurde.

Solche Menschen verstand Semire, auch wenn sie sie nicht schätzte. Nur war die Weberin, soweit Semire wusste, selbst die

Anführerin ihrer Gemeinschaft. Und bei einem Grafen, selbst bei einem Baron, fand man solche scheuklappenartige Ergebenheit selten. Wem sollte sie auch gelten? Den Ahnen im Berg?

Bei der Weberin konnte sie sich eigentlich nur auf ihre Sache richten, auf das verdrehte Streben, Freude in die Welt zu bringen. War es Semire gelungen, sie zu überzeugen, dass dieses Vorhaben am besten zu verwirklichen war, wenn der Auftrag unerledigt blieb? Oder musste sie von nun an unentwegt nach verborgenen Klingen und auf besondere Art gewürzten Speisen Ausschau halten?

Wenn ein Angriff bevorstand, schrieb Palion, tat man gut daran, Ort und Zeitpunkt selbst zu bestimmen.

Semire drehte sich um, hielt den Atem an und tat einen Schritt von der Weberin fort.

Sie vertraute darauf, das Rascheln des Grases zu hören, falls sich die andere Frau auf sie stürzte. Stattdessen vernahm sie ein Zischen.

Die Angelrute!

Semire ließ sich fallen.

Der erste Angriff verfehlte sie, aber als sie sich herumdrehte, um sich ihrer Gegnerin zu stellen, traf sie die Schnur. Glücklicherweise wickelte sie sich nicht um Semires Hals, sondern um ihren Kopf und die rechte Schulter. Der spitze Haken schwang herum und bohrte sich in das Kleid über ihrer linken Brust. Das Lederhemd, das sie darunter trug, verhinderte, dass er tiefer eindrang.

Das Gesicht der Weberin zeigte noch immer keine Regung, aber sie handelte schnell und effizient. Mit einem Ruck riss sie die Angel zurück.

Das Kleid riss auf, der Haken nahm einen Streifen des schwarzen Stoffes mit sich.

Semire sprang auf. Angreifen oder fliehen? Sie zog die schmale Giftklinge, die Alita gegen sie hatte einsetzen wollen, aus der Scheide unter dem linken Ärmel.

Die Weberin vergrößerte den Abstand um einen weiten Schritt und benutzte die Angel wie eine Peitsche.

Semire duckte sich zur Seite und hob den linken Unterarm zu einem Block. Die Schnur wickelte sich mehrfach darum. Semire packte sie und riss.

Die Weberin löste eine Hand von der Angel und zog ein Fischermesser.

Semire wich zurück. Sie machte kurze Schritte, damit sie nicht stolperte.

Brotan stürmte von der linken Seite heran. Er hatte sich sehr gut verborgen gehalten. Als gravilischer Krieger, der oft im Wald gekämpft hatte, wusste er, wie man sich anschlich. Jetzt donnerten seine Füße auf den Boden.

Die Weberin zeigte erstmals eine Regung: Erschrecken. Sie ließ die Angel los, richtete das Messer auf Brotan – eine lächerliche Geste – und stolperte rückwärts zum Wasser.

Der Imagolem rannte die Frau einfach um.

Knochen brachen vernehmlich, die Weberin schrie. Ein Fuß stampfte auf ihren Brustkorb, dann war der Steinkrieger vorbeigelaufen.

Semire wickelte die Angelschnur von ihrem Arm, bevor sie zur Verletzten ging, über der Brotan jetzt aufragte. »Sei vorsichtig«, mahnte er.

Zuerst vergewisserte sich Semire, dass ihrer Gegnerin die Waffe entfallen war. Dann sah sie in das Gesicht der Weberin. Sie war noch nicht tot, aber sie würde nicht mehr lange leben. Blut quoll aus ihrem Mund, die Augen blickten glasig. Die Brust war unnatürlich breit und flach.

Semire hockte sich neben sie. »Es ist seltsam, aber ich mag dich. Vielleicht, weil es dir gelungen ist, dein Leben nach deinen Wünschen zu gestalten.«

Es wirkte nicht so, als ob die andere Frau sie noch verstand. Offenbar nahm die Qual sie ganz gefangen.

Semire stach die vergiftete Klinge in ihren Hals.

Die Weberin zuckte, Beine und Arme versteiften sich. Dann erschlaffte sie.

Semire drückte die Augen der Toten zu. »Übergeben wir sie dem Bach«, schlug sie vor. »Er wird sie durch die Stadt tragen.

Vielleicht finden sich ein paar Barmherzige, die sie verbrennen und ihre Asche in den Wind streuen.«

»Bei den vielen Leichen in diesen Tagen glaube ich nicht daran«, sagte Brotan. »Die Menschen stumpfen ab.«

»Von uns kann sie jedenfalls nicht verlangen, dass wir uns um sie kümmern«, meinte Semire. »Immerhin wollte sie mich umbringen. Ohne Grund, ich war keine Gefahr für sie.«

Brotan nahm den Körper auf, trug ihn in die Mitte des Wasserlaufs und legte ihn dort in die Strömung. Dann kam er zurück.

»Die Menschen verstricken sich oft in komplizierten Überlegungen«, brummte er, während sie zusahen, wie die Tote davongetragen wurde. »Menschen eine Freude zu machen … das hätte man doch auf viel einfachere Weise tun können.«

»Wie die Clerroniten mit ihren Heilerhäusern?«, fragte Semire. »Ich habe noch keinen mildtätigen Bruder getroffen, der selbst fröhlich ausgesehen hätte.«

»Vor Freude gestrahlt hat sie auch nicht gerade.«

»Aber da war etwas in ihr … Zufriedenheit, vielleicht. Sie war sich ihrer Sache sicher.« Semire zuckte mit den Achseln. »Bei mir ist es einfach: Du bist der Quell meiner Freude, Brotan.«

Er trat nah an sie heran. Sie schlang die Arme um seinen Bauch, er legte eine Pranke auf ihren Rücken. Näher kamen sie nicht an eine Umarmung heran. Semire schloss die Lider.

»Ich vermisse dich«, murmelte er.

Sie erstarrte. »Ich bin doch hier.«

»Du hast recht. Aber ich will zärtlich zu dir sein. Und ich will, dass du spürst, wie sehr ich mich nach dir sehne.«

»Bald«, versprach Semire. »Sehr bald. Dieses Ziel verliere ich nie aus den Augen.«

Emala hetzte durch den gewundenen Gang im Sanktuarium der Ahnen. Die Greisin keuchte und manchmal ächzte sie, wenn sie den krummen Rücken zu weit drehte. Kyrin fragte sich, ob sie ihrem Ziel, der Verheißung der Unsterblichkeit, entgegeneilte oder ob sie vor ihrem Volk floh. Nachdem Zehntausende in der Schlacht um den Dunkelsee gestorben waren – jeder von ihnen ein Vater, Bruder, Sohn, Freund –, hatte ein Mob versucht, sie zu steinigen. Die Schwellung an ihrer Stirn bezeugte, dass die Zauberpriesterin nur knapp entkommen war. Das zerschlagene Faltengesicht und die drei gebrochenen Finger an ihrer linken Hand standen in Kontrast zum perlmuttbestickten Gewand, dessen Gewicht der schwitzenden Frau sicher zusätzlich zu schaffen machte.

Heftig atmend hielt die Greisin an einer Weggabelung inne. »Wo weiter?«

Nicht ihr gesamtes Gefolge war von der Zauberpriesterin abgefallen. Ein junger Gardist namens Predell begleitete sie, obwohl ihm die in der Decke treibenden Steinaugen sichtlich unheimlich waren. Er versuchte, sie nicht anzuschauen, und richtete den Blick deswegen vornehmlich auf den Boden. Jetzt verharrte er einen halben Schritt hinter seiner Herrin, zog das Schwert eine Handbreite aus der Scheide und ließ es zurückgleiten, während er die beiden Gänge vor ihnen musterte. Schweiß stand auf seiner Stirn, was wohl ebenfalls an seiner Unruhe lag.

Für Kyrin sahen beide weiterführende Gänge abweisend aus. Augen trieben in der Decke, die Reliefbänder an den Seiten flossen träge dahin. Der linke Gang lag in grauschwarzem Dämmerlicht, das allenfalls die Augen von Brotan zu durchdringen vermochten, der als Letzter in der Vierergruppe ging. Der rechte machte den Eindruck, zu brennen, weil ihn ein diffuses rotes Leuchten erfüllte.

Vorsichtig trat Kyrin an den roten Gang heran. Sie spürte keine Hitze und sah auch kein Flimmern in der Luft.

»Dieser?« Ohne eine Antwort abzuwarten, hastete Emala mit vorgebeugtem Oberkörper weiter. Der von einer grünen Pyramide gekrönte Stab unterstützte ihre humpelnden Schritte.

Kyrin hielt den roten Gang tatsächlich für wahrscheinlicher, aber das lag nur daran, dass sie bezweifelte, dass die Ahnen sie im Dunkeln empfangen wollten. Dass kein Führer sie erwartet hatte, erschien ihr jedoch ebenso seltsam, wie dass es überhaupt eine Abzweigung gab. Schließlich hatten die Geister jede Möglichkeit, das Sanktuarium so umzugestalten, dass Besucher keine unerwünschten Wege nahmen.

Predell zog sein Schwert beinahe bis zur Spitze aus der Scheide, überlegte es sich aber doch anders und schob es zurück, während er der Zauberpriesterin nacheilte.

»Er war schon immer ein treuer Hund«, murrte Brotan.

»Du kennst ihn von früher?«

»Keine erfreuliche Erinnerung. Er ist arrogant und penibel.«

Letzteres offenbarte bereits ein flüchtiger Blick. Trotz der so lange andauernden Kämpfe glänzte Predells Harnisch, seine Handschuhe waren faltenlos glatt gezogen, der hüftlange Umhang dagegen in sorgfältige Zierfalten gelegt, das Haar exakt geschnitten und gekämmt.

»Taugt so jemand als Leibwächter?«, fragte Kyrin. Semire vertraute ihr Leben manchmal Tarin Kalthorn oder Derrek Eichfrost an. Beide waren Haudegen von ganz anderem Schlag. Niemand, der Wert auf seine Zähne legte, kam ihnen dumm. Predell dagegen war ein Bursche, bei dem man sich vorstellte, dass seine Mutter ihn vor nicht allzu langer Zeit noch übers Knie gelegt hatte.

»Jedenfalls wird niemand anzweifeln«, meinte Brotan, »dass er die Wünsche seiner Meisterin getreulich übermittelt.«

»Dann ist er der Mann, den wir brauchen.« Kyrin folgte in den roten Gang.

Emala hatte überdeutlich gemacht, dass ihre Geduld am Ende war. Ihr Gefolge hatte Befehl, sowohl den Zugang zum Sanktuarium als auch mehrere Lichtschächte zuzuschütten. Nur die Nachricht, dass die Zauberpriesterin endlich ihre Bezahlung von Haus Schneegrund erhalten hatte, konnte es noch davon abhalten. Das war die Drohung, die der uralten Frau garantieren sollte, dass man ihr endlich die Unsterblichkeit gab, nach der sie gierte.

Kyrin und Brotan holten Emala ein, während sie vor einem steilen Gefälle wartete. Der Gang fiel zehn Schritt weit so stark ab, dass Treppenstufen notwendig gewesen wären. Der Boden war jedoch glatt wie eine unbewegte Wasseroberfläche. Er mündete in einen runden Bereich, der gut einsehbar war, weil sich die Decke waagerecht fortsetzte. Über dem Rund trieben die Steinaugen in einem lautlosen Strudel. Im Zentrum des Raums stand die drei Schritt hohe Statue eines Mannes mit Lockenhaar und übergroßen Augen. Sie hatte die nach hinten gewinkelten Beine eines Bocks. Die Kleidung war mit langen Rockschößen und vornehmen Schnallenschuhen modelliert.

Emala wandte sich mit rasselndem Atem an Kyrin. »Gibt er mir die Unsterblichkeit?«

Zweifelnd musterte Kyrin die unbewegt stehende Statue. Das rote Licht strahlte gleichmäßig aus dem Boden und der Wand des runden Raums und enthüllte, dass kein Weg weiterführte. Dies war ihr Ziel – wenn nicht doch der dunkle Gang der richtige gewesen war.

»Ich werde die Lage erkunden«, verkündete Predell.

Er schaffte zwei Schritte auf der Schräge, dann glitt er aus und rutschte die restliche Strecke hinunter. Das Rückenteil seines Harnischs schrammte kreischend über den roten Stein.

Er fing sich geschickt mit den Füßen ab. Zwar fiel der junge Gardist, schien sich aber nicht zu verletzen.

Die Statue bewegte den Kopf. Die Augen richteten sich auf Kyrin, Emala und Brotan, die oben an der Rampe warteten.

»Geht!«, forderte das Bildnis sie auf. »Ihr kommt ungerufen und zu ungelegener Zeit.«

»Nein!«, widersprach Emala. »Ihr werdet mir nichts mehr vorenthalten.« Die alte Frau setzte sich an den Beginn der Schräge und schob sich vorwärts wie ein Kind auf einer Rutsche. Sie verlor ihren Stab, der neben ihr herpolterte, und auf dem Boden angekommen trug der Schwung sie weiter, sodass sie unelegant über ihre Seite rollte, bis sie gegen Predell prallte. Der Gardist half ihr auf. Sie stöhnte, schien aber unverletzt.

»Wenn wir ihnen folgen«, flüsterte Kyrin, »wie kommen wir dann wieder zurück?«

»Dafür müssen wir später eine Lösung finden«, meinte Brotan.

Seufzend zog Kyrin ihre Schürze aus und benutzte sie als

Unterlage. Beim Rutschen lehnte sie sich nach links, um nicht unglücklich mit dem gerade wieder verheilenden Arm aufzukommen. So gelangte sie heil unten an.

Sie zog Emala und Predell aus der Verlängerung der Schräge, damit Brotan sie nicht zermalmte, wenn er herunterkam. Das Gewicht des Imagolems führte jedoch dazu, dass er donnernd auf seinen Füßen landete und gerade mal einen einzigen Schritt machen musste, um den Schwung abzufangen.

Zu viert stellten sie sich vor das Bildnis, das sie mit seinen großen Augen musterte. Predell nahm Emalas Stab auf und gab ihn der Zauberpriesterin.

»Ihr hättet nicht kommen sollen«, sagte der Steinmann. »Nicht jetzt. Ihr seid nicht willkommen.«

Predell schluckte und zog sein zweischneidiges Schwert. Kyrin fragte sich, was er damit zu bewirken hoffte. Sie zog ihre Schürze wieder an. Das Standeszeichen mochte wenigstens darauf hindeuten, dass sie halbwegs folgen könnte, wenn man magische Phänomene besprach.

»Es gibt Wichtigeres als euch, um das wir uns kümmern müssen.« Die Statue schien nur von der Hüfte an aufwärts belebt zu sein. Die Bocksbeine standen unbewegt.

»Ich kann nicht noch einmal wiederkommen«, insistierte Emala. »Dort oben trachten mir Tausende nach dem Leben, und das Alter ist ein Raubtier, dessen Atem ich im Nacken fühle. Immer, wenn ich mich schlafen lege, könnte es das letzte Mal sein. Ich verlange meinen Lohn! Ich habe ein Leben voller Aufopferung für mein Volk geführt.«

Kyrin dachte, dass die Zauberpriesterin vor allem ihr Volk geopfert hatte. Selten war sie einem so verachtenswerten Menschen begegnet. Sie griff in die Bauchtasche der Schürze und nahm den Zauber heraus. »Wir haben alles vorbereitet, um …«

»Nicht jetzt«, unterbrach sie die Statue. »Geht.«

Knirschend verschob sich die Rampe. Sie wurde jedoch nicht flacher und damit leichter zu erklimmen, sondern steiler. Sie verschmolz mit der Wand, die den Raum einschloss. Auch die Decke senkte sich an den Außenseiten, die umlaufende Kante zwischen ihr und der Wand weichte auf. Ebenso hob sich der Rand des Bodens.

»Ich habe den Schneegrunds geholfen!« Emala fuchtelte mit ihrem Stab. »Ohne mich hätten sie ihren Sieg nicht errungen. Dafür schuldet Ihr mir die Unsterblichkeit!«

»Wir schulden dir gar nichts«, stellte das steinerne Bildnis klar. »Du wirst sterben. So wie ihr alle. Es ist schon zu spät für die Umkehr. Euch jetzt noch Gnade zu erweisen würde einen zu hohen Preis kosten.«

Kyrin schauderte. »Aber ich habe alles vorbereitet!« Sie hob den Zauber hoch, eine kleine Blume, deren Blüte aussah wie eine Ansammlung dicker Haare. War dieser Geist etwa nicht in das Vorhaben eingeweiht, das Semire mit den Ahnen ausgehandelt hatte? Wenn er sich nicht nur zum Schein sträubte, sondern sie wirklich vertreiben wollte, würde das die Revolutionäre in große Schwierigkeiten bringen. Eine Zauberpriesterin, die mit ihrer verbliebenen Macht gegen Haus Schneegrund vorginge … Brotans und damit auch Semires Loyalität würden wanken … »Wir können den Zauber sofort durchführen.«

Die letzte Öffnung schloss sich oberhalb der nur noch zu erahnenden Rampe wie Wachs, das zusammenfloss.

»Nein!« Emala ging auf die Statue los und traktierte sie mit ihrem Stock.

Predell eilte an die Seite seiner Herrin und schlug mit dem Schwert zu. Es musste aus gutem Stahl geschmiedet sein, beim dritten Mal hieb er eine Scharte in die Weste der Statue.

Die schlug mit der bloßen Faust zurück. Stein krachte mit solcher Wucht auf das Metall des Harnischs, dass der Mann durch den Raum geschleudert wurde.

Sein kurzer Umhang flatterte wie ein Rabenflügel. Predell prallte gegen die Wand und blieb davor liegen. Eine unregelmäßige Delle drückte die glänzende Rüstung an der linken Seite ein. Er spuckte Blut.

»Ich muss mich um wichtige Dinge kümmern.« Arme und Oberkörper der Statue erstarrten, nur das Gesicht regte sich noch. »Wir stehen gegen ernst zu nehmende Gegner.«

Der Raum veränderte sich noch immer, Boden und Decke bewegten sich aufeinander zu. Er näherte sich einer Hohlkugel an.

»Denkt an Quilûn!« Kyrin wedelte mit den Armen, in der Hoffnung, dadurch die Aufmerksamkeit des Geistes zu erregen, der die Statue beseelte, und ihn zum Bleiben zu bewegen. »Ihr braucht seine Bilder! Ihr braucht Quilûns Bilder!«

Sie hatte den Eindruck, dass die Schultern ein wenig geschmeidiger wurden, als sich der Kopf ihr zuwandte. »Graf Quilûn ist nicht hier.«

»Er ist unsicher, wankelmütig«, erklärte Kyrin schnell. »Wir können ihn nicht mehr allein lassen, die Quadra droht seinen Verstand zu zersetzen. Semire ist bei ihm. Seine Gattin. Sie passt auf Quilûn auf. Aber Ihr wisst, wie sehr sie Brotan liebt.« Kyrin zeigte auf den Imagolem. »Wenn ihm etwas zustößt oder wenn sie ihn gar verlieren sollte, könnte sie etwas Unbedachtes tun. Auf keinen Fall wird sie noch auf Quilûns Wohlergehen achten. Oder darauf, dass er genug malt.«

Letzteres war dreist vorgeschoben. Niemand musste Quilûn zu seiner Kunst drängen, das Gegenteil war richtig. Er war kaum noch von Leinwänden und Pinseln wegzubekommen. Aber das barg tatsächlich die Gefahr, dass er kaum noch aß und trank und manchmal, obwohl geistig aufgestachelt, körperlich so schwach wurde, dass er zusammenbrach. Natürlich wagte kein Untergebener, den Grafen zurechtzuweisen.

»Ich bin Eure Verbindung zu Quilûn«, behauptete Kyrin. Solange sie redete, konnte sie den Geist überzeugen. Wenn sie schwieg und er sich zurückzog, verlor sie jeden Einfluss. »Ich bin Euch nützlich, wenn ich überlebe.«

Der Boden wurde zu einer Mulde, an deren tiefster Stelle die Statue stand. Gurgelnd rutschte Predell ein Stück herab. Aufrichten konnte er sich mit dieser Verletzung nicht mehr. Noch immer quoll Blut aus seinem Mund. Es verdunkelte den Stahl seines Harnischs.

»Und sie …«, Kyrin griff Emalas Arm. Er fühlte sich an, als steckte ein verdorrter Ast in ihrem prächtigen Gewand. »Sie braucht Ihr auch. Wir müssen ihren Wunsch erfüllen. So, wie wir es besprochen haben.«

»Alberne Spielereien«, murrte die Statue, aber Kyrin war egal, was sie sagte, solange der Geist nur bei ihnen blieb. Immerhin waren sie interessant genug, um mit ihnen zu reden.

»Emala kontrolliert den Weg zu Euch. Wenn er«, sie zeigte auf Predell, »nicht bezeugt, dass sie bekommt, was sie verlangt, können wir keine Gemälde mehr hier herunterbringen.«

Knirschend hielt das rote Gestein inne. Boden und Decke waren nun zwei Schalen, nur auf halber Höhe gab es noch einen zwei Schritt messenden Streifen Wand, wie einen Ring.

Kyrin gönnte sich ein Aufatmen, aber noch waren sie nicht gerettet. Wenn sich der Raum weiter verengte, mochte er sie zerquetschen. Oder sie wurden hier vergessen, bis sie erstickten oder verdursteten.

»Wir brauchen einen Weg zurück nach oben«, sagte sie vorsichtig. »Nachdem wir getan haben, wozu wir gekommen sind.« Sie nahm ihren Zauber zwischen Daumen und Zeigefinger und streckte ihn der Statue entgegen.

Knackend öffnete sich ein Spalt ungefähr in der Richtung, aus der sie den Raum betreten hatten. Er verbreiterte sich so weit, dass auch Brotan ihn passieren könnte, wenn er seitwärts ginge.

»Hierfür erwarten wir exzellente Gemälde«, grollte die Statue. »Wir haben Zugeständnisse gemacht, um euch zu retten.«

Kyrin überlegte, wer die Ahnen zu Zugeständnissen zwingen könnte. Die Kristallschlange, von der Odumar gesprochen hatte, kam ihr in den Sinn. Wahrscheinlicher waren die Ahnen anderer Häuser oder die Tiefen Meister, die Kyrin noch nicht einzuordnen vermochte.

Sie sprach ihre Frage nicht aus. Es war besser, wenn Emala und Predell nichts von ihrer Unsicherheit erfuhren. Der unfreundliche Empfang war schon schlimm genug. Er mochte in dem Gardisten Zweifel darüber wecken, was hier vorging.

Eigentlich hatte Kyrin ein großes Brimborium geplant, mit einem Tanz und Gemurmel in einer erfundenen Sprache. Vielleicht auch ein paar oberflächlichen Schnitten und etwas Blut, solchen Popanz verbanden viele Unwissende mit großer Magie. Aber wie die Dinge lagen, machte sie besser schnell.

»Seid Ihr bereit?«, fragte sie Emala.

»Ich bin seit Jahrzehnten bereit!«, blaffte die Greisin.

»Gut. Dann schluckt das.« Kyrin hielt das steinerne Blümchen vor Emalas beinahe lippenlosen Mund. So dicht, dass die Alte es nicht genau betrachten konnte. Damit sie nicht merkte, dass es aus Basalt bestand.

Vielleicht erkannte sie es dennoch, als der Zauber auf ihrer Zunge lag. Aber dann dachte sie sich nichts dabei. Kyrin sah, wie sich der Hals weitete, als sie schluckte.

»Ihr werdet zu Stein«, deklamierte Kyrin mehr für Predell als für die Alte. »Ihr werdet bemerken, dass Ihr Eure Glieder nur noch schwer bewegen könnt.«

»Ja …«, brachte Emala mit rauer Stimme hervor. »Meine Arme werden steif. Meine Finger …« Es schien ihr Mühe zu bereiten, den Kopf so weit zu drehen, dass sie die Hand anschauen konnte, die ihren Stab hielt.

»Das ist normal«, versicherte Kyrin. »Nur im Stein liegt die Ewigkeit.«

Emalas faltige Haut wurde grau.

Sie setzte an, den Kopf zurückzubewegen, kam aber nicht mehr weit, bevor auch ihr Hals vollständig erstarrte. Das Grau dunkelte ab, wurde beinahe schwarz und in der Oberfläche bildeten sich unzählige Poren. Emala versteinerte.

Die einzige Ausnahme waren die Augen, die sich weiteten und ein Stück aus ihren tiefen Höhlen hervorkamen. Kyrin schauderte, weil es wie ein Ausdruck des Entsetzens wirkte, des Erkennens über das, was wirklich geschah.

Einige Herzschläge lang herrschte Stille im roten Raum tief unter der Erde.

Predell brach sie mit einem nassen Husten. »Wie … Weinende Männer …«

Kyrin erstarrte, als hätte sie jemand mit Eiswasser begossen. Predell war kein Magier und er wirkte wie ein eitler Geck, aber offenbar beobachtete er seine Umgebung aufmerksam und zog seine Schlüsse. Er konnte zwei Dinge, die er sah oder erlebte, zueinander in Verbindung setzen, auch wenn die Zusammenhänge unerwartet waren. Eine Fähigkeit, die er den meisten Menschen voraushatte. Und die jetzt ausgesprochen ungelegen kam.

»Der Beginn des Weges ist derselbe«, behauptete Kyrin. »Die ehrwürdige Emala wird ihn lediglich viel weiter gehen. Sie ist nun Stein und Stein ist ewig. Mit den Jahren wird sich ihr Geist lösen und den gesamten Berg erkunden.«

»Jahren?«, würgte Predell hervor.

»Du siehst doch, dass sie nicht weint«, sagte Brotan. »Die Weinenden Männer leiden unablässige Qualen. Emala dagegen hat den wichtigsten Schritt auf Ihr Ziel zu getan.«

Kyrin schluckte. In Wirklichkeit war das Wasser, das aus den Brauen über die Augen floss, eine Gnade. So entzündeten sie sich nicht.

Emalas Augen huschten hin und her. Sie hörte, sie sah, aber bis auf diese sparsamen Bewegungen gab es nichts, womit sie sich noch mitteilen konnte.

»Hat sie dir etwa nicht gesagt, was hier geschehen würde?«, fragte Brotan.

Das fand Kyrin geschickt. Predells Äußeres verriet seine Eitelkeit. Möglich, dass er seine Unwissenheit nicht eingestehen wollte und stattdessen vorgab, alles ginge so vor sich, wie er es erwartet hatte.

Doch seine Loyalität überwog. »Nein«, brachte er hervor.

»Vielleicht wollte sie dich nicht beunruhigen«, schlug Kyrin vor. »Sie hat mir gesagt, wie sehr sie dich und deinen Dienst schätzt. Ich denke, ihr wäre sehr wichtig, dass wir dich hier herausbringen und behandeln lassen. Du darfst nicht sterben.«

»Ich bin … Zeuge.«

»Ganz recht.« Kyrin nickte entschieden. »Du bist der Zeuge dafür, dass deine Zauberpriesterin den Weg in die Unsterblichkeit angetreten hat.«

Brotan hockte sich neben den Verwundeten. »Er wird nicht mehr lange durchhalten. Er verliert viel Blut. Ich fürchte, die Rippen stechen in seine Lunge.«

Kyrin wandte sich an die vom Geist beseelte Statue. »Er darf nicht sterben. Wenn er kein Zeugnis ablegen kann, werden die Lichtschächte und der Zugang ins Sanktuarium verschüttet.«

Das Bildnis senkte das lockige Haupt.

Aus dem Spalt, der sich in der Wand geöffnet hatte, kam ein Wesen, das wie ein Kind mit einem Katzenkopf aussah. Es bestand aus Quarz mit glitzernden Glaseinschlüssen. In den Pfoten hielt es einen bauchigen Topf.

Es hüpfte zu dem Verwundeten und leerte das Behältnis über ihm aus. Silbriger Sand fiel ihm auf Kopf und Brust.

Predell erschlaffte.

»Wenn er schläft, wird er an seinem Blut ertrinken«, sagte Brotan.

»Es ist ein anderer Schlaf«, erklärte die Statue. »Nicht nur sein Geist, auch sein Körper ist nun völlig still. Das Herz schlägt nicht mehr, das Blut steht in seinen Adern. Aber das wird sich ändern, sobald ihr das Sanktuarium verlasst.«

»Weil dann die Magie erlischt«, erkannte Kyrin.

Brotan hob den schlaffen Krieger an. Mit ihm auf den Armen wandte er sich Emala zu. »Du hast keine solche Treue wie die seine verdient.«

Kyrin sah die versteinerte Alte nachdenklich an. Der Stab in ihrer Hand würde zerfallen, die Kleidung verwehen, aber niemals würde sie ihre Bewegung vollenden. Sie hatte auf ihre Hand geschaut und sich Kyrin zuwenden wollen. Jetzt blieben ihr nur noch die Augen, und die Magierin hatte keine Vorstellung, was diese hier unten im Berg erblicken würden. Wäre es besser, wenn sie etwas sahen oder wenn sie in ewiger Dunkelheit vergessen dürften?

»Es ist eine schreckliche Strafe«, sagte Kyrin. Es brach ihr Herz, dass Abuliar dieselbe erlitt und sie noch immer keinen Ansatz hatte, ihn zu erlösen.

»Wem der Befehl über Krieger übertragen ist, die alles für ihr Land geben, und wer diese Krieger verrät, hat jede Strafe verdient«, sagte Brotan hart. »Sie hat es mit mir getan, in jener Nacht, in der ich gefangen genommen wurde. Und sie hat es mit allen getan, die ihr auf den Berg gefolgt sind. Sie hat sie belogen und ausgenutzt.«

Zweifel regten sich in Kyrin, obwohl auch sie zugestimmt hatte, diesen Weg zu gehen. Die Ahnen hätten niemals ihr Einverständnis gegeben, Emala in ihre Reihen aufzunehmen, aber Emala hätte sich auch nicht länger hinhalten lassen. Man musste sie unschädlich machen und die Versteinerung war Kyrin als gerechte Bestrafung erschienen. Aber jetzt … »Wir haben sie auch belogen.«

»Einen Lügner zu belügen ist, wie einen Dieb zu bestehlen.« Brotan zuckte mit den Achseln. »Ich habe kein Mitleid mit ihr.«

»Aber ich.« Kyrin zog ihren Hammer aus dem Ring und nahm einen Meißel aus dem Futteral. »Wenn wir unser Mitleid verdursten lassen, werden wir zu dem, was wir bekämpfen.« Mit festen Schlägen öffnete sie den Wasserfluss aus den Brauen. »Oft müssen wir grausam sein. Aber nicht hier.«

»Du bist keine Kriegerin«, stellte Brotan fest.

»Aber du bist ein Krieger. Und deswegen weißt du genau, dass wir am Dunkelsee nur gesiegt haben, weil diese Frau genau das getan hat, wofür du sie verdammst.«

Vielleicht war sie zu weit gegangen. Brotan antwortete nicht, er wandte sich dem Spalt zu. »Wir werden gebraucht.«

»Sie soll sich abschauen, wie es richtig geht«, verkündete Derrek Eichfrost. »Ihre Schüchternheit ist unerträglich.«

Der Wächter am Eingang des *Lustgartens* musterte Semire von Schneegrund neugierig im Licht der prasselnden Fackeln, die neben der Tür auf Kopfhöhe aufragten. Viel konnte er nicht erkennen, sie trug einen Schleier. Nicht das bläuliche, halb durchsichtige Gespinst, sondern festen grauen Stoff, der knapp unter ihren Augen begann und bis auf ihre Brust fiel. Den Blick senkte sie schamhaft.

Ohne bewusst darauf zu achten, fiel ihr auf, dass der Wächter sein Gewicht nahezu vollständig auf dem rechten Bein hatte.

Vielleicht schmerzte ihn das linke nach einer Verletzung. Trotzdem war diese Körperhaltung dumm. Eine solche Stellung machte unbeweglich und man konnte das unbelastete Bein leicht mit einem Fußhaken wegziehen. Aber noch war es zu früh für einen Kampf.

»Eigentlich haben Weiber hier keinen Zutritt.« Der Wächter hakte einen Daumen in seinen Gürtel, den eine Schnalle verschloss, die einen schnaubenden Stierkopf zeigte. »Aber ich sehe ein, dass so ein unscheinbarer Fisch Unterweisung braucht, und wo bekäme er bessere als hier? Also gib mir ein Silberstück und nimm sie mit hinein.«

»Das ist es mir wert.« Derrek fingerte die verlangte Münze aus der Geldkatze. Auch er war verkleidet. Den falschen Bart anzukleben, hinter dem sein halbes Gesicht verschwand, war ein großer Spaß gewesen. Er hatte sich lautstark über den nach Fischöl stinkenden Leim beklagt und sein Blick, als Semire gescherzt hatte, die Wangenzier ließe sich nun eine Woche lang nicht mehr lösen, hatte alle zum Lachen gebracht.

»Dein Spielzeug muss aber draußen bleiben.« Der Wächter deutete eine Bewegung über seine Schulter an.

Bei Derrek ragte dort der Griff von Semires Bidenhänder auf. Er bevorzugte Degen, aber in der Rolle der verhuschten Ehefrau konnte Semire die Klinge, mit der sie am besten focht, nicht selbst mitbringen.

Er löste den über die Brust laufenden Tragegurt und gab die Waffe ab.

An der Wand im Windfang fand sich schon ein Dutzend Schwerter, vor denen zwei Armbrüste lagen. Am beeindruckendsten war die Axt direkt neben dem Eingang. Die untere Spitze des Blatts war so weit heruntergezogen, dass sie einen Dorn von der Länge eines Unterarms bildete. Wenn man diese Waffe hinten am Stiel fasste, über den Gegner hinwegschlug und dann den Dorn in seinen Rücken riss, konnte er zur Brust wieder herauskommen.

Der Wächter wog das große Schwert in den Händen und nickte anerkennend. »Damit wirst du gutes Silber machen, wenn du dich als Söldner versuchst.«

»Besseres als in meinem bisherigen Dienst auf jeden Fall«, bestätigte Derrek. »Es ist schlecht gelaufen in letzter Zeit.«

»Das kann ich mir denken.«

Die schwarzen Striche unter Derreks Augen verfremdeten nicht nur sein Gesicht, sondern verleiteten auch zu der Annahme, dass er für Haus Finstertann gekämpft hatte, das sich nach der Niederlage am Dunkelsee in Auflösung befand. Deswegen sorgten auch seine blau gefärbten Zähne nur noch wenig für Respekt. Viele Adlige fielen tief in diesen Tagen.

Der Wächter öffnete die Innentür und deutete einladend in den Schankraum. »Dies ist eine Nacht, um eure Sorgen zu vergessen.«

Es tat Semire weh, zu sehen, wie weit der *Lustgarten* heruntergekommen war. Von den Männern aus Haus Schwingenpracht hatte sie allerdings nichts anderes erwartet. Das schwarze Flügelross war mäßig gekonnt auf ein gelbes Tuch gemalt, das von der Empore bis beinahe auf den Boden hing. Aber Aliére hasste sie in diesem Moment noch mehr. Wie hatte sie dies geschehen lassen können?

Unter Semires Führung hatte ständig jemand den Boden gewischt und sofort wieder mit einem Tuch getrocknet, damit sein Weiß rein blieb und dennoch niemand ausrutschte. Leere Flaschen und Gläser waren sogleich abgeräumt worden. Inzwischen waren wohl alle Gläser zerbrochen, man schenkte in hölzernen Humpen aus und es roch nach Bier, nicht Wein. Im *Lustgarten!* Semire verbarg eine Hand hinter dem Rücken, um sie zur Faust zu ballen.

Auch einige der roten Polstersitze waren verschwunden. Ein wildes Sammelsurium aus einer Holzbank, zwei grünen Sesseln und einem Dutzend Stühle hatten sie ersetzt. Die geschwungene Theke gab es zwar noch, aber jetzt standen Hocker davor. Semire hatte das immer vermieden, die Gäste sollten sich nicht bei einem Trunk unterhalten, sondern für intensivere Vergnügungen mit den Blumen zahlen.

Heute grölten Männer, die sich aneinander festhalten mussten, um nicht in den wasserlosen Brunnen zu fallen, ein Kampflied, auf dessen Text sie sich nicht einigen konnten. Die Frauen, die ihre Aufmerksamkeit zu erregen versuchten, hätte Semire zuerst in einen Zuber gesteckt und gründlich abgeschrubbt. Eine dicke Brünette hatte sich ihres Mieders entledigt. Ein Kerl mit Warzengesicht knetete ihre Brüste, wobei er sich von einem einbeinigen Greis ermutigen ließ. Auch die anderen Gespräche zwischen den Huren und ihren Freiern wurden von forschen Griffen begleitet, die Semire nur in den Zimmern geduldet hätte.

Sie hielt den Atem an, als ihr Blick den steinernen Vogel fand, an dem das Geflecht für Flug und Fall gehangen hatte. Über Schnabel und Flügel waren halb durchsichtige Strümpfe gebreitet.

Aliére war die einzige Frau im Schankraum, die ein Minimum an Würde ausstrahlte. Sie trug ein hellblaues Kleid, das zwar an einigen Stellen eingerissen, aber immerhin sauber war, und hielt sich aufrecht. So stand sie hinter der Theke und trocknete die gespülten Humpen, bevor sie die Trinkgefäße in ein Regal stellte. Ihr Blick war stumpf.

Semire überlegte, ob es zu auffällig war, wie Derrek ihr den Arm zum Geleit anbot. Auch er war in beiden Welten zu Hause und eine solche Geste hätte besser auf eine Feier des Adels gepasst. Sie zurückzuweisen hätte jedoch noch mehr Aufsehen erregt. Semire hakte sich ein und ließ sich an einen Tisch führen, an dem sich zwei Männer im Armdrücken maßen.

Einer davon gehörte zu Derreks Leuten, wie ein Dutzend weitere, die vor ihnen in den *Lustgarten* gekommen waren. Er war so groß und schwer, dass man um den Stuhl fürchten musste, auf dem er saß. Sein Oberkörper hatte die Form einer Tonne. So nannten ihn auch alle: Tonne. Unter dem Nacken quollen schwarze Borsten aus dem Halsausschnitt hervor.

Er zog genüsslich zischend die Luft ein und drückte den Arm seines Gegenübers ein Stück hinunter, wobei er dessen Hand quetschte und verdrehte.

Der Kontrahent trug eine funkelnde Brosche am Kragen, die nicht mit der speckigen Lederkleidung harmonierte. Das Schmuckstück hatte die Form eines galoppierenden Pferdes, was dafür sprach, dass er es irgendwo gestohlen hatte. Wäre es für ihn angefertigt worden, hätte er sicher auch Flügel in Auftrag gegeben. Außerdem passten die Brillantsplitter besser zu einer Dame.

Statt den Arm weiter Richtung Tischplatte zu drücken, drehte Tonne die Hand herum und kippte sie zugleich in einem schmerzhaft aussehenden Winkel. Knochen knackten.

Der Gegner schrie gellend. »Du brichst mir die Hand!« Er klopfte hektisch auf den Tisch. »Lass los! Lass los! Ich gebe auf!«

Grinsend drehte Tonne die Hand weiter. Aus dem Knacken wurde ein Krachen.

Der Gegner stieß einen schrillen Schrei aus und rutschte von seinem Schemel. Er versuchte, der Bewegung von Hand und Unterarm mit dem gesamten Körper zu folgen, indem er um die Ecke des Tisches stolperte.

Tonne zog mit einem brutalen Ruck, bevor er den Kontrahenten freigab.

Der Bruch war unübersehbar. Das Handgelenk war hinüber. Fassungslos starrte der Verletzte darauf, bis ihm einfiel, das schlaffe Glied mit der Linken zu greifen. Das war jedoch offenbar schmerzhaft. Wieder schrie er auf.

Tonne schob lachend seinen Stuhl zurück. »Beim Essen nicht so wählerisch sein«, riet er. »Wer immer aufisst, kriegt auch ein paar Muskeln.«

Sofort umringte ein halbes Dutzend von Derreks Männern den Sieger, um ihm anerkennend auf den Rücken zu klopfen und ihn zugleich vor den Schwingenprachts abzuschirmen, die mit dem Ausgang des Armdrückens möglicherweise nicht einverstanden waren.

Sachte schüttelte Semire den Kopf. Eine so grobe Vergnügung hatte es unter ihrer Führung nie gegeben. Der *Lustgarten* war für gehobene Unterhaltung bekannt gewesen. Hier war die Vorstellungskraft ebenso angeregt und befriedigt worden wie der Körper. Jetzt rutschte das Haus zu einem ordinären Bordell ab.

Mit sanftem Zug am Ellbogen brachte Semire Derrek dazu,

sie zur Theke zu geleiten. Seine Männer kannten ihre Verkleidungen und machten ihnen Platz.

»Was darf es sein?«, fragte Aliére. Sie war wirklich eine Bereicherung, in ihr lebte der feine Stil des *Lustgartens* weiter. Andere ihrer Blumen entdeckte Semire nicht. Diejenigen, die nicht mit ihr ins *Vögelnest* gewechselt waren, befriedigten wohl gerade Freier auf den Zimmern oder hatten andere Orte gefunden, wo man ihre Dienste schätzte.

Derrek grinste Aliére an. »Ich nehme dich, meine Taube.« Er verstellte seine Stimme gekonnt.

»Ich bin nicht zu haben«, beschied sie müde.

»Wer sagt das?«

Turiel lehnte sich neben Derrek mit dem Ellbogen auf die Theke. Die Bewegung hatte etwas Linkisches, vermutlich war der Stich, den Semire ihm bei ihrer Flucht in den Bauch versetzt hatte, noch nicht verheilt. »Ich.« Wie stark die Finger, mit denen er in die Klinge gegriffen hatte, zerschnitten waren, sah Semire nicht. Er trug Handschuhe. Die Klappe über seinem linken Auge bewies Geschmack. Sie bestand aus Samt und die Bernsteinsplitter, die ihren Rand säumten, waren vom selben Braun wie das gesunde Auge. »Sage ihr, was du trinken willst«, forderte er Derrek auf. »Es geht aufs Haus. Fürs Bett musst du eine andere aussuchen.«

»Aber mir gefällt, was ich sehe.« Derrek glotzte in Aliéres Ausschnitt. »Ist sie etwa noch nicht zugeritten? Das macht mir nichts aus, ich erledige das gern.«

Beschämt sah Aliére nach unten.

Stattdessen hätte sie besser genau hingesehen, fand Semire. Dann hätte sie die Verkleidung durchschauen können. Zwar war Semire zur Unkenntlichkeit verhüllt, aber Derreks Narbe war auch unter der Farbe zu erkennen, vor allem, da sie weiß wurde, weil er sich auf den Kampf freute. Nicht, dass es einen Unterschied gemacht hätte, wenn sie jetzt aufgeflogen wären. Ihre Krieger waren in Position.

»Du sprichst mit meiner Gemahlin«, sagte Turiel. »Deine groben Worte haben sie beleidigt. Du wirst dich bei ihr entschuldigen.«

»Bei einer Hure?« Derrek lachte auf. »Sicher nicht. Ich habe einen anderen Vorschlag: Schlagt mich.«

»Wie meinen?«

Derrek wandte sich ihm zu und bot ihm mit ausgebreiteten Armen die Brust. »Ihr habt mich verstanden. Ein Wettstreit unter Ehrenmännern.« Sein Grinsen entblößte die blauen Zähne. »Wenn ich Eure Braut gekränkt habe, zahlt es mir heim. Schlagt zu. Egal, wohin.«

Turiel runzelte die Stirn. »Ich soll Euch schlagen, ohne dass Ihr Euch wehrt?«

Dass er zur ehrerbietigen Anrede wechselte, bewies Semire, dass Derrek ihm Respekt abrang. Oder zählte für ihn der Adel noch mehr als für den Wächter an der Tür?

»Ihr sagt doch, dass es um die Ehre einer Dame geht. Oder ist sie etwa doch nur eine gewöhnliche Hure, die sich ziert, um eine Kupfermünze mehr herauszuschlagen?«

Turiels Faust traf dumpf auf Derreks Brust, hatte aber kaum Wucht.

»Stärker steht Ihr nicht für die Ehre Eurer Gemahlin ein?« Derrek hüpfte auf der Stelle. Er lockerte seine Arme. »Versucht es noch einmal!«

Diesmal verpasste Turiel ihm einen Haken in den Bauch, aber als geübter Schläger spannte Derrek seine Muskulatur an. Das hörte Semire an dem dumpfen Geräusch, das die einzige Wirkung des Angriffs blieb.

»Noch ein drittes Mal.« Diesmal war eine Drohung in Derreks Aufforderung zu hören. »Danach bin ich dran.«

Turiel war anzusehen, dass ihm dämmerte, worauf er sich eingelassen hatte. »Ihr werdet zurückschlagen?« Er drückte die Linke auf seinen Bauch, wo sich seine Wunde befinden mochte.

Derrek legte seinen Kopf zur linken Seite, sodass sein Ohr beinahe die Schulter berührte, dann zur rechten. Sein Genick knackte. »Na los! Für die Ehre des Flittchens.«

Turiel wählte Derreks Kinn als Ziel. Im Grunde war das eine gute Wahl, wenn man richtig traf, konnte man einen Mann auf diese Weise ohnmächtig schlagen.

Derrek wich dem Hieb zwar nicht im eigentlichen Sinne aus, aber er drehte den Kopf zur Seite, sodass Turiel das Kinn seitlich traf. Sicher schmerzhaft, aber nicht bedrohlich.

Der Gegenangriff erfolgte ansatzlos. Derrek tauchte in seinen Gegner hinein und rammte ihm den Ellbogen in die Brust. Pfeifend entwich Turiels Atem.

Derrek setzte sofort mit einem Haken nach, ließ jedoch nicht zu, dass Turiel sich zusammenkrümmte. Er riss seinen Schopf zurück, um den Kopf dann mit Wucht auf den Tresen zu schmettern.

Eigentlich hatte Semire vorgehabt, zu ihrem Bidenhänder zu eilen und mit dem langen Schwert zu kämpfen. Aber sie hatte sich zu sehr von Derreks Vorstellung gefangen nehmen lassen. Jetzt zogen die Schneidruhms die Dolche, die sie als Einzige im Schankraum offen trugen. Derreks Männer dagegen brauchten etwas länger, um ihre Klingen aus Ärmeln, Stiefeln und Hosenbeinen zu ziehen. Ein Drittel der anwesenden Männer waren Unbeteiligte, gewöhnliche Besucher. Die meisten versuchten, sich aus dem Gemenge herauszuhalten, nur wenige missverstanden das Geschehen als einen Angriff, gegen den sie sich zur Wehr setzen mussten.

Ein Greis, dessen Haar zu einem grauen Kranz zurückgewichen war, fühlte aber wohl seinen Stolz erblühen. Er schien die mindestens vierzig Jahre jüngere Frau beeindrucken zu wollen, die an seinem Ohrläppchen geknabbert hatte. Mit einer Weinflasche ging er auf Tonne los.

Der bullige Schläger war nicht für seine Rücksichtnahme bekannt. Er entwand dem Greis die Flasche, indem er die alten Knochen im Handgelenk mit einem festen Griff brach.

Jemand umschlang Semires Taille von hinten. »Ich habe dein Weib!«, rief eine von Alkoholdunst begleitete Stimme.

Dadurch wusste Semire, auf welcher Seite ihres Kopfes sich das Gesicht ihres Gegners befand. Sie schnappte sich einen Humpen, drehte die Schultern, so weit sie konnte, und schlug das Gefäß so fest wie möglich nach hinten.

Das Knacken einer Nase und ein ersticktes Röcheln belohnten sie. Der Griff löste sich.

Sie ließ den Humpen fallen. Aber hier waren zu viele Klingen im Spiel, um unbewaffnet zu bleiben. Semire nahm einen Besen, der an der Wand lehnte, und schwang ihn wie eine Langaxt mit einem seltsamen Kopfstück. Die Bürste brach schon beim dritten Schlag ab, danach hatte sie einen Kampfstab. Da hier drin niemand Helm oder Harnisch trug, war das eine halbwegs brauchbare Waffe, deren Vorteil in Schnelligkeit und Reichweite lag.

Turiel sah sie momentan nicht mehr, er war irgendwo im Gedränge verschwunden. Derrek sprang auf den Tresen. »Ergebt euch!«, brüllte er über den Lärm hinweg und riss den falschen Bart aus seinem Gesicht. »Die Rose holt sich ihren Garten zurück. Es geht ihr nicht um euer Blut. Ergebt euch und ihr werdet verschont!«

Semire war unwohl bei dieser Lüge, aber Palion schrieb, dass im Krieg jede List erlaubt war, denn sie schonte das Leben der eigenen Leute. Einige Schwingenprachts ergaben sich. Ronnbar, ihr Anführer, der sich Graf nannte, starrte entsetzt von der Empore herab, auf deren Geländer er lehnte. Er trug nur ein aufgeknöpftes Hemd, nicht einmal eine Hose.

Aliére versuchte, sich durch das Gedränge zu schlängeln.

Semire steckte ihren Besenstiel zwischen die Füße der blonden Frau.

Die Fliehende stolperte und schlug lang hin.

Ihr spitzer, aber gekünstelt wirkender Schrei spülte Semires Hass von Neuem nach oben. Was bildete sich dieses treulose Gör eigentlich ein, ihr den *Lustgarten* abnehmen zu wollen? Man sah doch, wohin das führte! Eine gut ausgemistete Scheune war wohnlicher als Semires Lebenswerk, wie es sich derzeit darbot. Wütend trat sie der am Boden Liegenden in den Bauch.

»Nein!«, rief Turiel, der zwischen den Kämpfenden vor der Theke lag und beide Hände auf den Bauch presste. In seinen Augen standen Tränen. »Unser Kind!«

»Wie dumm können Männer eigentlich sein?«, knurrte Semire. Sie wickelte Aliéres Blondhaar um ihre rechte Hand und zog sie auf die Füße. »Die ist genauso wenig schwanger wie

Tonne, Derrek oder du selbst. Sie hat dich genarrt, bevor sie mich hereingelegt hat.«

»Du lügst!«

»Unsinn. Du hast dich selbst belogen. Hat sie sich dir kürzlich verweigert? Ja? Sie wollte nicht, dass du das Rot siehst, das aus ihrem Schoß fließt.«

Verständnislos starrte Turiel zu Semire hoch.

Ein vor seinem Gegner zurückweichender Kämpfer prallte gegen sie und einer vorstoßenden Klinge konnte sie nur knapp ausweichen. Hier wurde es zu unruhig. Semire schleifte Aliére an den Haaren zum Durchgang neben der Theke, zog den Vorhang zurück und stieß sie in den Raum dahinter.

Der Vorhang war schwer genug, um die Kampfgeräusche zu dämpfen, als er zurückschwang. »Was hast du dir dabei gedacht?«, rief Semire.

»Rose?«, fragte Aliére unsicher. »Seid Ihr das?«

Semire verpasste ihr eine so kräftige Ohrfeige, dass Aliéres Kopf zur Seite flog. »Wer sonst? Kennst du noch jemanden, dem du einen Palast abgenommen hast, um ihn in eine Müllgrube zu verwandeln?«

Aliére ließ sich auf die Knie fallen und schluchzte, senkte den Blick aber nicht, sondern blickte zu Semire herauf. Natürlich. So sah man die Tränen. Das war wichtig, wenn man jemanden damit beeindrucken wollte. Sicher hatte das Aliére die eine oder andere zusätzliche Münze eingebracht.

»Bei mir brauchst du das nicht zu versuchen!« Semire schlug sie nochmals. »Was glaubst du, wie vielen Mädchen ich das Heulen beigebracht habe? Das Gejammer, wie leid es dir tut, mich hintergangen zu haben, können wir auch überspringen.«

Aliére blieb auf den Knien, setzte sich aber zurück auf die Fersen. Sie presste die Zähne aufeinander und zog den Rotz hoch. Die Tränen versiegten. »Ich dachte, ich wäre so weit«, sagte sie.

Semire blinzelte. Dieser Umschwung zur Ehrlichkeit entwaffnete sie.

»So ein Haus zu führen macht mehr Mühe, als ich erwartet habe«, stellte Aliére gefasst fest. »Die Schwingenprachts hatte ich jedenfalls im Griff. Turiel ist der größte Trottel, den ich je getroffen habe, aber ganz niedlich. Was passiert mit ihm?«

»Das weiß ich selbst noch nicht genau«, gestand Semire. »Ich werde sein Schicksal in die Hände von anderen legen.«

»Es gibt jemanden, der für ihn bezahlt?«

»Nicht ganz, aber so ungefähr. An dir ist jemand anderes sehr interessiert. Du erinnerst dich an Lastonn? Den Magier, der dich etwas hart angefasst hat?«

»Ich habe ihn in den *Lustgarten* gelockt, wie Ihr es gewollt habt.«

»Er erinnert sich gut daran, wie du ihm das Schneidebrett ins Gesicht geschlagen hast. Dafür möchte er sich gern persönlich bei dir bedanken.«

»Auf welche Weise?«, fragte Aliére vorsichtig.

»Ihm schwebt ein längeres Treffen vor, glaube ich. Ein paar Tage. Oder Wochen. Ich weiß auch nicht, ob ich an deiner Stelle auf ein schnelles Ende hoffen würde. Es könnte recht drastisch ausfallen, wenn niemand da ist, der Lastonn Grenzen setzt.«

Aliére schluckte. Die Tränen, die sich jetzt in ihren Augen sammelten, waren echt, was schon dadurch klar wurde, dass sie darum kämpfte, sie zurückzuhalten. »Habt Ihr nie versucht, mit Gewalt das Leben zu gewinnen, das Ihr begehrt?«

»Doch, aber mit einem entscheidenden Unterschied«, sagte Semire. »Ich hatte Erfolg dabei.«

»Und jetzt bin ich ohne Wert für Euch? Oder könnte ich Euch helfen?«

Jenseits des Vorhangs erstarben die Kampfgeräusche. Da sie Derrek Befehle brüllen hörte, war Semire klar, dass ihre Seite gewonnen hatte.

Langsam schüttelte sie den Kopf. »Ich kann dir nicht mehr vertrauen.«

Trotzig hob Aliére das Kinn. »Ich werde mich nicht einfach abschlachten lassen. Ich werde Lastonn erwürgen, wenn er schläft.«

»Und wenn er dich fesselt, bevor er sich zur Ruhe begibt?«

»Ich werde einen Weg finden.«

Semire öffnete die Bodenluke, die in den Weinkeller führte. »Nimm diesen.«

Zögernd stand Aliére auf.

»Ich mag es, wenn Frauen ihr Leben selbst gestalten wollen«, erklärte Semire und hob gleich abwehrend die Hand. »Das macht uns nicht zu Freundinnen. Aber wenn sich Lastonn an dir rächen will, soll er dich gefälligst selbst fangen. Du weißt, wie du aus dem Keller in die Kanalisation kommst. Im Moment ist es nirgendwo in der Stadt sicher.« Semire zuckte mit den Achseln. »Andererseits bist du zum Berg gekommen, um aus eigener Kraft dein Glück zu machen. Nimm es dir und halte es fest, wenn du kannst.«

Anthurel stand vor einer der ovalen Spiegelflächen, die weder aus Glas noch aus Silber gemacht waren, sondern aus Tausenden fingernagelgroßer Kristalle. Sie zeigten auch nicht das, was sich vor ihnen befand, sondern Bilder, die von woanders kamen. Sie wechselten, wenn Anthurel die Kreise und Rauten berührte, die neben der Facettenfläche in den Stein gemeißelt waren. Manchmal verschoben sie sich, wie wenn man den Kopf wandte und dadurch das Blickfeld wanderte. Manchmal wurden sie auch gegen ein komplett anderes Bild ausgetauscht.

Bei ihrem ersten Besuch in dieser Kaverne, als sie die Magier überwältigt und die Leitfiguren für die Giganten in ihre Gewalt gebracht hatten, war durch diese Spiegelflächen die Schlacht um die Steinköpfe und die Burg am Dunkelsee zu erkennen gewesen. Jetzt zeigten sie Höhlengärten, Lichtbahnen in ätherischen Farben, bizarre Felsformationen. Das Innere des Berges.

Erris, der Magier vom Orden der Mahner, vertiefte sich ebenso in seine Facettenfläche wie Anthurel, bediente sie jedoch sicherer. Er fand die Symbole im umgebenden Stein, ohne hinzusehen, und strich in schnellerer Folge über sie. Er brauchte kürzere Zeit, um zu entscheiden, ob das Bild das zeigte, was sie suchten: die Bewohner des Berges, die Geister, die unsterblichen Ahnen.

Kyrin, die dritte Magierin in der Kaverne, tat sich schwer mit ihrem Kristallspiegel. In ihm war ein Gewirr aufragender und von der Decke herabhängender Steinspitzen zu sehen, Stalagmiten und Stalaktiten. Die Schatten, die sie im diffusen Licht warfen, machten die unterirdische Landschaft unübersichtlich. Eine ganze Studienklasse von Magiern könnte sich dort verbergen.

Aber das war nicht Kyrins eigentliches Problem. Ihr fiel es schwer, sich zu konzentrieren, weil sie sich um Quilûn sorgte. Als sie sich von ihm hatte verabschieden wollen, hatte er beinahe wie ein Toter im Bleikeller unter dem Palast geschlafen. Er malte an einem Dutzend Bilder gleichzeitig, verausgabte sich buchstäblich bis zur vollständigen Erschöpfung. Brotan wachte bei ihm. Niemand würde den Rückzugsort betreten, den Graf Golar geschaffen hatte. Aber die Gnadenlosigkeit, mit der sich Quilûn in seine Kunst stürzte, war weit jenseits dessen, was Kyrin oder irgendein anderer Mensch zu verstehen vermochte. Allein Alita Blitzdorn hatte eine Ahnung davon verspürt, aber die hatte mit ihrem Luhk den Berg verlassen. Sie war glücklich, stand zu hoffen. Doch Quilûn … wenn er so weitermachte, würden seine Gemälde ihn umbringen.

Deswegen hoffte Kyrin, dass sie hier, in der blumenbewachsenen Kaverne nahe dem Dunkelsee, Erfolg haben würden. Hier wollte Semire etwas anderes anbieten als Quilûns Bilder, die die Wirklichkeit auf so schreckliche Weise zerrissen.

Die Gräfin überprüfte Ronnbars Fesseln. Sie hatten sie gelockert, damit das etwa fünfzigjährige Oberhaupt von Haus Schwingenpracht die Tunnel und Schächte herab in die Kaverne hatte bewältigen können. Jetzt stand er unter dem Wappen seines Hauses, das gelber und schwarzer Schiefer im Fels der Wand bildete. Er nannte sich *Graf*. Dadurch erinnerte er Kyrin auf unangenehme Art an Graf Golar. Normalerweise ging jemand, der diesen Rang innehatte, mit etwa fünfunddreißig Jahren in die Unsterblichkeit des Berges. In die *echte* Unsterblichkeit, nicht in jenen Fluch, zu dem sie Emala verdammt hatten. Für einen Grafen war Ronnbar also ungewöhnlich alt, ebenso wie es Golar gewesen war.

Kyrin sah die mit langen Stufen versehene Schräge hinauf, die in die Kaverne führte. Ihr Blick folgte dem einfallenden Lichtstrahl zu dem riesigen Kristall in der Mitte der Decke, der die Helligkeit nach unten verteilte und zugleich zwei Strahlen weiterschickte durch Öffnungen, die sich oben in den Wänden befanden.

Die Magierin bekam ein schlechtes Gewissen, weil Erris und Anthurel wie vereinbart suchten und sie selbst nichts beitrug, um den Kontakt zu den Ahnen der gefallenen Häuser herzustellen. Aber es plagte sie auch, dass sie so viele andere Dinge vernachlässigte. Mit den Stimmen der Revolutionsgruppen pflegte sie schon lange keinen Kontakt mehr. Sie sollte Abuliar in seiner versteinerten Einsamkeit Gesellschaft leisten. Auch mit den Gravionern sollte sie sprechen.

Und vor allem sollte sie bei Quilûn sein. Der Gedanke an ihn lenkte sie am stärksten ab. Er verursachte ihr Herzklopfen. Selbst, wenn sie in seiner Nähe war, vermisste sie ihn, denn es war nicht die Art von Nähe, die ihre Sehnsucht erfüllte. Die Quadra hob seinen Geist in andere Sphären, und oft hatte Kyrin das Gefühl, dass er so hoch über ihr flog wie ein Adler, der sie kaum noch sah. Manchmal berührte sie ihn zärtlich an der Hand oder am Arm, küsste sogar seinen Nacken. Er ging nicht darauf ein, obwohl sie spürte, dass er sie liebte, tief in seiner Seele. Doch seine Kunst war in ihn eingefahren wie ein Dämon. Es glich einer Besessenheit. Er opferte all seine Kraft für seine Gemälde. Kyrins Einsamkeit wuchs, bis sie sich selbst winzig und unbedeutend fühlte.

Wieder wandte sie den Blick von ihrem Spiegel ab und sah zu Semire hinüber. Die Gräfin wirkte nicht klein, obwohl auch sie einsam sein musste. Brotan und sie genossen selten Stunden der vertrauten Abgeschiedenheit, und wie Frau und Mann vereinigen konnten sie sich erst recht nicht. Wenn Kyrin darüber nachdachte, fühlte sie für Semire wie für eine Schwester.

Aber Semire zeigte mit jeder Geste, mit jedem Schritt, mit ihrem ganzen Wesen ihre Entschlossenheit. Sie verlangte vom Schicksal das gemeinsame Glück mit ihrem Liebsten, und sie war bereit, alles zu tun, um es zu bekommen. Das machte sie für Kyrin zugleich bewundernswert und unheimlich.

Sie atmete durch. Ein Schritt nach dem anderen. Semire war hier, um Brotan einen fleischlichen Körper zu verschaffen. Wenn Kyrin die Nerven behielt, konnte sie das auch für ihre eigenen Ziele nutzen. Sie erfuhr etwas darüber, wie die Macht im Berg wirklich verteilt war, und dieses Wissen konnte darüber entscheiden, ob die Revolution doch noch mehr bringen könnte als Tod und Trümmer. Zudem mochte sich auch für Abuliar ein Weg zurück ins Leben auftun, wenn die Ahnen Brotans Seele aus dem Steinkörper erlösten.

»Ich habe etwas«, verkündete Erris und trat zugleich von seinem Facettenspiegel zurück, als könnte er sich dadurch einen besseren Überblick verschaffen.

Die ovale Kristallfläche zeigte einen Garten, in dem Schlingpflanzen dominierten. Ein gelber Sonnenstrahl fiel von schräg oben auf ein Bild, in dem sich ein Schiff durch stürmische See kämpfte. Vor diesem Gemälde schwebte ein Geist, eine gehörnte Gestalt aus rotem Licht.

»Wie nehmen wir Kontakt mit ihm auf?«, fragte Anthurel.

»Darüber brauchen wir uns keine Gedanken zu machen«, sagte Semire.

Kyrin wirbelte herum.

Aus dem hohen Gras in der Mitte der Kaverne, wo kaum Blumen wuchsen, stiegen drei Geister auf. Sie glichen jenem, der im Spiegel zu sehen war: zwei Arme, ein Körper aus rotem Licht, der unter der Taille zerfaserte, ein gehörntes Haupt. Die schmalen Augenhöhlen waren leer. Spitze Zähne waren in den lippenlosen Mündern zu erkennen. Die Hörner waren unterschiedlich ausgeformt. Beim Linken waren es nur fingerlange Dornen, beim Mittleren drehten sie sich in drei Windungen armlang Richtung Decke und beim Rechten stachen sie wie Degenklingen aus der Stirn.

Kyrin und Semire knicksten tief, die Männer verbeugten sich, sogar der gefesselte.

Der Geist mit den langen, geraden Hörnern schwebte näher an die Magier heran. »Aus welchem Grund dringt ihr ein?«

Kyrin spürte einen kalten Luftzug, der von der über dem Gras schwebenden Erscheinung ausging.

Semire von Schneegrund machte einen weiten Schritt vorwärts. »Wir wollen mit den Ahnen von Haus Schwingenpracht sprechen.«

Der Geist drehte sich zu ihr. »Das tut ihr, aber wenn sich ein solcher Wunsch für Sterbliche erfüllt, ist es oft der letzte.«

»Wo Ihr von letzten Dingen sprecht …« Semire packte Ronnbar am Kragen und zog ihn neben sich. »Das hier ist der letzte Graf von Schwingenpracht. Oder wenigstens nennt er sich so. Nicht wahr, Ronnbar?«

Der Mann zitterte. Er wagte nicht, die Geister anzuschauen. Sicher hatte er noch nie Umgang mit solchen Wesenheiten gehabt. »Ich bin Ronnbar. Ich führe die Angehörigen von Haus Schwingenpracht.« Semire hatte ihm eingeschärft, dass er jeden Wert für sie verlor, wenn die Unsterblichen ihm das nicht glauben sollten.

Der Geist mit den Degenhörnern schwebte zur Gräfin und ihrem Gefangenen. Kyrin sah, wie der Atem der beiden Menschen Wolken vor ihren Mündern bildete.

»Es ist lange her, dass unser Haus auf dem Berg herrschte«, sagte der Geist, »und eine Lüge ist leicht gesprochen.«

»Ich bin Ronnbar von Schwingenpracht!« Die Stimme des Gefesselten überschlug sich. Er nickte zum Wappen mit dem geflügelten Ross. »Dies ist das Zeichen meines Hauses.«

»Wir werden sehen …« Der Geist fasste Ronnbars linken Arm am Handgelenk und hob es an. Wegen der Fessel zog er den anderen Arm mit.

Ronnbar zitterte bis hinauf zu den Lippen. Der Mund öffnete und schloss sich, ohne dass Worte herausgekommen wären.

Der Geist führte das Handgelenk an sein Maul. Er biss nicht hinein, sondern bohrte die fingerlangen, weit auseinanderstehenden Zähne durch die Haut, als wären es Nadeln. Dann ruckte er seinen Kopf zur Seite und riss dadurch die Wunden auf.

Ronnbar ächzte. Blut quoll hervor, ein Rinnsal löste sich.

Der Geist fing es mit der hohlen Hand auf. Es wurde sofort hart, gefror zu einem Klumpen, der Ähnlichkeit mit einem unbearbeiteten Rubin hatte. Der Geist riss den Blutpfropfen in mehrere Bröckchen, während er zu seinen wartenden Gefährten zurückschwebte.

Kyrin ging zu Ronnbar, löste sein Halstuch und benutzte es, um die Wunde notdürftig zu verbinden. Seine Haut war eiskalt. Die zitternden Lippen sahen merkwürdig aus, weil zwei Schneidezähne in seinem Unterkiefer fehlten. Er wirkte einer Panik nahe.

»Sie wollen uns nicht töten«, flüsterte Kyrin ihm zu. »Sonst hätten sie das schon tun können.«

Als sich Kyrin wieder den Geistern zuwandte, kauten sie. Ihre leeren Augenhöhlen waren auf die Eindringlinge gerichtet.

»Blut von unserem Blut«, verkündete der Degenhörnige. »Erstaunlich rein, nach all den Generationen.«

»Wir haben uns in der Gosse durchgeschlagen«, stammelte Ronnbar. »Um zu überleben, mussten wir uns mit jedem abgeben. Mein Blut hat wenig Adel in sich.«

Der Wortführer der Geister schwebte wieder auf ihn zu. Die Gräser unter seinem durchscheinenden Leib bekamen eine helle Patina, weil sich Tau darauf bildete. »Wenig Adel … Die anderen Häuser haben es nicht verunreinigt.«

Kyrin blinzelte. Spielte es für die Ahnen keine Rolle, dass sich die Schwingenprachts mit dem einfachen Volk vermischt hatten? War das weniger schlimm, als wenn sie in anderen Adelshäusern aufgegangen wären? Vielleicht waren die Bürgerlichen wie Wasser, ohne eigenen Geschmack …

»Es gibt noch mehr von diesem Blut«, sagte Semire. »Ronnbar hat einen Sohn.«

»Turiel!«, rief der Gefangene.

Semire nickte. »Er ist in Sicherheit, inmitten meiner Krieger, so, wie auch die anderen Angehörigen Eures Hauses. Ich kann mir vorstellen, sie freizulassen, wenn …«

»Ihr seid unsere Feinde, Schneegrund!«, fauchte der Geist.

Semire machte eine wegwerfende Handbewegung. »So etwas ändert sich schnell.«

Kyrin merkte, wie sie ihren Rücken durchdrückte. Der Mut

der anderen Frau beeindruckte sie nicht nur, er gab ihr auch Kraft, als wäre Semires Tapferkeit ein Feuer, das die Kälte der Geister auftaute.

Sie spürte, wie die Erstarrung ihrer Gedanken schmolz. »Wo wart Ihr in all diesen Generationen?«, fragte sie die Geister. »Weswegen habt Ihr den Euren nicht beigestanden? Warum habt Ihr sie in Elend fallen lassen?«

»Nicht jeder, der kämpft, kann siegen.«

»Wie konntet Ihr das zulassen?«, rief Ronnbar. »Wir waren wie Dreck unter den Schuhen. Man hat sich geekelt, wenn man uns bemerkt hat, und versucht, uns möglichst unauffällig loszuwerden.«

Die Geister schwiegen.

»Die Ahnen der anderen Tiefen Häuser«, vermutete Semire. »Sie haben Euch nicht vernichtet, aber Eure Möglichkeiten beschnitten.«

»Sie haben uns in den Fels gedrückt.« Kyrin hatte den Eindruck, dass der Geist vor allem zu Ronnbar sprach. Er schien eine Verbindung zu seinem Nachfahren zu spüren. »Wir hatten keinen Zugang mehr zum Sanktuarium und unser Einfluss auf die Oberfläche wurde unterbunden.«

»Aber nun seid Ihr hier«, stellte Anthurel fest. »Das Werk des Steinmeisters?«

»Agohn hat Wege geöffnet«, bestätigte der Geist.

»Wo ist er jetzt?«, wollte Semire wissen.

»In der Tiefe.«

»Er ist unser Feind«, sagte Semire.

»Seid ihr gekommen, damit wir ihn für euch finden?«

Die Gräfin zögerte, bevor sie den Kopf schüttelte. »Ich habe eine Bitte, die ich schon im Sanktuarium vortrug. Leider hatte man dort bislang keinen Erfolg, sie zu erfüllen.«

»Und jetzt kommst du damit zu uns.«

»Ja. Man muss erkunden, wer diejenigen Verbündeten sind, die bei den eigenen Vorhaben unterstützen können. Es geht um einen Imagolem. Ich will, dass seine Seele zurück in einen menschlichen Körper wandert.«

»Das ist unmöglich.«

»Im Sanktuarium ist man zuversichtlicher«, meinte Semire trotzig.

»Zu Unrecht, wie du selbst sagst.«

»Man will es nochmals versuchen.«

Kyrin trat einen Schritt vor. »Ich nehme an, Ihr Ahnen habt noch nie ein solches Anliegen vernommen. Aber vielleicht könnt Ihr Euch mit der Kristallschlange beraten.«

Fauchend flog der Geist auf Kyrin zu. Er verharrte dichter als eine Armlänge vor ihr. »Was wisst ihr schon?« Seine Kälte ließ sie schaudern.

»Wenig«, gestand die Magierin. »Wir müssen glauben, was die Gravioner uns gesagt haben. Sie meinen, die Macht der Kristallschlange übersteige jede Vorstellung.«

»Das tut sie«, zischte Degenhorn. »Deswegen erregt man besser nicht ihre Aufmerksamkeit.«

»Also gibt es sie wirklich!«, rief Anthurel aufgeregt. »Die Kristallschlange und den Blitzvogel.«

»Schweigt!«, forderte der Geist mit den kurzen Hörnern scharf. »Diese Mächte können das Ende der Welt bedeuten. Einst hat die Kristallschlange das Land mit Feuer überzogen, um den Blitzvogel zu rufen. Es war unerträglich. Keine Ernte kam mehr zur Reife, kein Wild konnte noch seine Jungen aufziehen, weil Feld und Wald in Flammen aufgingen. Das ist der Grund, aus dem unsere Vorfahren gegen den Berg aufstanden.«

»Die Eroberung des Berges war eine Rebellion?«, rief Kyrin überrascht. Sie dachte an die Bilder von vertriebenen Menschen, die man den Gravionern im Dunkelsee gezeigt hatte.

»Der Berg war der einzige Ort, den die Kristallschlange verschonte«, sagte der Kurzgehörnte. »Die restliche Welt … Wir haben sie gerettet.«

Kyrin und Semire sahen sich an. Wenn das zutraf, waren die Eroberer von damals Rebellen gegen eine unerträgliche Ordnung gewesen. Ihre Nachfahren, die heutigen Tiefen Häuser, hatten erneut eine brutale Herrschaft errichtet. Sie waren zu dem geworden, was ihre Vorfahren bekämpft hatten. Kyrin schauderte.

»Die Edlen der Gravioner haben die Kristallschlange davon abgehalten, den Berg mit Feuer zu überziehen«, fuhr der Geist fort. »Dafür haben sie ihr den Rest der Welt überlassen. Sie haben ihr sogar geholfen. Die Armee der Gravioner war sehr gut darin, Feuer so zu legen, dass sie hoch und lange brannten.«

»Aber welchen Vorteil hatten sie davon?«, fragte Anthurel. »Sinnlose Zerstörung senkt die Abgaben, die man aus dem Land pressen kann.«

»Wer in der Gnade der Kristallschlange steht«, der Geist mit den degenartigen Hörnern kehrte zu seinen Gefährten zurück, »braucht sich um profane Bedürfnisse nicht mehr zu kümmern. Auf dem Berg herrschte Überfluss. Die Kristallschlange lebt, wo der Stein am ältesten und am härtesten ist. Ihre Jünger brauchen nicht mehr zu essen, um zu leben.«

Kyrin stellte sich eine Welt in Flammen vor. Während der Kämpfe auf dem Berg hatte sie einen Abglanz davon gesehen, aber nach dieser Erzählung mussten Brände zu jener Zeit ein Dauerzustand gewesen sein. »Wozu diese Feuer? Welchen Vorteil erlangte die Kristallschlange dadurch?«

»Es war ihre Art, nach dem Blitzvogel zu rufen. Sie verzehrt sich nach ihm.«

Liebe, dachte Kyrin. Es ging um Liebe. Wie bei ihr und Quilûn. Wie bei Alita und Luhk. Wie bei Semire und Brotan. Bei der Kristallschlange hatte die Liebe Schreckliches geboren. Bei Semire glich sie einer Besessenheit, für die sie jedes Opfer und jede Gefahr akzeptierte. Wie war es bei Kyrin?

»Ihr sagt, die Kristallschlange lebt, wo der Stein am ältesten und festesten ist«, versuchte sie, ihre Gedanken zu ordnen. »Wohnen dort nicht auch die Tiefen Meister?« Das war eine Spekulation. Die Ahnen im Sanktuarium hatten diese Wesenheiten im Zusammenhang mit Quilûns Bildern erwähnt. Mehr wusste Kyrin über sie nicht.

»Sie sind die größten aller Helden.« Ehrfurcht klang in der Stimme Degenhorns. »Sie erhalten die Welt.«

Also waren die Ahnen des Sanktuariums und die Ahnen der gefallenen Häuser, wie der Schwingenprachts, zwar Feinde, stimmten aber dennoch überein, dass die Tiefen Meister eine wichtige Aufgabe erfüllten. Und diese Wesenheiten, die *die Welt erhielten,* sollten auf Quilûns Gemälde angewiesen sein?

Kyrin schluckte. Oft war es gefährlich, in das Zentrum der Aufmerksamkeit von Mächtigen zu geraten.

»Wieso nehmt Ihr Euch dieser Aufgabe nicht an?«, fragte Semire. »Weshalb seid Ihr keine Tiefen Meister?«

»Wir sind an den Prüfungen gescheitert«, gestand der Geist mit den kurzen Hörnern freimütig. »Aber wir haben uns diesen Prüfungen gestellt. Diejenigen, die jetzt in die Unsterblichkeit treten, versuchen es nicht einmal mehr. Sie scheuen die Verantwortung mit der Ausrede, eine Verstärkung der Tiefen Meister sei unnötig. Man ist träge geworden in der Zeit, in der die Macht aus dem Berg hinausgeströmt ist und sich im Land verteilt hat. Man glaubte, dass sich die Kristallschlange auf ewig damit zufriedengäbe, ihre Kundschafter in die Welt zu schicken.«

»Die Kristalle«, sagte Semire tonlos. »Durch die Kristalle hat sie die Welt beobachtet. Und Ihr konntet sie ebenfalls nutzen. Mithilfe der Kristalle habt Ihr gesehen, was an der Oberfläche vorgeht.«

»Nicht wir«, wehrte der Kurzhornige ab. »Das sind eure eigenen Ahnen, Schneegrund.«

Kyrin sah den Zorn in Semires Blick.

»Sie waren es auch, die es für unnötig hielten, die Tiefen Meister weiter zu stärken«, fuhr der Geist fort. »Aber die Kristallschlange hat nur geschlafen. Jetzt haben sich die Ströme der Macht umgekehrt, die Magie ist in den Ianapat zurückgekehrt und die Schlange erwacht.«

Vollkommenes Schweigen senkte sich über die Kaverne. Das Licht strahlte gleichmäßig aus dem Kristall an der Decke, nicht der leiseste Windhauch ging.

»Warum erzählt Ihr uns das alles?«, fragte Anthurel.

»Weil wir Zeit für die Vorbereitung brauchen«, sagte der Geist mit den gedrehten Hörnern, der bislang geschwiegen hatte. »Jetzt sind die Beratungen abgeschlossen.« Er breitete die Arme aus. »Zeit für euch, zu sterben.«

Plötzlich schossen Stalagmiten aus dem Boden. Erdreich und Pflanzen trafen Kyrin im Gesicht. Sie stürzte und fiel auf den rechten Arm, wodurch eine Strebe ihrer Schiene brach. Sie schrie auf.

Auch Anthurel schrie, aber Kyrin hörte sofort, dass nicht bloß Erschrecken der Grund dafür war. Ihr Bruder litt Schmerzen.

Die Geister schwebten zur Decke der Kaverne hinauf, während immer weitere Stalagmiten aus dem Boden schossen. Sie ragten zwei, zweieinhalb, drei Schritt hoch auf und versperrten Kyrin die Sicht.

Anthurel steckte auf einem der Steindornen. Seine Hüfte war durchbohrt, sein tiefrotes Blut floss über den grauen Stein. Die Arme waren weit ausgebreitet, die Brust der Decke zugewandt, der Rücken ins Hohlkreuz gebogen.

»Nein!« Kyrin versuchte aufzustehen, aber der Boden zitterte so stark, dass sie sofort wieder fiel.

»Komm her!«, rief Semire ihr zu. »Bei ihm sind wir sicher.« Sie lag quer über Ronnbar. »Ihm tun sie nichts.«

Kyrin streckte ihrem Bruder einen Arm entgegen. Eine hilflose Geste, er war zehn Schritt entfernt. Ein Stück dahinter steckte Erris auf zwei Steindornen. Das konnte er nicht überlebt haben.

Aber in Ronnbars unmittelbarer Umgebung gab es tatsächlich keine Stalagmiten. Dafür schien Semires Überlegung die beste Erklärung zu sein.

»Anthurel!«, schrie Kyrin, kroch aber von ihm fort und auf Ronnbar zu.

Zuckte ihr Bruder? Oder war das nur das Zittern des Bodens, das sich über den Stalagmiten auf seinen Körper übertrug? Konnte er noch leben, durchbohrt von einem Felsdorn dieser Größe?

»Anthurel?«

Semire griff nach Kyrin und zog sie heran.

Ja, ihr Bruder lebte noch. Durch die Augen der Imagolems, die sie gelenkt hatte, hatte sie unglaubliche Verletzungen gesehen, mit denen Menschen dem Tod getrotzt hatten. Sie erinnerte sich an einen Krieger, der beide Beine verloren hatte, knapp unter der Hüfte. An einen, dem eine Hellebarde den Schädel gekappt hatte, eine Scheibe oben abgeschnitten wie bei einer Melone, die man öffnete. An jemanden mit vier Pfeilen in der Brust. Sie alle hatten noch gelebt.

Das Beben erstarb.

Der Geist mit den kurzen Hörnern schwebte zu Anthurel herab.

Er stöhnte. Kyrins Bruder stöhnte! Also musste er wirklich noch leben.

»Anthurel!« Sie riss sich los und stand auf.

Doch der Geist war schon bei Anthurel. Es sah aus, als küsste er den Gemarterten.

Kyrin lief los, zwischen die Stalagmiten, die sie von ihrem Bruder trennten. Am Boden standen sie viel enger zusammen, als es wirkte, wenn man auf die Spitzen schaute. Sie berührten sich beinahe.

Anthurels Arme zitterten. Er schien zu versuchen, den Geist zu greifen, vielleicht, ihn von sich zu stoßen.

Aber es ging zu schnell. Ein letztes Stöhnen, dann erschlaffte Anthurel. Sein Mund stand offen, die Augen glitzerten, als seien sie gefroren. Der Geist löste sich von ihm.

Kyrin suchte Halt an den Stalagmiten. Ihre Hand zuckte zurück, als die Magierin daran dachte, dass es ein ebensolcher Felsdorn war, der ihren Bruder tödlich verwundet hatte.

Der Geist mit den kurzen Hörnern schwebte auf sie zu. Er wich den Stalagmiten nicht aus, sein Körper blieb ebenso wenig an ihnen hängen, wie ein wandernder Lichtstrahl es getan hätte.

»Lasst uns in Ruhe oder ich schneide ihm die Gurgel durch wie einem Suppenhuhn!« Semire drückte ein Messer so fest an Ronnbars Hals, dass Blut hervorkam.

»Sei nicht dumm«, forderte Degenhorn sie auf. »Du weißt, dass wir dir einen raschen Tod gönnen können oder dass du leiden kannst wie ein Weinender Mann, über Jahrhunderte. Sieh ein, dass du verloren hast.«

»Turiel!«, brachte Ronnbar hervor. »Sie haben meinen Sohn.«

Degenhorn verharrte. »Dann war das keine Lüge? Es gibt noch mehr aus deiner Linie?«

»Turiel …« Vergeblich versuchte Ronnbar, den Hals von der Klinge fortzubekommen. »Er ist mein Sohn.«

»Du kannst neue Söhne zeugen«, versetzte Degenhorn.

»Turiel … Ich flehe Euch an!«, röchelte Ronnbar. »Er ist Blut von meinem Blut. Von Eurem Blut! Der Erbe des Tiefen Hauses Schwingenpracht. Zählt das denn nichts?«

Der Geist mit den gewundenen Hörnern schloss zu Degenhorn auf. Sie berührten sich, ihre Körper flossen eine Handbreite ineinander.

Kyrin wollte zu ihrem Bruder gehen, obwohl er offensichtlich tot war. Sie wollte ihn berühren. Doch dazu hätte sie sich der Kälte der Geister nähern müssen und das brachte sie nicht fertig. Erst jetzt merkte sie, dass sie weinte. Aus ihren Tränen bildete sich eine feine Kruste aus Eis, die knackte, wenn sich Kyrins Miene bewegte.

»Komm her«, drängte Semire hinter ihr.

Etwas war in der Stimme der Gräfin. Etwas, das auch die Krieger hören mochten, die ihr in die Schlacht folgten. Etwas von einer Anführerin.

Kyrin gehorchte.

»Wir gehen jetzt«, kündigte Semire an. »Ronnbar und sein Sohn werden leben.«

Sie ging rückwärts auf die Schräge zu, in die lange Stufen geschlagen waren und die hinauf zu dem Gang führte, durch den der breite Lichtstrahl in die Kaverne stach.

Der dritte Geist schwebte zu den anderen beiden. Es war nicht zu sagen, wo ein Lichtkörper endete und ein anderer begann, weil sie sich ineinanderschoben.

Kyrin hielt den Blick auf den Gehörnten, während sie die Rampe hinaufstieg.

Die Geister des Gefallenen Hauses Schwingenpracht blieben zurück.

Kyrin verließ das Heilerhaus der Clerroniten mit einem Lächeln, aber Quilûn sah sofort, dass sie nicht fröhlich war. Um ihren linken Arm trug sie das Trauerband für ihren Bruder, den rechten fixierte eine neue Schiene aus lackierten Holzstreben.

Ihre Magierschürze trug sie heute nicht. Ebenso wie Quilûn war sie einfach gekleidet, sie wollten in der Stadt kein Aufsehen erregen. Wobei ›Trümmerfeld‹ die passendere Bezeichnung als ›Stadt‹ gewesen wäre. Immerhin rauchten inzwischen weniger Feuer.

»Was sagen sie?«, fragte Quilûn.

»Alles gut.« Sie hakte sich an seinem rechten Ellbogen unter. »Die Schiene soll mich nur daran erinnern, es nicht zu übertreiben.«

Sie küssten sich flüchtig, aber zugleich zärtlich.

»Ich bin froh, dass du mitgekommen bist«, flüsterte sie. »Wir hatten lange keinen Abend mehr, der nur uns gehört.«

»Hatten wir das jemals?« Schließlich hatten sie erst während des Krieges zusammengefunden.

In gespielter Nachdenklichkeit runzelte Kyrin die Stirn. »Auf jeden Fall freue ich mich!«

»Ich mich auch«, log Quilûn.

Er *wollte* sich darüber freuen, Zeit allein mit seiner Geliebten zu verbringen. Aber er konnte es nicht. Der Dampf der Quadra ließ ihm keine Ruhe. Ohne dass er darüber nachgedacht hätte, bewegten sich seine Finger, als hielten sie einen Pinsel. Was immer er ansah – das Muster im Pflaster, die Flanke des Berges, den Giebel des Heilerhauses, die Schutthalden und Mauerreste –, alles wurde sofort zu einem Motiv. Es schmerzte, dass er diese Fülle nicht malen konnte. Als wäre er ein Weinschlauch, in den zu viel von dem köstlichen Getränk gepresst wurde.

Außerdem waren sie nicht allein. In Zeiten wie diesen durfte man nicht auf eine simple Tarnung vertrauen. Derrek Eichfrost und ein Dutzend seiner Männer bildeten ihre Leibwache. Die Krieger hielten sich lediglich weiter entfernt als gewöhnlich.

Unter einem vom Feuer entlaubten und geschwärzten Baum machten sie sich bereit für den Rückweg.

Quilûn achtete darauf, langsam zu gehen, um Kyrin nicht den Eindruck zu vermitteln, er wolle schnell zu seinen Staffeleien zurückkehren. Obwohl das zutraf. In Gedanken ging er durch, wie er die Leinwände aufstellen würde, welche Beleuchtung die richtige wäre, welche Pinsel er benutzen wollte, ob er die Farben von heute Mittag noch einmal aufmischen könnte. Und natürlich, welchen Motiven die Nacht gehören sollte. Vier Gemälde musste er bis zum Morgengrauen fertigstellen, sonst wäre er unzufrieden, das wusste er.

Um nicht aufzufallen, hatten sie auch Kyrins Äffchen im Palast gelassen. Jetzt wünschte Quilûn, sie hätten sie mitgenommen, damit seine Geliebte ein wenig Unterhaltung gehabt hätte. Er war sich bewusst, was für einen schlechten Gesellschafter er abgab.

Ein Klirren erregte Quilûns Aufmerksamkeit. Er blieb stehen. »Hörst du das?«

Kyrin lauschte.

Wieder klirrte etwas. Das Geräusch kam aus einer Gasse, die zur Linken zwischen nahezu unbeschädigten Fachwerkhäusern hindurchführte.

»Was ist das?«, fragte Kyrin.

»Sehen wir nach.«

Sie gelangten auf einen Platz mit einem großen Baum. Einer seiner gewaltigen Äste wuchs in das Obergeschoss eines vornehmen Hauses. Man hatte die Mauer so gestaltet, dass sie eine Öffnung für ihn ließ. Soweit Quilûn erkannte, kam er etwas weiter entfernt aus dem Dach hervor. Der Besuch im Heim der Menschen schien ihm nicht zu schaden, er stand in gutem Laub.

Auf der gegenüberliegenden Seite des Platzes hatte sich ein Dutzend Bürger mittleren Alters mit Wein, Obst und ein paar Würsten versammelt. Eine Frau in einem braunen Kleid wandte der Gasse, aus der Kyrin und Quilûn traten, den Rücken zu. Sie stand in den Knien und vorgebeugt. Den rechten Arm hielt sie abgewinkelt. Die Hand war ein primitives Imitat aus Hartholz. Die Zwischenräume zwischen den Fingern waren nur als Rillen angedeutet, lediglich der Daumen war abgespreizt. Die Hand wirkte zu groß für die Frau.

Von der anderen Seite des Platzes warf eine Blondine mit langen Zöpfen, die ein ähnliches Kleid trug, etwas Glitzerndes herüber. Es flog einen flachen Bogen.

Die Frau mit der Holzhand schlug zu und traf es in der Luft. Klirrend zersplitterte es.

Scherben prasselten auf den Boden. Er war bereits voll davon.

»Wieder getroffen!« Jubelnd hüpfte die Frau auf und nieder und reckte dabei die Arme in die Höhe. Durch den Vergleich mit der anderen Hand wirkte die aus Holz besonders klobig.

Ein Mann mit einer Augenklappe nahm die Position ein, von wo aus die Blondine geworfen hatte. »Jetzt bin ich dran! Hier ist ein Pferd für dich, Ekka!«

»Ein Gaul!«, rief die Frau mit der Holzhand. »Dann lass ihn mal antraben.« Wieder beugte sie sich vor.

Die Quadra schärfte Quilûns Sinne. Er sah die Glasfigur in allen Einzelheiten: den wehenden Schweif, die prachtvolle Mähne, die gewinkelten Beine, sogar die geblähten Nüstern. ›Gaul‹ war keine passende Bezeichnung dafür, das war ein edles Ross.

»Weshalb tut ihr das?«, rief er.

Der Werfer reckte sich und spähte zum ihm herüber. Er sagte nichts, setzte aber auch nicht zum Wurf an.

Widerwillig wandte sich Ekka um. Eine Schönheit war sie nicht, ihr Gesicht zeigte die Spuren eines arbeitsamen Lebens. »Er war immer so eitel.« Damit wandte sie sich wieder dem Werfer zu, als wäre nun alles geklärt.

Kyrin drückte sich an Quilûns Arm. »Da hängt jemand im Baum.«

Von einem der Äste baumelte ein Mann in gutbürgerlicher Kleidung, mit dunkler Jacke und grüner Weste, Farben, die ihn vor dem Hintergrund des Stamms verbargen. Ein Seil band seine Handgelenke. Es lief über den Ast und war an einem Gitter festgebunden, das ein Fenster sicherte. Seine Gestalt war mager, was aber auch daran liegen mochte, dass er an den gestreckten Armen hing. Ein Knebel verschloss seinen Mund.

Quilûn schritt auf den Platz. »Wer ist das?«

»Der Glasbläser«, sagte Ekka, ohne sich umzudrehen. »Jetzt wohnen wir in seinem Haus.«

Der Mann mit der Augenklappe warf das Pferd.

Es war schwerer als das Figürchen davor. Ekka musste ihm entgegenlaufen, um es noch mit ihrer Holzhand zu erwischen, bevor es auf das Pflaster fiel. Das Ergebnis war dasselbe: ein Regen von Scherben.

»Hat sie gar keine Angst, dass die Splitter ihr Gesicht zerschneiden?«, flüsterte Kyrin.

Offenbar kannte Ekka diese Furcht nicht. Mit siegreich emporgereckten Armen hüpfte sie über die knirschenden Scherben. »Schlapp geworfen und dennoch geschafft! Das soll mir mal jemand nachmachen!«

Die Blondine mit den Zöpfen nahte mit einer weiteren Figur, einem Miniaturpalast. Quilûn sah eine offene Truhe, aus der sie wohl den Nachschub holte.

»Wie haben diese Figürchen die vielen Beben überstanden?«, wunderte sich Quilûn halblaut. »Die Zauber, die eine Glasbläserwerkstatt vor Erschütterungen geschützt haben, müssten doch erloschen sein.«

»Sind sie auch«, bestätigte Ekka. »Er hat sein ganzes Silber für Samt ausgegeben, um seinen eitlen Tand zu polstern. Hat sogar dafür gehungert, der Trottel!« Sie lachte gehässig. »So viel bildet er sich auf die Schönheit ein, die er geschaffen hat.«

»Mit Recht«, befand Quilûn. Selbst den Scherben sah man noch die Kunstfertigkeit an: der zierliche Kopf eines Rehs, eine Vogelschwinge mit ziselierten Federn, ein Schuh mit liebevoll gestalteter Schnalle.

Ekka funkelte Quilûn an, als hätte er sie beleidigt. »Ihr zwei stolziert hier herum wie die edlen Herrschaften früher!« Sie stemmte die Hände in die Seiten und stakste übertrieben in den Hüften wiegend über das Pflaster.

Die Zuschauer lachten.

»Wer braucht denn solchen Unsinn noch?« Ekka trat auf eine große Scherbe, legte ihr Gewicht auf den Fuß und drehte ihn, um das Glas zu zermahlen. »So etwas kann sich jetzt ohnehin niemand mehr leisten.«

»Willst du in einer Welt leben«, fragte Quilûn, »in der niemand mehr Schönheit erschafft?«

»Ja!«, keifte Ekka so heftig, dass Speicheltröpfchen aus ihrem Mund sprühten. »Das hier sollte Schönheit bringen, hat mein Herr gesagt!« Sie hob die Holzhand. »Schön glatt streichen sollte ich seine Bettlaken und Tischdecken damit. Jetzt weiß ich Besseres damit anzufangen.« Sie drehte sich zur Blondine um. »Los, wirf!«

Die Angesprochene zögerte. Vermutlich beunruhigten sie Derrek und die Krieger, die hinter Quilûn und Kyrin auf den Platz traten.

Quilûn betrachtete die Zerstörung. Wie viele Glasfiguren mochten schon zerbrochen sein? Zwei Dutzend? Mehr?

»Es ist genug.« Er winkte die Bewaffneten an seine Seite.

Es war beinahe komisch, wie die Blondine den kleinen Glaspalast vorsichtig auf dem Boden absetzte, bevor sie die Flucht ergriff. Auch die anderen rannten in die Häuser. Selbst Ekka zog sich zurück, wenn auch mit einem bösen Blick.

Quilûn zeigte auf den Glasbläser. »Seid so gut, Derrek, und helft ihm aus seiner misslichen Lage«, sagte er müde.

Derrek Eichfrost war so ruhig, dass er sogar Semire von Schneegrund unheimlich wurde. Er brüllte die Männer nicht an. Er scherzte nicht mit seinen Vertrauten. Er erzählte niemandem von vergangenen Großtaten. Unaufgeregt, wie andere Inventurlisten betrachten mochten, musterte er Turiel und Ronnbar Schwingenpracht, die gefesselt und geknebelt an einem Baum oberhalb der Getreidespeicher standen. Nur das Weiß der Narbe auf Derreks Wange warnte jeden, der ihn kannte, vor der Gewalt, die sich in ihm aufstaute. Semire erkannte sie sogar, obwohl sie im Dunkeln standen, weil sie kein Ziel für Fernkämpfer abgeben wollten.

Endlich hatte Semire Derrek enthüllt, dass Haus Schwingenpracht den Palast seiner Familie erobert und zerstört hatte. Derrek war generell kein Mann, der verzieh. Üblicherweise beantwortete er Beleidigungen und Provokationen mit Faust und Degen. Semire hatte sich darauf eingestellt, dass sie ihn davon abhalten müsste, erst dem Sohn und dann dem Vater den Hals durchzuschneiden. Dass er keine Anstalten dazu machte, bewies, dass er die Tat als so schwerwiegend ansah, dass die gewöhnliche Bestrafung dafür nicht ausreichte.

Das konnte gut sein, wenn er seinen Zorn auf das Ziel dieser Nacht richtete. Es konnte schlecht sein, wenn sein Hass ihn blindwütig machte. Es konnte übel sein, wenn er sich von Semire lossagte, weil sie ihn so lange im Unklaren gelassen hatte.

»Ich bedauere, Euch nicht eher eingeweiht zu haben«, sagte sie. »Solche Entscheidungen müssen Anführer auch gegen ihr Herz treffen. Euer Kopf musste klar bleiben, bis der richtige Zeitpunkt gekommen war. Ich wollte Euch nicht damit belasten, dass Ihr Euch nach einer Rache gesehnt hättet, die sich noch nicht erfüllen durfte.«

In seiner unheimlichen Ruhe wandte sich Derrek dem ummauerten Komplex mit den Getreidespeichern zu. »Überlegungen, die einer Dame angemessen sind.«

Brotan, der neben dem Baum aufragte, würde diese Aussage wohl so verstehen, dass Derrek ihr nichts nachtrug. Semire ballte jedoch die rechte Hand zur Faust. Sie hörte die Beleidigung. Derrek wusste genau, wie sehr sie es hasste, wenn ihr unterstellt wurde, besonders gefühlig zu sein oder in anderer Hinsicht zu zaudern, weil sie eine Frau war.

Sie schluckte ihre Wut hinunter und lauschte, was der Kommandant der Schwingenprachts den Truppen der Schneegrunds, die sich vor seiner Mauer versammelt hatten, vom Wehrgang aus entgegenrief: »Wenn auch nur einer von euch einen Schritt näher kommt, zünden wir die Speicher an!«

Neben jedem der Getreidelager, die in der sternklaren Nacht aussahen wie die Schattenrisse übergroßer Bienenkörbe, brannten Fackeln.

Das Heer der Schneegrunds dagegen war eine dunkle Masse. Kein Vergleich mit dem Aufgebot, das am Dunkelsee gekämpft hatte. Dies war ein kümmerlicher Rest, eher drei- als fünfhundert Kämpfer. Gefallene, Schwerverwundete, Kranke und Fahnenflüchtige fehlten in den Reihen.

Derrek bewies, dass er Semires Gedanken nachvollziehen konnte, auch wenn sie schwieg. »Diejenigen, die geblieben sind, sind die Zähesten. Die Besten. Sie haben bewiesen, dass sie überleben können. Auf die meisten ihrer Gegner trifft das nicht zu.«

»Sie sind stärker, schneller oder klüger als die meisten«, stimmte Semire zu. »Oder sie haben mehr Glück.« Der Gedanke machte sie traurig. Immer wieder fand sie bestätigt, dass das launische Glück ein Faktor war, der alles andere ausgleichen und einen Sieg bringen konnte. Sein Fehlen dagegen zerstörte jeden noch so guten Plan.

»Oder sie tragen mehr Wut in sich«, meinte Derrek. »Ich will den Angriff führen.«

»Das steht Euch zu«, bestätigte Semire. »Aber lasst uns noch einen Moment warten. Ich will sehen, wie klug dieser Kommandant ist.«

»Wollt Ihr ihm das Angebot machen, sich zu ergeben?«

»Nein.« Semire sah Ronnbar und Turiel an. Letzterem hatte sie die Augenklappe genommen und das Haar geschoren, damit es nicht über die Entstellung fallen konnte. »Bis auf diese beiden sollen alle Männer Schwingenprachts sterben.«

»So unnachgiebig?« Derrek klang versöhnt.

Semire zuckte mit den Achseln. »Sie waren immer unsere Feinde. Außerdem will ich es nicht dulden, wenn jemand den Palast einer so ergebenen Familie wie der Euren zerstört.« Dass die Demütigung durch die Ahnen der Schwingenprachts der Hauptgrund für ihre Gnadenlosigkeit war, ließ Semire unerwähnt. Sie wollte diese Geister strafen, ohne das Versprechen, das sie ihnen gegeben hatte, zu brechen.

»Bei der Klugheit des Kommandanten«, grollte Brotan, »geht es darum, wann er die Speicher abbrennt. Zweifellos hat er zu den anderen Häusern um Hilfe geschickt, und sie werden kommen, weil sie das Getreide brauchen. Wenn er das Feuer legt, bevor wir ernsthaft angreifen, werden sie ihm zürnen und sich auf unsere Seite schlagen. Wenn er es dagegen tut, wenn unsere Truppen innerhalb der Umfassungsmauer stehen, wird der Zorn uns treffen.«

Verblüfft sah Derrek Semire an. Exzellente Einzelkämpfer waren unter den Imagolems die Regel, nicht die Ausnahme. Aber ein ehemaliger Offizier, der die strategische Lage einschätzen konnte, war ungewöhnlich.

Semire nickte. »So ist es. Mir wäre am liebsten, wenn der Hass auf die Schwingenprachts so groß würde, dass die Überlebenden überall gejagt und erschlagen werden, egal, welches Haus dort das Sagen hat, wo sie sich verkriechen. Dann würden selbst die wenigen, die entkommen, den Namen Schwingenpracht nie wieder aussprechen. In zwei Generationen wäre er vergessen.«

Ronnbar seufzte in seinen Knebel.

Die Truppenteile bewegten sich um die Befestigung herum. Das diente nur nachrangig dazu, Schwachstellen zu finden; Spione hatten das bereits erledigt. Aber es ließ den Feind über den eigenen Angriffsplan im Ungewissen.

»Brandpfeile wären gut«, meinte Derrek.

»Zu offensichtlich«, widersprach Semire. »Brennende Pfeile in der Nacht sieht jeder Beobachter. Die anderen Tiefen Häuser wüssten sofort, dass wir die Speicher angezündet haben.«

Sie wandte sich zu Ronnbar um. »Habt Ihr meinen Rat befolgt und wirklich Öl in die Fässer gefüllt, die zwischen den Getreidesäcken stehen? Sodass man alles vorfindet, damit sich ein Feuer schneller ausbreitet, als man es löschen kann?«

Resigniert sah er zu Boden.

»Brav«, befand Semire. »Ich schätze es, wenn Männer tun, was ich ihnen sage.«

»Der Bach wird ihnen das Löschen erleichtern«, sagte Brotan. »Er quert die Befestigung auf der kompletten Länge. Sie werden kein Problem haben, an Wasser zu kommen.«

»Wenn sie das wollen …«, meinte Semire gedehnt. »Aber wenn die Krieger glauben, dass ihre eigenen Anführer das Feuer befohlen haben … Und vielleicht werden sie das. Wenn es zum Gefecht Klinge an Klinge zwischen den Speichern kommt, ist das genau der Plan, den sie ihren Untergebenen seit Wochen einschärfen. Nicht wahr, Ronnbar? Das habt Ihr doch so weitergeben lassen?«

Er sah sie nicht an.

Derrek blickte über die Stadt hinaus. Eine Meile entfernt kämpfte jemand anderes, ein paar Häuser brannten. Semire wusste nicht, worum es ging.

»Es kann nicht mehr lange dauern, bis die Sturmrufs hier sind.« Jetzt hörte sie ihm die Unruhe an.

Derrek war wie ein Bluthund.

Semire ließ ihn von der Kette.

Sie schälte einen Apfel, während er die Truppen für den Angriff ordnete. Eine Finte an der Stelle, wo der Bach durch die Mauer floss. Kurz darauf ein Dutzend Sturmleitern an der Südflanke.

Während die Männer schrien und das Sternenlicht auf blankgezogenen Klingen schimmerte, während die ersten Toten von der Brüstung fielen und das Geschoss einer Balliste durch die Angreifer pflügte, schnitt sie ein Stück von dem Apfel ab und steckte es in den Mund.

Ihr Blick blieb an ihrem Schälmesser hängen. Das Gewicht des Zweihänders drückte in ihren Rücken. Semire gestand sich ein, dass sie gern dort unten gewesen wäre. Das Schlachten, die Verletzungen, die Krüppel, die diese Nacht hervorbringen würde, die Grausamkeit, das Sterben. Der Krieg war schrecklich. Aber er hatte sich einen Winkel in ihrem Herzen erobert, den er nicht wieder freigab. Nirgendwo sah man die eigene Macht deutlicher als in den Augen eines besiegten Feindes, der den Todesstoß erwartete.

Semire lächelte, weil wohl niemand solche Gefühle bei einer Dame vermutete. Und weil die Schneegrunds die Mauer eroberten, sie sicherten und zwischen die Gebäude fluteten.

Der erste Getreidespeicher ging in Flammen auf.

Dunkel tönende Kriegshörner verkündeten das Eintreffen des Tiefen Hauses Sturmruf auf dem Schlachtfeld.

»Sie schaffen es nicht aus eigener Kraft zurück.« Tarin Kalthorn hatte sich vor Quilûn auf ein Knie niedergelassen. Er stützte sich mit einer Hand auf und atmete heftig. Verletzt schien er nicht zu sein, er war nur schnell gerannt. Durch die Stadt, durch die Trümmer des Palasts, über die Schutzmauer, durch das Gewirr der Zuflucht suchenden Bürger und der Krieger, die auf ihre Posten eilten. »Semire ist eingekesselt.«

Er sagte ›Semire‹. Nicht ›die Gräfin‹ oder ›die Herrin‹ oder ›Eure Gemahlin‹.

»Ihr liebt sie.« Der Dampf der Quadra, der Quilûns Körper tränkte, ließ ihn das vollkommen klar sehen. Tarins zurückgewiesenes, stolzes, verletztes und trotz allem liebendes Herz lag offen vor ihm, als hätte jemand den Brustkorb des Abenteurers gespalten.

Mit aufgerissenen Augen sah Tarin zu ihm hoch. Er atmete noch immer heftig. »Ich würde mir nie erlauben … Ich kenne meinen Platz.«

Quilûn winkte ab. »Nehmt Euch einen Trupp von einer Größe, die Euch passend erscheint, und befreit Semire aus der Gefahr. Ich kenne niemanden, dem ich eine solche Aufgabe mit größerer Zuversicht anvertrauen würde.«

»Mein Graf!« Tarin griff Quilûns Hand und drückte die Lippen auf den Siegelring.

Die Quadra erhöhte die Empfindlichkeit aller Sinne. Tarins Barthaare fühlten sich an den Fingern an, als stäche jemand ein Dutzend winziger Nadeln hinein.

»Beeilt Euch«, forderte Quilûn ihn auf.

Tarin sprang auf und rannte los. Er drückte den Degengriff hinunter, damit ihm die Waffe nicht zwischen die Beine geriet.

Ein großer Schatten glitt über den von der Morgendämmerung erhellten Himmel heran. Verglichen mit den fledermausartigen Flügeln wirkte der Körper des Giganten winzig. Der Wind pfiff durch die Löcher in den Schwingen, die Spuren harter Kämpfe.

Quilûn erinnerte sich an die Mauer, die früher, vor den ständigen Beben, das Palastgelände umfasst hatte. Der notdürftig aufgeschüttete Wall, der das kleinere Areal schützte, in das sich nun alle bedeutenden Angehörigen des Tiefen Hauses zurückgezogen hatten, war dagegen ein Witz. Auf kaum der Hälfte der Länge gab es einen Wehrgang. In den anderen Abschnitten standen die Kämpfer direkt oben auf dem Wall, kaum besser vor Geschossen geschützt als auf einer Hügelkuppe.

Quilûn stieg eine Leiter hinauf zu Kyrin, die mit untergeschlagenen Beinen auf einem gemauerten Stück saß. Das Trauerband für ihren Bruder flatterte an ihrem linken Arm. Sie hielt die Leitfigur des Fledermausmanns im Schoß. Zwar wirkte ihre Magie hier nicht, aber die Statuette half ihr dennoch, sich zu konzentrieren, und der fliegende Gigant gehorchte ihr, auch wenn es dazu mündlicher Befehle bedurfte.

Ihre drei Äffchen lausten sich gegenseitig. Sie wirkten hektisch.

Kyrin schenkte Quilûn einen warmen Blick aus ihren braunen Augen. Es war noch zu dunkel, um die Farbe zu erkennen, aber Quilûn sah sie dennoch. Die Quadra vermischte den Augenblick mit Erinnerungen, Wünschen und Befürchtungen.

Neben Kyrin stand General Esgur. Die aus Silber gefertigte nackte Frau, die seine Augenklappe zierte, blinkte im Schein eines Kohlebeckens, als er das Haupt zur Begrüßung seines Grafen senkte.

Der Fledermausmann landete knapp außerhalb der Schutzmauer. Seine Schwingen wirbelten so viel Staub auf, dass Quilûn die Lider zusammenkneifen und den Atem anhalten musste. Mehrere Fackeln erloschen.

Donnernd setzte er auf und faltete die Flügel an den Körper. Erst jetzt, im Vergleich zu den Menschen, die ihm noch nicht einmal bis zur Hälfte der Waden reichten, wurde seine Größe von zwanzig Schritt deutlich. Sein Gesicht befand sich oberhalb von Quilûn.

Kyrin stand auf. »Wie viele?«, rief sie dem Giganten zu.

Sein Schöpfer hatte ihm nicht die Gabe des Sprechens verliehen. Er spreizte die aus einem Gelenk an den Flügeln wachsenden Klauen und bewegte die krallenbewehrten Finger.

»Die Schwertgrats sind beinahe hier«, interpretierte Kyrin. »Eine Tausendschaft, wenigstens.«

»Nach den Verlusten, die sie am Dunkelsee erlitten haben?«, staunte Esgur. »Wie konnten sie so rasch neue Truppen ausheben?«

»Sie haben weniger eingesteckt als Haus Finstertann«, versuchte Kyrin eine Erklärung. »Haus Schwertgrat hat sich schneller zurückgezogen. Möglich, dass sie Krieger der Finstertanns bei sich aufgenommen haben, die dem Untergang ihres Hauses entkommen wollen.«

»Das wäre schlecht«, meinte Quilûn. »Sie werden besonders tapfer kämpfen, um sich ihren neuen Herren zu beweisen.«

Die beiden anderen sahen ihn an. Jeder wusste, dass er keine Ahnung vom Kriegswesen hatte. Sie begriffen nicht, wie sehr die Quadra sein Denken erweiterte. Er atmete das Fühlen der Krieger ein, die ihn umgaben.

Viele waren das nicht. Der größte Teil der Streitmacht, über die Haus Schneegrund noch gebot, war mit Semire und Derrek gezogen. Zurückgeblieben waren vor allem Verwundete, die sich jetzt zu einem Gefecht aufrafften, das für die meisten von ihnen das letzte wäre.

»Wir werden diese Stellung nicht halten können«, sagte Esgur. »Und wir werden auch nicht alle fliehen können. Viele sind von Hunger und Verletzung zu geschwächt. Aber wir können Euch Zeit verschaffen, Herr. Ich habe die ausgewählt, die für den Kampf nicht gebraucht werden und noch marschtüchtig sind. Vor allem Handwerker, Frauen, Kinder. Wenn sie am Berghang entlang fliehen, können sie es in das Gebiet von Haus Dämmerkalt schaffen. Dorthin werden die Schwertgrats ihnen nicht folgen.«

Quilûn musterte den Giganten. Er war verwundet, aber auf andere Weise als ein Lebewesen aus Fleisch und Blut. Scharten zogen sich durch den Stein, es gab viele Löcher, vor allem in den Flügeln, ein Teil der linken Wange war herausgebrochen.

»Er wird uns wertvolle Dienste leisten«, sagte Esgur. »Ich will ihn einsetzen, um die feindlichen Formationen aufzusprengen.«

»Er hat eine wichtigere Aufgabe«, entschied Quilûn. »Er muss meine Gemälde in Sicherheit tragen.«

»Deine Bilder?« Kyrin starrte ihn an. »Die sind deine größte Sorge? Was ist mit deinem Leben? Oder mit deinem Sohn?«

Quilûn liebte Kyrin. Es schmerzte ihn, dass sie nicht verstand, dass seine Kunst größer war als er selbst. Vielleicht größer als alles, was Menschen geschaffen hatten. Die gesamte Stadt schien am Ende dieser Nacht in Feuern zu glühen. Diese Bilder durften kein Raub der Flammen werden.

»Der Gigant macht einen großen Teil unserer Kampfkraft aus«, gab Esgur vorsichtig zu bedenken. »Auch, wenn Kyrin ihn nicht über die Leitfigur lenken kann.«

»Ihr werdet den Schlachtplan ändern müssen«, beschied Quilûn ihm. »Ich kann ohnehin nicht fliehen. Welchen Eindruck würde das auf die Männer machen? Ich muss ausharren und ihnen Mut geben.«

»Nichts zerstört den Mut gründlicher, als wenn ein Krieger seinen Grafen sterben sieht«, sagte Esgur. »Führt ihre Familien in Sicherheit. Dann wissen sie, wofür sie kämpfen und warum sie immer noch ein wenig länger durchhalten müssen.«

Quilûn erkannte die Wahrheit in Esgurs Auge. Keiner der Krieger traute ihm einen sinnvollen Beitrag in der Schlacht zu. Er würde nur stören, und man müsste ihn schützen wie ein Kind. Quilûn war nicht Semire.

»Geh mit Erlyk«, beschwor Kyrin ihn.

Die Anwesenheit der Kampfmagierin im Gefecht stellte niemand infrage. Der Gigant hörte nur auf sie. Das mochten Nachwehen der Kämpfe am Dunkelsee sein, bei denen Kyrin die Leitfigur in einer Kaverne benutzt hatte. Quilûns Herz verkrampfte sich bei der Vorstellung, dass sie fallen könnte.

Fanfarenstöße kündigten das Nahen des Feindes an.

»Die Gemälde«, insistierte Quilûn. Er sah in Kyrins Augen. Jetzt nahm er das Braun nicht mehr wahr. »Das ist ein Befehl.«

»Ich schicke Männer, die sie aus dem Bleikeller holen«, versprach Esgur.

Blinzelnd wandte Kyrin den Blick ab. »Wir brauchen auch eine große und stabile Kiste, in die wir sie legen können.«

»Das wird sich machen lassen«, meinte Esgur. »Aber Ihr müsst jetzt aufbrechen, Graf. Die Kämpfe beginnen.«

Mit trockenem Mund stieg Quilûn die Leiter hinab. Er hätte gern etwas getrunken, wollte seine Leute aber nicht mit dem Wunsch nach einer Karaffe Wasser belästigen. Das wäre ihm arrogant erschienen. Schließlich standen diese Männer im Begriff, für ihn und die Ehre des Hauses Schneegrund in den Tod zu gehen.

Er verließ den geschützten Bereich durch einen Keller, der früher zur Lagerung von Bettwäsche gedient hatte. Jenseits der Sicherungsmauer fand er den Zug der Fliehenden. Er suchte seinen Sohn, als die Katapulte zu donnern begannen. Die Angreifer brauchten einige Schüsse, um die Wurfarme auf die richtige Reichweite einzustellen. Mehrere Geschosse flogen zu weit, krachten gegen die Felswand, an der entlang sich die Flüchtenden bewegten, und sprengten Brocken heraus, die in die schreiende Menge stürzten.

Einige begannen zu rennen, um der Gefahr zu entkommen. Andere waren nicht schnell genug, man trampelte über sie hinweg. Hausrat, Säcke mit Nahrungsmitteln, bis zu diesem Tag bewahrte Erinnerungsstücke blieben zurück.

Quilûn nahm alles in sich auf. Das Grauen drang tief in ihn ein, die Quadra hatte den Schutzpanzer um seine Gefühle abgestreift. Er weinte, er schrie vor Verzweiflung, sein Herz schlug wild. Zugleich erkannte er, was für ein erhabenes Motiv dieses Grauen für seine nächsten Bilder abgeben würde.

Er fand Erlyk schluchzend über Tante Bûna gebeugt, die am Wegesrand lag. Die Menge ignorierte den verzweifelten Jungen, aber dem Grafen machte man Platz.

»Was ist geschehen?«, rief Quilûn.

Mit verheulten Augen sah Erlyk zu ihm hoch. »Ein Stein hat sie am Kopf getroffen.« Neben ihm stand ein Beutel mit Erdreich, aus dem die Blume mit der kugelförmigen blauen Blüte wuchs.

Etwas weiter lag ein Katapultgeschoss, doppelt so groß wie Erlyks Kopf. Wenn das Bûna erwischt hätte, wäre ihr Kopf zu Matsch geworden. Also war es wohl ein Splitter aus der Felswand gewesen.

Quilûn hockte sich neben die Verwundete. Über der linken Schläfe war die Haut aufgerissen. Die Verletzung blutete nur schwach, was ihm Hoffnung machte.

»Hörst du mich?« Sanft klopfte er auf ihre Wangen. »Kannst du mich verstehen, Tante Bûna?«

Oft hatte er die Vorhaltungen dieser Frau gehasst und ihre Schwärmereien für die neueste Mode bei Hofe und die exquisiten Speisen aus der gräflichen Küche waren ihm auf den Geist gegangen. Aber kein Mensch hatte sich so lange und so fürsorglich um ihn gekümmert wie Bûna. Sogar für Erlyk galt das. Sie hatte sich des Jungen angenommen, wenn Quilûn gemalt hatte oder wenn er den Pflichten des Throns oder der Revolution nachgekommen war.

Ein weiteres Geschoss knallte gegen den Hang.

»Wir müssen weiter.« Quilûn schob die Arme unter Bûnas Schultern und Kniekehlen und hob sie hoch.

Ein grauhaariger Mann mit gewölbter Brust, dem die rechte Hand fehlte, verbeugte sich vor ihm. »Ich kann sie Euch abnehmen, Herr Graf.«

»Nein.« Quilûn fühlte sich stark. Es mochte an der Sorge um seine Tante liegen oder an der Quadra oder an beidem. »Nein, ich trage sie selbst.«

»Ich lasse euch die heiligen Symbole und die Windspiele, weder die Speise- noch die Schatzkammer habe ich angerührt. Also hör auf zu jammern«, forderte Semire von Schneegrund.

»Ich jammere nicht.« Äußerlich ungerührt schob der Windpriester die Hände in die Ärmel seiner grauen Kutte. Dort gab es viel Platz, sie schlackerte um den dürren Körper des kleinen Mannes. »Ich weise Euch lediglich darauf hin, dass Ihr ein Unrecht begeht.«

Derrek Eichfrost röhrte ein Lachen heraus. »Ist dir aufgefallen, dass wir inmitten einer brennenden Stadt stehen? So hoch sind die Flammen noch nie geschlagen, so weit haben sie sich noch nie verbreitet!«, rief er begeistert. »Dieses Feuer macht selbst die Sonne neidisch. Bevor sie untergeht, wird sie den Tod von Zehntausenden sehen, und die meisten Häuser werden Asche sein. Also beklage dich nicht, wenn wir uns Öl, Holz und Wolle ausleihen.«

»Wollt Ihr sie etwa wiederbringen, damit wir die Toten, von denen Ihr sprecht, anständig bestatten können?«

Mit geballten Fäusten trat Derrek dem kleinen Mann gegenüber. »Werde nicht unverschämt, du Wicht!«

Semire legte ihm eine Hand auf die Brust und schob ihn zurück.

Sie standen auf dem Vorplatz einer spitzgiebeligen Kapelle. Eisenstangen ragten kahl aus ihrem Dach. Die langen Bänder, die daran befestigt im Wind geflattert hatten, waren verbrannt. Ringsum glühte der Himmel über den Häusern, das Prasseln des gewaltigen Brandes und das Knacken nachgebender Balken erfüllten die Luft. Die Hitze sorgte für einen permanenten Schweißfilm, der sich anfühlte, als hätte sich Semire eingeölt.

Böige Winde trugen das Feuer weiter. Es sprang von Gebäude zu Gebäude, von Stadtviertel zu Stadtviertel. Brotan stand so, dass er Semire vor dem Funkenflug schützte.

Die Gläubigen waren nicht verrückt genug, sich den Schneegrunds und den Marodeuren, die sich ihnen in den vergangenen Stunden angeschlossen hatten, in den Weg zu stellen. Sie bildeten eine Eimerkette zwischen dem Brunnen und der Kapelle. Auf Leitern stehend reichten sie Wasser nach oben, um es auf das Dach zu kippen. Bisher schützten sie das Haus des Windes erfolgreich vor den Flammen.

Gegen die heftigen Beben hatten sie jedoch keinen Schutz. Der Boden kam seit Stunden nicht mehr zur Ruhe. Auch zwischen den härteren Stößen zitterte die Erde. Daher rührten die Risse im Mauerwerk.

»Ich war zugegen, als wir die Asche Eures Vaters verstreut und den Wimpel für ihn im Wald der Erinnerung aufgezogen haben«, sagte der Windpriester. »Graf Golar war ein guter Mann. Er hat für diese Kapelle gespendet.«

»Dann holen wir uns ja nur zurück, was Haus Schneegrund ohnehin bezahlt hat«, versetzte Semire.

»Er hat den Wind stets respektiert«, fuhr der Priester unbeirrt fort, »und dafür wird der Wind ihn mit Wohlwollen behandeln. Sein Geist treibt in der Luft, ebenso wie jener Eurer Mutter. Sicher sind sie auch jetzt um uns und sehen zu, was ihre Tochter tut. Denkt Ihr, sie sind stolz darauf, dass Ihr die Stadt zerstört, in der sie so gut gelebt haben? Oder schämen sie sich Eurer?«

Die Krieger schleppten Fässer mit Öl, Säcke mit Stroh, trockenes Holz, Zunder und Kohlen aus dem Keller unter der Kapelle. Diese Dinge lagerten die Windpriester, um damit die Toten zu verbrennen. Sie ließen sich unterschiedlich entlohnen, je nachdem, wie edel die Mittel waren, mit denen sie eine Leiche zu Staub machten, und ob die Verbrennung in einem Ofen stattfinden durfte oder auf einer Anhöhe mit schöner Aussicht vollzogen werden sollte. Semire benutzte das Zeug, um entgegen der Windrichtung weitere Feuer legen zu lassen. Etwas, woran Derrek unerwartet starken Gefallen fand. Nie hatte Semire ihn so gut gelaunt erlebt wie an diesem Tag. Ihm war auch egal, ob er den Palast eines verbündeten oder eines verfeindeten Hauses in Brand steckte.

»Ich werde nie erfahren, was meine Eltern von mir halten«, sagte Semire zu dem Priester. »Als ich jung war, vierzehn Jahre, habe ich das Trauerband für meine Mutter so fest gebunden, dass es in meinen Arm geschnitten hat. Meine Erzieherin hat mit mir geschimpft, weil ich einen blauen Ring auf der Haut hatte. Ich habe gebetet, wie ihr Priester es mich gelehrt habt.« Sie sah an der Front der Kapelle hinauf. »Wahrscheinlich auch hier, obwohl ich mich nicht daran erinnere. Aber wenn meine Mutter mir geantwortet hätte, würde ich mich daran erinnern.«

»Vielleicht habt Ihr nur nicht richtig zugehört.«

Semire schnaubte. »Erspare mir die Kindergeschichten von einem Säuseln des Windes oder einer Kerzenflamme, die in einem Luftzug winkt. Die fand ich damals schon albern. Wieso sollte sich jemand, der sich mir mitteilen will, hinter schwer zu deutenden Zeichen verbergen?«

»Dafür gibt es Erklärungen.«

»Spare deinen Atem, ich habe sie alle schon gehört. Erzähle sie denen, die das Wasser auf deine Kapelle gießen, statt ihre eigenen Häuser zu retten. Oder«, sagte sie ironisch, »wenn du deswegen ein schlechtes Gewissen bekommen solltest, gönne ihnen die Wahrheit: Unsterblichkeit gibt es nur im Stein und es gibt sie nur für wenige. Überall sonst wartet nach dem Leben der Tod.«

Tarin Kalthorn drückte seinen Hut auf seinen Kopf, während er sich durch die Eimerkette zu Semire drängte. Brandlöcher entstellten den Filz an vielen Stellen, aber einen gewissen Schutz mochte er dennoch bieten.

»Eure Eltern würden …«, setzte der Priester an.

»… meine Geduld bewundern, weil ich dich noch immer nicht in der Mitte entzweigeschlagen habe!« Semire schwenkte ihr Schwert. Die Scheide hatte sie irgendwo verloren. Es machte nichts, bis das hier vorüber wäre, würde sie die Klinge ohnehin nicht mehr wegstecken. »Tu etwas Nützliches und helfe denen, die bei dir beten.«

Der Priester sah zum Tor seiner Kapelle. Die Krieger waren fertig, niemand kam mehr heraus.

Derrek stieß ihn in den Rücken. »Du hast die Gräfin gehört! Verschwinde!«

Der kleine Mann gab nach. Er hatte hier nichts mehr zu gewinnen.

Tarin sah besorgt aus. »Das Feuer gerät außer Kontrolle«, meldete er. »Ich habe mir von dort aus einen Überblick verschafft.« Er zeigte auf einen Turm, der, von Rauchschwaden umgeben, in den roten Gluthimmel ragte. »Die Flammen sind über die Sonnenschlucht gesprungen. Jetzt laufen sie auf Euren Palast zu.«

»Sehr gut«, befand Semire. »Dann machen sie den Sieg unserer Feinde zu Asche.«

»Die Brände sind wie eine Horde von Ungeheuern, die sich nicht mehr einfangen lassen. Es könnte sein, dass bald außer Asche überhaupt nichts mehr übrig ist.«

Semire legte den Kopf in den Nacken. Sie vermochte kein Stück Himmel zu finden, über das keine Funken flogen. Dieses Zeichen konnte niemand übersehen. Auch nicht das Ungeheuer, das Semire rufen wollte. »Blitzvogel«, flüsterte sie so leise, dass nur sie selbst das Wort hörte.

Sie ging zu den Gläubigen und nahm einem von ihnen einen Eimer ab, den sie über ihrem Kopf entleerte. Erst dadurch wurde ihr wieder bewusst, wie heiß ihre Haut war. Ihr Haar war an vielen Stellen verschmort und klebte zusammen.

Semire ließ den leeren Eimer fallen. »Weiter!«, rief sie ihren Männern zu. Viele waren es nicht mehr, obwohl Tarins Trupp sie verstärkte. Die Plünderer, die sich ihr angeschlossen hatten, rechnete sie nicht. Sie waren unzuverlässig, und wer in diesem Inferno noch Schätze sammelte, bewies damit einen schwachen Verstand.

»Gegen den Wind!«, gab sie die Marschrichtung vor. »Zur nächsten Kapelle!«

Derrek setzte sich begeistert an die Spitze. Er würde dafür sorgen, dass auch wirklich alles in Brand gesteckt wurde, das ihnen auf ihrem Weg begegnete.

Semire schlug die flache Hand auf die Brust. Sie spürte ein Brennen und vermutete einen Funken, bis ihr einfiel, dass sie einen Eisenharnisch trug, durch den er sich unmöglich schmoren konnte. Er hätte in die Öffnung für den Hals fliegen können, weil sie wegen der Hitze den groben Schal ebenso abgelegt hatte wie den Helm. Aber dann wäre er nicht so tief hineingelangt.

Die Hitze wurde stärker.

Semire presste die Hand auf den Harnisch.

»Was ist?«, fragte Brotan. Inzwischen kannte sie seine grollende Stimme gut genug, um die Besorgnis in der Frage zu hören.

Sie runzelte die Stirn. »Mein Siegel … das Steinplättchen, das mir die Geister bei der Eheschließung mit Quilûn eingesetzt haben … es erwärmt sich.«

Das war eine milde Beschreibung für das Brennen. Semire presste die Lippen aufeinander, um ein Ächzen zu unterdrücken. Direkt nach dem Rückzug der Magie in den Berg hatte sie die Haut um das Zeichen ihrer Ehe herum mit einer Salbe behandelt, weil sie sich entzündet hatte. Aber das hier war viel schmerzhafter. Sie hielt sich an Brotans Unterarm fest.

Der Boden ruckte zur Seite. Es fühlte sich an, als stünde Semire auf einem Teppich, den jemand mit einem Ruck wegzog. Sie fiel nur nicht, weil der granitene Imagolem so fest stand. Ringsum krachten die Mauern, Steine lösten sich und donnerten auf den Boden, Menschen schrien.

Der Boden stieß nach oben und sackte wieder weg. Risse liefen durch das Pflaster, einer brach einen Schritt breit auf. Zwei Gläubige stürzten hinein. Nur, weil sie in der Eimerkette so eng standen, waren die anderen nah genug, um sie festzuhalten.

Eines der Häuser am Platz fiel in sich zusammen, rot angeleuchteter Staub mischte sich in die Funkenwolken. Der Dachstuhl der Kapelle gab nach. Was mit den Menschen geschah, die dort oben Eimer ausleerten, sah Semire nicht.

Sie gab es auf, sich auf den Füßen halten zu wollen, und ließ sich vorsichtig nieder, wobei sie sich noch immer an Brotan festhielt, der die Beine breit auseinanderstellte. Er ragte neben ihr auf wie ein schützender Turm.

Das Beben dauerte an, immer neue Stöße donnerten durch den Boden. Aber Semire beschäftigte das Brennen in ihrer Brust stärker. Es steigerte sich, bis es sich wie ein glühendes Eisen anfühlte, das sich in ihr Fleisch bohrte. Sie bemühte sich, tief und gleichmäßig zu atmen. Gern hätte sie ihren Harnisch ausgezogen und sich des Untergewands entledigt, um nachzusehen, was vor sich ging. Vor ihrem geistigen Auge verschmorte ihre Haut, bis sie Blasen warf.

Die Schläge blieben aus, aber die Erde zitterte weiter. Dadurch verbreiterte sich der große Riss, der durch den Platz lief. Er maß bereits zwei Schritt.

Brotans Pranke umfasste schmerzhaft Semires Unterarm. Er ging auf die Kapelle zu, wobei er so weite Schritte machte, dass er Semire mitschleifte.

Nur mit Mühe gelang es ihr, auf die Füße zu kommen. »Was machst du?« Sie ließ das Schwert fallen.

»Ich weiß es nicht.« Seine machtvolle Stimme war auch über das Prasseln des Feuers und das Knacken von Mauern und Pflastersteinen zu verstehen. »Ich will das nicht.«

»Deine Leitfigur!«, rief Semire. »Ich habe sie im Palast gelassen. Ein Zauberer muss sich ihrer bemächtigt haben.«

»Dann müsste es in der Nähe einen Ort geben, an dem die Magie noch wirkt.«

Sie waren weit von den Zauberwerkstätten entfernt, unter denen sich das Sanktuarium befand, und bis zum Dunkelsee waren es Meilen. Gab es unter der Stadt einen weiteren Ort magischer Kraft? Aber warum hatte Kyrin ihn nie erwähnt?

Brotan betrat die Kapelle. Trümmer von Balken und Steinen, die sich aus der Decke gelöst hatten, lagen auf dem Boden. Die Windspiele hatten sich hoffnungslos ineinander verheddert.

Der Imagolem stapfte die Treppe zum Vorratskeller hinunter. Die hölzernen Stufen gaben unter seinem Gewicht nach. Wärme wie aus einem Ofen stieg aus der Tiefe auf.

Bläuliche Flammen brannten auf kleinen Lachen von Öl, wo Lampen zerbrochen waren. Sie reichten nicht aus, um das geplünderte Gewölbe auszuleuchten. Ein Gesicht, das eine komplette Wand einnahm, strahlte sein eigenes Licht ab, denn es bestand aus Lava, in der Brocken aus Basalt trieben. Das schwarze Gestein und die Rot- und Gelbtöne des flüssigen Feuers schufen strenge Züge mit einer breiten Nase, schmalen Lippen und deutlich abgesetzten Wangenknochen. Die vor ihm flimmernde Hitze erweckte den Eindruck, als ob sich das Antlitz hinter einem halb durchsichtigen Vorhang befände.

Brotan blieb stehen, ließ Semire aber nicht los.

»Hör auf damit«, grollte das Lavagesicht. »Du bist wie ein Kind, das auf einer Wiese mit wilden Stieren spielt. Es ist gefährlicher als du denkst, die Hoffnung der Kristallschlange zu nähren.«

Semire presste die Zähne aufeinander. Die Ahnen des gefallenen Hauses Schwingenpracht hatten ihr gezeigt, dass sie sie hintergehen würden, wenn sich das ohne Schaden für ihre Nachfahren machen ließe. Zudem hatte Semire den Eindruck gehabt, dass sie zumindest keine offensichtliche Möglichkeit kannten, Brotans Seele zurück in einen menschlichen Körper zu versetzen. Aber sie hatten ihr auch verraten, dass die Macht der Kristallschlange jene der Geister bei Weitem überstieg. Also würde sie Semire helfen können.

Ihr Plan hatte bereits Gestalt angenommen, bevor sie zurück an der Oberfläche gewesen waren: Sie würde der Kristallschlange geben, was ihr jeder andere vorenthalten hatte. Vor Jahrhunderten hatte man die Wesenheit dadurch hingehalten, das Land in Brand zu setzen. Es wunderte Semire nicht, dass man damit nichts erreicht hatte. Wann war jemals etwas von Bedeutung auf dem Land geschehen? Wahre Macht fand man nur auf dem Berg. Er musste brennen, um einen wirkungsvollen Ruf an den Blitzvogel auszusenden.

Genau das tat Semire. Der Feuersturm, den sie auf dem Ianapat entfesselte, konnte niemandem entgehen. Ihr gefiel der Gedanke, der Kristallschlange zur Vereinigung mit ihrer Liebe zu verhelfen und dafür selbst die Nähe zu Brotan zurückzugewinnen. Es lag so klar vor ihr. Ein Pfad, den das Schicksal für sie abgesteckt hatte. Sie musste nur den Mut aufbringen, ihn zu beschreiten. Dies mochte die Prüfung ihres Lebens sein.

»Du weckst eine Hoffnung in der Kristallschlange, die sich nicht erfüllen kann«, sagte das Feuergesicht. »Niemals.«

Das Steinplättchen in Semires Brust brannte noch immer. Sie überlegte, ob sie knicksen sollte. Aber das wäre nur eine unwürdige Verrenkung geworden, solange Brotan ihren Arm in seinem Griff hielt.

»Wer seid Ihr?«, wollte sie wissen.

»Ich bin der Tiefe Meister des Hauses Schneegrund.« Ein sechsstrahliger Eiskristall aus weißem Feuer deutete sich auf der Stirn der Erscheinung an und verging sogleich wieder.

»*Der* Meister?«, fragte Semire vorsichtig. »Es gibt nur einen?«

»In der Tiefe vereinigen sich die Besten eines jeden Hauses«, erklärte ihr Gegenüber. »Individualität hat keinen Bestand, wo das Gewicht des Bergs den Stein zusammenpresst. Wir sind eins geworden.«

Semire wurde schwindelig, was nur zum Teil an der Hitze lag, die von dem Gesicht zu ihr herüberwaberte. Wenn sie nicht belogen wurde, sprach sie mit den ältesten Ahnen ihres Hauses. Mit jenen, die sogar die Geister fürchteten, denen man im Sanktuarium begegnete. Mit einem der Tiefen Meister, die geschworen hatten, die Kristallschlange im Zaum zu halten, damit sie das Leben auf dem Berg nicht verschlang.

»Du wirst die Feuer löschen«, forderte das Lavagesicht.

»Und wenn ich mich weigere?«

»Das wäre dumm. Du könntest die Kristallschlange wecken, aber ihre Sehnsucht erfüllen kannst du nicht. Nichts entfacht den Hass zuverlässiger als enttäuschte Sehnsucht.«

Das Herz pochte wild in Semires brennender Brust, aber sie würde der Angst nicht nachgeben. Wer etwas erreichen wollte, musste selbstbewusst auftreten. Als Partner, nicht als Bittsteller. »Vielleicht gelingt es mir ja, mit meinem Feuer den Blitzvogel zu rufen. Niemand hat versucht, was ich tue: den gesamten Berg zu verbrennen.«

Die gelb flammenden Brauen zogen sich zusammen. »Der Blitzvogel ist tot.«

»Woher wisst Ihr das?«

»Du verstehst nichts!«, donnerte das Gesicht.

Die Hitze, die diesen Ruf begleitete, raubte Semire den Atem.

»Nur Feuer, das aus Gewittern kommt, konnte ihn anlocken«, fuhr der Tiefe Meister ruhiger fort. »Öl, Fackeln, Funken aus Steinen, sogar Linsen, die das Sonnenlicht bündeln … alles sinnlos. Der Blitzvogel wurde im Sturm geboren. Aber es gibt ihn nicht mehr.«

»Der nächste Sturm kommt früher oder später«, wandte Semire ein.

»Wisse: Die Gravioner haben ihn getötet. Mit einer Stadt,

geschmiedet aus eisernen Türmen, haben sie ihn in die Falle gelockt. Es gibt ihn nicht mehr.«

Die Hitze setzte Semire zu. Sie konzentrierte sich auf ihren Atem, um nicht ohnmächtig zu werden.

»Die Kristallschlange muss weiterhin schlafen«, forderte der Tiefe Meister. »Sie regt sich bereits, aber wenn sie vollständig erwacht, wenn sie begreift, was in der Welt vor sich geht, wird ihr Zorn keine Grenze kennen. Sie wird alles vernichten, wenn sie den Berg auseinandersprengt. Uns. Die Geister. Die Menschen. Dich und die von dir geliebte Seele, die in diesem Imagolem wohnt.«

Es hätte Semire nicht überraschen sollen, dass die Tiefen Meister davon wussten. Die Hartnäckigkeit, mit der sie darauf gedrängt hatte, ihm einen menschlichen Körper wiederzugeben, musste jeden hellhörig machen. Und mit den Möglichkeiten der Geister … Oft genug hatten Brotan und sie sich in der Nähe von Kristallen aufgehalten. Dennoch fühlte sie sich ertappt.

»Wir brauchen diese neuen Gemälde«, sagte das Feuergesicht. »Mehr davon und schneller. Nur sie können die Kristallschlange von der Welt ablenken. Es reicht nicht mehr, dass ihr sie in die Tiefe schickt. Die Kristallschlange ist von der Wahrheit dieser Bilder fasziniert, aber immer nur für eine Weile, und diese Zeitspanne wird kürzer. Du musst uns den Künstler bringen.«

»Quilûn?«

»Deinen Gemahl. Wir können ihn nicht rufen, weil er kein Blut von unserem Blut ist. Aber über dich haben wir Gewalt.«

Semire schrie auf, weil das Plättchen in ihrer Brust noch heißer wurde.

»Und über Stein jeder Art.«

Brotan ließ ihren Arm los und ging durch die flimmernde Luft auf das Gesicht zu. Er stellte sich an die Wand daneben.

Semire wollte ihm folgen, aber schon nach einem Schritt wurde ihr das Atmen unmöglich. Würgend wich sie zurück.

»Bring uns den Künstler. Komm durch das Sanktuarium. Wir behalten den Imagolem.«

»Nein!«, schrie sie. »Ich erlaube nicht, dass Ihr uns trennt!«

»Deine Wünsche sind ohne Bedeutung.«

Wütend rannte sie in die Hitze hinein. Sie gelangte bis zu Brotan, aber ihre Beine gaben nach. Flehend berührte sie ihn.

Der Granit war heiß wie ein Stein in einem Ofen. Er verbrannte ihre Handfläche.

Brotan regte sich nicht, sprach auch nicht, blickte stur geradeaus wie eine unbelebte Statue. Der Tiefe Meister musste ihn vollständig unter seine Kontrolle gezwungen haben.

»Du verhältst dich wie ein ungezogenes Kind!«, warf ihr das Feuergesicht vor.

Mit großer Anstrengung schaffte Semire einige flache Atemzüge. Schwarze Flecken verdeckten ihr Gesichtsfeld.

Sie ließ sich zu Boden sacken und zog sich fort von Brotan. Ihre Tränen vertrockneten noch auf den Wangen.

Nach fünf Schritt hielt sie inne und drückte sich in die Hocke hoch. Sie schöpfte Kraft und stand auf. Sie wollte aufrecht stehen, wenn sie verhandelte.

»Ich bringe Euch Quilûn«, bot sie an, »wenn Ihr mir den Vater meines Kindes zurückgebt. Das ist ein geringer Preis, um die Vernichtung der Welt abzuwenden.«

»Es ist auch deine Welt«, erinnerte der Tiefe Meister.

»Eine Welt, in der ich nicht ohne Brotan leben will.«

»Du wirst ihn zurückerhalten, wenn du tust, was ich verlange.«

»In einem Körper, in dem er mich lieben kann. In dem ihm Zärtlichkeit möglich ist.«

Die flammenden Lider schlossen sich. »Du sollst deinen Willen haben, Semire von Schneegrund. Aber beeile dich.«

Die Wiese, auf der die flüchtenden Schneegrunds lagerten, war ein seltsam friedlicher Ort oberhalb der Stadt, in der einige Viertel so hell brannten, dass der Lichtschein auch auf diese Entfernung und in der Nacht Fackeln überflüssig machte. In anderen Bereichen waren die Flammen bereits erloschen. Selten, weil man sie gelöscht hatte. Meist hatten sie schlicht keine Nahrung mehr gefunden.

Neben Quilûns Staffelei flogen Glühwürmchen zwischen den Gräsern. Manche der hellen Punkte verschmolzen, andere trennten sich. Einige Blüten leuchteten blau und gelb in der Nacht. Sie faszinierten Erlyk. Kyrin gab auf den Jungen acht, während er immer weitere Pflanzen bestaunte. Wo sie jetzt waren, sah Quilûn nicht.

Sein Motiv war seine Tante Bûna. Den ganzen Tag über war sie ohnmächtig geblieben. Die Clerroniten, die den Zug der Flüchtlinge begleiteten, glaubten nicht, dass sie noch einmal erwachen würde. Sie meinten aber auch, dass sie keine Schmerzen litte.

Sie lag auf mehreren Decken am Rand des Plateaus, vor dem Glühen der Stadt. Eine Liege oder gar ein Bett hatten sie nicht. Auch an Zelten mangelte es. Sie hatten Glück, dass diese Nacht warm und trocken war.

Brot, Fleisch und Gemüse waren ebenfalls rar, aber die gemeinsame Not brachte das Beste in den Menschen hervor. Sie teilten wie Geschwister. Fremde hielten einander, um sich beim Weinen zu helfen. Andere schwiegen zusammen.

Das Licht der Laterne, die Quilûn an einen Ast hinter sich gehängt hatte, brachte die Farben auf seinem Bild ganz anders heraus, als die Sonne es tun würde. Aber es ging ihm schon lange nicht mehr um eine exakte Wiedergabe der Wirklichkeit. Seine Kunst hielt die Wahrheit für die Ewigkeit fest. Dafür musste er der sterbenden Bûna nah sein, auch wenn es schmerzte. Er mischte Blau in das Rot und trug es mit einem breiten Pinsel im oberen linken Viertel der Leinwand auf. Das ließ sich als Abendlicht deuten, in das sich eine entschwindende Seele aufmachte.

Bûnas Seele … sie wäre die Herausforderung in diesem Gemälde. Filigran wie ein Windhauch sollte sie werden und doch etwas von der Entschlossenheit der Frau zeigen, die zwei Knaben erzogen und einen Haushalt geführt hatte. Oft hatte sie mit Quilûn geschimpft, aber noch öfter hatte sie ihn zum Lachen gebracht. Er erinnerte sich an die Berührung ihres Taschentuchs, wenn sie seine Tränen getrocknet hatte, und an das erste Lob, das er von ihr für seine Bilder bekommen hatte. Das Wesen der Kunst war Bûna immer fremd geblieben, aber irgendwann hatte sie verstanden, dass Quilûn etwas Wertvolles schuf, obwohl er nicht körperlich arbeitete. Die silberne Blüte, die Graf Golar ihm geschenkt hatte, als das erste seiner Bilder für die Unsterblichen ausgewählt worden war, hatte sie immer bewundert.

Bûna war es wohl stets um die Anerkennung gegangen, die Quilûn für seine Gemälde bekommen hatte, statt um die Kunst selbst. Während er den Pinsel auswusch, drehte er sich um und ging zu der schwarzen, eisenbeschlagenen Kiste, in der seine neuen Kunstwerke verwahrt waren. Das Behältnis sah aus wie ein liegender Kleiderschrank. Darin hatte der Fledermausmann die kostbare Fracht hier heraufgetragen, wie auch Abuliar, der jetzt danebenstand. Die Tränen des Weinenden Mannes flossen ins Erdreich unter dem Gras.

Quilûn kehrte an die Leinwand zurück und versuchte, die Stimmung des Bildes mit dem, was er bei Bûnas Anblick empfand, in Übereinstimmung zu bringen. Es würde nicht sein bestes Werk werden. Dafür war es zu eindeutig, zu monoton. Ein Kontrapunkt wäre gut. Hätte sich Zimila Eisklamm unter den Flüchtenden befunden, hätte er die lebenslustige Frau, die so gern seine Affäre hatte werden wollen, neben die Sterbende gestellt.

Etwas in ihm fand diesen Gedanken seltsam. Er runzelte die Stirn.

Aber das ließ sich ohnehin nicht umsetzen. Zimila gehörte zu den vielen, die in den Wirren des Krieges verschwunden waren. Vielleicht hatte das Chaos sie in die Arme eines Beschützers gespült, der an ihren vollen Lippen sein Glück fand. Ebenso gut konnte sie jetzt vergessen an einem Berghang vermodern oder von Priestern verbrannt worden sein, die ihren Namen nicht gekannt hatten. Die Windpriester waren schnell mit den Feuerbestattungen. Man wollte den Seuchen entgegenwirken, die sich in der Stadt ausbreiteten.

Quilûn nahm den Pinsel in die linke Hand und öffnete den

Zylinder, den er an der Hüfte trug. Das mit dem Dampf der Quadra getränkte Tuch fühlte sich bereits trocken an und er hatte nur noch ein weiteres. Quilûn führte den Stoff an sein Gesicht, drückte ihn unter die Nase, quetschte ihn in der Faust und atmete ein. Das Gefühl, dass sich der Bereich in seinem Kopf unterhalb der Augen weitete, blieb aus. Aber er wusste, dass der Dampf dennoch wirkte. Er würde seine Sinnenschärfe zur Verfügung haben, während er seiner Tante den Dienst erwies, ihre letzten Stunden mit diesem Gemälde ewig zu machen.

Dunkles Blau, Schwarzgrau, tiefes Violett … Quilûn sah ein, dass dieses Bild die Farben der Nacht brauchte. Er sträubte sich nicht länger und malte damit wolkige Formen und schroffe Zacken, eine Trennlinie, die nur eine winzige Öffnung durchbrach, und etwas, das wie der Schatten eines Ungeheuers aussah.

Die Unruhe an den Lagerfeuern ließ ihn aufblicken. Semire kam in Begleitung von Derrek Eichfrost auf ihn zu. Quilûn lächelte. Er freute sich, dass die beiden die Kämpfe überlebt und den Weg aus der brennenden Stadt heraus gefunden hatten. Nach der Art, wie sie sich bewegten, zu urteilen, waren sie unverletzt. Ihre Brustpanzer waren jedoch zerschrammt und sie waren dermaßen mit Ruß bedeckt, als hätten sie sich in einem Kamin gewälzt. An den freien Hautstellen erhoben sich Brandblasen. Semires rote Haarfarbe war nicht mehr zu erkennen, überhaupt war ihr Haar an vielen Stellen verschmort.

Derrek verbeugte sich, wie es für einen Baron gegenüber seinem Grafen angemessen war, aber Semire knickste ungewöhnlich tief. Mit gerunzelter Stirn nickte Quilûn seiner Gattin zu.

Derrek richtete zuerst das Wort an ihn. »Habt Ihr meinen Vetter Tomalion gesehen, Herr?«

Quilûn schüttelte den Kopf. »Er war nicht bei den Flüchtenden.«

Derrek fasste den Griff seines Degens. Die Geste wirkte hilflos.

»Ich bin sicher, dass er tapfer gekämpft hat«, versuchte Quilûn einen Trost. »Bestimmt hat er dazu beigetragen, den Feind so lange aufzuhalten, dass wir entkommen konnten.«

»Vielleicht lebt er noch.« Semire blickte auf die Stadt hinab. »Niemand kann mit Gewissheit sagen, was dort unten geschieht.«

»Er wollte niemals alt werden«, flüsterte Derrek. »Das war seine größte Furcht. Ein Greis zu werden, der sich nicht mehr selbst den Hintern abwischen kann und der keinen Steifen mehr kriegt, wenn eine nackte Maid für ihn tanzt.«

Quilûn spürte Derreks Trauer.

Das war schlecht. Sie lenkte den Maler von der Stimmung ab, die er für sein Bild brauchte. Er sah Bûna an und zog einen weiteren Strich.

»Derrek!« Tarima Eichfrost schwankte zu ihrem Neffen. »Derrek, guter Junge.«

Die dreißigjährige Baroness war einmal eine Frau von edler Ausstrahlung gewesen. Damals hätte sie als Kontrast in Quilûns Bild getaugt. Jetzt war sie nur noch eine Trinkerin. Ihre Nase war stets gerötet, die Tränensäcke waren geschwollen und oft floss Speichel aus ihrem Mundwinkel. Ihr silbernes Ohr wirkte klobig, unangebracht an solch einer heruntergekommenen Person. Aber obwohl sie auch die Schnürung ihres Kleides vernachlässigte, war ein Nachwehen vergangenen Stolzes in ihrer Gestalt, auch in ihrem Gesicht geblieben.

Würde auch die Stadt so wirken, wenn die Feuer erloschen wären und die Sonne auf sie schiene?

»Du kannst doch bestimmt noch eine Flasche Branntwein für deine gute Tante auftreiben«, bettelte Tarima Derrek an. »Es ist so eine schöne Nacht! Wir sollten auf deinen Onkel trinken.«

»Nicht hier, Tante.« Derrek nahm rüde ihre Hand und zwang sie in seinen Ellbogen. Diese Geste war das Gegenteil eines eleganten Unterhakens, aber Tarima ließ es geschehen.

»Domor sieht es gern, wenn du dich um mich kümmerst«, sagte sie, während sie an Derreks Seite davonschwankte. »Er treibt jetzt im Wind, weißt du? Ist das nicht schön?«

Quilûn schaffte es nicht länger, sich auf sein Bild zu konzentrieren. Er wusch den Pinsel aus, während er Tarima nachsah. Sie war ein trauriges Beispiel dafür, was mit einem Menschen geschah, der seine Würde verlor.

Nachdenklich hängte er sein Werkzeug in die Halterung. »Bin ich auch so?«, fragte er Semire. »Würdelos?«

»Du wirst immer der Graf des Tiefen Hauses Schneegrund sein«, meinte sie. »Egal, ob unser Palast noch steht oder nicht. Wir können einen neuen bauen.«

»Das meine ich nicht.«

Derrek und Tarima verschwanden in einer Senke.

»Jeder von uns kann als Mensch ein Beispiel geben«, sagte Quilûn. »Oder versagen.«

»Wir sind nicht einfach gewöhnliche Menschen«, meinte Semire. »Können wir ein Stück gehen?«

Er sah noch einmal zu Bûna hinüber. Sie lag genauso wie zu dem Zeitpunkt, als man sie auf die Decken gebettet hatte. Nur den durch die Quadra geschärften Sinnen verdankte Quilûn, dass er sah, wie die Atemzüge Nase und Brustkorb bewegten. Oder bildete er sich das bloß ein?

Sie wanderten nebeneinander am Rand des Plateaus entlang. Der Hang fiel ab in undurchdringliche Dunkelheit.

»Wie geht es Kyrin?«, fragte Semire.

»Sie ist unverletzt, aber der Tod ihres Bruders macht ihr zu schaffen. Sie hätte gern noch vieles mit Anthurel geklärt, das nun ungesagt bleibt.«

Semire nickte. »So wird es Tausenden gehen, die in den vergangenen Wochen jemanden verloren haben.«

»Zehntausenden.« Auch das fand Quilûn noch niedrig geschätzt. In der gesamten Stadt gab es wohl niemanden mehr, der keinen Angehörigen zu betrauern hatte. »Was ist mit Brotan?«

Semire schluchzte und schlug die Hände vor ihr Gesicht. Sie weinte so heftig, dass ihre Schultern zitterten. Die schalenförmigen Rüstungsteile, die sie schützten, klapperten.

Die stets beherrschte, stets überlegene Semire so zu sehen traf Quilûn unerwartet hart. Er fühlte sich schuldig und wusste nicht, warum. Einer anderen Frau hätte er einen Arm um die Schultern gelegt, aber bei seiner Gemahlin erschien ihm das falsch.

»Ist er …?«, setzte er an. »Ist ihm während der Kämpfe etwas zugestoßen?«

Quilûn weinte nun selbst. Die Quadra verstärkte sein Mitleid.

»Die Tiefen Meister haben ihn!« Semire nahm die Hände vom Gesicht. Die Tränen verwischten den Ruß. »Die Tiefen Meister. Weil sie deine Bilder wollen.«

Quilûns Blick fand die Truhe. Er hatte immer gewusst, dass diese Gemälde für den Berg bestimmt waren. Dennoch regte sich Wut in ihm. Wer durfte von einem Künstler verlangen, sich von seiner Kunst zu trennen?

Semire fasste ihn am Oberarm und drehte ihn so, dass er auf die Stadt hinaussah. »Wir müssen begreifen … Vor allem *du* musst begreifen, dass der Traum meines Vaters der Traum eines Kindes war. Geboren aus der Trauer um meine Mutter, nehme ich an. Freiheit für jedermann … Gleichheit … das Sprengen aller Fesseln.« Mit einer weiten Geste deutete sie hinaus über die Feuer. »Das ist es, was dabei herauskommt.«

»Du selbst hast deinen Anteil an dieser Zerstörung«, wandte Quilûn ein.

»Hätte ich es nicht getan, hätte ein anderer es getan. So wie bei unserem Palast. So wie in den Kämpfen zuvor. Du magst es nicht verstehen, weil dir der Zorn des Kriegers fehlt, der im Blut so vieler schreit. Aber ich kenne ihn.« Ihre Faust schlug gegen die eiserne Brustplatte ihres Harnischs. »Ich weiß, wie es sich anfühlt, wenn der Stahl in die Schlacht ruft. Und es gibt viele wie mich. Es ist eine Illusion, dass alle ihre Waffen weglegen und friedlich zusammenleben werden.«

Quilûn überlegte, ob er auch nur ein einziges Mal Zeuge geworden war, wie Graf Golars Traum keimte. Bei den Mägden, bei den Kutschern, bei der Frau mit der hölzernen Hand … Überall hatte er Hass gesehen, Zügellosigkeit, Zerstörung. Nirgendwo etwas, das er mit Gerechtigkeit oder gar Freude in Verbindung brachte.

»Was hat das mit Brotan zu tun?«, fragte er.

»Es hat etwas damit zu tun, was wir tun müssen. Wir müssen aufwachen. Wir müssen die Dinge sehen, wie sie sind. Nicht, wie wir sie gern hätten. Solange auch nur ein Haus über Schwerter verfügt, wird es nach der Macht in der Stadt streben. Und wenn es nicht die Häuser sind, dann sind es die Banden in den Straßen. Wie die Schwingenprachts, die von alter Größe geträumt haben.«

»Also ewiger Krieg?«, fragte Quilûn. »Dann haben wir schlechte Karten. Selbst ich sehe, dass wir uns nicht mehr wehren können. Unsere Verluste sind so vollkommen, dass uns ein paar Dutzend Söldner bis auf den letzten Mann, die letzte Frau und das letzte Kind erschlagen können.«

»Und doch müssen wir siegen«, stellte Semire fest. »Frieden und Gerechtigkeit sind Dinge, die Menschen nur manchmal bevorzugen und meistens, wenn sie die Schwächeren sind. Will man sie dauerhaft, muss man sie erzwingen. Brutal gegen wenige, wenn es sein muss, um den vielen zu helfen, aufrecht und im Licht der Sonne zu stehen. Das wird uns nur gelingen, wenn wir die Macht an uns reißen und niemand wagt, sie uns streitig zu machen.«

»Das ist unmöglich«, vermutete Quilûn. »Oder zumindest ist es für uns zu spät. Dafür hätten wir unsere Truppen anders einsetzen müssen.«

Semire musterte ihn ernst. »Bei Flug und Fall wirkt eine Stellung auch manchmal aussichtslos, und doch ist man nur wenige Züge vom Sieg entfernt. Man braucht die Fähigkeit, den Blick zu weiten. Die selten bespielten Ebenen zu sehen.«

»Aber uns gehen die Spielfiguren aus«, ließ sich Quilûn auf ihr Bild ein.

»Die wichtigsten haben wir noch«, beschwor sie ihn. »Dich. Mich. Kyrin. Mehr brauchen wir nicht. Und diese Figuren stehen perfekt für den entscheidenden Zug.«

Verständnislos schüttelte Quilûn den Kopf. Zwar waren auch ihre Feinde geschwächt, aber was von Haus Schneegrund übrig war, reichte noch nicht einmal aus, um ein einziges Kastell zu stürmen. Auch der Fledermausmann war verschwunden, statt zu Kyrin zurückzukehren, nachdem er seinen Auftrag als Packtier erledigt hatte.

»Wohin soll dieser entscheidende Zug führen?«

Semire küsste Quilûn zärtlich auf die Wange. »In die Tiefe. So tief hinab, wie vor uns noch kein Sterblicher gegangen ist.«

# VIER
# *In der Tiefe*

»Kannst du mir hiermit helfen?« Kyrin hielt die losen Enden des Trauerbandes zwischen den Fingern ihrer rechten Hand. »Der Knoten hat sich wieder gelöst.«

»Sicher.« Quilûn zog das Band um ihren linken Oberarm zusammen. Fest genug, damit es nicht verrutschen würde, aber nicht so fest, dass es ins Fleisch geschnitten hätte.

Quilûn verknotete das Band sorgfältig. Sein Blick war so konzentriert wie bei einem Schleifer, der einen Diamanten bearbeitete.

Er machte keine Bemerkung zu dem Anlass, aus dem Kyrin dieses Zeichen der Trauer trug. Ihr Zwillingsbruder war tot. Anthurel, der mit ihr gemeinsam in die Welt gekommen war. Der das Elend des Lebens auf der Straße mit ihr geteilt hatte. Der im Wolkenbruch in der Wildnis eines Almahn-Tals ein Kaninchen gejagt hatte, um ihr einen weiteren Tag Hunger zu ersparen. Den sie mit der Suppe aus einem gestohlenen Huhn gefüttert hatte, damit das Fieber abklang, das der Erkältung nach diesem Jagdgang gefolgt war. Der ihr engster, anfangs sogar ihr einziger Verbündeter in der Schule und in der Magierwerkstatt gewesen war, wo Graf Golar die Geschwister hatte ausbilden lassen. Der sie besser gekannt hatte als jeder andere Mensch, auch wenn sie ihm den Traum des Grafen nie enthüllt hatte.

Jetzt war Anthurel tot, aufgespießt in der Kaverne unter dem

Dunkelsee. Anfangs hatte Kyrin befürchtet, dass Quilûn seine Macht als Graf hätte einsetzen wollen, um die Leiche zu bergen und sie verbrennen zu lassen. Das wäre eine Dummheit gewesen, die Ahnen des Hauses Schwingenpracht waren ihre Feinde und das Haus Schneegrund war bereits katastrophal geschwächt. Dennoch hatte Quilûn anfangs so betroffen gewirkt, so voller Mitleid, dass er die notwendigen Abwägungen außer Acht hätte lassen können.

Seit seine Tante auf der Wiese oberhalb der Stadt gestorben war, griff er jedoch keine Andeutung mehr auf, die Kyrin zum Tod ihres Bruders machte. Auch jetzt schien es ihm ausschließlich darum zu gehen, dass der Knoten perfekt war.

Quilûn betrachtete sein Werk mit dem Blick, mit dem jemand, der einen Empfangssaal mit Blumen schmückte, ein Gesteck musterte, und nickte zufrieden. Die Quadra veränderte sein Gefühlsleben. Er empfand die Dinge intensiv, aber dann arbeitete er sie in seine Bilder ein, und es schien beinahe, als könnten die Emotionen nur entweder in seinem Herzen oder in einem seiner Gemälde sein. So, wie eine Seele aus einer Leiche heraus- und in eine Statue hineinwanderte, um einen Imagolem zu schaffen, und dann nicht mehr in dem Körper vorhanden war, den sie verlassen hatte.

Die beiden Imagolems, die noch in den Diensten von Haus Schneegrund standen, stellten die letzten von Quilûns Bildern an der gewölbten Wand im Eingangsraum des Sanktuariums ab. Damit vervollständigten sie die Galerie der Verstörung. Schreckliche, brutale Formen mit Zacken, unterbrochenen Linien und Farben, die sich bissen, wenn sie aneinanderstießen, herrschten vor. Aber man konnte sich nicht daran gewöhnen, nicht abstumpfen, denn manchmal fanden sich auch harmonische Kreise und zarte Darstellungen, so wie ein helles Gespinst, das sich aus all der Gewalt löste, um in einen Himmel voller Verheißung zu entschweben.

Die zwei Dutzend Gemälde standen dicht nebeneinander und füllten so den Platz an der Wand weitgehend aus. Eine größere Lücke gab es schräg gegenüber dem Eingang, wo der einzige Gang in den von rotem Leuchten erfüllten Raum mündete. In diesem Gang schien ein Licht, das sich aber hinter einer Biegung befand, sodass Kyrin seine Quelle nicht erkannte.

Die Imagolems zogen sich zurück. Einer von ihnen war Asmodel, dessen Treue Kyrin mit Dankbarkeit erfüllte. Zu dem Loch in seiner Stirn, das sie ihm beigebracht hatte, um dort den Kristall für die Verständigung mit dem Gravioner Buldagohm einzusetzen, waren viele Verletzungen hinzugekommen. Am schlimmsten stand es um seinen linken Unterarm, den er beinahe vollständig verloren hatte.

Stumm verließ er mit seinem Kameraden das Sanktuarium.

Jetzt war Kyrin mit Quilûn und Semire von Schneegrund allein. Sie lieferten sich den Geistern der Tiefen Häuser aus. Darin sah Semire die einzige Möglichkeit, Brotan zurückzubekommen. In der Nacht hatte sie gefleht, und sie wäre wohl sogar auf die Knie gefallen, wenn Quilûn nicht zugestimmt hätte.

Obwohl Kyrin die Sehnsucht der anderen Frau verstand, war sie nicht hier, um sie wieder mit ihrem Liebsten zu vereinen. Viele Menschen hatten diejenigen verloren, die sie liebten. In diesen Tagen war das normal.

Aber Graf Golars Traum gab es nur einmal. Obwohl er Quilûn zu seinem Erben eingesetzt hatte, spürte Kyrin die Verantwortung für sein Vermächtnis. Golar hatte die Flamme der Hoffnung in ihr entzündet und genährt, in endlosen Gesprächen im Bleikeller, wo kein anderer zugehört hatte. Nun waren die meisten Gruppen von Revolutionären zerschlagen oder sie hatten das Interesse an ihrem Traum von Freiheit verloren, weil die Anhänglichkeit an ihre alten Herren ihnen wenigstens ein Minimum an Sicherheit und Versorgung versprach. Wenn es noch welche gab, die ernsthaft kämpften, hatte Kyrin den Kontakt zu ihnen verloren. Dennoch weigerte sie sich aufzugeben. Die Kerze, die Golar entzündet hatte, sollte nicht verlöschen, ohne dass Kyrin alles versucht hätte, mit ihrer Flamme ein Feuer zu entzünden, an dem sich die Elenden und Unterdrückten wärmen könnten.

Das Licht im Gang bewegte sich. Es kam in den Bereich, den Kyrin einsehen konnte. Es ging von einer dieser Kreaturen aus, bei denen Reife um einen Klumpen flüssigen Feuers kreisten. Sie näherte sich auf einem halben Dutzend kurzer Steinsäulen, die sich drehten und kippten.

»Warum bist du hier, Quilûn?«, fragte Kyrin.

»Sie verlangen nach meinen Gemälden, weil sie diese Bilder für etwas sehr Wichtiges verwenden wollen«, sagte er. »Ich will die Bedeutung meiner Kunst ergründen.«

Mit gemischten Gefühlen sah Kyrin ihn an. Einerseits bewunderte sie ihn, weil er etwas erschuf, das niemand sonst fertigbrachte. Andererseits war er beinahe *nur noch* Künstler. Quilûns Kunst erschien Kyrin wie eine dieser Maden, die ihren Wirt von innen heraus auffraßen.

Das Feuerwesen trat mit knallenden Schritten in das rote Licht des Raumes. Aber auch nachdem es stehen blieb, vernahm Kyrin das Knallen noch. Schwächer, weiter entfernt … Es kam aus dem Gang. Nahten weitere Kreaturen dieser Art?

»Es ist gut«, verkündete das Wesen mit prasselnder Stimme, »dass du gekommen bist, um deine Pflicht zu erfüllen, Semire von Schneegrund.«

Es wunderte Kyrin, dass die Kreatur zuerst die Gräfin ansprach, nicht den Grafen. Drückte das Anerkennung für Semires Verdienste aus? Hatte sie etwa im Auftrag der Ahnen gehandelt, als sie die Stadt mit einem Feuersturm überzogen hatte? Auf dem Weg zu den Ruinen der Zauberwerkstatt hatte Kyrin nur noch rußgeschwärzte Trümmer gesehen, eine dermaßen leblose Albtraumlandschaft, dass nicht einmal mehr Ratten oder Krähen darin nach Essbarem suchten.

»Dir obliegt es, den Künstler in die Tiefe zu bringen«, fuhr das Feuerwesen fort. »Die Tiefen Meister werden euch keinen gefahrlosen Weg ebnen können, aber für euren Schutz ist gesorgt.«

Durch den Gang näherte sich ein weiteres Steinwesen, aber es war von anderer Natur als der Bote. Es bestand aus mehreren Segmenten, wie ein Insekt, und bewegte sich wie eine Raupe auf über einem Dutzend Beinen. Der Kopf dieser Kreatur erinnerte mit seinen großen Augen und den beiden Fühlern an eine

Ameise, hatte jedoch keinen Mund. Als sie in den Raum lief, sah Kyrin, dass jedes der drei Schritt langen Segmente eine offene Truhe war. In zweien davon lag jeweils eine in Komponenten zerlegte Rüstung aus einem hellblauen Material.

Kyrin nahm eine Armschiene heraus. Sie war dünn wie Leder und ebenso leicht, aber die Magierin fühlte unzweifelhaft Stein.

Das Feuerwesen machte einige Schritte auf sie zu. »Der Schutz ist nicht für dich bestimmt, sondern für die Gräfin und den Grafen. Lege das Teil zurück.«

Kyrin gehorchte, sah aber Quilûn in die Augen. »Ich werde dich nicht allein gehen lassen. Auf keinen Fall. Ich bleibe bei dir.«

Er lächelte. »Wir brauchen eine weitere Rüstung«, sagte er.

»Es gibt nur diese beiden«, erwiderte das Feuerwesen.

»Dann gehen wir wieder und kehren zurück, wenn ihr auch eine Rüstung für Kyrin angefertigt habt.« Er nahm ihre Hand. »Wir gehören zusammen, und was auch immer es ist, dem ich mich in der Tiefe zu stellen habe: Ich werde es gemeinsam mit ihr tun.«

Seine Wärme rührte Kyrin, aber sie verwirrte sie auch. Quilûns Emotionen flatterten wie ein Wimpel in böigem Wind.

Das Feuerwesen trippelte auf seinen Säulen, eine leichtfüßige Bewegung, die auf paradoxe Weise mit dem Knallen kontrastierte, das jedes Aufsetzen begleitete. »Wir werden deinen Wunsch erfüllen.«

»Es ist eine Forderung, kein Wunsch«, stellte Quilûn lächelnd fest.

Semire löste die Verschnürung seines Wamses. »Streit ist unnötig«, sagte sie. »Du bekommst, was du willst.«

»Aber es wird seine Zeit dauern«, überlegte Quilûn. »Wann sollen wir wiederkommen?«

»Säumt nicht«, forderte das Feuerwesen sie auf. »Die Beschränkungen eures Handelns sind uns fremd. Das Gewünschte nimmt bereits Form an.«

Während sich Quilûn und Semire entkleideten, lud die Raupe

die Rüstungsteile aus, zu denen auch ein wattiertes Untergewand gehörte. Danach hob sie die Bilder auf und deponierte sie in den truhenartigen Segmenten. Sie benutzte ihre Beine dazu, die in Füßen mit Greifklauen ausliefen. Damit ging sie erstaunlich geschickt um, keine Leinwand erlitt auch nur den kleinsten Riss.

Selbst dann nicht, als ein plötzliches Beben den Raum erschütterte. Kyrin stützte sich am Kopf der Raupe ab, die sich nicht daran störte.

Als sich der Boden beruhigte, fuhren Quilûn und Semire fort, sich zu rüsten. Die Panzerung war umfassend, sie verschwanden völlig darunter. Sogar die Augen lagen hinter geschliffenem Kristall. Wegen der unterschiedlichen Gestalt – Quilûn war eine Handbreite größer und an den Hüften schmaler – konnte Kyrin sie dennoch auseinanderhalten. Außerdem war der Schneekristall auf Quilûns Brustplatte dunkelblau, auf Semires strahlend weiß.

Quilûn bückte sich nach den beiden Lederzylindern, die mit dem Dampf der Quadra getränkte Tücher enthielten. Als er nach dem ersten greifen wollte, schoss eine unterarmlange Klinge unter seinem Handgelenk hervor. Sie war waagerecht angebracht, mit den Schneiden auf den Seiten von Daumen und kleinem Finger, und bohrte sich in den Steinboden neben dem Zylinder.

Quilûn zuckte zurück und richtete sich wieder auf.

»Eure Waffen kommen hervor, wenn ihr den Handballen nach vorne drückt«, erklärte das Feuerwesen. »Sie sind unzerbrechlich und schneiden sogar Stein.«

Ein längliches Loch im Boden bewies diese Behauptung.

Semire streckte die Arme zu den Seiten und führte die beschriebene Bewegung aus. Blitzschnell kamen die Klingen auf beiden Seiten zum Vorschein. Sie vollführte einige Schwünge, die für ihre Verhältnisse unbeholfen aussahen. Vielleicht musste sie sich erst an die Rüstung gewöhnen.

»Was für Feinde sollen wir damit bekämpfen?«, fragte Kyrin. »Was erwartet uns dort unten?«

Zunächst glaubte sie, das Feuerwesen erachte sie keiner Antwort für würdig, aber dann sprach es doch. »Steinmeister Agohn hat für einen Sterblichen erstaunliches Wissen angesammelt, und er wendet es kreativ an. Er hat sich mit denen zusammengetan, die sich schon lange zurückgesetzt fühlen.«

Kyrin dachte an die Elenden und Unterdrückten in der Stadt, aber Semire verstand die Andeutung des Wesens richtig. »Die gefallenen Häuser«, sagte die Gräfin. »Haus Schwingenpracht und seinesgleichen.«

»Sie sehen den rechten Moment zum Aufstand gekommen«, bestätigte die prasselnde Stimme.

Aus dem Gang kam eine kindergroße Statue mit dem Kopf einer Katze, die einen viel zu groß wirkenden Rucksack schleppte, den sie vor Kyrin abstellte. Schon am Klappern erkannte die Magierin, dass er Steinteile enthielt. Ihre Rüstung war eingetroffen. Auf den ersten Blick sah sie, dass auch dieser Panzer maßgefertigt war. Die Meißel der Ahnen mussten ungleich schneller arbeiten als jene der Sterblichen. Sie beeilte sich, die Schiene für ihren Bruch und ihre Kleidung abzulegen. In der Hast machte sie eine ungeschickte Bewegung, die einen stechenden Schmerz durch ihren Oberarm schickte. Auf der linken Seite zerriss das Trauerband, ohne dass es jemand außer ihr bemerkt hätte.

»Ihr sagtet, die Tiefen Meister wären außerstande, uns zu helfen.« Semires Stimme hallte wegen des geschlossenen Helms. »Woran liegt das? Ist ihre Macht nicht gewaltig?«

»Eine ebenso große Gewalt steht ihnen entgegen«, sagte das Feuerwesen. »Sie müssen die Kristallschlange im Dämmerschlaf halten. Darin sind sie uneins.«

»Was bedeutet das – ›uneins‹?«, hakte Semire nach. »Hadern sie mit Worten? Oder kämpfen sie untereinander?«

Das schwache Beben, das durch den Boden zitterte, erschien Kyrin wie eine Antwort.

»Sie streiten um den rechten Weg«, antwortete das Feuerwesen, ohne auf die eigentliche Frage einzugehen. »Manche bezweifeln, dass es notwendig ist, den Künstler in die Tiefe vorzulassen, und wollen an den alten Methoden festhalten.«

Das Beben wurde stärker.

»Beeilt euch!«, drängte das Feuerwesen. »Nehmt den Gang in die Tiefe. Er wird euch weit leiten. Danach folgt dem Lichtstrahl, in dem diese Blume erblüht.«

Mit dem vordersten Bein auf der linken Seite griff die Raupe in ihr erstes Segment und holte eine Pflanze heraus, die sie Semire reichte. Sie wuchs aus der Mitte eines steinernen Schneekristalls, erst auf der Hälfte des Stängels ergrünte sie. Aus wuchernden Blättern schob sich eine geschlossene Blüte, doppelt faustgroß und geformt wie ein Ei.

Semire nahm die Blume.

Knirschend und klappernd lief die Raupe einen Halbkreis, sodass ihr Kopf nun auf die Dunkelheit des Gangs zeigte.

Vorsichtig hob Quilûn die beiden Zylinder mit dem Quadradampf auf und legte sie in eines der truhenartigen Segmente, da die Rüstungen keinen Gürtel hatten, an dem er sie hätte befestigen können. Kyrin tat es ihm mit dem Futteral gleich, das ihre Meißel enthielt, und legte den Hammer daneben. Die Magierschürze ließ sie zurück. Sie hatte das Gefühl, sie nicht mehr zu brauchen. Außerdem fühlte sie sich nicht wie ihre eigene an. Die war beim Herzen des Berges zurückgeblieben, als sie dort die Ströme der Macht gewendet hatte. Aber den Kristall mit dem grünen Zwerg, der immer tanzte, wenn Magie in der Luft lag, nahm sie mit.

»Beeilt euch«, drängte das Feuerwesen nochmals. »Ihr müsst den Bilderwall erreichen, bevor die Kristallschlange erwacht und in ihrem Zorn den Berg zum Einsturz bringt.«

»Ich mache, so schnell ich kann«, verteidigte sich Kyrin und zog das wattierte Gewand über den Kopf.

»Ich helfe dir.« Quilûn hob ihren Brustpanzer auf. Er zeigte kein Wappen, weder weiß noch blau.

Der gewundene Gang führte sie abwärts, meilenweit. Die Rüstung saß bei Quilûn so gut, als hätte ein Schmied nicht nur genau Maß genommen, sondern auch jede Armschiene, die Gemächtkapsel, Bauch- und Brustplatte, den Rückenpanzer, die Halskrause, die Handschuhe und alle anderen Teile noch einmal nachgeformt, bis sie perfekt passten. Die Geräusche, die diese Komponenten machten, wenn sie aneinanderstießen oder übereinanderschabten, verrieten jedoch, dass sie aus Stein und nicht aus Metall gefertigt waren. Auch die Raupe, die den drei Menschen in geringem Abstand folgte, machte Geräusche von sich bewegendem Stein, wie ein Trupp Imagolems.

Licht gab es in dem Gang nicht. Dennoch sahen sie gut. Die geschliffenen Kristalle, die in den Sichtöffnungen der Helme eingesetzt waren, ließen die Umgebung erscheinen wie in ein sanftes, bläuliches Leuchten getaucht.

»Denkst du, es ist ein Verbrechen, einen Menschen zu töten, Semire?«, fragte Quilûn.

»Das kommt darauf an, unter welchen Umständen es geschieht«, antwortete sie.

»Ein Mensch ist ein Kunstwerk«, sagte er. »Jeder ist einzigartig. Niemanden kann man wiederherstellen, wenn er einmal zerstört ist.«

»Was willst du mir damit sagen?«, fragte Semire von Schneegrund.

»Dass du eine Verbrecherin bist.«

Abrupt blieb sie stehen.

Wegen des Helms sah er ihren Gesichtsausdruck nicht, aber die Augenöffnungen waren auf ihn gerichtet. »Wir stehen auf derselben Seite.«

»In manchen Dingen, ja.« Die Schulterschalen seiner Rüstung klapperten, als er mit den Achseln zuckte. »In anderen nicht. Wir sind vermählt, aber das diente lediglich dazu, unsere Macht zu sichern. Wir beide lieben andere Menschen. Ich lebe für eine Kunst, die du nicht verstehst. Du bringst mich zum Tiefen Meister des Hauses Schneegrund, aber nicht aus Treue zu deiner Familie, sondern wegen eines Handels. Und ich will die neue Ordnung deines Vaters erblühen sehen, die …«

»Das sollten wir an diesem Ort nicht besprechen«, unterbrach Kyrin ihn.

Semire sah ihn noch immer an.

»Ich meine nur«, sagte Quilûn zu Semire, »dass du viele Menschen umgebracht hast, um deine Ziele zu erreichen. So wie jeder Raubmörder, nur, dass es dich nach anderen Dingen verlangt als nach Silber. Du willst Anerkennung, und du willst, dass die Welt sich nach deinen Wünschen richtet.«

»Und jetzt? Soll ich mich bei den Toten entschuldigen?«

»Ich möchte wissen, ob du es bereust.«

»Dafür habe ich keine Zeit«, sagte sie. »Du übrigens auch nicht. Wir haben es eilig.«

Sie gingen weiter. Ihre Schritte hallten von den Wänden wider. Quilûns Mund war trocken. Er überlegte, ob er die Quadra aus der Raupe nehmen und sich einen Zug gönnen sollte, aber er wollte sparsam mit seinem Vorrat umgehen, weil er nicht wusste, wie lange er damit auskommen musste. Er wusste noch nicht einmal, woher er Nachschub bekommen sollte, wenn sie zurück an der Oberfläche wären. Nach Emalas Versteinerung waren die Gravilier in Auflösung begriffen.

Der Weg mündete in eine natürliche Kaverne. Ein Bach plätscherte zwischen den Stalagmiten, es gab sogar einen kleinen Wasserfall in der Mitte der Höhle. Drei Lichtstrahlen fielen durch Löcher in der Decke, trafen auf Spiegel, die in waghalsiger Höhe an Stalaktiten angebracht waren, und wurden von ihnen zur Seite geleitet. Dreißig Schritt über dem Boden stachen sie in einen Tunnel, der für Fußgänger nicht zu erreichen war. Unter ihm machte Quilûn jedoch eine weitere Öffnung aus, die nach einem Gang aussah.

»Ich denke, das ist unsere Richtung«, meinte er.

Als sie am Wasserfall angelangten, der über eine Klippe von fünf Schritt Höhe stürzte, erschütterte ein Beben die Kaverne. Auch in dem gewundenen Gang war es mehrfach zu Beben gekommen, aber dort hatten sie keine andere Auswirkung gehabt, als dass die Wanderer gestürzt waren. Hier jedoch lösten sich Steinkeile aus der Decke und fielen herab.

Zwar erlaubte der Helm eine gute Sicht, was die Helligkeit betraf, aber die Öffnungen für die Augen begrenzten das Blickfeld und der Kopf ließ sich schlecht in den Nacken legen. Quilûn sah den Brocken nicht, der ihn am Rücken streifte und nach vorne warf.

Er schlitterte den Hang neben dem Wasserfall hinunter, wobei er sich mehrfach überschlug. Gestein knallte und krachte um ihn herum, doch die Rüstung schützte ihn. Als er unten ankam, fühlte er sich ordentlich durchgeschüttelt, aber unverletzt. Liegend wartete er das Ende des Bebens ab, wobei er die Arme schützend über den Kopf legte.

Erst, als die Erde nur noch schwach zitterte, stand er auf. »Geht es euch gut?«, rief er den beiden Frauen zu.

Kyrin und Semire bestätigten.

»Aber einige deiner Bilder hat es erwischt«, sagte Semire.

»Was?« Eilig kletterte Quilûn auf allen vieren den Hang wieder hinauf und eilte zur Raupe.

Ihre truhenartigen Segmente waren nach oben hin offen. Sie boten keinen Schutz vor herabfallenden Steinen. So betrachtet war es pures Glück, dass es nur einen der Behälter getroffen hatte. Die Rahmen der vier Bilder darin waren gebrochen, was der geringere Verlust war. Die Leinwände waren verknittert, sogar an einigen Stellen gerissen. Selbst, wenn man sie vorsichtig wiederherstellte, würde jemand mit einem geschulten Blick – jemand wie Quilûn – die Beschädigung immer erkennen.

Mit pochendem Herzen klappte er die Bilder hin und her, um herauszufinden, um welche es sich handelte. Eines zeigte den Zerfall, Vorbild waren die Überreste des Kartenturms gewesen. Ein anderes den Nebel des Almahn, wie er über den Platz der Reue zog, verarbeitet als Stimmung des Vergessens über ungehörter Verzweiflung. Dann ein vollkommen zerschlagener Imagolem, als solcher natürlich nicht zu erkennen, aber die Hoffnungslosigkeit nach einem langen Dienst für ein Ziel, das man selbst nicht verstand, war zu erspüren. Zuletzt die Schärfe einer Schwertklinge, die nach Blut dürstete. Das Gemälde von Tante Bûnas Tod, auf dem das Gespinst ihrer Seele die Freiheit erlangte, war zum Glück nicht dabei. Diesen Verlust hätte Quilûn nicht verwunden.

»Der Weg ist verschüttet!«, rief Semire.

Quilûn hatte wohl einige Zeit mit den Bildern verbracht. Die beiden Frauen waren schon zu der Wand vorausgegangen, wo in der Höhe die Lichtstrahlen verschwanden. Semire stand vor einer Halde aus frisch heruntergebrochenem Gestein, während Kyrin an der Wand klebte.

Nein, sie kletterte. Sie benutzte die Klingen, die an den Handgelenken aus ihrer Rüstung kamen, und rammte sie in den Stein vor sich. Das gab ihr genug Halt, um sich nach oben zu ziehen und nach Tritten für die Füße zu suchen. Quilûn wunderte sich, dass sie den noch nicht ausgeheilten rechten Arm so stark belasten konnte.

»Lass das«, forderte Semire sie auf. »Selbst, wenn wir es nach oben schaffen – wie sollen wir die Bilder dort hochbekommen?«

Quilûn betrachtete die Raupe. Auch zu dritt und sogar, wenn sie Seile oder Ketten dabeigehabt hätten, wären sie nicht kräftig genug gewesen, um die steinerne Kreatur zu der Tunnelöffnung hinaufzuziehen, in die das Licht stach. »Semire hat recht!«, rief er. »Wir müssen einen anderen Weg finden.«

»Nehmt diesen!«, rief jemand von links.

Quilûn wirbelte herum.

Im Dunkel eines senkrecht verlaufenden Felsspalts, aber durch die Kristalle im Helm enthüllt, stand ein Wesen, dem er bereits mehrfach begegnet war. Es hatte ihn gerettet, als er ein Junge gewesen war.

Der Mann trug ein feucht schimmerndes Gewand, das wie ein langes Hemd fiel, aber aus mehreren Stoffbahnen gelegt war. Seine bläuliche Haut war nicht glatt wie bei einem Menschen, sondern bestand aus aneinandergesetzten Flächen, die im Gesicht kleiner, an den freien Unterarmen dagegen größer waren. Er hatte weder Haare noch Ohrmuscheln.

Quilûn machte vier eilige Schritte auf ihn zu, verharrte dann jedoch, um ihn nicht zu verscheuchen. »Ich kenne dich.« Er drückte den Panzerhandschuh auf die Brustplatte seiner Rüstung. »Ich bin Quilûn.«

»Ich heiße Hulohn.« Der Mann hatte eine angenehm tiefe

Stimme. »Ich will euch helfen. Ihr müsst einen Umweg gehen, aber ich werde euch ans Ziel führen.«

Quilûn winkte den Frauen. »Kommt zurück! Es geht hier lang.«

Auch die Raupe reagierte auf sein Rufen. Ihre vielen Beine bewegten sich in einer Art Welle, sodass es aussah, als würde sie kriechen. So wendete sie und richtete sich auf den Felsspalt aus.

Vorsichtig trat Quilûn näher.

Der Mann machte keine Anstalten, zu fliehen. Offen sah er ihm entgegen.

Quilûn musterte ihn genau. Er versuchte, jede Einzelheit in sich aufzunehmen, wie das Fehlen von Fingernägeln oder die metallischen Wimpern. In seinem Kopf entstand der Entwurf für ein Gemälde. Der Schmerz um den Verlust seiner Eltern wäre darin zu spüren, aber das wäre nur ein Nachhall, eine Seitennote. Die Hauptstimmung wäre positiv. Vertrauen, Dankbarkeit, Erleichterung. Den Blauschimmer der Haut würde Quilûn als Grundierung verwenden und wärmere Farben darauf auftragen.

Wieder verlor er das Gefühl für die Zeit. Er erschrak, als Semire neben ihn trat. »Es könnte eine Falle sein«, raunte sie ihm zu.

Der Maler lachte auf. »Dieser Mann hat mich gerettet, bevor du mich damals im Berg gefunden hast, als wir noch Kinder waren. Er will uns nichts Böses.«

Quilûn ging voran.

Auch aus der Nähe betrachtet war kein Zeichen zu entdecken, dass Hulohn gealtert wäre. Das sprach dafür, dass es sich bei ihm um so etwas wie einen Imagolem handelte. Aber Quilûn erinnerte sich genau daran, dass sich seine Haut anders anfühlte. Nicht so weich und so warm wie bei einem Menschen, aber auch nicht so hart wie Stein.

Sie folgten Hulohn in den Spalt, der sich weit in den Fels fortsetzte. Er war nicht als Weg ausgebaut, es gab keinen flachen Boden. An einigen Stellen ging Quilûn breitbeinig, mit einem Abgrund zwischen den Füßen. An anderen quetschten sie sich auf einem schmalen Sims entlang.

Die Raupe erwies sich als geschickt, was auch an ihren Fußklauen lag, mit denen sie sich an Vorsprüngen festhielt. Schwierigkeiten bereitete ihr eine Stelle, die auch die Menschen nicht aufrecht gehend passieren konnten. Wo sich Quilûn, Kyrin und Semire bückten, musste die Raupe ihren Körper so tief absenken, dass die Segmente über den Boden scharrten. Sie sortierten die Bilder um, damit sie nicht gegen die niedrige Decke stießen.

Ein Beben zitterte durch den Berg.

Quilûn schluckte. Hier war es sehr eng. Wenn es zu Verwerfungen käme, könnten sie nicht ausweichen. Sie würden im Fels zerquetscht. Selbst, wenn die Rüstungen dem Druck standhalten sollten, könnten sie für immer eingeklemmt bleiben.

Doch es ging gut. Das Zittern klang ab.

Der Spalt machte mehrere harte Biegungen, die grob einem Halbkreis folgten. So gelangten sie in eine weitere Kaverne, die die Lichtstrahlen auf halber Höhe von rechts nach links durchschnitten. Hier tropfte Wasser in einen Teich, den ein Bach speiste, bei dem es sich um denselben handeln mochte wie in der Höhle zuvor.

Eine Affenhorde tummelte sich auf den Felsen um das Gewässer. Die Tiere waren aufgeregt. Sie tobten durcheinander, stießen sich gegenseitig von ihren Plätzen, drohten mit beeindruckenden Zähnen.

»Die Beben machen sie nervös«, erklärte Hulohn. »Ich kann es spüren.«

»Du kannst dich in die Affen einfühlen?«, vergewisserte sich Quilûn.

»Ich spüre auch deine Gefühle.« Hulohn sah ihm in die Augen. »Die große Frage danach, wer du bist.«

Quilûn runzelte die Stirn. »Ich glaube nicht, dass ich mir diese Frage stelle.«

»Doch, das tust du. So wie sie«, Hulohn sah Kyrin an, die nun aus dem Spalt trat, »dich vorbehaltlos liebt. Ihr Herz würde brechen, wenn dir etwas zustieße. Und sie«, Semire kam in die Kaverne, »ist mir am ähnlichsten. Das macht mir Angst.«

»Weshalb?«, fragte Quilûn. »Was wünschst du dir?«

»Freiheit. Doch ich fürchte mich auch davor. Sie auch, aber sie gesteht sich ihre Furcht nicht ein.«

»Könnt ihr dieses Gespräch fortführen, wenn wir den Berg gerettet haben?«, blaffte Semire sie an.

Sie schritt voraus. Die Raupe wartete, bis die anderen drei der gerüsteten Gräfin folgten.

Die Kaverne war nicht besonders groß. Um zu der Seite zu kommen, wo die Lichtstrahlen verschwanden, mussten sie nahe an den Affen vorbeigehen.

Das schien einem Tier mit prächtiger Mähne zu missfallen. Mit aufgerissenem Maul fauchte es sie an.

»Ganz ruhig«, sagte Quilûn. »Wir wollen nur …«

Es sprang ihn an. Seine Beine bewiesen erstaunliche Kraft, aus der hockenden Position heraus überbrückte es einen Abstand von drei Schritt.

Abwehrend riss Quilûn die Arme hoch.

Der Affe klammerte sich daran und biss zu. Klackend trafen seine Zähne auf den steinernen Schutz.

Es handelte sich wohl um ein Leittier. Andere aus der Horde schlossen sich ihm an. Ihr Angriff galt Semire und Kyrin ebenso wie Quilûn. Hulohn und die Raupe dagegen sahen sie anscheinend nicht als Feinde an.

Semire ließ die Klingen unter ihren Handgelenken hervorschnellen und schlitzte den Affen die Bäuche auf. Kreischend fielen mehrere Tiere auf den Boden und wälzten sich herum.

Quilûn beschränkte sich auf Stöße mit Fäusten und Ellbogen. Er glaubte nicht, dass ihm die Zähne und Klauen gefährlich werden könnten. Als jedoch so viele Affen an ihm hingen, dass sie drohten, ihn umzureißen, kam Semire ihm zu Hilfe und stach einen Angreifer ab, der an Quilûns Helm riss.

Mit halbherzigen Tritten schüttelte Quilûn weitere Tiere ab und setzte seinen Weg fort, so gut es ging.

Der Anführer der Horde hockte zwischen den schwer verletzten Untertanen, die Semires Klingen übel zugerichtet hatten. Er kreischte und hüpfte. Offenbar war er intelligent genug, sein Volk vor weiterem Schaden zu bewahren. Die Horde zog sich zurück.

Semire ließ die Klingen wieder verschwinden. »Wie steht es um eure Rüstungen?«

Sie kontrollierten sich gegenseitig. Nirgendwo war ein größerer Schaden zu erkennen als vereinzelte Schrammen.

»Was ist mit deinem Arm?«, fragte Quilûn Kyrin.

»Dieser Panzer versorgt den Bruch besser als jede Schiene.« Sie drehte den rechten Arm in Schulter und Ellbogen. »Ich werde den Clerroniten empfehlen, Verletzte in Rüstungen zu stecken.«

Ein weiteres Zittern im Boden verschreckte die Affen, erstarb aber schnell wieder.

»Wir sollten jetzt endlich vorwärtskommen«, mahnte Semire.

Die Lichtstrahlen trafen im hinteren Teil der Kaverne auf Spiegel, die sie zwar grob in dieselbe Richtung lenkten, aber doch in unterschiedliche Öffnungen. Eine davon lag zu weit über dem Boden, als dass die Raupe zu ihr hätte emporklettern können. Die anderen waren über sanfte Anstiege zu erreichen.

»Wir müssen den linken Weg nehmen«, sagte Hulohn.

»Tatsächlich?«, fragte Semire.

Sie holte die Pflanze, die das Feuerwesen ihr gegeben hatte, aus dem vordersten Segment der Raupe, und stieg zum mittleren Durchgang hinauf. Dort fasste sie die Blume an der Basis, dem wie ein Schneekristall geformten Stein, und hielt sie in den Lichtstrahl. Das edle Grau und das frische Grün kamen gut zur Geltung, aber sonst tat sich nichts.

Wortlos schritt Semire zum linken Strahl und wiederholte die Prüfung. Nun klappten die grünen Blätter auf, die den Blütenkelch schützten. Sie offenbarten eine Pracht, die in allen Farben des Regenbogens auffächerte.

Trotz der Rüstung fühlte Kyrin die Wärme des Lichts in ihrem Rücken. Schon eine ganze Weile war der Tunnel so eng, dass der Strahl ihn nahezu vollständig ausfüllte. Sie mussten in ihn hineintreten, um vorwärtszukommen. Kyrin fragte sich, ob man die

Verdunkelung, die sie dadurch bewirkten, dort bemerken würde, wohin das Licht sie führte.

Die anderen gingen vor ihr. Hinter ihr klackten nur die Beine der Raupe, die unermüdlich Quilûns Bilder ihrem Ziel entgegentrug.

Kyrins eigener Schatten verbarg die Unebenheiten des Bodens. Sie sah nach unten, um zu vermeiden, dass sie stolperte.

*Vorbehaltlose Liebe* … Sie dachte über Hulohns Behauptung nach, dies sei die Empfindung, die sie Quilûn entgegenbrächte. Was bedeutete das überhaupt – *vorbehaltlos?*

Sie war hier, tief im Berg, weil das Quilûns Weg war. Kyrin hatte ihn nicht infrage gestellt, obwohl Quilûn sich nur wegen Semires Behauptungen darauf eingelassen hatte. Kyrin mochte Semire, sie bewunderte die Kriegerin sogar. Aber viele Menschen hatten einen hohen Preis dafür gezahlt, ihr zu folgen. Wäre es da nicht angeraten gewesen, genauer zu erforschen, was wirklich hinter dieser Reise zu den Tiefen Meistern stand?

Kyrin war eine Magierin, die Geheimnisse des Steins sollten sie interessieren, und damit auch die Macht, die im Berg lag. Das schloss die Geister und die Tiefen Meister mit ein. Jedem anderen Zauberer hätte sie geglaubt, dass er aus Wissensdurst hier herabstieg. Aber bei ihr selbst war das nicht der Grund.

Es war tatsächlich Quilûn. Allenfalls noch ein wenig die Hoffnung, dass die Tiefen Meister wirklich einen Weg aufzeigen würden, eine Seele aus ihrem steinernen Gefängnis zu befreien. So könnte sie Abuliar, ihrem Mentor, helfen. Aber dafür allein hätte sie sich nicht dieser Gefahr ausgesetzt.

Es blieb dabei, dass Kyrin wegen Quilûn hier war. Sie hatte noch nicht einmal darüber nachgedacht, ihn zurückzuhalten oder auch nur die Gefahren abzuwägen. Sie hatte nur in seiner Nähe bleiben wollen. Nach ihrem Bruder wollte sie nicht auch noch den Mann verlieren, den sie liebte. Wäre sie zurückgeblieben, hätte die Sorge um ihn sie zu einem Nervenbündel gemacht.

Also stimmte es – *vorbehaltlose Liebe?*

Zu Graf Golar hatte Kyrin ebenfalls eine tiefe Zuneigung empfunden, aber er hatte sie auch gelehrt, all ihre Impulse mit dem Verstand zu überprüfen. Das hatte er *überlebenswichtig* genannt. Wenn man eine Revolution vorbereitete, traf das zweifellos zu. War es klug, in der Liebe auf einen solchen Schutz zu verzichten? Sich ohne nachzudenken fallen zu lassen?

Sie schloss zu Hulohn auf. In der Helligkeit des Lichtstrahls glänzten seine Wimpern golden, was vor dem Hintergrund seiner bläulichen Haut besonders gut zur Geltung kam. Seine Iriden wirkten ebenfalls metallisch, aber eine Spur dunkler, wie Kupfer. Neben der in Facetten aufgeteilten Oberfläche seines Körpers veranlasste auch das die Magierin, sich zu fragen, ob dieses Wesen geboren oder gemeißelt worden war.

»Liebt Quilûn mich auch?«, flüsterte sie Hulohn zu. »Kannst du das spüren?«

»Ich fühle die Empfindungen derjenigen, denen ich begegne«, sagte er. »Aber nicht alle. Nur die Stärksten, die, mit denen sie sich besonders beschäftigen.«

Kyrin wartete darauf, dass er weitersprach, während sie nebeneinander hergingen. Aber er schwieg.

»Und?«, hakte sie nach. »Ist Liebe dabei? Zu mir?«

»Manchmal«, antwortete Hulohn lauter, als es Kyrin lieb war. Sie wollte nicht, dass die anderen auf ihr Gespräch aufmerksam wurden. »Quilûn empfindet sehr intensiv, aber seine Gefühle können sich binnen eines Augenzwinkerns ändern. Wenn er dich anblickt, aber auch, wenn er einen interessant geformten Stein berührt oder wenn Semire ihm erzählt, wie es ist, einem Affen den Bauch aufzuschlitzen.«

»Wie ein Wimpel in böigem Wind«, murmelte Kyrin.

»Die Windrichtung wird nicht immer wechseln«, meinte Hulohn. »Irgendwann wird die Brise stetig wehen. Aber wohin, das ist noch nicht zu sagen.« Seine Bronzeaugen sahen sie an. »Ich hoffe, dass er erwidern wird, was du fühlst.«

Sie schluckte. »Aber noch tut er das nicht?«

»Nicht ständig. Nur manchmal.«

Kyrin dachte an den anderen geliebten Menschen, den sie verloren hatte. Anthurel war tot. Quilûn mochte ebenso unerreichbar sein, wenn er sich endgültig seiner Kunst hingab.

Aber durfte sie so selbstsüchtig sein, ihn davon abzuhalten? Oder wäre sie dann wie Semire, die bedenkenlos Tausende opferte, um auf die von ihr erträumte Weise mit Brotan und dem erwarteten Kind zusammen sein zu können? Wenn die Tiefen Meister die Wahrheit sagten, war Quilûns Kunst notwendig, um die Kristallschlange im Zaum zu halten, die drohte, den Berg und die ganze Welt zu zerstören.

»Das ist wunderschön!«, rief Quilûn. »Atemberaubend!«

Er und Semire standen am Ende des Tunnels, wo er in einen weiten, hellen Garten mündete. Im Näherkommen sah Kyrin die grüne Pracht, die sich nicht nur auf dem Boden ausbreitete, sondern auch an den Stalagmiten und an den Wänden emporkletterte. Ranken hingen über weite Strecken in der Luft, kreuzten und verbanden sich. Prächtige blau-weiße Blüten strahlten wie Sterne. Stauden reckten Büschel haarfeiner Staubfäden in die Höhe. Ein sanfter Wind bewegte sie.

Kyrin stellte sich neben Quilûn und nahm seine Hand. Er reagierte kaum darauf, die Sichtschlitze seines Helms blieben auf den Garten gerichtet. Das schmerzte Kyrin, obwohl sie wusste, dass sie es ihm nicht verdenken durfte. Er nahm die Schönheit auf, so gut er konnte.

Der Lichtstrahl, dem sie folgten, traf auf einen Spiegel, der ihn senkrecht in die Höhe schleuderte. Bevor er die Decke erreichte, fing ihn ein gewölbtes Silberblech ab. Er wurde mit geringerem Durchmesser, aber heller waagerecht weitergeleitet.

Weitere Lichtstrahlen fielen aus anderen Öffnungen in Decke und Wänden in den Garten. Auch sie wurden nicht auf dem kürzesten Weg weiter in die Tiefe geschickt. Sie woben ein Gitter aus teils angenehm anzuschauenden, teils gleißenden Bahnen.

Die Helligkeit des Gartens ging jedoch nur zu einem geringen Teil von ihnen aus, ihr Licht streute kaum. Stattdessen leuchteten an den Pflanzen winzige Kristalle. Sie säumten die Ränder von Grashalmen, sie glitzerten in den Blüten. Es mussten Hunderttausende sein. Kyrin versuchte, sich vorzustellen, mit welchem Aufwand man sie angebracht hatte. Und das, ohne die Pflanzen zu schädigen, die allesamt in saftigem Leben standen. Nur einzelne Stellen, an denen Steine aus der Decke gefallen waren und das Grün unter sich begraben hatten, störten den Anblick.

»Ich habe noch nie etwas so Schönes gesehen«, hauchte Semire.

»Diese Empfindung teilst du mit den Ahnen deines Tiefen Hauses«, sagte Hulohn. »Haus Schneegrund will diesen Garten für sich.«

»Derzeit gehört er Haus Sturmruf?«, vermutete Quilûn.

»Das stimmt«, bestätigte Hulohn.

Kyrin suchte nach dem Wappenzeichen der Sturmrufs, wurde aber nicht fündig. »Woher weißt du das?«, fragte sie.

»Unsere Ahnen haben mir im Sanktuarium aufgetragen, eine Fehde gegen die Sturmrufs vorzubereiten«, erklärte er. »Sie wollten etwas im Innern des Berges. Ich nehme an, durch die neuen Entwicklungen ist das unwichtig geworden.«

»Das vermute ich auch.« Hulohn ging voraus in das Gras.

Quilûn bemühte sich, mit ihrem Führer Schritt zu halten. Zu Kyrins Überraschung ließ er ihre Hand nicht los, sodass er sie mit sich zog.

»Gibt es in der Tiefe weitere Orte wie diesen?«, fragte er. »Du musst sehr glücklich sein, wenn du jederzeit solche Schönheit genießen kannst.«

»Ich bin mir dieses Glücks bewusst«, beteuerte Hulohn. »Aber es vermag die Sehnsucht nicht zu stillen.« Er wirkte niedergeschlagen. »Die Bilder, die uns von jenseits des Berges erreichen … auch sie zeigen Schönheit.«

»Wohl kaum solche, wie sie sich hier findet«, wandte Quilûn ein.

»Die Freiheit, ins Unbekannte zu gehen, ist ebenfalls schön«, gab Hulohn zu bedenken.

»Es muss sehr viele Kavernen in der Tiefe des Bergs geben«, meinte Kyrin. »Man könnte Jahrhunderte hier verbringen, ohne sie alle besucht zu haben.«

»Das stimmt«, sagte Hulohn. »Doch auch Jahrhunderte ziehen vorbei.«

Verblüfft sah Kyrin den Blauhäutigen an. »Wie alt bist du?«

»Hier unten fällt es schwer, die Zeit zu messen«, meinte er.

»Die Lichtstrahlen werden von der Sonne gespeist«, sagte Kyrin. »Der Wechsel von Tag und Nacht muss auch hier zu erfahren sein. Bei Sonnenuntergang erlischt das Licht.«

»Aber jeder Tag hier unten ist gleich«, gab Hulohn zu bedenken. »Jahreszeiten, Gewitter und Stürme kenne ich nur von Gemälden. Auch Schönheit kann so eintönig sein, dass alles ineinanderläuft.«

»Ein Bild braucht mehr als nur eine Farbe«, pflichtete Quilûn ihm bei.

»Wenn du dich nach der Außenwelt sehnst«, fragte Semire, »weshalb bist du dann noch hier?«

Traurig sah Hulohn sie an. »Weil es mir an dem Mut gebricht, den du im Übermaß besitzt.«

Die Raupe folgte ihnen ins hüfthohe Gras. Zum Klacken ihrer steinernen Glieder kam das Rascheln der Pflanzen, die ihr langer Körper zur Seite drückte. Es tat Kyrin weh, zu sehen, wie viel sie in den Boden stampfte.

»Wohin müssen wir?«, fragte sie. »Wo geht es weiter?«

Hulohn betrachtete die Lichtbahnen, die in mehr als einem Dutzend Tunneln verschwanden. »Ich bin mir nicht sicher. Dieser … oder jener dort.«

Semire holte die Blume aus dem vordersten Raupensegment. »Finden wir es heraus.« Die schöne Umgebung nahm etwas von der Schroffheit, mit der sie Hulohn sonst begegnete.

Quilûn löste seinen Griff um Kyrins Hand, um sich hinzuhocken und die Pflanzen aus der Nähe zu betrachten.

Auch die Magierin fand sie faszinierend, vor allem wegen der enthaltenen Kristalle. Es wirkte nicht, als seien Löcher in die Blätter geschnitten worden, um sie einzusetzen. Nach wie vor konnte sich Kyrin schlecht vorstellen, wie jemand solchen Aufwand hätte betreiben können, zumal die Kristalle schon nahe am Boden in die Pflanzen eingearbeitet waren. Man müsste nicht nur rasch, sondern auch mit äußerster Vorsicht vorgehen, um nichts zu zertreten.

Andererseits …

Sie holte den grünen Zwerg aus der Raupe. Er tanzte geschwind in seinem Kristall umher. Also war Magie in dieser Höhle aktiv.

Mit ihm in der Hand schritt Kyrin verschiedene Blumen ab. Die zauberische Kraft war nicht überall gleich stark. In den kleinen Blüten wirkte sie intensiver als in den größeren.

Ein paar Schritt entfernt bewegte sich das Gras, die Kristalle in den Blättern blinkten. Wahrscheinlich ein kleines Tier, wie ein Kaninchen, das Kyrin aber nicht sah.

Die Magierin untersuchte einen achteckigen Spiegel, der schräg auf dem Boden stand. Aus schwarzem Stein gemeißelte Sonnen in seinem Rahmen bündelten das auftreffende Licht, bevor sie es weiterschickten. Hier wirbelte der Zwerg im Kristall besonders schnell.

Quilûn seufzte tief.

Kyrin blickte auf und sah, dass er den Helm abgenommen hatte. Er stand neben der Raupe und drückte sich ein weißes Tuch unter die Nase. In der Linken hielt er einen geöffneten Lederzylinder.

Kyrin wandte sich wieder dem tanzenden Zwerg zu, aber nun fiel es ihr schwer, sich zu konzentrieren. Quilûn und die Quadra, die ihn gleich einem Mahlstrom immer tiefer in eine Welt zog, in der es nichts als seine Kunst gab und in der Kyrin ihn nicht mehr erreichte … Vielleicht würde sich dieses Problem von allein lösen, tröstete sie sich. Der Nachschub an diesem dämonischen Dampf war begrenzt.

Quilûn schrie auf.

Kyrin wirbelte zu ihm herum.

Etwas Rosafarbenes wucherte in seinem Gesicht. Wild fuchtelte er mit den Armen.

Kyrin rannte auf ihn zu. Der leichte Widerstand, den das Gras ihr entgegensetzte, erschien ihr mit einem Mal, als ob sie sich durch hüfttiefen Sirup arbeiten müsste.

Nein, das war keine Wucherung. Das war ein Tier! Eine fette, unbehaarte Ratte, die nach Quilûn schnappte und in seinem

Gesicht kratzte. Er schleuderte sie von sich, aber weitere Tiere sprangen ihn an.

Kyrin erreichte ihn, zog die Handrücken zurück, drückte die Ballen vor und fuhr so die Klingen aus. Sie hatte das Fechten nie gelernt, also schlug sie mit wischenden Bewegungen auf die fiependen Biester ein und versuchte, Quilûn dabei nicht zu treffen.

Sie erwischte eine der Ratten. Violettes Blut quoll aus dem Schnitt auf die rosafarbene Haut, aber das Vieh war nicht tot. Es warf den biegsamen Körper herum und sprang Kyrin an. Krallen und Zähne schabten wirkungslos über ihre Panzerung.

»Setz den Helm auf!«, rief sie. »Du musst dich schützen!«

Quilûn hatte jedoch Schwierigkeiten, die Ratten von seinem Kopf fernzuhalten. Auch das besonders fette Biest, das ihn zuerst angegriffen hatte, war wieder da.

Kyrin ignorierte die Ratte, die auf ihrer eigenen Rüstung hockte, und griff Quilûns Helm, der auf einem der mittleren Raupensegmente lag. Die Ratten huschten um sie herum, sie waren überall im Gras, doch auf die Raupe kletterten sie nicht, obwohl sie von dort aus eine gute Sprungposition gehabt hätten. Auch Hulohn, der das Geschehen reglos beobachtete, ließen sie in Ruhe, doch Semire, die sich zwanzig Schritt entfernt befand, attackierten sie.

Quilûn wurde die fetteste Ratte los, eine kleinere verbiss sich jedoch in seine linke Ohrmuschel. Schreiend griff er nach dem Biest und quetschte es, aber es ließ nicht locker. Blut lief an seinem Hals herab in die Halskrause der Rüstung.

»Halt still!« Kyrin stellte sich vor ihn, traute sich aber nicht, zuzustechen. Was, wenn sie Quilûns Gesicht oder seinen Hals träfe?

Die Klingen waren sehr scharf, vielleicht konnte sie auf die Wucht eines beherzten Stoßes verzichten. Sie setzte die Spitze auf die rosafarbene Haut und drückte sie unnachgiebig, aber langsam in das Tier hinein.

Wieder kam violettes Blut, doch noch immer nagten die Kiefer an Quilûns Ohr.

Kyrin änderte den Winkel, drückte die Klinge aufwärts und fand das Herz. Das Vieh erstarrte.

Noch immer hing es mit den Zähnen an Quilûn, der hektisch die anderen Ratten von sich wegwischte. Erst, als Kyrin die Kiefer auseinanderbog, fiel das Biest vom Ohr ab und landete mit einem dumpfen Geräusch im Gras.

»Der Helm!«, forderte Kyrin entschieden.

Da er noch immer keine Anstalten machte, danach zu greifen, stülpte sie Quilûn den Schutz kurzerhand über. Er saß nicht perfekt, aber die angreifenden Tiere vermochten seinen Kopf nun nicht mehr zu erreichen.

»Benutze die Klingen«, riet Kyrin ihm. »Du musst die Klingen ausfahren.«

Offenbar hörte er sie nicht. Er wischte die Ratten noch immer von sich, wie man es mit Fliegen tat, die auf einem Schinken herumkrabbelten.

Kyrin dagegen setzte ihre Waffen zunehmend effektiv ein. Es gelang ihr, sich so zu stellen, dass sich Quilûns Körper nicht mehr in der Stoßrichtung befand. Außerdem konzentrierte sie sich immer nur auf eines der Biester: Statt vielen einige oberflächliche Schnitte beizubringen, versetzte sie einem den Todesstoß, bevor sie zum nächsten überging.

Aber es waren Dutzende. Auch als Semire zur Verstärkung kam, schienen es immer mehr zu werden. Bald lagen die rosafarbenen Kadaver so dicht im grünen Gras, dass sie ständig darauftraten.

Obwohl Kyrin die Belastung eines einzelnen Stoßes nicht spürte, ermüdete die lange Abfolge ihren verletzten Arm. Ein lästiger Schmerz pochte durch ihre rechte Seite.

Der Angriff endete erst mit dem Tod des besonders fetten Exemplars. Aus seinen gelben Augen glotzte es Kyrin hasserfüllt an, bevor es verreckte.

Dann jedoch ließen die Ratten von ihnen ab und huschten in alle Richtungen davon. Die Pflanzen schwankten noch ein paar Herzschläge lang, danach war alles still.

Hulohn stand neben einem der weiterführenden Tunnel und sah zu ihnen herüber. Die ganze Zeit über waren die Viecher ihn ebenso wenig angegangen wie die Raupe.

»Ist einer von euch verletzt?«, fragte Semire.

Kyrin zog die Klingen zurück und bewegte probeweise die Arme, dann drehte sie ihren Oberkörper. »Alles gut. Die Rüstung hat gehalten.«

»Bei mir auch«, sagte Quilûn. »Nur mein Gesicht …«

»Daran bist du selbst schuld!«, fuhr Kyrin ihn mit einer Heftigkeit an, die sie selbst überraschte.

Er hob einige der Kadaver auf und warf sie zur Seite, bis er das Tuch mit dem Dampf der Quadra fand. Es war völlig mit Blut besudelt.

»Das willst du dir ja wohl nicht mehr gegen die Nase drücken«, hoffte Kyrin. »Wirf es weg.«

Quilûn hielt das Tuch zwar an spitzen Fingern, trennte sich aber erst davon, nachdem er sich versichert hatte, dass der zweite Behälter unangetastet in der Raupe lag.

Kyrin suchte den Kristall mit dem grünen Zwerg. Sie hatte neben einem sechseckigen Spiegel gestanden, als sie ihn fallen gelassen hatte, um zu Quilûn zu eilen. Nach einigem Suchen fand sie ihn. Obwohl sie ihn nicht mehr belastete, wurde das Pochen in ihrem rechten Arm schmerzhafter. Vielleicht, weil die Aufregung des Kampfes abklang.

»Wieso sind sie so plötzlich geflohen?«, überlegte Semire. »Dass sie die Rüstungen nicht durchdringen können, müssen sie schon viel früher gemerkt haben.«

»Wieso haben sie uns überhaupt angegriffen?«, fragte Kyrin. »Sehen wir für sie nach Nahrung aus?«

»Vielleicht sind wir ihrem Nest zu nahe gekommen.«

Kyrin bezweifelte das. »Es endete, als wir das größte Biest getötet haben. Dann setzte der Fluchttrieb ein.«

Sie fand die fette Ratte und hielt den Kristall mit dem Zwerg an den Kadaver. Der kleine Kerl tanzte schneller.

Kyrin hatte ihre Klinge so tief in den Bauch gestoßen, dass sie am Rücken wieder ausgetreten war. Aber auf dem Schädel des beinahe katzengroßen Tiers, zwischen den Ohren, von denen eines zerfetzt und wieder verheilt war, verlief eine wulstige Narbe. Das musste eine merkwürdige Verletzung gewesen sein.

Im Zentrum war die Wucherung rund, in einem Bereich nicht ganz so groß wie Kyrins Handteller. Zur Schnauze und zum Nacken hin verlängerte sie die Narbe in Linien und ebenso zu den Ohren hin. Wie ein Kreuz, das einen Kreis überlagerte. So etwas entstand nicht in einem Kampf zwischen Tieren.

Kyrin fuhr die Klinge an ihrem rechten Handgelenk aus und ritzte die Narbe auf. Wie erwartet, traf sie im runden Bereich nicht auf einen Knochen, sondern nur auf so etwas wie Knorpel und verhärtete Haut, die sie wegschnitt, bis der Kopf offen lag. Es kam ihr seltsam vor, dass dieses Tier hatte überleben können, obwohl ihm ein so großes Stück des Schädels gefehlt hatte.

Noch überraschter war sie, als sie entdeckte, was sich in seinem Innern befand. Im gelblich gräulichen Hirn der Ratte stieß ihre Klinge auf Stein. Eine Figur, ein Männchen, so groß wie ihr Daumen … und es bewegte sich! Es kletterte aus der Wunde.

Kyrin schloss die Faust um den winzigen Körper, sodass er nur noch von den Schultern aufwärts zwischen Daumen und Zeigefinger hervorkam, und richtete sich auf.

»Ist das ein Imagolem?«, fragte Quilûn.

Das Männchen zappelte, aber es hatte keinen Mund, mit dem es hätte schreien können. Überhaupt war es nachlässig modelliert, die Augen nicht mehr als Kerben, die Händchen zwar mit Daumen, aber ohne ausdifferenzierte Finger.

»So etwas Ähnliches«, vermutete Kyrin. »Es hat das Leittier gelenkt und damit den gesamten Rattenschwarm.«

Das Steinmännchen streckte die Arme und erstarrte.

Kyrin hob es dicht vor ihre Sichtschlitze. »Ich glaube, es ist tot. Eine leblose Figur.«

»Das ist bedauerlich«, sagte Quilûn. »Ich hätte es gern gefragt, wieso es den Angriff nicht abgebrochen hat, als seine Sinnlosigkeit offenbar wurde. Spätestens, als du mir den Helm aufgesetzt hast, konnten uns die Ratten nicht mehr schaden.«

»Vielleicht hat es ihnen gereicht, uns zu verlangsamen«, vermutete Semire. »Ein Grund mehr, unseren Weg zügig fortzusetzen.«

»Der Traum meines Vaters ist zum Scheitern verurteilt«, sagte Semire von Schneegrund, die mit entschlossenen Schritten voranstapfte. Der halbwegs ebene Boden und die Breite des Tunnels erlaubten ein zügiges Ausschreiten. »Er widerspricht der menschlichen Natur.«

Der Helm verfremdete Semires Stimme. Auf Kyrin wirkte sie streitlustig. Dennoch blieb die Magierin in ihrer Nähe. Der lange Marsch erschöpfte sie, da konnte sie Anregung gebrauchen.

»Menschen brauchen Anführer, die das Wichtige vom Unwichtigen scheiden«, fuhr Semire fort. »Das ist die Aufgabe des Adels. Er ist unverzichtbar, ohne diesen Stand fällt alles zurück in ein tierhaftes Gewimmel.«

»Und wie tragen kostspielige Hofbälle dazu bei?«, fragte Kyrin.

»Man kann es übertreiben, aber letztlich dienen sie dazu, dass sich die Mächtigen austauschen, ohne sich direkt umzubringen.«

»So habe ich die Tänze und das Schlemmen noch nie betrachtet.« Kyrin hoffte, dass ihre Ironie trotz des Helms zu hören war.

»Es gibt Fehlentwicklungen«, gestand Semire zu. »Die hat mein Vater erkannt. Aber eigentlich war ihm auch klar, dass das Volk der Anleitung bedarf. Ich erinnere mich, mit ihm einige Landgüter besucht zu haben. Eine Regenfront zog auf, als die Bauern vom Mähen des Feldes zurückkamen. Er befahl ihnen, zuerst die Ernte in die Scheune zu bringen und erst danach die Sensen und Rechen zu reinigen, obwohl sie es andersherum machen wollten. Mir hat er erklärt, dass man Rost abschmirgeln kann. Aber wenn Getreide fault, muss man es wegwerfen. Sogar mehr als den Teil, in dem sich die Fäule wirklich zeigt, damit man ganz sichergeht.«

»Das ist doch nur die Erfahrung mit diesen Dingen«, wandte Kyrin ein. »Dazu braucht man keinen Landvogt.«

Semire lachte auf. »Die Leute hören auf denjenigen, der sie

am stärksten beeindruckt. Das muss nicht der Klügste oder der Erfahrenste sein.«

»Auch ein Adliger wird ohne Erfahrung geboren.«

»Schon – aber er wird von Geburt an darauf vorbereitet, Entscheidungen zu treffen. So, wie ein Bauernsohn das Melken und der Erbe eines Schreiners das Hobeln lernt. Jeder ist an seinen Platz gestellt.«

»Dann könnte man auch sagen, dass der Platz der Frauen unter dem der Männer ist, denn so wird es seit jeher gehandhabt«, versetzte Kyrin.

Kam Semire kurz aus dem Tritt?

»Eine fehlerhafte Tradition«, urteilte die Gräfin. »Die sollte in der Tat korrigiert werden. Aber das bedeutet nicht, dass Menschen in Gleichheit leben könnten. Oder dass sie es auch nur wollten.«

»Wer will schon Abgaben leisten?«, fragte Kyrin.

»Wer will schon die Verantwortung für das eigene Leben auf den Schultern spüren?«, hielt Semire dagegen. »Sicher, wenn du sie fragst, schreien alle danach. Wie der Pöbel bei den Kämpfen in der Arena. Aber selbst auf dem Sand stehen und es ausfechten – diesen Preis will kaum jemand für den Ruhm zahlen.«

Wie eine gekippte Säule lag über ihnen der Lichtstrahl, in dem die Blume aufblühte, wenn Semire sie hineinhielt. Voraus traf er auf einen Spiegel, der ihn schräg in die Höhe schickte. Noch konnte Kyrin nicht erkennen, ob es sich um einen Schacht oder um eine Kaverne handelte.

In den Gang, den sie benutzten, mündeten immer wieder Tunnel ein. Aus manchen kamen dünnere Lichtstrahlen, die meist über Spiegelkombinationen mit dem Hauptstrahl vereinigt wurden.

Aus einer schattigen Öffnung drangen helle Geräusche. Sie klangen anders als das Tropfen von Wasser, das man hier oft vernahm. Eher metallisch.

Kyrin hielt inne und lauschte.

Nach einigen Schritten blieb auch Semire stehen und drehte sich um. »Was ist?«

»Hörst du das?«

Semire legte den Kopf schräg.

Leider übertönten die Schritte der näher kommenden Raupe, neben der Quilûn und Hulohn gingen, die Geräusche. Kyrin wartete, bis sie aufgeschlossen hatten und stehen blieben.

Da war wieder das metallische Schlagen und auch das Brechen von Stein hörte sie nun. Sie zeigte auf die dunkle Öffnung. »Da meißelt jemand.«

Semire wandte sich Hulohn zu. »Was geschieht dort?«

»Das weiß ich nicht.« Ohne Brauen und durch die Einteilung des Gesichts in Facetten war die Miene des Mannes schwer zu deuten. »Eine Werkstatt an dieser Stelle wäre neu.«

Kyrin ging auf die Öffnung zu. »Hier ist noch etwas anderes. Diese Stränge aus trübem Material, die aussehen wie blindes Glas … Ich habe sie am Kristallherzen gesehen. Sie führten in den See und Lichter zogen hindurch.«

Das war auch hier der Fall. Eine strahlende Kugel wanderte durch einen der Stränge, der unter der Decke entlanglief und gemeinsam mit zwei weiteren in der Öffnung verschwand.

»Vorsicht«, mahnte Hulohn. »Ich spüre Hass und Verzweiflung.«

In der Dunkelheit des einmündenden Tunnels schienen zwei rötliche Lichter auf, die rasch heller und größer wurden und dabei klar umrissene Konturen gewannen. Es waren Geister, Gehörnte ohne Unterleib, mit langen Krallen und wutverzerrten Gesichtern. Sie stürzten sich auf Kyrin.

Instinktiv wich die Magierin zurück und riss die Arme schützend vor den Kopf. Der rechte hatte sich noch nicht vom Kampf mit den Ratten erholt, ein stechender Schmerz jagte hinauf in die Schulter.

Die Geister prallten gegen sie. Ihre durchscheinenden Leiber konnten die Rüstung nicht durchdringen, aber eine Eiseskälte erfasste Kyrin, wo die Gehörnten den hellblauen Stein ihrer Panzerung berührten. Im rechten Unterarm verlor sie jedes Gespür und ihr Atem stockte.

Dennoch blieb ihr Verstand klar, vielleicht wegen der Überraschung, dass die Rüstung tatsächlich schützte. Kyrin hatte das Gefühl, sich selbst zuzusehen, als sie den linken Handballen vorschob und die vorschnellende Klinge in einen der Leiber rammte.

Sie spürte Widerstand, und der Geist kreischte, dass es in ihren Ohren schmerzte. In die Hand dagegen schoss die Kälte dermaßen schnell, dass Kyrin sofort jedes Gefühl darin verlor. Sie stellte sich vor, wie ihr Blut in den Adern zu Eis wurde. Panisch riss sie den Arm zurück und stolperte fort von den Geistern. Das Atmen machte ihr Schwierigkeiten, nur stoßweise konnte sie Luft holen.

Semire sprang an ihr vorbei und drang mit ihren beiden Klingen zugleich auf die Gehörnten ein. Kurz darauf war auch Quilûn an ihrer Seite. Er stellte sich sogar vor Kyrin und tat sein Bestes, um die Gegner seine Waffen spüren zu lassen.

Zwar erkannte die Magierin keine Verletzungen, aber die beiden Geister kreischten in einem fort. Sie schwebten höher, außer Reichweite für die Klingen, und weiter hinauf, bis sie in den tiefen Schatten der unebenen Decke verschwanden.

Quilûn ließ seine Waffen zurückgleiten. »Alles in Ordnung?«

Kyrins Arme kribbelten schmerzhaft, aber immerhin kehrte das Gefühl zurück. »Wir haben Geister in die Flucht geschlagen«, stammelte sie ungläubig.

»Ganz recht«, sagte Semire. »Und jetzt werden wir uns ansehen, woher sie gekommen sind. Schließlich haben sie uns nachdrücklich genug aufgefordert.«

Ohne die Zustimmung der anderen abzuwarten, marschierte sie auf den Tunnel zu. Quilûn schloss sich ihr an, und obwohl Kyrin Vorsicht angeraten schien, konnte sie nicht zurückstehen, nachdem die beiden sie herausgehauen hatten.

Der Tunnel war merkwürdig beschaffen, mit vollständig glatten Wänden, wie Kyrin sie seit dem Sanktuarium nicht mehr gesehen hatte. Er hatte jedoch nicht die organische Anmutung der dortigen Architektur. Zwar machte er mehrere Biegungen, die aber wie mit einem Lineal auf einem Bauplan gezogen wirkten.

Unter der Decke liefen die Stränge aus dem trüben Material. Ein nebelhaftes, milchig weißes Licht wanderte den Menschen voraus, wurde schneller und verschwand. Drei weitere Lichter folgten ihm.

Hinter der letzten Biegung schien die gelbe, ruhige Helligkeit von Leuchtzaubern.

Semire, Quilûn und Kyrin gelangten in einen exakt rechteckig geschnittenen Raum, fünfzehn Schritt lang, halb so breit. Er war vollgestopft mit Gerätschaften, die auf Steintischen standen. Granitstäbe steckten in den Lichtadern an der Decke und verbanden sie mit großen Kristallen, die aus einem Felsen wucherten und die Helligkeit aufzusaugen schienen. Aus einem zwei Handspannen durchmessenden Loch fiel ein Lichtstrahl auf eine giftig aussehende, lilafarbene Pflanze.

In Käfigen, die zum Teil als Nischen in die Wand integriert waren, steckten Tiere: Affen, haarlose Ratten, eine ungewöhnlich große Fledermaus, eine Schlange. Sie alle trugen Riemen um die Köpfe, die auf den ersten Blick dazu dienen mochten, ihre Mäuler zu verschließen. Kyrin wusste es besser: Sie fixierten steinerne Heilzauber auf den Schädeln. Dass man den unglücklichen Tieren ähnliche Figürchen eingesetzt hatte wie der fetten Ratte, die Kyrin abgestochen hatte, legten die halb fertigen Männchen nahe, die auf einer Werkbank lagen. Ein Rohling aus grauem Granit war weitgehend abgetragen.

Das größte Tier in dieser Werkstatt war ein Bär mit schwarzem Pelz. Er war aufrecht an die Wand neben einem niedrigen Durchgang gefesselt. Die Lederriemen, die seine Arme abspreizten, hatten wohl nicht gereicht, die linke Tatze war zusätzlich angenagelt. Ein Maulkorb schützte den Mann, der auf einem Schemel stand und sich mit Hammer und Meißel am Schädel des Bären zu schaffen machte, vor den Zähnen.

Kyrin erkannte den Magier mit der weißen Schürze und dem hüftlangen, leicht gewellten Blondhaar sofort: Steinmeister Agohn. Ein Schaudern lief über ihren Rücken.

»Ihr!«, rief er. »Aber die Geister …«

»… waren nicht gut genug, um uns zu überwinden!« Semire ließ ihre Klingen vorschnellen.

Agohns gehetzter Blick huschte durch seine Werkstatt. Kurz

blieb er an einer spiegelnden Fläche hängen, die jenen glich, die Kyrin am Dunkelsee gesehen hatte: oval, bestehend aus einer Vielzahl von Kristallen, was der Oberfläche etwas von einem Teich gab, auf dem sich Wellen kräuselten.

Ohne ihren festen Schritt zu verlangsamen, fegte Semire die Steinmännchen von der Werkbank. Klappernd fielen sie auf den Boden.

Agohn ließ sein Werkzeug fallen und sprang vom Schemel. Er griff etwas Kleines vom Steintisch vor ihm, packte seinen aus vielen verschiedenen Steinsorten gefertigten Stab und duckte sich durch den niedrigen Durchgang neben dem Bären.

Eine Welle lief durch den Boden, als wäre dieser flüssig. Das brachte Semire zu Fall.

»Lasst ihn nicht entkommen!« Kyrin rannte an Semire vorbei. Sie schob die Handballen vor, sodass die Klingen ausfuhren, auch wenn sich das im Lauf seltsam anfühlte und ihre Arme noch immer kribbelten.

Die gefangenen Tiere kreischten und brüllten.

Der Gang, in dem Agohn verschwunden war, hatte einen beinahe quadratischen Querschnitt und war so niedrig, dass selbst Kyrin sich bücken musste. Allerdings war er gerade einmal zehn Schritt lang.

Sie sah Agohn im Raum dahinter einen Hebel ziehen.

Im türlosen Rahmen am Ausgang waren etwa zwanzig Kristalle eingelassen, die so schwenkten, dass jeweils zwei Spitzen aufeinander zeigten. Fingerdicke Lichtstrahlen gleißten auf und verbanden sie.

Agohn lief aus Kyrins Sichtbereich, aber die Strahlen machten sie misstrauisch. Sie verlangsamte ihren Schritt und hielt davor an.

Kyrin zog die Klingen zurück, um die Kristalle zu betasten. Sie waren eingerastet und ließen sich nicht aus ihrer Position drücken. Ob sie warm oder kalt waren, fühlte Kyrin durch die Panzerhandschuhe nicht.

»Was ist dort vorn los?«, rief Quilûn. Sie hörte, wie er sich mit klappernder Rüstung näherte.

Wer wusste, was der Steinmeister gegen sie ausheckte? Diesmal hatten sie ihn überrascht, beim nächsten Mal würde er besser vorbereitet sein. Sie durften ihn nicht entkommen lassen!

Ob die Lichtstrahlen eine Falle auslösten, wenn man sie durchquerte? Bolzen vielleicht ... Aber soweit Kyrin sah, gab es keine Öffnungen im Rahmen, durch die Geschosse hätten austreten können.

Schnell zog sie die linke Hand durch einen der Strahlen.

Fassungslos sah Kyrin, wie sie glatt zerteilt wurde. Der Daumen blieb ihr, aber die vier Finger und der vordere Teil der Handfläche waren mit einem sauberen Schnitt abgetrennt. Klappernd fielen sie jenseits des Lichtgitters auf den Boden. Eine feine Rauchfahne kräuselte sich aus der Wunde.

Der Schmerz kam mit ein paar Herzschlägen Verzögerung. Er war mörderisch, obwohl kein Blut floss. Der Stein des Panzerhandschuhs glühte an der Schnittfläche, das Fleisch war schwarz verschmort, als hätte es einen Tag im Ofen gelegen, die durchtrennten Mittelhandknochen ließen sich als weißes Schimmern erahnen.

Kyrin schrie.

»Dieser Schönheit traue ich nicht«, sagte Quilûn.

»Ich teile deine Unsicherheit.« Hulohn trat neben ihn. »So sah es hier noch nie aus.«

Den Lichtstrahl, dem sie folgen sollten, sahen sie hier nicht. In einer Kaverne, die sie passiert hatten, verschwand er in einem Tunnel, der sich ein paar Dutzend Schritt über dem Boden auftat. Sie selbst folgten einer tiefer gelegenen Passage. Sie versuchten jedoch, in der letzten bekannten Richtung zu bleiben – ein Verfahren, das sich bislang bewährt hatte.

Nun erstreckte sich vor ihnen eine Kaverne, in der Felsen nahezu ausschließlich an der Decke zu sehen waren. Boden und Wände bestanden aus Kristall, wenn man von einzelnen Stalagmiten und Felsvorsprüngen absah, die als dunkel drohende

Schatten unter den glasartigen Strukturen lagen und sich an einigen Stellen hindurchschoben.

Vorsichtig stellte Quilûn einen Fuß auf den Kristall, der sich hier wie eine Eisdecke ausbreitete, und belastete ihn. Der Boden knirschte, schien sein Gewicht jedoch zu tragen.

»Es ist glatt«, sagte Quilûn. »Aber die Facetten helfen. Wir müssen die Kanten ausnutzen.«

Kyrin schwieg, doch die Art, wie sie ihre linke Hand gut sichtbar vor den Bauch hielt, war beredt genug. Bei flüchtigem Hinsehen hätte man wohl glauben können, sie hätte die Faust geballt, aber der Schnitt hatte etwas mehr als nur die Finger abgetrennt.

»Sie kämpft gegen ihr Entsetzen«, flüsterte Hulohn. »Noch ist sie stärker.«

Wenn Agohn im vor ihnen liegenden Wegabschnitt ähnliche Brennstrahlen einsetzte, waren sie dem Tode geweiht. Aber im Gang hinter seinem Labor hatten die gleißenden Stäbe die Spitzen kegelförmiger Kristalle miteinander verbunden, während die Struktur hier einer Eisdecke ähnelte, die heftiger Wellengang vor dem Frieren aufgefaltet hatte.

»Weiter!«, forderte Semire. Wieder einmal schritt sie voran.

»Je schneller wir vordringen, desto weniger Zeit lassen wir Agohn, seine Fallen zu stellen.« Auch Kyrin betrat den knirschenden Untergrund. Im Gehen zog sie den Rest ihres linken Handrückens zurück, sodass die Klinge nach vorne schoss, und senkte die Hand wieder, sodass sich die Waffe zurückzog. Das tat sie bereits die ganze Zeit seit ihrer Verletzung, als wollte sie sich versichern, dass ihre verkrüppelte Hand nicht vollkommen nutzlos sei.

Obwohl er seinen eigenen Rat befolgte, was das Setzen der Füße anging, rutschte Quilûn weg und konnte sich erst im letzten Moment festhalten. Auch Hulohn hatte Schwierigkeiten. Allein die Raupe mit ihrer Vielzahl von Beinen kam problemlos voran.

»Ich glaube, diese Senke«, Kyrin deutete mit der ausgefahrenen Klinge voraus, »war vorher unser Weg. Wir sollten ihr folgen.«

»Das ist nicht so einfach möglich, wenn unsere Beine heil bleiben sollen«, versetzte Semire.

Quilûn schloss zu ihr auf. Er sah einen fingerdicken, gleißend hellen Strahl, der knapp unter Kniehöhe über dem Boden der Senke lag. Auf beiden Seiten schob sich je ein Kristall in Form eines liegenden Kegels aus der durchgehenden Decke, das Licht verband die Spitzen miteinander.

»Zu auffällig, als dass Agohn hoffen könnte, dass wir hineinlaufen«, meinte Quilûn.

»Er will uns zu einem Umweg zwingen, um uns zu verlangsamen.«

»Können wir darunter durchkriechen?«, schlug Quilûn vor.

»Das schafft die Raupe nicht. Außerdem: Bist du sicher, dass sich der Lichtstrahl nicht plötzlich absenkt?«

Quilûn sah sich die vergleichsweise steil ansteigenden Hänge zu beiden Seiten des Pfades an. »Um uns zu einem Umweg zu zwingen, ist dies eine gute Stelle«, räumte er ein.

»Wir sollten ein Stück zurückgehen und einen flacheren Hang suchen«, schlug Kyrin vor.

Sie kehrten um. Nach zehn Schritt fanden sie rechter Hand einen Bereich, in dem die Kristallflächen mehrere übereinander ansteigende Absätze bildeten, beinahe wie große Stufen.

»Das sieht doch sehr gut aus«, meinte Quilûn.

»Und genau deswegen werden wir nicht dort entlanggehen«, entschied Semire. »Wenn Agohn eine Falle legt, dann dort. Wir nehmen die andere Seite.«

Das erwies sich als mühsame Angelegenheit. Sie mussten sich gegenseitig stützen, und an einer besonders glatten Stelle ging es nur vorwärts, indem sie sich an der Raupe festhielten. Diese gewann dadurch Halt, dass ihre hinteren Segmente noch auf einer waagerechten Fläche standen, während sie die vorderen schon hinaufschob.

Quilûn glaubte, ein Huschen am Rande seines durch den Helm beschränkten Blickfeldes zu bemerken. »Ist da etwas?«

»Ich habe nichts gesehen«, gestand Semire. »Aber es wäre nur ein weiterer Grund …«

»… schneller voranzuschreiten, jaja«, vervollständigte Kyrin genervt den Satz. »Aber ich habe auch eine gute Nachricht.« Es irritierte Quilûn, dass sie die verkrüppelte Hand benutzte, um zur Decke zu zeigen. »Ich denke, wir kommen unserem Ziel näher. Hier verlaufen noch mehr von diesen trüben Strängen, und die Lichter wandern immer zahlreicher darin. Wahrscheinlich versorgen sie etwas ebenso Wichtiges wie das Kristallherz.«

Sie setzten ihren Weg auf einem Rücken der kristallenen Hügel fort. Quilûn wartete auf Hulohn, um neben ihm herzugehen. Er wollte mit ihm sprechen, ohne dass die beiden Frauen mithörten.

»Du hast gesagt, dass ich mich frage, wer ich bin …«, begann er.

»Das stimmt«, bestätigte der blaue Mann gleichmütig. »Ich habe es gesagt und es ist die Wahrheit. Diese Frage treibt dich um.«

»Ich weiß, dass ich der Sohn meiner Eltern bin. Aber ich weiß nicht, was aus ihnen geworden ist. Du warst dabei, damals …«

Die metallischen Augen sahen ihn an. »Willst du wirklich wissen, ob sie beim Sturz in den Abgrund gestorben sind?«

Quilûn überlegte. »Ich weiß nicht, wie sehr mich die Wahrheit treffen wird. Aber ich habe lange genug mit der Ungewissheit gelebt, um zu wissen, dass sie mich immer quälen wird.«

»Sie sind tot«, sagte Hulohn schlicht.

Quilûn schluckte. »Sind sie schnell gestorben? Litten sie Schmerzen?«

»Sie sind aus großer Höhe auf einen harten Untergrund gefallen. Ich nehme an, sie waren sofort tot. Es hat die Ahnen berührt, sie so eng umschlungen zu sehen.«

Eine Weile gingen sie schweigend neben der Raupe her. »Warum?«, fragte Quilûn. »Weshalb sind sie gestorben? Wer hatte einen Vorteil davon? Die Ahnen von Haus Adlerhoch, weil sie Haus Schneegrund die Spiegel missgönnten, die meine Eltern gereinigt haben?«

Hulohn schüttelte den Kopf. »Ein paar Lichtknechte sind

nichts, was Ahnen ihrer Aufmerksamkeit für wert erachten. Niemand hat euch gezielt angegriffen. Ihr wart einfach zur falschen Zeit am falschen Ort. Das Beben, das deine Eltern in den Abgrund gerissen hat, war nur eine Begleiterscheinung der Kämpfe zwischen den Geistern.«

»Adlerhoch gegen Schneegrund?«, vergewisserte sich Quilûn.

»Ja. Teile davon. Besonders Jähzornige unter den Ahnen. An der Oberfläche war die Fehde beigelegt, aber im Berg waren nicht alle damit einverstanden. Oder mit dem Preis, der für den Frieden gezahlt wurde.«

Quilûn fühlte sich, als zöge jemand einen Riemen um seine Brust zu. In der Rechnung, die die Ahnen angestellt hatten, waren weder seine Eltern noch er selbst ein Faktor gewesen. Nichts, was man hätte töten wollen. Nichts, was zu beschützen sich gelohnt hätte.

»Ich danke dir für deine Offenheit«, brachte Quilûn heraus. »Und dafür, dass du mich damals gerettet hast.«

Hulohn nickte.

Quilûn ging schneller. Er schloss zu den Frauen auf. Er sehnte sich nach Kyrins Wärme. Aber in Semires Gegenwart wollte er nicht über seine Eltern sprechen. Besser, er beruhigte seine Gedanken, indem er ein gänzlich anderes Thema wählte.

»Wie kann sich das Herz dieser Schlange eigentlich außerhalb ihres Körpers befinden?«, fragte er. »Müsste sie daran nicht sterben?«

»Die Gravioner haben es ›Herz des Berges‹ genannt«, erinnerte Kyrin, »nicht ›Herz der Schlange‹. Das werden unterschiedliche Dinge sein. Es könnte auch mehrere Herzen geben, die gemeinsam die magische …«

»Wir haben die richtige Entscheidung getroffen.« Lachend zeigte Semire auf die andere Seite des blockierten Pfades.

Dort, wo der Umweg, den sie zuerst erwogen hatten, durch eine Senke führte, war eine Vielzahl der kegelförmigen Kristalle zu sehen, die Agohn mit den schneidenden Lichtbahnen verbinden konnte. Wegen des Blickwinkels von ihrer erhöhten Position aus machten sie sie leicht aus, doch wenn sie den ihnen zugedachten Pfad gegangen wären, hätten sie die Falle möglicherweise nicht bemerkt, bevor das Licht sie zerschnitten hätte.

Quilûn fiel in Semires Lachen ein, kurz darauf auch Kyrin. Nur Hulohn blieb ernst, vielleicht konnte das blauhäutige Wesen nicht lachen.

Ein Kreischen, das von Decke und Wänden widerhallte, ließ Quilûn zusammenzucken. Um ein Ausrutschen auf dem glatten Grund zu vermeiden, bewegte er die Füße nicht, drehte aber den Oberkörper, um zu sehen, was sich hinter ihm tat.

Eine Horde von Affen mit grauen Mähnen und nackten Schnauzen, die mit furchterregend langen Zähnen bewehrt waren, rannte auf sie zu. Wo es ihnen möglich war, nutzten die Tiere den festen Halt der Stalagmiten, die vereinzelt aus der Kristalldecke stachen, klammerten sich an den Stein und sprangen von dort aus weiter. Oft mussten sie jedoch auf dem glasartigen Kristall rennen, der sich auch für sie als rutschig erwies.

Quilûn dachte gerade noch daran, die Klingen auszufahren, bevor ihn die ersten Affen ansprangen. Zwar vermochten sie die Rüstung nicht zu brechen, aber ihre Wucht warf ihn um.

Plötzlich traf ihn die Erinnerung an den Tod seiner Eltern mit voller Wucht. Er sah seinen Vater vor sich, wie er das Halteseil zerschnitt. Unmittelbar danach hatte ein Tier den damals zwölfjährigen Jungen angesprungen, das genauso ausgesehen hatte wie diejenigen, die ihn jetzt angriffen. Beinahe hätte es ihn in einen ebenso sinnlosen Tod gerissen wie seine Eltern.

Dieser Gedanke setzte neue Kräfte in Quilûn frei. Obwohl er auf dem Boden lag, stieß und hieb er um sich. Die Klingen schnitten durch Fell und bohrten sich in Fleisch, sie brachen Knochen und zertrümmerten vorspringende Schnauzen.

Quilûn glaubte, Angst im Kreischen der Affen zu hören, aber das hielt die Tiere nicht davon ab, ihn anzugreifen. Es kamen immer mehr.

»Das Leittier!«, rief Kyrin. »Wir müssen das Leittier töten!«

»Und welches ist das?«, fragte Semire.

Quilûn kämpfte sich auf die Knie, dann auf die Beine. Um

ihn herum war Blut, meist so dünn, dass man den Kristall darunter sah. In einigen Vertiefungen sammelten sich Lachen.

Er sah Kyrin auf einem Grat stehen, sie wollte sich wohl einen Überblick verschaffen. »Da ist es!« Sie zeigte mit der Klinge, die ihre zerschnittene Hand verlängerte. »Der Große, der …«

Weiter kam sie nicht, weil fünf Affen sie zugleich ansprangen. Sie trat ins Leere und rutschte den Hang hinab, auf den ursprünglichen Pfad zu. Immerhin lösten sich die Tiere sofort wieder von ihr.

»Vorsicht!«, rief Quilûn.

In der Senke unterhalb von Kyrin gleißte ein Gitter aus Dutzenden von Lichtbahnen. Die Neigung des Hangs würde sie genau dorthin rutschen lassen. Wenn sie dort hineingeriete, bliebe von der Frau, die Quilûn liebte, kein Stück übrig, das er nicht mit zwei Händen umfassen könnte.

Was für ein mächtiges Motiv für ein Gemälde! Dieses Grauen, diese Hilflosigkeit, der Zorn, die Trauer, die Selbstvorwürfe, weil er sie nicht gerettet hätte … Mit dieser Vielfalt, dieser Wucht an Emotionen konnte es ein Meisterwerk werden. Mit welchen Farben sollte er die gleißenden Lichtbahnen darstellen? Schlichtes Weiß wäre zu schwach, es müsste in den Augen brennen. Oder wäre eine Umkehrung ins Gegenteil besser? Tiefstes Schwarz, abgründig, undurchdringlich …

Er erschrak, erst vor dieser Vision, dann, weil er an ein Bild dachte, während sich Kyrin in Todesgefahr befand. Schlitternd rannte er auf sie zu.

Auch ihn sprangen die Tiere weiterhin an. Ein Affe biss so heftig in Quilûns Schulter, dass er sich die Zähne an der Rüstung ausbrach. Selbst ein kräftiger Hieb brachte dieses Tier nicht dazu, die Umklammerung zu lösen.

Dafür fehlte Quilûn jetzt die Zeit. Er versuchte, Kyrin zu erreichen, die nun auch erkannte, in welcher Gefahr sie sich befand. Sie wollte die Klingen in den Untergrund rammen, um ihre Abwärtsbewegung zu stoppen. Die Waffen schnitten jedoch nicht so glatt in den Kristall, wie sie es bei Stein taten. Stattdessen flogen viele Splitter davon, wie bei zerspringendem Glas.

Die entstehende Kuhle bot zu wenig Halt für Kyrins unverletzte Hand.

Quilûn entdeckte einen Stalagmiten zwischen der rutschenden Frau und dem Lichtgitter. Dieser Felsdorn lag etwas abseits der Linie, entlang derer Kyrin sich auf ihren Tod zubewegte, aber er mochte dennoch ihre Rettung sein.

Beherzt tat Quilûn einen weiten Sprung auf den Abhang. Im Aufkommen rutschte er weg, aber das lag in seiner Absicht. Er beschleunigte das Gleiten, indem er mit den Händen paddelte wie ein Kind, das seinem Schlitten Geschwindigkeit verleihen wollte. Quilûn kippte auf die Seite, um seiner Bahn einen Bogen zu geben.

Schmerzhaft prallte er mit der Bauchplatte der Rüstung gegen den Felsdorn, was ein helles Knallen verursachte. Aber er war vor Kyrin angekommen, und das war es, was zählte. »Greif meine Hand!«, forderte er sie auf, während er sich selbst nur mit der Linken festhielt und ihr die Rechte entgegenstreckte.

Sie rutschte weiter, schien ihn nicht zu bemerken.

»Kyrin!« Seine Stimme kippte. »Meine Hand!«

Die Zeit schien sich zu verlangsamen. Kyrin war auf seiner Höhe, rutschte aber immer tiefer. Quilûn streckte sich, ohne sie erreichen zu können.

»Kyrin!«

Endlich wandte sie den Kopf, sah ihn und reckte sich ihm entgegen.

Er umfasste ihr Handgelenk.

Erlöst atmete Quilûn aus, auch wenn ihr Gewicht an ihm zog und er sich nur mit den Fingern einer Hand am Stalagmiten festhalten konnte. Erwidern konnte sie den Griff nicht, weil ihr an dieser Hand die Finger fehlten.

Kyrin wurde langsamer, glitt in einem Bogen, der ihren Schwerpunkt unter Quilûn brachte, und bewegte sich schließlich nicht mehr. Ihre Füße verharrten einen halben Schritt über dem Lichtgitter.

»Gut, sehr gut«, sagte Quilûn. »Jetzt nach oben. Kannst du die Klinge benutzen, ohne dass wir den Halt verlieren?«

Kyrin versuchte es, schlug aber wieder nur Splitter aus dem Kristall.

Über ihnen wurde noch gekämpft. Wo sich Hulohn befand, konnte Quilûn nicht sehen, aber um Semire herum spritzte das Blut.

Und die Raupe …

Mit Schrecken sah Quilûn, dass sie den Hang herabrutschte!

Dieses Wesen war genügsam, ausdauernd und kräftig, und es bewies Geschick, wenn es mit seinen Greifklauen steile Passagen meisterte. Aber klug war es nicht. Meist folgte es den Menschen, und das mochte es auch jetzt tun: Es versuchte, zu Quilûn und Kyrin aufzuschließen. Auf dem glatten Hang geriet es zwangsläufig ins Rutschen.

»Halt!«, rief Quilûn. »Nicht! Bleib stehen!«

Die Raupe hörte nicht. Der insektenartige Kopf schwenkte hin und her, die vordersten Beine tasteten nach Halt. Vorerst befand sich der Großteil seines Gewichts noch auf ebenem Grund, aber als sich das zweite und dann das dritte Segment vorschoben, geriet das gesamte Wesen in eine Abwärtsbewegung. Innerhalb der truhenartigen Segmente verrutschten die Bilder wegen des Gefälles.

»Halt an!«, rief Quilûn verzweifelt, obwohl er wusste, dass es sinnlos war.

Vergeblich versuchten die Klauen, etwas auf dem glatten Kristall zu greifen. Selbst wenn eine oder zwei von ihnen eine Kuhle oder einen Vorsprung fanden, war das viel zu wenig, um das Gewicht zu halten. Die Raupe rutschte auf das Lichtgitter zu, das sowohl sie als auch die unersetzbaren Kunstwerke zerschneiden würde.

Quilûns Arme brannten, weil er Kyrins Gewicht hielt. Er konnte nichts tun, als dem Unglück zuzusehen. Er schrie unartikuliert.

Von einem Augenblick auf den anderen erlosch das Lichtgitter. Die Raupe rutschte in die nun harmlose Senke.

Quilûn blinzelte verwirrt. »Das … verstehe ich nicht.«

War es draußen etwa dunkel geworden, sodass das Sonnenlicht für die Strahlen fehlte? Hier drin war die Zeit schwierig abzuschätzen, aber das wäre schon ein unglaublicher Zufall gewesen.

»Lass mich los«, bat Kyrin. »Ich begreife, was hier vorgeht.«

»Bist du sicher?«

»Vollkommen.«

Er gab sie frei.

Kyrin rutschte das letzte Stück bis zur Raupe. »Kommt her! Hier sind wir sicher. Semire! Hulohn! Ihr auch.«

Quilûn fürchtete zwar, dass sich das Gitter jeden Moment wieder aufbauen mochte, sah aber ein, dass er unmöglich ewig am Stalagmiten ausharren konnte. Also ließ er los und rutschte zu Kyrin hinab, die an einem Bein der Raupe lehnte.

»Die Affen greifen sie nicht an«, erklärte sie. »Ebenso wenig wie die Ratten vorher. Agohn lenkt die Tiere und er will deine Gemälde, Quilûn. Er wird nicht riskieren, dass sie beschädigt werden, und er benötigt die Raupe, um sie zu transportieren. Wenn wir uns nahe an ihr halten, wird er uns nicht angreifen. Zumindest nicht auf so direkte Art wie bisher.«

Hulohn fand schnell zu ihnen. Semire brauchte eine Weile, um sich aus dem Kampf zu lösen. Die Affen beobachteten sie von den Graten der Kristalllandschaft aus, folgten ihnen jedoch nicht. Jetzt sah Quilûn auch das Leittier. Seine prächtige Mähne war oben auf dem Schädel ausrasiert, eine runde Narbe quoll kräftig rot hervor.

Sie hielten sich an der Raupe fest, während sie ihren Weg weitergingen. Mehrfach näherten sie sich Barrieren aus Licht, die aber alle erloschen, bevor sie sie erreichten.

Die Raupe stand an der Wand unter einem Überhang, dessen Granit auch bei diesem heftigen Beben einen stabilen Eindruck machte. Die anderen drückten sich in die Lücken zwischen ihren Segmenten, so gut es ging. Die Erschütterungen ließen nicht nach. Im Gegenteil, sie wurden stärker. In der Mitte des weiten

Gangs türmten sich die aus der Decke gefallenen Brocken zu Trümmerhalden auf. Aufgewirbelter Staub trübte den inzwischen drei Schritt durchmessenden Lichtstrahl, dem sie folgten.

»Gibt es keinen anderen Weg?«, fragte Quilûn.

Semire von Schneegrund verdrehte die Augen. Natürlich gab es keinen. Jedenfalls keinen, der sie nicht Stunden kosten würde.

»Mir ist keine andere Strecke bekannt, die zum Bilderwall führt«, sagte Hulohn.

Semire presste die Zähne aufeinander. Eigentlich ärgerte sie sich weniger über Quilûns Versuch, der Gefahr auszuweichen, als über ihre eigene Zögerlichkeit. Sie war in einem Grafenhaus erzogen worden, Quilûn und Kyrin nicht. Zwar hatte ihr niemand außer ihr selbst zugetraut, eine Anführerin zu werden, aber sie hatte alles beobachtet, was man dafür brauchte. In den Schatten hatte sie damit gespielt, ein kleines Haus zu regieren, den *Lustgarten*.

Jetzt, hier, in der Gefahr, wo es darauf ankam, bot sich Semire die Gelegenheit, zu beweisen, dass alle anderen unrecht gehabt hatten. Dass eine Frau sehr wohl eine Anführerin sein konnte. Dass es ihr nicht an Mut, Entschlossenheit oder Übersicht mangelte.

Aber das Geheul aus der Kaverne, in die ihr Weg führte, war das Schaurigste, was Semire jemals gehört hatte. Vielstimmig hallte es von den Wänden wider. Verlorene Seufzer woben einen Teppich, über den sich immer wieder wütendes Kreischen und aggressives Gebrüll legten. Manchmal übertönten das Knacken des Granits und das Poltern fallender Brocken die Stimmen der Geister.

Palion lehrte, dass ein Feldherr den Überblick behalten musste, was seine Möglichkeiten anging. Nur dann konnte er gründlich abwägen und die Entscheidung treffen, die am ehesten den Sieg versprach.

In ihrer gegenwärtigen Lage sah Semire drei Optionen: Sie konnten zurückkehren, ausharren oder weiter vordringen.

Eine Umkehr ließ keinerlei Vorteile erwarten. Sie würden sich von ihrem Ziel und damit auch von Brotan entfernen, und selbst Hulohn kannte keinen Weg, der an der vor ihnen liegenden Höhle vorbeiführen würde.

Vorzudringen dagegen mochte sie zu den Tiefen Meistern bringen – sofern sie die Nähe der Geister überlebten, die offenbar gegeneinander kämpften. Sie waren wie Mäuse, die über ein Schlachtfeld huschen wollten, ohne unter den Stiefeln der Krieger zerstampft zu werden.

Am Überhang auszuharren kostete Zeit. Zeit, die Agohn nutzen würde. Und es brachte auch keine Sicherheit. Je stärker die Beben wurden, desto eher mochte dieser Gang in seiner Gesamtheit nachgeben und sie begraben. Vor allem aber war ungewiss, was passieren würde, wenn eine Seite in der Höhle den Sieg davontrüge. Gut möglich, dass die Gewinner dann hierherkämen, um sich ungestört mit den drei Menschen, dem seltsamen Wesen Hulohn und den Gemälden zu befassen, die die Raupe transportierte.

Das schaurige Geheul ließ Semires Herz pochen wie ein galoppierendes Pferd. Aber mit jedem Schlag pumpte dieses Herz auch die Sehnsucht nach Brotan in jede Faser ihres Körpers. Sie würde nicht zulassen, dass ihre Angst über ihre Liebe siegte. Sie stieß sich ab und stand auf. »Vorwärts!«

Semire lief los. Statt nach oben zu schauen und zu hoffen, die herabfallenden Brocken kommen zu sehen, setzte sie auf Geschwindigkeit und suchte einen Pfad, der die unwegsamsten Stellen aussparte. Indem sie den Schutthalden auswich, hoffte sie auch, nicht unter den Teilen der Decke herzulaufen, die sich bislang als am instabilsten erwiesen hatten.

Der Lichtstrahl, dem sie folgten, fiel in eine runde Kaverne, die wie ein Vorraum wirkte. In ihrem Zentrum traf er auf eine Anordnung aus drei großen Spiegeln, die ihn verdichteten und in rechtem Winkel weiterschickten. An der Decke traf sich ein Gewirr jener armdicken Stränge, die aussahen, als bestünden sie aus blindem Glas. Leuchtkugeln zogen in den Mittelpunkt des Geflechts und von dort aus weiter in dieselbe Richtung wie der Lichtstrahl, hinein in die Höhle, wo die Geister heulten. Die faustgroßen Lichter verlangsamten und beschleunigten dabei in einheitlichem Takt. Der Anblick erinnerte Semire an Adern, durch die der Herzschlag eines Riesen pumpte.

Sie behielt ihren schnellen Schritt bei. Zu verzögern hätte sie lediglich in Versuchung geführt, ihre Entscheidung nochmals zu überdenken. Hinter sich hörte sie die über das Geröll polternden Schritte der Raupe. Sie hoffte, dass die anderen ihr ebenfalls folgten. Semire sah sich jedoch nicht um, das hätte unsicher gewirkt. Eine Anführerin musste Entschlossenheit vermitteln.

Schon bevor sie den Durchgang zur Kaverne erreichte, sah Semire rote, blaue und violette Schlaglichter kurz und grell über die Felswände leuchten, wie den Widerschein von Blitzen in einem Gewitter. Statt des Donners krachte ringsum der Fels, wenn das Beben wieder einen Riss schuf oder Gestein aus der Decke löste, das dann auf dem Boden zersplitterte.

Eiseskälte wehte ihr entgegen. Vor dem Helm bildete ihr Atem eine Wolke. Semire öffnete und schloss die Hände, um die Finger geschmeidig zu halten.

Seit ihrer Kindheit war Semire mit Fehden und den Kämpfen, die sie mit sich brachten, vertraut. Jahrzehntelang hatte sie zu jenen gehört, die man in Sicherheit gebracht hatte, wenn Katapultgeschosse auf dem Palastgelände eingeschlagen waren. Beginnend mit dem Angriff der Schwertgrats hatte sie selbst auf einigen Schlachtfeldern gestanden. Aber das, was sie nun vor sich sah, folgte vollkommen anderen Regeln als die Kämpfe, die sie kannte.

Felsdornen stießen aus Decke und Boden, sogar waagerecht aus den Wänden, schnell wie Dolchklingen. Blaue Elmsfeuer blitzten um sie herum. Sie trafen gehörnte Geister, Lichtgestalten, die durch die Luft flogen, um ihre Gegner – andere Geister – zu suchen und ihnen Klauen und Zähne in den Leib zu schlagen. Diese Angriffe rissen ebenso wie die Felsdornen Teile der leuchtenden Substanz aus dem getroffenen Geist, die noch eine Weile in der Luft waberten, bis sie zerfasernd vergingen.

Die Verformungen machten das Gestein instabil. Hier fielen noch mehr Brocken aus der Decke als auf dem Weg zuvor.

Diese Bruchstücke zerschmetterten Statuen, die über den

Boden wankten und sich ebenfalls gegenseitig traktierten. Ihre Schläge waren mörderisch, aber Semire gewann den Eindruck, dass sie nicht nur deswegen so klobig aussahen. Jeder menschliche Magier hätte sich geschämt, so grob zu arbeiten. Die meisten wirkten wie Rohlinge, nur ungefähr in Form geschlagen. Wohl darum bewegten sie sich taumelnd, selbst wenn das Beben zu einem Zittern hinabsank.

Zwischen ihnen staksten mehrere von den Feuerwesen umher, deren glutflüssiges Herz in drei rotierenden Ringen auf einem halben Dutzend Säulenbeinen ruhte. Sie schienen als Einzige unbeteiligt, aber das mochte täuschen. Möglicherweise kämpften sie mit Zauberei.

Semire zwang sich weiter voran. Der Lichtstrahl, dem sie folgen sollten, gab eine klare Richtung vor. Erleichtert erkannte sie, dass sie die Kaverne nicht über die gesamte Länge durchqueren mussten. Ihr Ziel lag auf der rechten Seite, einhundert Schritt entfernt.

Einhundert Schritt, wenn sie hätten fliegen können wie die Geister. Aber sie mussten einen begehbaren Pfad über den zerklüfteten Boden finden, aus dem immer neue Stalagmiten stießen.

Hulohn schloss zu ihr auf.

Sie mochte ihn nicht. Er strahlte eine Sicherheit aus, die Semire gern gefühlt hätte, statt sie nur als Maske zu tragen. Das hatte nichts mit der Gefahr zu tun, in der sie sich gerade unzweifelhaft befanden. Es ging um ein Grundvertrauen, eine Übersicht über die Welt, in der man lebte. Ein Sich-Auskennen. Semire hatte gelernt, an welchen Fäden sie ziehen musste, um zu bekommen, was sie wollte. Aber ihr Erfolg basierte auf der Instabilität ihrer Umgebung, den Fehden, den Kämpfen in den Schatten, den Rivalitäten, dem Aufstieg und Fall anderer Spieler. Wie in Flug und Fall. Erst jetzt bemerkte sie, wie sehr sie das anstrengte.

Dennoch war ihr klar, dass sich Hulohn hier in der Tiefe besser auskannte als jeder andere. »Welchen Weg schlägst du vor?«, fragte sie.

Vor seinem blauen Gesicht bildeten sich weiße Atemwolken. Er zitterte sogar, als er den Arm ausstreckte, um zu einer Gruppe von Stalagmiten zu zeigen. »Sie sehen verwittert aus, also erheben sie sich dort schon eine ganze Weile. Mir scheint, dass sich in diesem Gebiet wenig tut.«

Ein Pulk kreischender Geister jagte genau in diese Formation und schien Hulohn Lügen zu strafen. Aber die Kämpfenden flogen durch die Stalagmiten, als sei das Gestein nur Nebel, und prallten gegen einen anderen Felsdorn, um den daraufhin Elmsfeuer flimmerten. Brüllend lösten sie sich voneinander, stiegen auf und stürzten sich erneut in den Kampf.

Semire war dankbar dafür, dass niemand die Menschen, die Raupe und Hulohn beachtete. Aber sie durfte sich nicht darauf verlassen, dass das so bleiben würde.

Sie folgte Hulohns Vorschlag, was den Weg betraf. Hinter den Stalagmiten überwanden sie einen Hang, wichen einigen kämpfenden Steinmännern aus, indem sie einen Bogen schlugen, und machten sich an den Anstieg zu dem Ausgang, in dem auch der Lichtstrahl verschwand. Immer wieder fielen Steine auf Semires Rüstung, aber keiner davon war größer als eine Faust und keiner durchdrang die Panzerung. Einige größere Brocken verfehlten sie allerdings nur knapp. Sie durften nicht säumen.

Beinahe hatten Semire und Hulohn ihr Ziel erreicht, als Kyrin hinter ihnen aufschrie.

Semire fuhr die Klingen an ihren Handgelenken aus und wandte sich um.

Ein Dutzend Geister flog über der Raupe, die sich mit ihren wellenförmigen Schritten heranschob. Sie griffen jedoch nicht an, sondern fingen Steine ab, bevor sie auf die Gemälde in den offenen Segmenten fallen konnten. Quilûn marschierte neben dem Kopf der Raupe.

Kyrin dagegen hockte auf halber Höhe des Hügels. Noch einmal schrie sie, obwohl Semire keinen Grund dafür sah.

»Ist sie verletzt?«

»Innerlich«, sagte Hulohn. »Die Rüstung um ihr Herz ist gebrochen. Das Entsetzen hat es ergriffen.«

Semire verstand nicht, was er meinte. Aber das war jetzt auch nicht entscheidend. »Geh weiter!«

Sie selbst ging zurück.

Quilûn blieb stehen.

Semire packte ihn an der Schulter und stieß ihn vorwärts. »Ich hole Kyrin.«

»Ich helfe dir.«

»O nein, du bringst dich in Sicherheit«, bestimmte Semire. »Deine Aufgabe wartet bei den Tiefen Meistern auf dich.«

Sie nutzte aus, dass der Boden gerade verhältnismäßig ruhig war, und fiel in Laufschritt. Wieder bemerkte sie, wie gut ihre Rüstung angepasst war. Sie behinderte ihre Bewegungen kaum.

Kyrin wippte mit dem Oberkörper vor und zurück. Sie hielt die fingerlose Linke mit der Rechten umfasst und drückte sie gegen die schmucklose Brustplatte. »Meine Hand … meine Hand … meine Hand … meine Hand …«

Semire fasste die Schultern der Magierin. »Du lebst noch, darauf kommt es an.«

Kyrin sah zu ihr auf. Wegen der mit geschliffenen Kristallen verschlossenen Augenöffnungen des Helms ähnelte sie einem Insekt. »Ich kann nie wieder einen Zauber meißeln.«

»Das kann kaum jemand«, versetzte Semire hart. »Kaum jemand ist ein Magier.«

»Aber ich … Was bin ich ohne meine Meißel?«

Semire schaffte es, Kyrin auf die Füße zu ziehen. »Das wirst du herausfinden müssen, wenn es so weit ist. Außerdem könnte es sein, dass die Tiefen Meister deine Hand zu heilen vermögen.«

»Von so einem Zauber habe ich noch nie gehört!«, schrie Kyrin verzweifelt.

»Ach nein? Was ist mit Abuliars Ohr? Es war doch aus Stein, und er konnte damit hören.«

»Das ist etwas anderes. Dabei kann man …«

»Vorsicht!« Semire stieß Kyrin den Hügel hinab und duckte sich selbst.

Ein feuerroter Geist, von dem ein Kältestoß ausging, der ihren Atem stocken ließ, jagte über die beiden Frauen hinweg.

Mit einem schnellen Blick erfasste Semire, dass Hulohn im Ausgang stand, der Lichtstrahl beleuchtete das vielflächige Gesicht. Quilûn hatte ihn beinahe erreicht und mit ihm auch das vorderste Segment der Raupe. Bis diese zur Gänze in Sicherheit wäre, würde es aber noch eine Weile dauern.

Der rote Geist machte kehrt. Er riss das mit spitzen Zähnen bewehrte Maul weit auf und stürzte sich auf die taumelnde Kyrin. Mit Schrecken sah Semire, wie sich die durchscheinenden Fänge um den Kopf der Magierin schlossen.

Immerhin bot die Rüstung Widerstand. Der Geist drang nicht durch. Er schleuderte Kyrin jedoch mit einem Ruck zur Seite. Scheppernd prallte sie gegen einen Stalagmiten.

Der Geist setzte nach, aber Semire warf sich mit ausgefahrenen Klingen dazwischen. Mit diesen Waffen musste sie gänzlich anders fechten, als sie es gelernt hatte. Sie ließen sich nicht wie Degen oder Schwerter im Handgelenk drehen, sondern waren immer eine starre Verlängerung der Unterarme. Sie fühlte sich wie eine Raubkatze, die mit ihren Pranken zuschlug.

Mit ihrem breitbeinigen Stand trotzte sie einem Hieb des Geistes. Obwohl er sie seitlich am Oberkörper traf, ließ sie sich nicht umwerfen. Die Kälte machte ihr jedoch zu schaffen. Es fühlte sich an, als drohte ihre Lunge zu gefrieren. Sie durfte aber auch nicht flach atmen, sonst würde sie schnell Sterne sehen und wackelig auf den Beinen stehen.

Also musste sie die Entscheidung suchen. Sie verzichtete auf jede Finesse und führte wuchtige Stöße gegen ihren Gegner.

Der Geist war um vieles beweglicher als Semire. Da er flog, machte ihm der zitternde Boden nichts aus und er konnte sich nach oben hin jeder Attacke entziehen.

Semire vermochte ihm nicht zu folgen. Sobald sie ansetzte, zum Ausgang zu laufen, stürzte er sich aber wieder auf sie.

Kyrin stellte sich neben sie und fuhr die Klingen aus.

»Weg mit dir!«, forderte Semire.

»Ich hätte nicht auf dem Hügel verharren dürfen. Damit habe ich uns in diese Lage gebracht«, widersprach Kyrin. »Ich stehe dafür ein.«

»Das gefährdet uns beide. Ich brauche Raum, um mich zu bewegen. Ich kann keine Rücksicht auf dich …«

Wieder stieß der rote Geist herab. Semire empfing ihn mit gekreuzten Klingen und drehte sich über das rechte Bein aus seiner Angriffsrichtung.

Heulend flog die Wesenheit an ihr vorbei.

Semires Glieder zitterten in der Kälte.

Zwei weitere Geister flogen auf sie zu.

Der Schrei ihres Gegners klang triumphal, also waren sie wohl seine Kameraden. Semire begrub die Hoffnung, einen Sieg zu erringen. Sie konnte Kyrin lediglich Zeit verschaffen.

»Lauf!«, forderte sie die Magierin auf. »Sonst ist mein Tod sinnlos!«

Und auch der ihres Kindes, durchzuckte es sie. Aus so vielen Kämpfen hatte sie sich herausgehalten, war so vorsichtig gewesen. Wie viele Opfer hatte sie gebracht, wie viele verlangt für das Ziel, eine Familie mit Brotan zu haben? Letztlich war es dieser Wunsch, nicht der Traum ihres Vaters, der sie hierher, tief unter den Berg, geführt hatte. Jetzt opferte sie das, was sie in den vergangenen Wochen angetrieben hatte, um Kyrin zu retten.

Sie hatte keine Zeit, darüber nachzudenken. Semire konnte nur hoffen, dass es im Sinne von etwas Größerem und etwas Gutem war, wenn sie sich für Kyrin aufgab.

Die klein gewachsene Frau zögerte nur zwei Herzschläge, dann lief sie los.

»Sag Brotan, dass ich ihn liebe!«, rief Semire ihr nach.

Die Geister sammelten sich vor und über ihr. Gleichzeitig stürzten sie auf Semire herab.

Sie ließ sich auf ein Knie fallen, in der Hoffnung, auf diese Weise der Wucht des Angriffs mehr entgegensetzen zu können. Die Klingen stieß sie vor. Sollten sich diese Geister doch darauf aufspießen! Sie schrie unartikuliert.

Plötzlich sprang eine Statue vor sie. Im Gegensatz zu vielen anderen, die Semire hier unten gesehen hatte, war sie exzellent gearbeitet. Ein unbekleideter Mann, ein Jüngling aus schimmerndem Marmor, hellblau mit dunkler Äderung, kräftig gebaut, mit gelocktem Haar. Er breitete die Arme mit geballten Fäusten aus.

Blitzschnell schossen Felsdornen aus dem Boden, den Geistern entgegen. Nach dem Kreischen zu urteilen wurden sie getroffen, auch wenn Semire es nicht sah, weil der Marmorne in ihrem Blickfeld stand.

Lichtfetzen flogen zu den Seiten. Weitere Felsdornen, umlodert von Elmsfeuer, stießen aus dem Boden.

Vorsichtig stand Semire auf.

Die Statue drehte sich um. Auch die Vorderseite war imposant modelliert. Besondere Aufmerksamkeit hatte man dem Gemächt gewidmet, das einem Hengst alle Ehre gemacht hätte. Das Gesicht zeigte jugendliche, aber strenge Züge.

Von den Geistern war nichts mehr zu sehen.

Semire zog die Klingen ein und verbeugte sich.

»Heute stirbt keine Gräfin aus dem Tiefen Hause Schneegrund«, grollte die Statue.

Semire erkannte die Stimme. »Ihr seid Fürst Doryam!« Wut und Scham stiegen in ihr auf. Von allen, die ihr das Leben hätten retten können, musste es ausgerechnet Doryam sein. Niemandem schuldete sie so ungern etwas wie diesem Schänder wehrloser Frauen. Noch immer wurde ihr übel, wenn sie daran dachte, wie sie ihn nach der Eroberung im Kastell der Schwertgrats gesehen hatte.

»Lauf!« Er zeigte auf den Ausgang.

Ihr Stolz verlangte, sich zu weigern. Am liebsten wäre sie auf Doryam losgegangen. Die Klingen an ihrer Rüstung konnten ihm möglicherweise zusetzen.

Aber dann würde sie Brotan nie wiedersehen und das Kind, das sie unter dem Herzen trug, würde niemals zur Welt kommen. Ausgerechnet Doryam bot ihr, was sie ersehnte. Dies war der falsche Moment für Stolz.

Mit Tränen in den Augen warf sie sich herum und rannte zu den anderen.

»Das gefällt mir nicht«, sagte Quilûn. »Ich habe ein schlechtes Gefühl dabei.«

Das Beben hatte sich gelegt, aber seine Auswirkungen waren in der Kaverne vor ihnen unübersehbar. Eigentlich bestand der Boden aus Steinklötzen, die flache, quadratische Standflächen boten. Manche von ihnen ragten als fünf Schritt hohe Säulen über ihrer Umgebung auf, andere erhoben sich gerade mal eine Handspanne weit. Insgesamt war das Profil unruhig, aber grob betrachtet stieg der Boden nach rechts und links an, wodurch sich in der Mitte eine Mulde bildete. Dieser folgten die Wanderer wie einem ausgetrockneten Flussbett.

Die Grundstruktur wurde durch zahllose Trümmerstücke verwischt, die überall herumlagen und den Tritt trügerisch machten. Neben zersprungenen Brocken, die vermutlich aus der Decke gefallen waren, zählten Splitter dazu, die aus Klötzen gebrochen waren – und Teile von unzähligen Statuen, die auf diesen Klötzen gestanden hatten.

Soweit Quilûn erkannte, hatte jedes Bildnis einen Klotz als Standfläche für sich gehabt. Von manchen waren nur noch die Füße und Unterschenkel geblieben, von den Knien an aufwärts waren sie zerbrochen. Nahezu jeder Statue fehlte ein Arm oder ein Stück des Kopfes. Vor allem natürlich die filigranen Teile, wie ein huldvoll ausgestreckter Finger oder ein Schleier, der neckisch hinter einer Dame hergeweht war. Nur sehr wenige Bildnisse waren gänzlich unbeschädigt, sodass Quilûn ihre atemberaubende Schönheit bewundern konnte. Ein Knabe mit den Flügeln eines Schmetterlings … Eine Frau mit einem Lächeln, so süß wie der Kuchen, den Quilûns Mutter zu seinem fünften Geburtstag gebacken hatte … Ein Bär mit großen Augen, platter Nase und weich aussehendem Fell.

»Müssen wir ihn wieder aufrichten?«, fragte Quilûn.

Steinstaub trieb in der Luft. Mehrere Lichtstrahlen fielen längs durch die Kaverne, darunter auch der, dem sie folgten. Er hätte wohl auf einen Spiegel treffen sollen, der ihn nach links abgeleitet hätte, aber dieser war umgefallen. Die beiden Figuren, die seinen Rahmen gehalten hatten – ein Löwe und ein Gladiator –, waren zu stark beschädigt, um ihn noch zu stützen. So lag das an der Längsachse zehn Schritt messende Oval vor ihnen im Staub und der Lichtstrahl schuf einen beinahe weißen Fleck auf der Kavernenwand dahinter.

»Der Spiegel ist zu schwer, als dass wir ihn wieder aufstellen könnten«, meinte Hulohn. Er hockte sich hin und umfasste den massiven Rahmen, als bedürfte seine eigene Behauptung der Überprüfung.

»Finden wir den Weg denn auch ohne ihn?«, fragte Semire.

Quilûn war dankbar dafür, wie sie sich um Kyrin kümmerte. Wann immer es die Wegstrecke erlaubte, legte sie einen Arm um die Schultern der kleineren Frau, mit der sie ständig flüsterte. So hatte er seine Gemahlin noch nie erlebt.

»Es ist nicht mehr weit«, versicherte Hulohn.

Kyrin zog ihre zerschnittene Hand zurück, sodass die Klinge hervorkam, und drückte sie wieder vor. Das wiederholte sie unablässig. Ansonsten stand sie ruhig neben Semire.

Quilûn sah von einem Segment der Raupe zum nächsten. Obwohl die Gemälde, die das Wesen trug, größtenteils unbeschädigt waren, schmerzte ihn der Anblick jedes einzelnen Rahmenbruchs und jedes noch so kleinen Risses in einer Leinwand. Er wusste, dass diese Bilder einmalig waren. Er könnte andere malen, sicher. Aber nie wieder würde er exakt eines der Kunstwerke neu erschaffen können, das während des Abstiegs gelitten hatte. Noch nicht einmal mithilfe der Quadra.

Nachdenklich nahm er den ledernen Zylinder aus dem vordersten Raupensegment. Er wog nicht viel, und doch barg er solche Verheißung …

»Wir sollten weitergehen«, drängte Semire.

Quilûn nickte. »Ich gehe mit Hulohn voran, weil er den Weg kennt. Ihr beide solltet euch am Ende der Raupe halten. So können wir die Gemälde am besten schützen, wenn wir angegriffen werden.«

Wortlos führte Semire Kyrin nach hinten.

Der kleine Trupp setzte sich wieder in Bewegung. Quilûn behielt den Zylinder in den Händen. Er war ihm ein Trost und zugleich eine Mahnung. Das letzte dampfgetränkte Tuch … Er musste sich dafür wappnen, längere Zeit ohne die Quadra auszukommen, wenn sie zurück auf der Oberfläche wären. Es würde schrecklich werden.

Hulohn führte sie die Talsohle zwischen den rechts und links aufsteigenden Hängen entlang. Quilûn entdeckte immer mehr Statuen, die meisten davon schwer beschädigt.

Er überlegte, ob er den blauen Mann noch etwas zu seinen Eltern fragen konnte. Aber wenn ihr Tod letztlich ein Zufall gewesen war, ein Nebeneffekt einer Auseinandersetzung, mit der sie gar nichts zu tun gehabt hatten, dann gab es auch keine weiteren Antworten. Die Tatsache, dass niemand einen Nutzen davon gehabt hatte, machte ihr Sterben besonders sinnlos. Andererseits hätte Quilûn auch keine Möglichkeit gehabt, einen Mörder unter den Ahnen zur Rechenschaft zu ziehen – den Ahnen, deren Skrupellosigkeit ihm die Eltern genommen hatte. Und deren Sehnsucht nach Gemälden, auf denen man die Schönheit der Welt sah, ihm zu seiner Stellung verholfen hatte, erst als geehrter Maler, jetzt als Graf eines Tiefen Hauses.

»Was hat es mit diesem Bilderwall der Tiefen Meister eigentlich auf sich?«, fragte er. »Ich weiß nur, dass er die Kristallschlange im Zaum hält.«

»So ist es auch«, bestätigte Hulohn. »Die Bilder wecken Gefühle, durch die sich die Kristallschlange ablenken lässt. Statt das wirkliche Leben zu suchen, gibt sie sich mit dem Schwelgen in Träumen zufrieden.«

»Wie muss ich mir dieses Wesen vorstellen?«, fragte Quilûn. »Die Kristallschlange? Wie groß ist sie? Wie sieht sie aus?«

»Ich habe sie nie gesehen.« Hulohn hielt sich an einer aufragenden Säule fest, um auf einem von Schotter bedeckten Anstieg den Halt zu bewahren. »Den Bilderwall habe ich nie durchdrungen.«

»Aber bei den Tiefen Meistern bist du gewesen?«

»Oft.«

»Haben sie dich geschaffen?«

»Der Tiefe Meister des Hauses Schneegrund«, bestätigte Hulohn. »Ich sollte sein Werkzeug sein.«

»Zu welchem Zweck?«

»Den Stein zu erspüren, sein Wesen besser zu verstehen. Aber ich erwies mich als untauglich. Ich kann mich nur in Seelen einfühlen, nicht in etwas so Dauerhaftes wie Stein.«

Quilûn setzte seine Füße vorsichtig. Da er keinen Gürtel hatte, an den er den Zylinder mit der Quadra hätte hängen können, blieb ihm nur eine Hand, um sich an aufragenden Strukturen festzuhalten. »Sind Seelen nicht wertvoller als Steine?«

»Dort, wo du herkommst, mag es so sein«, räumte Hulohn ein. »Hier unten nicht.«

»Also ist der Tiefe Meister des Hauses Schneegrund von dir enttäuscht?«

Hulohn blickte über die Schulter zurück. »So, wie ihr Vater von Semire enttäuscht war. Zumindest denkt sie das. Er brauchte einen Erben für seinen Thron, bekam aber nur eine Tochter. Wir sind beide nicht, was unsere Schöpfer sich erhofften.«

*Schöpfer* … Der Begriff hallte in Quilûn nach. War er nicht auch ein Schöpfer? Er blieb stehen, drehte sich um und ließ den Blick nachdenklich über die Segmente der Raupe gleiten. Die Gemälde, die darin transportiert wurden, waren seine Geschöpfe. Anders als bei Hulohn und – wie dieser behauptete – bei Semire erwiesen sie sich jedoch als größer als Quilûn, ihr Schöpfer. Er verstand nicht mehr, was er schuf. Er erspürte es nur noch, und das auch nur dann, wenn genug vom Dampf der Quadra in ihm arbeitete.

Quilûn drehte den letzten Zylinder in den Händen. Die Versuchung, ihn zu öffnen, wuchs an. Mit der Zungenspitze befeuchtete er die rissigen Lippen. Aber er wollte die visionäre Wucht des Dampfes für den wichtigen Moment aufsparen, wenn sie den Tiefen Meistern gegenüberstünden.

Mit schrecklich trockenem Mund setzte er den Weg fort.

Ein Rascheln ließ Quilûn innehalten und lauschen. Da schabten Steine übereinander. Kündigte sich ein weiteres Beben an?

Aber er spürte den Boden nicht zittern. Quilûn sah sich um.

Es schien, als bewegte sich der Untergrund nur an wenigen, eng umgrenzten Stellen. Dort rutschten kleine Bruchstücke von den Klötzen ab.

Nein … Sie rutschten nicht immer ab. Manche glitten auch die schräg ansteigenden Hänge *hinauf* …

Und sie alle bewegten sich in zwei Hauptrichtungen: entweder auf Quilûn und Hulohn oder auf Semire und Kyrin zu.

»Wir werden angegriffen!« Quilûn stellte den Zylinder ab und fuhr die Klingen aus.

Das Rascheln schwoll zu einem Rauschen an. Die anflutende Masse ähnelte einer Pulverschneelawine, nur, dass sie aus kleinen Steinen bestand.

»Das sind Käfer!«, rief Semire. »Käfer aus Sandstein!«

Am Ende der Raupe erreichte die Masse die beiden Frauen und begrub sie unter sich. Klingenbewehrte Arme zappelten aus dem Gewimmel hervor.

Nun erreichte der Angriff auch Quilûn. Tatsächlich waren es Käfer, die meisten klein wie ein Finger. Ihre Füße kratzten auf dem hellblauen Stein der Rüstung. Wenn Quilûn einen von ihnen erwischte, schleuderte auch ein schwacher Hieb ihn weit davon oder zerteilte ihn gar, aber das machte keinen Unterschied. Seine Gegner waren nicht die einzelnen Käfer, sondern die krabbelnde Masse in ihrer Gesamtheit. Schon jetzt nahm sie ihm die Sicht, weil sie seinen Helm bedeckte. Er spürte ihr Gewicht nicht sosehr als Last, sondern als Widerstand, wie wenn man durch eine Furt watete. Dass er einen, zehn oder auch hundert Käfer tötete, war bedeutungslos.

Quilûn warf sich auf den Boden und wälzte sich um seine Längsachse. Seine Hoffnung, die Käfer auf diese Weise zu zerquetschen, erfüllte sich nicht: Zwar knirschten sie unter ihm, aber wann immer er etwas freie Sicht erlangte, sah er, dass ihre steinernen Körper unbeschädigt blieben.

Er begriff auch, dass die Käfer umso gefährlicher waren, je kleiner sie waren. Quilûn fühlte, wie einer durch eine Lücke unter dem Helm in die Halskrause zu krabbeln versuchte. Die harten Füßchen rissen seine Haut auf.

Er legte den Kopf so weit in den Nacken, wie es die Rüstung erlaubte, und klaubte das Biest mit Daumen und Zeigefinger heraus. Da er es nicht schaffte, es zu zerquetschen, warf er es fort.

Quilûn stand auf und wirbelte den Oberkörper mal in die eine, dann in die andere Richtung, wobei er die Arme weit schwang. So gelang es ihm, den Großteil der Käfer abzuschütteln. Doch auch das half nur für einen kurzen Augenblick, sie kamen sofort wieder.

Bislang hatten sich alle Angreifer von der Raupe ferngehalten. Sollte Quilûn dort Schutz suchen?

Mit Erschrecken sah er, dass Agohn am Kopf der Raupe stand! Obwohl die über die Augenschlitze huschenden Käfer seine Sicht behinderten, erkannte Quilûn die weiß gekleidete Gestalt mit dem langen blonden Haar sofort. Der Steinmeister meißelte am wespenartigen Haupt der Raupe.

»Was macht Ihr da?«, rief Quilûn.

Agohn trat zur Seite.

Und die Raupe trat vor. Erst nur einen Schritt weit, aber dann setzten sich die Beine in kontinuierliche Bewegung. Die Kreatur lief einen Bogen und folgte Agohn – und mit ihr die Bilder, die sie trug.

Das würde Quilûn nicht zulassen!

Die unartikulierten Schreie, mit denen sich Semire und Kyrin der Käfer erwehrten, beachtete er nicht. Er fuhr die Klingen aus und stürzte sich auf den Steinmeister.

Quilûn hätte sich denken können, dass der fähigste Magier des Bergs nicht ohne Schutzzauber unterwegs war. Ein blaues Leuchten blitzte zwischen seinem Rücken und der Spitze von Quilûns Waffe auf. Es lenkte den Stoß zur Seite, wo er harmlos die Luft zerschnitt.

»Das sind meine Gemälde!«, kreischte Quilûn. »Lasst sie hier!«

Agohn lachte. Seine Worte waren durch das Rascheln der Käfer nur schwer zu verstehen. »Wieso sollte ich etwas so Dummes tun?«

»Weil ich Euch sonst absteche!«, drohte Quilûn. Wie ein Wahnsinniger stach er auf den Steinmeister ein. Jedes Mal blitzte das blaue Licht auf, aber auch wenn die Klingen den Mann nicht erreichten, drang doch etwas von der Wucht der Angriffe durch. Agohn wurde vorwärtsgestoßen, stolperte über einen wadenhohen Klotz und fiel.

Triumphierend auflachend sprang Quilûn auf seine Brust und stieß die Klingen auf das Gesicht des Steinmeisters zu. Der Zauber lenkte sie ab.

Mit hassverzerrter Miene streckte Agohn eine Hand zur Seite. Die verschiedenartigen Steine, die ihm die Fingernägel ersetzten, klackerten gegeneinander, als er eine komplexe Geste vollführte.

Stoisch blieb Quilûn bei seinen Versuchen, den Magier zu erstechen. Er ließ sich nicht davon entmutigen, dass jeder seiner Angriffe abgelenkt wurde, und die über ihn krabbelnden Käfer ignorierte er, bis er einige fortwischen musste, um ausreichende Sicht zu erhalten. Sogar, als nochmals etwas in seine Rüstung geriet und er einen Biss im Nacken spürte, blieb er bei der Sache.

Agohn schrie.

Das war keine Wut, es war ein Laut des Schmerzes.

Die Käfer! Dadurch, dass Quilûn auf dem Magier hockte, krabbelten auch einige der Steinwesen über den auf dem Boden liegenden Mann. Dieser war gegen die spitzen Füße aber schlechter geschützt als Quilûn in seiner Rüstung. Der Schutzzauber hielt sie nicht auf, vielleicht, weil sie zu klein waren oder weil sie selbst Magie in sich trugen. Sie rissen Agohns Haut auf, er blutete bereits aus vielen kleinen Schnitten.

Quilûn lachte.

Bis ihn ein harter Schlag in die Seite traf und ihn von Agohn herabfegte. Er schlitterte über den unebenen Boden und stieß mit dem Rücken an einen Klotz.

Quilûn schüttelte den Kopf, um die verschwommene Sicht zu klären.

Eine Statue kam auf ihn zu, ein Steinmann mit nur einem Auge, das in der Mitte der Stirn saß, und übergroßen Fäusten. Quilûn zweifelte nicht daran, dass ein Hieb damit seine Rüstung brechen würde. Und er hatte keine Ahnung, wie er einen solchen Angriff parieren könnte.

Hulohn trat vor den Steinmann. Auch über seine in Facetten unterteilte Haut krochen Dutzende von Käfern, schienen sie jedoch nicht verletzen zu können.

Mit einer Geste, die große Ruhe ausstrahlte, legte Hulohn der Statue eine flache Hand auf die Brust. »Du willst das nicht!«, rief er. »Du musst das nicht!«

Das eine Auge seines Gegenübers starrte ihn an.

Fasziniert sah Quilûn zu.

Was für ein Bild! Dieses stumme Kräftemessen, bei dem nicht klar war, gegen was Hulohn anging ... War die Statue sein Gegner? Oder kämpfte er gemeinsam mit der Statue gegen den Griff, den Agohn um das Herz dieser Kreatur gelegt haben mochte?

Dazu noch das unaufhörliche Gewimmel der Käfer, die Schreie von Kyrin und Semire aus der Ferne.

Quilûn wusste, dass er eigentlich die Raupe hätte aufhalten müssen, die sich unter Agohns Führung entfernte. Aber dieses Verlustgefühl ... Das Wissen, dass ihm die Kunst gestohlen wurde, die er nie wieder erschaffen könnte ...

Unter seinem Helm weinte Quilûn, aber er konnte nicht handeln. Die Möglichkeiten, die diese Gegensätze und intensiven Empfindungen für ein Gemälde boten, vielleicht für das größte Werk, das er jemals kreieren könnte, überwältigten ihn. Er ließ sogar zu, dass die Käfer ihn so dicht bedeckten, dass er nichts mehr sah, und ihn schließlich umrissen.

Vor Quilûns geistigem Auge zuckten Linien, Farben, Spiralen, Flecken. In seinem Kopf nahm das Gemälde Gestalt an. Was scherten ihn da die Bisse, die er unter seiner Rüstung spürte? Sein Körper war vergänglich. Seine Kunst war ewig.

Er wusste nicht, wie viel Zeit verstrichen war, als die Käfer von ihm abließen. Sie verteilten sich in der Umgebung, schnell erstarb ihr Rascheln.

Quilûn sah sich um. Er fand den Zylinder mit der Quadra und nahm ihn auf. Die Kappe hatte sich gelöst, aber der Behälter war unbeschädigt. Hulohn stand neben ihm, Semire und Kyrin kamen zu ihnen.

Quilûn befestigte die Kappe auf dem Zylinder. »Wo ist die Raupe?«

Hulohn zeigte auf einen Trümmerhaufen, hinter dem der Bogen eines Durchgangs zu erahnen war, den der Schutt vollständig versperrte. »Wir können ihr nicht folgen.«

Kyrins Blick streifte ihre zerteilte Hand. Der Stein, aus dem die Rüstung bestand, glühte schon lange nicht mehr, die Schnittkante des Panzerhandschuhs wirkte, als sei sie mit Bedacht und Meisterschaft gemeißelt. Das Fleisch war dunkel wie feuchter Anthrazit. Dazwischen schimmerten die Stümpfe der Mittelhandknochen. Den Schmerz fühlte sie abstruserweise in den Fingern, die nicht mehr da waren. So etwas hatte sie schon von anderen gehört, die eine Hand oder einen Fuß auf dem Schlachtfeld gelassen hatten.

Aber angesichts der Schönheit, die Kyrin umgab, berührte sie die eigene Entstellung nicht mehr. Ihre Verletzung erschien ihr unwesentlich, denn an diesem Ort fühlte sie selbst sich klein und vergänglich.

Lichter pulsten durch unzählige Adern, die aus der Decke hoch über ihnen herauskamen oder in ihr verschwanden. Vor ihnen bewegte sich ein Geflecht aus Stein. Sternförmig angeordnete Streben griffen ineinander wie die Räder in einer Wassermühle. Es waren Tausende in unterschiedlichen Größen, und sie waren so fein aufeinander abgestimmt, dass sie nur leise Geräusche machten, wenn die Steinstreben gegeneinanderrieben. Was sie in Bewegung hielt, konnte Kyrin nicht erkennen.

Einige von ihnen gaben Gemälde aneinander weiter. Dazu waren Hände an den Streben ausgeformt, die zupackten und losließen. Das taten sie so feinfühlig, dass Kyrin kaum Griffspuren an den hölzernen Rahmen ausmachte, obwohl sie vermutete, dass sich das Schauspiel vor ihr bereits seit Generationen vollzog.

Bilder unterschiedlicher Größe wanderten an ihr vorbei, wurden gewendet, sodass sie mal die Motive sah – Porträts, Landschaften, Gebäude, kraftvolle Bestien, zarte Blumen – und mal die Rückseiten.

Es gab mehrere dieser bewegten Gitter. Kyrin machte fünf Schalen aus, aber es mochten mehr sein. Zu jedem Zeitpunkt hatte sie mehrere Hundert Bilder im Blick.

Das erste Geflecht reichte mehrere Dutzend Schritt bis hinauf zur aus funkelnden Kristallen bestehenden Decke. Lichtstrahlen wie jenen, dem sie gefolgt waren, gab es hier nicht. Kyrin vermutete, dass die Lichtbahnen ihre Helligkeit außerhalb von Kyrins Sichtfeld in die Kristalle gaben.

Der Boden war glatter Marmor, ockerfarben mit brauner Äderung. Hier fand sich kein Staubkorn. Er war so gründlich poliert, dass die erste Fingerbreite durchscheinend war wie Glas.

Die Wände hinter und seitlich von ihnen bestanden aus Granit, durch den sich andere Gesteine und grobkörnige Metalleinschlüsse zogen. So ergab sich eine Musterung, ähnlich einer lockeren Bewölkung an einem Sommertag.

Der Vorraum vor dem sich bewegenden Bildergeflecht war nicht nur höher, sondern auch in der Fläche größer als der Festsaal im Palast der Schneegrunds. Hulohn, Quilûn und Kyrin verloren sich in dieser Weite.

Semire von Schneegrund stand am Rand des Raums, bei Brotan. Er war der einzige Imagolem hier. Die Scharten an Brust und Bauch, die Kerben im linken Arm … soweit Kyrin erkannte, hatte er keine neuen Beschädigungen erlitten. Semire setzte mehrfach an, ihn zu berühren, schien es aber nicht zu wagen. Er stand leblos wie eine Statue.

»Gebt ihn frei!«, rief Semire schließlich. »Ich habe meinen Teil der Abmachung erfüllt. Der Maler ist hier.« Sie zeigte auf Quilûn.

Neben ihr begann die Wand zu glühen. Kyrin spürte die Wärme. Dort, wo Semire und Brotan standen, musste es eine mörderische Hitze sein. Auch die Rüstung schützte nicht davor, Semire wich zurück.

Die Glut verflüssigte das Gestein, das aber nicht zum Boden abfloss, sondern Strudel und Ströme bildete. In einem Kreis von zehn Schritt Durchmesser entstand auf diese Weise ein Gesicht aus gelber und roter Lava mit streng blickenden Augen und einem weiß glühenden Schneekristall in der Stirn.

»Der Maler ist hier, das ist wahr«, bestätigte das Antlitz, in dem Kyrin nach Semires Beschreibung ihrer vorausgegangenen Begegnung den Tiefen Meister des Hauses Schneegrund vermutete. »Doch die Gemälde fehlen. Wir brauchen sie dringend. Es könnte zu spät sein.« Seine Stimme klang wie Geröll, das einen Hang herabrutschte – eine Vielzahl von klackenden, rasselnden Tönen, die aber doch ein erkennbares Ganzes bildeten.

»Und das wird es, wenn Ihr Euch mir nicht unterwerft!« Steinmeister Agohn trat aus demselben Gang, durch den auch Kyrin mit ihren Gefährten gekommen war.

Sein aus vielen Steinsorten bestehender Stab klackte auf den Marmor. Ein kaltes Lächeln strahlte selbstsicher in seinem hageren Gesicht, obwohl Staub seinem Haar das Leuchten raubte und die weiße Magierschürze an mehreren Stellen gerissen war.

Unwillkürlich wich Kyrin vor ihm zurück, bis sie an Quilûns Seite stand.

»Ich habe die Bilder, die Ihr sucht«, behauptete Agohn. »Ihr aber seht sie nicht. Meine Zauber verbergen sie.«

»Wo bist du?« Die Augen im Lavagesicht wanderten hin und her, schweiften über das sich bewegende Geflecht, durch den Raum, zum Zugang und zurück. »Bist du das, Agohn? Oder spricht ein anderer?«

Agohn lachte. »Ihr nehmt mich nicht wahr. Auch meine Stimme hört Ihr nur, weil es mir so gefällt. Um an meinen Zaubern zu meißeln, hatte ich lange Zeit, und ich habe sie genutzt.«

Kyrin wandte sich Quilûn zu. »Siehst du ihn?«

»Klar und deutlich«, bestätigte er. »Aber es ist mir nicht gelungen, ihn mit meinen Klingen zu verletzen. Seine Schutzzauber sind wirklich mächtig.«

»Eure Welt geht unter, so wie meine bereits untergegangen ist!«, klagte Agohn. »Ihr habt mir nicht beigestanden, und nun habt Ihr von mir keine Gnade zu erwarten. Ihr werdet Euch unterwerfen!«

»Einem Sterblichen?«, grollte der Tiefe Meister. »Das ist lächerlich.«

»Ich beherrsche den Stein, ich werde mich nicht an ihn fesseln«, stellte Agohn klar. »Vielleicht werde ich nicht unsterblich sein, aber für einige Jahrhunderte reicht die Kraft, über die ich gebiete. In dieser Zeit könnt Ihr nach einem befriedigenden Weg für mich suchen.«

»Und wieso sollten wir unsere Aufmerksamkeit darauf verschwenden?«

»Weil Ihr mir Stein von Eurem Stein geben werdet.«

Kyrin brauchte einen Moment, um zu erkennen, dass das Geräusch, das sich nach einer abgehenden Lawine aus schwerem Geröll anhörte, ein Lachen war. »Wir sollen uns dir ausliefern wie ein Imagolem seinem Schöpfer? Das wäre Wahnsinn.«

»Wahnsinn wäre«, sagte Agohn süffisant, »die Kristallschlange erwachen zu lassen, auf dass sie die Welt auf der Suche nach dem Blitzvogel verschlingt. Wenn Ihr wie Wahnsinnige handelt, kann ich das auch tun.« Er krümmte die Finger seiner Linken und streckte den Arm schräg nach vorn, während sich seine andere Hand so fest um den Stab schloss, dass die Knöchel weiß hervortraten.

»Was tust du?« Obwohl sich der Ruf des Tiefen Meisters aus einer Fülle von Geräuschen bildete, war die Angst in der Vielstimmigkeit deutlich herauszuhören.

»Ich hatte«, der Steinmeister klang angestrengt, »lange Zeit, meine Zauber zu meißeln.«

Kyrin erspähte ein Funkeln im Innern des Bilderwalls, hinter dem dritten oder vierten Geflecht. Es sah aus wie Rauch oder Nebel, der aus Diamantstaub bestand. Glitzernd wallte er in die Breite.

»Du darfst ihr nicht den Weg zeigen!«, rief der Tiefe Meister. »Wir müssen sie zurückhalten.«

»Dann gebt mir Stein von Eurem Stein«, knirschte Agohn mühsam.

Kyrin schrie auf und rannte ihm entgegen. Sie senkte die Stirn und rammte ihm ihren Helm in den Bauch. Wie genau sie traf, sah sie nicht. Ein blaues Licht blitzte vor ihren Sichtschlitzen. Aber sie warf den Steinmeister um.

Agohn rutschte über den glatten Boden. Er lachte. »Wie lange soll mich das aufhalten? Oder besser: eine solche Wesenheit? Der Bilderwall ist geschwächt, sie ist zu wach, um sich noch von der alten Schönheit beeindrucken zu lassen. Und die neue befindet sich in meiner Gewalt. Ohne mich seid Ihr dem Zorn der Kristallschlange ausgeliefert.«

Hinter Kyrin klackte etwas auf den Boden.

Sie drehte sich um.

Immerhin schien der glitzernde Nebel zu bleiben, wo er war, statt sich weiter zu nähern.

Hulohn stand unbewegt, seine Miene war undeutbar.

Aber Quilûn hatte den linken Handschuh abgezogen und tat nun dasselbe mit dem rechten. Nachdem er auch ihn fallen gelassen hatte, nahm er den Helm ab. Sein Gesicht war verschwitzt, das blonde Haar haftete strähnig zusammen. Schrammen zeugten vom Angriff der Ratten, verkrustetes Blut klebte unter seinem Ohr. Doch die Augen loderten kraftvoll.

»Ihr verwechselt den Dieb mit dem Schöpfer, Steinmeister«, sagte er. »Seht zu und lernt.«

Kyrin befürchtete schon, dass er sich mit bloßen Händen auf den durch Kampfzauber geschützten Magier stürzen würde. Was er stattdessen tat, erschreckte sie noch mehr: Er öffnete den Zylinder, zog das Tuch heraus und drückte es in sein Gesicht. Milchiger Dampf waberte aus den Fasern und um seinen Kopf herum.

Quilûn schritt zu einer Wand. Mit gespreizten Fingern berührte er einen Einschluss metallischer Körner, die Kyrin wegen der Färbung für Kupfer hielt.

»Ich nehme an, Ihr habt Macht über dieses Gestein, Tiefer Meister«, sagte Quilûn, ohne sich dem Lavagesicht zuzuwenden. Sein Blick huschte über die Wand. »Gebt mir von diesem Orange.«

Offenbar wurde er verstanden. Unter seinen Fingern zogen sich die Kupferkörnchen zusammen und weitere tauchten aus der Tiefe des Gesteins auf.

»Gut«, befand Quilûn. »Und nun folgt mir, wie Farbe einem Pinsel folgt.«

Er riss seine Hand an der Wand entlang.

Ein kupferfarbener Strich entstand hinter seiner Hand.

Quilûn ging in die Hocke, um einen steilen Zacken abwärts zu ziehen. Der Maler setzte neu an. Punkte kamen dazu, unterbrochene Striche, ein Bogen. Mit weiten Schritten bewegte er sich an der Wand entlang. Kehrte zurück, benutzte beide Hände. »Schneller!«, forderte er. »Ich brauche die Farbe schneller. Das Entstehen muss mit meinen Gedanken Schritt halten.«

Mehr Kupfer tauchte auf.

Kyrin merkte, dass sie flach atmete. Hier entstand etwas. Sie wurde Zeugin von etwas Großem.

Hulohn stellte sich neben sie. »Du liebst ihn.«

»Ja. Auch wenn ich ihn nicht verstehe.«

»Vertrauen ist wichtiger als Verstehen.«

Heftig atmend trat Quilûn zurück und betrachtete das Gewirr aus Kupfer. Kyrin war davon überzeugt, dass er etwas sah, das niemand anderes wahrnahm.

Selbst Agohn vermochte sich der Faszination offenbar nicht zu entziehen. Auf seinen Stab gestützt stand er auf, ohne den Blick von dem Wandstück vor dem Maler zu nehmen.

»Rot!«, forderte Quilûn. »Gebt mir Rot. Eisen. Rost.«

Die verlangte Farbe erblühte auf dem grauen Granit.

»Nicht hier!« Herrisch zeigte Quilûn auf einen Fleck, der daraufhin wieder verschwand. Einen anderen griff er mit den Fingern, zog gebogene Linien heraus.

»Er hat ein Kind, nicht wahr?«, flüsterte Hulohn. »Quilûn ist ein Vater?«

»Er hat einen Sohn namens Erlyk«, bestätigte Kyrin. »Elf Jahre alt.«

»Weiß!«, rief Quilûn. »Salz! So hell es geht.«

Wie verlangt wuchs Salz aus dem Stein. Etwas davon rieselte

zu Boden, als Quilûn es über die Fläche vor sich zog, es mit dem Rot und dem Kupfer vermengte.

»Er liebt seinen Sohn«, erkannte Hulohn. »Aber es gibt auch viel, was Quilûn bereut.«

»Er glaubt, er hat Fehler bei Erlyks Erziehung gemacht«, flüsterte Kyrin, die nun auch die Vaterliebe in dem Gewirr aus Farben ausmachte. Sie schüttelte den Kopf. Wie konnte eine solche Darstellung so etwas vermitteln? Ohne, dass irgendetwas Konkretes abgebildet wurde? »Er fragt sich oft, ob er zu milde gewesen ist, um Erlyk auf das Leben vorzubereiten. Oder zu streng, um ihn selbst erkunden zu lassen, was ihn glücklich macht.«

»Schwarz!«, forderte Quilûn. »Kohle.«

Kyrin erkannte sofort, dass sein Wunsch diesmal nicht exakt erfüllt wurde. Grobporiger Basalt trat hervor.

Quilûn arbeitete mit dem, was ihm gegeben wurde. Seine Gesten verteilten das Gestein wie jedes andere Material zuvor. Aber wo es auf das Salz traf, bröckelten große Flächen von dem Weiß ab.

Kyrin hörte ein lang gezogenes Atemgeräusch über sich. Sie sah nach oben.

Dort formte der glitzernde Nebel vor dem Bilderwall ein riesiges Auge mit einer geschlitzten Pupille, das von der Andeutung geschuppter Haut eingefasst wurde. Es betrachtete Quilûns Bild.

»Es hält nicht!«, klagte der Maler. »Es zerfällt.«

»Nein!« Entschlossen lief Kyrin zu ihm. Sie berührte den Granit unterhalb einer Stelle, wo das Salz abbröckelte. »Hier einen Wulst!«, forderte sie. »Nur eine Fingerbreite.«

Sichtlich irritiert starrte Quilûn sie an.

»Vertrau mir«, bat sie. »Ich schütze dein Bild. Wie jemand, der einen Rahmen für eine Leinwand fertigt.«

Er wirkte unschlüssig, aber er hinderte sie nicht.

Der Tiefe Meister schien einzusehen, dass Kyrins Vorschlag helfen würde. Ein winziger Vorsprung wuchs aus der Wand.

Das Salz fand an dieser Stelle Halt.

»Feuchtigkeit wäre gut«, meinte Kyrin. »Nicht so viel, dass sich das Salz auflöst. Aber genug, damit es zusammenklebt.«

Quilûn gab sich erneut in seine Kunst hinein. Besorgt sah Kyrin, wie sehr er sich verausgabte, aber sie konzentrierte sich darauf, zu erhalten, was er schuf. Sie ergänzten sich wie Hammer und Meißel, und Kyrin versuchte, der passende Meißel für das zu sein, was Quilûn erschaffen wollte. Nur ein Werkzeug ohne eigenen Willen. Bald wusste sie nicht einmal mehr, wie das Bild aussah. Sie arbeitete zu nah, um einen Überblick zu wahren.

Irgendwann erstarrte Quilûn. Der Blick aus seinen fiebrigen Augen zitterte über die Wand.

Mit abgespreizten Armen trat er zurück.

Erschöpft folgte Kyrin ihm, aber das Bild interessierte sie nicht. Sie lehnte sich gegen seinen Brustpanzer. »Halt mich fest.«

Er schloss die Arme um sie.

»Du hast deinen Wert bewiesen«, rauschte der Tiefe Meister. »Die Kristallschlange hat sich zurückgezogen. Sie träumt wieder.«

»Für den Moment!«, protestierte Agohn. »Nur für einen flüchtigen Moment!«

»Du wirst ein Teil von mir werden, Quilûn«, bestimmte der Tiefe Meister. »Du wirst in mir aufgehen.«

»Egal, was du antwortest«, flüsterte Kyrin erschöpft, »was du sagst, gilt für uns beide. Ich werde bei dir bleiben. Für immer.«

Das brennende Antlitz eines weiteren Tiefen Meisters schmolz aus der Wand hervor. Nun waren es vier riesige Gesichter, die auf die Sterblichen vor dem Bilderwall herabstarrten: Schneegrund, Adlerhoch, Saphirtrutz und Finstertann. Quilûn spürte nicht nur die Hitze, durch die die Luft vor den Mienen aus Flammen und Lava flimmerte, sondern auch den Zorn dieser Wesenheiten. Sie empfanden es als Anmaßung, dass sich etwas nicht ihrem Willen fügte. Üblicherweise gestaltete sich die Welt gemäß ihren Wünschen, so waren sie es gewohnt, aber seit der Umkehr der Ströme der Macht geschahen Dinge, die sie weder gewollt noch vorhergesehen hatten. Quilûn konnte sich denken, dass Derartiges lange nicht mehr vorgekommen war.

Selbst die edelsten Oberhäupter der Tiefen Häuser, die Grafen, die Landvögte und Lichtmeister zitterten vor den Ahnen. Doch die Tiefen Meister vereinten in sich eine Vielzahl von Unsterblichen, diejenigen Geister, die sich in den Jahrhunderten tief unten im Fels bewährt hatten. Und nun boten sie Quilûn an, sich mit dem Tiefen Meister des Hauses Schneegrund zu vereinen, weil er etwas konnte, das keinem von ihnen gegeben war und doch dringlich benötigt wurde: malen. Auf eine Weise, die den Traum der Kristallschlange zu verlängern vermochte, weil Quilûns Bilder ihre Vorstellungskraft gefangen nahmen und von dem Vorhaben ablenkten, aufzuwachen und die Welt mit Zerstörung zu überziehen.

Unter Agohn wuchs eine kristallene Säule empor, außen zusammengesetzt aus sechseckigen Flächen. An den Kanten brach sich der Feuerschein von den Gesichtern der Tiefen Meister. Ihr Durchmesser erlaubte Agohn gerade, auf der Säule zu stehen. Sie hatte eine Höhe von zehn Schritt erreicht, schob sich aber immer weiter aus dem Boden.

Die Tiefen Meister beachteten Agohn nicht und auch Quilûn wollte sich nicht mit ihm befassen. Der Magier mit der weißen Schürze benahm sich wie ein ungezogenes Kind, das seinen Platz in der Welt nicht kannte und nicht wahrhaben wollte, wie unwichtig es war.

Neben dem Gemälde, das Quilûn im Stein geschaffen hatte, wuchs eine Figur aus weißem Marmor hervor. Mit den beiden Armen, der Schulterpartie und dem Kopf ähnelte sie einem Menschen, auch wenn weder Gesicht noch Haar ausgeformt wurden und die Hände keine einzelnen Finger aufwiesen. Um das Geschlecht zu bestimmen, bot die Figur keine Anhaltspunkte. Zwei weite Schwingen streckten sich zu den Seiten. Die Hüfte jedoch blieb in der Wand, und unterhalb davon wurde es schwierig, zu erkennen, wo der Marmor endete und der Granit begann.

»Lass dich umarmen«, forderte der Tiefe Meister des Hauses Schneegrund Quilûn auf. »Es geht um den Bestand der Welt.«

»Wir gehen nur zusammen!« Der durch Kyrins Helm erzeugte Hall gab ihrer Stimme zusätzliches Volumen.

»Du interessierst uns nicht«, versetzte der Tiefe Meister. Die Silben bauten sich zunächst leise auf, wie einzelne Kiesel, die ins Rutschen gerieten, erreichten aber schnell die Wucht einer Lawine.

»Wenn ich so bedeutungslos bin, kann es Euch auch nicht stören, wenn ich bei Quilûn bleibe«, beharrte Kyrin.

Semire von Schneegrund fuhr ihre Klingen aus und zog sie zurück. In ihrer Rüstung mit dem weißen Schneekristall auf der Brustplatte sah sie unbesiegbar aus, mehr noch als der einen Schritt größere Brotan, der reglos neben ihr stand. Maler benutzten gern Zeichnungen, die das Idealmaß für Körperproportionen oder günstige Anordnungen für Bildelemente verdeutlichten. Semire erschien Quilûn in diesem Moment als Urbild der Kriegerin, das alles auf die Spitze trieb, was diesen Archetyp ausmachte. Gern hätte er sie gemalt, auf einem Hügel oder auf den Zinnen einer Burg, die sie erstürmt hatte, an der Spitze eines Heers, das einen Keil in die Schar der Gegner zwang. In dem Bild hätte er allerdings den Helm entfernt und sie stattdessen mit ihrem roten Haar gemalt, wie ein flammendes Banner.

Kyrin holte seine Gedanken zurück, indem sie seinen Arm berührte. Sein Blick fiel auf ihre zerschnittene Hand. Sie alle hatten große Opfer gebracht, um jetzt hier zu stehen.

Quilûn sah auf sein Bild und dachte an Erlyk. Was für ein Vater verließ sein Kind, bevor es selbst für sich sorgen konnte?

»Wenn Ihr lügt«, sagte Quilûn, »wenn das, was wir geben, unnötig ist, wird es Euch reuen, uns zu einem Teil von Euch zu machen. Wir werden ein Stachel in Eurem Wesen sein. Ein schlechtes Gewissen, eine Anklage, die niemals schweigt.«

»Du musst malen«, meldete sich der Tiefe Meister des Hauses Adlerhoch. Aus seinem Gesicht fauchten immer wieder Flammen, die Schwungfedern ähnelten. Auch seine Stimme klang nach rutschenden Steinen. »Tiefer müssen deine Bilder werden und wir brauchen mehr davon. Und schnell. Schneller, als du sie mit deinen sterblichen Fähigkeiten malen kannst.«

Kyrin nahm das Quadra-Tuch vom Boden auf und reichte es Quilûn.

Zwar hatte er mehrere Züge davon genommen, bevor er das Bild im Stein geschaffen hatte, und danach hatte sich etwas von dem Dampf verflüchtigt, weil das Tuch offen gelegen hatte. Dennoch ließe sich bestimmt noch mehr herauswringen.

Trotzdem schüttelte Quilûn den Kopf. Statt des Tuchs umfasste er vorsichtig die verletzte Hand der Frau, die er liebte. In seinen letzten Momenten als Sterblicher wollte er sie spüren und sich nicht in Visionen verlieren, in die sie ihm nicht folgen konnte.

Agohn rammte seinen Stab auf die Kristallsäule, auf der er stand. Sie war nun auf eine Höhe von dreißig Schritt angewachsen. Der Stoß mit dem Stab klang vielfach in der gesamten Säule nach, als stießen überall darin Gläser gegeneinander. Dieses Geräusch blieb, während Agohn den Stab mit beiden Händen fasste und ihn waagerecht über seinen Kopf hob.

Glitzernder Nebel wallte zwischen den Schalen des Bilderwalls. Die Schwaden verdichteten sich. An manchen Stellen wirkten sie wie massive Edelsteine, so groß wie ein Fuhrwerk, die in der Luft schwebten. Sie gewannen an Festigkeit, was der Umstand bewies, dass die sich bewegenden Steinstreben des Bilderwalls ins Stocken gerieten. In anderen Bereichen bewegten sie sich jedoch unvermindert fort, was zu Spannungen führte. Protestierend knirschte das Gestein. Die Hände, die bislang die Gemälde in einem kontinuierlichen Strom durchgereicht hatten, wirkten hektisch. Sie versuchten, die Bilder vor den Stellen zu sammeln, an denen sich der Nebel verdichtete. Wollten sie die Kunst wie einen Schutzschild verwenden, um die Kristallschlange abzuwehren?

Ein Knall leitete ein Beben ein. Der Marmorboden zitterte heftig und sprang auf, an mehreren Stellen bildeten sich lange Risse. Die Kristalldecke knackte. Brocken lösten sich aus den Wänden und krachten auf den Boden.

Sanft hob Quilûn Kyrins Hand an und küsste die Panzerung unmittelbar über der Schnittkante. »Ich werde dir keinen Vorwurf machen, wenn du dich rettest. Willst du wirklich mit mir kommen?«

»Einen Moment noch!«, rief sie.

»Die Zeit wird knapp, Liebste.« Er schmeckte ein bitteres Lächeln auf seinen Lippen. Wenn sie ging, würde sie sich um Erlyk kümmern, dessen war er sich gewiss. So, wie Tante Bûna sich um ihn gekümmert hatte. Er versuchte, Trost in dieser Vorstellung zu finden, doch der Gedanke, Kyrin gehen zu sehen, schmerzte in seiner Brust.

Sie löste sich aus seinem Griff und zog den Handschuh von der Rechten. Achtlos ließ sie ihn fallen und nahm den Helm ab.

Quilûn sah das mit Besorgnis. Jeden Moment konnten Teile aus der Decke brechen.

Aber der Anblick ihres Gesichts wischte alle Bedenken beiseite. Ihre Augen betrachteten ihn trotz ihrer Lage mit einem solchen Vertrauen! Er begriff, dass sich Kyrin vollkommen sicher war in dem, was sie wollte.

Sie küssten sich. Erst zärtlich, dann fordernd. Knirschend rieben ihre Rüstungen übereinander. Ihre Hand streichelte seinen Hinterkopf und er zauste ihr wirres Haar.

Das Beben trennte sie, indem es ihnen das Gleichgewicht raubte. Sie mussten sich voneinander lösen, um auf den Füßen zu bleiben.

Ihre Hände fanden sich von Neuem. Gemeinsam begaben sie sich in die Umarmung der geflügelten Statue, die ihre weißen Schwingen über sie breitete und ihre Köpfe an ihre Marmorbrust zog.

Quilûns Wahrnehmung tauchte in den Stein. Nicht nur in den unmittelbar vor ihm. Sie verteilte sich, strömte aus, verästelte in den Berg hinein. Er folgte dem Granit, spürte die Adern aus Basalt, Sandstein, Salz, Erzen und begriff, dass deren Verlauf nichts mit einem natürlichen Wachsen zu tun hatte. Die Geister, vielleicht auch andere magische Kräfte, hatten sie geformt. Sie hatten auch den Kristall gezüchtet. Quilûn sah sich und Kyrin tief unten in der Umarmung des Geflügelten stehen. Er blickte auf Hulohn und Brotan und Semire hinab. Wo er Agohn auf der Säule wusste, sah er jedoch nichts. Die kristallene Decke ermöglichte ihm diese Wahrnehmung, die mit *sehen* eigentlich nur unzureichend beschrieben war. Es gab kein Auge, das sich auf etwas gerichtet hätte. Licht schien aus dem Kristall, und es war, als würde er mit diesem Licht tasten.

Die Kristallschlange war fürchterlich. Es war unmöglich, dieser Urkraft die Verehrung zu versagen. Nur die Nähe der Tiefen Meister hinderte Quilûn daran, sich ihr sogleich und vollständig zu unterwerfen. Er spürte ihr Sehnen. Sie wollte sich mit dem Blitzvogel vereinen, jenem prachtvollen Geschöpf, das sie schon so lange vermisste. Nur er kam ihr gleich. Ohne den Blitzvogel war die Kristallschlange ausschließlich von Unwürdigen umgeben, von kümmerlichen Geistern, die ihr Wesen niemals vollständig erfassen könnten. Sie lebte in der Einsamkeit, die Vollkommenheit mit sich brachte.

Auch Quilûn war unvollkommen, erinnerten ihn die Tiefen Meister. Und die Geister des Berges. Und die Menschen, die sich in der Welt mühten. Und Kyrin.

Für die Kristallschlange waren weitere einhundert oder eintausend Jahre eine Zeitspanne, die sie abwarten würde, wenn ihre Gedanken etwas fanden, das der Beschäftigung wert war. Die bestehenden Bilder hatten ihre inspirierende Wirkung jedoch erschöpft. Neue mussten her.

Etwas beunruhigte sie mit einer Klage.

Dieses Etwas war Agohn, vermutete Quilûn. Aber der war seinem Zugriff entzogen.

Also musste er dem Einfluss des Steinmeisters entgegenwirken. Die Tiefen Meister leiteten seine Aufmerksamkeit durch Granitadern, durch Tore aus Jade und Kupfererz, die für gewöhnlich die Pfade im Innern des Felses versperrten. Er gelangte hinter die erste Schale des Bilderwalls, die zweite, die fünfte, die neunte. Er begriff, dass diese Schalen Kugeln bildeten. Weil sie so riesig waren, hatte er als davorstehender Sterblicher nur eine leichte Wölbung des Geflechts erkannt.

Am Ziel seiner Reise sah Quilûn die ganze Pracht der Kristallschlange. Oder übersetzte sein Verstand die Wesenheit, der er begegnete, nur in Bilder, die er fassen konnte, obwohl ihre wahre Gestalt eine ganz andere war?

Ihm erschien die Kreatur tatsächlich als Schlange, aber das war nur wegen seiner neuen Wahrnehmung möglich. Als Mensch, der vor ihr stand, hätte er nur wenige Schuppen erfassen können. Sie waren weiß und silberfarben und durchsichtig und größer als ein Palast. Jede von ihnen lief in mehreren lang gezogenen Zacken aus. Ihr strahlender Glanz hob sich von den trübe wirkenden Augen mit den senkrecht stehenden Schlitzpupillen ab. Die Kristallschlange lag zusammengerollt in einem Nest aus jenen Strängen, die wie blindes Glas aussahen und durch die fahle Lichter wanderten.

Ein gewaltiger Felsblock wuchs vor der innersten Schale in die Höhe.

»Erschaffe.« Quilûn erkannte nicht, welcher der Tiefen Meister es sagte, aber es klang flehentlich.

Quilûn tauchte in den anwachsenden Block. »Farbe. Ich brauche Farbe.«

»Welche?«

»Ein tieferes Grau«, verlangte er.

Granit einer anderen Härte formte sich.

Quilûns Gedanken reichten aus, um ihn zu verschieben. Über das Beben hörte er das Knirschen des Gesteins. Er benutzte den dunkleren Granit wie ein Stück Kohle, mit dem er Vorzeichnungen auf eine Leinwand auftrug, bis er begriff, dass er hier anders malen konnte: Sein Wille konnte alles zurücknehmen, alles ungeschehen machen. Auf diese Weise konnte er forscher arbeiten, größere Wagnisse eingehen. Es bestand keine Gefahr, ein Bild dauerhaft zu verderben.

Quilûn wählte die Wut eines sturmgepeitschten Sees als Motiv. In einem solchen Wetter konnte ein Boot in jede Richtung getragen werden. Wer zu ängstlich war, nahm Kurs auf die Küste und lief Gefahr, auf Klippen geschleudert zu werden. Es galt, das offene Wasser zu gewinnen, wo die Wellen am höchsten schlugen. Dort drohte man zwar zu kentern, aber das ließ sich durch Seemannskunst verhindern.

Quilûn fühlte Kyrin neben sich … *in sich.* »Dieser Granit bricht porös auf, wenn du es willst.« Sie zeigte es ihm an einer anderen Stelle, weit entfernt von den Wirbeln, die er gerade malte. Er erkannte den interessanten Schattenfall, den das Licht auf einer so angerauten Oberfläche erzeugte, und übernahm diese Methode für die dunklen Abgründe, die er inmitten der Strudel darstellte.

Die Kristallschlange regte sich. Das entstehende Bild interessierte sie.

»Die Beben lassen nach«, sagte ein Tiefer Meister. »Mach weiter.«

Die neue Art der Gestaltung trug Quilûn über die Möglichkeiten des Malens hinaus. Er konnte räumlich arbeiten. Quilûn nutzte Kyrins Erfahrung, um Stränge aus Basalt und Kupfererz zu modellieren, die sich aus der Fläche herausbogen. Ein Betrachter musste zu dem Schluss gelangen, dass dieses Kunstwerk ihn umfassen, ihn einbeziehen wollte.

»Sehr gut«, lobten die Tiefen Meister. Ihre Stimmen rauschten ineinander. »Du erregst ihr Interesse.«

Kyrin half ihm. Zwar verstand sie nicht, was er tat – das tat niemand, noch nicht einmal Quilûn selbst. Er wurde zu seiner Kunst, er gestaltete sie ebenso wenig, wie ein Mensch den Fluss des Lebenssaftes in seinen Adern kontrollierte. Aber Kyrin stabilisierte, was er schuf. Ihr Gespür für den Stein erhielt auch die gewagtesten Ausleger und Verästelungen. Sie schuf Magie, winzige Figürchen, Arme, Seile, Ketten, Nägel rund um das Motiv herum, wie einen Rahmen, der nach innen hin wirkte.

Immer kühner arbeitete Quilûn. Er weigerte sich, eine Grenze für seine Schaffenskraft anzuerkennen. Spiralen und Dornen, Pfeiler, Ringe, von haardünnen Auslegern gehaltene Kugeln, in denen er verschiedenfarbige Gesteine mischte – er hob seine Kunst in eine neue Dimension.

Konnte er in der Räumlichkeit das finden, wonach jeder Künstler strebte und dessen Unerreichbarkeit an seiner Seele fraß? Perfektion?

Eine Erinnerung blitzte in Quilûn auf. Er war mit Alita

Blitzdorn im Wald gewesen, sie hatten darüber gesprochen, welch vollkommene Künstlerin die Natur war. Quilûn hatte, nur halb im Scherz, geklagt, dass ein Bild notwendigerweise starr war, sich auf einen Eindruck festlegen musste, der in der Natur bereits nach einem Wimpernschlag durch einen anderen, frischen abgelöst wurde. Ein Windhauch drückte einen Zweig zur Seite, ein Reh sprang davon, ein Blitz erlosch, eine Welle fiel in den Bach zurück, andere hoben sich hervor. Endlos viele Variationen, während sich ein Gemälde mit einer einzigen zufriedengeben musste.

Doch nun war der Moment gekommen, in dem sich Quilûns Kunst von Notwendigkeiten löste. Die bekannten Regeln galten für ihn nicht mehr.

Ein Bild war starr wie eine Statue, doch Kyrin verstand sich darauf, Statuen zum Leben zu erwecken.

Quilûn brauchte nicht auszusprechen, was er tun wollte. Sie waren so eng miteinander verbunden, dass Kyrin es ohne Worte begriff.

»Alles Leben braucht eine Seele«, flüsterte sie in seinem Verstand. »Wir müssten einen Teil von uns in dieses Kunstwerk hineingeben, um es zu beleben.«

»Jeder wahre Künstler gibt etwas von sich selbst in sein Werk«, antwortete Quilûn.

Seine Schöpfung erwachte. Der Stein bewegte sich. Aus der vielfarbigen Kugel wurde ein Würfel, dann ein Stern.

Die Möglichkeiten faszinierten Quilûn. Er merkte, dass es Kyrin ebenso erging.

Die Zeit wurde zu einer weiteren Komponente in Quilûns Kunstwerk, mit jedem Herzschlag veränderte sich seine Schöpfung, und jede Veränderung konnte Auswirkungen auf andere Elemente des Werks haben, die dadurch einen anderen Schattenfall abbekamen oder in einen anderen Kontext gerückt wurden.

Der Tiefe Meister des Hauses Schneegrund riss Quilûn aus seinem Schwelgen. »Es fällt schwer, euch dauerhaft zu integrieren. Ihr seid … fremd. Euch beiden fehlt das Blut der Schneegrunds.«

Quilûn wusste, dass auch angeheiratete Mitglieder der Tiefen Häuser zu Unsterblichen gemacht worden waren. Aber womöglich waren sie nie in den Tiefen Meistern aufgegangen.

»Soll ich es versuchen?«, fragte eine andere Präsenz im Stein.

In Quilûns Vorstellung formte sich ein dunkler, nach oben spitz zulaufender Umriss, um den graue Schlieren zogen. Eine schwarze Tanne im Nebel?

»Seid Ihr der Tiefe Meister des Hauses Finstertann?«, fragte Quilûn.

»Der bin ich.«

»Ist ihm zu trauen?«, rief Kyrin. »Die Finstertanns kämpfen gegen uns.«

»Dieser Zwist ist nun ohne Bedeutung«, versicherte der Tiefe Meister des Hauses Schneegrund. »Es gilt, die Welt zu erhalten.«

Quilûns Aufmerksamkeit löste sich von seinem Kunstwerk. Es konnte nun ohne ihn auskommen, es veränderte sich von allein. Dazu reichte der winzige Teil der Seelen von Quilûn und Kyrin, die auf immer mit ihrer Schöpfung Verbindung halten würden, so wie jeder noch so kleine Teil des Gesteins im Ianapat durch seine Magie auf immer mit dem Berg der Macht verbunden blieb.

Quilûn spürte, wie ihn etwas umfing und durchdrang. Seine Wahrnehmung wanderte wieder durch die Kristalldecke des Saals vor dem Bilderwall.

Semire stand mit ausgefahrenen Klingen nahe der Wand. Quilûn vermutete, dass sie sich an Agohns Säule befand, die er nicht erfassen konnte.

Die Risse im Boden waren zahlreicher und breiter geworden. Steintrümmer lagen herum.

Er erahnte den Körper von Kyrin und seinen eigenen mehr, als dass er sie sah. Die Schwingen der Steinfigur bedeckten sie beinahe vollständig. Vor ihnen standen drei jener merkwürdigen Wesen, deren säulenartige Beine Ringe trugen, die um waberndes Feuer kreisten.

»Ich könnte euch in mich hineinziehen«, sagte der Tiefe Meister des Hauses Finstertann. »Aber mir scheint, dass ich dazu etwas von euch zerbrechen müsste. Etwas Filigranes, weit nach außen Gerichtetes, das dennoch tief in euch hineinreicht. Bei der Magierin spüre ich es auch, aber bei dir, Maler, ist es erstaunlich.«

Quilûn versuchte, zu ergründen, was der Tiefe Meister meinte. Er sandte seine Wahrnehmung in den Stein, um sich selbst, seine Grenzen zu fühlen. Es war eine merkwürdige Empfindung, weit entfernt von allem, was er als Mensch erfahren hatte. Er hatte hier keinen Körper, keine Arme, keine Beine, keine Finger oder Zehen. Dennoch spürte er sich.

»Beeilt euch«, drängte der Tiefe Meister des Hauses Schneegrund. »Dein Kunstwerk wirkt, aber die Kristallschlange droht noch immer zu erwachen. Wir brauchen noch zwei oder drei Bilder, um sie in ihrem Traum zu halten.«

Quilûn versuchte, in sich ein neues Motiv zu finden.

Doch die Umschlingung des Tiefen Meisters irritierte ihn. Sie lenkte ihn ab. Er spürte die Vielfalt der Persönlichkeiten, die er in sich aufgenommen hatte und die in ihm eins wurden. Ein großer Chor.

Er und Kyrin könnten ein Teil davon werden, aber dann …

Quilûn kehrte zur Kristallschlange zurück. Er betrachtete das lebende Kunstwerk, das so anders war als alles andere, was er geschaffen hatte. Und er begriff.

»Es darf nicht sein«, sagte Quilûn. »Ich kann kein Teil von Euch werden.«

»Wie meinst du das?«, fragte der Tiefe Meister des Hauses Schneegrund. »Willst du dich gegen uns stellen?«

»Nein, das nicht. Aber ein Künstler darf nicht in der Masse aufgehen. Er muss er selbst bleiben. Mit seinen Fehlern und Unvollkommenheiten, aber auch mit seiner Einzigartigkeit. Er muss anders sein als alle anderen. Er muss von außen beobachten, um zu bestätigen und zu widersprechen.«

Wenn Semire von Schneegrund an Agohns Kristallsäule emporschaute, wurde ihr schwindelig. Hoch oben stand der Steinmeister und gestikulierte mit seinem Stab. Es war erstaunlich, dass er sich trotz der Beben auf der kleinen Fläche hielt. Ob er seine magischen Fähigkeiten genutzt hatte, um seine Füße mit dem Kristall verwachsen zu lassen?

Kyrin und Quilûn jedenfalls wurden Teil des Steins. Der Übergang zwischen ihnen und der Marmorfigur, die sie unter den Schwingen barg, war nicht mehr zu erkennen. Sie regten sich auch kaum noch. Trotzdem schien etwas nicht nach Plan zu verlaufen. Die Beben dauerten an, und der Geflügelte machte auf Semire den Eindruck, dass er zwar versuchte, sich gemeinsam mit den beiden Menschen in die Wand zurückzuziehen, es ihm aber nicht gelang.

Drei Feuerwesen standen vor dem Geflügelten und Semires Gefährten. Sie staksten hin und her, aber ohne Gesichter und sonstige Körpermerkmale, an denen Semire eine Gestik hätte ablesen können, vermochte sie ihr Verhalten nicht zu deuten. Waren sie nervös? Oder versuchten sie nur, zu erraten, wo sich die nächsten Kristallbrocken aus der Decke lösen würden, um sich in Sicherheit zu bringen?

Jedenfalls hatte Semire es satt, untätig herumzustehen. Vielleicht musste sie sich beweisen, damit die Tiefen Meister in Erwägung zogen, Brotan seine Freiheit zurückzugeben oder ihm gar einen fleischlichen Körper zu beschaffen. Zudem war sie sicher, dass Agohns Aktivitäten – was auch immer er dort oben auf der Säule trieb – darauf abzielten, Quilûn und Kyrin zu schaden. Also würde sie ihn herunterzwingen.

Semire nutzte die Klingen ihrer Rüstung für wuchtige Schläge gegen die Kristallsäule. Singend prallten sie ab, die Vibration übertrug sich auf die Arme. Dieses Ding ließ sich nicht so einfach fällen wie ein Baum.

Sie verlegte sich auf Stiche, in die sie ihr ganzes Gewicht legte. So gelang es ihr immerhin beim fünften Angriff, einen daumengroßen Splitter aus dem Kristall zu sprengen. Das war nur ein kleiner Erfolg, aber besser als nichts. Sie machte weiter.

Als sie eine faustgroße Kuhle geschaffen hatte, gönnte sie sich heftig atmend eine Unterbrechung. Semire trat einen Schritt zurück und blickte nach oben. Für eine solche Bewegung war die Rüstung nicht gemacht, sie musste ein wenig in die Knie gehen und sich zurücklehnen.

Von Agohns ausgestreckter Hand flatterte etwas davon. In einer weiten Spirale um die Säule herum flog es tiefer.

Fünf Schritt über dem Boden änderte es die Richtung und hielt nun wippend auf Brotan zu.

Das gefiel Semire ganz und gar nicht. Sie rannte zu ihrem Liebsten.

Das Ding landete auf der Brust des Imagolems, wo sich bei einem Menschen die Herzseite befunden hätte. Es war eine Art Motte, dafür aber sehr groß. Nach der grauen Färbung zu urteilen, bestand es aus Granit.

Semire setzte ihre Klinge flach an den Steinkörper ihres Geliebten und schob sie hoch, um die Motte von ihm zu lösen.

Sie saß erstaunlich fest. Selbst, als Semire Kraft aufwendete, krallten sich die sechs Beine des steinernen Falters weiterhin in die mächtige Brust.

Brotan bewegte sich.

Semire schrie überrascht auf.

Dann traf Brotans Hieb sie in den Bauch.

*In den Bauch!* Brotan wusste um ihre Schwangerschaft. Selbst, wenn er ihr gezürnt hätte – und dafür fiel Semire kein Grund ein –, hätte er diesen Bereich ihres Körpers niemals als Ziel gewählt. Das konnte nur bedeuten, dass Agohn ihn über diese Motte kontrollierte!

Zu Semires Glück hielt die Rüstung. Die Wucht des Treffers schleuderte sie zurück. Sie blieb mit der Ferse in einem Bodenriss hängen und stürzte.

Doch das brachte sie nicht außer Gefahr. Brotan stapfte ihr mit geballten Fäusten hinterher.

Semire drückte sich hoch und hob ihre Klingen zwischen

sich und ihn. Aber sollte sie ihn damit angreifen? Oder auch nur abwehren? Obwohl sie wenig Wirkung gegen die Kristallsäule zeigten, hatten diese Waffen doch bereits mehrfach bewiesen, wie leicht sie Stein schnitten. Und dieser Stein war Brotans Körper, der einzige, den er derzeit besaß. Semire hatte gesehen, dass man Imagolems nahezu vollständig zerstören musste, um sie zu stoppen. Der Schweiß brach ihr aus.

»Ich bin es!«, rief sie. »Ich bin es, Brotan! Du kannst nicht …«

Sein Tritt riss ihr das rechte Bein weg. Sie wusste nicht, wie es ihr gelang, einen Sturz zu vermeiden. Vielleicht half ihr das Beben, das ihren Schwerpunkt in eine andere Richtung stieß.

Sie konnte Brotan doch nicht verkrüppeln! Verzweifelt drehte sie sich um und lief am sengend heißen Gesicht eines Tiefen Meisters vorbei. Wenn Brotan sie packen und in die Lava werfen würde, aus der die Wangen bestanden, wäre es um sie geschehen … Und Imagolems bewegten sich schnell, vor allem Brotan mit seinen langen Beinen. Sie hörte seine stampfenden Schritte.

Aber auch Hulohn war schnell. Er näherte sich von der Seite und warf sich auf Brotan, sprang an ihm hoch und umklammerte ihn. Er hatte wohl Glück, dass der Imagolem ihn nicht als Gegner wahrgenommen hatte. Zweifellos hätte Brotan ihn leicht mit einem Faustschlag abwehren können. Dass er es nicht tat, bestätigte, dass die menschliche Seele in diesem Moment nicht über sein Handeln bestimmte, sondern er von einem fremden Willen auf ein einziges Ziel hingelenkt wurde.

Unschlüssig blieb Semire stehen und fuhr erneut die Klingen aus. Sollte sie Hulohn unterstützten, der ihr zu Hilfe geeilt war? Alles in ihr sträubte sich dagegen, Brotan zu verwunden.

Wenn sie das jedoch nicht tat, gab sie Hulohn nicht mehr lange zu leben. Beinahe wie ein Kind hing er vor der Brust des Imagolems, die Arme um den Hals geschlungen, die Beine um die Taille. Wenn sich die Steinarme ihrerseits um Hulohn schlossen und zudrückten, würden sie ihn zerquetschen. Er war zwar kein Mensch, aber wesentlich widerstandsfähiger wirkte er auf Semire nicht.

Sie wollte schon die Tiefen Meister anflehen, als Brotan wieder erstarrte. Seine Haltung war jedoch anders als zuvor. Vorher hatte er aufrecht gestanden, das Gewicht gleichmäßig auf beiden Füßen, die Arme an den Seiten herabhängend, den Blick geradeaus. Jetzt stand er krumm, leicht vorgebeugt, den rechten Arm dazu angesetzt, Hulohn zu umklammern, den rechten Fuß auf dem Weg nach hinten, aber noch nicht abgesetzt.

Eine instabile Position, wie sich zeigte, als Hulohn losließ und auf den Boden sprang. Durch die veränderte Gewichtsverteilung kippte Brotan. Erst kaum merklich, aber dann schneller. Er knallte auf seine rechte Seite.

»Nein!« Semire schlug die Hände vor den Helm.

Die Motte löste sich von Brotans Brust und flatterte davon. Wo ihre Füße gewesen waren, blieben Kerben zurück. Sie ähnelten den Narben in Brotans Haut, als er noch ein Mensch gewesen war, ein Gladiator, dessen Herz man in einen steinernen Käfig gesteckt hatte.

Semire stürzte zu ihrem Geliebten und ließ sich neben ihm auf die Knie fallen, um ihn zu umarmen. Die Hitze des nahen Feuergesichts trieb ihr den Schweiß aus den Poren.

»Brotan!« Sie drückte ihn und zog an ihm, aber er regte sich nicht mehr. Oft schon hatte er reglos gestanden, aber noch nie hatte er dermaßen ohne Leben gewirkt. Obwohl sie es nicht wahrhaben wollte, spürte Semire, dass nur noch toter Stein vor ihr lag.

Unartikuliert schrie sie auf. »Was hast du getan?« Ihr Blick suchte Hulohn.

Der blaue Mann ging mit abgespreizten Armen auf Agohns Säule zu. Die Hitze zupfte an seinem violetten Gewand.

»Du hast ihn umgebracht!« Am liebsten hätte Semire Hulohn in der Mitte zerteilt, aber dafür hätte sie Brotans Körper loslassen müssen, und dazu war sie nicht bereit. »Du Mörder! Es war nicht sein Wille, der ihn gelenkt hat!«

Hulohn beachtete sie nicht. Stattdessen sah er die Säule hinauf.

Semire musste sich halb auf den Rücken legen, um seinem Blick zu folgen. Agohn hatte seinen Stab gesenkt, er hielt ihn jetzt in der linken Hand. Er gestikulierte nicht mehr. Seine Schultern zitterten.

Der Stab entfiel ihm. Es schien Semire seltsam lange zu dauern, bis er klappernd aufschlug und dabei in drei Teile zersprang.

Sie sah zu Hulohn, der vollkommen ruhig wirkte, und dann wieder hinauf zum Steinmeister.

In diesem Moment stürzte Agohn. Semire konnte nicht erkennen, ob er abrutschte oder versuchte, seine Stellung auf der schmalen Säule zu verändern, und dabei einen Fehltritt tat. Jedenfalls fiel er dreißig Schritt stumm in die Tiefe.

Semire hielt den Atem an.

Ein Gewitter aus blauem Leuchten knisterte zwischen dem Steinmeister und dem Marmor. Es bremste seinen Fall, aber der dumpfe Laut des Aufschlags war dennoch unüberhörbar.

Vielleicht hatte sich der alte Mann ein paar Knochen gebrochen. Jedenfalls stand er nicht auf, sondern wand sich auf dem Boden. Er griff sogar in sein Haar und zerrte daran.

Hätte alles andere noch nicht ausgereicht: Dieses Verhalten hätte Semire davon überzeugt, dass etwas mit Agohn ganz und gar nicht stimmte. Jeder wusste, wie viel Wert der Steinmeister auf die Pracht seiner sattgelben Locken legte.

Semire stand auf und ging zu Hulohn, der Agohn ungerührt musterte.

»Was tust du?«, fragte sie.

»Ich gebe ihm Gefühle«, sagte das Wesen. »Eure. Brotans und deine. Die Sehnsucht, den Schmerz, der aus dem Getrenntsein wächst. Die volle Wucht der vergangenen Wochen. Das trifft ihn unvorbereitet. Er verliert den Verstand.«

Von Grauen erfüllt beobachtete Semire, wie Agohns Züge zu einer Fratze der Verzweiflung wurden. Es war, als ob sie in einen Spiegel blickte, der aber nicht ihr Äußeres, sondern ihr Inneres zeigte.

»Und für diesen Sieg musstest du Brotan töten?«, fragte sie. »Ich hasse dich.« Ihr fehlte die Kraft, Hulohn eine Klinge in die Brust zu stoßen.

»Das reicht.« Hulohn wandte den Kopf, bis seine kupfernen

Augen Semire ansahen. Er schloss die Lider und bedeckte mit den Händen sein Gesicht, wie ein Kind, das mit anderen Verstecken spielte und beim Zählen nichts sehen wollte.

Als er sie wieder senkte, hatte sich sein Antlitz auf unbestimmte Art verändert. »Fürchte dich nicht, meine Liebe. Ich bin hier.« Das war Brotans Stimme! Anders als jene, die er als Mensch besessen hatte und nicht das Grollen, mit dem der Imagolem geredet hatte, aber doch durch den Rhythmus, in dem die Silben kamen, unverkennbar.

Durfte Semire das glauben?

Sie wollte über die Schulter zurück zum erstarrten Steinkörper blicken, aber die Rüstung behinderte sie. Ungeduldig nahm sie den Helm ab. Die Hitze traf ihre nun ungeschützte Haut ungleich stärker, sogar schmerzhaft. Aber das interessierte Semire jetzt nicht.

Sie starrte den Steinmann an. Er war noch immer unbewegt, eine leblose Statue.

Sie wandte sich dem blauhäutigen Wesen zu.

Es lächelte. Eine Regung, die Hulohns Miene nie gezeigt hatte. »Ich bin es wirklich«, versicherte der blaue Mann.

Semire fiel ihm um den Hals. Zu spät dachte sie daran, dass die harten Komponenten ihrer Rüstung ihn schmerzen mochten.

Er beschwerte sich nicht. Im Gegenteil, zärtlich strichen seine Hände über ihren Nacken. Es fühlte sich anders an als die Berührung menschlicher Finger, die Haut war rauer. Aber so viel besser als die steinernen Pranken! Semire war sicher, dass sie sich daran gewöhnen könnte.

»Ich will immer für dich da sein«, sagte er. »Für dich und für unser Kind.«

Sein Kuss löschte ihre letzten Zweifel aus. Die Art, wie seine Zunge die ihre streichelte, erst sanft, aber schnell fordernd wie ein Eroberer … Er war Brotan, ganz sicher.

Beglückt lachte sie auf und küsste ihn nochmals.

»Was ist geschehen?«, fragte sie, nachdem sich ihre Lippen gelöst hatten. »Wo ist Hulohn?«

Vorsichtig löste er seine Umarmung und auch sie gab ihn frei.

Hinter ihm kicherte Agohn irre. Er hatte sich wohl doch nichts gebrochen, denn der konnte auf allen vieren umherkriechen. Die drei Bruchstücke seines Stabs hielt er verkehrt aneinander, als wüsste er nicht, wie sie zusammengehörten.

Der blaue Mann schloss wiederum die Augen, bedeckte sein Gesicht mit den Händen und gab es wieder frei. »Ich bin hier«, sagte er mit Hulohns Stimme. »Wir teilen uns diesen Körper.«

»Du besitzt diesen Körper zugleich mit Brotan? Wie ein Zimmer, das man gemeinsam bewohnt?«

»Ich hatte noch nie ein Zimmer.«

»Wieso tust du das?« Semire hielt den Atem an. Würde dieses Wesen nun einen Preis nennen, den sie nicht zu zahlen vermochte? Oder würde es ihr eröffnen, dass der gerade vergangene Moment der Zweisamkeit der endgültig letzte gewesen war, der ihr und Brotan vergönnt gewesen war?

»Ich lebe schon zu lange unter dem Berg«, erklärte Hulohn. »Es wird Zeit, meinem Herzen hinaus in die Welt zu folgen. Aber dort kenne ich niemanden. Für meinen Dienst wirst du mich mitnehmen.«

»Und Brotan? Was ist mit ihm?«

»Ich werde ihm meinen Körper für eine halbe Stunde am Tag überlassen.«

»Musst du schlafen?«, fragte Semire.

»Nein.«

»Dann für die Hälfte des Tages!«, forderte sie. »Brotan wird bald ein Vater sein, und dort draußen wird man uns nichts schenken. Ich bin eine Gräfin ohne Haus. Ich brauche ihn und wir werden hart arbeiten müssen.«

»Gut«, sagte Hulohn schlicht. »Doch zunächst werde ich uns hinausführen. Ich werde den Weg leichter finden.«

Zweifelnd sah Semire zu Kyrin und Quilûn hinüber, die noch immer unbewegt unter den Schwingen des Geflügelten standen.

»Geht«, ertönte plötzlich Quilûns Stimme, ohne dass Semire hätte bestimmen können, woher sie kam. »Ich kann mich nicht um eure Sicherheit kümmern.«

Wie zur Bestätigung rollte ein Donner durch den zitternden Boden.

»Du lässt mich ziehen?«, versicherte sich Semire. »Du hast doch gesagt, ich sei eine Verbrecherin.«

»Ich habe zwei Männern, Graf Golar und Kemar, während sie starben, versprochen, dich zu beschützen, Semire. Versprechen muss man halten, sonst lernt man, sich selbst zu verachten. Aber frei gebe ich dich nicht. Du wirst mir dienen.«

Aus der Kristalldecke heraus sah Quilûn, wie Semire von Schneegrund und das blauhäutige Wesen, das nun sowohl Hulohn als auch Brotan war, den Saal vor dem Bilderwall durch denselben Gang verließen, durch den sie alle gemeinsam gekommen waren. Agohns Zauber war erloschen. Der Greis kroch auf dem zerrissenen Marmorboden herum, ein unwürdiger Anblick. Eine Motte aus Stein umflatterte ihn. Dem Insekt machte die Hitze, die vom Feuergesicht des Tiefen Meisters von Haus Saphirtrutz ausging, weniger aus als dem Mann, dessen Haar angesengt wurde. Aber Agohns Verstand schien es weit schlimmer getroffen zu haben als seinen Körper. Er würde wohl einige Zeit durch den Berg irren und dann verhungern, wenn ihn die wilden Tiere nicht vorher zerrissen.

Quilûns Aufmerksamkeit war an vielen Orten gleichzeitig. Etwas davon arbeitete an dem Kunstwerk, das er gemeinsam mit Kyrin geschaffen hatte. Andere Teile glitten durch den Fels des Ianapat, erkundeten den Berg der Macht. Quilûn sah den Strom des Almahn, das Wasser, das aus feuchtem Sand in der Umgebung heraufgezogen wurde, um im Innern des Berges aufzusteigen und nahe dem Gipfel auszutreten. Ein Akt der Milde für die Sterblichen, deren Felder dadurch auch bewässert wurden, wenn das Wasser dieses Stroms an der Außenflanke des Berges abwärtsfloss. Resultat einer uralten Zusage, die die Ahnen der Tiefen Häuser ihren sterblichen Verwaltern gemacht hatten.

Quilûn konzentrierte sich auf den Kontakt mit den Tiefen

Meistern, die zwar einsahen, dass die geplante Vereinigung mit einem von ihnen den Künstler der dringend benötigten schöpferischen Kraft berauben würde, nun aber ratlos wirkten.

»Ihr habt gesagt, dass es um den Bestand der Welt geht«, erinnerte Quilûn. »Kyrin und ich waren bereit, danach zu handeln. Wir sind es noch. Aber wie steht es um Euch? Werdet Ihr etwas Ungewohntes tun, um die Kristallschlange in ihrem Traum zu halten? Etwas, das Ihr nicht geplant habt?«

Er fühlte, wie sie sich öffneten.

»Vertraut unserem Weg«, appellierte er. »Kyrin und ich werden kein Teil von Euch werden. Aber wir werden auf Eurer Seite stehen. Ihr braucht nur ein wenig Vertrauen und wir können Verbündete sein.«

»Was sollen wir tun?«, fragte der Tiefe Meister des Hauses Schneegrund. Das steinerne Rasseln seiner Stimme klang, als stünde Quilûn auf einer Halde aus Kieselsteinen, die um ihn herum ins Rutschen gerieten.

»Lasst uns unsere Freiheit. Unsere Unabhängigkeit, damit wir agieren können.«

»Wir können sie jederzeit zerschmettern, wenn sie lästig werden«, fand der Tiefe Meister des Hauses Adlerhoch. »Ihre Anwesenheit ist keine Bedrohung.«

»Das stimmt«, sagte Quilûn. »Aber unsere Abwesenheit wäre es. Nur, wenn wir hier sind, wenn wir im Stein wirken können, ist es uns möglich, jene Art von Kunst zu schaffen, mit der wir die Kristallschlange in den Bann zu schlagen vermögen.«

»Wieso können wir ihre Sehnsucht nicht erfüllen?«, fragte Kyrin. »Wenn sie mit diesem Blitzvogel vereint wäre, hätte sie doch keinen Grund mehr, die Welt zu verwüsten.«

Quilûn merkte, dass sie die Antwort bereits kannte. Sie stellte die Frage nur, damit sich die Tiefen Meister noch einmal bewusst wurden, wie sehr sie auf die Kunstwerke angewiesen waren.

»Der Blitzvogel ist tot«, sagte der Tiefe Meister des Hauses Schneegrund. »Gestorben schon lange, bevor unsere Vorfahren die Schreckensherrschaft der Gravioner brachen und den Berg eroberten. Wenn die Kristallschlange das entdeckt, wird ihr Zorn keine Grenze kennen.«

»Dann vertraut unserem Weg«, drängte Quilûn.

»Aber wir verlangen etwas dafür, dass wir ihn beschreiten«, sagte Kyrin zu seiner Überraschung. »Schließlich müssen wir dafür die Schönheit der Welt außerhalb des Berges hinter uns lassen.«

»Begreift ihr nicht, dass ihr unserer Gnade ausgeliefert seid?«, fragte der Tiefe Meister des Hauses Finstertann mit triefender Herablassung.

Wut stieg in Quilûn auf. »Nicht mehr, als Ihr unserer Gnade ausgeliefert seid. Ihr könnt uns töten, das gestehe ich gern ein. Doch eine Kunst erschaffen, mit der Ihr die Kristallschlange im Zaum haltet – das könnt Ihr nicht.«

Kraft regte sich im Stein. Die Tiefen Meister berieten sich. Suchten sie nach einer anderen Möglichkeit, die Kontrolle über die Kristallschlange zu behalten?

»Was, wenn sich die Gezeiten der Macht wieder umkehren?«, wandte sich Quilûn so vertraulich an Kyrin, dass es einem Flüstern entsprochen hätte, wenn er den Mund seines menschlichen Körpers benutzt hätte. »Wenn die Ströme der Macht die Magie wieder aus dem Berg hinausleiten und die Kristallschlange machtlos zurücklassen?«

»Machtlos war sie nie«, meinte Kyrin. »Vielleicht wird sie schläfriger, wenn die Magie im Berg schwächer wird. Wie in einem Keller, in dem die Atemluft knapp ist. Zweifellos würde das die Aufgabe der Tiefen Meister leichter machen. Aber wenn sie das so einfach tun könnten, hätten sie es schon getan. Sicher ist dir aufgefallen, dass nur vier Tiefe Meister mit uns sprechen, nicht sieben.«

»Sturmruf, Schwertgrat und Dämmerkalt fehlen.«

»Die Ahnen des gefallenen Hauses Schwingenpracht sprachen von einem Machtkampf im Berg, und Agohn muss mächtige Unterstützer gehabt haben, um so weit zu kommen. Diejenigen, die den Traum der Kristallschlange andauern lassen wollen, haben Gegner.«

»Stehen wir auf der richtigen Seite?«, fragte Quilûn. »Oder helfen wir den Falschen?«

»Das versuche ich herauszufinden.«

Sie warteten ab, bis sich die Tiefen Meister wieder an sie wandten. »Was verlangt ihr?«

»Einen Traum, den ein weiser Mann träumte«, antwortete Kyrin furchtlos. »Eine Welt außerhalb des Berges, in der alle gleich sind. Kein Adel, keine Knechte.«

»Wie soll das gehen?«

Quilûn erkannte die Möglichkeit, die Kyrin ergriff. »Überlasst das uns«, stimmte er ein. »Für Euch hat doch ohnehin keinen Belang, was außerhalb des Berges geschieht. Seit Jahrhunderten schon habt Ihr Euch von der Welt zurückgezogen. Haltet nur die niederen Geister zurück, damit sie uns nicht behindern, wenn wir unser Werk vollbringen.«

»Dieses Werk, das sie geschaffen haben und das sich fortwährend verändert und neu weitererschafft …« Quilûn erkannte nicht, welcher der Tiefen Meister sprach. »Es ist so faszinierend …«

Quilûn begriff, dass auch die Tiefen Meister seiner Kunst erlagen. Seit endlos langer Zeit zehrte ihr Geist von den Blumen und den Bildern, die in die Tiefen Kavernen geschickt wurden. Sie waren es gewohnt, sich in ihrer Betrachtung zu verlieren. So entkamen sie der Eintönigkeit des Gesteins, in dem sie ein unsterbliches Leben verbrachten.

Taten überzeugten stärker als Worte. Quilûn erschuf ein weiteres Kunstwerk und Kyrin half ihm dabei. Das Motiv war die Sonne, die morgens hinter dem Hang des Ianapat hervorkam und den Palast der Schneegrunds in rotgoldenes Licht tauchte. Quilûn stellte sich vor, wie Tante Bûna die Pracht des Bauwerks vor seiner Zerstörung erlebt hatte: mit verzücktem Staunen. Er benutzte Gold und Glas und Salz und sich öffnende Blüten aus Granit.

Der Geflügelte zog Kyrins und Quilûns Körper mit sich in den Fels.

Und doch blieben sie Kyrin und Quilûn, im Kern ihres Wesens unverändert.

Semire, die den Namen *von Schneegrund* nicht mehr lange führen würde, hasste es, auf der Terrasse des Kristalltempels zu stehen. Aber sie war klug genug, jede Pflicht zu erfüllen, die Quilûn ihr auferlegte. Die bloße Existenz dieses Tempels belegte eindrucksvoll seine neue Macht.

Einen Tag hatte er den Besatzern gegeben, um das Palastgelände der Schneegrunds zu räumen.

Am zweiten Tag waren die Trümmer geschmolzen, so weit sie aus Stein bestanden hatten. Das hatte ein ebenes Plateau geschaffen.

Am dritten Tag hatten Diener gesplitterte Holzbalken und sonstige Überreste fortgeschafft.

Am vierten Tag hatte der ›Geißenwiese‹ genannte Steilhang, der das Palastgelände begrenzt hatte, zu schwitzen begonnen. Kristall war aus dem Fels ausgetreten, am Abend hatte er ihn bedeckt wie eine Eisschicht, eine Handspanne dick, und war auch über das neue Plateau geflossen.

Am fünften Tag hatte der Kristall einen unübersehbaren Hügel gebildet, in dem sich das Licht tausendfach brach.

Am sechsten Tag hatten sich knirschend und knackend die Türme, die Mauern, die Hallen, die Kammern, die Plätze herausgeformt. Auch Brunnen gab es. Da der Kristall transparent blieb, konnte man zusehen, wie Wasser aus der Tiefe heraufgedrückt wurde, wie es seinen Weg durch den Hügel nahm, bis es in die Becken sprudelte.

Jetzt, am siebten Tag, hatte auch der Letzte begriffen, dass große Magie sich an diesem Ort manifestierte. Auf der Terrasse stehend konnte man durch den Boden einhundert Schritt tief schauen, bis der Blick auf dem Granit des ehemaligen Palastgeländes Halt fand. Semire vermied es, nach unten zu sehen. Das Wissen um die Höhe verursachte dennoch ein flaues Gefühl in ihrem Magen. Sie legte eine Hand auf den Bauch, fühlte den kostbaren Stoff ihres weißen Kleides. Darunter wusste sie das neue Leben, das mit jedem Tag wuchs und stärker wurde. Das

Kind, das sie von Brotan erwartete. Dafür lohnte es sich, alles zu erdulden.

Semire sah zu, wie einige Arbeiter den Schwenkarm eines Flaschenzugs bewegten. Seine Last war ein gravionischer Steinkopf aus schwarzem Marmor, der eineinhalb Schritt durchmaß, haarlos, ohrlos, mit geschlitzten Pupillen und hängenden Wangen. Er trug einen Bergkristall in der Stirn, in dem Lichter wanderten.

Die enge Kleidung der Männer war für die harte Arbeit sicher unpraktisch, sah aber von der vielfach gefalteten Halskrause bis zu den Schnallenschuhen sehr vornehm aus. Niemand wagte, sich zu beschweren, auch dann nicht, als eine Weste an der Naht aufriss, weil sich der Arbeiter kraftvoll gegen einen der sternförmig angeordneten Balken stemmte, deren Drehung die Länge der Haltekette bestimmte. Der Vorarbeiter legte sich flach auf den Kristallboden, um zu überprüfen, ob sich der Steinkopf genau über der Einbuchtung befand, in der er stehen sollte. Winkend und rufend korrigierte er die Ausrichtung des Schwenkarms, bevor die Last abgelassen wurde.

Im neuen Sanktuarium – einem durchsichtigen, lichtdurchfluteten Raum oben im höchsten Turm des Kristalltempels – hatte Semire Quilûn vorgeschlagen, seine Magie dafür zu nutzen, den schweren Steinschädel hier heraufzubewegen. Er hatte abgelehnt, obwohl das einfacher und sicherer gewesen wäre. Die Arbeiter sollten sich mühen, Menschen brauchten eine Aufgabe, das Erlebnis, durch eigene Anstrengung etwas zu schaffen.

Die Mühe des heutigen Tages war nur ein Auftakt, ein Vorwehen. Die Steinköpfe aus dem Dunkelsee hatten Quilûn die bedingungslose Treue geschworen und sich ihm geöffnet. Wenn er Semire die Wahrheit gesagt hatte, konnten er und Kyrin sich jederzeit in jeden davon hineinversetzen. Oder waren sogar jederzeit Teil des Bewusstseins eines jeden Steinkopfes. Dafür sprach, dass die Gravioner plötzlich die Sprache der heutigen Menschen verstanden und selbst artikulieren konnten.

Ab morgen würden sie in alle Welt geschickt werden. An jedem wichtigen Ort des Berges würde man sie aufstellen und auch in den Zentren der entferntesten Provinzen. Zu ihnen sollte man mit jeder Frage und jeder Streitigkeit kommen. Überall würde Quilûn durch sie Recht sprechen.

Die Augen des Gravioners vor Semire bewegten sich. Er sah über die Brüstung der Kristallterrasse auf die Stadt hinaus. Der Steinkopf wirkte zufrieden.

Die Magd im blauen Kleid, die neben Erlyk stand, fühlte sich dagegen sichtlich unwohl. Eigentlich hätte ihre Aufgabe darin bestanden, den Blaumond zu halten, die Pflanze mit der kugelförmigen Blüte, die aus einem tönernen Topf wuchs. Aber der Junge trug sie selbst, auch wenn die Erde seine gelbe Weste beschmutzte. Die Magd wagte wohl nicht, sich zu entfernen, kam sich aber ohne Aufgabe sicher nutzlos vor. Sie faltete die Hände vor dem Schoß, löste sie wieder, um über ihren Nasenflügel zu reiben, wich Semires Blick aus, sah auf die Blume, dann wieder auf den Hinterkopf des Steinschädels, faltete erneut die Hände.

Die Magd war unwichtig, entschied Semire. Die Sonne hatte sich vom Berghang gelöst und stand nun gleißend hell im Blau des Himmels. Die Zeit für die Ansprache, die Quilûn ihr aufgetragen hatte, war gekommen. Semire stellte sich mit dem Rücken zum Abgrund.

»Ihr seht Quilûns Pracht«, sie breitete die Arme aus, umfasste mit ihrer Geste den Kristalltempel, »und Ihr erfahrt seine Milde. Die Beben haben geendet, vor Tagen schon.«

Die Oberhäupter der Tiefen Häuser blickten ihr entgegen. Der Wind zauste Turg von Finstertanns weißes Haar, das ihn viel älter erscheinen ließ als seine achtundzwanzig Jahre. In Sellemar von Saphirtrutz' Gesicht hatten die Kämpfe gegen die Gravilier und die Fehde auf dem Berg eine neue Härte gegraben. Subehn von Adlerhochs Augen zuckten unentwegt. Man munkelte, er sei dem Tod näher gekommen, als ein Fünfzehnjähriger, der sich für unverwundbar hielt, verwinden konnte. Der Graf des Hauses Dämmerkalt war gefallen, an seiner statt war Fürst Ottrar erschienen. Der fettleibige Mann mit der in filigrane Löckchen gelegten Frisur hielt sich bescheiden einen Schritt hinter den anderen. Nur Jorrmon von Sturmruf trug noch immer die

Lederkleidung, die er auch auf dem Schlachtfeld angelegt hatte. Er hatte die Arme hinter dem Rücken verschränkt und sah Semire herausfordernd an.

»Es tut mir leid«, behauptete Semire, »dass Burim von Schwertgrat Quilûns Einladung nicht gefolgt ist. Bedenkt, dass er selbst die Hand ausschlug, die ihm entgegengestreckt wurde. Damit hat er Quilûns Zorn auf sich und die Seinen herabgerufen. Mag die Antwort auf seinen Frevel jedem Menschen als Mahnung dienen.«

Sie wandte sich halb der Stadt zu und streckte den Arm aus, um auf den Palast der Familie Schwertgrat zu zeigen. Er war wie eine Festung gestaltet, was man auf die Entfernung nur schwer erkannte. Der Glanz der eisernen Zinnen war jedoch unübersehbar.

»Tretet näher!«, forderte Semire die Oberhäupter auf. »Es ist wichtig, dass Ihr gut seht, was nun geschieht.«

Natürlich konnte keiner der Männer annehmen, dass sich die Sicht auf den mehrere Meilen entfernten Palast verbesserte, wenn man sich ihm ein halbes Dutzend Schritt weiter näherte. Aber sie gehorchten und traten an die gläsern wirkende Brüstung.

Es begann mit einem Flimmern, einem Zittern in dem Licht, das die Eisenzinnen reflektierten. Dann fielen die Mauern in sich zusammen, die Türme, die wuchtigen Gebäude. Staub stieg der gleißenden Sonne entgegen. Ranken aus Granit schossen aus dem Boden. Erst jetzt erreichte der über die Stadt rollende Donner die auf der Kristallterrasse versammelten Zuschauer. Sie sahen, wie der Stein im Palast der Schwertgrats schmolz. Eine Fontäne aus Lava spritzte empor.

Subehn von Adlerhoch ächzte, die anderen waren stumm und starr.

Eine Faust aus Kristall erhob sich aus der Zerstörung. Sie war riesig wie eine Burg und schob sich von unten durch die Trümmer. Drohend geballt reckte sie sich in den Himmel. Der Dreck rutschte von ihr ab, aber genug blieb haften, um ihre Form sichtbar zu machen. An anderen Stellen brach sich das Sonnenlicht in Abertausenden Facetten.

»Dieses Fanal von Quilûns Macht«, verkündete Semire, »wird von nun an für alle sichtbar über der Stadt stehen und alle Menschen an die traurige Dummheit des gefallenen Hauses Schwertgrat erinnern. In der kurzen Zeit, seit Ihr zu mir an die Balustrade getreten seid, sind Hunderte gestorben. Und doch ist Quilûn gnädig und wahrt selbst in seinem Zorn noch das rechte Maß. Ohne Mühe hätte er auch die gesamte Stadt auslöschen können.«

Sie blickte in bleiche Gesichter. Nur Jorrmon lächelte noch, aber seine Miene wirkte gefroren.

Semire ging zu Erlyk und legte dem Jungen eine Hand auf den Rücken. »Quilûn will Euer Freund sein. Ihr wisst, dass es töricht wäre, sein Angebot auszuschlagen. Reizt ihn nicht, sondern zeigt ihm Eure Liebe.« Sie beugte sich zu Erlyks Ohr hinab. »Jetzt.«

Wie sie es besprochen hatten, ging der Junge zu dem hüfthohen Podest, das in der Mitte der Terrasse stand. Die nutzlose Magd begleitete ihn. Eigentlich hätte sie ihm die Blume erst in diesem Moment übergeben sollen.

Er stellte den Blaumond auf das Podest, trat einen Schritt zurück und verbeugte sich. Immerhin brachte die Magd einen akzeptablen Knicks zustande.

Während Erlyk zu Semire zurückkehrte, verwandelte sich der Kristall des Podests in eine Hand, in deren Teller der Blumentopf ruhte. Die unnatürlich langen Finger legten sich schützend um die gesamte Pflanze, ihre Kuppen trafen sich oberhalb der Blüte.

Semire stellte sich hinter Erlyk und drückte seine Schultern. »Dein Vater wird sich sehr über dieses Geschenk freuen.«

Der Junge versteifte sich, als der Sockel unter der Kristallhand schmolz und sie dann in den Boden einsank, wobei sie den Blaumond mit sich nahm.

»Die Blume wird keinen Schaden erleiden«, versprach Semire.

»Sie hat zu viel Sonne abbekommen«, meinte Erlyk. »Am besten wächst sie im Schatten.«

»Davon wird sie bald wieder reichlich haben.«

Sie sahen zu, wie die Pflanze in ihrem Topf durch den transparenten Kristall hinabsank, einhundert Schritt tief, bis in ein neu geformtes Loch im Steinplateau hinab, das sich über ihr schloss, als hätte es nie eine Öffnung gegeben.

Semire entschied, dass die Zeit, in der die Pflanze hinabgesunken war, den Oberhäuptern reichen musste, um sich ausreichend zu erholen, damit sie den nächsten Schlag empfangen könnten. Sie stellte sich wieder vor die Männer und breitete einladend die Arme aus.

»Zeigt auch Ihr Eure Liebe.«

Sie sah die Verwirrung.

»Quilûn handelt gerecht«, wiederholte Semire die ihr aufgetragenen Worte. »Wer ihm trotzt, der spürt seinen Zorn. Wer ihm gehorcht, der hat nichts mehr zu befürchten. Nie wieder. Daher werdet Ihr Eure Getreuen anweisen, alle Waffen abzugeben. Alle Armbrüste, alle Lanzen, alle Hellebarden. Pfeile dürft Ihr behalten, wenn sie keine Widerhaken haben und nur zur Jagd taugen, Klingen, wenn sie nicht länger sind als eine Handspanne. Bringt Eure Waffen zum Schlund, der sich geöffnet hat, wo der Palast des gefallenen Hauses Schwertgrat stand, und werft sie hinein.«

Semire sah den Grafen und dem Fürsten das Entsetzen an. Dabei wussten sie nicht, dass alle Häuser fallen würden, wenn sie erst entwaffnet wären. Ihre Mitglieder würden den Gravilern und den Bürgerlichen gleichgestellt, die keinem Haus angehörten. Die Steinköpfe der Gravioner dienten der Kristallschlange und damit auch Quilûn, ihrem neuen Hüter, der sie mit der Kunst versorgte, die sie träumen ließ. Durch die Gravioner würde er sein Gesetz in aller Welt verkünden und durch sie würde er richten. Für den Adel gab es keine Verwendung mehr.

»Das ist zu stark!« Sellemar von Saphirtrutz umfasste den Griff seines Dolches. »Von keinem Mann kann man verlangen, dass er ohne Schutz durch die Straßen geht.«

»Dann rate ich Euch: Stürzt Euch sogleich in die Tiefe!«, entgegnete Semire scharf. »Ihr erspart Euch großes Leid, wenn Ihr auf dem Stein zerschmettert, anstatt Quilûns Zorn zu erdulden.«

Sellemar presste die Kiefer aufeinander.

Mit einem Ruck wandte er sich ab und starrte hinüber zur Kristallfaust. Noch immer stieg Staub von den Trümmern auf.

Der Graf senkte den Blick.

»Das ist mein Rat an Euch alle«, sagte Semire mit dem sanften Lächeln einer Siegerin auf den Lippen. »Erweist Euch Quilûns Liebe und Fürsorge würdig. Fürchtet seinen Zorn.«

Sie winkte den fünf verschleierten Dienerinnen, die am Rande der Terrasse gewartet hatten. Niemand ahnte, dass sich hinter der züchtigen Kleidung Blumen aus dem *Lustgarten* verbargen. Semire wollte Frauen um sich haben, die sie gut genug kannte, um ihnen halbwegs zu vertrauen.

»Nehmt diese Geschenke, kehrt in Eure Häuser zurück und erfüllt Quilûns Willen, denn er ist der Wille des Berges.«

Die Dienerinnen gaben jedem Mann eine zwei Handspannen große Kristallfigur. Von der einen Seite betrachtet zeigte sie eine niedliche Fee. Ihr Rücken ging jedoch in den Rücken eines Dämons mit fauchendem Maul und drohenden Klauen über, der auf der anderen Seite modelliert war. Weil der Kristall durchsichtig war, sah man immer auch die Züge der anderen Kreatur durchscheinen, wenn man eine davon betrachtete.

»Gehabt Euch wohl. Handelt weise.«

Semire nahm Erlyk an der Hand. Sie spürte noch etwas Mutterboden daran.

Ohne die Oberhäupter der einstmals mächtigen Häuser weiter zu beachten, verließ sie mit dem Jungen die Terrasse und trat in eine Halle. Da auch sie aus Kristall bestand, hatte man nicht das Gefühl, sich im schützenden Innern eines Gebäudes zu befinden. Nur der Wind blieb aus.

Hulohn kam eine enge Kristalltreppe herab, die zu einer hohen Plattform führte. Inzwischen erkannte Semire schon an der Art, wie sich der blauhäutige Körper bewegte, ob gerade Brotan oder Hulohn ihn lenkte.

Oben auf der Plattform stand Abuliar. An der Rückverwandlung des Weinenden Mannes scheiterte selbst die Macht der Tiefen Meister. Seine Tränen flossen noch immer unaufhörlich. Eine Rille fing sie auf und leitete sie neben der Treppe herab.

Es war wohl Kyrin, die dafür gesorgt hatte, dass ihr Mentor diesen Platz erhielt, geschützt vor dem Wetter und mit einer atemberaubenden Aussicht auf die Stadt und vor allem den Fall des Almahn. Um ihn herum bewegten sich farbige Kristalle, die mit Fäden an einem komplizierten Geflecht aus Stäben über ihm befestigt waren.

»Er hat die Traumblüte genommen«, berichtete Hulohn.

Semire nickte. Sie wusste nicht viel davon, nur, dass dieser in Form winziger Blumen gemeißelte Zauber starke Visionen erzeugte. Kyrin hatte eine Variante heraufgeschickt, die sich in Abuliars Steinkörper brannte, wenn man sie in die Spalte in seiner Oberlippe schob.

»Geh und wasch deine Hände«, forderte Semire Erlyk auf.

Er ging zu einem Becken, das groß genug war, um darin zu schwimmen, und hockte sich an den Rand. Auf der Wasseroberfläche spiegelte sich das Licht des neuen Sanktuariums, das weit über ihm die Spitze des höchsten Turms einnahm.

Semire wurde mulmig, als sie zu diesem Heiligtum hinaufsah. Sein Licht würde Tag und Nacht strahlen, hatte Quilûn angekündigt. Semire müsste häufig dort hinaufsteigen. Sie war nun Quilûns Hohepriesterin und sollte dort oben, wo jeder sie sehen konnte, seine Anweisungen empfangen. Ob sie sich jemals an die schreckliche Höhe gewöhnen würde, wo sie nichts als gläsern wirkender Kristall und Luft umgab?

Hulohn schloss die Augen, bedeckte das Gesicht mit den Händen, und als er sie senkte, war er Brotan. Er legte einen Arm um Semires Schultern. Es fühlte sich unendlich gut an. Dies war kein menschlicher Körper, aber er war in jeder Hinsicht vollständig, anders als ein Imagolem, und konnte Semire die Geborgenheit geben, die sie sich wünschte.

»Wo werden wir leben?«, fragte Brotan.

Gern hätte Semire ihm gesagt, dass sie leben würden, wo immer sie wollten, dass ihnen die Welt offenstünde. Aber das wäre eine Lüge gewesen.

»Dort, wohin Kyrin und Quilûn uns schicken«, antwortete sie.

Erlyk war fertig damit, seine Hände zu waschen. Er sah sich

um. In dieser Halle gab es Reliefs, Stühle, Tische, im Boden ein Muster, das einem prächtigen Teppich ähnelte. Alles bestand aus demselben Kristall. »Wo soll ich mich abtrocknen?«

»Nimm deine Hose«, riet Semire. »Das ist in Ordnung.«

Der Junge brauchte Eltern, die ihm die Welt erklärten. Nur gab es keinen Menschen, der die Welt verstand, die Quilûn erschuf. Semire würde alles darüber lernen, was sie konnte, und zwar so schnell, wie sie es vermochte. Das war der beste Weg, für ihre Familie zu sorgen. Damit meinte sie nicht mehr das Tiefe Haus Schneegrund, das es nun nicht mehr gab. Sie schmiegte sich an Brotans Brust und drückte eine Hand auf ihren Bauch.

Semire hoffte, dass Erlyk ihrem Kind ein guter Bruder sein würde.

# SECHZEHN JAHRE SPÄTER

# EPILOG
## *Träume und Wahrheiten*

»Die Leute finden diese Strafe ungerecht«, sagte Erlyk. »Sie glauben, es ist zu hart, die gesamte Familie hinzurichten.«

»Wer redet so?«, fragte sein Vater durch den Mund des Richters. Der Steinschädel hatte einen Durchmesser von etwa einem Schritt. Er bestand aus schwarzem Marmor, auf dem sich das Licht aus dem Stirnkristall spiegelte, weil er täglich poliert wurde. Blumen schmückten die Höhle, in der er stand. Er war so ausgerichtet, dass die Augen mit den Schlitzpupillen hinausschauen konnten auf eine Flussschleife in der Senke, auf eine grüne Weide, wo Kühe grasten, auf Obsthaine, die auf Hügeln in der Ferne wuchsen. Er sah auch einige Hecken, in denen wilder Wein wucherte.

Hier in der Höhle war es immer schattig. Die Sonnenstrahlen erreichten den Richter nie. Wer vor ihm kniete, tat das im Licht des Stirnkristalls.

Erlyk brauchte nicht zu knien. Er war der Bergvogt, wie der Ring mit dem Kristall bezeugte, den er an der rechten Hand trug. Früher hatte es Landvögte gegeben, deren Wort auf den Ländereien ihrer Familien absolutes Gesetz gewesen war. Jetzt herrschte Erlyks Vater und seine Macht beanspruchte die gesamte Welt.

»Niemand beschwert sich laut über die Strafe«, sagte Erlyk. »Aber ich merke den Menschen an, dass sie sich eine Begnadigung wünschen.«

»Ist das auch dein Wunsch?« Die Höhle war so gestaltet, dass die mit der tiefen Stimme des Richters gesprochenen Worte widerhallten. Steinmetze hatten lange an den Wänden gemeißelt, bis der Effekt so gelungen war, wie Erlyks Vater es wollte. Er legte Wert darauf, dass die Menschen ihren Beitrag leisteten, obwohl sein Wille den Stein viel schneller passend hätte formen können.

»Ich heirate morgen«, argumentierte Erlyk. »Ich hätte gern eine fröhliche Stimmung auf der Feier. Wenn alle daran denken, wie ihre Nachbarn gesteinigt wurden, werden sie nur so tun, als seien sie unbeschwert.«

Der Steinschädel schloss die Lider und öffnete sie wieder, schwieg aber.

»Sie haben niemandem geschadet«, sagte Erlyk vorsichtig. »Außer ihnen selbst hat keiner den Traubensaft getrunken.«

»Es war kein einfacher Traubensaft«, erinnerte der Richter. »Sie haben ihn in Fässern gekeltert, tief im Wald. Sie wussten, was sie tun. Sie haben ein berauschendes Getränk hergestellt.«

»Aber wenn das ein Versehen war?«

»Sie hätten zum Richter kommen und ihm davon berichten müssen«, sagte der Steinschädel. »Er hätte ihnen befohlen, den Wein in den Fluss zu kippen. Aber sie haben ihn mit voller Absicht hergestellt. Sicher haben die Alten den Jüngeren das Wissen weitergegeben. Wir müssen wachsam sein. Es ist schwer, das Laster auszurotten. Du kennst das vom Unkraut, das zwischen den Blumen wuchert. Erinnerst du dich daran, wie du den Blaumond an unserem Haus gepflegt hast? Jeden Morgen hast du ausgezupft, was ihm hätte schaden können. Tante Bûna hat oft mit dir geschimpft, weil deine gute Kleidung dabei dreckig geworden ist. Das hat sie bei mir auch gemacht, als ich ein Junge war.«

Erlyks Vater sprach gern von früher, als er noch ein Mensch gewesen war. Ein Maler, dann für wenige Monde ein Graf. Erlyk wollte sich jedoch nicht ablenken lassen.

»Was ist so schlimm an berauschenden Getränken, dass man dafür sterben muss?«, fragte er.

»Das Gesetz darf nicht hinterfragt werden.«

Manchmal wusste Erlyk nicht, ob der Steinschädel von sich aus sprach oder ob sein Vater durch ihn redete. Dies war so ein Moment.

»Wer eine Regel infrage stellt, sät den Keim der Fäulnis in die Ordnung der Welt«, fuhr die Stimme aus dem steinernen Mund fort. »Eine schimmelnde Ähre kann den gesamten Kornspeicher verderben, man darf sie nicht dulden.«

Erlyk gönnte seinem Vater keine Zustimmung. Er schwieg. Ein kleiner Sieg angesichts der tellergroßen Augen, die ihn auffordernd anstarrten.

»Der Rausch trübt den Verstand«, sagte der Richter eine Spur milder. »Wenn sie berauscht sind, tun Menschen Dinge, die sie mit ein wenig Nachdenken unterlassen würden. Früher begannen viele Schlägereien mit einem Glas Wein. Und Schlimmeres. Gebrochene Knochen, eingeschlagene Schädel. Krüppel, Tote. Niemand kann das wollen, aber die Menschen sind wie Kinder. Sie verstehen nicht, was ihnen guttut und was gefährlich ist. Deswegen bedürfen sie der Anleitung.«

Erlyk atmete tief durch. Er stellte sich vor, wie die Steine Gorwin trafen, den alten Bauern, der schon auf einem Auge blind war. Er hatte schwache Knochen, sicher würde sein Schädel bald brechen. Seine Tochter Rubyna dagegen war stämmig, sie hatte etwas von ihren Rindern. Sie würde wohl länger leiden. Ob sie auf den Gedanken gekommen war, den Traubensaft zu einem berauschenden Getränk zu machen, um am Abend die Lasten des Tages etwas leichter zu sehen? Oder war das Flanks Einfall gewesen? Er schnitzte gern, man munkelte, er wäre am liebsten ein Schreiner geworden. Doch das Gesetz legte für jede Siedlung fest, wie viele Bauern es geben musste und wie viele Handwerker von welchem Gewerbe. Erlyks Vater wusste besser als die kurzlebigen Menschen, wie man die Versorgung aller sicherstellte, auch, wenn einmal harte Zeiten kämen. Tatsächlich hungerte niemand, und Flank und Rubyna hatten vier gesunde Kinder. So viele, wie man in diesem Dorf haben durfte. Alles Töchter, alt genug, um unter dem Gesetz zu stehen. Auch sie würden gesteinigt werden. Es spielte keine Rolle, ob sie sich selbst dem Rausch hingegeben hatten oder nicht. Da sie im Haus ihrer Eltern wohnten, hätten sie etwas mitbekommen und dem Richter melden müssen. Entweder sie waren unaufmerksam, oder sie waren dem Gesetz gegenüber untreu. Erlyk musste eingestehen, dass ihre Steinigung mehr noch als die der anderen Familienmitglieder die Ergebenheit der Menschen fördern würde.

»Viele werden sich auf meiner Hochzeit schuldig fühlen, wenn sie am Tag zuvor einen Stein geworfen haben«, sagte Erlyk. »Es ist nicht jedermanns Sache, jemanden zu töten. Könnten wir die Strafe nicht umwandeln?«

»In welcher Weise?«

»Vielleicht, indem wir sie an die Bäume der langen Allee fesseln«, schlug Erlyk vor. »Jeder, der vorübergeht, muss sie sehen. Das wird die Leute abschrecken, das Gesetz infrage zu stellen.«

»Man kann das Gesetz nicht durchsetzen, indem man das Gesetz missachtet. Das gilt selbst für uns, für mich und für dich, und das Gesetz sieht ihren Tod durch Steinigung vor. Sie wissen das ebenso wie alle anderen. Man wird misstrauisch werden, wenn wir die Strafe im Nachhinein ändern.«

Erlyk schluckte. Er wusste, dass er keine Argumentation gegen seinen Vater gewinnen konnte. Ob sein Vater auch wusste, dass seine Worte das Herz seines Sohnes schon lange nicht mehr erreichten?

»Mildere Regeln sind möglich«, sagte der Steinkopf, »aber erst mit der Zeit. Wir müssen den Menschen die Bosheit aberziehen. Eine Generation muss vergehen, vielleicht zwei. Für den Moment … Ich sehe deine Betrübnis, Sohn.«

»Ich wünschte, meine Hochzeit könnte eine Nacht der Freude sein. Für alle.«

Der Richter schwieg eine Weile, bevor seine tiefe Stimme wieder erklang. »Ein Aufschub wäre möglich. Eine Woche. Damit dein Fest ungetrübt ist.«

Erlyk hatte gelernt, dass es unklug war, seinen Vater weiter zu bedrängen, wenn dieser sich bereits zu einer Gnadenhandlung entschlossen hatte. Das führte meist dazu, dass er zu seiner ursprünglichen Härte zurückkehrte.

Der Bergvogt verbeugte sich und verließ die Höhle. Die Wärme der Sonne auf seinem Gesicht tat ihm gut.

Linker Hand, wohin die meiste Zeit des Tages der Schatten des Hügels fiel, blühte ein Blaumondfeld. Die Blumen waren häufig, man pflanzte sie überall, um die Liebe zum Berg zu zeigen.

Erlyk folgte dem mit Rindenmulch bestreuten Weg hinab ins Dorf. Die Häuser glänzten in der Sonne. Das Gesetz verlangte, dass jeder Raum von außen einsehbar sein musste, Heimlichkeit war ein Verbrechen. Viele Mauern bestanden deswegen aus Kristall, in dem sich das Licht brach. Nur wenige wussten, dass dieses Material nicht nur den anderen Dorfbewohnern Einblicke erlaubte, sondern es auch dem Berg als Auge diente. Wenn sie es wollten, konnten Erlyks Vater oder seine Geister sehen, was in jedem einzelnen Haus vor sich ging.

Semire und Brotan leiteten die Dorfbewohner an, den Mondhügel für das Fest vorzubereiten. Es galt, den Boden zu harken, damit die Steine in konzentrischen Ringen lagen. Weiß in der Mitte, Hellblau, ganz außen dann Dunkelblau. Dann kam ein Kreis aus Kristallen, damit auch Erlyks Vater zusehen konnte, und jenseits davon standen Blumen. Sie waren am schwierigsten in Ordnung zu halten. Ständig wucherte oder welkte etwas. Aber Erlyk fand sie am schönsten.

Semire sah ihn und winkte ihm zu. Das rote Haar trug sie in einem langen Zopf um ihren Kopf gelegt. Das strahlend weiße Gewand mit den eingewebten Diamanten kennzeichnete sie als Hohepriesterin.

Brotan wirkte gleichmütig wie meistens. Er trug einen Hammer auf dem Rücken. Das Gesetz verbat Waffen, aber dieses Werkzeug taugte auch, um seine Gemahlin zu schützen, wie er mehrfach bewiesen hatte.

Huloja, die Tochter der beiden, war mit ihren fünfzehn Jahren eine Schönheit und sich bewusst, dass sie die Blicke der jungen Burschen auf sich zog. Wo sie die Steine harkte, sammelte sich die männliche Dorfjugend in einem Pulk, obwohl an anderen Stellen mehr zu tun war.

Plötzlich legten sich von hinten Hände über Erlyks Augen und nahmen ihm die Sicht. »Welche Lippen schmecken am süßesten auf der ganzen Welt?«, verlangte eine helle Stimme zu wissen.

Erlyk lächelte. »Deine.«

»Das kannst du zu jeder sagen«, meinte die Stimme mit gespieltem Misstrauen. »Du musst schon meinen Namen nennen, damit ich weiß, dass du mich liebst und keine andere.«

»Mein Herz gehört Vitriccia, und ihr allein.« Sanft umfasste er ihr linkes Handgelenk, zog es hinunter, sog den Duft ihrer Hand ein und küsste ihre Finger.

Vitriccia hüpfte vor ihn. Sie trug ein luftiges weißes Kleid und Kornblumen in ihren blonden Locken, aber das Schönste an ihr war das Lachen in ihrem sommersprossigen Gesicht. Sie hatte hellblaue Zähne, wie alle. In der neuen Welt besaß jeder die Würde, die früher nur dem Adel zugestanden worden war. »Morgen ist der Mond voll!«, freute sie sich.

Feste fanden immer bei Vollmond statt. Das waren die einzigen Nächte, in denen man sich ohne besondere Genehmigung zwischen Abend- und Morgendämmerung weiter als zehn Schritt vom Haus entfernen durfte. In der Dunkelheit wucherte das Verbrechen, vor dem das Gesetz die Menschen schützte. Rechtschaffene Leute blieben zu Hause und kümmerten sich um ihre Familien.

»Es wird wundervoll.« Erlyk nahm ihre Hände in seine. Das Glück, diese Frau gefunden zu haben und ihre Liebe zu genießen, weitete seine Brust. »Vorher wird es keine Hinrichtung geben.«

Vitriccias Brauen zuckten. Es war eine winzige Bewegung, jeder andere mochte sie übersehen. Aber Erlyk war klar, dass sie verstand, dass die Strafe nur aufgeschoben war.

»Ich habe Lust, auf dem See zu segeln.« Auch die Anspannung in ihrer Stimme hätten wohl nur wenige gehört.

»Jetzt?«

»Gerade jetzt.« Sie bedachte ihn mit einem eindringlichen Blick. »Wir müssen es den anderen erklären. Es ist wichtig, dass sie verstehen, dass wir alles versuchen und sie auch in der Nacht unseres Glücks nicht vergessen.«

Erlyk nickte. »Gehen wir zum See.«

Seit zwei Jahren trafen sie sich auf Gewässern, auf Seen und Flüssen, auf Flößen, auf treibenden Plattformen. Fern von Fels und Kristall.

Vitriccia lächelte wieder. In ihren dunklen Augen leuchtete ein Traum, mit dem sie Erlyk angesteckt hatte. Ein Traum von Freiheit.

# DRAMATIS PERSONAE

*Abuliar* (m): ehemals ein Magier mit immensem Wissen über Kristalle, nun ein Weinender Mann.

*Agohn* (m, 70): der oberste Magier des Berges.

*Aliére* (w, 18): eine junge Frau mit nobler Vergangenheit und hohen Ambitionen.

*Alita Blitzdorn* (w, 28): das Opfer eines Liebeszaubers.

*Anthurel Blitzdorn* (m, 26): ein Magier und durch Heirat Baronet.

*Asmodel:* ein Imagolem mit feinen Sinnen.

*Brotan:* ein stolzer Krieger mit dem Körper eines Imagolems.

*Buhm* (m, 29): ein kräftiger Fechtlehrer ohne Zunge.

*Bûna* (w, 62): eine auch im Alter an gesellschaftlichen Dingen sehr interessierte Dame.

*Caliga* (w, 52): die violette Lilie und damit stellvertretende Leiterin des *Lustgartens* und des *Vögelnests*.

*Derrek Eichfrost* (m, 29): ein Baron und Haudegen.

*Doryam von Schneegrund:* ein Unsterblicher.

*Ekka* (w, 37): eine Magd mit einer hölzernen Hand und einer Lust an Zerstörung.

*Elaimon* (m, 18): ein junger Mann, der den Namen seines Tiefen Hauses gegen den Ruhm der Arena getauscht hat.

*Emala* (w, 103): die wichtigste Zauberin Graviliens, Heerführerin im Feldzug ihres Volkes gegen den Berg.

*Erlyk* (m, 11): ein verträumter Junge mit einer Begabung für Pflanzen.

*Esgur* (m, 48): ein erfahrener Feldherr in Haus Schneegrunds Diensten.

*Halenn* (w, 40): eine Magd im Hause Kalthorn, die sich fragt, ob sie das Zeug zur Mörderin hat.

*Hulohn:* ein uralter Bewohner des Berges, der sich nach der Weite sehnt.

*Jasir* (m, 50): ein arm erscheinender, aber reicher Mann im Dienst der Rose.

*Jolin Falkenkrall* (m, 34): der Bruder eines gefallenen Helden.

*Kallin:* ein Äffchen mit gesundem Appetit.

*Kell:* ein Äffchen, das die Ruhe schätzt.

*Kellzar* (m, 24): ein gravilischer Gladiator.

*Key* (m, 44): ein Maler, der hart arbeiten musste.

*Kyrin* (w, 26): eine begabte Magierin, die Graf Golars Traum träumt.

*Lastonn* (m, 41): ein Magier, der in der Bibliothek einiges zu sagen hatte.

*Lepp:* ein neugieriges Äffchen.

*Listam* (m, 16): einer der besten Kundschafter im gravilischen Heer.

*Merûenn* (w, 22): eine Magd, die im Palast der Schneegrunds gearbeitet hat.

*Moriam* (m, 52): ein Bürgerlicher, der einen hohen Preis für seinen Traum zahlt.

*Mortym* (m, 44): die Stimme einer revolutionären Zelle.

*Narc* (m, 24): ein gravilischer Gladiator.

*Odumar:* ein Gravioner und Kundiger im Rang eines Diamanten.

*Ottrar von Dämmerkalt* (m, 42): ein zur Völlerei neigender Fürst mit großem Einfluss in seinem Tiefen Haus.

*Potor* (m, 50): ein Kutscher mit revolutionärer Gesinnung.

*Predell* (m, 21): einer der treuesten Anhänger der Zauberpriesterin Emala.

*Quilûn von Schneegrund* (m, 28): ein Maler, unverhofft zum Grafen geworden, der die Grenze des Vorstellbaren erweitert.

*Sellemar von Saphirtrutz* (m, 32): ein Graf mit Leidenschaft für das Feldherrenhandwerk.

*Semire von Schneegrund* (w, 30): eine Adlige, die ihr Leben selbst bestimmt.

*Subehn von Adlerhoch* (m, 15): ein Graf, der sich von seinen Ratgebern befreien will.

*Tarima Eichfrost* (w, 30): eine stolze Baroness, die um ihren Gemahl trauert.

*Tarin Kalthorn* (m, 34): ein furchtloser Abenteurer.

*Tomalion Eichfrost* (m, 27): ein junger Adliger, der im Zwielicht das Abenteuer sucht.

*Tonne* (m, 28): ein kräftiger Mann, der gern Handgelenke bricht.

*Usella* (w, 25): eine täuschend kindlich wirkende Blume.

*Yurin Kalthorn* (m, 60): ein Baron, der edlen Tropfen zugeneigt ist.

*Zirklaus* (m, 42): ein Maler, der für seine natürlichen Tierdarstellungen berühmt ist.

*Zorwin* (m, 28): ein Gardist in den Diensten von Haus Schneegrund.

# GLOSSAR

*Almahn:* der Fluss, der durch den Berg fließt.
*Bidenhänder:* ein zweihändig geführtes Schwert.
*Blume:* ein Freudenmädchen, das im *Lustgarten* arbeitet.
*Clerron:* ein Heiliger, der sich um die Kranken, Verwundeten und Elenden kümmerte.
*Clerroniten:* der Orden, der dem heiligen Clerron nacheifert.
*Gallmücke:* ein Stechinsekt, das seine Eier unter die Haut von Warmblütern legt.
*Gravilien:* ein Reich südlich des Imperiums, gegründet von einem Volk, das vor Jahrhunderten vom Berg vertrieben wurde.
*Gravioner:* die Herren des Bergs, bevor die Gründer des heutigen Imperiums sie vertrieben.
*Hellebarde:* eine Stangenwaffe mit einer Mehrfachspitze, die meist einen Reißhaken, einen Stoßdorn und eine Axtklinge vereint.
*Ianapat:* der Berg der Magie und Heimat der Unsterblichen. Er hat mehrere Nebengipfel, wie etwa den Uranier, den Garohl und den Tarrun.
*Imagolem:* ein mit dem Geist eines Verstorbenen beseelter Steinmann.
*Immerschlaf:* ein hochwirksames Gift, das den Herzschlag verlangsamt.

*Landvogt:* ein Adliger, dem sämtliche Ländereien eines Tiefen Hauses jenseits des Bergs unterstehen.

*Leitfigur:* eine Statuette, mit deren Hilfe ein Magier den Geist eines Imagolems übernehmen kann.

*Lichtmeister:* ein Adliger, der für sein Haus die Verantwortung in allen Bereichen übernimmt, die damit zusammenhängen, das Sonnenlicht zu den Gärten der Unsterblichen zu bringen.

*Magie:* die Möglichkeit, den eigenen Willen Gestalt annehmen zu lassen. Die Kraft dazu liegt im Stein, der entsprechend der gewünschten Wirkung geformt werden muss.

*Magier:* jemand, der Magie praktiziert. In der Regel in der Zauberwerkstatt ausgebildet. Standeszeichen ist eine Lederschürze, deren Farbe über den Rang Auskunft gibt und mittels Silberapplikationen weitere Informationen zum Träger bietet.

*Quadra:* eine Flechte mit halluzinogener Wirkung.

*Sanktuarium:* ein Heiligtum.

*Stalagmit:* ein von unten nach oben wachsender Steindorn.

*Stalaktit:* ein von oben nach unten hängender Steindorn.

*Steinbrenner:* eine zauberische Waffe, die Stein verflüssigt.

*Steinmeister:* der oberste Magier des Berges und der Einzige, dem eine weiße Lederschürze zusteht.

*Stimme:* der Sprecher und meist auch Anführer einer revolutionären Zelle.

*Tiefes Haus:* eines der sieben edelsten Adelsgeschlechter auf dem Berg der Macht.

*Weinender Mann:* ein Verurteilter, der bis auf seine Augen, über die nun permanent Wasser fließt, versteinert wurde.